Die Buchdruckerin

Das Buch

Margarethe Prüß verbringt ganze Tage in der Druckerei ihres Vaters. Sie ist fasziniert von dem Handwerk, und sie liebt Bücher. Die Druckkunst ist ein noch junges Gewerbe, seine Bedeutung in der mächtigen Handelsstadt Straßburg ist jedoch groß. Und Margarethe hat ihren Platz in dieser Welt gefunden, alle anfallenden Arbeiten sind ihr vertraut.
Nach dem überraschenden Tod ihres Vaters erbt sie die Druckerei. In den Augen der Zunft eine Provokation, und Margarethe weiß, als Frau darf sie das Erbe nicht antreten. Wenn sie die Druckerei erhalten will, muss sie heiraten. Als die Zunft ihr ein Ultimatum setzt, ehelicht sie den Mann, den sie liebt. Margarethe kann nicht ahnen, wie viele Feinde sie sich mit diesem Schritt gemacht hat. Unbeirrt druckt sie die Schriften der Männer, die später Reformatoren genannt werden. Ihre Druckerpressen verbreiten die neuen Ideen schnell und über das ganze Land. Dann radikalisieren sich die Kämpfe um den rechten Glauben, und Margarethes Welt steht in Flammen.

Die Autorin

Sabine Weiß studierte in Hamburg Geschichte. Heute lebt sie mit ihrer Familie in der Nordheide. Ihre beiden Romane über Madame Tussaud waren große Erfolge. Mehr unter: www.sabineweiss.com

Von Sabine Weiß sind in unserem Hause bereits erschienen:

Die Wachsmalerin
Das Kabinett der Wachsmalerin

Sabine Weiß

Die Buchdruckerin

Historischer Roman

List Taschenbuch

Besuchen Sie uns im Internet:
www.list-taschenbuch.de

MIX
Papier aus verantwortungsvollen Quellen
FSC® C083411

Ungekürzte Ausgabe im List Taschenbuch
List ist ein Verlag der Ullstein Buchverlage GmbH, Berlin.
1. Auflage Januar 2012

Umschlaggestaltung: bürosüd°, München
unter Verwendung einer Vorlage von ZERO Werbeagentur, München
Titelabbildung: © Peter Willi – ARTOTHEK;
akg-images/Erich Lessing; akg-images
Vorsatzkarte: Straßburg 1548 von Conrad Morant
© Germanisches Nationalmuseum, Nürnberg
Satz: Pinkuin Satz und Datentechnik, Berlin
Gesetzt aus der Goudy Old Style
Papier: Munken Print von Arctic Paper Munkedals AB, Schweden
Druck und Bindearbeiten: CPI – Clausen & Bosse, Leck
Printed in Germany
ISBN 978-3-548-61076-4

Für André

KAPITEL 1

STRASSBURG, 1510

Margarethe fragte sich später oft, ob es die Hand Gottes gewesen war, die zum Schlag gegen sie ausgeholt und die Sturmböe ausgelöst hatte. Aber wofür wollte der Allmächtige sie strafen? Hatte ihre Mutter, Gott habe sie selig, nicht jedes Gebet gesprochen, jeden eingesparten Gulden für Ablass ausgegeben und jede Wallfahrt auf sich genommen, um sein Wohlwollen für ihre Familie zu sichern?

Es war der Tag vor Sankt Martin, und die Wolken hingen so dicht über Straßburg, als wollten sie das Münster in ihren Tiefen verschlingen, dessen einsame Spitze schon lange nicht mehr zu sehen war. *Argentina*, »die Silberne«, nannte man auf Latein diese Stadt, heute aber hätte »die Graue« besser zu ihr gepasst. Feuchte Kälte kroch Margarethe die Beine hoch. Sehnsüchtig sah sie zu ihrem Nachbarn hinüber, einem Puppenmacher, der kurzerhand eine Feuerpfanne vor seiner Verkaufsbude aufgestellt hatte. Das war zwar verboten, er hatte aber gemeint, wenn die Bäcker hinter der Kathedrale ihre Öfen anfeuern dürften, warum sollten sie sich vor dem Münster den Hintern abfrieren? Die Flammen warfen einen warmen Schein auf die Buden, die, winzig und windschief, am Portal des Münsters lehnten, kein Fünkchen Wärme kam jedoch bei ihr an.

Das Kitzeln im Hals verstärkte ihre Ungeduld noch. Viel zu lange pries sie Meister Knipp schon die neuen Druckwerke an, doch der Zunftbruder ihres Vaters, ein Glasmaler, hörte ihr kaum zu, sondern ließ seinen Blick immer wieder von der Auslage des Standes zu ihren Brüsten wandern. Dabei war er nicht nur verheiratet, sondern auch uralt. Er hatte einen Sohn, Eckard, der, ebenso wie ihr ein Jahr jüngerer Bruder, siebzehn war. Blicke wie diese hatte sie schon öfter bei Käufern oder Gesellen beobachtet, sie ließen Margarethe ahnen, dass sie schön war, an einigen Körperteilen zumindest. Ihr Lispeln nahm zu, wie immer, wenn sie aufgeregt war, und auch das ärgerte sie. Mühsam bezwang sie ihre Wut, stapelte die Bücher säuberlich, da brauste eine Böe durch die Buden, entlockte der Feuerpfanne ein züngelndes, schnell in sich zusammenfallendes Flammenschwert, riss Kappen von den Köpfen und wirbelte Blätter hoch. Margarethe reckte die Hände, doch schon wehten die ersten Büchlein über den Platz. Sie rannte hinaus. Den Kopf in den Nacken gelegt, sah Margarethe einen Lidschlag lang wie verzaubert dem tanzenden Reigen zu. Ihr fiel ein, dass sie die Verkaufsbude leer zurückgelassen hatte. Es war kein Kunde davor zu sehen. Wo war Meister Knipp geblieben? Ah, er war auf ihren Vater zugegangen, der eben auf den Münsterplatz eingebogen war. Johann Prüß der Ältere schaute mittags und abends an der Bude vorbei. Sie wandte sich wieder den fliegenden Blättern zu. Das Haschen im Wind kam ihr wie ein Spiel vor, und als sie bemerkte, dass einige Kinder ihr halfen und dabei wie Grashüpfer sprangen, lachte sie laut auf. Aus dem Augenwinkel nahm sie ein Leuchten wahr, gelb-orangene Flammen waberten vor dem Münster. Was war das? Die Erkenntnis durchzuckte Margarethe: Es brannte, ihre Bude hatte Feuer gefangen! Da hatte sie einmal die alleinige Verantwortung über die Verkaufsbude, und nun das! Schon riefen die Ersten nach Wasser, doch die Hilfe würde zu spät kommen, das wusste sie. Die Bücher, die kostbaren Bücher! Ohne darüber nachzudenken, rannte sie auf die Bude zu, eine Wand brannte schon, die ersten Papiere krümmten sich in den Flammen. Sie musste hinein, musste retten, was zu retten war. Der Puppenmacher packte sie am Arm, wollte sie aufhalten. Margarethe riss sich los, raffte vom Tresen Bücher zusammen und legte sie einige Schritte entfernt ab. Immer näher krochen die Flammen, sprangen von Bogen zu Bogen. Ihr Vater kam angelaufen, rief ihren Namen. Sie musste noch einmal zurück, unter dem Tresen stand ein kleines Fass mit eingebundenen, kostbaren Büchern. Die Hälfte des Holzverschlags war bereits ein Opfer der Flammen geworden. Wenn sie am Rande über den Tresen stieg … Sie schürzte ihren Rock und kletterte über das Brett, schon knirschte das Holz über ihr. Das Fässchen, wo war es? Sie packte es, hob es auf den Tresen und wollte gerade selbst hinaufspringen, da gab das Dach mit einem Krachen nach und stürzte auf sie nieder. Schmerz durchfuhr sie, ihre Hand krümmte sich zusammen, als würde ein Messer hineingestoßen, es roch nach verbranntem Haar. Sie nahm das Fässchen in den Arm und ließ sich vom Tresen fallen. Ihr Kleid brannte, ein Schwall Wasser traf sie, Arme packten sie und zogen sie auf den Münsterplatz hinaus. Der Blick ihres Vaters war wütend, besorgt. Rufe nach Hilfe aus der dem Münster gegenüberliegenden Apotheke drangen an ihr Ohr. Sie bemerkte erst jetzt, dass sie zitterte. Ihre Hand war rot geschwollen und mit Bläschen bedeckt. Der Schmerz nahm ihr den Atem.

Johann Prüß ließ sich mühsam auf die Knie sinken. »Bist du närrisch, Kind? Es sind doch nur Bücher«, sagte er fassungslos. Ihr Vater war über sechzig. Früher hatte er munter gewirkt, rund und beweglich, der Tod ihrer Mutter hatte ihn jedoch geschwächt, gezeichnet. Sie wollte ihm nicht auch noch Kummer machen, musste sich zusammenreißen. Margarethe setzte sich auf. Der Apotheker war angekommen, er nahm ihre Hand und tupfte sie mit einer Kräutertinktur ab. Sie biss die Zähne zusammen, mit einem Zischen stieß sie die Luft aus.

»Es sind … nicht *nur* Bücher. Wie viel Arbeit steckt darin … wie viel Kunst … wie viel Wissen«, verteidigte sie sich.

Johann Prüß nahm ihr das Fässchen ab, das sie noch immer umklammert hielt. »Bücher können nachgedruckt werden. Ich verbiete dir, noch einmal so etwas Unsinniges zu tun. Sonst bist du das letzte Mal in der Verkaufsbude gewesen.« Nur das nicht! Ihr Vater war einer der angesehensten Drucker der Stadt, in seiner Druckerei und beim Verkauf der Bücher zu helfen war ihr eine Herzensangelegenheit.

Margarethe senkte ihren Blick. »Ich verspreche es, Vater.«

Die Hand forderte jetzt ihre ganze Aufmerksamkeit. Der Apotheker strich einen Kräuterbalsam auf die Wunde und legte einen Verband an. Als der Schmerz nachließ, bemerkte sie, dass ihr Vater mit Meister Knipp sprach.

Der Glasmaler begaffte sie unverhohlen, dann leckte er sich die Lippen. »Ein Jammer, dass das Buch nicht fertig ist. Ich hatte meinem Eheweib gesagt, dass ich es heute mitbringen würde. Sie wissen doch, Meister Prüß, wie sehnsüchtig sie es erwartet. Es wäre eine höchst willkommene Unterhaltung am Martinstag gewesen«, hörte sie Knipp nörgeln.

Ihr Vater sah seinen Zunftbruder etwas ratlos an, als wüsste er gar nicht, wovon er redete. Sein Blick wanderte zwischen seiner Tochter und der Bude hin und her. Der Brand schien gelöscht, ihr Knecht und der Altgeselle Reinhard, die aus ihrer Druckerei im nahe gelegenen Haus »Zum Tiergarten« gekommen sein mussten, packten die geretteten Bücher auf einen Karren und zogen vorsichtig weitere aus den Trümmern. Margarethe bemerkte, dass Reinhard immer wieder in ihre Richtung sah, und ihr Herz schlug schneller. Er war Ende zwanzig und der beste Altgeselle, den ihr Vater je gehabt hatte, fand zumindest Margarethe. Jetzt wirkte sein Gesicht mit den braunen Augen und dem Grübchen am Kinn ernst, vielleicht vorwurfsvoll. Verlegen senkte sie den Blick.

»Euer Buch …«, fing Johann Prüß an, dann besann er sich. »Ach ja. Bestellt Eurer verehrten Hausfrau einen Gruß, möge der Herr sie wieder zu Kräften bringen. Ich werde Euch das Buch selbstverständlich so schnell wie möglich ins Haus bringen lassen. Eure Frau soll nicht länger darauf warten müssen als notwendig. Und jetzt verzeiht mir, ich muss mich um meine Tochter und den Verkaufsstand kümmern.«

Der Apotheker war fertig, Margarethe rappelte sich auf. Sie sah sich verlegen um, sie war rußgeschwärzt und zerzaust, ihr Kleid zerrissen und angekokelt, die Hand pochte. Sie wollte nach Hause. Meister Knipp strich unwillig über seine dünnen zusammengewachsenen Brauen und forderte erneut die Aufmerksamkeit ihres Vaters ein. »Ich hoffe, dass meine Frau diese Verzögerung gut aufnimmt. Das Lesen ist ihr einziger Trost in diesen Zeiten.« Er seufzte schwer. Seine Augen hatten sich an Margarethes Mund mit den geschwungenen, leicht aufgeworfenen Lippen festgesogen. »Wenn sie nur jemanden hätte, der ihr vorliest! Jemanden wie Ihre Tochter. Sie hat eine so reizende Stimme.« Margarethe las gerne vor, aber ausgerechnet in Knipps Haus? Lieber nicht.

Ihr Vater räusperte sich. »Ein Vorschlag zur Güte: Wie wäre es, wenn meine Tochter Euch nach dem Festtag das Buch vorbeibringt? Dann könnte sie Eurer Frau die ersten Seiten vorlesen, als Wiedergutmachung für die Wartezeit gewissermaßen.« Sie sah ihren Vater entgeistert an. Das hatte ihr gerade noch gefehlt. Sie war die Tochter eines Druckers und keine verdingbare Vorleserin! Meister Knipp stimmte erfreut zu, als hätte er auf dieses Angebot gehofft. Endlich verabschiedete er sich.

Der Buchdrucker nahm sie nun genau in Augenschein, das Gesicht sorgenschwer. Margarethe verzog ihren Mund, das Lächeln gelang nicht. »Es geht mir gut, Vater, halb so schlimm.«

»Du musst der Lieben Frau im Münster danken, dass sie ihre Hand über dich gehalten hat. Es hätte schlimm ausgehen können«, schimpfte er. »Reinhard wird dich nach Hause geleiten.«

Margarethe stieg die Röte ins Gesicht. Sie mochte Reinhard, sehr sogar, er musste sie nicht von Nahem in diesem Zustand sehen. »Ich schaffe es allein dorthin«, sagte sie rasch, schlug sich die Kappe über den Kopf und wollte loslaufen, doch ihr Bein schmerzte, und so humpelte sie, ohne sich noch einmal umzudrehen, davon.

»Wenn es dir wieder so gutgeht, dann richte dich her und kehre zurück, um in der Liebfrauenkirche dein Dankgebet zu sprechen«, rief ihr Vater ihr mahnend hinterher.

Die Glocken der Münsterkathedrale riefen zum Gebet, schon eilten die Gläubigen über den Platz. Auch Margarethe ging auf das Portal zu, leicht zog sie das Bein nach. Nur noch rußschwarze

Streifen am Mauerwerk verrieten, wo ihre Verkaufsbude gestanden hatte. Ihr Vater würde eine neue Bude bauen lassen müssen. Immer wieder hatte sie sich in den letzten Stunden gesagt, dass der Brand nicht ihre Schuld gewesen war, und doch fühlte sie sich schuldig. Sie hatte sich mühsam aus dem kaputten Kleid geschält, sich die angesengten Haarsträhnen abgeschnitten. Die kleinste Berührung an der verbrannten Hand schmerzte. Dennoch bemühte sie sich, so zu tun, als wenn nichts gewesen wäre. Sie wollte den Feiertag nicht im Bett verbringen. Doch weil sie so tapfer vorgab, gesund zu sein, hatte ihre Tante sie auch so behandelt. Sie hatte darauf bestanden, dass Margarethe im Hause blieb und half, das Festessen für den Martinstag vorzubereiten. Beinahe waren sie darüber in Streit geraten. Erst als Margarethe auf den ausdrücklichen Wunsch des Vaters verwies, dass sie in der Kathedrale ein Dankgebet sprechen sollte, hatte Tante Jule widerwillig nachgegeben.

Margarethe sah den hellblonden Schopf ihre Freundin Ursula unter einer Haube aufblitzen, sie wirkte gehetzt. War ihr Seelenheil wieder ernsthaft in Gefahr und nur der Besuch des Gottesdienstes, die Beichte oder ein Ablass konnten sie vor dem Fegefeuer retten? Meist peinigten Ursula so geringfügige Sünden, dass Margarethe sich fragte, ob Gott oder der Teufel sich wirklich die Mühe machen würde, sich mit diesen Kleinigkeiten abzugeben. Ihr selbst war die Beichte oft eine Qual. Jede noch so kleine Sünde musste aufgesagt werden, endlos fragte der Beichtvater alle Sündenregister ab. Es war wenig erstaunlich, dass Beichtbücher so beliebt waren, konnte man doch mit ihrer Hilfe vor der Beichte schon mal sein Gewissen nach den sieben Hauptsünden sowie den stummen Sünden, rufenden Sünden und fremden Sünden erforschen. Denn wenn man nur eine Sünde vergaß, war die gesamte Beichte nichtig. Jedes Mal, wenn sie vor dem Beichtvater stand, zitterte die Hand, in der sie den Beichtpfennig hielt. Wie musste es erst Ursula gehen, der regelmäßig die Angst vor den züngelnden Flammen des Fegefeuers den Schlaf raubte!

Bevor sie durch das südliche Seitenportal in die Kathedrale eintrat, ließ sie ihren Blick an dem Figurenschmuck der imposanten Kirche emporwandern. Überall an der Fassade des Münsters waren Heiligenfiguren und Szenen aus dem Leben der Heiligen abgebildet. Über ihr prangte die Darstellung des Jüngsten Gerichtes mit dem Versucher, einem verführerisch lächelnden Jüngling, der die törichten Jungfrauen anlockte, während die klugen Jungfrauen auf ihren Erlöser Christus warteten. Die Kirche »Unserer Lieben Frau zu Straßburg« war weit über die Grenzen der Stadt hinaus für ihre beeindruckenden Kunstwerke bekannt.

Margarethe trat ein und ging einen Schritt zur Seite, um den Weg freizumachen. Ihre Augen mussten sich an die Dunkelheit gewöhnen, doch schon rempelte sie jemanden an. In einem Winkel neben der Tür hatte sich eine Dirne vor dem Wind geschützt und verhandelte mit ihrem Kuppler. Das Münster war groß, und gerade bei schlechtem Wetter wurden die Nischen oft genutzt, um Geschäfte abzuwickeln. Margarethe ärgerte sich über das Getuschel der Advokaten, Weinhändler und Krämer, die sich an diesem heiligen Ort mit ihren Kunden trafen. Aber auch viele Priester störten mit ihrem Lachen und Schwatzen die Gottesdienste ihrer Glaubensbrüder.

Die Messe hatte bereits angefangen. Der Priester hatte eine außergewöhnlich hohe Stimme, sein lateinisches Murmeln wurde als Wispern von den Wölbungen der Decke zurückgeworfen. Den Kopf eingezogen und vorsichtig die Holztrippen auf den Boden setzend schlich sie weiter. Plötzlich hörte sie lautes Schnaufen und Schimpfen. Eine Herde Schweine wurde durch die offenen Türen der Kapelle getrieben. Das geschah häufig, denn das Münster diente vielen als Abkürzung. Der Gestank der Schweine begann den Duft des Weihrauches zu überdecken. Betende wurden von den Schweinen aus ihrer Andacht gerissen, schließlich erhoben sich einige, um die Tiere aus dem Münster zu treiben. Margarethe hatte während des Tumults ihren Platz eingenommen und entdeckte jetzt auch Ursula, die ganz in sich versunken schien. Das Gesicht des Priesters hatte hingegen den weihevollen Ausdruck verloren, wütend beschimpfte er den Hirten. Als er sich wieder gefangen hatte, setzte er die Messe fort. Margarethe erkannte die Worte. Oft genug hatte sie die kostbaren Messbücher begutachtet, die in der Druckerei des Vaters gedruckt wurden und in denen der Ablauf der Messe und die Gebete, die darin gesprochen wurden, festgelegt waren. Der Priester leierte die Gebete herunter. Die Kathedrale war beeindruckend und bot mit ihren über fünfzig Altären viele Möglichkeiten zur Andacht, wegen der Güte des Gottesdienstes wäre jedoch kaum jemand hierhergekommen. Still betet Margarethe zur heiligen Maria, die sie vor dem Feuer geschützt hatte.

Nach dem Gottesdienst fing Margarethe ihre Freundin Ursula ab, die sie jetzt unbeschwert und fröhlich anlachte. Sie hakte sich bei ihr ein und beugte sich dabei, wie immer, ein wenig hinunter. Schon in ihrer Kindheit waren sie so verschieden gewesen, wie zwei Mädchen es nur sein konnten. Und seit sie zu jungen Frauen herangereift waren, verstärkten sich die Unterschiede zwischen ihnen noch. Margarethe war ungewöhnlich groß, ihre Glieder waren fein und schlank. Manchmal, wenn sie mit anderen Frauen zusammen war, ertappte sie sich dabei, wie sie ihren Hals einzog, um kleiner zu wirken. Ihre schwarzen Haare ließen ihre Haut noch blasser erscheinen, die blauen Augen hatten die Tiefe des Himmels an einem Sommertag. An Ursula hingegen war alles klein und rund, neben der aufgeworfenen Nase wölbten sich rote Wangen, der blonde Schopf wirkte auch heute wieder zerzaust wie ein Strohhaufen.

»Was siehst du mich so an? Ja, ich habe meinen Kamm gefunden. Ja, ich habe ihn benutzt. Nein, geholfen hat es nicht«, brummte Ursula und nestelte an der Haube, um die widerspenstigen Haare etwas mehr zu bändigen. Dann musste sie lachen und enthüllte ihre Zahnlücken. Früher hatten sie darum gewetteifert, wer besser durch die Zähne pfeifen konnte, und Ursula hatte stets gewonnen, doch das schickte sich schon lange nicht mehr. »Du solltest dich lieber selbst mal anschauen.« Die Freundin zeigte auf Margarethes Finger und stutzte, als sie nicht die üblichen Flecken von Druckerschwärze, sondern den Verband sah. »Was ist los?«, fragte sie erstaunt. Margarethe berichtete von der Sturmböe und dem Brand. »Das ist ein ganz übles Vorzeichen«, murmelte Ursula erschreckt.

Margarethe war verunsichert. »Es war der Wind, der die Funken zum Fliegen gebracht hat.«

»Gott befiehlt dem Wind und den Funken. Du solltest um Vergebung bitten.« Ursula schlug ein Kreuz über ihrer Brust.

»Aber wofür?«

»Irgendetwas gibt es immer«, meinte Ursula trocken. Sie hatten jetzt den Ausgang des Münsters erreicht.

»Ich hab vorhin Meister Knipp an eurem Stand gesehen. Hat er dir wieder schöne Augen gemacht?«, fragte sie mit einem frechen Lachen. Margarethe wunderte sich immer wieder, wie schnell die Stimmungen der Freundin wechseln konnten.

»Wenn er doch wenigstens schöne Augen hätte. Nicht nur zwei magere Krümel Kohle, die unter einem fadenscheinigen Dach vergessen wurden«, murmelte sie. Ursula sah sie fragend an.

»Er glotzt wie eine Kuh. Ich warte nur darauf, dass er mit seinem Schwanz die Fliegen verscheucht«, fügte sie trotzig hinzu. Ursula prustete laut, ihre Stimme hallte in den hohen Bögen der Kathedrale. Die Leute warfen ihnen strenge Blicke zu.

»Was ist so lustig?«, flüsterte Margarethe und zog ihre gestickte Kapuze über. Sie sah jetzt, dass die meisten Buden vor dem Münster bereits verschlossen waren.

»Glotzt wie eine Kuh … Fliegen mit dem Schwanz verscheuchen …« Ursula kicherte noch immer. Als sie den verständnislosen Blick der Freundin sah, sagte sie: »Ach, ich freue mich einfach so auf diesen Abend. Die Martinsgans, der Most, vielleicht Tanz … Hauptsache, meine Herrin ist mir nicht mehr gram.« Ein Schatten huschte über ihr Gesicht. Sie erzählte, dass sie sich heute wieder über ihre Dienstherrin geärgert hatte und leider erneut aufmüpfig gewesen war. Ursula arbeitete im Haus eines Metzgers, dessen Frau ein strenges Regiment führte. Doch wenn es ihr nicht gelang, ihre Zunge im Zaum zu halten, würde sie diese Anstellung verlieren. »Hinterher tut's mir immer leid. Sie ist doch meine Herrin. Sie kann aber auch so biestig sein!«, sagte Ursula.

»Aber gerade vor Martini …«, gab Margarethe zu bedenken. An Martini wurde nicht nur der heilige Martin gefeiert, es war auch der Tag, an dem man seine Schulden bezahlte oder neue Mägde und Knechte in den Dienst nahm, die als Handgeld den Martinstaler bekamen, um die neue Anstellung zu bekräftigen. Was wäre, wenn sich Ursulas Herrin nach einer weniger vorlauten Magd umsah?

Langsam gingen sie weiter, die Gassen wurden enger und verwinkelter, doch schneller als erwünscht war die Helenengasse erreicht. Hier, im Revier der Kürschner und Pelzer und direkt hinter der Kirche St. Barbeln, wohnte die Familie Prüß. Die Druckerei des Vaters befand sich hingegen seit einigen Jahren im Haus »Zum Tiergarten« am Schlossplatz, einem der vornehmsten Plätze der Stadt, denn er grenzte an die Kathedrale und den Hof des Bischofs. Bevor sie sich von der Freundin verabschiedete, kam Margarethe noch einmal auf das Gespräch mit Meister Knipp zurück.

»Ich frage mich, warum er unbedingt will, dass ich ihm das Buch bringe. Warum liest Eckard seiner Mutter nicht vor? Oder eine Dienerin?«

»Warum wohl? Weil Meister Knipp sich dann an deinem Anblick, äh, ich meine natürlich an deiner Stimme weiden kann«, lachte Ursula.

»Ich werde mir etwas einfallen lassen müssen, um es zu vermeiden. Vielleicht kann ich ja Reinhard bitten, ihm das Buch zu bringen.«

»Wie geht es deinem Lieblingsgesellen denn so? Vielleicht sehe ich ihn ja beim Tanz«, meinte ihre Freundin. Margarethe schoss das Blut in den Kopf. Hätte sie nur nicht so viel über Reinhard gesprochen! Seit einiger Zeit zog Ursula sie damit auf, dass Margarethe heimlich in ihn verliebt war. Vielleicht war sie das auch. Außerdem hatte sich der Altgeselle seit dem Tod ihrer Mutter als eine wichtige Stütze für den Vater erwiesen.

»Er ist nicht mein Lieblings… Er ist ein guter Geselle. Vertrauenswürdig. Das ist er«, lispelte sie.

»Dann wird er diesen Gang sicher gern für dich übernehmen. Ich meine, für deinen Vater natürlich«, sagte Ursula lachend. Ihre Freundin machte sich los. Sie werde im Haus des Meisters erwartet. Und auch auf Margarethe warte man sicher schon.

Aus allen Ritzen des Hauses kroch der Duft gebratener Gans auf die Straße hinaus. Margarethe schnupperte genüsslich, da überfiel sie Wehmut. Es war das erste Martinsfest, das sie ohne ihre Mutter feierten. Diese war kurz vor dem letzten Sankt Martin gestorben, und ihre Familie hatte das Fest auf das Nötigste beschränkt. In diesem Jahr würde es jedoch wieder Gans für alle Hausbewohner geben, nach allen Regeln der Kochkunst zubereitet. Sie öffnete die Tür und stolperte beinahe. Eine Gans tapste auf ihre Füße, flatterte ihr um die Beine und auf die Gasse hinaus, eine Magd lief hinterher. Margarethe wollte ihr helfen, die lebenshungrige Gans einzufangen, aber da hörte sie, wie ihre Tante ihren Namen rief. In der Küche nahm die Hitze des Ofens und der Geruch des Bratens ihr beinahe den Atem. Tante Jule hielt ihr eine Gans hin. Das Tier war bereits tot, aber noch nicht gerupft.

»Hier, auch du sollst deinen Beitrag zum Martinsfest leisten, wenn du dich auch sonst um die Arbeit in der Küche drückst«, sagte sie vorwurfsvoll. Die Tante war schon immer da gewesen, sie war so lange im Haus der Eltern, wie Margarethe denken konnte. Sie hieß Juliane, aber niemand nannte sie so, nicht einmal der Vater, für alle war sie nur die Tante. Sie war eine Schwester der Mutter und aus verschiedenen Gründen, die Margarethe nur vom Hörensagen kannte, ledig geblieben. Für sie war es zu spät, noch einen eigenen Hausstand zu gründen, sie war alt, mindestens fünfzig oder sechzig. Sie hatte ihre Mutter im Haushalt unterstützt und bei den Kindern geholfen. Und nun, da ihre

Mutter nicht mehr lebte, versuchte die Tante, Margarethe auf das Leben als Herrin eines Hauses vorzubereiten. Dass Margarethe sich mehr für die Arbeit des Vaters in der Druckerei interessierte als für die Aufsicht über Mägde und Knechte, sah sie als Makel an, der so schnell wie möglich beseitigt werden musste. Früher hatte die Tante sie mit der Haselrute gezüchtigt, bis ihre Eltern dazwischengingen. In letzter Zeit schlug sie manchmal einen sanfteren Ton an. Dazu würde es heute nicht kommen, ahnte Margarethe.

»Ich kann es versuchen«, sagte sie und hob entschuldigend ihre verbundene Hand, die so schmerzte, als sei sie auf die doppelte Größe angewachsen. Ihre Tante ließ sich nicht erweichen.

»Wenn es dir gut genug geht, mit deiner Freundin in der Gegend herumzutrödeln, kannst du auch im Haus helfen«, forderte sie Margarethe auf.

Die Füße der Gans waren ledrig und kalt. Im Hof stand schon ein Sack mit Federn. Margarethe drückte die Gans an sich und begann zu rupfen, aber die Federn lösten sich nur schwer aus dem Fleisch. Schon bald war ihre Hand rot und rissig, und doch zeigte sich nur ein kleines Stück kahle Haut. Wenn sie mehr leiden und jammern würde, wäre ihr diese Arbeit erspart geblieben, aber dann hätte sie auch den Abend allein in ihrer Kammer verbringen müssen, das wusste sie genau. Es kam ihr vor, als ob es Stunden dauerte, bis sie die Gans endgültig von allen Federn befreit hatte. Als sie endlich in die Küche trat, waren die Tante und die Magd dabei, das Essen aufzutragen. Warum hatte man ihr nicht gesagt, dass es schon so weit war? Es blieb keine Zeit mehr, sich umzukleiden. Jetzt musste sie zerzaust und mit Federn bedeckt zum Festmahl gehen. Ärgerlich wusch sie sich Fett und Flaum von den Händen, spritzte sich Wasser ins Gesicht, zupfte die größten Federn vom Rock.

In der Stube war die aufgeregte Vorfreude beinahe mit den Händen zu greifen. Die Magd schwatzte mit den Gesellen, die Ohren des Lehrjungen Wolfgang glühten rot. Heute und morgen würde man es sich noch einmal gutgehen lassen, bevor die Zeit des Adventsfastens begann. An diesem Abend würde es wohl in jedem Haus in Straßburg ein reichhaltiges Mahl geben, denn die Ernte war so gut gewesen, dass sich im Herbst die Marktstände unter der Last gebogen hatten. Straßburg war eine reiche Stadt, umgeben von fruchtbaren Landschaften, von Feldern und Weinbergen. Über den nahe gelegenen Rhein, die Rheinbrücke und andere Verkehrswege brachten Händler ihre Waren in die Stadt und mussten sie einige Zeit lang feilbieten. Von diesem Stapelrecht hatte jeder Einwohner seinen Nutzen.

Ihr Vater saß am Kopfende des Herrentisches, die Plätze neben ihm waren leer, was den Abstand zwischen ihm und dem Gesindetisch nur noch zu vergrößern schien. Sie hatten es noch immer nicht über sich gebracht, den Platz ihrer Mutter neu zu besetzen. Die klaffende Lücke erinnerte sie täglich an ihren Verlust. Doch auch der Stuhl zu seiner anderen Seite war frei, ihr Bruder Johann Prüß der Jüngere, genannt Hans, war also ebenfalls nicht rechtzeitig zum Festmahl gekommen. Ihr Vater sprach das Tischgebet. Margarethe legte die Hände zusammen und fiel in die heiligen Worte ein. Danach dankte der Vater Gott dafür, dass er an diesem Tag schützend die Hand über seine Tochter gelegt und den Hausstand auch in diesem Jahr mit knusprigen Gänsen so reich beschenkt hatte. Er erinnerte an die Legende, nach der das Geschnatter der Gänse Martin verraten hatte, als dieser sich aus Demut der bischöflichen Würde, die ihm angetragen worden war, entziehen wollte und in einem Stall versteckt hatte. Ihr vorlautes Verhalten mussten seitdem jedes Jahr viele Gänse mit dem Leben bezahlen.

Als ihr Vater das Amen gesprochen hatte, trug die Magd das Essen auf. Dampfende, duftende Platten und Tafeln sammelten sich auf dem Tisch. Der neue Most wurde eingeschenkt. Auch heute aß der Vater langsam und gedankenverloren. Die Zeiten, an denen an der Tafel lebhaft gesprochen wurde, schienen vorbei zu sein. Am Gesindetisch langte der Geselle Jacop Krut kräftig zu. Nachdem er sich reichlich aufgefüllt hatte, taten sich der Knecht, der Lehrjunge und als Letzte die Magd auf. Margarethe wunderte sich, als sie sah, dass auch der Platz des Altgesellen Reinhard frei geblieben war. Jacop hatte sich mit den Armen aufgestützt und die Ellenbogen weit über seinen Platz hinausgeschoben. Er schaufelte sich hungrig das Essen in den Mund. Immer wieder blieben Reste in seinem Bart hängen. Margarethe wandte sich ihrem Teller zu. Sie biss in die krosse Haut der Gans und kostete das weiche Fleisch. Mit einem Stück Brot tunkte sie die Reste auf und trank den letzten Schluck Most aus. Ein herrliches Essen, das sie satt und zufrieden zurückließ. Nur die Abwesenheit des Bruders machte sie nachdenklich. Hans hatte sein Handwerk in der Druckerei des Vaters erlernt und war dann als Geselle von Stadt zu Stadt gezogen. Erst vor kurzem war er nach Straßburg zurückgekehrt, sein letzter Meister hatte ihn vorzeitig entlassen. Margarethe wusste nicht, was vorgefallen war, aber ihr Vater war entrüstet gewesen, weil sein Sohn ihm Schande gemacht hatte. Hans hatte seinen Willen bekräftigt, sich eine neue Stelle zu suchen, bislang jedoch keine Anstalten dazu gemacht.

Nach dem Festmahl konnte es das Gesinde kaum erwarten, das Haus zu verlassen, um sich bei Martinstrünken und Martinsfeuern zu vergnügen. Aus der Küche war bereits Gesang zu hören, Margarethe vernahm die Strophe eines alten Lieds:

»Also dass oft Schaden bringt,
wer zu viel schwätzt oder singt:
Weil die Gänse Schweigen hassen,
müssen sie sich braten lassen.«

Nach Gesang war Margarethe nicht zumute. Sie wusste, dass ihr Vater, ebenso wie sie, die Mutter vermisste, und war glücklich, als er sie zum Ausklang des Abends in seine Stube einlud.

Das Zimmer des Vaters lag zur Straße hinaus. Es wurde von einem Schreibpult beherrscht, an den Wänden standen ein großer Schrank und eine Truhe. Johann Prüß hatte es sich vor dem Kachelofen gemütlich gemacht und hielt ein Noppenglas in den Händen, dessen gläserne Tropfen wie kleine Eiszapfen auf die Finger hingen. Die Flammen der Kerzen brachen sich im

Glas und warfen glitzernde Lichtpunkte auf Hände und Wams. Ernst musterte der Drucker seine Tochter, dann hielt er ihr eine Standpauke wegen ihrer Leichtsinnigkeit an der Bude. Schließlich reichte er ihr ein Buch. »Setz dich zu mir, Tochter, und lies deinem alten Vater einige Seiten vor«, sagte er müde. Doch kaum, dass sie Platz genommen hatte, begann er zu sprechen. Margarethe ließ das Buch auf ihren Schoß sinken und sah ihn aufmerksam an. »Das Wunder der Sankt-Martins-Nacht! Heute trinken wir den frischen Most, und morgen füllen wir unser Glas aus demselben Fass und der Herr hat den Most über Nacht in Wein verwandelt. Was Gott und die Heiligen alles vermögen! Der heilige Martin hat Kranke geheilt und Tote zum Leben erweckt. Solcher Wunder werden wir heute nicht mehr teilhaftig. Über ein Jahr ist es nun her, dass der Herr deine Mutter zu sich gerufen hat. Über ein Jahr schon, Gott.« Das letzte Wort klang wie ein Wehklagen. »Nun begehen wir wieder das Fest Martini. Schulden werden bezahlt. Neue Lehrlinge werden aufgenommen. Gesellen gehen auf Wanderschaft. Es ist an der Zeit, dass auch ich mein Haus bestelle. Es soll alles seine Ordnung haben, wenn der Herr meinen Namen ruft.« Margarethe wollte ihn unterbrechen, ihm sagen, dass ihm sicher noch viele Jahre bleiben würden, doch er gebot ihr Einhalt. »Du weißt, ein Meister kann nicht ohne Frau sein. Die Zunft will es so. Ich werde also auf meine alten Tage wieder zum Freier werden müssen.« Er stieß bitter die Luft aus. »Deine Tante kann am ehesten beurteilen, wer als mein neues Hausweib in Frage kommen könnte. Sie hat mir schon einige Namen genannt. Ich werde mich in der nächsten Zeit um eine dieser Frauen bemühen.« Margarethe hatte gewusst, dass ihr Vater eines Tages wieder würde heiraten müssen, aber sie hatte gehofft, dass dieser Tag noch fern war. Der Gedanke an eine neue Frau an seiner Seite versetzte ihr einen Stich. Würde es eine Witwe sein oder eine ledige Frau, alt oder jung? Was würde diese Heirat für sie selbst bedeuten? Sie sprang auf, das Buch glitt von ihrem Schoß und fiel polternd auf den Boden.

»Niemand kann Mutter ersetzen«, sagte sie. Über ihren plötzlichen Gefühlsausbruch beschämt, hob sie das Buch besonders vorsichtig auf und strich über die Ecken, die glücklicherweise unbeschädigt waren. Ihr Vater sah sie streng an. Bücher waren zu kostbar, um achtlos damit umzugehen.

»Eine wird es versuchen müssen. Und es ist unsere Pflicht und Schuldigkeit, es ihr nicht zu schwer zu machen.« Er kannte seine Tochter und sah ihr an, dass sie weitere Einwände hatte, deshalb fasste er sie fest ins Auge. »Auch für dich ist es an der Zeit, Tochter. Wenn ich vermählt bin und in unserem Haus Ruhe eingekehrt sein wird, werde ich für dich einen Ehemann suchen.« Es klopfte, und der Altgeselle Reinhard Beck stand in der Tür. Er war so groß, dass er mit dem Kopf beinahe an den Türrahmen stieß. In den Händen hielt er Papiere, frisch bedruckt, gerade getrocknet, geschnitten und noch ungebunden. Reinhard strahlte meistens Ruhe und Gelassenheit aus. Auch jetzt betrat er ohne Befangenheit das Zimmer seines Herrn.

»Es ist fertig, Meister«, sagte Reinhard mit seiner tiefen, warmen Stimme und reichte Johann Prüß die Papiere, der sie in den Händen zu wiegen schien und dann auf den Tisch legte. Reinhard hatte auf das Festmahl verzichtet, um vor dem Feiertag das Buch für seinen Meister herzustellen. Er warf ihr einen Blick zu, und Margarethe bemerkte, dass ihre Wangen glühten und sie ihn bewundernd angeschaut haben musste. Verlegen wandte sie sich dem Buch zu. Sie musste selbst wie eine dumme Gans wirken!

»Gute Arbeit, Reinhard. Dank dir dafür. Geh in die Küche und lass dir dein Abendbrot geben, und noch eine Extraportion dazu, das hast du verdient«, lobte ihr Vater. Der Geselle ging an Margarethe vorbei, mied jedoch ihren Blick. Wie lange hatte er schon in der Tür gestanden? Hatte er gehört, dass ihr Vater heiraten würde und auch für sie einen Mann suchen wollte? Allzu unerwartet dürfte es für ihn nicht sein, das war der Lauf des Lebens, und doch störte es Margarethe. Sie schalt sich. Es hatte sie nicht zu interessieren, was ein Geselle dachte. Außerdem: Reinhard war sicher schon in Gedanken bei der fetten Gans.

Wo würde er nach dem Essen hingehen? Margarethe schüttelte diese Fragen unwillig ab.

Ihr Vater hatte die Darlegung seiner Pläne noch nicht beendet. Langsam erhob er die Stimme. »Und dann ist dein Bruder dran, dein ungeratener Bruder! Er muss seine Muthzeit beenden und ein Weib nehmen. Vielleicht bringt ihn eine Frau zu besserer Zucht. Wo steckt er überhaupt?« Margarethe hob entschuldigend die Schultern. Ihr Bruder führte sein eigenes Leben. Immer öfter blieb er den gemeinsamen Mahlzeiten fern, in der Druckerei vernachlässigte er seine Aufgaben, mit ihr sprach er kaum. Ihr Vater schnaufte. »Höchste Zeit, es ist höchste Zeit, dass ich endlich mein Haus bestelle.« Er warf einen Blick auf die Papiere, die auf dem Tisch auf ihn zu warten schienen.

»Ist es das Buch für Meister Knipp? Gib es mir, ich kann es auf Fehler durchsehen«, bot sie an.

Margarethe hatte ihren Platz in der Welt der Druckerei gefunden. Es war eine Welt, in der sich die Arbeit auf mehrere Personen aufteilte. Die Größe der Druckerei und die Menge der Pressen bestimmten die Anzahl der Gesellen und Lehrjungen, die dort arbeiteten. Es gab Drucker, die alles allein machten, und große Druckwerkstätten, in denen auf mehreren Pressen gedruckt wurde und viele Männer ihr Auskommen fanden. An ihrer Spitze stand der Typograph, der Buchdruckkünstler und Besitzer der Druckerei, der über genügend Gelehrsamkeit verfügen musste, um zu entscheiden, welches Buch verlegt wurde. Es gab den Typenschneider, den Setzer, den eigentlichen Drucker, der die Presse bediente, sowie einen Complicator, der für Haftung und Bindung der Bögen verantwortlich war. Ein Mann, der manchmal fest angestellt war, aber auch nach Bedarf angeheuert wurde, war der Corrector, der die Probedrucke auf Fehler durchsah. Oft arbeitete er mit einem Lector zusammen, der die Vorlagen laut vorlas, während der Corrector den Probedruck verbesserte. Diese Männer mussten gelehrt sein und sich in den alten Sprachen auskennen. Manchmal überwachten Autoren eigenhändig die Drucke ihrer Schriften; auch dem großen Gelehrten Wimpfeling hatte ihr Vater einmal die fertig bedruckten Seiten bringen lassen. Früher hatte Johann Prüß einen Corrector beschäftigt. Aber inzwischen war das Margarethes Aufgabe. Dann durfte sie den Probedruck lesen und auf Fehler durchsehen. Eine Arbeit, die sie als Auszeichnung empfand und die sie mit Zufriedenheit erfüllte. Johann Prüß nickte, und seine Tochter nahm die Seiten an sich. Der Geruch der frischen Druckerfarbe löste Vorfreude in ihr aus. Dieser Duft hatte sie begleitet, solange sie denken konnte. Es war der Geruch ihrer Kindheit, einer glücklichen Kindheit.

»Es gibt in den nächsten Monaten viel zu tun, auch für dich«, sagte ihr Vater. »Wenn dieser Druck fertiggestellt ist, stehen die nächsten schon fest, darunter das *Breviarium Argentinense*. Meister Baldung wird mit einem Titelholzschnitt das Gebetbuch veredeln.« Margarethe beugte sich interessiert vor. Es freute sie, wenn ihr Vater ihr Einblick in seine Arbeit gab.

»Meister Baldung sagst du? Ich habe noch nie von ihm gehört«, gestand sie.

»Er ist erst seit einigen Jahren Meister. Ein junger Spund, aber sehr talentiert. Hat bei Meister Dürer in Nürnberg gelernt. Grienhans hat man ihn dort genannt.« Albrecht Dürer kannte Margarethe natürlich, besonders an seine *Apokalypse*, die auch in Straßburg gedruckt worden war, erinnerte sie sich gut. Die himmlischen Heerscharen in ihrem Zorn waren noch nächtelang in ihren Träumen aufgetaucht.

»Grienhans? Ein ungewöhnlicher Name.«

»Der junge Mann liebt die Farbe Grün, ob im Bild oder in seiner Kleidung, auf die er großen Wert legt. Aber Eitelkeit hin oder her, sein Talent ist nicht unentdeckt geblieben. Er hat vornehme Kunden. Gerade hat sich Markgraf Christoph von Baden samt seiner Familie von ihm malen lassen. Ich kann zufrieden sein, dass so einer sich noch Zeit für einen Buchholzschnitt nimmt.«

»Was wird er für das *Breviarium* entwerfen?«

»Maria, die Schutzpatronin unserer Stadt, mit dem heiligen

Kinde, dazu das Wappen unseres ehrwürdigen Bischofs Wilhelm von Honstein.« Den letzten Satz ließ er in der Luft hängen. »Und nun lies, Kind, lies. Verkürze mir den Abend mit erbaulicher Lektüre.«

Sie schlug das Buch auf. Johann Prüß hatte *Das Heiligen Leben* gewählt, und sie begann, ihm Geschichten aus dem Leben der Heiligen vorzutragen. Ihr Vater lehnte sich zurück und schloss die Augen. Als sie aufsah, bemerkte sie, dass er bereits eingeschlafen war. Leise stand sie auf, legte das Buch vorsichtig auf den Tisch, holte eine Decke und schlug sie über ihn; ihr Vater sollte nicht frieren, wenn der Ofen ausging. Sie drückte ihm einen Kuss auf die Wange, wie sie es als kleines Mädchen getan hatte. Aber die Zeit der Kindheit war vorbei, das hatte ihr dieser Abend einmal mehr deutlich gemacht. Sie nahm die Papiere an sich und schlich sich in die Schlafkammer.

Ihre Tante saß auf einem Schemel und stickte. Das Kerzenlicht ließ ihre Gesichtszüge mit den breiten Wangenknochen und der gewölbten Stirn weicher erscheinen, jünger. Nun erhob Tante Jule sich und half ihr, sich auszukleiden. Als sie mit dem Ärmel an dem Verband hängenblieb und Margarethe zusammenzuckte, meinte sie nur: »Das ist die Strafe für dein ungebührliches Verhalten. Wenn du mehr auf deine Tante hören würdest, würde dir so was nicht passieren. Ins Feuer zu laufen, was für eine Dummheit! Und dann treibst du dich mit dieser Ursula herum. Vergisst, dass du in der Küche helfen sollst. Hast gedacht, die alte Tante kann das übernehmen?«, sagte sie scharf und kniff Margarethe, während sie ihr das Leibchen aufschnürte, in die Seite. Margarethe ließ sich den Schmerz nicht anmerken.

»Es war nicht so, wie du glaubst. Wir haben nicht getrödelt. Die Messe musste unterbrochen werden. Einem Hirten sind die Schweine durchgegangen. Alle mussten helfen, sie einzufangen. Erst danach konnte der Gottesdienst fortgesetzt werden. Ich hätte doch die Messe nicht vor dem Ende verlassen können!«, rechtfertigte sie sich und ließ den Kamm durch ihre dicken schwarzen Haare gleiten. Die Tante legte die Hand auf ihre Schulter. Margarethe fürchtete, dass sie in die Haare greifen und daran reißen würde.

»Die Schweine also. Die Schweine sind schuld. Nicht die kleine Margarethe.« Ein rauer Finger begann mit einer Strähne zu spielen, die sich wie eine Schlange um die Glieder wickelte. Margarethe versteifte sich immer mehr.

»Hast du schön deine Ave Maria gebetet? Hast ein Gebet für deine Tante mitgesprochen, die in der Küche bleiben musste, statt in die Kirche zu gehen?« Sie hielt die Strähne nun straff, Margarethe spürte ein Ziehen an der Kopfhaut.

»Natürlich, genau, wie ich es versprochen hatte.« Die Tante ließ los, Margarethe atmete auf. Sie hatte sich vorgenommen, ihre Tante auf die Heirat des Vaters anzusprechen. Aber jetzt war nicht der richtige Zeitpunkt dafür, sie wollte nicht riskieren, dass die Alte noch wütender wurde.

»Was hat dein Vater von dir gewollt?«, fragte die Tante. Ihr Tonfall ließ keine Atempause zu.

»Er wollte wissen, wo mein Bruder ist.«

»Und?« Da war ihr Vogelblick wieder, prüfend und kalt. In Margarethe begann etwas aufzubegehren. Wer war sie, dass sie sie so verhören durfte?

»Ich weiß es nicht. Bin ich meines Bruders Hüter?«, gab sie zurück. Die Worte waren schnippischer aus ihrem Mund gekommen, als sie beabsichtigt hatte. Die Antwort folgte auf dem Fuß. Eine Hand krallte sich in ihre Haare, sie krümmte sich dem Griff entgegen, um den Schmerz zu verringern.

»Missbrauche nicht die Worte des Herrn!«

»Entschuldige! Entschuldige!« Margarethes Stimme jaulte beinahe auf. Die Hand ließ los, Haare fielen zu Boden.

»Auf die Knie. Du betest fünfzig Ave Maria. Erst dann kannst du an Schlaf denken«, bestimmte die Tante. Margarethe wusste, dass Widerspruch zwecklos war. Sie ließ sich auf die Knie sinken. Der Boden war eiskalt. Sie trug nur ein Leinenhemd, die Härchen an ihren Beinen stellten sich auf. Und das, wo sie heute in der Bude schon so gefroren hatte! Margarethe begann zu beten.

»Gegrüßet seiest du Maria voll der Gnaden.« Die Tante löschte die Kerze und blieb im Dunkeln auf ihrem Schemel sitzen. »Der Herr ist mit dir.« Ein Kribbeln an den Füßen kündigte an, dass bald ihre Beine einschlafen würden. »Du bist gesegnet unter allen Frauen.« Ihr Bruder machte es richtig, er zumindest ging der Tante aus dem Weg. Was er wohl trieb? »Und gesegnet ist die Frucht deines Leibes.« Es würde eine lange Nacht werden. Dabei hatte sie doch in den nächsten Tagen viel vor. Sie dachte an das Buch. Würde es ihr gefallen?

Ein Poltern rüttelte sie auf. Holz schrammte über den Boden. Woher kamen die Geräusche? Sie drückte sich hoch, ihr Handrücken puckerte, der Verband war feucht. Sie hörte Schläge und Schnaufen, wie von einem Kampf. Sie legte sich ein Tuch um die Schultern und tastete sich in die Küche. Als sie eintrat, erschrak sie. Der Gestank nach Branntwein und billigem Fusel überdeckte den Duft der Gans. Es war dunkel, das Herdfeuer glomm nur noch. Der Tisch war verschoben, Stühle umgefallen. In der Mitte des Raumes rangen zwei Männer miteinander. Der eine zwang den anderen gerade auf den Rücken und presste seine Arme auf den Boden. In der einen Hand hielt er etwas – eine Gänsekeule. Jetzt erkannte sie die beiden Männer, es waren ihr Bruder Hans und sein Freund Eckard, die Hemden mit den geckenhaften Halskrausen waren zerknittert, die zweifarbig geschlitzten Hosen mit Flecken übersät. Sie sahen aus, als hätten sie tagelang gefeiert. Sankt Martin galt als Schutzheiliger der Zecher, und diese beiden hatten ihm besonders ausgiebig gehuldigt.

Hans nahm Eckard den Schlegel ab, biss hinein und stieß ein Triumphgeheul aus. Dann ließ er sich fallen. Beide lagen nun ausgestreckt und erschöpft schnaufend auf den Holzbohlen. Hans war so groß wie seine Schwester, ähnelte mit seiner kräftigen Statur aber eher dem Vater. »Do blost us'm letschte Loch«, lallte er in einem so breiten Dialekt, als habe er die letzten Tage unter Bauern verbracht.

»Ich zeig dir, wer aus dem letzten Loch bläst«, antwortete Eckard und bäumte sich auf, um sich den Schlegel zu schnappen. Als er Margarethe entdeckte, war er mit einem Satz auf den Beinen. Eckard war kleiner als sie und schmal, seine flachsblonden Haare hingen ölig herunter, seine Augen waren trübe vom Wein. Margarethe drehte sich weg, ihr Bruder und sein Freund benahmen sich wie Kinder.

»He, was ist?! Hier hast du ihn«, lachte ihr Bruder und schmiss dem Freund den Schlegel zu. Er hatte sie wohl noch nicht bemerkt. Eckard griff daneben und musste den Knochen vom Boden aufklauben. Margarethe suchte nach einem neuen Stück Stoff, mit dem sie ihre Hand umwickeln konnte.

Jetzt bemerkte auch Hans sie und stand auf. Seine schwarzen Haare hingen ihm ins Gesicht. »Schwesterchen, so spät noch auf den Beinen?«

»Lasst euch nicht stören«, sagte sie betont ruhig. Sie zupfte den Verband ab, der an der Wunde klebte, und biss die Zähne zusammen. Brandblasen kamen zum Vorschein.

Hans schwankte ihr entgegen. »Nicht stören. Ist das alles, was du sagst? Wo bleibt die Strafpredigt?«, antwortete er. Sein weingeschwängerter Atem nebelte sie ein. Margarethe ignorierte ihn. Er lachte höhnisch. »Das gibscht doch nur, wenn's grien schneit.« Sein Freund lachte nicht mit. Eckard hatte sich an den Rand der Küche verzogen. Er scheute Auseinandersetzungen und ging Margarethe ohnehin am liebsten aus dem Weg. Ihr platzte der Kragen.

»Was willst du? Du weißt doch selber, dass du dich wie ein grüner Junge benimmst. Schlimmer noch. Beim Vater türmt sich die Arbeit, und du treibst dich herum. Nicht mal an diesem Festtag bist du bei uns«, brach es aus ihr heraus.

Hans schien nur auf ihre Vorwürfe gewartet zu haben. »Machst nicht schon du alles in der Druckerei, Schwesterchen? Schade, dass du kein Mann bist, was? Dann könnte Vater dich zum Erben küren und nicht mich, den ungeratenen Sohn, das schwarze Schaf.«

Eckard legte jetzt beschwichtigend die Hand auf die Schulter des Freundes. Es war eine zarte Hand, mit langen, feingliedrigen Fingern, auf Hans' breitem Kreuz sahen sie zierlich aus. »Lasst doch, ihr beiden«, mischte er sich ein.

Das hatte ihr gerade noch gefehlt. Margarethe fuhr ihn an: »Du hast damit nichts zu tun. Kümmere dich lieber um deine eigene Familie. Deiner Mutter geht es gar nicht gut.«

Eckard lächelte schief. »Der ging's noch nie gut. Nie, seit ich geboren wurde. Komm«, sagte er, und stupste Hans mit der Gänsekeule an. Hans' Gesicht hellte sich auf, die Nacht war noch jung. Sie schickten sich an zu gehen.

Margarethe zögerte unschlüssig. »Bleib! Was soll ich Vater sagen?«, rief sie ihrem Bruder hinterher.

»Sag ihm, was du willst. Das machst du doch sowieso. Und ich mache, was ich will. Du hast nur Worte, ich die Taten. Das ist der Unterschied zwischen uns.« Die jungen Männer lachten.

Margarethe blieb in der Küche zurück. Bebend verband sie ihre Hand. Sie sehnte sich nach ihrem Bett, auch wenn an Schlaf jetzt nicht mehr zu denken war.

Am übernächsten Tag ging es ihr etwas besser. Insgeheim war sie erleichtert, dass der Feiertag vorüber war. Im Alltag blieb weniger Zeit zu grübeln, man machte das, was getan werden musste, und dachte nicht groß über die Zukunft nach. Ihre Tante zitierte sie zur Mithilfe in die Küche, doch Margarethe berichtete von dem Auftrag des Vaters, das Buch Korrektur zu lesen, und dagegen kam die Tante nicht an. Sie packte die ungebundenen Seiten für Meister Knipp in ein gewachstes Leinentuch, warf sich ihre Heuke über und trat auf die Helenengasse. Es war verrückt, besonders bei diesem Wetter, aber sie wollte die Seiten in der Druckerei des Vaters lesen. Im Haus »Zum Tiergarten« befand sich ihr Lieblingsplatz, dort war sie Teil des Druckgeschäfts.

Schneeregen fiel, aber in der Enge der Gasse bekam sie nur

wenige Tropfen ab. Margarethe stakste auf ihren Trippen durch den Dreck und stellte sich in den Schutz des nächsten Überhangs. Viele Häuser waren im Erdgeschoss schmal und verbreiterten sich im ersten Stock, so dass man sich von einem Haus zum anderen die Hand reichen konnte. Licht und Luft drangen kaum bis zur Erde, vor allem aber breiteten sich Feuer im Nu aus. So manches Viertel brannte ab, weil in einem einzelnen Haus ein Funken flog. Die meisten Häuser Straßburgs bestanden aus Holz oder Fachwerk, Steinbauten wie die Pfalz, wie man das Rathaus nannte, oder den Pfennigturm, wo der Stadtschatz aufbewahrt wurde, waren selten. Um die Brandgefahr zu verringern, mussten jetzt dort, wo neu gebaut wurde, bestimmte Abstände eingehalten werden.

Sie lief über den Kornmarkt, an den Buden der Buchhändler und Puppenbauer, an der Münze und an der Pfalz vorbei, die Spießgasse hoch und schließlich rechts auf den Münsterplatz hinaus. Es wirkte wie eine Erscheinung, wie ein Wunder, als die Kathedrale plötzlich hinter einer Häuserecke auftauchte. Die Händler an den Buden vor Münster und Fronhof standen sich die Beine in den Bauch, die wenigen Käufer hasteten, die Kapuzen tief ins Gesicht gezogen, durch den Regen. Heute würden die Arbeiter mit dem Neubau der dortigen Verkaufsbude beginnen. Sie passierte das Frauenwerkhaus, von wo aus die Bauarbeiten am Münster geleitet wurden, den bischöflichen Palast und lief geradewegs auf das Haus »Zum Tiergarten« zu. Es war ein großer Fachwerkbau, der sich mit seinen drei ausladenden Geschossen, den sechs Dachgauben und der Verkaufsbude neben dem Eingang auf den Platz zu recken schien. Sie grüßte den Lehrjungen Wolfgang, der gerade Dienst am Verkaufsfenster tat, und trat ein. Das Haus »Zum Tiergarten« war eine der wichtigsten Adresse der Stadt für Druckwerke. Vor vielen Jahren hatte hier Johannes Mentelin, der erste ständige Buchdrucker und Buchhändler Straßburgs, seine Werkstatt gehabt. Noch heute rühmte man ihn dafür, dass er nicht nur die erste gedruckte Bibel in deutscher Sprache hergestellt, sondern dass in seinem Haus ein gewisser Johannes Gensfleisch, genannt Gutenberg, das Drucken mit beweglichen Lettern erfunden hatte. Im Erdgeschoss befand sich das Herzstück der Druckerei. Die zwei Druckerpressen, deren mächtige Ständer fast bis zur Decke reichten, beherrschten den Raum. Die meisten Besucher blieben eingeschüchtert stehen, wenn sie diese ausgefeilten Geräte mit Spindel, Pressbengel, Tiegel und Karren zum ersten Mal sahen. Margarethe hingegen war in einer Druckerei aufgewachsen. Sie hatte mit Lettern gespielt, den Setzern und Bildschnitzern bei der Arbeit zugesehen und sich, als sie Laufen lernte, an der Presse hochgezogen. Die Gesellen und Lehrlinge hatten das wissbegierige kleine Mädchen überall zuschauen lassen und ihr später willig alles erklärt. Viele Jahre lang hatte ihr Vater nur eine Presse besessen, die damals noch in der Helenengasse gestanden hatte. Aber als er zu Ruhm und Geld gekommen war, zog er mit der Druckerei in das Haus »Zum Tiergarten« und leistete sich eine zweite. Der Vater hatte gut zu tun. In Straßburg gab es viele gelehrte Bürger, die etwas auf sich und ihre wohlbestückten Bibliotheken hielten. Es gab zahlreiche Kirchen, in denen Gebets- und Messbücher gebraucht wurden, ein Heer von Schülern, die es gewöhnt waren, die Regeln der Redekunst und Vokabeln nicht mehr mitzuschreiben, sondern in Handbüchern nachzuschlagen. Über die Grenzen der Stadt hinaus war die Druckerei für ihre Breviere, Psalter mit Musiknoten und Messbücher bekannt. Das letzte war ein richtiges Prachtstück gewesen: ein Messbuch für das Hamburger Domkapitel im Folio-Format, mit einem kunstvollen Titelblatt versehen, traditionell in roter und schwarzer Farbe gedruckt, in Glanzleder über Holzdeckeln eingebunden, mit geprägtem Metall verziert und mit Lederknötchen als Blattweiser bestückt. Margarethe liebte aber auch die reichbebilderten Helden- und Sagenbücher, die ihr Vater herausbrachte.

Nun zog ihr der Geruch nach Druckerfarbe und Männerschweiß, nach geschmolzenem Metall und nach Holz in die Nase. In der Druckerei herrschte rege Geschäftigkeit. Die Lettern klickten leise, als die Setzer sie aus dem Setzkasten nahmen und auf den Winkelhaken, hölzernen Leisten, zu Zeilen zusammenfügten. Die fertigen Zeilen legten sie neben sich auf die Setzbank auf das hölzerne Setzschiff. Der Altgeselle Reinhard nahm als Pressmeister die Druckformen entgegen und platzierte sie in dem Karren, ein anderer Geselle brachte mit den Druckerballen die Farbe von dem Farbstein auf den Satz. Reinhards Bewegungen waren geschmeidig, fließend, und wieder ertappte sie sich, ihn länger, als es schicklich war, zu beobachten. Sie ließ den Blick weiterwandern. Auf einem Regal erhob sich ein Stapel befeuchteter Papierbögen, die mit einem Gewicht gepresst und so geglättet wurden. Daneben legte ein Lehrling die frischen Druckbögen ab. Ein Geselle war mit dem Schneiden, Falzen und Zusammenlegen der fertigen Blätter beschäftigt. Über alldem thronte Johann Prüß und trug gewissenhaft Zahlen in sein Rechnungsbuch ein. Margarethe begrüßte ihren Vater und die Gesellen und lief dann die Treppen hinauf bis zum Dachboden, wo die frisch bedruckten Papiere an Leinen hingen. Sie bückte sich und krabbelte unter den Bögen hindurch, die durch die zarte Berührung des Kopfes über ihr raschelten. Drei bis vier Tage musste eine druckfrische Seite an der Leine hängen, bevor sie in die Druckerei zurückgebracht und geschnitten werden konnte. In der hintersten Ecke des Dachbodens stieg sie auf eine Kiste und drückte mit dem Kopf eine Luke auf, die sich in der Decke befand und die man nur sah, wenn man wusste, dass es sie gab. Die nächsten Bewegungen waren lange erprobt. Das Paket nach oben legen, sich selbst hochziehen, die Dachbodenluke wieder schließen. Nun war sie direkt unter dem First des Hauses. Hier war die Luft trocken, und es roch würzig nach den Kräutern, die jemand zwischen den Balken aufgehängt hatte. Gebückt ging Margarethe zur Gaube und zog ein Tuch heran, das sie hier versteckt hatte. Sie sah aus dem Fenster auf Bischofshof und Schlossplatz hinaus. Der Himmel war bedeckt, das gegenüberliegende Münster halb im Dunst verschwunden. Für Margarethe war dies der schönste Ort auf der Welt, um zu lesen. Fehler in einem Buch zu entdecken war eines; dazu waren lediglich bestimmte Fertigkeiten notwendig, die manchmal gar nichts mit Lesen zu tun hatten. Es gab Correctoren, die lateinische Bücher begutachteten, ohne die Sprache zu beherrschen. Das kam in ihrer Familie aber nicht in Frage. Ihr Vater hatte Wert darauf gelegt, dass seine Tochter die Sprache der Gelehrten lernte. Während ihr Bruder oft dem Unterricht ferngeblieben war oder für seine Streiche mit der Rute zur Rechenschaft gezogen werden musste, hatte Margarethe keine Stunde bei ihrer Lehrfrau ausfallen lassen.

Heute ging es Margarethe aber nicht nur um das Begutachten. Heute wollte sie lesen, über den Text nachdenken, zurückblättern, verstehen, noch einmal lesen. Dafür brauchte sie Muße. Damit ihr Vater ihr Bücher zum Korrekturlesen überließ, hatte sie lernen müssen, schnell zu sein. Am Anfang hatte sie sich schwer damit getan. Sie hatte sich an jedem Wort festgehalten. Wollte Wörter, Sätze, Absätze so oft lesen, bis sie sie wirklich verstand. Dann hatte sie herausgefunden, wie man Verständnis und Schnelligkeit verbinden konnte. So muss es sein, wenn Vögel das Fliegen lernen, hatte sie gedacht. Sie fallen aus dem Nest und hüpfen unbeholfen, später erst erkennen sie die Kraft ihrer Flügel und werden Geschöpfe der Luft. Sie strich über die Titelseite, sie war gut gelungen. Feierlich blätterte sie um. War der Druck durch zu viel oder zu wenig Farbe verdorben? Gab es verdrehte, vertauschte Lettern? Sie fragte sich, wie der neue Besitzer dieses Buch wohl einbinden würde. Würde er einen Ledereinband mit geprägten und vielleicht sogar vergoldeten Buchstaben wählen? Oder sich für eine Verbindung von einem Lederrücken und Holzeinbänden entscheiden? Manche ließen die Bücher auch ungebunden, und damit ungeschützt. Dann litten sie oft. Bekamen Flecken, rissen ein, zerknickten. Es war die Pflicht eines Besitzers, ein Buch gut aufzubewahren, fand Margarethe. Sie mochte die Metallschließen, mit denen Bücher einer Schatztruhe gleich geschützt wurden. Und dann gab es auch Buchkästen aus Holz oder Metall, in denen besonders kostbare

Bücher verwahrt wurden; so ein Schmuckstück würde Meister Knipp allerdings kaum besitzen. Sie würde ihn fragen, was er mit dem Buch vorhatte, wenn es wirklich sie sein würde, die ihm dieses Werk übergab. Schritte ließen sie aufhorchen. Ein Lehrling war auf den Dachboden gekommen, um getrocknete Seiten abzunehmen und frisch gedruckte aufzuhängen. Er würde sie nicht stören, er kannte dieses Versteck nicht. Sie las weiter.

Nach wenigen Minuten nahm sie die Geräusche, die durch die Ritzen der Holzbohlen zu ihr aufstiegen, schon nicht mehr wahr. Hörte nicht mehr das Gezwitscher der Vögel. Fühlte nicht mehr den verbrannten Handrücken und die Prellung am Bein. Sie las und las. Nach einigen Stunden flatterten ihre Lider. Zu viel, es war zu viel für einen Vormittag. Sie überflog die restlichen Seiten, sah sie nach Fehlern durch. Nichts. Ein perfektes Buch, das auf seinen ersten Leser wartete. Beinahe gönnte sie es Meister Knipp nicht. Aber genau genommen war es ja für seine Frau bestimmt. Margarethe lauschte, auf dem Dachboden unter ihr war alles still. Niemand musste wissen, dass sie sich hier verbarg. Sie öffnete die Luke und ging hinunter in die Druckerei. Sie wollte mit ihrem Vater sprechen, entdeckte ihn jedoch nicht. Margarethe hoffte, dass er sich um den Erwerb neuer Manuskripte oder die Verkaufsläden kümmerte und nicht jetzt schon auf Freiersfüßen unterwegs war. Sie ging an Wolfgang vorbei, dem Lehrling im ersten Jahr, der von Anfang an Margarethes Mitleid geweckt hatte. Es war noch jung, vielleicht zwölf Jahre alt, ein mageres, blassblondes Kerlchen, dessen abstehende Ohren sein Gesicht noch spitznasiger machten. Er hatte mehrere Winkelhakenfüllungen auf dem Schiff, einer länglichen, rechtwinkligen Platte, abgesetzt, die an drei Seiten von hölzernen Anschlagleisten begrenzt war. Es war ungewöhnlich, dass man diesem unerfahrenen Jungen bereits eine so schwierige Aufgabe gab. Aus Gewohnheit warf Margarethe einen Blick auf den Satz. Sie zögerte. Offenbar war dem Gesellen Jacop, der für diesen Lehrling zuständig war, nicht aufgefallen, dass Wolfgang mit den Lettern durcheinandergekommen war. Die Typen hatten eine unterschiedliche Kegelhöhe, dadurch waren einige Typen der ersten Zeile höher geraten als die anderen. Im Druck würde sich diese Unregelmäßigkeit von Zeile zu Zeile vergrößern, bis das Schriftbild schließlich nicht mehr lesbar wäre. Wenige Lidschläge lang schossen Margarethe die Folgen dieses Fehlers durch den Kopf. Nach dem Druck müssten die Seiten mit den tanzenden Buchstaben weggeschmissen und erneuert werden, was zu höheren Kosten führen würde. Der Preis des Buches war aber schon ausgehandelt, also würde der Vater weniger Gewinn machen. Jacop würde den Fehler des Lehrlings nicht bemerken, er war in ein Gespräch mit dem Papierlieferanten vertieft. Sie flüsterten und lachten hämisch über etwas, das nicht für andere Ohren bestimmt schien. Margarethe gab sich einen Ruck.

»Wolfgang, bring die Lettern in der ersten Reihe lieber in Ordnung«, riet sie ihm. Der Lehrjunge blickte sie ratlos an. Sie hatte leise gesprochen, und doch hatte Jacop ihre Worte vernommen, denn er ließ den Lieferanten stehen und trat zu ihnen. Der Geselle warf einen Blick auf den Satz und gab Wolfgang eine Ohrfeige.

»Hast du denn nichts gelernt? Musst du dich von einem Weib belehren lassen?« Der Papierhändler lachte laut.

Margarethe ärgerte sich über die überzogene Reaktion und den abfälligen Ton des Gesellen. Bevor sie noch darüber nachgedacht hatte, sagte sie: »Mir scheint, es ist die Aufgabe desjenigen, der den Lehrling anleitet, solche Fehler zu verhindern.« Wiederum war Gelächter zu hören. Nun stand Jacop Krut belämmert da. Er sah sie wütend an und wollte gerade etwas entgegnen, als Reinhard Beck sich einmischte. Sein Gesicht war ernst, das markante Kinn mit dem Grübchen leicht vorgeschoben.

»Fehler passieren. Dieser ist rechtzeitig bemerkt worden. Wolfgang hätte daraus schon gelernt, auch ohne eine Ohrfeige«, sagte er.

Margarethe sah jetzt, dass ihr Vater den Raum betreten hatte. Sie ließ die Männer stehen und ging zu ihm. Er wollte gerade den Satz eines neuen Manuskripts berechnen, also Zeilenmaß, Zeilenabstand und Seitenaufteilung festlegen.

»Vater«, sagte sie. »Bei diesem Buch sind keine weiteren Korrekturen nötig. Nichts spricht dagegen, es zu Meister Knipp zu bringen.« Ihre Zunge stieß an die Vorderzähne an; die Aufregung über den Wortwechsel steckte ihr noch im Leib.

»Es ist immer gut, wenn viele Augen dafür Sorge tragen, dass ein Druck in Ordnung ist«, sagte er so deutlich, als habe er die Auseinandersetzung mitbekommen. »Schlag das Buch in ein altes Pergament ein und bringe es zu Meister Knipp. Aber lasse dich gleich dafür bezahlen. Der gute Knipp vergisst gerne, was er einem schuldig ist.«

Sie fühlte sich unbehaglich bei dem Gedanken an einen Besuch im Haus des Glasmalers. »Kann nicht ein anderer gehen? Ich würde dir gerne beim Einrichten des Manuskripts helfen. Was hast du denn Neues aufgetan?«, fragte sie neugierig und versuchte, den Titel des Manuskripts zu lesen.

Ihr Vater legte die Hand darauf. »Ich habe es versprochen, du wirst gehen. Ein Geselle kann dich begleiten.« Er rief nach Reinhard Beck. »Du bringst meine Tochter zu Meister Knipp. Sie soll das Buch übergeben und dort vorlesen. Sieh zu, dass sie das Geld bekommt.« Reinhard wollte etwas anmerken, aber Johann Prüß bestimmte in einem abschließenden Ton: »Es dauert nicht lange. Sie soll ja nur einige Seiten vorlesen, nicht das ganze Buch. Jacop wird dich so lange an der Presse vertreten.«

Margarethe und Reinhard liefen durch die Gassen. Bei ihm musste sie sich nicht klein machen, er war ein gutes Stück größer als sie. Reinhard pfiff vor sich hin, es klang zufrieden, obwohl sich der Nieselregen anfühlte, als ob feuchte Lappen in ihr Gesicht klatschten. Margarethe hätte gerne mit dem Altgesellen ein Gespräch angefangen, wusste aber nicht so recht worüber. Nur selten hatte sie Gelegenheit, mit ihm zu sprechen, fast nie war sie mit ihm allein. Oft schon hatte sie sich ausgemalt, was sie ihn alles fragen, was sie ihm erzählen würde. Er würde sie dann mit seinen sanften braunen Augen anblicken und ihr aufmerksam zuhören. Aber jetzt fiel ihr einfach nichts ein. Da erinnerte sie sich daran, was Ursula erzählt hatte.

»Habt Ihr das Martinsfest gut überstanden, Reinhard? Meine Freundin Ursula hatte gehofft, Euch beim Tanz zu sehen«, sagte sie auf gut Glück.

Das Pfeifen brach ab. »Ursula? Die soll mal ihre Augen bei sich behalten«, gab er zurück. Margarethe wartete auf eine Erklärung, aber es kam nichts mehr. Einige Schritte weiter spitzte er wieder die Lippen und setzte die Melodie fort. Das war also kein Thema, über das sich der Altgeselle gerne unterhielt. Worüber konnten sie noch reden?

»Ihr seid bestimmt ein besserer Lehrjunge gewesen als Wolfgang«, sagte sie. Er schwieg. Margarethe gab nicht auf. Ein neuer Versuch: »Wo habt Ihr gelernt?« Ein Seitenblick, genervt.

»In Köln.« Aha. Und weiter?

»Wie war es dort, in Köln?«

»Auch gut. Anders.« Eine wahrlich erschöpfende Antwort. Es musste doch möglich sein, diesen Mann zum Reden zu bringen.

»Wie anders?«, fragte sie.

Reinhard stieß die Luft aus. »Hier hat man mehr Freiheit.« Er hielt an. »Wir sind da.« Margarethe sah auf. Da hat er ja Glück gehabt, dass ich nicht noch mehr fragen konnte, dachte sie. Sie nahm sich vor, auf dem Rückweg an dieses Gespräch anzuknüpfen. Vielleicht würde sie mehr als diese wenigen Sätze aus ihm herausbekommen.

Sie standen vor einem Fachwerkhaus mit einem vielfarbigen Glasfenster neben dem Eingang, auf dem das Wappen der Familie abgebildet war. Im Erdgeschoss befanden sich die Werkstatt und der Verkaufstresen. Eckard begrüßte sie und rief die Magd, die sie in die Stube führte. Meister Knipp kam ihr entgegen.

»Ah, die Jungfer Margarethe. Wie vereinbart«, sagte er maliziös lächelnd. Jetzt nahm er Reinhard wahr, sein Blick verschattete sich. »Ihr habt Begleitung? Er soll vor der Tür warten«, wies er an. Margarethe reichte ihm das Buch. Er riss das Pergament auseinander und schlug die Seiten auf. Sie kam sich ohne das Paket nackt vor und war froh, dass sie ihren Goller trug, der Umlegekragen mit Samtbändern verdeckte ihren Ausschnitt und wärmte zugleich.

»Wisst Ihr schon, wie Ihr es binden lassen werdet?«, fragte sie. Knipp legte das Buch ab und sah sie auffordernd an. Margarethe zog die Rechnung hervor. »Bevor ich es vergesse«, sagte sie und reichte ihm das Papier, das ihr Vater mit schwungvoller Schrift versehen hatte.

Meister Knipp warf es unbesehen auf den Tisch. Sein Blick war auf ihr Gesicht gerichtet. »Ich werde Eurem Herrn Vater das Geld in den nächsten Tagen vorbeibringen«, sagte er und trat näher an sie heran.

Margarethe war unwohl zumute. »Aber … ich habe versprochen, es mitzubringen.«

Knipp legte ruckartig den Kopf nach links und rechts, so dass sein Hals knackte. »Später, später. Erst einmal hattet Ihr doch angeboten, etwas vorzutragen.« Angeboten? Gedungen wohl eher! Vorzutragen? Sie war doch keine Gauklerin! Sie biss sich auf die Lippen. Meister Knipp zog die Augenbrauen hoch und die Mundwinkel herunter. Ein Gesichtsausdruck, der zu dramatisch wirkte, um ernst gemeint zu sein, fand Margarethe. »Ich fürchte, der Tod hält Einzug in mein Haus. Es wird meinem Eheweib ein Trost sein, eine so junge und lebendige Stimme zu hören.«

Sie hatte nicht geahnt, dass es um seine Frau so schlecht stand. Plötzlich packte sie das schlechte Gewissen, was zierte sie sich so, es war ein Leichtes für sie, einige Seiten vorzulesen. Er wies ihr den Weg zu einer Tür, legte den Arm auf ihren Rücken und schob sie förmlich in einen Raum. Margarethe ging schneller, um die Hand abzuschütteln, aber sie blieb an ihr kleben. Das Zimmer war verdunkelt, ein Schatten erhob sich vor einem Fenster wie ein Berg in der Nacht. Es roch säuerlich nach Schweiß. Meister Knipp öffnete die Vorhänge einen Spalt. Kein Laut war zu hören. Sie erkannte jetzt, dass der Berg eine unförmige, fette Frau war, die auf einem Stuhl vor sich hin dämmerte. Margarethe sprach die höflichsten Willkommensgrüße aus, die ihr in den Sinn kamen. Die Frau nahm ihre Hand, ihre Finger waren schlaff und feucht.

»Das ist also aus der kleinen Margarethe geworden«, sagte sie. Ihre Stimme war nicht mehr als ein Hauch. Eine lange Pause folgte. Margarethe konnte sich nicht daran erinnern, Meister Knipps Eheweib früher schon gesehen zu haben. Sollte sie danach fragen?

»Deine Mutter und ich waren Freundinnen, auch wenn wir in den letzten Jahren vor ihrem Tod nur noch wenig miteinander zu tun hatten. Aber bald werde ich sie, so Gott will, im Himmel wiedersehen.« Ihr Doppelkinn bebte. Margarethe blieb die Stimme im Hals stecken. Sie müsste jetzt Worte des Trostes sprechen, aber plötzlich wirkten die Augen der Kranken munterer. Sie nahm Margarethe prüfend in Augenschein. »Und jetzt bis du eine junge Dame, bereit für die Ehe, wie mein geliebter Sohn Eckard. Ach, der Gute ist so beschäftigt, genauso wie mein lieber Mann.« Margarethe hätte beinahe gelacht. Vielbeschäftigt? Womit? Der Sohn mit Saufen, der Vater mit Glotzen? Sie schalt sich für ihre hässlichen Gedanken, erst recht einer Todkranken gegenüber. Die Frau sog zischend die Luft ein. »Hast du denn schon einen Liebsten? In deinem Herzen gewiss. Ich höre, das Geschäft deines Vaters läuft ausgezeichnet. Du bist also eine gute Partie.« Margarethe wusste nicht, ob sie darauf antworten sollte. Oder redete die Kranke in ihrem Kummer einfach vor sich hin? Ihr fiel das Buch ein, das sie in den Händen hielt.

»Ich habe Euch das bestellte Buch mitgebracht und würde Euch gerne einige Seiten daraus vorlesen. Das wird Sie auf andere Gedanken bringen«, sagte sie. Die Frau bewegte kaum merklich ihr Gesicht, das breit und teigig auf dem Kissen auflag. Margarethe setzte sich auf einen Hocker, räusperte sich und begann zu lesen. Sie hatte sich vorher überlegt, welcher Abschnitt sich dafür eignete, aber schon nach wenigen Momenten hörte sie ein ersticktes Schnarchen. Sie las weiter, bis sie sicher war, dass die Frau fest schlief, und stand dann auf. So wichtig schien es ihr nicht gewesen zu sein, dass ihr etwas vorgetragen wurde. Margarethe überlegte, ob sie das Buch auf dem Hocker liegen lassen sollte, aber sie hatte ja noch kein Geld dafür bekommen. Also nahm sie es erneut an sich. Vor der Tür atmete sie erst einmal durch.

Meister Knipp traf sie in seiner Stube an, wo er über Papieren brütete. »Ich muss nun gehen. Bitte gebt mir das Geld«, sagte Margarethe. Knipp schien zu ahnen, dass er sie nicht würde abwimmeln können. Er bat sie, sich zu setzen, zählte ihr die Münzen in die Hand und forderte sie auf, den Empfang zu bestätigen. Er legte die Rechnung und eine Schreibfeder vor sie auf den Tisch, wie zufällig drückte er seinen Oberkörper an ihren. Margarethe wich aus, stieß aber gleich an die Tischkante. Knipp beugte sich über sie, um das Tintenfass heranzuziehen. Während er wartete, dass sie die Feder nahm und eintunkte, legte er die Hand auf ihren Rücken. Margarethe begann zu schreiben. Ihre Haare stellten sich vor Abscheu auf, als sie spürte, wie seine Hand immer weiter über das Schulterblatt wanderten, die Finger sich unter der Achsel hindurchschoben und schließlich ihre Brust berührten. Sie schrak mit einem Schrei hoch, Knipp ließ sie los, das Tintenfass ergoss sich auf den Tisch und das Papier. Im gleichen Moment ging die Tür auf und Reinhard stürzte herein. Margarethe nahm das Geld an sich und floh auf die Gasse. Dort erst blieb sie stehen. Der Altgeselle lief ihr hinterher.

»Ich wusste gleich, dass es ein Fehler ist, Euch hierher zu schicken. Knipp ist ein stadtbekannter Lüstling!«, schimpfte er. So einen Gefühlsausbruch hatte sie bei ihm noch nie erlebt.

»Wenn Ihr es wusstet, warum habt Ihr es denn meinem Vater nicht gesagt?«, blaffte sie ihn an.

»Eurem Herrn Vater? Der ist doch genauso arglos wie Ihr!« Er ballte die Fäuste und stapfte los. Jetzt lief Margarethe ihm hinterher.

»Ihr wisst doch gar nicht, was passiert ist!«

»Ach nein? Ich musste nur den Schreck in Eurem Gesicht sehen! Und die Geilheit in seinem!« Margarethe starrte beschämt auf ihre Füße. Sie hatte vor Ärger gar nicht auf den Weg geachtet, jetzt waren ihre Schuhe dreckbespritzt. Beide brüteten während des Rückwegs vor sich hin. Sie ärgerte sich am meisten über sich selbst. Vielleicht war sie wirklich zu arglos. Sie hatte geahnt, dass etwas passieren würde. Warum hatte sie nicht auf ihr Gefühl gehört? Aber sie hatte ihrem Vater diesen Gefallen erweisen wollen. Sie wollte ihm beweisen, dass sie tun konnte, was für das Geschäft nötig war. Ihr Vater durfte nicht wissen, was in Meister Knipps Haus vorgefallen war. Reinhard Beck durfte es nicht verraten. Es würde ihre Ehre in Gefahr bringen. An einen schlechten Leumund hatte sie noch gar nicht gedacht, dabei sollte sie doch bald verheiratet werden!

Sie hatten jetzt die Druckerei erreicht. Margarethe hielt Reinhards Ärmel fest. »Sagt es nicht meinem Vater. Ich habe das Buch übergeben und das Geld mitgebracht. Das ist alles, was er wissen muss. Sagt ihm nicht mehr, ich bitte Euch, Reinhard. Am besten, Ihr behaltet es ganz für Euch. Niemand muss wissen, dass ich diesem Lustmolch in die Falle getappt bin«, bat sie flehend. Reinhard sah sie abwägend an, dann nickt er und machte sich los.

An der Tür kam ihnen die Tante entgegen, die täglich mit der Magd das Essen für die Arbeiter im Haus »Zum Tiergarten« herrichtete. Aus der Druckerei waren laute Stimmen zu hören. »Die Arbeit ist schon zu Ende, fürs Erste zumindest«, sagte sie und schob Reinhard hinaus. Als Margarethe eintreten wollte, hielt Tante Jule auch sie auf. »Was dort gesprochen wird, ist nicht für deine Ohren bestimmt, Kind.« Die Auseinandersetzung wurde erregter. Sie erkannte jetzt die Stimme ihres Bruders, der sich heftig zu verteidigen schien. Margarethe zögerte unschlüssig. Die Tante glaubte wohl, ihr eine Erklärung schuldig zu sein: »Dein Vater stellt ihn zur Rede. Dies ist ein ehrbares Haus. Wenn die Hochzeit ansteht, muss Ordnung herrschen.« Die Stimmen der Männer klangen nun bitter. Ihre Tante legte die Hand auf den Türrahmen, als könnte sie die Töne drinnen halten. Dann ging die Tür, Tante Jule wurde von dem Schwung beinahe von den Füßen gerissen und stolperte, Margarethe hielt sie im letzten Moment fest. Aus den Augenwinkeln sah sie, wie ihr Bruder über den Platz eilte. Sie wollte ihn aufhalten, aber da rief die Tante: »Margarethe, dein Vater braucht dich!«

Margarethe trat ein, hörte ein schweres Atmen und erschrak über den Anblick, der sich ihr bot. Der Vater stand am Druckstock, sein Gesicht war kalkbleich und schmerzverzerrt. Eine Hand presste er mit solcher Macht an die Schläfe, dass auch sie weiß war. Hinter ihm, auf seinem Tisch, stand die Schatulle, in der er die Einnahmen verwahrte, der Deckel klaffte weit offen. Zu ihren Füßen lagen Papiere. Sie trat zu ihrem Vater, legte den Arm um ihn und versuchte, ihn zu beruhigen, wollte ihn wegführen, zu einem Stuhl bringen. Der Vater löste die Hand von der Schläfe und schwankte. Krampfhaft klammerte er sich an den Tisch, der linke Arm hing kraftlos herunter. Margarethe versuchte ihn zu stützen, aber die Beine knickten unter ihm weg und der schwere Körper schlug auf den Setzkasten auf. Lettern flogen durch die Luft und landeten klirrend auf dem Boden. Sie rief um Hilfe, die Tante hatte schon Jacop und Reinhard geholt. Sie hoben den Vater auf und trugen ihn in sein Arbeitszimmer im hinteren Teil des Hauses, wo er neben einem Schreibpult auch ein schmales Lager besaß.

Tante Jule packte sie am Handgelenk. »Geh zum Priester, er soll ein Bittgebet für deinen Vater sprechen. Flehe die Maria im Münster an, damit sie schützend ihre Hand über ihn legt. Sie hat schon Wunder getan, vielleicht wirkt sie jetzt auch eines an deinem Vater. Ich kümmere mich so lange um ihn«, sagte sie. Margarethe wand sich unschlüssig. »Gehorche, Kind!« Sie schüttelte ruckartig den Kopf. Dieses Mal würde sie sich nicht herumkommandieren lassen. Sie drehte sich abrupt weg, füllte einen Becher mit Wein und hielt ihn ihrem Vater an die Lippen. Die Tante sah sie wütend an, aber Margarethe hatte nur Augen für ihren Vater. Sein Gesicht wirkte merkwürdig schlaff, durch den herunterhängenden Mundwinkel lief der Wein auf das Kinn, sie tupfte ihn mit dem Zipfel ihres Kleides auf.

Ohne ihn aus den Augen zu lassen, sagte sie, wobei die Zunge vor Aufregung an ihre Zähne schlug: »Der Priester kann jetzt nichts ausrichten. Wie viel Geld hat meine Mutter für Fürbitten ausgegeben, und was hat es genützt? Nichts.« Die Tante sah sie entsetzt an, wollte etwas entgegnen, aber bekreuzigte sich dann lediglich. »Reinhard soll den Medicus holen. Wir kümmern uns gemeinsam um Vater«, fügte Margarethe versöhnlich hinzu. Ihr Vater nahm ihre Hand.

»Hans … Treiberglück … herum … Spiel«, stieß er beschwörend hervor.

»Was ist mit Hans? Ich verstehe dich nicht!« Margarethes Stimme überschlug sich fast.

»Geld … Geld. Du st-um … Druck-erei!«, sagte er jetzt. Er riss sie heran. »Druck-erei!« Stammelnd brachte sein Mund unverständliche Töne heraus, immer unruhiger wurde er, als könne er nicht fassen, was er von sich gab. Bald kam nur noch Wortsalat über seine Lippen. Jetzt versuchte er aufzustehen, aber sein Körper gehorchte ihm nicht. Margarethe legte die Hand auf seine Brust.

»Vater, wenn es dir bessergeht, kannst du es mir immer noch sagen«, versuchte sie ihn zu beruhigen. Johann Prüß machte eine Bewegung mit der Hand, als wolle er etwas aufschreiben. Margarethe legte ihm das Schreibrohr in die Finger, die er noch bewegen konnte, doch statt Buchstaben malte er nur verzerrte Linien auf das Papier. Seine Unfähigkeit, sich auszudrücken, erboste ihn. Margarethe führte seine Hand, aber es half nicht. Einzig Hans, der Name seines Sohnes, und das Wort Druckerei kamen immer wieder über seine Lippen.

Es schien Stunden zu dauern, bis der Medicus kam. Als er endlich da war, ließ er den Vater zur Ader. Die Tante bekreuzigte sich, kniete sich an das Fußende des Lagers und betete. Es war gespenstisch, als sei der Vater schon tot. Margarethe hätte ihr am liebsten Einhalt geboten.

»Was hat er? Kann ich nichts tun?«, fragte sie den Medicus.

»Nein, macht es wie die Alte und betet. Sein Schicksal wird sich in den nächsten Stunden entscheiden. Sein Leben ist in Gottes Hand.«

Als er gegangen war, sah Tante Jule sie vorwurfsvoll an. »Hättest du nur auf mich gehört! Ein Bittgebet wäre das Erste gewesen, für das du hättest sorgen müssen. Der Quacksalber hat doch nichts ausgerichtet. Hol einen Priester. Du siehst doch, wie es um deinen Vater steht. Er soll Weihwasser und Sterbekerzen bringen.«

Margarethe wusste nicht, was sie tun sollte, einen Priester zu holen schien ihr nicht das Richtige zu sein. Sie setzte sich zu ihrem Vater und nahm seine Hand. Er beruhigte sich etwas. Dann sank sie auf den Boden und sprach die ersten Worte eines Gebets. Doch ihre Gedanken waren woanders. Der Zusammenbruch war durch den Streit mit dem Bruder ausgelöst worden, immer wieder hatte der Vater seinen Namen ausgesprochen. Vielleicht würde es ihn beruhigen, wenn Hans wieder da wäre, wenn sie sich versöhnen könnten. Mitten im Gebet stand sie auf.

Margarethe fand Reinhard in der Druckerei, wo er und die anderen ungewöhnlich schweigsam vor sich hinarbeiteten. Als sie sah, dass selbst er erschüttert wirkte, wurde ihr der Ernst der Lage bewusst. Was wäre, wenn ihr Vater stürbe? Was würde aus den Gesellen werden, aus der Druckerei, aus ihr? Die Tränen standen in ihren Augen, als sie Reinhard bat, ihren Bruder zu suchen. Margarethe ging zu ihrem Vater zurück, niemand war bei ihm. Wie konnte die Tante ihren Vater in dieser Situation allein lassen? Friedlos bewegte er noch im Schlaf die Lippen. Zärtlich strich sie über seine Hände, die Hände, die sie ihr ganzes Leben lang geführt, geleitet und gelehrt hatten. Er war stark, gewiss würde er sich wieder aufrappeln. Die Kerzen brannten herunter, sie steckte neue auf. Mühsam hielt Margarethe die Augen offen. Da störten laute Stimmen die Ruhe, Poltern, das Knallen von Türen.

»Du Schuft hascht mich aus der schönsten Glückssträhne gerissen«, schimpfte Hans gerade auf Reinhard ein, als dieser ihn mit einer steilen Zornesfalte im Gesicht in den Raum schob. Margarethe ahnte, wo der Geselle ihren Bruder gefunden hatte. Seine Wut über den Streit hatte er im Wirtshaus mit einem Bier gekühlt. Mit einem Schlag wollte Hans die Hände des Gesellen abschütteln, da fiel sein Blick auf den Vater. Stocksteif blieb er stehen, schlagartig schien er ernüchtert. Der Lärm hatte Johann Prüß den Älteren geweckt, wirr blickte er umher, als wüsste er nicht, wo er war. Jetzt sah er Hans, hob die Hand, zeigte mit dem Finger auf ihn, begann erregt zu sprechen. Nichts war zu verstehen, selbst für Margarethe nicht. Hans starrte ihn an, stolperte rückwärts, floh den Raum. Reinhard lief ihm hinterher, wollte ihn aufhalten. Ihr Vater bäumte sich auf, brach mit einem schmerzerfüllten Stöhnen zusammen.

Margarethe sprach ihn an, rüttelte ihn, hielt ihm Kräuter unter die Nase, nichts half. Sie fühlte sich einsam, verlassen, wütend. Eine Hand legte sich auf ihre Schulter. Groß war sie, warm und weich. Reinhard hatte sich hinter sie gestellt. Sie ließ ihren Kopf für einen Augenblick auf seine Hand sinken. Es war, als strömte Kraft zurück in ihren Körper. Dann schien es, als würde Reinhard das Ungeheuerliche dieser Situation klar – wie konnte er es wagen, so vertraulich die Meisterstocher anzufassen! –, und er trat einen Schritt zurück. Margarethe sah sich verlegen um. Hatte es jemand bemerkt?

»Sein Geist muss zur Ruhe kommen. Jetzt kann nur noch ein Priester helfen. Die Tante holt schon einen. Ihr wisst doch, was zu tun ist«, sagte Reinhard. Ja, das wusste sie. Zu frisch hatte sie den Tod der Mutter noch im Gedächtnis. Es war ihre Aufgabe, die Freunde des Vaters rufen zu lassen, seine Zunftbrüder, das Gesinde, damit sich jeder gebührlich von ihm verabschieden könnte. Als alles in die Wege geleitet war, warf sie Stroh auf den Boden, und gemeinsam mit Reinhard bettete sie den Körper des Vaters darauf, um ihm durch die Berührung mit der Erde die Trennung vom Leben zu erleichtern.

Währenddessen kehrte die Tante mit dem Priester zurück. Er verlangte von Margarethe eine unverschämt hohe Summe für Leinentücher, Weihwasser, Sterbekerzen, weitere Kerzen und Lohn für die gesprochenen Gebete. Außerdem bot er an, nach einem Mönch schicken zu lassen, in dessen Gewand der Sterbende sich hüllen und so ganz sicher den Weg des Heils gehen würde. Das Sterben im Mönchsgewand wasche alle Sünden ab und bewahre dadurch vor den Höllenqualen. Er wisse ein Kloster, das einen Mönch abstelle, damit dieser in seinem Gewand an die Krankenbetten eilen konnte. Das sei natürlich nicht billig, deutete er an. Sie hatte von der Empörung einfacher Leute gehört, wenn der Klerus für eine Krankensalbung kostbare Besitzstücke wie das beste Gewand oder ein Stück Vieh verlangte, es aber für ein Gerücht gehalten. Nun kam es ihr gar nicht mehr abwegig vor. Feilscht er mit mir um das Seelenheil meines Vaters wie ein Schweinehirt auf dem Markt um seine beste Sau? Die Tante flehte sie an, nach diesem Mönch schicken zu lassen. Was es auch koste, es wäre sicher ein kleiner Preis für das Seelenheil des Vaters. Margarethe konnte gar nicht anders als zuzustimmen. Ein Knecht wurde losgeschickt. Sie zählte dem Priester das Geld in die Hand, und erst jetzt trat er an das Lager. Der Hinterkopf des alten Mannes lag in das Stroh gepresst, der Mund stand offen. Sein Röcheln vermischte sich mit dem leisen Singsang der Magd, die in der Nähe der Tür kniete und betete. Der Priester sprach die nötigen Gebete und spulte lieblos den Segen ab.

Nach und nach trafen diejenigen ein, die sich von dem Sterbenden verabschieden wollten. Margarethe müsste sie als Vertreterin der Familie begrüßen, aber sie verharrte an der Seite des Vaters und unterdrückte die Tränen. Wenn er hören würde, wie sehr sie litt, würde es ihm noch schwerer fallen, das Leben loszulassen, vielleicht würde sie durch ihr Weinen die Seele gar zurückrufen. Sie fühlte sich schwach, müde und verlassen. Warum kam ihr Bruder nicht zurück und tat das, was seine Aufgabe war? Das Gemurmel neben ihr schwoll an. Sie hörte das Beten des Freundes und Druckerkollegen Meister Hupfuff, die volle Stimme Reinhards und auch Ursulas inbrünstiges Wispern. Die Tante drückte ihrem Vater ein Marienbild in die Hände. Konnte sie ihn nicht in Ruhe gehen lassen? War nicht schon genug getan worden, um ihm das Sterben zu erleichtern? Die Luft war gesättigt vom Weihrauch, vom Geruch der Menschen, von der Wärme. Jetzt wurde der Mönch hereingeführt und strich mit dem Ärmel der Kutte über den Arm des Vaters. Das war es schon? Ein Hauch mit einem Gewand und viel Geld reichten aus, um den ewigen Frieden zu sichern? Wozu denn all die Gebete, die Besuche des Beichtstuhls, die Angst vor dem Fegefeuer? Margarethe sah ungläubig zu, wie der Mönch die Münzen nahm und wieder verschwand. Johann Prüß warf den Kopf von einer Seite auf die andere, dann hob sich seine Brust in einem letzten tiefen Atemzug, verharrte ungewöhnlich lange und sank schließlich zurück. Das Röcheln hatte aufgehört, kein Hauch war mehr zu hören. Ihr Vater war tot. Margarethe sah verschwommen, wie die Tante die Fenster des Zimmers öffnete, damit die Seele entweichen konnte, und brach weinend zusammen.

KAPITEL 2

Jemand hatte ihrem Vater Augen und Mund geschlossen. Kaum erinnerte sich Margarethe daran, wie der Leichnam des Vaters und sie selbst in die Helenengasse gekommen waren. Sie war ins Bett gegangen und in einen tiefen, traumlosen Schlaf gefallen. Schmerzen an der Hand hatten sie aufgeweckt, matt war sie aufgestanden. War der Brand der Bude tatsächlich ein übles Vorzeichen für den Tod des Vaters gewesen? Hatte sie sich den Zorn Gottes zugezogen und musste um Vergebung bitten? Auf dem Flur hatte sie Reinhard getroffen, der ihr sein Beileid aussprach. Am liebsten hätte Margarethe ihn umarmt, hätte an seiner breiten Brust Trost gesucht, aber die Tante war gekommen und hatte sie als pflichtvergessenes Ding beschimpft. Margarethe verteidigte sich gar nicht erst, sondern folgte ihr zur Leichenwäsche. Es war die Aufgabe der Frauen der Familie, den Toten für die Aufbahrung vorzubereiten, die Männer würden die Nachtwachen halten. Sie wuschen die Leiche, schlugen sie in ein weißes Tuch ein und hoben sie auf Bretter zur Aufbahrung. Es war ein schwerer Körper, eine Last für die Frauen. Die Tante murmelte unablässig Gebete, weil die Seele des Verstorbenen umherirrte, bevor sie vor den Richterstuhl Gottes trat.

Anschließend ging Margarethe in den kleinen Hof, um sich zu waschen. Es war ungewohnt still, kein Geräusch drang ins Freie. Solange der Tote im Haus aufgebahrt war, hatte jede Arbeit zu ruhen. Nur aus der Küche war Klappern zu hören, alles wurde für die Totenwache vorbereitet, während der die Trauernden mit Bier, Branntwein und Essen bewirtet wurden. An diesen Tagen durfte an nichts gespart werden. Ihr Vater hatte etwas auf sich gehalten, war in der Zunft geschätzt worden und würde nicht wollen, dass sein Ansehen im Tode litt. Im Eingang des Stalls sah sie nun den Zunftbruder, der als Letzter in die Zunft Zur Steltz eingetreten war und dem daher die Pflicht oblag, allen die Todesnachricht zu übermitteln. Sie hörte, wie er mit den Worten »Euer Herr ist tot! Euer Herr ist gestorben!« dem Vieh den Tod des Hausherrn ansagte. Sie fragte sich, ob die Hühner und Gänse wohl verstanden hatten, was das bedeutete, aber es musste eben alles seine Ordnung haben. Aus einem Winkel des Hofes war ein Schniefen zu hören. Margarethe blickte sich um und entdeckte ihren Bruder. Er sah aus wie ein Häufchen Elend, nicht wie der feine, gutgekleidete Herr, den er sonst gerne gab. Mitleid überfiel sie, aber auch Wut. Es war typisch, dass er hier kauerte und litt, während sie ihrer Pflicht nachkam.

»Schau mich nicht so abfällig an. Ich hab es nicht ausgehalten, ihn so liegen zu sehen. Ich hab es versucht, aber ich konnte es einfach nicht«, jammerte er.

»Du hast es versucht? Wie lange? Für einen Lidschlag?«, fragte sie. Aus rotgeweinten Augen starrte er sie an. Sein Kummer schien echt zu sein. Sie hockte sich zu ihm. Die Kälte stieg von der Erde und von den Wänden auf. Der Winter nahte mit Macht, Schnee lag in der Luft.

»Du bist stark. Du kannst das. Schon als wir noch Kinder waren, konntest du zusehen, wenn unsere Kaninchen geschlachtet wurden. Mir wurde es dabei nur schlecht.« Damals hatte er ihr leidgetan, denn die Mutter hatte ihn stets aufs Neue gezwungen, dabei mitzuhelfen. Für sie selbst hatten das Leben des flauschigen Wesens und sein Tod zusammengehört. Ihre Mutter hatte es ihr erklärt: ohne Schlachten kein Fleisch und kein Kaninchenfell gegen die Winterkälte. Auch ihr Bruder fand sich damit ab. Später hatte er gerne das Messer in die Hand genommen und den Kaninchen eigenhändig den Tod gebracht; so empfindsam, wie er damals gewesen war, so kaltblütig war er geworden. Immer hatte er das Risiko gesucht, und eines Nachts war er plötzlich verschwunden. »Dabei bist du es doch gewesen, der in den

Krieg wollte. Noch ein halbes Kind warst du, als du losgezogen bist«, erinnerte Margarethe sich. Tagelang hatten sie den Bruder gesucht. Die Mutter war verzweifelt gewesen, als die Nachricht eintraf, dass er während des Krieges in der Pfalz in Feindeshand gefallen war. Der Vater hatte den Rat der Stadt bitten müssen, sich für den Jungen einzusetzen. Glücklicherweise erklärte man sich bereit, ihn gegen ein Lösegeld freizulassen. Teuer war dieser Jugendstreich gewesen, und Hans hatte sich damit für die nächsten Jahre ein hartes Regiment eingehandelt. Jetzt zog er die Nase hoch.

»Danach war es vorbei zwischen mir und Vater. Zucht und Ordnung hieß es. Büffeln und Arbeiten«, erinnerte er sich. »Konnte es ihm nicht begreiflich machen, was mich dorthin gezogen hat. Möchte die Zeit trotzdem nicht missen. Nachts abhauen, als Letzter im Geheimen durch das Stadttor ziehen. Über die Wiesen fliehen. Die Landsknechte haben vielleicht geschaut, als sie mich gesehen haben! Einen Zwerg in ihren Augen! Vater dagegen, ein gesetzter Bürger. Sein Harnisch verrostet im Schrank! Welche Abenteuer können hier schon auf einen warten?« Der Spott war in seine Stimme zurückgekehrt, er wurde wieder der Alte. Margarethe war der andere Bruder lieber, der, der über den Tod des Vaters oder sogar eines Kaninchens weinen konnte.

»Mir scheint, beim Erinnern vergisst du die Hälfte. Oft bist du nach diesem Abenteuer schreiend aus dem Schlaf geschreckt. Und außerdem: Vaters Rüstung ist wie neu. Die könnte man sofort anlegen«, sagte Margarethe. Sie selbst hatte ihrem Vater geholfen, Rüstung und Waffen zu polieren. Jeder Straßburger Bürger musste kampfbereit sein, um im Falle eines Angriffs die Stadt verteidigen zu können. Das wollte Hans nicht hören. Er stand auf und wischte sich mit dem Ärmel den Rotz ab.

»Den Harnisch brauchen wir jetzt nicht. Nur Branntwein. Will mal schauen, ob der Knecht auch genügend Fässer aus dem Keller geholt hat.«

Margarethe blieb allein im Hof zurück. Etwas kitzelte ihre

Nase, die ersten Schneeflocken. War ihr Vater im Himmel angekommen und schickte ihr den Schnee herunter? Für diesen Gedanken würde die Tante sie als abergläubisch schelten. Dabei war sie es doch, die keinen Kirchgang ausließ und sich trotzdem am Freitag die Haare nicht kämmte, aus Angst, sie könnte dann noch mehr Läuse bekommen. Margarethe reckte das Kinn nach oben und ließ die Flocken auf ihr Gesicht tupfen, wie Liebkosungen aus dem Himmel. Es wäre besser, sie ginge hinein, die nächsten Tage würden sie viel Kraft kosten. Vaters Rüstung, was würde jetzt mit ihr geschehen, fragte sie sich noch. Sie würde vermutlich an den Bruder übergehen, wie die Druckerei.

Zwei Tage lang schon gaben sich die Trauernden die Klinke in die Hand. Ratsmitglieder, Zunftbrüder, Gesellen und Nachbarn wollten Abschied von Johann Prüß dem Älteren nehmen. Papierhändler und andere Handwerker sprachen ihr Beileid aus, auch fahrende Buchhändler machten Halt, ihnen ging es aber wohl eher um Speis und Trank, denn es wurde reichlich aufgetischt. Margarethe ging am frühen Morgen zur Bahre, betete und betrachtete das Gesicht des Vaters, das Gelassenheit und Ruhe auszustrahlen schien. Um diese Zeit waren die meisten Besucher schon fort oder noch nicht da, andere schliefen auf den Stühlen ihren Rausch aus. Ihr Bruder war seit der ersten Totenwache durchgehend angetrunken. Er und sein Freund Eckard hatten am ersten Abend die Würfel ausgepackt und die Trauerrunde durch Spiele abgelenkt. Hoch ging es dabei her. Margarethe hatte ihren Bruder noch nie so erlebt, sie fand sein Verhalten unpassend. Sie zog sich meist in eine Ecke zurück und schaute still zu, auch wenn ihr Bruder sie eine Spielverderberin nannte.

Jetzt verkündete er, dass die Tanzleiche gekürt werden sollte, und stellte sich auffordernd in die Mitte des Raumes. Die Besucher, einige schienen Wirtshausbekanntschaften zu sein, die ihr fröhliches Zechen kurzerhand hierher verlegt hatten, fanden sich zu Paaren zusammen und tanzten jauchzend um ihn herum. Sogar Ursula ließ sich von der Fröhlichkeit anstecken und machte mit. Sie versuchte, Reinhard zum Tanz zu bewegen, er wollte aber nicht, und so schnappte sie sich Jacop. Das Jubeln verstummte plötzlich, Hans fiel um und stellte sich tot. Die Paare stimmten nun einen Totengesang an, der ihn wieder zum Leben erwecken sollte. Ursula wollte ihn wachküssen, doch Eckard hielt sie auf, zwinkerte ihr zu und küsste seinen Freund, woraufhin dieser lachend und laut schreiend aufstand, sich Ursula schnappte und den Ringtanz wieder eröffnete. Margarethe schlich hinaus und ging zur Kathedrale. Sie würde von nun an ein Jahr lang täglich abends in die Vesper gehen und für ihren Vater beten. Unzählige Gebete, Almosen und dreißig Messen, die man lesen lassen musste, waren nötig, um die Seele des Vaters aus dem Fegefeuer in den Himmel zu bringen. Als sie ihr Gebet beendet hatte, sah sie, dass auch Reinhard den Tanz bei der Totenwache gegen die Stille der Kirche getauscht hatte.

Die Zunftbrüder hatten den Körper in das kostbare Leichentuch der Zunft gehüllt und trugen ihn nun, die Füße voran, aus dem Zimmer. Bevor sie auf die Straße traten, setzten sie die Bahre dreimal auf der Türschwelle ab, damit sich der Tote von seinem Haus verabschieden konnte. Margarethe hielt sich am Türrahmen fest, ihr Gesicht war wie versteinert. Nie wieder würde ihr Vater über diese Schwelle treten. Sie selbst war von nun an Waise. Der einzige Mensch, den sie noch auf der Welt hatte, war ihr Bruder. Heute erfüllte er seine Pflicht als Sohn, wenn auch graugesichtig und verkatert. In der Gasse hatten sich weitere Trauergäste versammelt. Meister Knipp nickte ihr zu, sein Sohn Eckard stand mit einem abwesenden Gesichtsausdruck neben ihm.

Die ganze Nacht über hatte es geschneit. Langsam, begleitet vom Totengeläut, trugen die Männer den Sarg zur Kirche. Margarethe wischte sich die gefrorenen Tränen ab und hängte sich bei ihrer Tante ein. Als sie die Kirche erreicht hatten und sie den Altar sah, verschwamm erneut ihr Blick, denn er war mit den Leuchtern und Kerzen der Zunft geschmückt worden. In diesem Moment verstand Margarethe, warum alle Meister und Gesellen danach trachteten, in eine ehrenwerte Zunft oder Gesellenbruderschaft aufgenommen zu werden. Viele von ihnen wanderten weit für eine Anstellung und ließen dabei ihre Familien zurück. In der Fremde war niemand, der sich um sie sorgte, und dennoch würde jemand sie würdig unter die Erde bringen. Die Zunftbrüder würden ihrer gedenken, wenn sie starben, sie würden ihre Namen bei den Totenmessen verlesen und Kerzen für sie entzünden.

Der Hilfspriester stotterte die lateinischen Worte, als ob er sie weder verstanden noch jemals zuvor ausgesprochen hätte. Nach der Totenfeier zog der Trauerzug zum Friedhof. Der Geistliche segnete gelangweilt das Grab mit Weihwasser und Weihrauch ab, jeder Trauergast warf einige Handvoll Erde in das Loch, das inzwischen durch den Schnee weiß gesprenkelt war. Kaum dass der Priester bezahlt worden war, machte sich Hans auch schon auf den Rückweg. Er schien es nicht erwarten zu können, endlich die Herrschaft über die Besitzungen der Familie Prüß anzutreten.

Um die Tische saßen Zunftbrüder, Freunde, Gesellen und Gesinde. Den Platz des Vaters hatte nun der Sohn eingenommen, Hans Prüß thronte am Kopfende der Herrentafel. Die Magd schenkte Wein und Branntwein ein, in der Küche wurden die Töpfe und Schalen bis zum Rand gefüllt. Margarethe war nicht nach Geselligkeit zumute, aber es gehörte sich so, und außerdem knurrte ihr Magen. Sie saß nun zum ersten Mal über Eck neben ihrem Bruder, anstatt ihm gegenüber. Er war zum Haushaltsvorstand aufgerückt, ihr Platz war der gleiche geblieben. Wie würde sich ihr Leben verändern, nun, da der Vater tot war? Margarethe leerte mit den anderen ihren Becher zum Gedenken an den Vater und schmeckte dem Wein nach, der ihr sofort zu Kopf stieg. Glücklicherweise hatten sie für ein reichhaltiges Mahl gesorgt, das die Trauernden wieder zu Kräften bringen würde. Als der erste Hunger gestillt war, richtete sie, wie viele andere, ihre Aufmerksamkeit auf Meister Hupfuff. Mit seinen etwa dreißig Jahren galt er als ein Drucker und Verleger, der es zu etwas bringen würde. Seine Geschäftstüchtigkeit wurde ebenso bewundert wie gefürchtet. Er war der Besitzer des Hauses »Zum Tiergarten«, und ihr Vater hatte enge Geschäftsbeziehungen zu ihm gepflegt.

»Es ist wohl knapp zehn Jahre her, da hatte Meister Prüß das Buch *Germania* des Schulmeisters Jacob Wimpfeling veröffentlicht. Die ›Krone des Reiches‹ nannte er unsere Stadt darin, lobte die herausragenden Bauwerke und die vielen gelehrten Männer. Einen dieser Männer reizte die Behauptung zum Widerspruch, dass das linke Rheinufer von Gottes und Rechts wegen zu Deutschland gehöre und dass nie französische Könige über Deutsche geherrscht hätten, wohl aber deutsche Könige über Franzosen«, erzählte er. »Thomas Murner hieß dieser bis dahin unbekannte Franziskanermönch. Ich hatte bereits einige seiner astrologischen Traktate gedruckt, als er mir seine Schrift *Germania Nova* zum Druck vorschlug, seine Widerlegung von Wimpfelings Thesen. Ich glaube kaum, dass er damals ahnte, was für einen Sturm der Entrüstung er auslösen würde.« Matthias Hupfuff blickte in die Runde und fasste schließlich die Kinder des Geschäftsfreundes ins Auge, als ob er herausfinden wollte, ob auch sie sich an diese turbulente Episode der Straßburger Gelehrtengeschichte erinnerten, in die er und ihr Vater verwickelt gewesen waren.

Margarethe kannte das Werk, und als ihr Bruder schwieg, ergriff sie das Wort. Ihr Herz begann schneller zu schlagen, als sie ihre Stimme erhob. »Vater erzählte oft, dass Doktor Wimpfeling diese Schrift als Angriff empfand.«

Für Hupfuff schien es unerwartet, diese Worte aus ihrem und nicht dem Mund des Bruders zu vernehmen. Er erkannte aber, dass sie wusste, worüber sie sprach, und dennoch unsicher war, deshalb nickte er ihr zustimmend zu. »Schon bald ergriffen alle namhaften Gelehrten entweder für Wimpfeling oder für Murner Partei. Schriften wurden in Windeseile zu Papier gebracht und gedruckt. Murner wurde mit Schimpfworten überschüttet. Ein Spitzname, Mur-Narr, also närrischer Kater, ist auch heute noch stadtbekannt«, erzählte Hupfuff. Er schilderte die Streithähne in so lebhaften Farben, dass manche zu lachen anfingen. Margarethe hatte Wimpfeling ab und an in der Druckerei ihres Vaters gesehen. So wie Meister Hupfuff ihn beschrieb, hatte sie den steifen Gelehrten allerdings nie erlebt, die Vorstellung amüsierte sie. Ein schlechtes Gewissen brauchte sie deswegen nicht zu haben, beim Totenmahl durfte es fröhlich zugehen, trauern würde sie noch genug.

Matthias Hupfuff strich über den Pelzbesatz seines Wamses und hob erneut zu sprechen an. »Dabei haben beide recht. Deutsche Herrscher haben Straßburg genauso geprägt wie französische. Wenn man aus der Vergangenheit eine Lehre ziehen kann, dann die, dass die Geschichte dieser Stadt noch lange nicht zu Ende ist.« Er wirkte nachdenklich. »Straßburg, das sind seine Bürger – und die sind stolz. Das unterscheidet sie von vielen Städten im Reich, wo die Stadträte vor den Kirchenoberen buckeln. Wisst Ihr noch, wie vor etwa vier Jahren der neue Bischof im Münster seine Einsetzung gefeiert hatte?« Margarethe bejahte die Frage. An jedem Fenster hatten sich die Menschen gedrängt, um ihn zu sehen. Sie hatte vom Dachboden aus versucht, das Schauspiel zu beobachten. »Die Bürger der Stadt haben an diesem Tag ihre Macht zur Schau gestellt. Der künftige Bischof wollte seine Hauptstadt betreten – und musste doch zuvor schwören, dass er die Rechte Straßburgs respektieren würde. Das Volk bewunderte nicht die sechshundert berittenen Bischöflichen, sondern Bürgerschaft, Zunftmitglieder und Geistlichkeit der Stadt. In Harnisch und mit Spießen, Hellebarden und Handbüchsen ausstaffiert, zeigten sie ihre Macht.« Der neue Bischof – Herrscher über die Region zwischen den Höhenzügen der Vogesen und den Gipfeln des Schwarzwaldes, von Colmar bis fast an die Nordgrenze des Elsass – hatte sich nicht einschüchtern lassen. Er hatte sich, obgleich er seinen Sitz in Zabern hatte, in der nächsten Zeit häufiger im Münster gezeigt und dort sogar Messen zelebriert, dazu hatten sich die Bischöfe seit wohl einhundertfünfzig Jahren nicht mehr herabgelassen.

Margarethe brannte eine Erinnerung auf der Zunge, der Wein flößte ihr Mut ein. »Ich war am meisten vom Einzug des Kaisers beeindruckt«, gestand sie. Maximilian I., seit zwei Jahren nicht mehr nur König, sondern Kaiser des Heiligen Römischen Reiches Deutscher Nation und damit auch Herrscher über die freie Reichsstadt Straßburg, hatte überraschend der Einsetzung des Bischofs beigewohnt.

Hupfuff sah sie an, und Margarethe spürte, wie ihre Wangen noch stärker erglühten. »Kaiser Maximilian ist sehr hellsichtig, was seine Macht angeht. Er soll einmal gescherzt haben, er sei der König der Könige, denn in seinem Reich tue jeder Fürst, was er will; der König von Frankreich hingegen sei ein König der Tiere, weil seine Untertanen ihm widerspruchslos zu folgen haben«, wusste er. Sie ertappte sich beim Kichern und räusperte sich beschämt, sie sollte sich zusammenreißen. Gut, dass wenigstens ihr Bruder nicht mehr mitbekam, wie sie sich benahm, dann könnte er sie auch nicht aufziehen oder maßregeln. Verwundert stellte sie fest, dass er den Raum verlassen hatte. Wo wollte er hin? Er ließ doch sonst keine Gelegenheit zur Geselligkeit aus.

Margarethe zwinkerte müde. Es wurde Zeit, dass sie ins Bett kam. »Euer Vater und ich haben noch oft über den Gelehrtenstreit gesprochen, denn so wie dieser sein Geschäft beförderte, so gefährdete er meines.« Noch einmal horchte sie auf. Matthias Hupfuff sah auf den leeren Platz ihres Bruders, der Ausdruck in seinem Gesicht wirkte abweisend: »Wimpfeling schaltete den Straßburger Rat ein. Der Rat war begeistert von seinem Lob der Stadt und beschloss, dass ich Murners Buch nicht verkaufen dürfe. Sechshundert Stück wurden beschlagnahmt! Auf den Kosten, und die waren nicht unerheblich, blieb ich sitzen. Ein herber Verlust. Die Drucke Eures Vaters verkauften sich hingegen besser denn je.« Das Verhältnis der beiden Männer schien das Ereignis jedoch nicht getrübt zu haben. Hupfuff stürzte seinen Wein hinunter und stand auf. Margarethe sah, dass er wankte. Dafür, dass er so betrunken war, sprach er erstaunlich klar. Sie erhob sich, um ihn hinauszubegleiten. Schwindel ergriff sie, auch ihre Schritte waren nicht mehr sicher.

»Schade. Ich hätte gerne gelesen, was diesen Schulmeister derartig in Aufregung versetzte«, sagte sie.

»Schaut in die Büchersammlung Eures Vaters. Eines der wenigen Exemplare, die der Zensur entgangen sind, dürfte bei ihm liegen. Ich hatte ihm damals eines geschenkt. Ihr solltet ohnehin nach seinen Sachen sehen, bevor es zu spät ist. Denn das, was jetzt passiert, hätte Euer Vater nicht gewollt«, murmelte er. Margarethe verstand nicht, was er meinte, vermutlich vernebelten die berauschenden Getränke ihrer beider Sinne, möglicherweise hatte sie sich auch verhört.

Plötzlich war Meister Hupfuff verschwunden. Margarethe sog die kühle Nachtluft ein, bis ihr Kopf klarer wurde, und schloss dann die Tür. Dunkelheit umfing sie. Doch was war das? Sie blinzelte. Brannte im Zimmer ihres Vaters eine Kerze? Sie näherte sich und spähte durch den Spalt. Im Raum herrschte Unordnung, Bücher lagen wahllos auf dem Boden verstreut. Sie ging hinein, ergriff ein Buch und strich zärtlich über die Seiten. Jetzt erst bemerkte sie ihren Bruder, der in den Inhalt der Schatulle ihres Vaters vertieft war. Die Klappe des Kachelofens stand offen, Papiere zuckten in den Flammen. Geldstücke klickerten leise. Trunken schüttelte sie den Kopf. Hans hob den Blick. Er hatte einen Ausdruck im Gesicht, den sie noch nie an ihm gesehen hatte. Als sei es eine Schatztruhe, die er schloss, seine Schatztruhe, legte er die Hand darauf.

Leise, verständnislos, stammelte sie: »Was tust du da? Alle Rechnungen sind bezahlt. Die Priester …«

Hans lachte höhnisch. »Die Priester haben schon mehr als genug bekommen. Die brauchen nichts mehr.«

»Aber die Seelenmessen, dreißig Stück …«, warf Margarethe ein.

Er grinste. »Für die Seelenmessen wird noch genug da sein, wenn ich fertig bin. Vermutlich …« Margarethe trat näher.

»Wofür brauchst du das Geld?«, fragte sie. Schützend zog

Hans die Schatulle an sich und sah sie abwehrend an. Der Wein in ihrem Blut ließ sie aufbrausen.

»Vater ist kaum unter der Erde, und du vergreifst dich schon an seinem Geld? Schämst du dich nicht?«

»Sein Geld? Er hat keine Verwendung mehr für sein Geld. Ich schon.« In einem scharfen Tonfall fügte er hinzu: »Es steht dir nicht an, mich zu kritisieren. Wer bist du schon? Ich bin der Herr im Haus. Herr über das Vieh, das Gesinde, die Gesellen und auch über dich.« Margarethe zuckte zusammen, so hatte er noch nie mit ihr gesprochen. »Es gibt nur eine hier, die sich schämen muss. Das bist du, Schwester. Geh, bevor ich dir zeige, was der Herr mit den Hochmütigen macht.« Drohend richtete er sich auf. Margarethe floh den Raum. Erst im Flur bemerkte sie, dass sie noch immer das Buch in den Händen hielt.

Am nächsten Morgen fühlte sie sich, als würde sie einen Mehlsack auf ihren Schultern tragen. Was war gestern geschehen? Sie hatten ihren Vater begraben – und dann? Sie erinnerte sich verworren an ein langes Gespräch mit Meister Hupfuff, worum war es noch gegangen? Ach ja, die *Germania* und Gelehrtengezänk. Dann erblickte sie das Buch neben ihrem Bett. Langsam kam die Erinnerung an das Zusammentreffen mit ihrem Bruder zurück. Scham überfiel sie. Sie war angetrunken gewesen und hatte Anschuldigungen ausgesprochen, für die sie keinen Beweis hatte, mehr noch, es war Hans' gutes Recht, sein Erbe zu prüfen. Sie musste sich bei ihm entschuldigen, sich wieder mit ihm vertragen. Sie waren doch die Einzigen der Familie Prüß, die es hier noch gab, sie mussten zusammenhalten. Sie nahm das Buch zur Hand.

Es war Sebastian Brants *Narrenschiff*. Brant war als Sohn des Gastwirts der Straßburger Herberge »Zum goldenen Löwen« geboren worden, studierter Jurist und seit vielen Jahren Stadtschreiber und Kanzler der Stadt, ein angesehener Gelehrter, der seine Werke vor allem bei Meister Hupfuff drucken ließ. Das *Narrenschiff* war sein erfolgreichstes Buch, diese Ausgabe war aus Basel, aber Hupfuff hatte erwähnt, dass er eine Neuauflage plante. Sie schlug es an einer beliebigen Stelle auf und las. In über hundert Kapiteln, die von kunstvollen Holzschnitten von Meister Dürers Hand begleitet wurden, beschrieb Brant die Fahrgäste im Narrenschiff auf ihrem Weg nach Narragonien. Narren waren wir alle, ob wir es wahrhaben wollten oder nicht – meinte Brant es so? Zwischen zwei Seiten erblickte sie ein Bändchen. *Von Hoffnung auf Erben* war die Seite überschrieben, und der Vers begann: *Ein Narr ist, / wer sich darauf spitzt / dass er eines anderen Erb besitzt …* Was hatte das zu bedeuten? Sie fand keine Randglossen, aber ihr Vater hätte wohl auch kaum eine Anmerkung in einem derart kostbaren Werk notiert. Vielleicht würde sie es nie erfahren. Sie könnte jedoch herausfinden, warum ihr Bruder das Zimmer des Vaters so verwüstet hatte. Margarethe blätterte noch einen Moment in dem Buch und verwahrte es dann unter ihrem Kopfkissen.

An diesem Tag bekam sie ihren Bruder nur zwischen Tür und Angel zu Gesicht. Er war in der Druckerei beschäftigt, in Unterlagen vertieft und am Abend schloss er sich im Zimmer des Vaters ein. Sie sprach ihn auf den Streit an, er ging jedoch nicht darauf ein. War es doch nicht so schlimm gewesen, wie es ihr vorgekommen war? Maß sie dem nächtlichen Zusammentreffen eine zu große Bedeutung bei?

Sie ließ die Angelegenheit auf sich beruhen, das Leben ging weiter. In der ersten Zeit herrschte noch gedrückte Stimmung, doch schon nach einigen Tagen sang die Magd wieder bei der Arbeit. Margarethe selbst war neben ihren Aufgaben im Haushalt damit beschäftigt, die Kleidungsstücke des Vaters zu sortieren. Kostbare Stücke, die einen Erinnerungswert hatten, verwahrte sie sorgfältig, was schon geflickt oder fadenscheinig war, bekamen die Knechte. Täglich besuchte Margarethe die Kirche, um für ihren Vater zu beten, und doch fühlte sie sich in der Helenengasse und im Haus »Zum Tiergarten« dem Geist ihres Vaters näher als im kalten Gotteshaus.

Es war Ende des Monats November als Margarethe in der Kathedrale auf Meister Hupfuff traf, er kniete im Gebet versunken auf den Steinen und weinte bitterlich. Es rührte sie, diesen Mann in seinem Kummer zu sehen, und sie, die den Vater schmerzlich vermisste, fühlte sich ihm nah. Unschlüssig wartete sie, bis er hinausging, und sprach ihm vor der Kirche Trost zu. Meister Hupfuff schien dankbar für ihre Worte zu sein. Sie gingen einige Schritte im Windschutz der Kathedrale und unterhielten sich. Margarethe erfuhr, dass seine Frau lange an Aussatz gelitten hatte und im letzten Jahr an den Folgen der Krankheit verstorben war. Die Zeit war gekommen, sich erneut zu vermählen, und er tat sich schwer damit. Margarethe entsann sich einer Bemerkung ihres Vaters, der erwähnt hatte, dass Hupfuff bald enge Verbindungen in eine der vornehmsten Familien Straßburgs haben würde. Er hatte also seine Zukünftige bereits ausgewählt. Seine Offenheit war unüblich, aber ihm schien das Gespräch gutzutun, denn sein Gesicht hellte sich langsam auf. Sie hatten sich schon verabschiedet und Margarethe war bereits einige Schritte auf den Münsterplatz hinausgegangen, als Meister Hupfuff sie zurückrief. Er fragte, ob die Arbeiten in der Druckerei wieder angelaufen seien. Als Margarethe bejahte, wiegte er nachdenklich den Kopf hin und her und wies Richtung Schlossplatz.

»Ich haben den Verkaufsstand Eures Vaters erworben. Er hätte sicher gewollt, dass Ihr es wisst.«

Für Margarethe kamen diese Worte völlig unerwartet. Der Stand war wichtig für die Druckerei, ihr Vater hatte ihn stets offen gehalten und dort viele seiner Druckwerke verkauft. Sprachlos knickste sie und eilte nach Hause. Am liebsten hätte sie Hans gleich darauf angesprochen, doch die Tür zum Zimmer des Vaters – sie musste sich daran gewöhnen, dass es nun das Zimmer des Bruders war – war verschlossen. Auch das hatte es, solange sie denken konnte, noch nie gegeben.

Als sie am Abend im Bett noch einmal darüber nachdachte, war sie froh, dass sie ihren Bruder nicht angetroffen hatte. Sie war erbost gewesen, vermutlich hätten ihre Worte vorwurfsvoll geklungen und es hätte wieder eine unschöne Auseinandersetzung gegeben. Es konnte nur einen Grund dafür geben, dass Hans den Stand verkaufte: Er brauchte Geld, und zwar mehr Geld, als er in der Schatulle des Vaters gefunden hatte. Seine Schulden waren also erheblich, und die Gläubiger ließen ihm keine Ruhe mehr. Er gefährdete die Druckerei und das Wohl des Haushalts! Sie musste mehr herausfinden, aber ihr Bruder würde ihr wohl kaum etwas verraten. Sein Freund Eckard vielleicht schon.

Eckard saß mit dem Rücken zum Eingang. Das Licht fiel nur schwach durch die kunstvoll bemalten Glasscheiben, die in der Werkstatt von Meister Knipp hergestellt wurden. Margarethe hatte einen Gang zum Markt abgewartet, um das Geschäft aufzusuchen. So fiel es nicht auf, wenn sie länger wegblieb. Außerdem war an diesem Abend eine Zunftsitzung, so dass sie Eckards Vater vermutlich nicht antreffen würde. Eckard drehte sich um. Der Ausdruck auf seinem Gesicht blieb gleichgültig, auch wenn er die Mundwinkel hochzog.

»Gott sei mit dir«, begrüßte er sie steif.

Margarethe antwortete ihm artig, holte ein Paket aus ihrem Korb und packte ein kaputtes Glas aus, das sie im Schrank gefunden hatte. »Jetzt, wo sich die neuen Verhältnisse im Hause meines Vaters ordnen, nimmt vieles einen anderen Platz ein als bisher. In der hintersten Ecke des Schrankes habe ich dieses Glas gefunden, leider ist es angestoßen. Ich hatte gehofft, dass ein Meister der Glaskunst wie du es noch retten kann«, sagte sie.

Er lächelte säuerlich. »Der Meister der Glaskunst ist beim Zunfttreffen. Mal schauen, was der Meistersohn ausrichten kann.« Eckard strich mit dem Finger über die Kante.

Sie hatte nie viel mit Eckard gesprochen. Wie konnte sie ihn dazu bringen, das Geheimnis ihres Bruders zu verraten? Bei Männern, die auf ihre Reize schielten, war das leichter. Eckard hatte sie jedoch noch nie auf diese Weise angesehen, eigentlich sah er sie niemals richtig an.

»Ja, die Zunft. Ihr Männer seid so beschäftigt! Auch Hans ist immerzu in Geschäfte vertieft«, plapperte sie los. »Alles scheint bedeutsam zu sein. Ich sehe ihn kaum, vermutlich hast du mehr von ihm als seine eigene Schwester!« Sie lachte und hoffte, Eckard würde sich davon anstecken lassen, aber er blieb ernst.

»Es gibt eben viel zu tun, wenn einer Meister wird und ein Geschäft übernimmt«, sagte der junge Mann. Er stellte das Glas auf den Tisch und fügte hinzu: »Ich könnte etwas machen, aber wenn ich ehrlich sein soll, weiß ich nicht, ob es sich lohnt. Kostbar war es nicht.«

Margarethe wickelte es wieder ein. Das war sehr schnell gegangen, sie hatte nichts erreicht. »Ich werde es mir überlegen. Vielleicht bespreche ich es mit Hans, er muss so viele wichtige Entscheidungen treffen, da dürfte es ihm leichtfallen, über das Glas zu entscheiden. Wusstest du eigentlich, dass er die Bude am Schlossplatz an Meister Hupfuff verkauft hat?«, fragte sie leichthin.

Ihr Gegenüber strich sich über die geölten Haare. »Meister Hupfuff schlägt gerne zu, wenn es etwas günstig gibt. Das weiß doch jeder. In einer Notlage hat man eben keine Wahl. Die Göttin Fortuna ist wechselhaft, und wenn sie die Würfel …« Er brach ab und kniff die Lippen zusammen.

Margarethe versuchte, ihn so unwissend wie möglich anzuschauen. Glücksspiel? War das nicht verboten? Aber selbst unterhalb des Rathauses oder am Fischmarkt hatte sie Männer gesehen, die um Geld Karten- und Würfelspiele trieben. »Aber eigentlich geht es der Druckerei doch gut. Warum also verkaufen? Oder braucht Hans Geld?«, fragte sie.

Eckard ging zur Tür und öffnete sie. Es sollte höflich wirken, war aber doch eine unverhohlene Aufforderung. »Frag nicht mich, frag deinen Bruder«, verabschiedete er sie. Margarethe zog in der Kälte die Schultern zusammen. Nein, gebracht hatte das nichts, hoffentlich hatte es nicht geschadet.

Hans schäumte vor Wut. Er hatte sie am Abend in sein Zimmer gerufen und richtete sich nun hoch vor ihr auf. »Wie kommst du dazu, Eckard über mich auszuhorchen? Und dann mit einem derart plumpen Vorwand! Das hätte ein Milchmädchen besser gemacht. Du bist wirklich eine Schande für dieses Haus!«

Sein Zorn steckte sie an. »Etwas vorspielen und lügen, das kannst du natürlich viel besser! Warum sagst du mir nicht einfach, was du treibst? Dann müsste ich nicht von einem Fremden erfahren, dass der Stand verkauft ist, sondern wüsste es von dir«, schimpfte sie zurück.

Hans kam näher, die Fäuste geballt, die Knöchel traten weiß hervor. Angst durchfuhr sie. Sie wusste, dass ihr Bruder so manche Wirtshausschlägerei überstanden hatte, oft hatte er seine Wunden vorgezeigt und damit geprahlt, dass es seinem Gegner viel schlechter gehe. Sie zog den Kopf ein. »Ich sage es dir jetzt ein für alle Mal: weil es dich nichts angeht. Ich bin hier der Herr. Ich bestimme. Du folgst. Komm mir nicht in die Quere. Sonst schaffe ich dich aus dem Weg.«

»Was meinst du damit?«

»Das weißt du genau. Hör mit diesem plumpen Getue auf. Sonst bist du bald den Milchmädchen näher, als dir lieb ist.« Mit Schwung drehte Hans sich um, sein Körper bebte vor Spannung. Margarethe sollte seine Geduld nicht noch länger strapazieren.

Die Kammer war klein und dunkel, nur durch einen Spalt fielen Licht und Luft. Ursula schickte die Mägde hinaus, mit denen sie das Zimmer teilte. Es wäre schon für eine eng gewesen, aber zu fünft in diesem Spannbett zu schlafen schien unmöglich. Ursula bemerkte ihren Blick und warf sich auf das Lager. »So viel Platz habe ich sonst nie. Wie die Makrelen liegen wir hier, Kopf an Schwanz. Ich hab die Füße der einen im Gesicht und meine Zehen kitzeln die Nase der anderen. Aber nachts ist es wenigstens schön warm.« Sie klopfte auf das Strohlager, und Margarethe setzte sich zu ihr. Aus ihrem Rock kramte sie ein Stück Brot, das sie aus der Vorratskammer stibitzt hatte. Ursula biss hungrig hinein.

Margarethe berichtete ihrer Freundin von dem Gespräch mit Meister Hupfuff und dem Streit mit ihrem Bruder. »Was meint er wohl mit dieser Drohung?«, fragte sie.

»Na, er will dich in einen anderen Haushalt in Dienst geben. Warum auch nicht? Soll doch vorkommen. So manche Handwerkertochter muss sich als Dienstmädchen durchschlagen, bis sich eine passende Partie für sie findet. Vielleicht sucht er dir auch gleich einen Ehemann, dann bist du, wenn's übel läuft, auch nicht besser dran als eine Magd.«

Margarethe lehnte sich zurück, die Strohhalme stachen in ihre Ellenbogen. Es war kalt in dieser Kammer, bitterkalt. Sie schlug die Ränder ihrer Heuke übereinander. »Ich weiß schon, dass ich heiraten muss, wenn das Trauerjahr vorüber ist. Das hat mein Vater ja ebenfalls gewollt. Was soll es auch? Ich will nicht enden wie die Tante und noch als alte Jungfer im Haushalt meines Bruders leben. Zumal er mich vermutlich nur herumschubsen würde. Lieber gehe ich ins Kloster.«

Ursula lachte schrill. »Das Geld für den Klostereintritt wird er dir wohl kaum geben. Hat ja selbst nicht genug, hört man.«

Margarethe musterte sie aufmerksam. »Du weißt etwas?«

Ursula steckte die Handflächen unter ihre Oberschenkel und setzte sich darauf. »Habe mich mal umgehört. Der Sohn des Metzgers, der Lienhart, kennt den Hans aus dem Wirtshaus. Der Hans hatte Pech beim Würfeln, übles Pech. Steht bei einem Pfaffen in der Kreide. Es geht um eine große Summe. Die ersten Raten hat er gezahlt, aber er braucht das Geld von Hupfuff. Den Rest kann er stunden. Noch.« Margarethe war schockiert. Vermutlich war auch ihr Teil des Erbes in Gefahr. Und wenn es so war, was konnte sie tun?

»Ich frage mich, warum Hupfuff es mir überhaupt erzählt hat. Er hat einen Stand in bester Lage zu einem niedrigen Preis bekommen, nehme ich an. Ein gutes Geschäft also, was habe ich damit zu tun? Oder wollte er prahlen? Das klang aber nicht so«, überlegte Margarethe.

»Du hast doch erzählt, dass er grad geheult hat. Vielleicht

war er in rührseliger Stimmung und es ist ihm rausgerutscht«, meinte Ursula knapp. Sie sprang auf, für sie war dieses Thema beendet.

»Komm, ich hab einen Einfall.« Sie führte Margarethe hinaus durch den Hintereingang und durch einige dunkle Gassen, bis zu einer Hütte, in der sie verschwand. Als sie wiederkam, hielt sie ihr einen rotbackigen, nur wenig verschrumpelten Apfel hin. Margarethe sah sie überrascht an.

»Sag bloß, du weißt es nicht? Morgen ist der Tag des heiligen Andreas. Das ist ein Apfel aus der Hand einer unbescholtenen Witwe. Du musst die eine Hälfte des Apfels vor und die andere nach Mitternacht essen, dann träumst du, wer dein Bräutigam werden soll«, sagte sie und gab der Freundin einen Stups. »Versuch es, was schadet es schon?«

Nachdenklich machte sich Margarethe auf den Weg nach Hause. Wer ihr Bräutigam sein sollte, darüber hatte sie sich noch nie Gedanken gemacht. Ihr Vater würde einen passenden Mann für sie aussuchen, und den würde sie heiraten. So war es gedacht gewesen. Aber nun hatte sich alles geändert. Sie war von ihrem Bruder abhängig. Sie sollte auf Ursula hören und die Angelegenheit auf sich beruhen lassen. Alles, was sie jetzt tun würde, könnte das Verhältnis zu ihrem Bruder nur noch mehr trüben. Und das konnte sie sich wahrlich nicht leisten.

Sie drehte sich noch einmal in ihrem Bett um, da fiel ihr der Andreasbrauch wieder ein und sie setzte sich ruckartig auf. Ganz geheim, die Decke über den Kopf gezogen, hatte sie in der Nacht die zweite Hälfte des Apfels gegessen und dennoch befürchtet, dass die Tante wach wurde. Die Alte hatte aber nur im Schlaf gemurmelt. Durch den süßen Geschmack des Apfels auf der Zunge hatte Margarethe zunächst nicht wieder einschlafen können. Sie hatte an ihren Bruder gedacht, an die Druckerei, an Bücher und an Reinhard, immer wieder war sein Gesicht vor ihren Augen aufgetaucht. Jetzt war es Zeit aufzustehen, sie war wach und erinnerte sich doch an nichts. Hatte sie denn nicht geträumt? Margarethe versuchte, die Empfindungen der Nacht zurückzuholen, aber schon drangen die Geräusche aus den anderen Zimmern des Hauses an ihr Ohr. War kein Bräutigam in ihrem Traum erschienen? Mürrisch ging sie in die Küche. Der Kessel hing schon über dem Feuer, aber niemand war zu sehen.

»Guten Morgen, Jungfer Margarethe. Das *Breviarium Argentinense*, bereit für die Korrektur«, sprach eine tiefe Stimme sie an. Reinhard war eingetreten und hielt ihr bedruckte Bögen hin. Die Gesellen arbeiteten zwar im Haus »Zum Tiergarten«, verpflegt wurden sie jedoch morgens und abends in der Helenengasse. Sein Gesicht hatte etwas Sanftes, Verschlafenes, und Margarethe stellte sich vor, wie es wäre, neben ihm aufzuwachen. Eine Gänsehaut prickelte zwischen ihren Schulterblättern, verlegen rieb sie ihre Arme, als ob sie fröstelte, dann nahm sie die Blätter an sich. Es war der letzte Druck, den ihr Vater noch begonnen hatte, ihr Bruder würde ihn beenden. Sie wollte etwas Freundliches sagen, etwas plaudern, den Augenblick mit Reinhard ausdehnen, doch auch Hans war um diese Zeit schon auf den Beinen und trat zwischen sie.

»Gib mir die Blätter, Schwester. Der Altgeselle hat wohl nicht mitbekommen, dass ich jemanden für die Korrektur angeheuert habe.« Margarethe hielt die Bögen fest. Es war ihre Aufgabe, nicht die irgendeines Correctors. Auch Reinhard schien überrascht.

»Aber Vater hat mir kurz vor seinem Tod gesagt, dass ich mich darum kümmern soll«, lispelte sie.

Hans platzte heraus: »Vater ist tot. Jetzt habe ich hier das Sagen. Und ich sage, dass du dich von den Büchern fernhalten sollst. Ich will dich auch in der Druckerei nicht mehr sehen.« Er riss ihr die Blätter aus der Hand und forderte Reinhard auf, ihm zu folgen. Margarethe sah ihnen hilflos nach. Ein Jammer, dass Reinhard nicht in ihrem Traum aufgetaucht war. Aber das wäre wirklich nur Träumerei gewesen, denn es war selten, dass Gesellen heirateten. Als Angestellte eines Meisters verdienten sie nicht genug, um eine Familie zu versorgen; auf eigene Faust eine Druckerei aufzumachen war durch die strengen Auflagen der Zünfte unmöglich. Es blieb für Gesellen also nur die Möglichkeit, die Witwe eines Meisters zu heiraten, die ohnehin eine Druckerei besaß. Das war sie nicht. Und jetzt durfte sie nicht einmal mehr in der Druckerei helfen. Eine trostlose Zeit lag vor ihr.

KAPITEL 3

Die Wochen gingen ins Land, der Jahreswechsel kam. Die Ill trat über die Ufer und überschwemmte viele Gassen und Straßen. In der Druckerei schien die Arbeit schleppend voranzugehen. Seit die Zunft bestimmt hatte, dass Hans' Muthjahre, also die Wartezeit auf die Aufnahme als Meister, verkürzt wurden – Meistersöhne wurden stets wohlwollender behandelt als Gesellen –, machte er sich wieder rar. Margarethe wusste nicht, was ihr Bruder so trieb. Sie ging ihm aus dem Weg und sprach ihn nur an, wenn es darum ging, von ihm Geld für die Bezahlung der Totenmessen zu erbitten. Auch heute würde sie sich wieder abfällige Sprüche anhören müssen, bis er endlich widerwillig die Münzen herausrückte. Sie war länger nicht in der Druckerei gewesen, in der es heute auffällig ruhig war. Keine Presse arbeitete. Es waren auch weniger Gesellen und Lehrlinge als sonst anwesend. Jacop, Reinhard und der Lehrjunge Wolfgang saßen am Tisch und schwatzten, als sie Margarethe bemerkten, standen sie auf. Jacop Krut schlenderte auf sie zu.

»Die Meistertochter, sieh an. Dabei soll sie ihre kecke Nase doch aus der Druckerei heraushalten«, sagte er lässig. Jacop war jetzt so nahe an sie herangekommen, dass Margarethe zurückweichen musste. Reinhard trat zu ihnen.

»Lass sie, Jacop«, sagte er ruhig.

»Kein Grund, sich einzumischen. Ich hab nichts gemacht. Nur Komplimente hat sie von mir zu hören gekriegt. Das mag doch wohl jedes Weib«, verteidigte sich Jacop Krut. Die Langeweile schien ihn übermütig zu machen. Ein Werktag ohne Arbeit, das hatte es bei ihrem Vater nie gegeben.

»Wo ist mein Bruder? Habt ihr nichts zu tun? Ist die Arbeit am *Breviarium* schon abgschlossen?«, fragte sie.

Krut grinste. »Neugierig ist sie auch noch, die Kleine. Geht sie das was an? Ich glaube nicht.« Margarethe sah Reinhard an.

»Das *Breviarium* ist noch nicht fertig. Dabei muss es bald ausgeliefert werden. Wir haben in den letzten Tagen so weit gearbeitet, wie wir ohne Meister konnten«, ihm schien ein Gedanke zu kommen, »oder ohne die Tochter eines Meisters.« Margarethe verstand seine Anspielung sofort. Sie war neugierig, wie es mit dem Druck voranging, ob alles so war, wie es sein sollte. Das Verbot ihres Bruders war allerdings eindeutig gewesen. Wenn sie es übertrat, würde sein Zorn nur noch steigen. Reinhard gab zu bedenken: »Es könnte zum Schaden für die Druckerei Prüß sein, wenn nicht rechtzeitig geliefert werden kann.«

Es brauchte keine weitere Überredung mehr. Sie wusste, dass es so nicht weitergehen konnte. Margarethe blickte um sich, ob ihr Bruder zu sehen war, dann sagte sie: »Zeigt mir, worum es geht, Gesellen. Dann werde ich versuchen zu entscheiden, wie mein Vater entschieden hätte.« Gemeinsam besprachen sie, was getan werden könnte, und schließlich entschied Margarethe über das weitere Vorgehen. Hoffentlich waren ihre Einschätzungen auch richtig, sonst würde es gewaltigen Ärger geben.

»Margarethe, du sollst zu deinem Bruder kommen.« Die Tante klang ernst. Schon seit Tagen hatte Margarethe damit gerechnet, dass Hans sie für ihre Arbeit in der Druckerei rügen würde, aber sie hatte ihn kaum gesehen und eine Strafpredigt war bislang ausgeblieben.

»Wirkt er wütend?«, fragte Margarethe nervös.

Die Tante verneinte. Das hätte sie stutzig machen müssen, aber Margarethe wertete es als gutes Zeichen; vielleicht war Ruhe in sein Gemüt eingekehrt.

Hans Prüß saß am Schreibpult des Vaters, vor ihm lag das *Breviarium*. Sie bemerkte, dass er Schränke umgestellt und das

Bild der heiligen Mutter Maria abgenommen hatte. Vor dem Pult blieb sie stehen. Wortlos ging ihr Bruder, das Buch in der Hand, auf sie zu. Dann holte er aus. Margarethe sah den Schlag nicht kommen, sie fühlte nur das Papier auf ihre linke Gesichtshälfte auftreffen und stürzte zu Boden. Das Buch landete dumpf auf ihrem Körper.

»Mein Dank für deine Arbeit an dem Werk. Ich hoffe, es wird dir eine Lehre sein«, meinte Hans knapp. Sie rappelte sich auf, mit der einen Hand hielt sie die brennende Wange, mit der anderen nahm sie das Buch auf. Ihr Blick fiel auf den Schlusstext, und sie las, dass der Druck von Johann Prüß dem Älteren begonnen und von seinem Sohn fertiggestellt worden war. Aber wie viel der Arbeit war wirklich ihrem Bruder zuzuschreiben, wie viel hatten die Gesellen getan, die Lehrlinge und auch sie selbst? Keiner von ihnen wurde erwähnt. Genauso wenig wie der Papierer, der Buchstabenschneider oder der Schriftgießer. Warum auch? Nur der Drucker zählte in diesem Metier, selbst der Autor, auf den das Werk zurückging, wurde manchmal nicht erwähnt. Tropfen fielen auf das Papier. Um Haltung ringend wischte sie die Tränen fort. Ihr linkes Auge schwoll bereits zu. Sie würde sich in den nächsten Tagen einen Schleier umlegen müssen, obgleich dieser eigentlich verheirateten Frauen vorbehalten war.

»Kann ich gehen?«, fragte sie, um eine feste Stimme bemüht. Sie schmeckte Blut, möglicherweise hatte sie sich beim Schlag auf die Zunge oder in die Wange gebissen. Genau erfühlen konnte sie es nicht, alles schien wund und dick zu sein.

»Nein«, antwortete Hans in einem strengen Ton. Er setzte sich und ließ sie stehen. Minutenlang blätterte er in Papieren, schien zu lesen. Ihr Kopf dröhnte noch immer von dem Schlag. Schließlich begann er, ohne den Blick zu heben, zu sprechen.

»Ich habe eine gute Nachricht für dich. Du wirst heiraten, und zwar so bald wie möglich. Ich habe auch schon einen Ehemann für dich gefunden. Oder gleich zwei, um genau zu sein.« Er lachte spöttisch und lehnte sich selbstzufrieden zurück.

»Aber wieso …«, setzte sie an und ließ die Frage im Raum stehen. Er würde schon sagen, was er zu sagen hatte.

»Meister Knipp wartet sehnsüchtig, dich endlich in seine Arme schließen zu können. Wir sind uns auch schon einig geworden. Die Verbindung zu so einem ehrenwerten Zunftmitglied dürfte mir nur nützen.«

»Meister Knipp? Seine Frau ist –«, begann sie, aber er fiel ihr ins Wort.

»So gut wie tot. Und wenn es doch noch länger dauert mit ihr, dann nimmt dich eben Eckard. Du bleibst auf jeden Fall in der Familie.« Wieder lachte er.

Die Vorstellung schien ihn ausgesprochen zu amüsieren. Sie hatte nicht zu hoffen gewagt, einen Ehemann zu bekommen, für den sie Zuneigung empfand. Aber ausgerechnet Meister Knipp oder Eckard? Der Sohn ginge sogar noch, ihm gegenüber fühlte sie zumindest keine Abneigung, der Vater jedoch … sie mochte den Gedanken an seine aufdringliche, geile Art nicht einmal zulassen. Es hatte aber keinen Sinn, mit ihrem Bruder darüber zu streiten. Er wusste genau, was er tat. Er hatte sogar Freude daran. Sie konnte das Los, das er ihr zugedacht hatte, nicht abwenden, sie konnte es nur hinauszögern. Margarethe schluckte schwer.

»Hans, Bruder, um eines bitte ich dich, warte das Trauerjahr ab. Lass mir ein Jahr, damit ich um Vater trauern kann. Du bist selbst Mitglied der Steltz und weißt, was sich für einen angesehenen Meister und Zunftbruder gehört«, sagte sie leise. Hans zog die Stirn kraus. Es passt ihm nicht, dass er mich noch länger in diesem Hause behalten muss; er wäre mich am liebsten sofort los, schoss es ihr durch den Kopf. Der Hinweis auf die Zunft und seine baldige Würde als Meister schien aber zu fruchten. Er lehnte sich in dem Armstuhl zurück und neigte, es sollte wohl gnädig aussehen, den Kopf.

»Diese Frist bekommst du. Aber glaub ja nicht, dass sich danach mein Entschluss ändert.« Mit diesem Satz entließ er sie, ohne sie eines weiteren Blickes zu würdigen.

Tante Jule wickelte Kräuter in einen feuchten Lappen und legte ihn auf die geschwollene Seite ihres Gesichts. Verdächtig schnell hatte sie die Kräuter zur Hand gehabt. Hatte sie erwartet, dass der Bruder Margarethe schlagen würde? Aber warum hatte sie sie nicht gewarnt? »Ich soll heiraten. Hans hat einen Mann für mich«, sagte Margarethe langsam, denn die Schwellung erschwerte das Reden.

Die Tante schien nicht überrascht zu sein. »Ich weiß. Er hat mir davon erzählt, und ich habe ihm dazu geraten. Mit einem Knipp bekommst du einen ehrenvollen Ehemann. Und wenn es um seine Frau wirklich so schlecht steht, wie man hört, kann es ja schon bald so weit sein«, sagte sie.

Margarethe fühlte sich von der Alten betrogen. Ihr hätte klar sein müssen, dass sie mit ihrem Bruder unter einer Decke steckte. Sie würde immer das Familienoberhaupt unterstützen, egal, wer es war und worum es ging. Unbeugsam sagte sie: »Wir werden auf jeden Fall das Trauerjahr abwarten.«

Schweigen kehrte ein, das hatte Tante Jule also nicht gewusst. Sie wägte die Worte ab, dann nickte sie bedächtig. »Das ist nur gut so. Danach wird es für dich hohe Zeit. Denk immer daran, dass auch dein Vater schon einen Ehemann für dich suchen wollte.« Wortlos reichte sie Margarethe einen Schleier. Selbst dafür hatte sie also bereits gesorgt.

Am nächsten Morgen trat sie gerade aus der Kammer und wollte sich den Schleier umlegen, als ihr Reinhard entgegenkam. Er zuckte zurück, als er ihr Gesicht sah.

»Was ist mit Euch geschehen? War er das?« Margarethe war noch so voller Grimm über das Verhalten ihres Bruders, dass sie vage nickte, dann aber antwortete, sie sei gefallen.

Reinhard presste die Kiefer so stark aufeinander, dass die Knochen hervorstachen. »Euer Gesicht sagt etwas anderes als Euer Mund. Aber ich ahne die Wahrheit. Heute Morgen hat Euer Bruder als Erstes mehr Zucht in seiner Druckerei gefordert. Jetzt weiß ich, was er darunter versteht.« Sie hob den Schleier, aber Reinhard hielt sie zurück, bevor sie ihr Gesicht verdecken konnte. Sie senkte ihren Blick.

»Schämt Euch nicht. Für ihn ist es eine Schmach. Für ihn, der Euch dies angetan hat.« Die Anspannung gab seiner Stimme einen metallischen Klang. Reinhard schien noch größer zu werden. Margarethe fühlte sich von ihm angezogen. Er war wie ein Fels, der sie schützen konnte. Sie bemerkte, dass auch seine Nasenspitze eine leichte Kerbe hatte, als ob sich sein Kinngrübchen an dieser Stelle verkleinert wiederholte. Seine Augen waren so braun wie sonnengereifte Haselnüsse.

»Ich wollte, dass Ihr das hier seht. Das Buch. Es ist fertig. Es ist Euer Werk wie unseres«, sagte er und hielt ihr eines der Exemplare hin, mit dem sie bereits gestern so unsanft Bekanntschaft gemacht hatte.

Margarethe sah es nicht einmal an. »Ich habe damit nichts mehr zu schaffen. Es ist das Werk desjenigen, dessen Name daraufsteht«, sagte sie nur. »Mein Name wird nie auf einem Buch stehen.«

Reinhard hielt das Buch so fest, dass sie Angst darum hatte. »Nicht jeder, dessen Name auf einem Buch steht, verdient es. Ein Drucker sollte seinem Handwerk Ehre machen, keine Schande«, sagte er. Rufe drangen zu ihnen, der Altgeselle wurde bereits gesucht. Margarethe verschleierte sich und ging in die Küche.

Es war neu für sie, die Welt durch einen Schleier zu sehen, und dazu nur mit einem Auge, das andere war zugeschwollen. Sie trat aus der Kathedrale. Zum ersten Mal lag ein Hauch Frühling in der Luft. Sie konnte es kaum erwarten, dass die dunkle Zeit vorbei war. Sie machte einen großen Bogen um die Verkaufsstände, doch plötzlich hörte sie eine Stimme.

»Jungfer Margarethe, Ihr seid es doch, oder?« Meister Hupfuff stand vor ihr. »Ich habe mich gefragt, wie es Euch wohl geht.«

Margarethe verspürte den Impuls, den Schleier zu heben, ließ es jedoch bleiben, auch wenn es ihr unhöflich erschien. »Gut, mir geht es gut«, ihre Stimme klang gepresst, verheult. In der Messe hatten sie die Gefühle übermannt, Trauer, aber auch Verbitterung über die ungerechte Behandlung. Sie räusperte sich. »Gut geht es mir«, wiederholte sie fest.

»Zeigt Euer Gesicht, ich bitte Euch darum.« Die Worte waren so ernst und mitfühlend vorgebracht worden, dass sie nicht anders konnte. Meister Hupfuff schnalzte und schüttelte missbilligend den Kopf. Er schien jedoch nicht überrascht zu sein, hatte er bereits davon gewusst? Wenn ja, wer hatte ihm davon berichtet, Reinhard? »Wer war das? Euer Bruder?«

»Er …«, sie wollte Worte zu seiner Verteidigung vorbringen, aber ihr fielen keine ein. Also schwieg sie und zog den Schleier wieder vor das Gesicht.

»Ich kann es beim Zunftrat ansprechen. Er kann Euren Bruder wegen unehrenhaften Verhaltens ermahnen«, schlug Hupfuff vor.

Margarethe hob abwehrend die Hand. »Nein, nur das nicht. Das würde nichts besser machen, nur schlechter.«

Er sah sie prüfend an. »Wenn Ihr meint. Aber Euer Vater hätte das nicht gewollt. Er hätte seinen Sohn zur Rechenschaft gezogen, ganz gewiss. Er hat große Stücke auf Euch gehalten, sehr große Stücke, Margarethe.« Meister Hupfuff legte eine Pause ein. »Wusstet Ihr, dass Euer Vater kurz vor seinem Tod seine Nachfolge schriftlich festhalten wollte? Er wollte sicherstellen, dass auch Ihr einen Anteil an der Druckerei erhaltet. Er schien, nach allem, was er zuletzt über Hans erfahren hatte, zu befürchten, dass sein Sohn alles an sich reißen und Euch ungebührlich behandeln würde.«

Margarethe war verblüfft. »Ich weiß nichts von einem Testament«, sagte sie. War es das, was der Bruder in den Papieren und Büchern des Vaters gesucht hatte?

»Vielleicht hat Euer Vater es nicht mehr geschafft, seinen Willen schriftlich festzuhalten. Möglicherweise war der Tod schneller als er. Mir gegenüber hat er es jedenfalls erwähnt«, meinte Hupfuff nachdenklich.

»Warum sollte er das tun?«

Matthias Hupfuff sah sie bei den nächsten Worten an, als zweifle er nicht an ihrer Richtigkeit. »Weil Euer Vater wusste, dass Ihr mehr vom Druckerhandwerk und vom Geschäft versteht als Hans. Weil Ihr verlässlich seid. Weil sein Erbe bei Euch in besseren Händen wäre.«

Ihr kam das unglaublich vor. »Aber ich bin eine Frau«, gab sie zu bedenken.

»Und wenn schon. Es gibt einige Frauen, die für ihre verstorbenen Väter oder Ehemänner das Handwerk weiterführen. Eine Zeitlang zumindest. Danach muss geheiratet werden. Am besten einen Meister oder einen fähigen Gesellen, der Meister wird.«

»Warum erzählt Ihr mir das, Meister Hupfuff?«, wunderte sie sich. Herrschte nicht Konkurrenz zwischen den Druckern, so dass es für den einen gut war, wenn die Geschäfte des anderen schlecht liefen? Und mit ihrem Bruder an der Spitze der Druckerei würden die Geschäfte schlecht laufen, das wusste sie.

»Ich schlage gerne zu, wenn etwas einen Gewinn verspricht. Aber ich kann nicht zusehen, wenn eine gute Druckerei den Bach runtergeht. Euer Vater war ein ehrenwerter Drucker. Sein Lebenswerk sollte nicht so schmählich weitergeführt werden«, sagte er. »Außerdem kann ich es nicht leiden, wenn man so mit Frauen umspringt – und schon gar nicht mit hübschen.« Sie musste unter ihrem Schleier lächeln. Für einen Atemzug fragte sie sich, was sie wohl empfinden würde, wenn Matthias Hupfuff um sie werben würde. Sie hatte ihn nie als möglichen Ehemann wahrgenommen, nie hatte seine männliche Ausstrahlung sie so angerührt, wie es bei Reinhard der Fall war.

»Ihr seid doch ein kluges, vernünftiges Mädchen. Denkt darüber nach, was ich Euch erzählt habe. Ich hatte das Gefühl, ich bin es Eurem Vater schuldig. Ihr solltet wissen, was er vorgehabt hat. Nun zieht Eure eigenen Schlüsse daraus.«

Es war die Stunde vor Morgengrauen. Noch war es im Haus still. Margarethe kam es vor, als hätte sie gar nicht geschlafen. Der Gedanke an das Gespräch mit Meister Hupfuff ließ ihr keine Ruhe. Sie wusste, wo der Vater seinen Schlüssel zur Druckerei verwahrt hatte, dort lag er noch immer. Wie von selbst fanden ihre Füße den Weg in die Druckerei. Der Gang durch die nächtliche Stadt jagte ihr keine Angst ein. Sie machte einen Bogen um die Nachtwächter und huschte im Schatten der Häuser zum Schlossplatz. Mondlicht fiel auf die Pressen, brachte die Lettern zum Glänzen. Sie schloss die Augen und lauschte in die Stille hinein. In ein paar Stunden würde hier rege Geschäftigkeit herrschen, Wissen wurde von hier aus ans Licht gebracht, fand seinen Weg zu den Menschen. Man konnte ein Buch kaufen, verschenken oder verleihen, man konnte es lesen und sogar lieben. Margarethe nahm ein paar Bleilettern aus dem Setzkasten und schob sie auf der Arbeitsplatte hin und her. Diese Druckerei war der Stolz von Johann Prüß dem Älteren gewesen. Ihr Vater hatte ihr, wenn sie abends am Kachelofen saßen, oft erzählt, wie er aus Herbrechtingen in Schwaben über die Universität von Ingolstadt nach Straßburg gekommen war. Wie ihn die große Stadt mit ihrem regen Geistesleben beeindruckt hatte. Wie er sich langsam hochgearbeitet und immer wichtigere Aufträge bekommen hatte.

Sie hatte angefangen, die Lettern aufeinanderzuschichten, jetzt geriet der Stapel ins Wanken und brach zusammen, Buchstaben fielen auf den Boden. Margarethe bückte sich und tastete zwischen den Füßen des Schrankes danach. Hierhin fiel kein Licht, sie musste sich ganz auf ihre Finger verlassen. Ihre Fingerspitzen stießen in dem Staub, der sich unter dem Schrank gesammelt hatte, an etwas Großes, was war das? Sie zog es hervor, wischte die Staubflusen ab. Es war die Druckermarke ihres Vaters. Sein verschlungenes Monogramm, das an einer Seite zum Zeichen seines festen Glaubens in ein Kreuz auslief, dazu eine Bande mit seinem Namen. Dieses Signet war das Markenzeichen ihres Vaters gewesen, es war ein Geschäftswappen, stand aber zugleich für das Druckprogramm mit seinen geistlichen Werken. Wie die Holzschnitte wurde es sorgfältig in den Satz eingepasst und prangte in so manchem wichtigen Werk.

Sie dachte daran, wie ihr Vater an dieser Stelle zusammengebrochen war, dabei waren die Lettern durch die Luft geflogen und vermutlich auch seine Druckermarke heruntergefallen. Seitdem hatte keiner dieses Signet vermisst, ihr Bruder konnte es ja auch kaum erwarten, seinen eigenen Namen unter die neuen Drucke zu setzen. Was hatte der Vater ihr damals so dringend sagen wollen? Ging es um seine Nachfolge? In dem Streit mit dem Bruder war es wohl um dessen Schulden gegangen, so hohe Schulden, das sie die Zukunft der Druckerei gefährdeten und ihn in den Augen des Vaters ungeeignet erscheinen ließen, das Geschäft zu übernehmen. Hatte er seinem Sohn von dem Testament berichtet? Wollte Hans sie deshalb so schnell wie möglich loswerden? Ihre Finger strichen über die hervorgehobenen Linien des Druckersignets. Jetzt sollte sie dieses Haus verlassen, sollte das Vermächtnis des Vaters aufgeben und die Ehefrau eines Glasmalers werden. Ja, ihr Vater hatte gewollt, dass sie heiratete. Aber er hatte auch gewollt, dass sie Verantwortung für die Druckerei übernahm. Sie würde dem Wunsch ihres Vaters nachkommen, denn das war, das gestand sie sich jetzt ein, auch ihr eigener Wunsch. Selbst wenn es bedeutete, dass sie ihren Bruder noch mehr erzürnen würde, sie würde nicht aufgeben. Er durfte die Druckerei nicht zugrunde richten. Hans konnte sie zwingen, denjenigen zu heiraten, den er ausgesucht hatte. Er konnte sie in eine andere Stadt schicken, in ein Dorf, aufs Land. Aber wenn er ihr Erbe verjubelte, blieb ihr nichts mehr.

Sie hörte die ersten Rufe auf der Straße. Bald würden die Gesellen eintreffen. Ihr Bruder würde, wie üblich, noch auf sich warten lassen. Er würde sich wohl nie ändern. Sie nahm ein Buch aus dem Regal und blätterte es gedankenverloren durch. Warum sollte ihr Vater sein Testament verstecken? Dafür gab es keinen Grund, außer er ahnte, dass Hans etwas dagegen haben würde. Aber dann hätte er es vermutlich bei der Zunft hinterlegt …

Sie fühlte förmlich, wie sich alle Augenpaare auf sie richteten, als sie die Zunftstube betrat. Es roch nach Schweiß, Braten und Wein. Ihre Beine waren wackelig, als wäre sie ein kleines Kind, das gerade laufen lernte, oder eine Greisin, die es schon wieder verlernt hatte. Margarethe tastete verlegen nach der Druckermarke des Vaters, die sie im Almosenbeutel bei sich trug, und spürte, wie Mut sie durchströmte. Sie hatte einige Tage lang überlegt, wie sie vorgehen sollte. Ihren Bruder auf das Testament anzusprechen hatte wenig Sinn. Sie wusste, dass er zornig werden würde. Sie hätte sich am liebsten mit jemandem beraten, aber ihrer Tante vertraute sie nicht mehr und Ursula konnte ihr nicht helfen. Ihren Entschluss hatte sie bereits gefasst, die Umsetzung konnte ihr niemand abnehmen. Sie, und nur sie allein, konnte für ihr Recht eintreten. Erst als sie Meister Hupfuff sah, der sich mit Reinhard Beck unterhielt, fiel ihr ein, dass sie den Freund des Vaters hätte einweihen können. Er hätte sie sicher in die Zunftstube einführen, ihr zur Seite stehen können. Doch nun war es zu spät, man hatte sie bemerkt und begann zu tuscheln. Die Sitzung hatte noch nicht begonnen, die Männer standen in kleinen Gruppen herum oder am Tresen, um etwas zu trinken.

Margarethes Aufregung kam nicht von ungefähr. Die Zünfte waren das Herz und zugleich der Kopf der Stadt. Jeder Meister, Geselle und Lehrling musste sich einer der Zünfte anschließen. Innerhalb der Zünfte lag die Macht bei den Meistern, und am mächtigsten waren die Meister, die ihre Zunft beim Rat vertraten. Ohne das Einverständnis der Zunft durfte kein Handwerker in der Stadt arbeiten. Jede Zunft hatte ein eigenes Gericht, das für die Einhaltung der strengen Handwerksregeln sorgte und Strafen verhängte. Jede der zwanzig Zünfte wählte fünfzehn Schöffen für das Zunftgericht, und diese dreihundert entschieden als Bürgerversammlung über die wichtigsten Angelegenheiten

Straßburgs. Dazu kam der große Rat, die oberste Stadtbehörde, die sich wiederum aus zwanzig Mitgliedern der Zünfte und Vertretern von Adel und Bürgerschaft zusammensetzte. Aus dem Kreis der Zünftler wurde auch der Ammeister der Stadt gewählt, der laut Urkunde der ehrlichste und nützlichste Bürger der Stadt und dazu noch redlich, fromm und weise sein sollte. Auch im kleinen Rat, zuständig für Rechtspflege und innere Sicherheit, hielten die Zunftvertreter die Mehrheit. In der Steltzenzunft waren die Gewerbe zusammengefasst, die einen künstlerischen Charakter hatten. In früheren Zeiten war sie als Goldschmiedezunft bekannt gewesen, und als einige der Goldschmiede, Maler oder Kalligraphen anfingen, im neu entstandenen Buchdruck zu arbeiten, war es nur natürlich, auch die späteren Drucker in die Steltz aufzunehmen. Die Zunft Zur Steltz war weder die größte noch die bedeutendste – das war die Zunft Zum Anker, weil die Rhein- und Illschiffer die wichtigen Handelswege von Basel bis nach Köln kontrollierten –, und doch beeinflussten die Drucker durch die von ihnen herausgebrachten Bücher das öffentliche Leben der Stadt stark.

Heute war die Stube gefüllt mit Gold- und Silberarbeitern, Glasern, Buchbindern, Malern, Bildhauern, Vergoldern, Kupferstechern, Kartenmachern, Papierern und Schriftgießern. Manchem war Margarethe bereits im Haus »Zum Tiergarten« begegnet, fast alle hatten dem Vater das letzte Geleit gegeben. Trotzdem fühlte sie sich fremd, denn es gab nur wenige Gelegenheiten, bei denen den Ehefrauen und Töchtern der Zunftmitglieder der Eintritt in die Zunftstube gestattet wurde. Meister Knipp sah sie mit zusammengekniffenen Augen an, Eckard schien sich hinter seinem Vater verstecken zu wollen. Ihr Bruder war nirgends zu sehen. Plötzlich hörte sie eine Stimme aus der Tiefe des Saales: »Was hat das Weibsstück hier zu suchen?«

Der Zunftmeister kam auf sie zu. Er war es, der die laufenden Geschäfte der Zunft leitete und die Zunftgelder verwaltete. Auch ihm war sie schon mehrmals begegnet.

»Welches Anliegen treibt Euch hierher?«, fragte er streng.

Margarethe begann zu sprechen, aber sie lispelte so stark, dass der Zunftmeister ihr nicht folgen konnte. »Sprecht deutlich, Maid, sonst kann ich Euch nicht verstehen«, mahnte er sie.

Ihre Nervosität wuchs nur noch. »Mein Vater muss ein Schriftstück bei der Zunft hinterlegt haben.«

Der Zunftmeister sah sie streng an. »So? Muss er das?« Einen Moment lang wippte er auf seinen Zehen, dann rief er den Zunftschreiber zu sich und wies ihn an, in seinen Unterlagen danach zu suchen. Nur wenige Augenblicke später kehrte der Schreiber zurück. »Nichts«, sagte er schlicht.

Der Zunftmeister wollte sie schon verabschieden. Verzweiflung ergriff sie. Meister Hupfuff hatte sie jetzt bemerkt. Er trat zu ihr und begrüßte sie höflich. Margarethe sagte ihm, dass es wohl doch kein Testament gebe.

»Seid Ihr sicher? Schaut noch einmal nach. Johann Prüß der Ältere war sein Name«, forderte er den Schreiber auf. Dieser kratzte sich mit dem Schreibrohr unter der Mütze.

»Prüß? Jetzt erinnere ich mich. Ein Testament, nicht wahr? Da muss ich woanders nachsehen.« Wieder verschwand er, und dieses Mal kehrte er mit einem Pergament in den Händen zurück.

Margarethes Finger bebten, als sie es entgegennahm. Es war ein Schriftstück ihres Vaters, in dem er festlegte, dass sie und ihr Bruder die Druckerei zu gleichen Teilen erhalten sollten.

Der Zunftmeister lächelte säuerlich. »Ich vermute, wir haben einen weiteren Punkt für unsere Zunftsitzung?« Sie nickte eifrig. »Gibt es ein Zunftmitglied, das Eure Angelegenheit für Euch vertritt?« Ratlos sah sie ihn an.

»Ich werde es tun«, meinte Matthias Hupfuff entschlossen. Margarethe wurde zu einem Stuhl am Rande des Saales geführt. Sie versuchte, die neugierigen Blicke nicht zu beachten, die ihr folgten. Ihre Knie zitterten noch immer. Wie gut, dass sie ihren Bruder noch nicht gesehen hatte. Der Zunftmeister forderte die Männer auf, sich zu setzen. Die Zunftlade wurde aufgestellt, der Schreiber öffnete seine Bücher. Die verschiedensten Anliegen der Zunftmitglieder wurden verhandelt, dann bekam Meister Hupfuff das Wort.

Er rief Margarethe vor die Tafel, an der die Meister Platz genommen hatten. Ihr war schlecht vor Aufregung. Sie starrte auf ihre Fußspitzen und das Stroh, das den Fußboden bedeckte. Meister Hupfuff begann zu sprechen, ihn unterbrach niemand. Er schilderte Margarethes Anliegen, hob den Wunsch des Vaters, des verstorbenen Zunftbruders, hervor und bat Margarethe um das Testament. Hans Prüß' Unzuverlässigkeit brauchte er nicht ausführlich zu schildern, sie wurde deutlich, als der Zunftmeister ihn aufrief und klar wurde, dass er bei dieser Sitzung, bei der Anwesenheitspflicht herrschte, nicht da war. Eckards leiser Einwurf, dass Hans in wichtigen Geschäften unterwegs war, ging im aufkommenden Stimmengewirr unter. Vor allem die Gesellen regten sich auf, weil eine Frau die Leitung einer Druckerei erlangen und so eine Stelle besetzen wollte, die auch ihnen zustehen könnte.

»Das Weib versteht doch nichts von unserem Gewerk«, schrie einer in die Runde. Zustimmende Rufe wurden laut. Margarethe knickten beinahe die Beine weg, so sehr zitterte sie. Da trat Reinhard Beck vor. Er wirkte unerschrocken wie immer, und Margarethe wünschte sich mit einem Mal, sie könnte etwas von seiner Standhaftigkeit abbekommen. Er bat um das Wort und sprach sich für sie aus, dabei betonte er ihre Kenntnisse und schilderte ihre Hilfe beim *Breviarium Argentinensis*. Dankbar hörte sie ihm zu, doch die Gegenstimmen wurden immer lauter. Schließlich rief einer: »Du hast gut reden. Willst doch nur die Jungfer ehelichen, wenn die Druckerei erst ihre ist. Und jetzt schleimst du dich schon mal ein.« Margarethe bekam noch mit, wie Reinhard den Ehrabschneider aufforderte hervorzutreten, dann sorgte der Zunftmeister für Ruhe. Die Meister zogen sich zur Beratung zurück. Margarethe drückte das Kreuz durch, hob den Kopf und wischte sich über das Gesicht. Einige Männer, wie der Geselle Jacop Krut, warfen ihr freche Bemerkungen zu, aber sie hörte gar nicht hin. Die Meister kehrten zurück an ihre

Tafel. Der Zunftmeister forderte die Störer zur Mäßigung auf und drohte bei weiteren Schmähungen empfindliche Strafen an. Denn gleichgültig, wie man das Verhalten der Jungfer werte, von derartigen Anwürfen müsse man absehen. Er holte weit aus, um die Entscheidung des Zunftrates zu verkünden. Gespannt hörte Margarethe ihm zu. Mit gesetzter Stimme rief er zunächst jedem die Verordnungen für die Aufnahme von Zunftgenossen ins Gedächtnis. Es sei Beschluss, dass die Kinder der Handwerker, ob Knaben oder Töchter, alte oder junge, das gleiche Recht hatten, das ihr Vater gehabt habe. Außerdem spreche das Dokument wie auch die Fürsprache durch ein angesehenes Zunftmitglied für sie. Margarethe Prüß habe das Recht, ihren Anteil an der Druckerei zu fordern. Sie könne eine Hälfte der Druckerei übernehmen, müsse aber einen Gesellen an Meisters statt bezahlen, der die Druckerei für sie führt, und binnen Jahresfrist heiraten. Man lege ihr allerdings nahe, sich mit dem Bruder gütlich zu einigen und sich das Erbe auszahlen zu lassen. Margarethes Erleichterung war groß, auch wenn sie ahnte, dass ihr das Schlimmste noch bevorstand.

Wenige Minuten später ging Margarethe die Münstergasse in Richtung Kathedrale. Kein Mensch war mehr zu sehen. Sie hatte nicht bemerkt, wie die Zeit vergangen war, hatte die Schläge der Kirchenglocken nicht gehört. Noch immer hatte sie ein flaues Gefühl im Magen. Sie wusste, dass die Reaktion des Bruders heftig ausfallen würde, und fürchtete sich davor. Sie wollte über den Münsterplatz und an der Pfalz vorbeigehen und so die besonders finsteren Gassen meiden. Auf einmal hörte sie Schritte hinter sich, die sich rasch näherten. Margarethe lief schneller. Bald schon hatte sie die Flanke der Kathedrale erreicht. Die Tritte waren nah, sie hörte das Schnaufen eines Mannes. Angst überfiel sie. Sie hätte Reinhard Beck oder Meister Hupfuff um ein Geleit nach Hause bitten sollen. Stattdessen hatte sie, nachdem der Zunftmeister die Sitzung geschlossen hatte und die Männer sich zu einem Schlaftrunk zusammenfanden, die Stube unauffällig verlassen. Jemand packte ihren Arm. Sie wollte sich entziehen, doch der Verfolger hielt sie mit eisernem Griff fest. Verschreckt sah sie sich um. Das fahle Licht warf dunkle Schatten auf das Gesicht des Gesellen Jacop Krut.

»Ihr solltet nachts nicht allein durch die Gassen laufen. Nicht einmal alte Weiber wären jetzt sicher, geschweige denn Jungfrauen wie Ihr«, lachte er heiser. Als sie sein alkoholgeschwängerter Atem traf, drehte sie das Gesicht ab. Er hielt ihren Arm weiter umklammert und zog sie mit sich. »Eine Frau, die sich erdreistet, ihrem Bruder die Druckerei streitig zu machen, sollte wissen, dass es verboten ist, um diese Zeit allein durch die Stadt zu streifen.« Margarethe versuchte erneut, sich zu befreien.

»Ihr wisst so gut wie ich, wo ich herkomme, Jacop Krut, und wo ich hinwill ebenso.«

»So nehmt mein Geleit an, holde Dame. Es wird Euch auch nichts kosten, außer einem Kuss.« Wieder das heisere Lachen. Er zog sie an sich heran und versuchte seine Lippen auf die ihren zu pressen. Jäher Ekel überfiel sie, als sie seinen feuchten Bart auf ihrer Wange spürte. Sie riss sich los. Jacop setzte nach, packte sie und presste sie an die Wand der Kathedrale. Wie ein feuchtes Hundemaul wanderte sein Mund über ihren Hals. Sie fühlte, wie seine Hände ihre Brüste umfassten, und begann zu schreien. Grob hielt er ihr mit der Hand den Mund zu. Er fauchte sie an: »Einen Kuss, ich will nichts als einen Kuss, und nicht einmal den bist du bereit mir zu geben, du eitle Dirne. Dabei musst du ohnehin einen Gesellen zum Mann nehmen, und ich bin so gut wie jeder andere. Nein, besser. Warum soll mir nicht eines Tages die Druckerei gehören?« Mit dem ganzen Körper drückte er sie nun an die Wand und begann sich an ihr zu reiben. Margarethe versuchte ihn in die Hand zu beißen, wandte sich wie eine Schlange, aber Jacop Krut war größer und kräftiger als sie. Panik erfasste sie, sie würde ihm nicht entkommen. Er würde sich nehmen, wonach ihn gelüstete. Ihm war nichts heilig, also würde es ihm auch nichts ausmachen, sie hier, direkt neben dem Heiligtum Marias, zu schänden. Er zerrte mit einer Hand ihren

Rock hoch. Margarethe spürte, dass der Druck auf ihren Mund ein wenig nachließ, und biss mit ganzer Kraft zu. Die Hand zuckte, und Margarethe stieß einen gellenden Hilfeschrei aus. Für einen Moment schienen alle Geräusche der Nacht zu verstummen, alle bis auf das Keuchen ihres Angreifers. Dann hörte sie Schritte durch die Gassen auf sie zukommen und leise Rufe. Jacop fluchte. Er schleuderte sie zu Boden und wollte davonlaufen. Merkwürdig sieht er aus, mit seinen eng aneinanderliegenden Oberschenkeln und den weit ausladenden Füßen, dachte Margarethe noch, bevor sie mit dem Kopf gegen die Wand stieß und Schmerzen sie durchfuhren. Einen Moment lang war ihr schwarz vor Augen, stechender Schmerz schien ihren Schädel zu spalten. Dann bemerkte sie, dass jemand an ihr vorbeirannte, Jacop Krut an der Hüfte erwischte und zu Fall brachte. Reinhard war ihr zu Hilfe gekommen! Die Männer rappelten sich hoch. Ein Handgemenge entbrannte, aber Reinhard war dem anderen überlegen. Wendig wich er den Angriffen aus. Schließlich streckte er Jacop mit einer schnellen Folge heftiger Schläge nieder, die dessen Gesicht zu einer blutigen Masse anschwellen ließen. Angewidert ließ Reinhard von ihm ab und starrte fassungslos auf seine Hände.

»Wilder Mann, ich bin ein wilder Mann«, stammelte er. Als er Margarethes Stöhnen hörte, sammelte er sich, tastete vorsichtig ihren Kopf ab und hob sie schließlich hoch. Reinhards Unterlippe war aufgeplatzt, Blut färbte sein Kinn rot, achtlos wischte er es fort. Als sei sie leicht wie eine Feder, trug er sie in die Helenengasse. An seine Brust geschmiegt fühlte sie sich sicher, selbst wenn Jacop Krut sie noch einmal angreifen würde, bei Reinhard würde ihr nichts geschehen.

Reinhard weckte die Tante. Unter dem steten Lamentieren der Alten reinigten sie Margarethes Wunden und legten ihr einen Verband an. Die Tante flößte ihr zur Beruhigung einen scharfen Trunk ein und führte sie zu Bett. Margarethe wollte noch darum bitten, dass Reinhard über sie wachen möge, da war sie schon eingeschlafen.

»O heilige Margarethe, bete für deine Namenstochter. Sie ist halsstarrig, sie ist eigensinnig, aber sie wird den rechten Weg wiederfinden, sie ist nicht verloren«, hörte Margarethe ihre Tante beten, als sie langsam aus dem Schlaf erwachte. Ihr Kopf schmerzte, die Lippen spannten. Die Bilder der gestrigen Nacht überfielen sie. Jacop Kruts fordernder Griff, sein Gestank, ihre Hilflosigkeit. Ekel und Angst ließen sie aufschreien. Tante Jule riss den Vorhang des Alkovens auf, bereit zu helfen. Sie redete beruhigend auf Margarethe ein. Ihr Blick war nicht so streng wie sonst, ja sogar ungewohnt mitfühlend.

»Ich bin nicht halsstarrig ... und auch nicht eigensinnig«, presste Margarethe hervor, als ihr Atem wieder ruhiger ging. Die Tante strich ihr über das Haar.

»Margarethe, du machst uns Sorgen. Warum kannst du nicht sein wie andere Jungfrauen? Du bringst Unfrieden in das Haus deiner Eltern. Das kann nicht Gottes Wille sein«, mahnte sie. »Dein Bruder tobt. Der Geselle Jacop ist verschwunden. Und den Altgesellen hat er vor die Tür gesetzt«, fuhr sie fort. Margarethe wusste nicht, worauf sie zuerst reagieren sollte. Jacop verschwunden, das war eine gute Nachricht. Aber Reinhard, musste er dafür büßen, dass er ihr beigestanden hatte? Sie wollte aufstehen, doch ihr Kopf dröhnte. Tante Jule drückte sie zurück auf das Lager und gab ihr einen Kräutersud zu trinken. »Du hast schon genug Unglück angerichtet. Alles, was du jetzt tust, macht es nur noch schlimmer«, sagte sie. Margarethe wollte etwas erwidern, sich verteidigen, aber schon nahm der Schlaf sie erneut gefangen.

Es war hell, als sie wieder erwachte. Sie hörte etwas zu Boden fallen, das Rascheln von Kleidung, das Knistern von Papieren. Sie setzte sich auf, der Schwindel war verschwunden. Sie tastete ihren Kopf ab und fühlte eine schmerzempfindliche und verkrustete Wunde. Sie zog den Vorhang zurück. Hans stand im Zimmer, schreckte hoch. Er hatte in ihren Sachen gewühlt, hinter seinem Rücken hielt er etwas verborgen. Eine kleine Ewigkeit starrten sie sich an. Seine Augen funkelten. Er war furchterregend in seinem Zorn. Jetzt kam er näher.

»Warum verhältst du dich nicht wie jede andere Frau in deinem Alter? Warum gehst du nicht zu den Spindeln, heiratest einen guten Mann, umsorgst deine Kinder? Warum lässt du mich nicht einfach in Ruhe?«, fragte er mit zusammengebissenen Zähnen. Margarethe zögerte. Sollte sie ihm sagen, dass sie Angst hatte, dass er die Druckerei des Vaters ruinieren würde? Hans kam ihr zuvor.

»Hast du nicht einmal darüber nachgedacht, was du dir antust? Wer wird dich haben wollen, ein zänkisches Weib, das sogar den eigenen Bruder anschwärzt?« Hatte er recht? Hatte sie sich lächerlich gemacht und bewiesen, dass sie eine schlechte Frau war?

»Ich habe dich nicht angeschwärzt«, sagte sie leise. »Ich habe nur getan, was Vater gewollt hat.«

»Woher willst du wissen, was Vater gewollt hat? Wegen diesem Wisch hier?«, er zeigte das Pergament, das er hinter dem Rücken verborgen hatte, es war das Testament. »Vater war ein alter kranker Mann. Nicht mehr Herr seiner Sinne.« Langsam, genüsslich fast, riss er den Bogen in Streifen. Sie wollte ihn zurückhalten, doch es war schon zu spät, das letzte Schriftstück des Vaters lag in Fetzen auf dem Boden. »Ich kann dir sagen, was Vater nicht gewollt hätte: dass die Druckerei vor die Hunde geht. Und das wird sie, wenn du mich zwingst zu teilen. Du weißt, ich habe kein Geld.« Er neigte sich zu ihr. »Ich rate dir: sei vernünftig. Geh zur Zunft und sage, du hättest es dir anders überlegt. Einen anderen Weg gibt es nicht.« An der Tür fügte Hans noch hinzu: »Du hast viele verschreckt mit deinem Verhalten. Wer weiß, ob die Knipps dich noch haben wollen. Geschweige denn ein anderer Mann.«

Margarethe dachte an die letzten Monate, an Hans' Unzuverlässigkeit, an das viele Geld, das er beim Spiel verloren hatte, an den Streit mit dem Vater, an den Verkauf der Bude. Auf die Männer, die Hans für sie aussuchte, konnte sie getrost verzichten. Sie schwang die Beine aus dem Bett und stand auf. Bestimmt sagte sie: »Das kann ich nicht tun. Die Druckerei ist groß genug für uns beide.« Hans kam wieder auf sie zu. Seine Erregung entlud sich in einem Schlag gegen die Wand des Alkovens. Margarethe zuckte zusammen. »Du sollst deinen Teil bekommen. Aber du verlierst dabei deinen Bruder«, sagte er noch, bevor er den Raum verließ. Sie sank zurück auf die Bettkante. Das hatte sie nicht gewollt.

Was waren das für Männer, die die Setzkästen aus der Druckerei trugen und auf einen Karren luden? Ein Büttel und ein Knecht? Margarethe beschleunigte ihren Schritt. Eigentlich wollte sie sich mit Hans versöhnen. Sie hatte das Gespräch mit ihrem Bruder überdacht. Ihr Beharren auf ihrem Erbteil war es nicht wert, den einzigen Menschen auf Erden zu verlieren, den sie noch hatte. Sie würde versuchen, ihm ins Gewissen zu reden, ihn von seinen Lastern abzubringen. Es musste ihr einfach gelingen. Aber nun das! Sie lief in die Druckerei und blieb wie angewurzelt stehen. Neben der Tür stand Jacop Krut und grinste sie frech an. Hilfesuchend blickte sie sich um.

»Der junge Meister Prüß hat mein Fehlen entschuldigt. Er weiß ja selbst, was passieren kann, wenn Branntwein im Spiel ist. Er braucht mich jetzt, wo er den Altgesellen vor die Tür gesetzt hat. Wer nicht zu ihm steht, hat hier nichts mehr zu suchen.«

Margarethe ging wie betäubt hinaus. Sie konnte nicht zulassen, was ihr Bruder hier tat. Eine Druckerei wie die ihres Vaters konnte es sich nicht erlauben, auf Gerätschaften zu verzichten. Sie trat dem Büttel in den Weg.

»Haltet ein!«, bat sie. Ihre Stimme war so dünn, dass die Männer sie kaum vernahmen. »Bringt meinen Besitz unverzüglich in die Druckerei zurück.« Der Mann lachte und machte einfach weiter. »Der Rat der Zunft Zur Steltz hat bestätigt, dass mir diese Druckerei ebenso gehört wie meinem Bruder, Hans Prüß.«

Der Büttel sah sie von oben herab an. »Dann kannst du die Schulden von Hans Prüß begleichen?«, höhnte er und hieß den Karrenknecht losfahren.

Margarethe starrte ihm nach, fassungslos. Ihr Bruder war unbelehrbar. Ob sie gegen ihn rebellierte oder die Zunft ihn ermahnte, schien ihm egal zu sein. Er konnte seine Angelegenheiten nicht ordnen. Es war an ihr, die Druckerei des Vaters zu retten. Aber wie? Nur ein Mensch konnte ihr jetzt helfen, und dieses Mal würde sie sich an ihn wenden.

Kraftvoll drehte der Geselle die Kurbel. Obgleich Margarethe ihn nur von hinten sah, erkannte sie ihn sogleich. »Reinhard, wie froh ich bin, Euch zu sehen«, sagte sie. Auch Reinhard lächelte sie an. Dann fasste er ihr für einen Atemzug lang zart unters Kinn und nahm ihr Gesicht in Augenschein.

»Wie froh ich bin, Euch zu sehen. Wie geht es Euch?« Ein weiterer Geselle kam in die Druckerei, und Reinhard trat einen Schritt zurück. Margarethe wusste gar nicht, wo sie anfangen sollte.

»Heute Morgen, Jacop Krut ist wieder in der Druckerei, und dann war da ein Büttel mit seinem Helfer, sie haben Setzkästen mitgenommen, wegen der Schulden meines Bruders, heißt es. Ich konnte sie nicht aufhalten«, sprudelte sie los. Reinhard lachte. Es tat ihr gut zu sehen, dass er mit seiner Anstellung nicht auch das Lachen verloren hatte.

»Ich meine, wie habt Ihr den … Angriff überstanden?«, fragte er. Margarethe errötete. Sie war dankbar, dass Reinhard Beck die Angelegenheit so umschrieb und keinen Namen nannte, sie waren schließlich unter Fremden.

»Es ist alles in Ordnung. Ihr seid gerade noch rechtzeitig gekommen. Habt Dank dafür.«

»Ihr wisst, dass Ihr ihn anklagen könnt«, sagte er ernst. Sie winkte ab.

»Zuerst muss ich mich um die Druckerei kümmern. Alles andere muss warten.« Ein Übergriff auf sie, so unschuldig sie auch daran war, bedeutete immer eine Verletzung ihrer Ehre. Wenn sie weiterhin auf ihrem Erbteil bestand, mit der Zunft verhandeln und ihre Gerätschaften zurückfordern wollte, konnte sie sich keine Zweifel an ihrer Unbescholtenheit leisten.

Als Reinhard sie zu Meister Hupfuff führte, fragte sie ihn, wie es kam, dass er hier war. »Hupfuff hörte von dem Streit mit Eurem Bruder und bot an, mich fürs Erste aufzunehmen«, antwortete Reinhard vage.

»Ich bin froh darüber, sonst hätte ich Euch womöglich noch lange suchen müssen«, sagte Margarethe mit einem zarten Lächeln und staunte dabei selbst über ihren Mut. »Ihr habt Euch für mich eingesetzt und alles verloren. Jetzt will ich mich für Euch einsetzen.« Reinhard zog eine Augenbraue hoch. Sie wurde in Meister Hupfuffs Stube gebeten. Margarethe setzte sich, und Reinhard verließ den Raum. Der Buchdrucker musterte sie besorgt. Sie berichtete Matthias Hupfuff von dem Gespräch mit ihrem Bruder und der Begegnung mit dem Büttel. Den Angriff durch Jacop Krut ließ sie aus.

»Was muss ich tun, wenn ich meinen Teil der Druckerei übernehmen will?«, fragte sie schließlich. Meister Hupfuff strich über seine akkurat zu einer Kolbe geschnittene Haartracht.

»Zunächst müsst Ihr einen Gesellen finden, der bereit ist, die Druckerei für Euch zu leiten. Dann muss er das Bürgerrecht erwerben, dafür braucht Ihr Geld. Wenn er das Bürgerrecht hat, darf er die Druckerei bis zum Ablauf eines Jahres für Euch führen. Danach müsstet Ihr heiraten. Erst braucht Ihr also einen Gesellen und Geld.« Margarethe kniff die Lippen zusammen. Geld, immer Geld, ging denn nichts ohne Geld?

»Ich wüsste einen vertrauenswürdigen Gesellen, der bereit wäre, Euch zu helfen«, sagte Hupfuff verschmitzt.

»Ja, ich auch.« Ein Lächeln hob ihre Mundwinkel, sie dachten beide an denselben. »Aber das Geld, woher soll ich es nehmen?«

»Ich werde es Euch leihen, im Gedenken an Euren Vater. Wenn Ihr die Druckerei wieder in Schwung gebracht habt, zahlt

Ihr es mir zurück.« Er hielt ihr die Hand hin, Margarethe schlug ein. »Nun müssen wir herausfinden, ob wir den Gesellen richtig eingeschätzt haben.« Hupfuff rief nach Reinhard Beck. »Fragt ihn«, forderte er sie auf. Als Margarethe sprach, schlug ihre Zunge gegen die Zähne.

»Altgeselle Reinhard, würdet Ihr für mich arbeiten, wenn ich meinen Teil der Druckerei übernehme?«

Er bejahte ihre Frage, als wäre es das Selbstverständlichste der Welt. Margarethe sprang auf. Sie wusste nicht wohin mit ihren Gefühlen und hätte ihn am liebsten umarmt, so erleichtert war sie, stattdessen aber klatschte sie in die Hände. Meister Hupfuff schickte nach Wein, damit sie auf ihr Geschäft anstoßen konnten. Es war das erste Mal, dass sie einen Vertrag abschloss, ihre erste Handlung als Druckerin.

Wieder ließ der Büttel den Karren vor dem Haus »Zum Tiergarten« halten. Nun aber wurden keine Gegenstände herausgeholt, sondern die alten wieder hineingebracht. Margarethe und Reinhard gingen den Trägern voraus in die Druckerei. Ihre Schritte waren trotz der Nervosität beschwingt, es war Mai und der Frühling lag in der Luft. Ihr Bruder saß am Tisch des Vaters und sah auf, die Gesellen und Lehrlinge stellten ihre Arbeit ein. Sie bemerkte, dass der Lehrling Reinhard erfreut zulächelte. Jacop Kruts Gesicht dagegen verfinsterte sich. Margarethe straffte die Schultern. Reinhard stand schräg hinter ihr. Seine Anwesenheit flößte ihr Mut ein. Sie holte Luft, um die Worte auszusprechen, die sie sich zurechtgelegt hatte. Sie hatte Reinhard gebeten, diese kurze Rede zu halten, aber er hatte gemeint, dass dies nun ihre Aufgabe sei, die sie sicher sehr gut bewältigen werde. Dieses Mal lispelte sie kaum.

»Ich werde, wie es der Wunsch meines Vaters, Johann Prüß des Älteren, war und wie es mir der Rat der Zunft Zur Steltz genehmigt hat, meine Hälfte der Druckerei übernehmen. Reinhard Beck, seit heute eingeschriebener Bürger dieser Stadt, wird die Druckerei für mich führen. Mein Bruder und ich werden diese Räume, die Gerätschaften und auch die Arbeiter teilen. Ab jetzt wird es zwei Druckereien unter diesem Dach geben.« Seit sie angefangen hatte zu reden, hatte sich Unruhe breitgemacht. Die Männer sahen sich verblüfft an, machten Bemerkungen, lachten höhnisch auf oder schwiegen nachdenklich. Ihr Bruder stürzte auf sie zu, den Kopf vorgeschoben wie ein wütender Stier, die Fäuste geballt. Reinhard trat einen Schritt vor.

»Du willst es nicht anders, was? Hat er dir den Kopf verdreht, dieser Reinhard? Denkst du denn gar nicht an mich? An meine Zukunft? An das Eheversprechen, das ich für dich gegeben habe?« Er reckte den Finger vor, als wollte er sie durchbohren. »Ich habe von nun an keine Schwester mehr. Du sollst deinen Teil bekommen. Aber Glück soll er dir nicht bringen.« Sie erschrak, war das ein Fluch gewesen? Ihr Herz schlug wie wild, sie fühlte es bis in den Hals pochen. Hans drehte sich weg und sprach die Gesellen an. »Männer! Wer von euch für diese Frau arbeiten will, der soll es tun. Aber: Wer nicht für mich ist, ist gegen mich.«

In den nächsten Stunden wurde um Materialien, Männer und Manuskripte gerungen. Die meisten Gesellen wollten bei ihrem Bruder arbeiten, nur der Lehrling Wolfgang wechselte bereitwillig die Seiten. Ruhig und geduldig feilschte Reinhard für sie, während Margarethe von Ängsten überschwemmt wurde. Ihr Bruder hatte sich von ihr losgesagt, sie selbst hatte mit dem Frauenstand gebrochen und war vielleicht dafür verflucht worden. Würde die Druckerei ihr kein Glück bringen? War ihr Vorhaben von Anfang an zum Scheitern verurteilt?

Es war mitten in der Nacht, und Margarethe saß in ihrem besten Kleid am oberen Ende der Treppe. Mit aufgerissenen Augen starrte sie in die Dunkelheit und lauschte auf jedes Geräusch im Haus. Es war der Tag der Meisterfeier, und Margarethe wartete darauf, dass Reinhard in die Helenengasse zurückkehrte. Im Trubel des Tages hatte sie noch keine Gelegenheit gehabt, ihm zu gratulieren.

So eine Meisterprüfung war eine ebenso aufwändige wie kostspielige Angelegenheit. Und dann erst die Meisterfeier! Margarethe hätte daran teilnehmen können, aber das hatte sie als unpassend empfunden, schließlich war das Trauerjahr noch nicht vorüber, und sie wollte ihrem Bruder aus dem Weg gehen und den anderen Gesellen, die seit Tagen ihren Groll bei jeder sich bietenden Gelegenheit kundtaten.

Schließlich, als ihr die Augen schon zufielen, hörte sie Schritte. Ihre Vorfreude erwachte wieder und sie schlich hinunter. Reinhard saß auf einem Stuhl, die Beine weit ausgestreckt, sein Kopf sackte nach hinten, ruckartig hob er ihn wieder hoch. Er roch nach Branntwein. Es musste in der Zunftstube hoch hergegangen sein. Sie kniete sich neben ihn. Seine Augen flackerten. Hatte es überhaupt Sinn, ihn anzusprechen?

»Margarethe, Süße«, lallte er und streckte tapsig seine Hand aus. Margarethe nahm sie, die kräftigen Finger waren klebrig von den vielen Bechern, die sie an diesem Abend gehoben hatten. »Dieses Zutrinken, dieses vermaledeite Zutrinken …«, stöhnte er, denn es galt als unehrenhaft, einer Aufforderung zum Zutrinken nicht nachzukommen. Ihm schien elend zu sein. Was sollte sie mit ihm machen? Wenn er sich übergeben musste, wäre er im Hof am besten aufgehoben. Ins Bett unter dem Dach würde sie ihn ohnehin nicht bringen können. Er war zu schwer und zu wackelig auf den Beinen. Sein Kopf sackte wieder nach hinten. Sie beugte sich über ihn und klopfte ihm fest auf die Wangen.

»Reinhard, du kannst hier nicht bleiben, du musst in den Hof«, sagte sie bestimmt. Seine Lider flatterten, er schlug die Augen auf.

»Wo … wer…«, brachte er nur hervor. Dann erkannte er sie, umfasste ihre schlanke Hüfte und zog sie heran. Margarethe ließ es geschehen. »Die süße Margarethe … zu schade«, murmelte er. Margarethe versuchte ihn hochzuziehen, schaffte es nicht, er fiel auf den Boden. Sie konnte ihn so nicht liegen lassen. Hans und die anderen Gesellen würden sich am Morgen sonst einen Spaß mit dem frischgekürten, unbeliebten Meister machen. Sie feuchtete einen Lappen an und legte ihn Reinhard aufs Gesicht, das schien ihn etwas munterer zu machen. Sie brachte ihn dazu, sich hochzustemmen, er lehnte sich an sie, und gemeinsam schwankten sie zum Hinterhof, wo sie ihn auf eine Holzbank bugsierte. Schon wenige Lidschläge später war er eingeschlafen und schnarchte so laut, dass die Töne wie Donnerhall von den Häuserwänden zurückgeworfen wurden. Wie gut, dass Sommer war, so konnte sie ihn guten Gewissens bis zum nächsten Morgen hier ruhen lassen.

Mit ganzer Kraft schob sie den Schlitten in die Druckmaschine. Dann ging sie auf die Seite des gewaltigen Geräts, stemmte einen Fuß in Hüfthöhe auf das Holz, packte den Pressbengel und zog, so stark sie konnte. Zunächst bewegte sich die Holzstange leicht, doch dann wurde der Widerstand immer größer, und schließlich musste sie Stück für Stück den Bengel weiterziehen, bis er endlich das ersehnte Knacken von sich gab. Erst jetzt, das wusste sie, würde sie mit dem sogenannten Druckerkuss belohnt werden, einem schmatzenden Geräusch, das entstand, wenn sich das Papier von den Lettern löste, und das einen guten Druck auszeichnete. Sie beförderte den Karren in die Ausgangsstellung zurück, öffnete den Deckel und hob den Bogen heraus. Der Schöndruck war sehr gut gelungen, behutsam legte sie den Bogen auf das angefeuchtete Papier und beschwerte den Stapel durch Bretter. Morgen würde sie bei diesen Bögen den Widerdruck vornehmen, also die andere Seite bedrucken. Sie spürte jetzt, wie ihr Rücken schmerzte. Es war eine ungewohnte, beschwerliche Arbeit für eine Frau. Hoffentlich hatte Reinhard bald seinen Rausch ausgeschlafen. Der Lehrjunge Wolfgang trug mit den Druckerballen, Kugeln aus Hundeleder und Stroh, die Farbe auf, Margarethe legte das nächste angefeuchtete Blatt Papier ein. Wieder stützte sie sich mit dem Fuß ab und ergriff den Pressbengel.

»Was für eine unpassende Arbeit! Eine schöne junge Frau wie Ihr sollte stramme Bengel umfassen, aber doch nicht solche aus Holz.« Ein meckerndes Lachen folgte den Worten. Margarethe ließ los, ohne das Knacken gehört zu haben. Dieses Blatt würde nicht gut ausfallen. Meister Knipp strich sich selbstzufrieden über die zusammengewachsenen Augenbrauen. Er stupste seinen Sohn Eckard, der mit mürrischem Gesicht neben ihm stand, in die Seite und sagte: »Kein Druckerkuss für die Jungfer Margarethe, so eine Schande aber auch. Frauen sind für diese Arbeit eben nicht geschaffen. Das ist natürlich bei der Glasmalerei ganz anders.« Wieder lachte er laut. Eckard verzog nicht einmal den Mund, sondern senkte den Kopf, so dass die Haare seine Wangen umschatteten. »Aber macht Euch keine Sorgen, liebste Jungfer, wir werden Euch bald aus dieser unwürdigen Lage befreien. Wir sind hier, um mit Eurem Bruder über Eure Hochzeit zu verhandeln.« Margarethe wollte Einwände erheben, als ihr Bruder die Druckerei betrat. Er schob sie zur Seite und begrüßte die Besucher erfreut.

»Meister Knipp, wie schön. Eckard, mein Freund. Wie Ihr seht, ist diese Druckerei derzeit zweigeteilt, derzeit, wie ich betonen möchte. Damit dieser Zustand nicht von Dauer ist, wollen wir in meiner Stube sprechen. Ich bitte Euch, folgt mir. Tante, Wein und Wasser für unsere Gäste!« Er hatte der Tante befohlen, tagsüber einige Stunden in der Druckerei nach dem Rechten zu sehen. Ganz Herr im Haus, führte er die Männer in ein Zimmer im ersten Stock. Wütend hielt Margarethe sich an der Presse fest. Es war noch nicht vorbei. Der Kampf um die Druckerei war noch nicht gewonnen. Hans war anscheinend jedes Mittel recht, um sie loszuwerden.

Sie musste einen Moment Luft schnappen und lief hinaus in den Hof. Dort war Reinhard, sie hatte gar nicht bemerkt, wie er in das Haus »Zum Tiergarten« gekommen war. Er stand vor einem Bottich und schüttete sich einen Krug Wasser über Kopf und Oberkörper, dann schüttelte er sich wie ein Hund. Margarethe ließ ihren Blick auf seinem ansehnlichen Körper ruhen. Wenn ein Priester meine Gedanken lesen könnte, würde er mich als Sünderin zur Buße zwingen, dachte sie und schlug die Augen nieder. Reinhard presste die Hand gegen seine Stirn, die gestrige Feier schien ihm in den Knochen zu stecken. Kein Wunder, so betrunken hatte sie ihn noch nie erlebt. Margarethe lächelte, Reinhard füllte den Krug aufs Neue und goss das kalte Wasser über seinen Kopf.

»Sieht so ein frischgebackener Meister der Steltzenzunft aus?«, fragte sie. Prustend schüttelte Reinhard das Wasser ab und sah sie blinzelnd an. Er begann zu strahlen wie ein Kind, das im Dreikönigskuchen die Bohne gefunden hat. Margarethe konnte nicht anders, sie lief auf ihn zu und umarmte ihn, auch er drückte sie fest an sich. Dann ließen sie sich abrupt los. Die Vorderseite ihres Kleides glänzte feucht. Sie lachte. »So kann ich wohl kaum ins Haus zurück, das müsste ich der Tante erklären.«

»Setzen wir uns einen Augenblick«, schlug er vor und zog sich sein Hemd über. Eine Zeitlang war nur das Zwitschern der Vögel in den Bäumen zu hören.

»So ist alles gut abge…«

»Habe ich gestern etwas …«, fingen beide gleichzeitig an zu reden. Margarethe lächelte verlegen und machte eine auffordernde Geste.

»Ich bin tatsächlich Meister der Zunft Zur Steltz«, sagte er ebenso knapp wie selbstbewusst.

»Dann gratuliere ich«, sagte Margarethe, ihr war auf einmal verlegen zumute. Reinhard stützte die Hände auf die Knie und überlegte. Schließlich sagte er: »Habe ich gestern etwas Dummes getan?« Margarethe schüttelte den Kopf.

»Gar nicht.« Sie atmete tief ein und fügte hinzu. »Ihr nanntet mich nur ›süße Margarethe‹.« Reinhard stieß die Luft aus. »Nicht weiter schlimm«, sagte sie. »Ich habe von Betrunkenen schon anderes zu hören gekriegt.«

»Aber nicht von mir.« Er wirkte zerknirscht. Sie nahm ihren Mut zusammen.

»Das stimmt, von Euch nicht. Aber von Euch macht es mir nichts aus.« Reinhard stand auf und sagte: »Ihr seid eine Meistertochter, und ich arbeite für Euch. Nicht mehr und nicht weniger. Es steht mir nicht zu, so mit Euch zu sprechen. Es kommt nicht wieder vor.«

Margarethe blieb allein auf der Bank sitzen. Reinhard hatte ihr deutlich zu verstehen gegeben, wie sie zueinander standen. Sie schämte sich. Die Jungmädchenschwärmerei sollte sie sich aus dem Kopf schlagen. Sie hatte in Reinhard einen Meister gefunden, keinen zukünftigen Ehemann.

Tante Jule kämmte ihr die Haare. Obgleich sich Margarethe als widerspenstig erwiesen hatte, war die Alte duldsamer geworden. Vielleicht war es ihr Bruder, der nur noch im Befehlston mit der Tante sprach und sie niedere Arbeiten verrichten ließ, der das aufmüpfige Mädchen als das kleinere Übel erscheinen ließ. Nachdenklich fragte Margarethe: »Es ist verrückt. Einerseits will er nicht mehr mein Bruder sein, andererseits nimmt er sich das Recht, mich verheiraten zu wollen. Kann er das machen? Kann er mich wirklich mit einem der Knipps verheiraten, obwohl ich nicht will und wie er einen Teil der Druckerei führe?« Die Tante zog vorsichtig den Kamm durch die langen Haare.

»Er kann. Er ist dein einziger männlicher Verwandter. Einen Vormund habt ihr Geschwister nicht. Du musst heiraten, das steht fest. Einer muss es entscheiden. In den Handwerken muss Ordnung herrschen, früher oder später greift die Zunft ein. Damit wäre niemandem gedient«, antwortete sie. »Was hast du bloß gegen Eckard? Meister Knipp kommt nicht in Frage, seine Frau scheint sich erholt zu haben«, fügte sie noch hinzu.

»Wie schön für sie – und für mich. Eckard ist ein kalter Fisch. Er spricht nicht mit mir. Nie sieht er mich wirklich an. Hans, den schaut er an, als ob er ihn bewundern würde. Vielleicht sollte er lieber meinen Bruder heiraten«, rief Margarethe aus.

»Damit spaßt man nicht«, mahnte Tante Jule. »Widernatürliche Unzucht führt geradewegs in die Hölle.«

»Ach, Tantchen, du weißt doch, dass ich es nicht so meine!«

»Was ist denn mit einem der Gesellen, die für deinen Vater,

Gott habe ihn selig, gearbeitet haben? Jacop ist ja fort, aber was ist mit Reinhard?«, fragte die Tante. Reinhard hatte Jacop angedroht, sein unehrenhaftes Verhalten bekannt zu machen, und ihm nahegelegt, die Stadt für einige Zeit zu verlassen. Zähneknirschend hatte der Geselle sich aus der Druckerei »Zum Tiergarten« verabschiedet. Margarethe hoffte, dass sie ihn nie wiedersehen würde. Und Reinhard? Ja, er wäre ihr der liebste aller Männer. Aber Reinhard besprach mit ihr nur das Nötigste und hielt sich ansonsten von ihr fern. Er mochte sie, das spürte sie. Zugleich wies er sie zurück, es gab etwas zwischen ihnen, das sie nicht überwinden konnte. Sie musste sich Reinhard aus dem Kopf und aus dem Herzen schlagen, so schwer es ihr auch fiel.

»Reinhard kommt nicht in Frage«, antwortete sie knapp. Eine Ehe mit einem Drucker, nötigenfalls ohne Einverständnis ihres Bruders, wäre ihre einzige Möglichkeit, die Druckerei zu behalten. Sie würde Hans vor vollendete Tatsachen stellen müssen.

KAPITEL 4

Wenige Wochen später sollte Margarethe endlich erfahren, was Reinhard Beck vor ihr verbarg. Es war die Zeit der Johannismesse. In der Stadt tummelten sich Händler, Kaufleute aus anderen Städten hatten Quartier bezogen, Bauern breiteten auf ihren Karren ihre Ernten und Handarbeiten aus. Auch für die Buchdrucker war diese Handelsmesse, die jedes Jahr im Juni stattfand, eine geschäftige Zeit. Reinhard führte die Geschäftsgespräche, während Margarethe mit dem Lehrjungen eine neue Ausgabe des *Vocabularius Gemma Gemmarum* vorbereitete. Nun begrüßte er gerade den Buchdrucker und Verleger Pauli Goetz, einen Mann mittleren Alters mit hellbraunem Haar, der versuchte, mit seiner auffällig geschlitzten Kleidung und seinem Kopfputz von den großen Pockennarben in seinem Gesicht abzulenken. Mit ihm hatte ihr Vater früher schon Geschäfte gemacht. Sie bemerkte, dass Pauli Goetz sie neugierig ansah. Hatte er eine Ehefrau oder war er verwitwet, überlegte sie unwillkürlich. Die Frage der unausweichlichen Heirat spukte immer öfter durch ihre Gedanken, obwohl sie wusste, dass sie noch Zeit hatte. Bei dem letzten Zunfttreffen hatten einige Gesellen sie auffallend freundlich begrüßt. Hofften sie, Margarethe heiraten zu können und so in den Besitz der Druckerei zu kommen? Ansprechend waren ihr diese Gesellen nicht erschienen, und die verwitweten Drucker waren allesamt sehr alt. Auf den ersten Blick kam keiner von ihnen als wünschenswerter Ehemann in Frage. Margarethe würde sich damit abfinden müssen, dass ihre Ehe eine Bürde, keine Freude sein würde. Sie hatte die Wahl zwischen mehreren Übeln, aber solange sie die Druckerei behalten durfte, war es das wert, fand sie.

Pauli Goetz und Reinhard waren bereits eine Zeitlang im Hinterzimmer verschwunden, als ein alter Mann und ein kleines Mädchen die Druckerei betraten. Unter die Achsel des Alten war eine Krücke geschoben, sein Mantel sah abgerissen aus, aber sein Blick war forsch. Das Mädchen war fünf oder sechs Jahre alt, die bloßen Füße waren dreckverkrustet. Ein Geselle des Bruders beschimpfte sie schon und wollte sie hinausscheuchen, doch Margarethe bat ihn um Mäßigung. Es waren wohl Bettler, die davon gehört hatten, dass ein neuer Meister aufgenommen worden war, und deshalb hofften, dass auch etwas für die Notleidenden abfallen konnte.

»Wartet hier, gute Leute. Ich werde nach Almosen sehen«, sagte Margarethe.

Der Alte versperrte ihr mit der Krücke den Weg und sprach sie grantig an: »Nichts gegen etwas zu essen. Wir haben eine weite Reise hinter uns. Das ist es aber nicht, was wir wollen. Wir suchen Reinhard, den Altgesellen.« Margarethe gefielen sein Ton und die bestimmende Art nicht, in der er sie aufgehalten hatte.

»Meister Beck ist nicht zu sprechen. Was wollt Ihr von ihm?«, sagte sie kühl. Als sie Reinhards neuen Titel aussprach, horchte der Alte auf.

»Meister, soso. Umso besser. Was ich will, werd' ich Euch bestimmt nicht sagen.« Margarethe wollte ihnen schon die Tür weisen, da blieb ihr Blick an dem Mädchen hängen. Sie hielt sich an dem zerfetzten Mantelschoß des Alten fest und rieb mit der schmutzigen Hand über ihr Gesicht, eines ihrer Augen war verklebt und vereitert, ihre Bewegungen waren langsam. Das Mädchen tat ihr leid. Was konnten sie von Reinhard wollen? Immerhin wussten sie seinen Namen und wo er arbeitete.

Hin- und hergerissen sagte Margarethe: »Setzt Euch auf die Bank vor der Tür. Ich bringe Euch ein Stück Brot und etwas Wurst. Der Meister muss bald fertig sein.«

Es schien ewig zu dauern, bis sich die Tür zum Hinterzimmer öffnete, Pauli Goetz sich verabschiedete und Reinhard zu Margarethe an den Setzkasten trat. Sie berichtete ihm von dem Besuch und begleitete ihn hinaus. Tatsächlich erkannte er den Alten, zeigte aber keine Freude, als er ihn begrüßte, sondern sah ihn misstrauisch an. Das Mädchen, das im Staub saß, schien er gar nicht zu bemerken.

»Heißt man so einen alten Bekannten willkommen?«, fragte der Alte zungeschnalzend. Reinhard ging gar nicht darauf ein.

»Was treibt dich hierher?«, wollte er wissen. Sein Besucher stützte die Hände auf die Krücke.

»Lange nicht gesehen. Hast was aus dir gemacht. Meister Beck, hört sich gut an«, meinte er grinsend. Reinhard verschränkte die Arme vor der Brust.

»Verschwende nicht meine Zeit. Was willst du?«

»Was ich will, sage ich unter vier Augen, wenn's recht ist.« Reinhard kniff die Brauen zusammen.

»Es ist nicht recht. Aber wenn es sein muss, kommt ins Haus. Jungfer Margarethe kommt mit. Es ist ihre Druckerei. Ich habe keine Geheimnisse vor ihr.« Der Alte kratzte sich ausgiebig am Hinterkopf.

»Wenn du meinst«, grinste er. Margarethe war unbehaglich zumute. Sie gingen an den Gesellen, die sie neugierig beobachteten, vorbei ins Hinterzimmer. Reinhard setzte sich, stützte die Unterarme auf den Tisch und hielt eine Hand mit der anderen umschlossen. Sie schwiegen, dann begann der Mann zu sprechen. Margarethe spürte, wie Reinhards Anspannung mit jedem Satz, den der Alte sprach, wuchs. Für sie waren die Worte ein Schock.

»Meine Tochter ist tot. Gewartet hat sie auf dich, Jahr um Jahr. Aber gekommen bist du nicht. Jetzt ist sie hin, die Anne. Aber sie hat dir was hinterlassen. Zum Dank für deine Treue«, der Besucher lachte bitter und zeigte auf das Mädchen. »Da sitzt sie, die Barbara. Dein Kind.« Reinhard war bleich geworden. Mit dem letzten Wort sprang er auf.

»Du lügst. Wie du immer gelogen hast«, sagte er, seine Stimme klang hart. Der Alte reckte drohend die Krücke in Reinhards Richtung.

»Nenn mich nicht Lügner! Beim Grabe meiner Tochter, es stimmt, ich schwör's. Sieh sie dir an. Barbara, komm her«, befahl er. Verschüchtert trat die Kleine näher. Der Alte strich ihr grob die dunkelbraunen Haare aus dem Gesicht. »Dein Haar hat sie, dein Kinn und ihre Augen. Sie ist dein Kind, ob es dir passt oder nicht.« Margarethe bemerkte das Grübchen im Kinn, das tatsächlich dem Reinhards glich, und die wässrig blauen Augen. Die Männer starrten sich an. Ihr war zumute, als stürze sie ins Bodenlose. Reinhard war nicht ledig, wie es sich für einen Gesellen gehörte. Er war jemandem versprochen, war vielleicht verheiratet, hatte ein Kind. Sie stolperte aus dem Zimmer, wollte Abstand zwischen sich und die Männer bringen, doch Reinhard versuchte sie aufzuhalten.

»Margarethe, es ist nicht so, wie Ihr glaubt!«, flüsterte er eindringlich. Ihre Kehle fühlte sich an, als wäre sie zusammengeschnürt.

»Ihr habt uns getäuscht, mich, meinen Vater, die Zunft!«, gab sie erregt zurück, dann stolperte sie rückwärts in den neuen Altgesellen ihres Bruders, der an der Tür gelauscht hatte. Erschrocken sah sie ihn an. Ein breites Grinsen zog über sein Gesicht. Ehre und Ehrlichkeit wurde bei den Zünften großgeschrieben. Wenn es stimmte, was er gehört hatte, wäre es von Nutzen für seinen Meister. Hans Prüß steckte in Schwierigkeiten. Mehr als einmal war er so betrunken gewesen, dass er sich um seine Geschäfte nicht kümmern konnte. Mancher, der Hans mit einem Druck beauftragt hatte, zog den Auftrag zurück, als es nicht voranging, und gab ihn an Margarethe weiter, was ihren Bruder nur noch rasender machte. Dazu kamen die Spielschulden, die, wie man hörte, noch immer nicht getilgt waren. Fast tat er ihr leid, aber er hätte es ja anders haben können. Jetzt würde sich ihm eine Gelegenheit bieten, die Druckerei doch noch an sich zu bringen. Zumindest könnte er Margarethes Meister und damit auch sie selbst in den Dreck ziehen. Reinhard könnte die

Meisterwürde schneller wieder verlieren, als er sie gewonnen hatte. Falls der Geselle noch Zweifel an dem Gehörten gehabt hatte, Margarethes Reaktion hatte ihn bestärkt. Sie konnte sich vorstellen, wie schnell ihr Bruder eine Sondersitzung des Zunftrates einberufen würde. Auch das noch! Sie wusste nicht wohin, lief die Treppe hinauf. Der Alte rief nach Reinhard, der ihr zerknirscht nachblickte und dann widerwillig in das Hinterzimmer zurückkehrte.

Traurig schlich sie auf den Dachboden. Sie wollte weinen, ohne dass es jemand sah und ohne dass sie sich ihrer Tränen schämen müsste. Selbstmitleid überfiel sie. Reinhard war so abweisend zu ihr, weil er nicht mehr frei war. Er hatte seine Frau sitzenlassen. Immer hatte er rechtschaffen getan, dabei hatte er sie alle belogen und betrogen. Sie hatte ihr Herz, ihre Hoffnung an den Falschen gehängt. Es war unrecht gewesen, gegen ihren Bruder aufzubegehren, und Gott strafte sie dafür. Sosehr sie sich auch bemühte, ihre Ehre zu verteidigen, sie konnte nichts dagegen tun, wenn einer ihrer Leute den Leumund ihres Hauses beschmutzte. Jetzt würde sie die Druckerei vielleicht tatsächlich verlieren.

Ihr Kopf schmerzte vor lauter Weinen, Kummer und Wut, als sie leise Rufe unter sich hörte. »Margarethe? Seid Ihr hier?« Es war Reinhard. Sie hörte seine Schritte. Von links nach rechts durchquerte er den Dachboden, suchte sie, rief nach ihr. Sie dachte schon, dass er aufgeben würde, da öffnete sich die Dachbodenluke mit einem Knarren. Reinhards Kopf tauchte auf, er schaute sie aus einem zerfurchten Gesicht an.

»Darf ich heraufkommen?«, fragte er zaghaft. Margarethe wischte sich über die rotgeweinten Augen und schüttelte den Kopf.

»Bitte, ich möchte es Euch erklären«, sagte er. Sie starrte hinaus auf die Kathedrale, die im Sonnenlicht dalag, als könne nichts sie erschüttern. Nach einigen Augenblicken bemerkte sie, dass die Luke gesenkt wurde. Er würde tatsächlich wieder gehen.

»Bleibt«, flüsterte sie. Er zog sich auf den Dachboden und kniete sich in der Nähe der Luke hin. Er wirkte groß in diesem Raum, konnte sich nur halb aufrichten, ohne an die Schrägen zu stoßen. Seine Stimme klang rau, als er zu sprechen begann.

»Ich kann nichts ungeschehen machen. Ich kann nur versuchen, es zu erklären.« Er hielt inne, und Margarethe dachte schon, er würde nicht weitersprechen, als er erneut ansetzte. »Ich bin umhergezogen, lange umhergezogen. Musste kämpfen um Lohn und Brot. Hab nichts geschenkt bekommen. Hab gespielt und gesoffen. War ein Wilder Mann.« Das hatte sie nicht gewusst, wenn es wahr war, verwunderte es sie nicht mehr, dass er über seine Vergangenheit nicht sprechen wollte. Margarethe fiel ein, wann sie »Wilder Mann« zuletzt gehört hatte. Reinhard hatte sich so genannt, nachdem er Jacop Krut verprügelt hatte – um ihr zu helfen. Sie wandte sich ihm zu, sein Blick war auf den Boden gerichtet. »In einem Dorf in der Nähe von Köln hab ich sie getroffen, die Anne. Hat mir schöne Augen gemacht. Der Vater wollt mich dabehalten, als Schwiegersohn. Hat mir das wenige Geld aus der Tasche gezogen, das ich hatte. Ich wollte nicht bleiben. Ich war Geselle auf der Wanderschaft, wollte weiter.« Er verstummte. Margarethe biss sich auf die Lippe, dass es schmerzte. Wollte er die Schuld auf die anderen schieben und sich als Unschuldslamm darstellen? Das wäre wirklich beschämend.

»Es gibt ein Kind«, sagte sie nur. Er strich mit dem Daumen über die Kerbe an seinem Kinn.

»Ja … vielleicht. Kann sein. Ich wusste nichts davon. Hatte doch nur einen Gott, den Wein.« Wollte er tatsächlich Mitleid von ihr?

»Ihr habt Anne«, sie sprach den Namen zögernd aus, »die Ehe versprochen.«

»Das habe ich. Dabei wussten wir doch beide, dass ich sie nicht zur Frau nehmen konnte. Ich hätte mit meiner Hände Arbeit gar keine Frau versorgen können. Das wenige Geld ist mir durch die Finger geronnen. Aber ich hab's ihr versprochen.

Und ich habe in den letzten Jahren nichts mehr bereut als dieses Versprechen, das müsst Ihr mir glauben«, entgegnete er. Seine braunen Augen schauten sie durchdringend an. Der alte Mann hatte also die Wahrheit gesagt.

»Ihr habt uns alle betrogen«, sagte sie mit erstickter Stimme.

»Und ich bitte Euch um Verzeihung dafür. Ich kann zu meiner Entschuldigung nur sagen, dass ich keine Ahnung von Barbara hatte. Wäre ich sonst weitergezogen?« Nein, jemanden im Stich zu lassen passte nicht zu dem Reinhard, den sie kannte. »Ich wollte niemanden verletzten, Euch am allerwenigsten«, seine Stimme klang brüchig.

»Und nun ist Anne tot«, hielt sie fest. Reinhard seufzte tief.

»Ja, sie ist tot. Ich kannte sie kaum, erinnere mich wenig. Der Branntwein frisst die Gedanken.« Reinhard rang die Hände. »Ich danke Gott, dass ich davon los bin. Seitdem meide ich den Branntwein und versuche den Wilden Mann in mir im Zaum zu halten«, erzählte er leise.

Die Stille auf dem Dachboden wurde nur vom Knacken der Balken durchbrochen. Margarethe dachte über das Gehörte nach. Nach einer Weile kam er auf die fremde Frau zurück. »Die Anne. Es ist ein merkwürdiges Gefühl, dass sie die Mutter meines Kindes sein soll. Sie hätte mich doch aufsuchen können. Wenn der Alte mich gefunden hat, hätte sie es auch tun können.« Hätte, wäre, könnte zählte nicht. Es zählte nur, was war. Anne hatte ihn nicht gesucht, hatte ihm nie von dem Kind erzählt. Vielleicht hatte sie ihren Grund dafür gehabt. Einen Grund, den sie vermutlich nie erfahren würden. Tatsache war, dass unten ein kleines Mädchen saß, das seine Mutter und sein Zuhause verloren hatte.

»Was wollt Ihr tun?«, fragte sie. Reinhard erhob sich, stieß mit dem Kopf an die Decke, hielt sich den Schädel und hockte sich wieder hin.

»Was bleibt mir? Ich gehe weg. Ich habe Euch Schande gemacht. Euch, und der Zunft natürlich«, sagte er.

»Und Barbara?«, wollte Margarethe wissen.

»Ich nehme sie mit. Ob sie meine Tochter ist oder nicht, sie hat niemanden auf dieser Welt. Niemanden außer dem Alten, und bei dem kann und will ich sie nicht lassen.« Margarethe musterte ihn. Aufrecht und verantwortungsvoll, auch wenn es ihm schadete, das war der Reinhard, den sie kannte. Den Wilden Mann hatte er sorgsam verborgen. Sie überlegte einen Moment. Es war Gesellen nicht erlaubt, sich zu verheiraten, solange sie keinen eigenen Hausstand gründen konnten. Die Regeln der Zunft waren streng, aber es war immer wieder vorgekommen, dass der Zunftrat ein Auge zugedrückt hatte. Was der Mann Reinhard getan hatte, es hatte nichts mit seinem Verdienst als Drucker zu tun.

»Es muss eine andere Lösung geben«, sagte sie fest.

»Könnt Ihr mir denn verzeihen?«, fragte er. Sie schwieg und sah ihm prüfend in die Augen, als könnte sie in ihnen lesen, ob er es ehrlich meinte. »Es würde mir viel bedeuten, wenn Ihr mir vergeben könntet. Ich war hier so glücklich. Hier, im Haus ›Zum Tiergarten‹, in der Helenengasse, bei Euch …«, sein Blick nahm einen weichen Ausdruck an. In diesem Moment hatte er so gar nichts Wildes mehr an sich. Sosehr sie auch dagegen ankämpfte, liebte sie ihn doch, das wurde ihr jetzt klar. Zum ersten Mal spürte sie, dass auch er tiefe Gefühle für sie hegte. Er kniete sich neben sie und nahm ihre Hand. »Es macht mir nichts, dass ich alles verliere, wenn nur Ihr mir verzeiht.« Blut schoss in ihre Wangen. Ihre Brust weitete sich, als hätte sie die ganze Zeit ein zu fest geschnürtes Mieder zusammengepresst. »Wenn ich wieder auf Wanderschaft gehe, wenn ich von Dorf zu Dorf, von Stadt zu Stadt ziehe, kann ich mich zumindest ohne Reue daran erinnern, dass ich dem Glück einmal so nah war. Dann kann ich ohne Verlegenheit an Euch denken, weil ich weiß, dass Ihr mir vergeben habt.« Margarethes Atem ging schneller. Die Vorstellung, dass Reinhard wegging, erschreckte sie zutiefst. Sie wollte ihn nicht verlieren. Ihr Blick verschwamm.

»Wie könnte ich dir nicht verzeihen, Reinhard?«, lispelte sie aufgeregt. Mit aufgerissenen Augen sah er sie an.

»Du verzeihst mir … du verstößt mich nicht«, flüsterte er erleichtert. Reinhard nahm ihre Hand und führte sie an seine Lippen. Ein warmes Gefühl durchströmte ihren Körper, ihre Herzen pochten wie wild. Alle Hindernisse, die noch vor wenigen Stunden zwischen ihnen gestanden hatten, schienen nun verschwunden. Sie näherte sich ihm, lehnte sich an ihn. Reinhard umarmte sie. Wenige Augenblicke später hatten ihre Münder sich gefunden. Margarethe schmeckte ihre Küsse salzig werden, löste sich von ihm und sah, dass er weinte. Sie umarmte ihn fester, bis die Tränen verebbten. Sie war es jetzt, die stark sein musste, die ihm Halt gab, und er war auf einmal ganz schwach an ihrer Seite. Sie nahm sein Gesicht in ihre Hände und küsste die Tränen fort.

»Wir werden eine andere Lösung finden. Was auch geschieht, ich werde zu dir stehen«, flüsterte sie noch, bevor ihr Mund wieder bei seinem angekommen war und sie in einen tiefen Kuss versanken.

Als sie in die Druckerei zurückkehrten, verstummten die Gesellen des Bruders. Sie hatten wohl gerade über Reinhards Vergangenheit gelästert, und dass er so lange mit Margarethe verschwunden war, hatte das Gerede noch zusätzlich angeheizt. Die Männer starrten sie frech an, am liebsten wäre sie vor Scham im Boden versunken, und sie folgte Reinhard schnell in das Hinterzimmer. Bis auf das Mädchen, das in einer Ecke lag und schlief, war der Raum leer.

»Wo ist der Alte?«, fragte Margarethe.

»Er wollte zurück. Vorher musste ich ihm natürlich seine Auslagen erstatten. Kaum hatte er das Geld, war er auch schon weg«, antwortete Reinhard. Margarethe war froh, dass der Alte das Haus verlassen hatte. Eine Sorge weniger. Sie wartete darauf, dass Reinhard Barbara wecken würde, aber nichts geschah. Der Drucker sah sie hilflos an, als wüsste er nicht, was er tun sollte. Ihr wurde klar, dass er eine Scheu vor diesem Kind hatte, das er nicht kannte und mit dem er doch so eng verbunden war. Sie kniete sich neben das Mädchen und weckte es auf. Barbara folgte ihnen widerspruchslos, sie zeigte weder Freude noch Abwehr und blieb auch gleichgültig, als sie hörte, dass der alte Mann verschwunden war.

In der Helenengasse wartete bereits Tante Jule, ungerührt sah sie die drei an. »Du willst sie doch nicht etwa in dieses Haus bringen?«, fragte sie Margarethe und rümpfte ihre Nase. »Sie ist schmutzig und verlaust. Ihr Auge ist vereitert. Lass sie bis morgen im Hof liegen.« Margarethe legte die Hand auf die Schulter des Mädchens und schob es hinein.

»Wir werden schon einen Platz für sie finden«, meinte sie bestimmt. Die Tante wollte etwas erwidern, doch da kam der Lehrjunge angelaufen. »Meister Prüß hat eine Sitzung des Zunftrats einberufen, um Meister Beck ausschließen zu lassen!«, rief Wolfgang aufgeregt. Ihr Bruder verlor wirklich keine Zeit, vermutlich wollte er alle überrumpeln. Reinhard legte in aller Eile sein bestes Wams an.

»Es gibt viele in der Zunft, die mir wohlwollend begegnet sind. Mit ihnen muss ich sprechen. Ich muss ihnen alles gestehen, so wie ich es dir gestanden habe. Nur Ehrlichkeit und Reue werden mich retten«, sagte er. Margarethe nahm seine Hand und drückte sie zart. Sie konnte ihm nicht helfen. Nur er konnte sich für seine Vergangenheit rechtfertigen.

Sie blieb in der Helenengasse zurück und half der Tante, Barbara zu versorgen. Sie schnitten ihre Haare raspelkurz, wuschen und lausten sie. Danach versorgten sie ihr entzündetes Auge, spülten es mit einem Kräutersud aus und beteten gemeinsam zur heiligen Odilie, der Schutzherrin der Augenkranken. Als sie Barbara ein Strohlager in der Küche bereitet hatten, lief Margarethe rastlos in der Stube auf und ab, immer wieder spähte sie aus dem Fenster. Sie hielt das Warten kaum aus. Was passierte in der Zunft? Hatte Hans Lügen über Reinhard verbreitet? War Reinhard schon von der Zunft ausgeschlossen worden? Und was würde mit ihrem Teil der Druckerei geschehen? Kurz entschlossen setzte sie ihre Haube auf und lief zur Zunftstube. Die Fenster waren wegen der ersten Sommerhitze geöffnet, und so konnte Margarethe schon auf der Gasse die lautstarken Diskussionen hören. Sie schlich durch die Eingangstür und lauschte. Sie war anscheinend gerade noch rechtzeitig gekommen. Reinhard stand vor der Tafel des Zunftrates wie ein Schuldiger am Pranger und hörte still und schicksalsergeben zu, wie über seine Zukunft entschieden wurde. Hans reckte anklagend die Finger, doch schon griffen andere ihn an, weil er bei Spiel und Suff übertrieb und zudem seine Schulden – auch bei Zunftbrüdern – nicht zahlte. Meister Hupfuff und Meister Baldung sprachen sich für Reinhard aus, der trotz seines Fehltritts ein kundiger Drucker sei. Dazwischen machte ein Ratsmitglied seinen Unmut über das Haus »Zum Tiergarten« laut, das seit dem Tod des ehrenwerten Johann Prüß des Älteren für Unbill sorgte. Margarethe wurde immer zappeliger. Bevor der Streit womöglich in eine Schlägerei ausartete, musste sie etwas tun. Sie trat entschlossen in die Stube ein und stellte sich zu Reinhard. Das Herz schlug ihr bis zum Hals, als sie die Stimme erhob.

»Ehrenwerte Zunftmeister. Wir haben Eure Geduld lange genug strapaziert. Verzeiht uns dafür. Es gibt eine Lösung, die alle Unbill, die Euch die Druckerei ›Zum Tiergarten‹ bereitet hat, auf einen Schlag löst. Wenn Reinhard Beck mich will, wähle ich ihn zum Ehemann. Die Druckertochter wäre unter der Haube, die Druckerei wieder in den Händen eines Meisters, und Barbara würden wir als unsere Tochter annehmen. Damit würde wieder Ruhe in das Haus ›Zum Tiergarten‹ einkehren, zumindest in den einen Teil«, sagte sie mit Blick auf ihren Bruder, der sie wütend anstarrte. Zustimmende Rufe wurden laut, aber auch Ablehnung. Die Zunftmeister zogen sich zur Beratung zurück. Reinhard sah Margarethe an, als könne er nicht fassen, was sie gerade gesagt hatte. Unter seinen Sorgenfalten begann er zu lächeln. Was auch immer der Rat entscheiden würde, sie würden ihren Weg gemeinsam weitergehen.

Nach kurzer Zeit kam der Zunftrat zurück und verkündete seine Entscheidung: Reinhard wurde eine hohe Strafe auferlegt, da er aber reuig sei, würde man es dabei belassen. Es müsse so schnell wie möglich wieder Ordnung und Sittlichkeit in ihre Druckerei einkehren. Wenn es ihrer beider Wille sei, sollten sie heiraten, und zwar binnen Tagen und ohne großes Aufsehen.

Als sie auf die Gasse hinaustraten, umfasste Reinhard sie und küsste sie stürmisch. Dann hob er sie hoch, schwang ihre Beine auf seinen Arm und drehte sich mit ihr freudestrahlend im Kreis. Es war die Erleichterung, die sie übermütig werden ließ. Margarethe lachte, bis ihr die Seiten schmerzten. Schließlich setzte Reinhard sie etwas außer Atem ab. Sie hörte den Nachtwächter kommen, nahm Reinhards Hand und lief mit ihm in Richtung Münster. Im Schatten der Kathedrale hielten sie an und küssten sich erneut. Erst im Treppenhaus in der Helenengasse konnten sie voneinander lassen.

Margarethe eröffnete die Neuigkeit am nächsten Morgen als Erstes der Tante, die blinzelte und nickte, als wenn sie sagen wollte, sie habe es doch gewusst. Sie nörgelte allerdings, dass Margarethe das Trauerjahr nicht würde einhalten können. Margarethe hoffte, dass ihr Vater ihr verzeihen würde, weil es zum Wohle der Druckerei geschah. Es würde auch kein großes Hochzeitsfest geben, wie er es gewollt hätte. Aber dafür hatten sie ohnehin kein Geld. Die Tante schien noch etwas zu bewegen. »Was wird mit mir geschehen, wenn Reinhard der Herr in diesem Haus ist?«, fragte sie schließlich. Margarethe nahm die Hand der Alten. Sie hatte ihr manches Mal zugesetzt, aber sie gehörte nun einmal zur Familie.

»Du bleibst hier. Wir brauchen dich. Ich muss mich um Druckerei und Haushalt kümmern. Jemand muss doch nach Barbara sehen, damit sie sich schnell eingewöhnt.« Barbara. Ihr Auge war noch immer verklebt und dick. Reinhard hatte sich mit dem Mädchen in den Hof gesetzt und wollte mit ihr reden. Als Margarethe neugierig um die Ecke spähte, schwiegen beide. Würden sie Worte finden für das, was sie verband, und das, was sie in Zukunft verbinden würde?

Bei herrlichstem Wetter wurden Reinhard und Margarethe wenige Tage später in der Stube der Zunft Zur Steltz als Mann und Frau zusammengeführt. Als Unterpfand ihrer Liebe schenkte sie ihm zwei Druckermarken, die sie von Meister Baldung hatte entwerfen lassen. Sie hatte sich für keinen Entwurf entscheiden können und kurzerhand beide genommen. Die eine Druckermarke zeigte einen gezähmten Wilden Mann, wie üblich als nackten, behaarten Waldbewohner dargestellt, mit einem Schild, das Reinhards Initialen trug, die andere einen eingezäunten Garten mit zahlreichen wilden und zahmen Tieren, die friedlich zusammenlebten. Diese beiden Signets sollten in Zukunft die Markenzeichen der Druckerei sein. Auch von ihm bekam sie ein Geschenk, Reinhard überreichte ihr einen Rosenkranz aus kunstvoll gedrechselten Perlen. Viele Zünftler bezeugten den Trauakt und griffen herzhaft zu, als Meister Beck Wein und Braten spendierte. Erst in einigen Tagen würden sie sich in der Kirche das Jawort geben. Wichtiger als die Eheschließung im Angesicht Gottes war für die Straßburger die Vereinigung des Paares vor den Augen der Öffentlichkeit.

Margarethe war nervös, als die Tante sie zum Brautbett führte. Ob es Reinhard, dem Meister Hupfuff das Geleit gab, ähnlich ging? Dann war es so weit: Die Brautleute legten sich hin, die Decke wurde über ihnen zusammengeschlagen und endlich waren sie allein. Margarethe streckte die Hände nach Reinhard aus und hielt ihn ganz fest. Sie wollte innehalten, den Moment genießen. Bei all dem Ungemach, das ihr in den letzten Monaten zugestoßen war, hatte sie doch Glück gehabt. Neben ihr lag der Mann, den sie liebte, der sie schützen würde, jetzt und immerdar. Sie konnte nicht ahnen, dass Gott, das Schicksal oder der Zufall andere Pläne mit ihr hatten.

KAPITEL 5

Der Fuhrmann langte kräftig zu, als Margarethe ihm Eintopf auftischte. Ihr selbst wurde vom Anblick der eingekochten Speisen schlecht, unwillkürlich musste sie an Erbrochenes denken. Das flaue Gefühl war neu für sie, sonst verfügte sie über einen robusten Magen. »Das Reisen ist kein Vergnügen heutzutage. Die Pest greift mal wieder um sich. In den Stadttoren kommen einem die Leichenkarren entgegen, achtlos werden die Toten in Gruben geschmissen. Die Märkte, ach, was sag ich, ganze Viertel werden gesperrt. Manche Städte lassen einen nicht mehr ein. Bald hat die Seuche auch diese Stadt erreicht«, sagte er zwischen zwei Löffeln. Ihr gefiel es nicht, wie der Händler den Teufel an die Wand malte. Wo Reinhard wohl blieb? Margarethe schluckte trocken und ging an den Herd, um sich einen Tee aufzubrühen.

»Wer weiß schon, was die Zukunft bringt. Manchmal bleiben wir von der Pest verschont. So wird es auch dieses Mal sein«, sagte sie und bekreuzigte sich. Der Händler berichtete weitere Neuigkeiten aus anderen Städten und wollte wissen, wie die Geschäfte der Straßburger Drucker liefen. Als er seine Schale ausgekratzt hatte, gingen sie in die Druckerei. Bald wäre Feierabend, die Gesellen legten Hand an die letzten Arbeiten des Tages. Endlich traf auch Reinhard ein. Sie waren nun schon über drei Monate verheiratet, und doch schlug ihr Herz noch immer schneller, wenn sie ihn sah. Er hieß den Fuhrmann willkommen und redete ihm gut zu: »Es ist gefährlich, mit dieser Fracht noch so spät loszuziehen. Wollt Ihr nicht über Nacht hierbleiben?«, fragte er.

Der Mann zwinkerte Reinhard grinsend zu. »Es gibt ein Haus direkt vor den Stadtmauern. Ihr wisst ja, wenn man den Weibern verspricht, dass man kommt, dann muss man es auch halten. Von da aus geht's morgen in der Früh weiter«, gab er zur Antwort.

Mit einem Karren brachte er ein Fass in die Druckerei. Margarethe ergriff ein Exemplar des frisch gedruckten *Missale secundum ritum ecclesie Bremense*. Das Messbuch war in kostbares geprägtes Leder gebunden und sehr schwer. Sie öffnete die Metallschließen und blätterte es vorsichtig durch. In dem Folianten war in lateinischer Sprache der für die ferne Stadt Bremen gültige Ritus der Heiligen Messe festgeschrieben, samt aller dafür nötigen biblischen Texte, Gebete und Gesänge. Dass die Druckerei ihres Mannes von dem dortigen Erzbischof für diese Arbeit ausgewählt worden war, erfüllte sie mit Stolz. Dieses Messbuch war ein Beweis dafür, wie weit der gute Ruf der Drucker aus Straßburg inzwischen reichte, denn die Herstellung war langwierig und kostspielig. Ein Missale erforderte vier Schrifttypen. Wie üblich waren die Lettern schwarz gedruckt und es gab rote Hervorhebungen. Hohe Festtage waren mit gemalten Initialen und Rankenschmuck versehen. Verziert war es mit zwei Holzschnitten. Als alle Exemplare in dem Fass verstaut waren, regelten Margarethe und der Händler das Finanzielle, dann zog er los. Auch die Gesellen des Bruders verließen nach und nach das Haus.

Margarethe zählte das Geld in die Schatulle und trug in einem Buch die Summe ein. Reinhard setzte sich zu ihr und legte ihr den Arm um die Taille. Zufrieden betrachtete er die Zahlen. »Wenn es so weitergeht, brauchen wir uns um die Zukunft nicht zu sorgen«, sagte er. »Dann haben wir die Schulden bald abbezahlt. Vielleicht können wir ja sogar etwas zurücklegen, für neue Gerätschaften.« Reinhard schmiegte sich an seine Frau, sie jedoch war mit den Gedanken woanders.

»Und wenn die Pest doch kommt?«, gab Margarethe zu bedenken.

Er fing an, mit seinem Mund ihren Hals zu erkunden, und sagte zwischen zwei Küssen: »Dann drucken wir Pestbücher, die die Leute uns aus den Händen reißen werden, und warten ab, bis sie vorbeizieht.«

Pestbücher waren ein gutes Geschäft, weil in ihnen stand, was man gegen die Seuche tun konnte. Überhaupt waren die Kräuterbücher, in denen Gelehrte ihr Wissen über Heilmittel verbreiteten, überaus nützlich, fand Margarethe. Sie konnte sich der Gänsehaut nicht erwehren, die zwischen ihren Schulterblättern prickelte, auch wenn ihr noch etwas anderes auf der Zunge lag. »In einem neuen Arzneibuch, das ich bei Meister Flach gesehen habe, heißt es, Tormentilpulver und Sauerampferwasser helfen gegen die Pest«, erzählte sie.

Reinhard lachte leise. »Dass du die Muße hast, dir darüber den Kopf zu zerbrechen, Weib. Ich will dich auf andere Gedanken bringen.« Er zog sie hoch, küsste sie, seine Berührungen wurden fordernder.

Margarethe gefiel es, gleichzeitig fürchtete sie jedoch, jemand könnte sie überraschen. Sie löste ihre Lippen von den seinen. »Was ist mit meinem Bruder? Und den Gesellen?«

Er tastete sich jetzt ihren Ausschnitt hinunter und murmelte: »Deinen Bruder hab ich den ganzen Tag nicht gesehen. Die Gesellen sind in der Zunftstube.«

Margarethes Atem ging schwer. »Und Barbara?«, flüsterte sie.

»Ist mit der Tante unterwegs, kommt spät zurück.«

Er umfasste mit seinen Händen ihre Hüften und hob sie hoch. Sie schlang die Beine um ihn, einen Moment später spürte sie die Balken der Presse unter sich. Er beugte sich über sie, öffnete Hemd und Leibchen und spielte mit seiner Zunge an ihren Brustwarzen. Sie wand sich vor Lust und bemerkte gar nicht, wie die massive Holzkonstruktion unter ihnen zu beben und zu quietschen begann.

Als Reinhard sie einige Zeit später verließ, um in die Zunftstube zu gehen, und sie selbst sich in ihr Bett legte, spürte Margarethe dem warmen Gefühl nach, das zwischen Scham und Bauchnabel seinen Ausgang nahm. Reinhard hatte nicht bemerkt, dass ihr Bauch runder, ihre Brüste voller waren. Mindestens zweimal war ihre Blutung schon ausgeblieben, und doch wollte sie ihm noch nicht sagen, dass sie guter Hoffnung war. Sie wollte sicher sein, dass es auch hielt. Es war ihr erstes Kind, sie könnte es verlieren, das ging vielen Frauen so. Eine Welle des Glücks durchflutete sie, sie freute sich auf den Moment, an dem sie es Reinhard mitteilen würde. Ein Kind würde ihre Verbindung noch einmal besiegeln, es würde sie segnen. Es wäre ein besonderes Geschenk, gerade weil es ihr manchmal vorkam, als habe sie keine eigene Familie mehr. Sie dachte mit dem Anflug eines schlechten Gewissens an Barbara, die ja auch ihre Tochter war. Aber das Mädchen war ihr fremd, es war verschlossen und ging ihr aus dem Weg. Sie hatte oft mit ihr gesprochen, doch die Kleine antwortete kaum. Barbara war wieder gesund, die Entzündung am Auge war verschwunden, Schmerzen schien sie nicht zu haben, das Lid hing allerdings schlaff herab. Bei Handarbeiten stellte sie sich geschickt an, wenn ihr auch die Geduld fehlte. Sie kletterte lieber auf die Bäume im Hof, als im Haus zu helfen. Margarethe wollte ihr Zeit geben, sich einzuleben. Sie musste sich eingestehen, dass auch sie selbst Zeit brauchte, sich an dieses Mädchen, das so plötzlich in ihr Leben getreten war, zu gewöhnen. Ihre Gedanken und Gefühle kreisten um Reinhard, ihm würde sie am liebsten ihre ungeteilte Aufmerksamkeit schenken. Dabei war es ihre christliche Pflicht, dieses Kind anzunehmen, und zwar nicht nur dem Recht nach, sondern auch mit dem Herzen.

Am nächsten Morgen, Gesinde und Gesellen waren versorgt, machte sich Margarethe auf die Suche nach Barbara. Erst spät waren Tante Jule und ihre Stieftochter in das Haus zurückgekehrt. Sie hatten vor den Toren der Stadt Kräuter gesammelt und waren mit reicher Ausbeute zurückgekehrt. Heute Morgen waren die beiden nicht am Tisch erschienen. Margarethe hatte sich nichts dabei gedacht. Die Tante hatte Barbara unter ihre Fittiche genommen und band sie in die vielfältigen Pflichten ein, die ihr der Haushalt auferlegte. Margarethe ging über den Hof zum Holzanbau, in dem die Tante und Barbara schliefen, seit Reinhard mit ihr die Kammer teilte. Schon als sie die Tür öffnete, spürte sie, dass etwas nicht stimmte. Tante Jule lag auf dem Bett, ihr Gesicht war wachsbleich und geschwollen, das Haar klebte ihr auf der Stirn. Margarethe stürzte zu ihr, nahm ihre Hand, sie glühte förmlich! Sie rief nach der Magd. Gemeinsam hüllten sie die Tante in Decken und legten heiße Steine an ihre Füße, damit sie die Krankheit ausschwitzen könnte. Erst als sie sie versorgt hatten, fiel ihr auf, dass Barbara nicht da war.

»Wo ist Barbara?«, fragte Margarethe, doch die Kranke schüttelte der Fieberwahn. Für die Tante konnte sie im Moment nichts mehr tun, aber vielleicht brauchte auch Barbara Hilfe. Sie überlegte, wo das Mädchen stecken könnte. Die Druckerei mit den gewaltigen Pressen und dem Lärm erschreckte sie. Auch auf den Gassen, zwischen den vielen Menschen, den schreienden Händlern, den Karren und Ständen, fühlte sie sich nicht wohl. Erneut fühlte Margarethe das Nagen eines schlechten Gewissens. Hätte sie sich mehr um die Kleine kümmern müssen? Jetzt war Barbara verschwunden, und sie hatte nicht den Hauch einer Ahnung, wo das Mädchen steckte. Sie könnte abwarten, ob Barbara wieder auftauchen würde. Aber was wäre, wenn ihr etwas passierte?

Margarethe wies die Magd an, nach der Tante zu sehen, und ging aus dem Haus. Sie suchte zunächst die Gasse ab, fand Barbara allerdings nicht. Die belebten Plätze und größeren Straßen würde das Kind meiden. Blieben die Hinterhöfe und der Fluss. Margarethe durchfuhr es heiß. Die Ill – oder Breusch, wie man sie nannte, sobald sie die Stadtmauern erreichte – war eine der Lebensadern Straßburgs. Sie versorgte die Stadt mit Fisch, brachte Handelswaren, schaffte den Unrat fort, forderte aber auch viele Leben. Der Fluss hatte von jeher eine starke Strömung und konnte sich unversehens in einen reißenden Strom verwandeln. Die Kinder lernten schnell, ihn zu fürchten. Aber Barbara war hier fremd. Ihre Schritte beschleunigten sich. Schon entdeckte sie das Mädchen am Ufer. Barbara beugte sich weit vor, um mit Schwung einen Ast auf die Wasseroberfläche zu klatschen. Margarethe rief nach ihr, das Mädchen sah auf, verlor das Gleichgewicht – und fiel. Mit einem Schrei stürzte Margarethe heran. Sie sah nur noch einen Strudel, wo Barbara verschwunden war, und sprang kurzerhand hinein. In dem hellbraunen, undurchsichtigen Wasser tastete sie nach dem Mädchen. Immer wieder drehte sie sich, nach allen Seiten die Hand ausstreckend, im Wasser herum. Da fühlte sie etwas Festes, ein Stück Stoff, packte es und riss es hoch. Prustend kam Barbara an die Wasseroberfläche, das lange Haar klebte dunkel auf ihrem Gesicht. Margarethe spürte, wie ihr vollgesogenes Kleid sie hinunterzog. Auch Barbaras Körper schien bleischwer zu sein. Sie strampelte mit den Beinen, musste kämpfen, um über Wasser zu bleiben. Dazu kam die Strömung, die sie immer weiter vom Ufer fortspülte. Lange würde sie sich nicht über Wasser halten können. Sie würden beide ertrinken. Margarethe schrie verzweifelt um Hilfe. Plötzlich hörte sie Stimmen, sah Fischer, die mit langen Stöcken, die in Haken endeten und zum Festmachen der Boote verwendet wurden, nach ihnen angelten. Margarethe tastete nach einem Stock, griff daneben. Der Schwung der Bewegung zog sie hinunter, der Fluß schlug über ihrem Kopf zusammen, sie schmeckte die sandige Brühe im Mund. Barbara war mit ihr untergegangen. Schlaff hing sie in ihrem Arm. Verzweifelt griff Margarethe nach dem Stock, dieses Mal erreichte sie ihn, klammerte sich fest. Mit vereinten Kräften zogen die Männer sie aus dem Fluss. Leblos lag Barbara neben ihr. War die Rettung zu spät gekommen? Margarethe packte sie bestürzt an den Schultern. Ein Fischer wusste, was zu tun war. Er nahm das Mädchen um die Hüfte und schüttelte ihren Oberkörper, damit das Wasser herausgespült wurde. In einem Schwall würgte Barbara es aus, schnappte laut japsend nach Luft, schluchzte auf. Margarethe schloss das Mädchen, das in sich zusammensank und weinte, in ihre Arme. Das war noch einmal gutgegangen. Von nun an würde sie für dieses Kind Sorge tragen, wie es sich für eine Mutter gehörte.

Am Abend nahm Margarethe das *Heldenbuch* und setzte sich zu Barbara auf die Bank im Hinterhof. Barbara betrachtete scheu das Buch, dessen Ledereinband abgegriffen war und dessen Metallschließen an den Stellen glänzten, an denen sie übereinandergeschoben worden waren. »Mein Vater hat mir oft daraus vorgelesen. Nun möchte ich dir daraus vorlesen.« Barbara sah sie misstrauisch von der Seite an, sagte aber nichts. Lose Strähnen hingen ihr ins Gesicht. Margarethe öffnete Barbaras Zopf, durchkämmte mit den Fingern vorsichtig die Haare und band ihn neu. Anschließend trug sie die erste Sage aus dem *Heldenbuch* vor. Nach einiger Zeit kam Reinhard aus dem Haus. Er holte sein Schnitzmesser und ein Stück Holz, setzte sich zu ihnen und begann zu schnitzen. Auch der Lehrjunge und die Magd fanden sich nach getanem Tagwerk hinter dem Haus ein und hörten zu. Als die Sonne hinter den Dächern der Häuser verschwunden war und die Buchstaben schon vor ihren Augen tanzten, klappte sie das Buch zu. Still saßen sie beieinander und lauschten den letzten Worten nach. Als Barbara zu Bett gehen wollte, hielt Margarethe sie auf. »Ab morgen werde ich dir die Buchstaben erklären, damit du eines Tages selbst lesen kannst«, kündigte sie an. Barbaras Blick war weniger abweisend als zuvor.

»Was hat die Tante? Hat sie die Pest?«, fragte Barbara, als sie sich am nächsten Morgen zum Unterricht zusammensetzten.

Margarethe erschrak über den kühlen Tonfall des Mädchens genauso sehr wie über ihre Worte. »Die Pest? Gott behüte!« Sie deutete ein Kreuz an und sah Barbara ins Gesicht, um zu ergründen, ob die Krankheit der Alten sie wirklich nicht berührte.

Die Züge des Mädchens waren unbewegt, ihre Augen wanderten jedoch unstet über den Tisch. »Wie kommst du darauf?«, fragte sie.

»Als ich mit ihr vor den Toren der Stadt war, haben die Kinder von Toten erzählt, die mit Beulen und schwarzen Flecken übersät sein sollen. Das ist doch die Pest, oder?« Margarethe erinnerte sich an die Schilderungen der Seuche in der Bibel, an das Kapitel, in dem Gott die Pest als sechste Plage über Ägypten schickte, und an das zweite Buch Samuel, in dem berichtet wurde, wie Gott das Volk Israel mit der Pest strafte und siebzigtausend starben. Besonders deutlich standen ihr aber die Abbildungen aus den Pesttraktaten vor Augen, auf denen zu sehen war, wie der erzürnte Gottvater auf einer Wolke saß und Pfeile nach den Menschen schleuderte. Einer der Pfeile brachte die Pest, als Lohn für die Sünden und Missetaten der Menschen. Bei der Tante war Margarethe bislang von einem einfachen Fieber ausgegangen. Aber sicher war sie sich nicht. Vielleicht wäre es doch besser, einen Medicus kommen zu lassen. Um das Kind zu beruhigen, sagte sie: »Die Pest ist eine Strafe Gottes. Sie befällt nur diejenigen, die innerlich verrottet sind, die ein sündhaftes Leben geführt haben. Das hat Tante Jule gewiss nicht.« Manchmal, sie wagte kaum, es sich einzugestehen, zweifelte sie daran. Wenn die Pest eine Gottesstrafe war, warum wurden auch rechtschaffene Menschen dahingerafft?

Wenn Gesichter Türen wären, dann war dieses so verschlossen wie das Tor einer Festung. Margarethe fragte höflich, bat, bettelte, aber nichts schien die Frau des Arztes zu erweichen. »Bitte, lasst mich mit Eurem Mann sprechen. Meine Tante ist krank. Seit Tagen schon plagt sie das Fieber. Sie hat Schmerzen in der Brust, Husten. Ich habe alles versucht. Ich weiß mir einfach nicht zu helfen.«

Die Frau schob die Tür weiter zu. »Ich habe es Euch doch schon gesagt, er ist nicht da!«

Margarethe hielt den Griff fest. »Dann richtet ihm aus, er

möge in die Helenengasse kommen. Bitte! Wir werden ihn angemessen entlohnen.«

Die Frau schlug mit einer unwirschen Bewegung die Hand weg. »Ich weiß nicht, wann er heimkommt. Versucht es woanders!« Der Türklopfer schepperte, als sich der Spalt endgültig schloss.

Margarethe ließ die Schultern hängen. »Aber ich habe es doch schon überall versucht!«, schrie sie verzweifelt. Tränen der Wut schossen ihr in die Augen.

Als sie sich umdrehte, sah sie, dass ein alter Mann ihre Auseinandersetzung beobachtet hatte. »Feig ist er, der Doktor. Die Pest fürchtet er, als sei es der Teufel selbst. Traut sich nicht mehr raus, seit hier die Leute daran verrecken. Würde mich nicht wundern, wenn er bald die Fliege macht.«

Margarethe blinkerte. »Dann ist er also zu Hause?«

Der Mann nickte, spuckte dann aus. »Hab ihn seit Tagen nicht herauskommen sehn.« Mit zusammengekniffenen Augen sah sie an dem Haus hoch. Der Alte humpelte zu ihr, jetzt erst bemerkte sie, dass eines seiner Beine steif war. »Geld für den Doktor habt Ihr also. Was ist Euch mein Rat wert?« Margarethe haderte einen Augenblick, kramte dann aber doch eine Münze aus ihrem Almosenbeutel. Er biss mit seinem letzten Zahn darauf, um sie zu prüfen, und steckte sie ein. »Hier um die Ecke wohnt ein Kräuterweiblein. Sie versteht sich auf manches ebenso, wie es der Doktor täte. Nur fürchtet sie die Kranken nicht.« Er beschrieb ihr Gasse und Haus. Margarethe machte sich sofort auf den Weg.

Die Kräuterfrau besah sie misstrauisch, die Aussicht auf einen Lohn ließ sie jedoch sofort die Sachen zusammenpacken. Auf ihrem Hof wartete schon Reinhard. »Tante Jule stöhnt zum Steinerweichen«, sagte er. »Ich fürchte, wir müssen nach einem Priester schicken lassen.«

Die Tante war aufgewacht. Ihre Augen wanderten flackernd von einem zum anderen. »Ein Kräuterweiblein? Kann sie mir helfen?«, sagte sie, bevor der Husten sie schüttelte. Die Heilerin schlug das Laken zurück. Margarethe erschrak, als sie die dunklen Flecken auf der Haut sah. Der Kräuterfrau genügte ein Blick, dann ging sie hinaus. Margarethe und Reinhard liefen ihr hinterher.

Das Weiblein blieb in einigem Abstand zum Verschlag stehen. »Viel Hoffnung gibt es nicht. Die Pestilenz hat sich in ihr eingenistet. Das Gift wandert schon zu ihrem Herzen. Nur Gott kann sie retten. Betet für sie zu den Pestheiligen, zu Sebastian, Rochus und Onophre«, sagte sie. Sie bemerkte Margarethes verzweifelten Blick und fügte hinzu: »Und wenn beten nicht hilft: Schließt die Fenster, damit der Mond nicht auf sie scheint, und streut wohlriechende Pflanzen in ihr Zimmer.« Die letzten Worte wurden durch die Stimme der Tante unterbrochen.

»Was ist denn? Kommt zurück!«, rief sie.

Die alte Frau kramte Kräuter aus einem Tuch hervor und gab sie, Anweisungen brummend, Reinhard. Dieser wollte die getrockneten Kräuter an Margarethe weiterreichen, doch die Alte fiel ihm in den Arm. »Sie sollte den Verschlag nicht mehr betreten. Ihr wollt sie doch nicht auch noch verlieren, sie und das Ungeborene. Frauen in ihrem Zustand erwischt die Pest als Erstes, genau wie kleine Kinder«, mahnte sie ihn. Reinhard sah Margarethe mit offenem Mund an. »Das wusstet Ihr noch nicht?« Die Kräuterfrau zuckte gleichgültig mit den Schultern. »Nun gut, nicht meine Sache. Macht das unter Euch aus. Meinen Lohn, wenn's recht ist.«

Reinhard legte ihr Münzen auf die Handfläche, doch statt zu zählen, hatte er nur Augen für seine Frau. Wenn Margarethe ihm nicht Einhalt geboten hätte, hätte er dem Kräuterweiblein sein ganzes Geld gegeben. Doch obwohl sich in Margarethe die Gedanken und Gefühle überschlugen, behielt sie einen klaren Kopf – in dieser Hinsicht zumindest. Sie stupste ihn an, und Reinhard hielt inne. Die Alte schien es gar nicht erwarten zu können, den Ort zu verlassen. Als sie gegangen war, setzte Margarethe an: »Liebster, ich wollte …«

Reinhard strich zart über ihre Wange. »Schsch …«, machte

er nur und gab ihr einen Kuss. Margarethe ergriff seine Hand, legte Finger zwischen Finger und drückte fest zu. Für einen winzigen Augenblick vergaßen sie das Leiden der Tante, waren sie in ihrer Freude miteinander vereint. Dann hörten sie, wie Tante Jule um Hilfe rief.

Margarethe drehte sich um, doch Reinhard hielt sie auf. »Du hast es gehört. Bleib hier.« Er rief die Magd, sie kam nicht, stattdessen blickte Barbara aus der Hintertür. Auch sie hörte die Rufe aus dem Holzhaus und sah die beiden fragend an. »Barbara, such die Magd und schick sie her«, wies er sie an.

Die Schreie der Tante wurden ängstlicher. »Margarethe, was ist denn? Ich weiß doch, dass du da bist. So komm mir doch zu Hilfe!«, rief sie flehentlich.

Margarethe erschütterten diese Worte. Sie konnte nicht so grausam sein, sie musste helfen. Sie machte sich los, doch wieder hielt ihr Ehemann sie auf, dieses Mal packte er sie fester. Sein Ton war verzweifelt.

»Warte ab. Die Magd wird kommen. Ich bitte dich bei unserem ungeborenen Kind!« Barbara kehrte zurück und sagte, die Magd weigere sich, zu der Tante zu gehen. Reinhard war hin- und hergerissen. Er wollte die Magd mahnen, aber auch seine Frau nicht allein lassen. Er hockte sich neben Barbara und schärfte ihr ein, dass sie Margarethe davon abhalten sollte, in den Verschlag zu gehen. Sie nickte ernst und nahm ihre Stiefmutter an die Hand. Zu Margarethe sagte er: »Ich werde die Magd holen. Wenn sie nicht will, muss sie dieses Haus verlassen und ich werde eine andere finden, die unsere Tante gesund pflegt.«

Margarethes Blick verschwamm. »Versprichst du es?«, brachte sie hervor.

»Ich verspreche es, bei meinem Leben«, sagte er. Er sah ihr tief in die Augen. Was dieser Mann versprach, das würde er auch halten.

Margarethe und Barbara zuckten zusammen, als die Schreie aus dem Anbau schriller wurden. »Ich höre euch doch. Ihr seid da. Warum kommt ihr denn nicht zu mir? Erbarmt euch doch! Reicht mir einen Tropfen Wasser, ich habe Durst! Habt keine Angst! Es geht mir schon besser!« Ein Hustenanfall unterbrach sie, der in ein Würgen überging. »Blut, alles voll Blut. So kommt doch und helft mir!«

Margarethe zitterte unkontrolliert. Barbara zog sie zur Bank. Margarethe presste die Finger auf die Ohren und begann, sanft vor und zurück zu schaukeln. Dass jemand, dem sie nah war, so leiden musste und sie nicht helfen konnte, ertrug sie nicht. Was könnte sie für ihre Tante tun? Sie sprang auf. Einen Priester, sie würde einen Priester holen, der für sie betete. Das würde der Alten neue Kraft verleihen.

Barbara und sie klapperten die Kirchen ab, um einen Priester zu finden, der sie begleiten würde. Doch keiner der geistlichen Herren ließ sich, weder durch Geld, noch durch gute Worte, dazu überreden. Erst ganz am Ende der Stadt fanden sie einen, der sich gegen eine hohe Summe dazu bereit erklärte, der Tante die kirchlichen Sakramente zu spenden. Es war schon Abend, als sie die Helenengasse wieder erreichten, die Tante war verstummt. Fast schon fürchtete Margarethe, es sei zu spät. Reinhard kam ihnen entgegen und sagte, er habe die Magd entlassen und eine andere gefunden, die die Tante pflegen werde. Der Priester sah sich suchend um, näherte sich langsam wieder dem Weg, aus dem sie gekommen waren. Margarethe musste ihn zu dem Holzanbau schieben, doch an der Türschwelle blieb er stehen, wie ein störrischer Esel. Man solle die Tür öffnen, er würde die Sakramente an dieser Stelle spenden, sie würden auch von hier aus ihren Weg zu der Kranken finden, sagte er bleich. Groll überfiel Margarethe ob dieser Furchtsamkeit. Er war ein Mann des Herrn, war es nicht seine Aufgabe, die Leidenden zu trösten? Sie wusste aber auch, dass sie sonst niemanden finden würde, der ihr half, und wie viel der Tante die Sakramente bedeuteten. Also öffnete sie die Tür. Der Priester begann mit seinem Geschäft. Margarethe, Reinhard und Barbara knieten sich unter das Dach des Baumes, der seine Blätter wie segnende Hände über ihnen hielt, und beteten mit ihm. Es gab Margarethe einen Stich, als sie die hohle Stimme der Tante vernahm.

Die nächsten Tage gehörten zu den längsten und schlimmsten ihres Lebens. Wie konnte Gott es zulassen, dass jemand so litt! Die Hilflosigkeit machte sie verrückt, zermürbte sie. Auf den Plätzen rund um die Kathedrale sammelten sich die Kranken. Die Toten wurden achtlos auf Karren geschmissen, manchmal dauerte es Tage, bis sie fortgeschafft wurden. Die Friedhöfe waren überfüllt, Gräber wurden mehrfach belegt. Reinhard flehte sie an, die Stadt zu verlassen, er wollte sie in Sicherheit wissen. Doch Margarethe hörte nicht auf ihn. Sie wollte dort sein, wo ihre Familie war, wo er war.

Eines Tages stand auch vor ihrem Haus ein Karren. War ihre Tante gestorben? Margarethe lief die Treppen hinunter. Reinhard hielt sie auf und nahm sie in den Arm.

»Wir gehen für einige Zeit nach Baden. Geh hinauf und pack deine Sachen«, sagte er ruhig, aber bestimmt.

»Aber warum … Wieso wusste ich nicht …«, stammelte sie.

»Wenn du davon gewusst hättest, hättest du nur Widerworte gehabt. Du willst nicht allein gehen, also gehen wir zusammen. Die neue Magd wird sich um die Tante kümmern. Lene ist gottesfürchtig, mitleidig und wird gut entlohnt. So Gott will, wird Tante Jule uns in Empfang nehmen, wenn wir zurückkehren.«

»Was ist mit der Druckerei? Wovon sollen wir leben?«

»Meister Baldung hat mich in Baden empfohlen. Wir können dort so lange arbeiten, bis die Seuche Straßburg wieder verlassen hat.«

Sie hörten ein spöttisches Lachen. Hans stand in der Tür, selbstzufrieden hatte er die Arme verschränkt, doch seine Augen waren glasig. »Dann müsste man ja beinahe hoffen, dass diese Seuche die Stadt nie verlässt. So würde ich endlich zu dem kommen, was mir zusteht, und hätte das Haus ›Zum Tiergarten‹ ganz für mich. Die Pest ist mein Verbündeter.« Seine Zunge ging schwer, Margarethe wusste, dass ihr Bruder getrunken hatte, und doch konnte sie ihm diese Worte nicht nachsehen.

»Dein Verbündeter? Gegen wen? Gegen unsere Tante, die so schrecklich leidet?«, entgegnete sie.

Seine Augen flatterten. »Die Zeit der Tante ist abgelaufen. Sie bekommt ihre gerechte Strafe«, sagte er. Das konnte er nicht so meinen, es war der Branntwein, der ihm diese Worte eingab. Und doch hatte er sie ausgesprochen. Es gab vieles, das sie ihm entgegnen, ihm vorwerfen wollte, doch sie warf ihm lediglich einen bitteren Blick zu. Barbara nahm ihre Hand und zog sie nach oben. Sie mussten packen.

Bevor sie abreisten, ging Margarethe noch einmal zu dem Holzverschlag. Die Tante wusste nichts von ihrer Schwangerschaft. Sie war in dem Glauben, dass Margarethe sich vor ihr fürchtete, sie mied. Auch wenn Margarethe in der Vergangenheit oft unter Tante Jule gelitten hatte, das hatte sie nicht verdient.

»Tante Jule, ich bin es, Margarethe. Ich kann nicht zu dir kommen, die Kräuterfrau hat es verboten. Tante, ich bekomme ein Kind!«, rief sie. Sie wünschte, die Kranke hätte ihre Worte gehört, doch im Verschlag blieb es still. Margarethe richtete ein Stoßgebet an die Pestheiligen. Als sie wenig später in Begleitung von Barbara und dem Lehrjungen Wolfgang abreisten, fühlte sie sich innerlich zerrissen. Würden sie ihre Tante wiedersehen? Würden sie in ihr Geburtshaus in der Helenengasse und in die Druckerei zurückkehren? Würden sie diese Reise überhaupt überleben? Denn vielleicht trug sie diese Seuche schon in sich, so, wie sie ihr Kind in sich trug.

KAPITEL 6

BADEN, FRÜHJAHR 1512

Der Schrei wurde von den Wänden zurückgeworfen. Margarethe kniff die Augen zusammen. Schweiß rann über ihr Gesicht und brannte unter ihren Lidern. Ihr Körper fühlte sich so leicht an wie schon lange nicht mehr, das lockere Gewand umspielte ihren Körper. Hinter ihr tuschelte jemand. Die Klappe der Trennwand wurde geöffnet, eine Frau lachte schrill. Wahrscheinlich fuhr jetzt eine Hand durch das Loch und liebkoste den Körper des anderen, wie Margarethe es schon so oft beobachtet hatte. Sie waren seit einigen Monaten in Baden und hatten die Gebräuche und Gewohnheiten der Badegäste und Bürger zur Genüge kennengelernt. Bald kämen die Lauten- und Flötenspieler, und wer eben noch leidend im Wasser gelegen oder sich mit kalten Güssen kasteit hatte, tanzte und schäkerte. Auch freie Frauen mischten sich unter die Badegäste. Margarethe hatte einige Bäder aufgesucht, aber überall bot sich das gleiche Bild. Mochte auch woanders die Pest wüten, hier im kleinen Städtchen Baden genoss man das Leben. Manche trieben es dabei sehr weit. Nach dem Bad waren ihre Körper zwar rein, die Seele jedoch durch Sünde geschwärzt.

Sie selbst hatte schon oft unverhohlen neidische Blicke geerntet, denn Schwangere waren hier nur selten zu sehen. Viele Frauen machten Badekur um Badekur, um ihren unfruchtbaren Leib zu heilen. Oft waren sie schon seit Jahren verheiratet und bekamen doch keine Kinder, andere verloren die Frucht ihres Leibes ein ums andere Mal. Ihre Wirtsfrau schwor darauf, dass die Bäder auch Schwangeren guttun würden, und so hatte Margarethe sie regelmäßig aufgesucht. Sie kannte inzwischen viele

Menschen, die täglich hierherkamen, um stundenlang in dem warmen Wasser zu liegen. Einige waren schon durch den Ausschlag gezeichnet, den man bekam, wenn man zu viel Zeit im Wasser verbrachte. Er sei Teil der Heilung, sagte man, aber für Margarethe sah es anders aus. Aus allen möglichen Städten und Landstrichen kamen die Menschen, in der Hoffnung, ihre Leiden durch das Heilwasser zu lindern. Auch aus Straßburg reisten regelmäßig Badegäste an und brachten immer neue Schreckensnachrichten aus der pestgeplagten Stadt. Erst seit kurzer Zeit hörte man kaum noch davon.

Margarethe rieb den Schweiß aus ihrem Gesicht, streckte die Glieder. Sie hatte Glück, am Leben zu sein. Beschämt dachte sie an die erste Zeit in Baden zurück. Sie hatte sich schwach gefühlt, unter Übelkeit und Schuldgefühlen gelitten. Panisch hatte sie jeden Morgen ihren Körper nach Zeichen der Seuche abgesucht, hatte Reinhard, Barbara und Wolfgang misstrauisch beäugt. Oft war sie nachts aufgeschreckt, ihr Herz hatte gerast vor Angst, dass die Seuche in ihr steckte, dass sie dahinsiechen würde wie ihre Tante. Denn kurz nach ihrer Ankunft war die dürre Mitteilung des Bruders eingetroffen, dass die Tante gestorben war. Reinhard war ihr Trost und ihr Halt in dieser Zeit gewesen.

Margarethe erhob sich mühsam. Jetzt, wo sie das Wasser verließ, zog ihr Bauch sie wieder hinunter. Das Badehemd klebte an ihrem Körper, zeichnete die schweren Brüste und den kugelrunden Leib nach. Sie zupfte an dem Leinen, das sich schmatzend von der feuchten Haut löste. Im Vorübergehen bemerkte sie im Schatten einer Säule einen Mann und eine Frau, eng umschlungen. Margarethe sah die Tonsur des Mannes aufblitzen und blickte verlegen zur Seite. Schon oft hatte sie im Badehause Geistliche gesehen, die sich hier mit ihren Metzen vergnügten. Sie predigten den Gläubigen die Abscheu vor ihrer sündhaften Fleischeslust, gaben sich aber selbst der Sünde hin. Wenn Margarethe beichtete, fragte sie sich in letzter Zeit oft, ob sie ihre geringfügigen Vergehen einem Priester gestand, der täglich weitaus größere Schuld auf sich lud. Doch wer war sie, dass sie es wagen konnte, am geistlichen Stand zu zweifeln? Sie versuchte das Bild des Paares mit ihrem Leinenumhang abzulegen, doch es gelang nicht. Die Magd reichte ihr die Kleidung. Lang fielen die schwarzen Haare auf ihren weißen Körper, rund und voll ließen sich ihre Brüste kaum noch in ein Leibchen pressen. Es würde nur noch wenige Wochen dauern, dann käme sie mit dem Kind nieder, das schon jetzt so lebendig in ihr strampelte.

Als die Musik einsetzte, verließ Margarethe die Badestube und trat auf die Straße hinaus. Frischer Schnee war gefallen, kalt schnitt der Wind ihr in die geröteten Wangen. Das Badehaus lag neben der Stadtmauer und sie hörte, wie das Abwasser in den nahe gelegenen Fluss gluckerte. Langsam ging sie den Berg hinauf in Richtung Oberstadt. In den Gassen war es ruhig, im Gegensatz zu Straßburg war Baden ein beschauliches Städtchen. Das Neue Schloss, der Wohnsitz von Markgraf Christoph, schien auf dem Schlossberg nördlich der Stadt über sie zu wachen. Unter dem Schloss drängten sich am Berghang eng gestaffelt die Fachwerkhäuser. Am Rande der Stadt lag die Burg Hohenbaden, die frühere Residenz des Markgrafen. Man sagte, er habe sie verlassen, weil sie zu wenig Schutz gegen die neuartigen Pulvergeschütze bot und zudem zu eng war. Das Neue Schloss lag uneinnehmbar auf einem nach drei Seiten abfallenden Bergsporn, der Markgraf hatte es um einen dreigeschossigen Palas mit einem hohen Satteldach erweitern lassen. Durch das Tor in der Mauer der Vorburg trat Margarethe in die kleinere Oberstadt, wo der Hofstaat und die wohlhabenden Bürger lebten.

Durch die Empfehlung von Meister Baldung waren Margarethe und Reinhard in Baden freundlich aufgenommen worden. Der Maler hatte vor einiger Zeit den Markgrafen und seine Familie porträtiert und gute Verbindungen in die Stadt. Er hatte gewusst, dass es in Baden keine Druckerei gab und dass Reinhards Dienste gerne angenommen werden würden. Tatsächlich hatte der Markgraf Reinhard schon kurz nach ihrer Ankunft beauftragt, die Statuten und Ordnungen der Markgrafschaft in Testamenten, Erbfällen und Vormundschaften zu drucken. Sie hatte gespürt, wie erleichtert ihr Mann über diesen Auftrag gewesen war, denn sie hatten kaum noch Geld. Zu viel hatten sie für Reise und Unterkunft ausgegeben. Seitdem hatten sie lediglich ein weiteres Buch gedruckt. Das Werk *Apologia Mulierum* über die Antonius-Thermen in Baden war Ende des Jahres 1511 fertig gewesen, und das Geld ging ihnen bereits wieder aus. Es war nicht verwunderlich, dass sich hier noch kein Drucker niedergelassen hatte. Diese Stadt war zu klein, um eine Druckerei dauerhaft zu erhalten. Sie würden Baden baldmöglichst verlassen müssen. Die mangelnden Einnahmen waren nicht der einzige Grund dafür. Sie sorgte sich um ihren Teil der Druckerei. Außerdem wünschte sie sich, dass ihr Kind als Sohn eines Straßburger Bürgers in ihrer Heimatstadt zur Welt kam. Doch Reinhard zögerte die Abreise hinaus.

Am Rande ihrer Haube hatte sich Raureif gebildet, als sie das Haus erreicht hatte, dennoch war ihr nicht kalt. Es war, als ob das Kind und das Bad sie innerlich wärmten. Sie betrat die Stube, die nur durch das Feuer auf dem Herd und einen Kienspan erleuchtet war. Es war wie immer dunkel in dieser Kammer. Die Enge der Gasse und die Giebel schluckten das Licht, mochte die Wintersonne noch so hell scheinen. Barbara stand an der Feuerstelle und wachte über den Eintopf. Margarethe schnupperte daran und lobte das Mädchen für seine Aufmerksamkeit. Erst jetzt bemerkte sie Reinhard, der im Schatten saß, ein Blatt Papier in den Händen.

»Ein Brief aus Straßburg?«, fragte sie.

Er faltete den Bogen und steckte ihn in die Tasche. »Später«, sagte er nur und sah sie an. »Das Bad tut dir gut. Rotbackig wie ein Apfel schaust du aus.«

»Ich fühle mich auch gut. Gut genug, um –«

Er unterbrach sie ungewohnt schroff. »– zu reisen? Nicht schon wieder, Margarethe.« Was stand in dem Brief, das seine Laune verhagelte? Sie aßen schweigsam, und später, als Barbara und Wolfgang schon schliefen, setzte sie sich zu Reinhard, der nachdenklich einen Arm für eine Holzpuppe schnitzte.

»Willst du mir nicht sagen, was in dem Brief steht?«, fragte sie. Reinhard schnitt wortlos weiter. In den ersten Wochen ihrer Ehe hatte Margarethe gehofft, dass er gesprächiger werden würde, dann hatte sie begriffen, dass es nun mal in seiner Natur lag, nicht so viele Worte zu machen. Sie musste lernen, sich zu gedulden. Unruhig strichen ihre Finger über die Tischplatte.

Reinhard brummte unwillig, er hatte eine Kerbe in das Holz geschnitzt. »Es ist Zeit. Ich muss nach Straßburg zurück«, sagte er schließlich.

Ein Lächeln hob Margarethes Mundwinkel. Nach Hause zurück, dieser Enge entfliehen, endlich. Sie konnte es kaum erwarten, mehr zu erfahren. »Was ist so dringend, dass es keinen Aufschub verträgt?«

Er sah auf. »Dein Bruder. Er muss immer mehr verkaufen. Bald ist alles weg. Was dann geschieht, weiß nur der Allmächtige.« Er reichte ihr den Brief. Margarethe hielt ihn ins Licht, überflog ihn, las die Unterschrift, er war von Meister Hupfuff. Der Freund und Kollege berichtete darin, dass er keine Pacht mehr von ihrem Bruder erhalten habe, dass die Gläubiger Hans immer mehr zusetzten. Statt seine Möglichkeiten als alleiniger Druckherr im Haus »Zum Tiergarten« zu nutzen, hatte ihr Bruder also weitergemacht wie bisher. Wenn Hupfuff kein Geld bekam, würde er die Druckerei an jemand anders vermieten müssen, egal wie wohlgesinnt er ihnen war, auch das klang zwischen den Zeilen durch.

Margarethe brannte eine Frage auf der Zunge. »Du willst allein gehen?«, flüsterte sie.

»Schau dich doch an. Das Reisen um diese Zeit ist gefährlich, für Frauen in deinem Zustand sowieso.« Reinhard wetzte die Kerbe aus. Bald schon wäre die Puppe für Barbara fertig.

Sie legte die Hand auf seinen Arm. »Lass mich nicht allein, ich bitte dich«, sagte sie. »Ich fühle mich stark genug. Ich kann reisen. Das Kind sollte in Straßburg geboren werden, als Sohn eines Bürgers unserer Stadt. In unserer Heimat. Nicht hier.« Sie überlegte angespannt. »Wenn wir noch Geräte vor den Klauen der Gläubiger retten wollen, könntest du meine Hilfe brauchen.« Das Licht verlosch. Sie hörte, wie er Messer und Holz wegsteckte. Margarethe suchte seine Hand, strich über den Handrücken und die Schwielen, die die Arbeit hinterlassen hatte. Sie gingen ins Bett, wo Barbara zusammengerollt am Fußende schlief. Reinhard legte sich auf den Rücken, die Hände hinter dem Kopf verschränkt. Starrte er in die Dunkelheit und dachte nach? Margarethe kuschelte sich an ihn, er drehte sich mit einem Seufzer auf die Seite, ließ die Hände über die Rundungen ihres Körpers wandern und schließlich auf dem Bauch ruhen. Seine zärtlichen Berührungen taten ihr gut. Eine Antwort auf ihre Bitte bekam sie nicht. Am nächsten Tag fing er an, ihre Sachen zusammenzupacken, und als auch Margarethe sich auf die Abreise vorbereitete, hielt er sie nicht auf. Im Februar 1512 verließen sie das markgräfliche Baden.

Es wurde eine mühsame, langwierige Reise. Schon nach ein paar Stunden begann Margarethes Bauch fest zu werden. Am Anfang ließen die Krämpfe schnell nach, doch nach einiger Zeit verhärtete sich ihr Leib derart, dass sie die Reise unterbrechen mussten, bis sie wieder zu Atem kam. Zunächst wollte Reinhard sie mit Barbara nach Baden zurückschicken, aber sie weigerte sich schlichtweg. Reinhard überlegte, ob er vorausreisen oder bei ihr bleiben sollte. Er entschied sich für Letzteres, und Margarethe war dankbar dafür. Die Reise schien nicht enden zu wollen. Sie glaubte schon, dass sie es nicht schaffen würde, als sie endlich die Stadt am Horizont erblickte. Sie fasste den Münsterturm ins Auge und hielt sich an ihm fest, bis sie die Mauern der Stadt erreicht hatten. Vor den Stadttoren waren Hügel aufgeworfen. Waren dies die Gräber der Pesttoten? Ihr Bauch war eine harte Kugel. Sie begann, stoßweise zu atmen, doch immer wieder ließ der Schmerz den Atem stocken. Der Moment, auf den sie sich so gefreut hatte, erfüllte sie mit Grauen. Weit und leer kam ihr die Stadt vor. Vor dem Dom lagerten die Bettler, strömten auf sie zu, hielten ihr die hohle Hand hin, zerrten an ihrer Kleidung. Krämpfe schüttelten sie, als sie endlich das Haus »Zum Tiergarten« erreicht hatten. Reinhard wollte sie hineintragen, doch sie bestand darauf, dass er sie auf den Boden setzte. Sie wollte aus eigener Kraft die Druckerei wieder in Besitz nehmen.

Ihr Mann stützte sie, als sie in die Druckerei traten. Ihre Schritte hallten, die Wände waren leer, ein Großteil der Geräte fort, Staub lag auf dem Boden und bildete in den Nischen graue Hügel. Hier war seit Wochen nicht mehr gearbeitet worden.

»Hans?«, rief sie. Reinhard ging an ihr vorbei und sah sich in den anderen Räumen des Erdgeschosses um. Margarethe raffte ihren Rock und ging langsam, auf jeder Stufe verschnaufend, die Treppe hinauf. Erst hörte sie nur ein Grunzen, dann aber Schnarchen, das immer lauter wurde, je näher sie der Schreibstube ihres Bruders kamen. Sie gab der Tür einen Stoß, knarrend öffnete sie sich. Der Gestank nach Branntwein, der ihr entgegenschlug, nahm ihr beinahe den Atem. Ihr Bruder saß am Tisch, den Kopf auf die Platte gelegt, und schlief. Aus seinem geöffneten Mund lief Speichel auf das Holz und färbte es dunkel. Abscheu und eine jähe Wut überfielen Margarethe. Er hatte das Erbe des Vaters heruntergewirtschaftet, auch ihren Anteil in Mitleidenschaft gezogen. Er verdiente dieses Erbe nicht.

Reinhard, der jetzt zu ihr trat, schienen ähnliche Gefühle zu bewegen. Eine tiefe Zornesfalte zeigte sich auf seiner Stirn, als er seinen Schwager schüttelte. »Hans, wach auf!«

Der Bruder schmatzte, wischte sich über den Mund, kniff die Augenbrauen zusammen. »Ich hab nichts mehr, haut ab«, brummte er. Barbara hatte einen Lappen und einen Krug Wasser geholt. In ihrer Erregung gab sich Margarethe nicht mit dem Tuch ab, sondern kippte ihrem Bruder einen Schwall des kalten Wassers über den Kopf. Die ruckartige Bewegung setzte sich in einem scharfen Ziehen in ihren Seiten fort, sie musste sich am Schrank abstützen.

Ihr Mann bemerkte es nicht. Seine Aufmerksamkeit war auf

Hans gerichtet, der schimpfend aufsprang, an der Stuhllehne hängenblieb, ins Straucheln geriet und auf den Boden stürzte. Reinhard riss ihn hoch, setzte ihn unsanft zurück auf den Stuhl. »Wo sind die Geräte? Wer hat sie? Kannst du sie zurückholen?«, fragte er eindringlich.

Erst jetzt klarte Hans' Geist auf. Er schnaufte und wischte sich die Nase am Ärmel ab. »Reinhard? Margarethe? Ihr lebt noch? So hat die Pestilenz euch nicht erwischt? Ach ja, Hupfuff sagte, ihr lasst es euch in Baden gutgehen.« Jetzt schien er sich an Reinhards Fragen zu erinnern. Hans senkte das Gesicht in die Hände, für einen Moment wirkte er zerknirscht. »Meine Hälfte ist weg, nichts mehr übrig. Sie haben mir die letzte Presse weggenommen.«

Reinhard stützte sich mit beiden Händen auf den Tisch und fixierte seinen Schwager, als ob er ihn anspringen wollte. Es war der Wilde Mann, der in ihm zu toben schien und den er nur mühsam im Zaum hielt. »Wehe dir, Hans! Lüg mich nicht an. Mehr ist weg als nur deine Presse«, sagte er.

Hans sah auf den Tisch, entdeckte den Spuckefleck und schob ein Papier darüber. »Kann schon sein, dass sie mehr mitgenommen haben …«, antwortete er.

Reinhard schlug mit der Faust auf den Tisch, ihr Bruder zuckte zusammen. »Du musst etwas dagegen tun! Und nicht hier sitzen und saufen!«, forderte er.

Hans strich mit den Fingern durch die langen schwarzen Haare, und plötzlich war jeder Anflug von Reue verschwunden. »Könnt ihr mir nicht etwas leihen, ein paar Gulden, nur für kurze Zeit? Dann ist bald alles wieder da«, sagte er dreist lächelnd.

Margarethe presste die Hand in die Seite. Sie konnten ihm kein Geld leihen, sie hatten nichts. Außerdem: Er hatte für diese missliche Lage gesorgt, er musste das Problem lösen. Reinhard schien ihrer Meinung zu sein. »Von uns kannst du nichts mehr erwarten. Du holst unser Eigentum zurück. Sofort. Sonst klage ich dich vor der Zunft an«, drohte er. »Eine Möglichkeit gibt es noch. Du trittst deinen Anteil an der Druckerei an mich ab und verschwindest ein für alle Mal aus diesem Haus. Dann kannst du woanders neu anfangen«, bot er ihm an.

Der Bruder stand abrupt auf, hielt aber Abstand zu seinem Schwager, als spürte er trotz seiner vernebelten Sinne, dass nicht mehr viel fehlte, um ihn zum Letzten zu treiben. »Jetzt ist mir alles klar. Endlich seid ihr da, wo ihr hinwolltet!«, schrie er. Mit einem Handstreich fegte er die Papiere vom Tisch. Er zeigte mit dem Finger auf seine Schwester. »Ich zähle nichts mehr. Du willst mir alles nehmen, alles. Du, nur du.«

Margarethe wich zurück, das Ziehen wurde stärker, sie sog die Luft scharf ein. Erst jetzt sah Reinhard sie an. Sein Gesicht hatte im Laufe des Gesprächs einen harten Ausdruck angenommen, doch als er sie erblickte, fiel alle Härte in sich zusammen.

»Du hast dir selbst alles genommen, Bruder«, konnte sie noch herauspressen, bevor sie unter Krämpfen zusammensackte. Sie hörte, wie Reinhard Barbara losschickte, damit sie die Nachbarsfrauen zu Hilfe holte, dann spürte sie, wie etwas Heißes, Feuchtes ihr die Beine hinunterrann und auf das Holz platschte. »O mein Gott, steh mir bei, es geht los«, stammelte sie. Ihr Mann sah sie hilflos an, Hans blickte entsetzt auf sie herab. Sie stöhnte vor Schmerz. Reinhard stürzte zu ihr und sie umklammerte seine Hand, bis der Krampf etwas nachließ. Aus dem Augenwinkel sah sie, dass Hans das Zimmer verließ. Er würde davonlaufen, wie immer, wenn ihm etwas zu viel wurde. Ihr war es egal. »Bring mich auf ein Lager und hol frische Laken«, presste sie hervor. Reinhard hob sie hoch, doch schon auf dem Flur durchschnitt sie das Stechen erneut, es kam ihr vor, als würde ihr Kreuz auseinandergerissen. Sie schickte ein Stoßgebet zur heiligen Margarethe, der Schutzheiligen der Gebärenden. Es war ihre erste Geburt, aber dennoch kam es ihr vor, als spräche ihr Körper zu ihr. Sie atmete schwer. »Es … ist … zu spät. Lass mich … hinunter«, sagte sie. Er setzte sie ab, sie hielt sich mit beiden Händen am Türrahmen fest. Tränen verschleierten ihren Blick. Aber nun gab es ohnehin nichts zu sehen, es gab nur Schmerz, unsagbaren Schmerz. Reinhard sah sie ängstlich, hilflos an. »Hol … Laken«, stöhnte sie. Er lief los, noch immer war nichts von Barbara und den Nachbarinnen zu hören. Sie drückte so stark gegen das Holz, als wolle sie die Tür verbreitern. Das Kind wollte kommen, egal, ob es zu früh war oder nicht, egal, ob sie auf dem Flur stand oder auf einem Gebärstuhl saß. Es hatte keinen Sinn, sich dagegen zu wehren. Sie schickte die Kraft aus den Armen in den Bauch, presste mit aller Macht, da fühlte sie ein Reißen, das ihr beinahe die Sinne nahm, und spürte, wie etwas aus ihr herausglitt. Das Kind, es war da. Vorsichtig ließ sie sich zu Boden sinken und nahm das zitternde Wesen auf. Sie strich über das Gesicht, sah zusammengekniffene Augen und einen zahnlosen Mund, der sich, als er von Blut und Schleim befreit war, zu einem lauten Schrei öffnete. Es war ein Junge, lebendig und mit genau so vielen Armen und Beinen, wie es sein sollte. Überglücklich lachte sie auf. Sie wischte dem Neugeborenen mit ihrem Rock behutsam das Blut ab, da kam auch schon Reinhard. Als er sie erblickte, ließ er die Laken fallen und sank neben sie. Reinhard nahm ihr Gesicht in die Hände und drückte einen tränennassen Kuss auf ihren Mund.

Stimmen aus dem Erdgeschoss und Schritte auf der Treppe zeigten ihnen an, dass Barbara nahte. Wie erstaunt die Frauen waren, als sie sahen, dass das Kind schon auf der Welt war! Sie halfen Margarethe, die Nabelschnur zu durchtrennen, die Wunden zu versorgen und das Kind zu reinigen. Immer wieder beglückwünschten sie sie und sprachen dem Neugeborenen ihren Segen aus. Margarethe war erschöpft, ihr Leib schmerzte, aber sie war auch glücklich. Auf die Fragen nach dem Namen des Kindes gab sie keine Antwort. Erst als sie allein waren, sie im Bett lag und Reinhard ihre Hand hielt, sagte sie: »Ich möchte ihn Johann nennen.«

Reinhard, der eben noch versonnen gelächelt hatte, kniff jetzt die Lippen zusammen. »Wie deinen Bruder? Ungeraten, wie er ist?«

Sie drückte seine Hand. »Wie meinen Vater. Es muss doch jemanden geben, der den Namen meines Vaters und sein Handwerk so ehrenwert weiterführt, wie Johann Prüß senior es verdient.« Margarethe unterdrückte ein Gähnen. Lange könnte sie nicht mehr gegen die Müdigkeit ankämpfen.

Reinhard strich über ihre Wange. »Wenn du es wünschst, dann soll es so sein«, hörte sie noch, bevor sie einschlief.

Eine Stimme riss sie aus einem Alptraum: »Margarethe, beruhige dich doch.« Sie schlug die Augen auf und bewegte ruckartig ihren Kopf, um den letzten Rest des Traumgesichtes zu vertreiben. Sie war nicht in ihrem Bett in der Helenengasse. Wo war sie? Es war ein Zimmer im Haus »Zum Tiergarten«. Die Sonne stand schon hoch am Himmel, sie musste lange geschlafen haben. Reinhard sah sie besorgt an. »Margarethe, alles ist gut«, flüsterte er zärtlich.

Sie umschlang ihn, presste sich an seine Brust.

»Wo ist Johann?«, fragte sie.

»Unser Kleiner ist wach geworden und hat geschrien. Ich wollte nach ihm sehen, aber Barbara war schon bei ihm.« Sie lösten sich voneinander und Margarethe sah, dass Barbara auf einem Stuhl am Fenster saß und das Kind hielt. Ein Anflug von Eifersucht überfiel sie – sie wollte ihren Sohn selbst in die Arme schließen, jetzt, sofort –, doch schnell wurde dieses Gefühl von Rührung abgelöst. Barbaras Gesicht hatte einen sanften, zärtlichen Ausdruck angenommen. Margarethe ließ das Bild der ungleichen Geschwister auf sich wirken, aber schließlich war ihre Geduld doch erschöpft.

»Barbara, Liebe, gib ihn mir«, sagte sie leise. Ihre Stieftochter stand mit einem bedauernden Gesichtsausdruck auf und reichte ihr das Kind. »Bleib bei uns«, sagte Margarethe. Sie entblößte die Brust auf ihrer Herzseite und führte den Mund des Neugeborenen an die Warze. Ungeduldig zappelte der Junge hin und her, sein Mund ging auf und zu wie das Maul eines Fisches auf dem Trockenen, noch schien er nicht zu wissen, was er tun sollte. Es dauerte eine Weile, bis seine Lippen die Warze umschlossen hatten und gierig daran saugten. Margarethe ließ ihre

Augen auf dem Kind ruhen, strich über den zarten Flaum auf seinem Kopf und die kleinen Ohren. Dann blickte sie auf Reinhard und Barbara, die neben ihr auf dem Bett saßen und ebenso verliebt wie sie den Kleinen anblickten. Der Junge schlief nach einer Weile an ihrer Brust ein. Margarethe bat Barbara, Wasser, einen Kamm und ihre Haube zu holen, denn bald würde Besuch kommen. Als sie mit Reinhard allein war, fragte sie: »Wie wird es weitergehen?«

Reinhard stand auf und ging zum Fenster. Er sah schweigend auf die Rückseite des Münsters hinaus. »Nicht jetzt, Margarethe«, sagte er.

Sie stützte die Ellenbogen auf, doch ein Krampf in ihrem Bauch zwang sie wieder auf das Lager. »Hast du noch einmal mit meinem Bruder gesprochen? Bitte, ich will es wissen.«

Reinhard setzte sich wieder zu ihr und strich über ihren Handrücken. »Wir werden nicht in die Helenengasse zurückkehren. Dein Bruder wird allein in dem Haus wohnen und arbeiten. Er wird dort seine Presse aufstellen, wenn er sie zurückbekommt.« Er berichtete, dass er Hans aufgesucht und mit ihm verhandelt hatte.

Margarethe wurde immer nervöser. »Und wir, wo sollen wir –«, unterbrach sie ihn.

»Gleich«, sagte er und legte einen Finger auf ihre Lippen. »Meister Hupfuff lässt uns im Haus ›Zum Tiergarten‹ bleiben. Wir behalten die Druckerei und können den Verkaufsstand zurückkaufen. Dieses Haus wird in Zukunft unser Heim sein«, erklärte er.

Margarethe war traurig und erleichtert zugleich. Sie würde ihr Zuhause in der Helenengasse verlieren und ein neues bekommen. Sie würde diese Entscheidung annehmen, wenn nur endlich der Streit mit dem Bruder und das Gezerre um die Druckerei ein Ende hatten. Sie war die Angst und die Unsicherheit leid. Sie konnte ihrem Bruder nicht helfen, aber so könnte sie ihm wenigstens aus dem Weg gehen. Ihr Sohn würde hier aufwachsen, würde in diesem geschichtsträchtigen Haus sein Handwerk erlernen. Vielleicht war es am besten so. Sie schloss die Augen und schlief ein.

Obgleich sie schon kurze Zeit später geweckt wurde, fühlte sie sich etwas kräftiger. Ihre Freundin Ursula gratulierte ihr und sprach dem jungen Johann ihre Segenswünsche aus. Barbara und sie halfen Margarethe, sich einigermaßen herzurichten. Dann brachte die Magd Lene – Reinhard hatte die Magd ausfindig gemacht, die ihre Tante gepflegt hatte – Naschwerk, Brot und Wein. Wenig später trafen die ersten Nachbarsfrauen mit Geschenken ein, um Margarethe und dem Kind ihre Aufwartung zu machen. Drei Tage später wurde Johann getauft, und erneut wurde mit Freunden und Nachbarn gefeiert, genauso wie nach dem ersten Kirchgang und dem ersten Badehaus-Besuch der Wöchnerin nach der Geburt. Seit dem Tod des Vaters hatte Margarethe endlich wieder das Gefühl, dass der Friede in ihre Familie zurückgekehrt war.

KAPITEL 7

STRASSBURG, PFINGSTEN 1520

Mit bloßen Füßen tapste das Kind über die Holzbohlen, die Finger angelten nach dem Papier, das der große Bruder an den Ecken hielt. »Gretchen auch, Gretchen auch«, quengelte es. Der Junge hielt inne, pustete gegen den Bogen und ließ ihn sanft über dem Kopf des kleinen Mädchens schwingen. Grete sah verzückt dem Papier zu und stellte sich auf die Zehenspitzen. Der Junge lachte. »Schau, Gretchen, bist noch zu klein«, tröstete er sie. Grete lief ihm hinterher und wurde von der sechsjährigen Juliane aufgehalten, die sie unter den Armen ergriff und durch die Luft zu schwenken versuchte.

»Sie ist schon zu schwer für dich, das weißt du doch. Hilf lieber Johann, die Seiten aufzuhängen, umso eher können wir los«, sagte Margarethe zu ihrer Tochter. Sie hatte Haarbänder und Hauben für die Mädchen geholt und sich selbst für den Kirchgang angekleidet. Juliane ließ die Schwester hinunter, die prompt zu weinen anfing, also setzte Margarethe die Kleine auf ihre Hüfte. Grete schmiegte sich an den Busen der Mutter. Im Gegensatz zu anderen Müttern vieler Kinder passten Margarethe mit ihren siebenundzwanzig Jahren immer noch die Kleider, die sie als junge Frau getragen hatte. Sie fand sich manchmal fast zu schlank, aber Reinhard versicherte ihr stets aufs Neue, dass er sie liebte, wie sie war. Sie zog Grete das bekleckerte Leibchen aus und ein sauberes an. Die Zweijährige war ein kräftiges Kind, um das man sich keine Sorgen zu machen brauchte, wenn es einige Tage unter Unwohlsein litt und nicht aß. Sie hatte ein heiteres Gemüt, war neugierig und spielte jetzt gerade mit den bunten Haubenbändern.

»Fertig!«, verkündete Juliane stolz. Alle frisch gedruckten Seiten waren zum Trocknen aufgehängt. Sie war groß für ihr Alter und ebenso mager wie Johann und ihr vierjähriger Bruder Sebastian, der Bastian gerufen wurde und nun auch angelaufen kam. Margarethe konnte ihren beiden Großen so viel zu essen geben, wie sie wollte, die Rippen schienen immer durch die Haut. »Werden wir ihn heute wirklich sehen, den Roraffen?«, fragte sie jetzt aufgeregt.

»Du solltest dich lieber für die Prozessionen interessieren, die zur Kathedrale führen, für die Heiligtümer, die vorgezeigt werden, oder für die Firmung. Schließlich wird auch dein Bruder bald mit dem Sakrament der Firmung seine Taufe und damit den Bund mit Gott besiegeln lassen. Stattdessen freust du dich auf das heidnische Gezänk einer Holzpuppe!« Reinhard war hinzugekommen.

Juliane biss sich schmollend auf die Lippe, aber Margarethe, die den Schalk in den Augen ihres Mannes gesehen hatte, meinte: »Freu dich ruhig. Du bist nicht die Einzige. Viele Bauern kommen von weit her, um den Roraffen brüllen zu hören!« Sogar der ehrwürdige Münster-Prediger Johannes Geiler von Kaysersberg hatte nichts gegen den Roraffen ausrichten können. Der Roraffe gehörte zu Pfingsten wie die Prozessionen, die Gebete und der Ablass. Ein erwartungsfrohes Lächeln zog über das Gesicht des Mädchens, und es schloss seine Holzpuppe in die Arme. Reinhard hatte die Puppe für Juliane geschnitzt, und wenn etwas Aufregendes geschah, musste die Puppe an ihrer Seite sein. Auch heute würde Juliane sich nicht von ihr trennen.

»Kommst du schon mit uns?«, fragte Margarethe ihren Mann. Reinhard legte den Arm um ihre Schulter. »Ich werde mir dieses Schauspiel doch nicht entgehen lassen. Der Altgeselle wird die letzten Arbeiten an dem Messbuch erledigen, dann hat auch er endlich frei. Schlimm genug, dass wir überhaupt am Feiertag arbeiten müssen. Aber sonst wird der Druck nicht fertig«, sagte er. Margarethe fand die Bezeichnung Altgeselle noch immer sonderbar, es schien ihr nicht lange her, dass Wolfgang ihr Lehrling gewesen war und als Einziger nach der Teilung der Druckerei zu ihnen gehalten hatte; inzwischen gehörte er fast zur Familie. Nach seiner Gesellenwanderung war er zu ihnen zurückgekehrt, und sie war darüber genauso froh gewesen wie ihr Mann. Auch Johann war jetzt zufrieden. Er war zwar erst acht Jahr alt, hatte jedoch die Genauigkeit und die Ruhe seines Vaters geerbt. Er strich sich eine lange schwarze Haarsträhne aus der Stirn und hinterließ dabei einen Streifen Druckerschwärze. »Johann Beck, dass du ein Drucker wirst, sieht man dir an der Nasenspitze an!«, lachte Margarethe. Sie wollte mit ihrem Rockzipfel die Flecken entfernen, doch Johann entzog sich ihr und lief in den Hof, um sich das Gesicht zu waschen. Er half viel in der Druckerei mit, wäre am liebsten schon Lehrjunge, da passte es eben nicht, wenn die Mutter einen abputzte wie ein kleines Kind. Wenn Margarethe fand, dass ihr Erstgeborener zu schnell ihrer mütterlichen Zuwendung entwuchs, sagte sie sich, dass andere Jungen seines Alters ihr Elternhaus schon verlassen mussten, um Geld zu verdienen.

Sie ging mit den Kindern vor die Tür des Hauses »Zum Tiergarten« und warf einen ersten Blick auf das Schauspiel, das sich rund um das Münster abspielte. Über den Köpfen der Menschen wippten Kreuze, bunte Fahnen wehten im Wind, die heiligen Reliquien wurden in die Höhe gereckt. Die meisten Frauen und Männer waren einfach gekleidet, Landvolk, das an diesem Festtag in die Stadt strömte. Pfingsten war eines der Hauptfeste der Kirche, man feierte das Ende der Osterzeit, die Herabsendung des Heiligen Geistes, und gleichzeitig galt es den Menschen in und um Straßburg als Sommerfest. Wer an Pfingsten in das Münster kam, an einem Gottesdienst teilnahm, seine Gebete verrichtete und spendete, erhielt Ablass für das ganze Jahr.

Das Glockengeläut – alle Glocken dieser Stadt hatten sich zu einem Chor zusammengefunden – war so ohrenbetäubend, dass sie gar nicht hörte, wie sich die Tür der Verkaufsbude vor dem Haus öffnete. Eine junge Frau mit braunen Haaren, einem

Grübchen im Kinn und blassblauen Augen lächelte sie an, und in diesem Moment sah man nicht, dass eines ihrer Lider etwas herabhing.

»Ich habe noch die Fensterläden verriegelt. Es sind so viele Fremde in der Stadt, da weiß man nie …«, sagte Barbara.

Margarethe lobte ihre Stieftochter. Wieder einmal war sie froh, dass es in ihrem Haus und in der Druckerei so viel zu tun gab, dass sich die Fünfzehnjährige nicht woanders verdingen musste. Reinhard schob sie vorwärts und schloss die Tür. Er trug das neue Hemd, das sie erst kürzlich für ihn genäht und bestickt hatte. »Bleibt zusammen, damit wir uns nicht verlieren«, sagte er und ging mit Johann voraus. Margarethe führte Juliane und Bastian an der Hand, und Barbara hielt Grete fest. Als sie einige Schritte auf den Platz hinausgetreten waren, blickte Barbara sich um. »Er folgt uns«, sagte Margarethe leichthin, denn ihr war klar, dass Barbara nach Wolfgang sah. Die beiden waren miteinander aufgewachsen und hingen aneinander wie Geschwister.

Das Gewimmel wurde dichter, schon setzte die Orgel ein, ihre Töne schwebten aus der Kathedrale auf den Platz hinaus und trieben die Menschen zur Eile an. Als Margarethe und ihre Familie das Münster betraten, blieben sie hingerissen stehen. Zahllose Kerzen erleuchteten die hochgewölbte Bogenhalle, auf dem Lettner waren zwölf große Kerzen entzündet, im Chor strahlten die vierzehn Jungfrauen-Kerzen. Musik wogte über ihre Köpfe, die Messe begann, drängende Ellenbogen und unwirsches Murmeln zwangen sie dazu, weiterzugehen. Zappelig sahen die Kinder nach der Orgel, und kaum dass der Gesang der Mönche eingesetzt hatte, hörte man ein schrilles Kreischen, unflätige Ausdrücke und ein unschickliches Lied aus Richtung des Instruments tönen. Margarethes Augen blieben an der herabhängenden Spitze, dem Orgelfuß, hängen. Hier befand sich die roh gearbeitete Holzfigur in der Gestalt eines Brezelverkäufers, die mit den Armen gestikulierte und, am liebsten während einer langatmigen Predigt, den Mund in einem weiten Gähnen aufriss. Die Figur rief Schimpfworte, sang sündhafte Lieder und hampelte herum. Schon seit Jahrhunderten trieb er, flankiert von zwei weiteren Statuen, einem Trompeter und Samson mit dem Löwen, an Pfingsten sein Unwesen im Münster. Auch jetzt störte er den gesamten Gottesdienst über die Andacht der Gläubigen im Kirchenschiff. Der Roraffe röhrte und brüllte, als ob er seinem Namen Ehre machen wollte. Ihre Kinder kicherten verschämt, auch Margarethe amüsierte sich. Es gab nicht oft in der Kirche etwas zu lachen, aber jetzt, an Pfingsten im Straßburger Münster, duldete man es. Das Volk war dankbar dafür, es lachte laut und ausdauernd über die Scherze des Roraffen. Sie sah ihren Ehemann an, doch Reinhard war ins Gebet versunken. Die Stiftsherren und die Geistlichen im Chore hingegen sahen mehr auf die Bewegungen und das Geklapper der Holzfigur als auf den Altar oder in ihr Breviarium. Man spottete, dass mancher geistliche Würdenträger sich seine Pfründe nur dadurch verdiente, dass er mit dem Roraffen um die Wette gähnte, erinnerte sich Margarethe. Nicht alle weideten sich jedoch an den Faxen des Roraffen. Es gab Bauern, die sich verlegen hinter dem Ohr kratzten und kaum zur Figur des Brezelverkäufers zu sehen wagten, weil seine Lästerungen sie beschämten. Sogar als der Priester den Gläubigen bei der Firmung mit Chrisam, dem heiligen Öl, ein Kreuz auf die Stirn malte, wurde er aus Richtung der Orgel verhöhnt. So manchem Gläubigen musste das Gotteshaus entweiht erscheinen. Wenn sie wüssten, dass es oft die Pfaffen selbst waren, die sich hinter der Figur versteckten und mit Hilfe der Blasebälge und Rohre den Roraffen bewegten!

Schließlich war der ungewöhnlichste Gottesdienst des Jahres zu Ende. Die Gläubigen strömten den Ausgängen zu. Manche riefen dem Roraffen Abschiedsworte zu, die dieser frech beantwortete. Auch ihre Kinder konnten kaum den Blick von der Figur abwenden, aufgeregt plappernd folgten sie ihnen zum Kreuzer. Der Aufseher über das Kreuz hielt den Vorbeieilenden ein hohes, turmartiges Gefäß hin. Reinhard warf einige Münzen hinein, um die weiteren Bauarbeiten an der Kathedrale zu unterstützen und Vergebung der Sünden zu erlangen. Sie wusste um seine Angst, dass ein Unglück seine Familie treffen könne. Trotzdem musste Margarethe schlucken, von dem Geld hätten sie eine Woche lang leben können, aber so viel wurde eben von einem Handwerker der Stadt erwartet.

»Gott vergelte es Euch, und unsere liebe Frau, die würdige Jungfrau Maria«, bedankte sich der Mann und schwenkte mit dem Gefäß zum Nächsten.

Vor dem Münster waren sie sofort in einer Menschenmenge eingezwängt, die Einlass begehrte. Margarethe hob Grete hoch und reichte sie ihrem Mann, der sie sich auf die Schultern setzte. Am Rande des Münsterplatzes beobachteten sie die vielen Menschen. Kreuze und Fahnen wurden wieder aufgenommen, Gaukler bauten eine kleine Bühne auf, Fladenverkäufer priesen ihr Gebäck an. Langsam liefen sie zum Fluss hinunter. Am Anfang einer Gasse kam ihnen eine weitere Prozession entgegen. Dem vielstimmigen Gesang nach zu urteilen war es eine größere Schar, die zum Münster strömte. An der Spitze trugen Männer eine Reliquie auf den Schultern. Margarethe sank wie alle anderen auf die Erde. Als die Prozession vorbeigezogen war, rannten die Kinder voraus ans Flussufer. Überall saßen hier Menschen und hielten Brotzeit. Auch sie suchten sich eine freie Stelle im Gras. Barbara und Juliane zogen los, um etwas zu essen zu holen. Das leise Singen der Gläubigen und das Klingen der Glocken vermischten sich mit dem Plätschern des Flusses und dem Lachen der Kinder. Margarethe beobachtete eine Familie von Bauern, die sich im Schatten eines Baumes ausruhte.

»Wo sie wohl bleiben über Nacht? Oder ob sie schon heute zurückwandern?«, überlegte Reinhard.

»Früher war das Münster an Pfingsten auch in der Nacht geöffnet. Viele haben dort übernachtet. Und nicht nur das«, erinnerte sie sich. Reinhard sah sie fragend an. In Augenblicken wie diesem wurde sie sich ihrer Verbundenheit mit der Stadt bewusst, während er auch nach vielen Jahren noch ein Zugezogener blieb. »Sie haben nicht nur mit Andacht und Gebet das Pfingstfest gefeiert, sondern mit Wein, Tanz und … anderen Dingen. Irgendwann wurde es verboten, die Nächte in der Domkirche zuzubringen.« Die Bauern neben ihnen sangen nun keine Hymnen mehr, sondern gaben ein weniger heiliges Lied zum Besten, bald würden sie zum Tanz gehen.

Reinhard kaute nachdenklich auf einem Grashalm. »Morgen wollen wir uns auf den Weg machen und der heiligen Odilie für ihren Schutz danken. Wir sind im Gegensatz zu vielen anderen von Hunger, Krankheit und Pest verschont geblieben. Denk nur an Ursula«, sagte er. Ihre Freundin Ursula hatte zu den Frauen gehört, die der Sankt-Veitstanz heimgesucht hatte. Mehrere Hundert Frauen und Männer waren in krampfartige Zuckungen verfallen, hatten ungewöhnliche Schnellkraft in Armen und Beinen bekommen, die sie zum Springen und Tanzen antrieb und so lange toben ließ, bis sie erschöpft zusammenbrachen. Auch Ursula konnte nicht beruhigt werden, weder von Freunden noch von ihrem Mann, dem Metzger Lienhart. Gemeinsam mit den anderen Kranken wurde sie vom Magistrat auf großen Wagen nach der Kapelle des heiligen Vitus beim Bischofsort Zabern gebracht, wo sie vor dem Altar tanzen und dadurch geheilt werden sollten. Ursula ließ das Tanzen schließlich sein. Ihr Mann erzählte hinterher, als sie aufhörte, habe sie geschaut, als sei sie aus einem Traum aufgewacht. Manche aber konnten nicht gerettet werden, sie tanzten so lange weiter, bis sie tot umfielen. Zum Dank für die Geheilten stiftete der Straßburger Rat dem heiligen Vitus ein zentnerschweres Bild aus Wachs.

»Und dann werde ich entscheiden, was mit Juliane geschieht«, setzte Reinhard noch hinzu. Margarethe nickte stumm. Auf den Ausflug zum nahe gelegenen Odilienberg freute sie sich, es war eine Wallfahrt, die bei vielen Straßburgern beliebt war. Margarethe war als junges Mädchen mit ihrer Mutter und in einem ihrer ersten Ehejahre mit ihrem Mann dorthin gepilgert. Es war ein besonderes Erlebnis für sie beide gewesen, Reinhard hatte den Frieden dieses Ortes, von dem aus man das ganze Elsass überblicken konnte, förmlich aufgesogen. Kummer bereitete ihr hingegen Reinhards Vorhaben, Juliane auf eine Klosterschule zu schicken, damit sie religiöse Unterweisung erhielt und Gott und den Heiligen näher war. Margarethe mochte sich noch nicht von ihrer Tochter trennen; gerade die Stunden, in denen sie Juliane in die Geheimnisse der Bücher einweihte und im Lesen unterrichtete, genoss sie sehr. Sie fühlte sich in ihre Jugend zurückversetzt, in der sie sich mit einem Buch auf den Dachboden zurückgezogen hatte. Heute fehlte ihr oft die Zeit zum Lesen, der Haushalt, ihre Familie, die Versorgung der Gesellen und die Arbeiten in der Druckerei forderten sie ganz.

Barbara und Juliane näherten sich, gefolgt von der Magd Lene und Wolfgang, der den Korb trug. Mager waren an dem Altgesellen nur noch die Beine, der Rest seines Körpers war kompakt, die abstehenden Ohren blitzten zwischen den weißblonden Haaren hervor. Lene breitete ein Tuch auf die Erde und packte Obst, Eier, Fladen und Schinken aus. Die Kinder berichteten der Magd begeistert von dem Gottesdienst und dem Roraffen. Lene schüttelte den Kopf, bekreuzigte sich und war fassungslos über diesen Frevel. Margarethe forderte die Magd auf, sich zu ihnen zu setzen und mit ihnen zu essen. Es war ein besonderer Tag, da konnten auch besondere Regeln gelten, und einen Herren- und Mägdetisch hatten sie hier draußen nun mal nicht.

Wolfgang nahm ebenfalls Platz und teilte Reinhard mit, dass er alles erledigt habe. »Dann werden wir fertig sein, wenn die Johannismesse beginnt«, meinte dieser zufrieden. Jedes Jahr im Juni fand diese bedeutende Handelsmesse statt. In den vier Wochen rund um den Johannistag tummelten sich in der Stadt Buchführer und Verleger aus dem ganzen Reich, und sogar aus fernen Ländern strömten sie nach Straßburg, um Druckwerke zu verkaufen und Neuerscheinungen zu begutachten. Ganze Auflagen wurden eilends fertiggestellt, damit sie Buchführern und Verlegern angeboten werden konnten, auch wurden neue Werke angekauft. Denn ein Teil ihrer Druckwerke verkauften sie zwar selbst, ein anderer wurde jedoch von verschiedenen fahrenden Buchhändlern übernommen, weil der Straßburger Markt schnell gesättigt war und die Drucker so ihre Einnahmen vergrößern konnten.

In den letzten Jahren hatte ihre Druckerei vor allem Schul- und Gebetbücher hergestellt. Dabei griff Reinhard oft auf Bücher zurück, die ihr Vater bereits gedruckt hatte, und ließ sie überarbeiten. Immer wieder aber tauchten auch neue Werke auf, die es lohnten, in das Druckprogramm aufgenommen zu werden. Ihr Bruder hatte beispielsweise angefangen, Erasmus von Rotterdams Schriften zu drucken. Der Gelehrte aus den Niederlanden forderte eine Erneuerung des Bildungswesens durch die Rückbesinnung auf die Antike, eine Glaubensreform durch die Rückkehr zur Heiligen Schrift und zu den Kirchenvätern sowie eine moralische Besserung der Menschen durch eine Erziehungsreform. Der Gelehrte war in Straßburg hoch angesehen, seit er bei seinem letzten Besuch das Gemeinwesen der Stadt in den höchsten Tönen gelobt hatte. Er habe hier eine »Monarchie ohne Tyrannei, eine Aristokratie ohne Parteien, eine Volksherrschaft ohne Unruhe und Aufruhr gesehen, Reichtum ohne Üppigkeit und Wohlfahrt und Bürgerglück ohne Übermut«, hatte er verkündet. Wie man hörte, verkaufte Hans Prüß diese Werke gut. Nicht dass sie darüber gesprochen hätten, sie sprachen seit dem Streit um die Druckerei nicht mehr miteinander. Aber wenn ihr Weg sie an der Helenengasse vorbeiführte, konnte sie es nicht lassen, einen Blick auf die Auslagen seiner Druckerei zu werfen.

Sie selbst hätte am liebsten die Werke von Martin Luther gedruckt. Der Augustinermönch aus Wittenberg forderte seit einiger Zeit die Päpstlichen heraus, und vieles, wofür er stand, entsprach auch Margarethes Ansichten. Luther hatte geschrieben, dass jeder Christ, der wahre Reue empfindet, auch ohne Ablassbriefe vollkommenen Nachlass von Strafe und Schuld erhalte. Wenn dagegen die Münze im Ablasskasten klingt, nähmen nur Gewinn und Habgier zu. Doktor Luthers Kritik war nicht nur bei ihr auf offene Ohren gestoßen, seine Thesen gegen den Ablass waren 1518 an die Türen der Alt-Sankt-Peter-Kirche angeschlagen worden. Im gleichen Jahr war in Straßburg ein Ablass verkündet worden, der Waisenhaus, Spital und Blatternhaus unterstützen sollte. Die Ablassbriefe versprachen tausend Jahre Vergebung aller Sünden, doch dieses Mal hatten sich die Bürger nicht nach ihnen gedrängt. Vielen kam es inzwischen unwahrscheinlich vor, dass die Zahlung von Geld tatsächlich Sünden ungeschehen machen könnte. Als bekannt wurde, dass ein Großteil des Geldes an den päpstlichen Hof nach Rom geflossen war und nicht zu den Waisen und Kranken, war die Empörung groß. Margarethe hatte ihrem Mann eine Schrift Luthers zum Druck vorgeschlagen, er hatte jedoch abgelehnt. Reinhard fürchtete, dass die Kirchenoberen ihnen keine Aufträge mehr erteilen würden, wenn sie die Schriften des geächteten Papstkritikers druckten, und das konnten sie sich nicht leisten. Also hatten andere Straßburger Drucker die ersten Luther-Schriften herausgebracht. So oder so hatten sie in der Druckerei »Zum Tiergarten« genug zu tun.

Margarethe biss von einem Apfel ab und ließ zufrieden ihren Blick über die Menschen wandern, die mit ihr diese Mahlzeit teilten. Die Kinder ließen Steine auf der Wasseroberfläche tanzen. Barbara unterhielt sich mit der Magd. Reinhard hatte sich auf dem Gras ausgestreckt, er sah sie an, sie hielt seinen Blick fest, und für einen Wimpernschlag schien es, als gäbe es nur noch sie zwei auf dieser Welt. Sie freute sich schon darauf, ihm heute Abend im Ehebett zu zeigen, wie sehr sie ihn noch immer liebte und begehrte. Ja, sie hatte sündhafte Gedanken und sie würde bei der nächsten Beichte dafür büßen müssen. Grete fiel in ihre Arme und drückte einen feuchten Kuss auf ihre Wange. Margarethe lachte glücklich. Sie hatten gute Jahre erlebt, fruchtbare Jahre, in denen ihre Familie wuchs und es mit der Druckerei stetig aufwärtsging. Noch oft würde sie sich später an dieses Pfingstfest erinnern, an dem die Welt noch in Ordnung gewesen war.

Sie zog die Zwiebel an dem gelben, schlaffen Laub heraus, schüttelte die Erdkrumen ab und warf sie in den Korb. Leise stöhnend hob sie den Kopf, stemmte die Hände in die Seite und drückte den Rücken durch. Diese Art Arbeit war sie nicht gewöhnt. Und doch war es gut, dass sie den kleinen Garten in der Vorstadt Krutenau gepachtet hatten. In den letzten Jahren hatte es oft schlechte Ernten gegeben. Die Weinreben waren erfroren, Obst und Gemüse waren teuer gewesen oder gar nicht erst zu bekommen. Die Armen hatten sich wutentbrannt vor den Klöstern versammelt, weil die Pfaffen ihre prall gefüllten Speicher nicht öffnen wollten. Ihnen war es noch gut ergangen, dennoch war sie entschlossen gewesen, dem Hunger vorzubeugen. Mehrmals die Woche liefen sie und ihre Töchter die gewundenen Pfade zwischen den Bauerngärten hindurch zu ihrem Stück Land und mühten sich, damit ihre Pflanzen wuchsen und gediehen. Die Ernte reichte nicht aus, um ihren Hausstand zu versorgen, aber sie war eine willkommene Ergänzung ihrer Speisekammer.

Margarethe sah prüfend zum Horizont. Es wurde Zeit aufzuhören, die Sonne stand tief. Wie schnell die Tage kürzer wurden, es war Herbst, bald käme der erste Frost und dann würde der lange Winter wieder anbrechen. Sie lauschte dem Gesang der Dominikanerinnen, der aus dem nahen Kloster Sankt-Nikolaus-in-undis über die Felder zu ihnen drang, dann lenkte das vergnügte Quietschen ihrer Tochter sie ab. Grete hatte an dem Kraut einer Möhre gezogen, die aber nicht aus der Erde kam. Jetzt hatte das Grün nachgegeben und sie war auf ihren Hintern gefallen. Margarethe lachte mit dem Kind, das nun die widerspenstige Möhre aus der Erde grub. Juliane hatte indessen ihren Teil geerntet und sich, ihre Puppe auf dem Schoß, neben den vollen Korb gesetzt. Margarethe zog die restlichen Zwiebeln, ließ sich neben ihr nieder und nahm einen Schluck aus dem Wasserschlauch. Ein später Schmetterling flatterte an ihnen vorbei. Juliane summte die Melodie der Nonnen mit.

»Es muss Gott einfach gefallen, wenn er ihren Gesang hört!«, flüsterte sie verträumt. Ihre Tochter liebte die Geschichten aus der Bibel. Wenn sie Lesen übten, wählte sie stets die Psalter oder die Geschichten der Heiligen statt des Buches mit den abenteuerlichen Sagen. Als Reinhard es eines Tages bemerkte, warf er Margarethe einen langen Blick zu. Trotzdem hatte er seit dem Pfingstfest vor über drei Monaten noch nicht wieder vorgeschlagen, Juliane in einem Kloster erziehen zu lassen.

»Gesang ist nur eine Möglichkeit, Gott zu ehren. Es gibt vieles, das man tun kann, um ein gottgefälliges Leben zu führen«, sagte Margarethe, stand auf und klopfte den Staub von ihrem Rock. Heute hatte sie wieder einmal mehr Ähnlichkeit mit einer Bauersfrau als mit einer Bürgerin. Sie rief Lene zu, dass sie aufbrechen wollten, und nahm Grete, die genüsslich und mit fleckigem Gesicht an der erdverkrusteten Möhre herumkaute, an die Hand. Margarethe und die Magd schulterten die Körbe, überholten die Gärtner, die mühsam ihre vollbeladenen Karren hinter sich herzogen, um das Gemüse morgen auf dem Markt zu verkaufen, und gingen in die Stadt hinein.

Am Haus »Zum Tiergarten« schwenkte Barbara statt einer Begrüßung einen Brief in der Hand. »Aus Frankfurt! Post aus Frankfurt!«, rief sie aufgeregt. Endlich! Das musste eine Nachricht von Reinhard sein. Sie waren das erste Mal seit ihrer Heirat getrennt.

Bei der Johannismesse hatten sie Bekanntschaft mit Nickel Griet gemacht. Mit dem umtriebigen Buchführer und Verleger waren sie übereingekommen, dass er auch Handel mit ihren Drucken führen sollte. Vor der Frankfurter Herbstmesse hatten die Pressen kaum stillgestanden, denn sie war der wichtigste Termin für Neuheiten; schon ihr Vater hatte auf letzte Korrekturgänge verzichtet, um bestimmte Werke rechtzeitig zur Messe fertigzustellen. Sie hatten sogar eine der vier Pressen von Meister Hupfuff mitgenutzt, denn dieser war seit geraumer Zeit schwerkrank und niemand wusste, wie es mit seiner Druckerei weitergehen würde. Vor zehn Tagen nun war Reinhard zur Frankfurter Messe abgereist, seitdem hatten sie nichts von ihm gehört.

Margarethe setzte den Korb ab und nahm den Brief an sich.

Es war nicht Reinhards Schrift, der Brief war jedoch an sie gerichtet. Eine düstere Vorahnung ergriff sie. Was war geschehen? Sie erbrach das Siegel. Nickel Griet schrieb ihr, dass Reinhard an einem schweren Fieber erkrankt war. Reinhard habe ihn gebeten, an Margarethe zu schreiben. Er solle sie seiner Liebe versichern und ihr mitteilen, dass er seinen Geschäften noch nicht nachgekommen war.

Die Hand, in der Margarethe den Brief hielt, zitterte heftig. Viele Krankheiten wurden von hohem Fieber begleitet. Manche verschwanden so schnell wie ein Schnupfen. Aber andere rissen einen geradewegs in den Tod. Vor ihrem inneren Auge glaubte sie zu sehen, wie Reinhard im schäbigen Zimmer eines Gasthofs lag und starb, allein, von seinen Lieben verlassen und ohne geistlichen Beistand. Ihr Atem stockte vor Sorge. Grete hatte den erschrockenen Gesichtsausdruck der Mutter bemerkt und verzog das Gesicht, als würde sie zu weinen anfangen. Margarethe stand starr, die Gedanken jagten durch ihren Kopf. Jede Reise barg Gefahren. Nicht umsonst machten Händler vor der Abreise ihr Testament. In Straßburg wurde zu Messezeiten in allen Pfarrkirchen für die reisenden Schiff- und Kaufleute gebetet. Warum hatte Reinhard ihr schreiben lassen? Um ihr mitzuteilen, wie krank er war? Nein, daran würde sie nichts ändern können. Es ging um das Geschäft. Sie sollte wissen, dass er sein Geld noch nicht erhalten hatte, damit sie es eintreiben konnte, wenn er starb. Sie schlug die Hand vor den Mund, um ein Schluchzen zu ersticken. Die Gesichter ihrer Kinder waren bleich. Margarethe schloss sie in ihre Arme, dann brachte Barbara die Kleinen ins Haus. Unschlüssig blieb sie vor dem Eingang stehen. Was könnte sie tun? Am liebsten würde sie Reinhard suchen und gesund pflegen. Aber das ging nicht, sie musste sich um den Haushalt und die Druckerei kümmern. Wer sonst könnte ihr helfen? Ihr Blick fiel in Richtung der verwaisten Druckwerkstatt Meister Hupfuffs. Er hatte ihr so oft geholfen, vielleicht hatte er auch jetzt einen Rat für sie.

Hupfuffs zweite Ehefrau ließ Margarethe ein, sie war noch jung, wirkte aber schon verhärmt. Es war sicher nicht leicht, ihren Mann so dahinsiechen zu sehen. Matthias Hupfuff war in den vergangenen zehn Jahren zu einem der erfolgreichsten Drucker Straßburgs geworden. Er hatte viel Geld verdient, seine Frau und er hatten ihren Reichtum gerne gezeigt. Auch heute trug sie über dem schlichten Kleid aus teurem Stoff eine Kette mit prächtigen Edelsteinen. Doch seit einiger Zeit – es musste in dem Jahr von Gretes Geburt gewesen sein – zehrte etwas an ihm. Er war abgemagert, hatte Schmerzen im Leib, selbst ausgedehnte Badefahrten und die besten Ärzte konnten ihm nicht helfen. Was nützen einem Geld und Gold, wenn man vor Schmerzen weder ein noch aus weiß, hatte er Margarethe gegenüber einmal geklagt.

Sein Eheweib führte Margarethe in ein Zimmer, in dem so stickige Luft herrschte, dass es ihr fast den Atem nahm. Hupfuff lag auf seinem Bett, die Wangen waren eingefallen, die Haut spannte sich über den Knochen, nur der Bauch wölbte sich unter dem Laken. Neben seinem Bett stand eine Schale mit Räucherwerk, aber als Margarethe näher trat, roch sie dennoch seine säuerlichen Ausdünstungen. Er sah sie an, seine Stirn war durch eine scharfe Falte gespalten, sein Blick hellwach.

»Es stinkt, Frau Margarethe, ich weiß. Der Teufel sitzt mir im Leib und weidet sich an meinen Eingeweiden. Bald hat er sein Festmahl beendet, dann lässt er mich endlich gehen.« Hupfuff hatte diese Worte mit dünner Stimme, aber ohne Bitterkeit ausgesprochen. Margarethe setzte sich zu ihm, für einen Augenblick traten die Sorgen um ihren Mann zurück. »Mein Eheweib wird erleichtert sein, wenn ich sterbe. Ich schätze meine Brigitte, aber ich bin eine Last für sie.« Seine Frau stand neben seinem Bett, die Knöchel ihrer Finger, mit denen sie den größten Edelstein ihrer Kette umklammerte, traten hervor. »Ich zeige ihr meine Papiere, sage ihr, wer mir noch etwas schuldig ist. Aber sie will es nicht hören. Sie will sich nicht darum kümmern. Ihr wäret da anders. Wenn ich daran denke, wie Ihr um die Druckerei Eures

Vaters gekämpft habt. Und jetzt kommt Ihr zu mir, einen Brief in der Hand …« Margarethe strich über den Brief und erzählte Meister Hupfuff von der Nachricht aus Frankfurt.

»Nickel Griet, nie gehört. Das muss nichts heißen. Ich bin ja nicht mehr auf dem Laufenden. Vielleicht weiß Pauli Goetz mehr, Ihr kennt den Verleger doch, oder?« Margarethe nickte. Prüfend sah Hupfuff sie an, und seine Gesichtszüge hellten sich leicht auf. »Eigentlich spielt es keine Rolle, ob man dem Brief und seinem Absender trauen kann. Ihr sorgt Euch nicht um das Geld, das weiß ich. Ihr sorgt Euch um Euren Mann. Aber für das Geld müsst Ihr auch Sorge tragen, das wisst Ihr wohl. Ihr müsst eine Familie ernähren. Und jetzt wollt Ihr wissen, was Ihr tun sollt?« Er lachte heiser. »Ich kann Euch nicht helfen. Ich werde nicht nach Frankfurt reisen, wie Ihr Euch wohl denken könnt. Ihr könntet es jemand anders überlassen, einem Gesellen oder einem Zunftbruder. Euer Altgeselle ist wohl verlässlich, wenn auch noch jung. Gerade wenn es um Geld geht, sind die Lockungen, von denen die Menschen angefochten werden, groß.«

Er kniff die Augen zusammen und sog die Luft ein. Als er sie wieder anblinzelte, schwieg er, als wollte er sie selbst den Schluss aus seinen Worten ziehen lassen.

»*Ich* muss es tun. Ich muss gehen«, sagte sie entschlossen. Der Gedanke schreckte sie nicht, tief in ihrem Herzen hatte sie geahnt, dass es so kommen würde.

»Wenn Euch Euer Mann und das Geld etwas wert sind, wäre das wohl das Beste«, sagte Hupfuff. »Überlasst Wolfgang die Aufsicht über die Druckerei. Erkundigt Euch bei der Zunft, wer noch nach Frankfurt reisen wird. Schließt Euch ihnen an. Die Frankfurter Messe wird Euch gefallen. Wir leben in einer Zeit der Veränderungen. Die Wissenschaften haben an Ansehen gewonnen, die Barbarei scheint ein Ende zu haben. Dieser Mönch, Luther, hat die Menschen gespalten. Einige bringt er gegen sich auf. Andere verehren ihn. Aber alle wollen seine Schriften lesen. Eine gute Zeit für uns Drucker. Wenn ich jünger wäre, gesünder …«, er stockte.

»Jetzt will der Papst ihn mundtot machen. Wenn Luther nicht widerruft, verfallen er und seine Anhänger dem Bann«, bemerkte Margarethe.

»Der Mönch wird sich wohl kaum den Mund verbieten lassen. Das wird man bei der Herbstmesse sehen, wenn ich mich nicht täusche.« Hupfuff zog seine Mundwinkel hoch, als wollte er lächeln, doch der Rest seines Gesichtes blieb starr vor Schmerz, schließlich flüsterte er: »Gott behüte dich. Der Teufel kann dir nichts anhaben. Der ist mit mir beschäftigt.« Seine Frau brachte ihm einen Becher, aus dem er langsam trank. Seine Züge entspannten sich etwas. Margarethe dankte ihm für seinen Rat, wünschte ihm und seiner Frau Gottes Segen und verließ traurig das Haus. Ob sie ihn noch einmal sehen würde? Immerhin würde er nicht allein sterben, er hatte eine Gefährtin, die sich um ihn kümmerte. So wie sie einen Ehemann hatte, dem sie zu Hilfe kommen musste. Sie durfte keine Zeit verlieren.

Ruhelos überlegte sie, was sie alles tun, was sie vorbereiten musste. Wer würde nach den Kindern sehen? Sie würde sich auf Barbara und die Magd verlassen müssen, vielleicht würde ihre Freundin Ursula helfen. Gleich morgen würde sie in der Zunftstube fragen, ob es ein Schutzgeleit gab. Sie wusste, dass das Geleit die Kauffahrer schützte und sie im Falle eines Überfalles entschädigte oder ihnen half, zu ihrem Recht zu kommen. Hoffentlich reiste noch jemand nach Frankfurt, den sie kannte. Sie hatte die Stadt erst einmal verlassen, als sie mit Reinhard nach Baden geflohen war. Und nun musste sie ihm allein hinterherreisen. Ihn retten. Wenn noch etwas zu retten war.

In der Metzig an der Rabenbrücke roch es nach kaltem Fett und Fleisch, die Rufe der Fleischbeschauer übertönten die Bestellungen der Hausfrauen und Knechte. Zwischen den Metzgerbänken herrschte Hochbetrieb, jeder wollte die fettesten Braten für sich haben. Sie wich einem Mann aus, der eine Schweinehälfte an ihr vorbeitrug, und suchte Ursula, erblickte jedoch nur Lienhart Josts blonden Schopf und sein rotes Gesicht unter den Metzgern. Er war in ein hitziges Gespräch mit einem der Zünftler verwickelt. Lienhart hatte ein aufbrausendes Wesen, wenn er wütend war, ging man ihm besser aus dem Weg. Am Rand der Metzig, abseits vom Handel, entdeckte sie Ursula, die aus einem großen Weidenkorb einige unansehnlich wirkende Fleischstücke nahm. Margarethe ging an der gemeinschaftlich genutzten Bank in der Mitte vorbei, wo das Pfennigfleisch und die Köpfe und Füße der geschlachteten Tiere ausgelegt waren.

»Ursula, Gott grüße dich«, sprach sie die Freundin an. Ursula richtete sich auf, deutlich wölbte ihr Bauch sich unter ihrem Rock. Margarethe schwankte zwischen Freude und Mitleid. Endlich würde die Freundin ein Kind bekommen! Doch Ursula sah nicht wie eine glückliche Schwangere aus. Das blonde Haar war stumpf, die Haut schimmerte grau, die Lidränder waren gerötet, ihr Blick trüb. Ein schmales Lächeln zeigte sich auf ihrem Gesicht. Margarethe schloss sie in die Arme und wünschte ihr alles Gute für die Schwangerschaft.

»Es wird schon gut werden, hat ja auch lange genug gedauert«, hörte sie Lienhart hinter sich. Seine Stimme war unverwechselbar und, wie Margarethe fand, unangenehm, ohne Tiefe, dafür mit einem kratzigen Unterton. Sie löste sich von der Freundin und begrüßte den Ehemann, der sie argwöhnisch ansah. »Schaut nicht aus, als ob du kaufen willst. Was willst du also?«

Margarethe wusste nicht, womit sie diesen Ton verdient hatte, sie hatte ihm nichts zuleide getan, dennoch hatte er sie von Anfang an so behandelt. Ursula hatte schon jahrelang im Hause seiner Eltern gedient, bevor er sie gefragt hatte, ob sie ihn heiraten wolle. Bei ihren ersten Begegnungen hatte sie stets den Eindruck, dass er eifersüchtig auf die Freundschaft der beiden Frauen war, daher war sie ihm später aus dem Weg gegangen. Gerade jetzt, wo die Sorge um ihren Mann sie umtrieb, hätte sie lieber mit Ursula allein gesprochen.

»Ich wollte Ursula um etwas bitten«, sagte Margarethe.

»Siehst du, wusste ich's doch«, nickte er und verschränkte die Arme vor seiner Brust. »Was denn?«, wollte er wissen.

»Ursula …«, fing Margarethe an. Die Schwangere stand neben ihnen, als wäre sie am liebsten gar nicht da, Kopf und Schultern hingen kraftlos herunter. Was war nur aus ihrer Freundin geworden! Diese Veränderung hatte mit Lienhart zu tun, das war klar, aber Ursula ließ auf ihren Mann nichts kommen. Auch jetzt stellte sie sich auf seine Seite.

»Mein Mann will wissen, was du willst«, sagte sie schwach. Margarethe zögerte. Hatte es überhaupt Sinn, Ursula um diesen Gefallen zu bitten? Aber was blieb ihr anderes übrig?

»Ich muss nach Frankfurt reisen, zur Messe. Reinhard ist dort, er hat ein schweres Fieber. Ich wollte dich bitten, nach unseren Kindern zu sehen.« Lienhart spuckte auf den Boden.

»Der Herr hat ihn niedergeworfen. Der Herr wird's richten. Nicht ein Weib«, sagte er nur. Margarethe wandte sich Ursula zu.

»Ich will so schnell wie möglich fahren. Wenn es geht, mit Zunftgenossen oder im Geleit.« Lienhart sah Margarethe missbilligend an.

»Eine Frau sollte bei ihren Kindern sein und sich nicht herumtreiben.« Margarethe blickte ihre Freundin flehend an.

»Ursula, wirst du nach ihnen sehen? Tu es um meinetwillen, um der Nächstenliebe willen.« Ursula warf ihrem Mann einen scheuen Blick zu.

»Ich weiß nicht, ob ich helfen kann. Aber ich bete für euch«, sagte sie und widmete sich wieder den Fleischbrocken. Margarethe wusste, sie würde keine bessere Antwort bekommen. Lienhart blieb bei ihr, bis sie die Metzig verlassen hatte, und sah ihr hinterher, so als wollte er sicher sein, dass sie wirklich nicht zurückkehrte.

Die Magd hockte auf den Treppenstufen und flocht das Laub der Zwiebeln zum Trocknen zu einem Zopf, Barbara saß mit Juliane auf der Holzbank und half ihr beim Nähen, vor ihnen befand sich Grete, die mit einer aufgeblasenen Schweinsblase spielte. Margarethe ließ sich auf die Bank fallen. Am liebsten hätte sie den

Kopf in den Händen vergraben und geweint, aber das konnte sie hier, mitten auf dem Platz, nicht tun. Sie konnte sich nicht darauf verlassen, dass Ursula nach ihrer Familie sah. Nein, da war sie sich fast sicher, die Freundin würde nicht helfen. Der Magd allein konnte sie das Haus nicht überlassen. Die Kinder waren zu versorgen, die Gesellen, der Lehrling, der Knecht. Vor ihr lag eine lange Reise, sie würde einige Wochen fort sein. Allein die Schifffahrt nach Frankfurt würde Tage dauern, dort würde sie Reinhard suchen müssen und ihn pflegen, dann müssten sie sich um die Geschäfte kümmern, bevor sie zurück konnten. Sie hatte keine Wahl.

»Ich werde nicht fahren«, sagte Margarethe.

Ihre Töchter sahen sie an. Juliane schwieg, aber Barbara meinte erstaunt: »Warum nicht? Geht kein Schiff?«

»Das schon.«

Ihre Stieftochter legte unwillig das Nähzeug ab, Juliane nahm es auf und senkte die Nadel in den Stoff.

»Also warum?« Barbara rieb sich ihr Auge, wie immer, wenn sie ärgerlich war.

»Ich hatte gehofft, dass Ursula Jost nach euch sehen würde. Aber sie wird es nicht tun. Ich kann euch nicht allein lassen«, meinte Margarethe und wollte Barbaras Hand ergreifen, doch ihre Stieftochter entzog sich ihr.

»Aber Vater kannst du allein lassen?« Sie schnaubte. »Wolfgang kümmert sich um die Druckerei. Und was ist mit mir? Ich bin doch da! Zähle ich für dich gar nicht?« Ihr Blick war vorwurfsvoll. Margarethe erkannte Reinhard in ihren Zügen wieder, sie sah jedoch auch etwas, das ihr fremd war, das sie aber schon lange liebgewonnen hatte. Barbara war kein Wildfang mehr, sondern eine junge Frau, kräftig und vernünftig. Deshalb wusste sie auch, dass sie heftiger geantwortet hatte, als angemessen war, und fügte hinzu: »Mach dir keine Sorgen, Mutter. Ich werde für alles sorgen. Es sind nur ein paar Wochen, mehr nicht. Das schaffe ich. Andere Mädchen in meinem Alter führen schon ihren eigenen Haushalt.« Sie nahm Margarethes Hand in ihre.

»Du musst nach Vater sehen. Bring ihn uns zurück«, sagte sie und sah ihre Mutter bittend an.

»Ja, wenn wir alle zusammenhalten, kann ich fahren«, war Margarethe nun überzeugt.

Auf dem Schanktisch der Zunftstube standen benutzte Krüge und Teller, es roch säuerlich nach Wein. Aus einem Hinterzimmer waren die Stimmen zweier Männer zu hören. »Hast du gehört, der Kanzler ist von der Reise nach Gent zurückgekehrt. Der Kaiser hat alle Privilegien der Stadt bestätigt. Alles bleibt also wie bisher«, hörte Margarethe einen sagen. Der Kanzler, so wurde der Stadtschreiber Sebastian Brant auch genannt. Mit Kaiser war Karl V. gemeint, denn Maximilian I. war im letzten Jahr gestorben. Der Enkel Maximilians war außergewöhnlich schnell aufgestiegen, mit fünfzehn Jahren war er Herzog von Burgund geworden, mit siebzehn König von Spanien und mit zwanzig römischer Kaiser. Um seine Wahl hatte es ein langes Tauziehen gegeben, aber schließlich hatte er sich gegen Franz I. von Frankreich durchgesetzt. Es hieß, es seien hohe Bestechungen nötig gewesen, um die Wähler und ihre Räte für ihn zu gewinnen. Seine Kaiserkrönung musste nun erst noch folgen. Reinhard hatte einige Verkündigungen des neuen Herrschers gedruckt. Lange hatte Margarethe das Bild des Kaisers betrachtet, das eine der Titelseiten schmückte; er sah jung aus, zu jung, um so viel Macht zu haben.

»Wieso? Hätte sich was ändern können?«, fragte der andere.

»Alles hätte sich ändern können. Der Kaiser ist der Kaiser, er kann machen, was er will. Wenn er uns beispielsweise das Privileg für die Johannismesse entzogen hätte, könnten wir nicht mehr so schön Handel treiben.«

Ein tiefes, kratzendes Geräusch kam aus dem Zimmer, dann ein leises Klonken. Margarethe schloss daraus, dass neue Fässer hereingeschafft wurden. Es konnte noch dauern, bis einer der Männer zu ihr kam. Wenn sie zur Begrüßung auf den Tisch klopfte, würde man sie kaum hören. »Kundschaft!«, rief sie auf gut Glück, aber nichts passierte. Sie ließ den Blick über die Handwerks-Insignien wandern, die über dem Tresen hingen. Die Gewerke in dieser Zunft waren vielfältig, ihnen allen war eine gewisse Kunstfertigkeit gemein.

»Der alte Kaiser hat sich oft genug für Straßburgs Wohl eingesetzt. Er war gerne in unserer Stadt zu Gast, das weißt du doch. Aber der junge Herr Karl …«, der Mann hustete.

»Er hat edles Blut, er wird es schon richten. Und unsere Sprache wird er sicher noch lernen«, entgegnete der andere. Auch er schien es befremdlich zu finden, dass der Herrscher über die Deutschen kaum ihrer Sprache mächtig war, sondern sich mit seinen Untertanen flämisch, französisch und spanisch unterhielt. Dennoch hofften viele, dass der junge Kaiser mit den deutschen Fürsten das Land regieren, den Missbräuchen der römischen Kirche sowie dem Unwesen der vielen Bettelmönche ein Ende bereiten und sich von hellsichtigen Männern wie Erasmus von Rotterdam beraten lassen würde.

Margarethe klopfte nun doch laut auf den Tisch. Der Wirt der Zunftstube trat aus dem Hinterzimmer und rieb sich die Hände an der Schürze. »Die Zunftstube ist geschlossen«, sagte er und sah sie abweisend an, bevor ihm einfiel, dass er sie schon mal gesehen hatte. »Ach, die Prüßin ist's. Was gibt's?«, fügte er freundlicher hinzu und nannte sie, wie es üblich war, bei ihrem Vatersnamen.

»Wann kann ich den Zunftmeister hier antreffen?«, fragte Margarethe. »Ich habe ein dringendes Anliegen.«

»Das kann noch dauern. Geschäfte im Rat«, meinte der Wirt wichtigtuerisch. Er hob eine Holzwanne auf den Schanktisch und begann, Teller und Krüge hineinzustellen. Margarethe musste unglücklich aussehen, denn der Mann hielt inne und fragte, worum es gehe.

»Ich muss wissen, ob es noch ein Geleit nach Frankfurt zur Messe gibt. Mein Mann, der Drucker Reinhard Beck, braucht mich dort.«

Aus dem Hinterzimmer drang ein Rufen. Der Wirt hob die

Wanne vom Schanktisch und schrie zurück, dass er gleich komme. An Margarethe gerichtet sagte er: »Es gibt noch Zünftler, die nach Frankfurt reisen. Aber für ein Geleit sorgt der Rat. In der Pfalz wird man mehr wissen.« Zur Pfalz also. Margarethe dankte und machte sich auf den Weg.

Auf der Pfalz stand sie vor verschlossenen Türen. Ein Wächter in den rot-weißen Stadtfarben passte auf, dass niemand den hohen Rat störte. Schließlich berichtete der Kanzler gerade von seiner Audienz beim Kaiser, und jedermann wollte wissen, ob er der Stadt wohlgesinnt war. Ein Geleit gebe es nicht mehr, wusste der Wächter, dafür kam sie zu spät. Aber ein Schiff nach Frankfurt gab es bestimmt, ob sie allerdings mitfahren konnte, würde man nur an den Schiffer-Staden wissen. Dort endlich bekam Margarethe Auskunft. Schon am nächsten Morgen würde ein Schiff nach Frankfurt gehen. Sie könne mitfahren, wenn sie genügend Geld aufbrachte. Und sie wusste ja, wo Reinhard das Ersparte versteckt hielt.

Am Abend bat Margarethe die drei Gesellen, die Magd, den Knecht und den Lehrjungen zu sich, berichtete von ihrer Reise und ermahnte sie, weiter an dem neuen Gebet- und Liederbuch zu arbeiten und ihrem Mann und der Druckerei keine Schande zu machen. Ihr Sohn Johann stand neben ihr und wirkte so ernst, als würde er als ältester männlicher Nachkomme die Verantwortung übernehmen – dabei war er doch erst acht! Sie musste sich beherrschen, sich ihre Rührung nicht anmerken zu lassen. Gerade jetzt, wo Reinhard unterwegs war und sie die Verantwortung trug, durfte sie vor den Gesellen keine Unsicherheit zeigen.

Danach ging sie mit Johann in den ersten Stock des Hauses, und mit jedem Schritt wurde ihr das Herz schwerer. Sie würde sich schon heute verabschieden, weil sie früh am Morgen das Haus verlassen musste. Es war ein tränenreicher Abschied, der Margarethe ebenso schwerfiel wie ihren Kindern; schließlich legte sie sich zu ihnen ins Bett, bis sie eingeschlafen waren. Sie selbst würde keinen Schlaf finden, dazu war sie zu aufgeregt.

Noch bevor die ersten Sonnenstrahlen den Himmel aufhellten, zog sie sich an und schlich die Treppe hinunter. Kaum unten angekommen, hörte sie das Getrappel kleiner Füße. Ihre Kinder winkten ihr von der Treppe aus verschlafen zu. »Gott schütze dich«, flüsterte Juliane und presste ihre Holzpuppe an sich.

»Gott schütze euch«, antwortete Margarethe mit tränenerstickter Stimme. Dann trat sie auf den Platz an der Kathedrale hinaus.

Das Schiff, in das Margarethe steigen sollte, war lang und schmal, Vor- und Hinterschiff waren stark gebogen und hochgezogen, ein Teil des Decks war zum Schutz von Ladung und Passagieren überdacht. Kinder tollten über Kästen und Fässer, Säcke, Ballen und Körbe, Männer unterhielten sich, Frauen hatten es sich im hinteren Teil bequem gemacht. Das Schiff legte ab, ein kleines Boot fuhr vor und wies ihnen den Weg, an einem Seil zogen sie einige vollgepackte Nachen hinter sich her. Margarethe sah auf das Ufer hinaus. Straßburg war von Flüssen und Kanälen durchzogen wie ein kostbares Tuch mit Silberfäden. Sie passierten das Fischertor und fuhren auf einen großen Strom zu. Plötzlich erschallte ein Ruf: »In Gottes Namen!« Sie sah sich um. Der Steuermann musste geschrien haben. Die Besatzungsmitglieder zogen die Hüte vom Kopf. »Pater noster, qui es in caelis …«, begann der Streuermann zu beten. Alle falteten die Hände, viele der Passagiere knieten sich auf das Deck, Margarethe tat es ihnen nach. Als das Gebet beendet war, half sie der alten Frau neben sich aufzustehen.

»Das passiert jedes Mal, wenn ein Schiff am Kälberkopf die Ill verlässt, um in den Rhein einzulaufen«, erklärte die Alte. »Der Rhein ist hier ein richtiges Wildwasser. Nicht umsonst sagt man, jemand dürfe sich erst einen Schiffer nennen, wenn er einige Schiffbrüche überstanden hat.« Sie wies auf die Pfähle, die vor dem ausgefransten Ufer in den Fluss eingeschlagen waren. »Die zeigen gefährliche Stellen an, wie verschlämmte Bäume, die den Bug aufreißen können. Kommt, wir setzen uns.« Nachdem sie Platz genommen hatten, stellten sie sich einander vor.

»Eure erste Fahrt zur Messe?«, fragte die Frau.

Margarethe nickte. »Mich wundert, dass das Schiff noch so voll ist. Die Messe hat doch schon angefangen«, sagte sie.

»Die Schiffe nach Frankfurt sind immer voll, beladen mit Getreide, Essig, Fenchel, Safran und Papier, dem begehrten Elsässer Wein natürlich und manchmal Holz. Da bleibt oft kaum noch Platz für uns Menschen.« Ihr Gesicht runzelte sich in einem Lächeln.

»Ihr scheint Euch gut auszukennen«, sagte Margarethe.

»Ich bin Seidenmacherin. Mein Ehemann«, sie machte eine unbestimmte Bewegung zu den Männern, die auf der anderen Seite des Decks ein paar Kisten zusammengeschoben hatten, »ist Seidenhändler. Wir ziehen von Messe zu Messe. Kaufen, verkaufen, bestellen, Aufträge annehmen, ausliefern. Im Frühjahr und im Herbst zur Messe nach Frankfurt. Das lohnt sich, besonders wenn man das Glück hat, dass die Einkäufer hochgestellter Herren Gefallen an den Waren finden. Die Landgrafen von Hessen sind immer gute Kunden, da kann man die Goldgulden schon glänzen sehen! Von Frankfurt aus zur Leipziger Messe, damit man trotz der langen Reise nichts verpasst. Im Sommer geht es nach Straßburg, dazwischen noch Basel und viele kleinere Märkte. Immer unterwegs. Dieses Jahr sind wir spät dran.«

»Deshalb reist Ihr nicht im Geleit?«, hakte Margarethe ein.

»Das Geleit, es kostet eine Menge, das Geleit! Aber sicherer ist es schon. Die Räuber wissen ja genau, wann die Frankfurter Messe ist.« Sie berichtete von grauslichen Überfällen auf Kaufleute, erzählte von rebellierenden Bauern, die während der Bundschuh-Aufstände einen Teil der Ware für die Weiterreise gefordert hatten, von Schiffbrüchen und Unwettern, von durchnässter Seide und verdorbener Ware. Margarethe interessierte jedoch etwas anderes. »Wisst Ihr, wo in Frankfurt die Straßburger Händler Quartier nehmen?«, fragte sie.

Die Alte schüttelte den Kopf. »Zu Messezeiten ist jeder Winkel in Frankfurt bares Geld wert. Betten in den Gasthäusern sind dann knapp und es gibt zu wenige Läden zum Ausstellen der Waren. Jeder Frankfurter versucht, sein Haus, mindestens aber ein Zimmer an die Fremden zu vermieten, zu überhöhten Preisen, versteht sich. Die Straßburger könnten überall sein.« Margarethe sank der Mut. Es könnte lange dauern, bis sie Reinhard gefunden hatte. »Wisst Ihr denn nicht, wohin?«, fragte die alte Frau mitfühlend. Margarethe berichtete von ihrem Vorhaben und bemerkte nun, dass einer der anderen Fahrgäste, eine feine Dame, sie aufmerksam ansah.

»Könnt Ihr mir vielleicht weiterhelfen?«, sprach Margarethe sie an. Tatsächlich wusste die Dame über den Straßburger Hof Bescheid, ein Herrenhaus, das die Kaufleute aus Straßburg zu Messezeiten belegten, und beschrieb ihr den Weg dorthin. Als Margarethe der Frau gedankt hatte, nahm die Alte sie wieder in Beschlag. »Zum Seidenmachen komme ich kaum noch«, erzählte sie. »Aber mein Mann braucht mich auf seinen Reisen. Wer soll sich sonst darum kümmern, dass seine Gäste auf der Messe bewirtet werden? Lohnt sich ohnehin nicht mehr richtig.«

»Warum nicht?«, wollte Margarethe wissen. Jetzt konnte sie sich entspannter diesem Gespräch widmen. »Ich dachte, kostbare Seide findet immer einen Abnehmer?«

Die Alte verzog ihren zahnlosen Mund zu einem bitteren Lächeln. »Die Nonnen sind schuld. Die sitzen in ihren Klöstern, lassen sich auf unsere Kosten durchfüttern und machen uns mit ihrer Seide Konkurrenz. Was wollen die heiligen Damen mit Seide?! Die sollen sich in grobes Tuch hüllen, um Gott gefälliger zu sein. Aber nein, sie nehmen uns auch noch das Letzte.« Jetzt schimpften auch die anderen Frauen auf die Klöster und ihren Anteil am Handel.

»Der Tuchhandel ist aber auch verwirrend!«, kam die Seidenmacherin auf ihr Lieblingsthema zurück. »Die Holländer bringen ihre Tuche über das hansische Kontor in Köln nach London; Münstersche und Osnabrücker Leinwand kommt über

Frankfurt nach Venedig, von dort bringt man Spezereien, Samte und Seiden mit. Nicht, dass ich etwas davon verstehen würde, das weiß ich von meinem Mann. Ich sehe nur, was alles auf den Märkten zusammenkommt, und das ist schon beeindruckend. Vor allem in Frankfurt. Aber das werdet Ihr ja selbst erleben! Und wenn man dann noch das Glück hat, dass die Einkäufer der Landgrafen an den Waren Gefallen finden …«, plapperte sie. Margarethe ließ ihre Gedanken schweifen. Sie lauschte dem Zirpen der Grillen im Schilf und sah auf den Fluss hinaus. Die Sonne war hinter Wolken verschwunden, ein blassgelber Schein spiegelte sich auf dem Wasser, die Mücken flirrten in der Luft. Nur selten begegnete ihnen ein Schiff. Sie fuhren an Anlegern vorbei, hielten aber auch öfters bei Zollposten an. Bei jedem Anlegen des Bootes wuchs ihre Ungeduld. Am Abend würden sie irgendwo Halt machen, erst am nächsten Morgen würde es weitergehen. Die Reise könnte drei bis vier Tage dauern, hatte die alte Frau gesagt, je nach Wasserstand und Schiffsaufkommen. Margarethe zog den Rosenkranz hervor, den Reinhard ihr zur Hochzeit geschenkt hatte, steckte ihn jedoch unverrichteter Dinge wieder weg. Hoffentlich kam sie nicht zu spät.

Das Wetter war günstig, und schon nach drei Tagen erreichten sie gegen Abend Mainz. Ab hier gab es einen lebhaften Schiffsverkehr, der Fluss war voll von Kauffahrern, jeder schien auf dem Weg zur Messe zu sein. An ihnen vorbei fuhr ein Kahn, auf dem sich Hunderte von Menschen drängten, auch auf ihr Schiff stiegen viele zu, und plötzlich begann es einem Jahrmarkt auf See zu ähneln. Bier und Wein wurden ausgeschenkt, Obst und Backwaren verkauft, Ellenwaren abgemessen. Margarethe sah in die Ferne, als ob sie Frankfurt herbeiwünschen könne. Endlich erreichten sie die Messestadt. Die Schieferdächer der Häuser glänzten silbrig-grau in der Sonne, über ihnen ragten die prächtigen Kirchtürme. Frankfurt war nicht nur die Stadt der Messe, sie war auch die Stadt der Kaiserkrönungen. Schon drängten die Mitreisenden zu der Seite des Schiffes, mit der sie anlegen würden. Margarethe ging zu der alten Seidenmacherin, um sich zu verabschieden. Diese hatte jedoch kaum einen Blick für sie, weil sie gerade noch einige Ellen Seide abmaß und vor der Ankunft verkaufen wollte. Es war, als ob jeder plötzlich von einem Fieber befallen war, das ihn zwang, so schnell wie möglich Geschäfte zu machen. Margarethe trat auf den schmalen Steg, der zum Quai führte, wurde von einem Mann angerempelt, der sie unbedingt überholen musste, und wäre fast ins Wasser gestürzt, wenn sie nicht beherzt auf das Ufer gesprungen wäre. Die Menschen liefen auf dem Anleger durcheinander wie Ameisen, ihre Rufe waren ohrenbetäubend. Sie verstand nur einen Bruchteil der Worte, fremdartig schienen die vielen Sprachen und Mundarten. Waren wurden aufgeladen, umgeladen oder feilgeboten. Ein riesiger Kran hob die Waren so leicht an, als wäre ein Riese am Werk. Es wurde langsam dunkel, aber das schien den Eifer der Menschen nicht zu bremsen. Hier wurden Mitreisende gesucht, da fuhren Kutschen ab, ein Kind hatte die Eltern verloren und weinte. Sie wollte dem Kind schon zu Hilfe kommen, da hatte die Mutter es entdeckt und zog es mit sich. Sie hätte auch jemanden gebraucht, der sie mit sich nahm, aber wie einen finden, der einen nicht um Leib und Leben brachte, sondern dem man vertrauen konnte? Andererseits war der Weg zum Straßburger Hof nicht weit, hatte die Händlerin gesagt.

Auch in den Gassen ließ der Trubel nicht nach. Die Wirtshäuser waren so voll, dass Gäste vor die Türen auswichen. Sie blickte in erleuchtete Häuser, in denen gemessen, gewogen und gefeilscht wurde. Vor einem einfachen Herrenhaus blieb sie stehen. Hier musste es sein, auch wenn es keinen Hinweis darauf gab, dass sich in diesem Gebäude die Kaufleute der Stadt Straßburg einquartierten. Entschlossen ergriff sie den schmiedeeisernen Türklopfer, hieb ihn an die Tür und lauschte auf Schritte. Im Straßburger Hof blieb es still, doch etwas entfernt, im Dunkel der Gasse, hörte sie erstickte Laute. Sie starrte in die Finsternis und versuchte zu erkennen, ob ihr Gefahr drohte. Waren das verschlungene Gliedmaßen? Sie glaubte leises Lachen zu hören und ihre Anspannung ließ nach, ein Liebespaar. Trotzdem sollte sie nicht unnötig lange auf der Straße herumstehen. Sie wollte schon beiseitetreten, als sich in diesem Moment das Paar aus dem Schatten löste. Sie ließen voneinander, ein Mann verschwand seltsam entenfüßig in einem Hauseingang, der andere näherte sich dem Straßburger Hof. Sie stutzte, hatte sie doch erwartet, dass mindestens eine der beiden Personen eine Frau war, aber sie hatte die Situation wohl falsch eingeschätzt. Als der Mann den Schein der Fackel erreichte, der das Häusertor erleuchtete, erkannte sie ihn, es war Eckard Knipp. Erleichtert wollte sie wissen, ob auch Reinhard Beck im Straßburger Hof einquartiert sei, aber der junge Knipp verneinte brüsk. Er könne ihr nicht helfen, sagte er im Vorbeigehen. Mit einem Schlag war ihre Hoffnung dahin. Wenn Reinhard nicht hier war, wo war er dann?

»Kann ich hier ein Bett für eine Nacht mieten?«, versuchte sie ihn aufzuhalten.

Er sah sie über die Schulter scheel an und lachte dann auf. »Im Straßburger Hof wohnen nur reiche Händler und Ratsmitglieder. Schon Euer Mann hätte hier nichts zu suchen gehabt – und Ihr erst recht nicht!«, meinte er gehässig. Die Tür fiel mit einem Krachen hinter ihm ins Schloss. Sie blieb allein auf der Gasse stehen, die Flammen der Fackel ließen ihren Schatten so dünn und kraftlos über das Pflaster wabern, wie sie sich fühlte. Sie war allein in einer fremden Stadt und wusste nicht wohin. Na wenn schon, dachte sie trotzig, ich habe es bis hierher geschafft, also komme ich auch weiter. Da fiel das Licht aus dem Eingang erneut auf die Gasse. Ein Mann warf ihr im Vorbeigehen einen kurzen Blick zu. Auch sein Gesicht kannte sie, und sie trat auf ihn zu.

»Margarethe Prüß? Was treibt Ihr hier? Die Nacht bricht herein! Ihr solltet nicht mehr auf der Straße sein.« Die Züge des Malers Hans Baldung, genannt Grien, waren ehrlich besorgt. Er hatte in den letzten Jahren einige Male für Reinhard gearbeitet, auch bei Zunfttreffen waren sie ins Gespräch gekommen. Sie schilderte ihm ihre Notlage, und im Gegensatz zu Eckard Knipp ließ er sie nicht stehen.

»Nur ein einfacher Gasthof käme um diese Zeit noch in Frage. Diese Wirtshäuser sind jedoch Ratten- und Flohnester. Das Bettzeug sieht aus, als habe jemand mit Schuhen und Sporen darin gelegen. Das Essen könnt ihr ganz vergessen. Reste werden neu serviert und der Fisch wird mit Salz und Essig besprengt, damit man sein Alter nicht bemerkt. Das ist nichts für Euch. Für morgen mögt Ihr Euch etwas Anständiges suchen, aber heute bleibt Ihr hier«, meinte er bestimmt. Er führte sie in den Straßburger Hof und wies den Wirt an, ihr ein Spannbett für die Nacht zu geben. Der Wirt zierte sich, denn er hatte den Nachtzettel, auf dem jeden Abend alle Gäste aufgeführt werden mussten, bereits abgegeben; doch mit Geld und guten Worten konnte er überredet werden. In einem Winkel bei den Mägden bereitete er ihr das Lager.

Meister Baldung forderte den Wirt auf, Margarethe ein Nachtmahl aufzutischen, und setzte sich zu ihr. Er berichtete von den Aufträgen, die ihn nach Straßburg führten, von dem Holzschnittporträt des Kaisers Karl V., das er gefertigt hatte, und dem außergewöhnlichen Abbild des Mönches Luther, das er gerade in Angriff nahm. Sie betrachtete ihn scheu. Baldung war einer der wenigen Maler, die wohlhabend genug waren, sich ihre Aufträge auszuwählen. Dass er sich für Luther begeisterte, bewies, wie weit sich der Ruf des Wittenbergers schon verbreitet hatte. Durch seine Heirat in eine einflussreiche Patrizierfamilie verfügte Baldung zudem über ausgezeichnete Verbindungen in die höheren Kreise Straßburgs. Er lebte für seine Bilder und berichtete ebenso freimütig wie detailliert über seine Arbeiten. Seine Kleidung schien ausgewählt und teuer, war aber heute nicht grün, vielleicht fand er, dass sich die Patrizierwürde mit dem Spitznamen »Grien« nicht mehr vertrug. Schließlich brach er zu wichtigen Geschäften auf. Margarethe sprach ihm ihren Dank aus. »Ihr seid eine ehrenwerte Druckerin, wie könnte ich Euch auf der Straße stehen lassen? Wir müssen zusammenhalten. Die Hausbesitzer verdienen genug mit uns. Bei einer Messe haben sie zehnmal so viele Mieteinnahmen, wie ein Handwerker das ganze Jahr über verdient. Da sollten sie sich nicht so haben. Bestellt Eurem Mann einen schönen Gruß. Ich hoffe, dass Ihr ihn gesund und guten Gemütes findet. Am besten fragt Ihr Euch in der Buchgass zu dem Buchhändler durch. Nickel Griet wird wissen, wo Euer Gemahl steckt«, sagte er zum Abschied.

Am nächsten Morgen ging Margarethe in das Buchhändlerviertel. Es lag in der Nähe des Mains und des Krans, so dass die schweren, mit Büchern gefüllten Fässer bequem in die Buchgass gebracht werden konnten. Nicht weit entfernt befand sich auch der berühmte Platz unter dem Römer, wo das Herz der Messe schlug, weil dort die Börse war und die Goldschmiede ihre Läden hatten. Um die Komödianten und Akrobaten, die mit Musik und Tanz ein großes Publikum angelockt hatten, machte sie einen Bogen, weil in ihrer Nähe erfahrungsgemäß auch Diebe leichtes Spiel hatten.

Es war unverkennbar, woher die Buchgass ihren Namen hatte. Alle Geschäfte, Wohnungen oder Kellergewölbe waren von Druckern, Buchführern oder Verlegern belegt. An den Türen und Fenstern hatten sie Zettel angeschlagen, auf denen ihre neuesten Werke aufgeführt waren. Vor Eingängen der Kellergewölbe wurden Handzettel, *Neue Zeitungen* mit Berichten über besondere Geschehnisse und Kalender feilgehalten. Auch Margarethe wurde, kaum dass sie die Gasse betreten hatte, eines der nachlässig gedruckten Blätter angepriesen, in dem es um Mord- und Wundergeschichten ging. Vor einem Kellergewölbe drängten sich die Menschen, aufgeregtes Stimmengewirr war zu hören, dazwischen empörte Rufe. Sie staunte über die Schnelligkeit, mit der hier Geschäfte abgewickelt wurden. Der Käufer schlug scheinbar wahllos Bücher auf, sagte dem Verleger eine Zahl, woraufhin ein Helfer Bücher abzählte, ein anderer sie einschlug und ein Dritter sie zur Gasse brachte und auflud. Der

Mann kaufte Bücher, mal mehr, mal weniger Exemplare, ohne auch nur ein Wort in ihnen gelesen zu haben. Sie riss sich los und fragte aufs Geratewohl einen Käufer, ob sie hier den Verleger Nickel Griet finden würde.

»Griet, weiter hinten«, antwortete er, beugte sich dann vor und rief drängend: »Ich nehme hundert Stück der neuen Lutherschrift! Schlagt sie mir ein, Mann, und ladet sie auf!«

Margarethe schritt die Stufen eines Kellergewölbes hinunter und fand sich in einem muffigen Raum wieder, in dem die Stimmen laut von den Wänden widerhallten. Überall verhandelten oder diskutierten Männer; manche schienen geistlichen Standes zu sein, andere Gelehrte. Sie entdeckte Nickel Griet in einer Ecke zwischen Büchern. Er hatte dünne dunkle Haare, die schlaff hinunterhingen, und eine große Mausnase. »Meister Griet, Ihr wart so freundlich, mir einen Brief zu schicken. Ich suche meinen Mann, Reinhard Beck.«

Nickel Griet rieb seine lange Nase. »So seid Ihr tatsächlich hierhergekommen. Ich glaube fast, Euer Mann hatte es gehofft«, stellte er fest.

Ihr Hals schnürte sich zu. »Hatte?«, echote sie alarmiert.

Griet wedelte mit der Hand in der Luft. »Hatte, hat – wie auch immer. Ich habe ihn ins Martha-Spital bringen lassen. Wisst Ihr, wo es ist? Natürlich nicht.« Schon rief er einen Boten und wies ihn an, Margarethe in die Herberge Sankt Martha zu bringen.

Ihr Herz schlug schnell, als sie dem Boten durch das Gedränge auf den Straßen folgte. Als sie das große Gebäude an der Ecke zur Fahrgasse erreicht hatten, hielt sie nichts mehr. Sie rannte durch die vollen Krankensäle, beugte sich über Betten, spähte unter Laken. Was wäre, wenn sie ihn hier nicht fand? Das konnte nur bedeuten, dass er auf dem Weg nach Hause oder in den Himmel war. Ihr wurde übel. Da blieben ihre Augen an einem Hemd mit verzierter Vorderseite hängen – das Hemd hatte sie erst in diesem Jahr für Reinhard bestickt! Jemand hatte es über seinen Kopf gelegt. Ihr Hals war wie zugeschnürt. Sie trat an das

Bett und zog das Hemd weg, ein fremder Mann kam darunter zum Vorschein.

»Das ist das Hemd meines Mannes, woher hast du es?« Ihre Stimme klang so verzweifelt, dass der Mann keine Ausflüchte wagte.

»Von dem da«, er wies weiter in den Saal hinein, »der braucht es ja doch nicht mehr.«

Sie wankte auf das andere Lager zu, in der herabhängenden Hand das Hemd. »Er braucht's nicht mehr, gib's mir zurück!«, schrie der Mann ihr hinterher. Margarethe nahm ihn kaum wahr. Der Kranke, auf den sie jetzt zuging, lag auf der Seite, den Rücken hatte er ihr zugedreht. Das Laken war über ihn gezogen und bedeckte die Hälfte seines Kopfes. Er rührte sich nicht. Sie trat an das Bett und streckte die Hand nach ihm aus. Schon bevor die bebenden Finger ihn berührt hatten, spürte sie die Hitze, die von seinem Körper ausging. Zaghaft fasste sie einen Zipfel des Lakens. Es war Reinhard! Ihr Herz tat einen Sprung. Sie zog das Laken herunter, erkannte ihn und erkannte ihn doch nicht. Seine Augen waren geschlossen und lagen tief in den Höhlen, die Haut war merkwürdig gelb. Sie legte die Hand auf seine Wange und wollte sofort zurückzucken, so trocken und heiß war die Haut. Diese Glut konnte kein Körper aushalten. Sollte sie ihren Mann sterben sehen? War alles vergeblich? Ihre Knie gaben nach und sie sackte zu Boden. Einige Augenblicke schluchzte sie haltlos, dann strich sie sich über die geschwollenen Lider. Und doch, Reinhard lebte. Noch lebte er. Sie musste etwas tun, um ihm zu helfen. Margarethe sprang entschlossen auf. »Der Medicus – wo ist der Arzt?«, rief sie. Niemand antwortete, der Mann, der das Hemd geklaut hatte, lachte höhnisch. Sie legte Reinhard das Hemd unter den Kopf, versteckte ihre Tasche unter der Decke und suchte die Siechenmagd, bat sie um Wasser und Tücher. Dann wusch sie Reinhard und versuchte verzweifelt, das Fieber zu senken. Dennoch fürchtete sie, dass er ihr entglitt. Es kostete sie viel Kraft, die Angst zurückzudrängen, dass er sterben könnte.

Nach einigen Stunden sah sie den Arzt durch die Reihen schreiten. Margarethe bat ihn an Reinhards Bett, doch der Mann versorgte andere Sieche, die seine Hilfe dringender zu brauchen schienen. Sie ließ jedoch nicht locker. Immer wieder forderte sie den Medicus auf, ihrem Mann zu helfen, schließlich folgte er ihr widerwillig.

»Es stand noch schlechter um ihn. Hitze, Erbrechen, Leibschmerzen. Wir dachten schon, der Herr ruft ihn zu sich. Aber er blieb am Leben. Wir müssen abwarten, ob die schädlichen Ausdünstungen seinen Körper wieder freigeben«, sagte der Medicus und wischte sich müde über die Augen. »Vielleicht ist es das Sumpffieber.«

Margarethe sah ihn bohrend an, sie konnte doch nicht nur abwarten, ob Reinhard starb. »Kann man denn gar nichts tun?«, beharrte sie.

»Ob er wieder aufwacht, ist ungewiss. Wenn er es tut, dann versucht es mit Weidenrinde. Wie die Krankheit kommt die Weide aus dem Sumpf«, sagte der Arzt vage.

Wenig später bemerkte Margarethe, dass das Haar an Reinhards Stirn klebte. Sein ganzer Körper war nass geschwitzt. Angst würgte sie. War das ein gutes oder schlechtes Zeichen? Sie wischte den Schweiß ab und setzte sich so, dass sie seine Hand halten konnte. Wieder stiegen Tränen in ihre Augen. Unwillkürlich begann sie ein Gebet zu sprechen, wie ein kleines Kind, das durch die Dunkelheit läuft und singt, um sich zu beruhigen.

»Ja, bete nur für mich, auf dass ich bald in den Himmel komme«, hörte sie eine leise Stimme. Es war seine Stimme, Reinhards Stimme!

»Liebster! In den Himmel sollst du noch lange nicht, wir brauchen dich hier auf Erden!«, sagte sie tränenerstickt, doch seine Gesichtszüge wurden schon wieder schlaff. Noch ein paar Mal rief sie seinen Namen, aber er hatte das Bewusstsein verloren. Sie wachte weiter an seinem Bett. Als sie sicher war, dass das Fieber nachließ, weinte Margarethe vor Erleichterung. Schließlich sank die Sonne, und sie nahm sich ein Bett im Frauenlager.

Sie würde vor lauter Sorge kein Auge zumachen, fürchtete sie. Und doch schlief sie in dieser Nacht tief und fest. Die Erleichterung, dass sie Reinhard gefunden hatte, und die Strapazen der Reise forderten ihren Tribut.

Gleich bei Sonnenaufgang sah sie nach ihrem Mann, es ging ihm unverändert. Sie wusch ihn, flößte ihm einige Tropfen Wasser ein, doch er blieb bewusstlos. Vielleicht würde die Weidenrinde helfen. Sie suchte Reinhards Geldkatze, fand sie aber nicht. Jemand hatte sie gestohlen. Sie musste also erneut zu Nickel Griet und von ihm das Geld einfordern, das er Reinhard schuldete.

Im Kellergewölbe in der Buchgass war es wie beim letzten Mal gedrängt voll. Margarethe konnte nicht warten, sondern zwängte sich, als der Buchhändler einen Kunden verabschiedete, an den Wartenden vorbei. Meister Griet kräuselte die Mausnase. »Ihr schon wieder«, sagte er. »Was wollt Ihr?«

Margarethe sah ihn entschlossen an. »Reinhard liegt krank im Spital. Ich brauche Geld. Wir müssen abrechnen.«

Griet wich ihrem Blick aus. »In ein paar Tagen ist Zahlwoche. Kommt dann wieder.«

Margarethe war verzweifelt. Sie packte ihn am Arm. »Gebt mir, was Ihr meinem Mann schuldet. Einen Teil zumindest. Krankheit kostet Geld.«

Er sah auf ihre Hand, als wäre sie eine Schmeißfliege. »Krankheit ist umsonst, Arzneien kosten Geld. Ich würde Euch ja gerne helfen, aber –«, er machte sich los.

Margarethe nahm ihren ganzen Mut zusammen und sagte mit erhobener Stimme: »Ich könnte Euren Kunden erzählen, was für ein Geschäftsgebaren Ihr habt, wie unzuverlässig Ihr seid und dass Ihr die Abrechnung verweigert. Ob das Euren Geschäften zuträglich wäre?«

Seine kleinen Augen musterten nervös seine Kunden, und er beugte sich zu ihr. »Ich habe kaum Geld. Alle zahlen mit Wechseln. Papier gegen Papier. Bares bekomme ich kaum in die Finger.« Er kramte einige größere Münzen hervor und drückte sie ihr in die Hand. Margarethe zählte das Geld und steckte es ein, es sollte alles seine Richtigkeit haben. Es war genug, um fürs Erste über die Runden zu kommen, aber sicher nicht so viel, wie Reinhard zustand. Deshalb blieb sie beharrlich stehen. Als Nickel Griet merkte, dass sie nicht gehen würde, zog er unter seinem Tisch ein Buch hervor und schob es ihr zu.

»Nehmt dies, lest es und druckt es nach. Es wird Euch mehr Geld einbringen, als Ihr Euch ausmalen könnt. Die erste Auflage mit viertausend Exemplaren ging weg wie nichts. Hier auf der Messe sind bereits über tausend weitere Exemplare verkauft worden. Die Leute werden es Euch aus den Fingern reißen. Und nun verschwindet. Kommt meinetwegen nächste Woche wieder«, sagte er leise. Als sie sich endlich anschickte zu gehen, rief er ihr hinterher: »Nichts für ungut. Und Gottes Segen für Euren verehrten Mann!«

Vor der Tür schlug Margarethe das Buch auf. Der Titel lautete *An den christlichen Adel deutscher Nation: von des christlichen Standes Besserung* von Doktor Martinus Luther.

Reinhards Glieder zuckten im Schüttelfrost unkontrolliert, er stöhnte im Schlaf. Noch hatte die getrocknete Weidenrinde nicht geholfen, obwohl Margarethe sie doch genau nach der Anweisung des Kräuterweibes verabreicht hatte. Margarethe sang ihm leise ein Lied, schließlich wurde er ruhiger. Sie wachte an seinem Bett, bis sie selbst müde wurde. Da fiel ihr das Buch ein, das sie von Nickel Griet bekommen und achtlos zu ihren Sachen gelegt hatte. Jetzt begann sie darin zu lesen. Schon bald nahm sie den scharfen Geruch nach Urin und Kot, nach verschwitzter Wäsche, nach Krankheit und Tod im Krankensaal nicht mehr wahr, hörte nicht mehr das Schnarchen und Jammern, das Husten und Kotzen. Es war eine gewaltige Schrift, deren Inhalt ihr festgefügtes Bild der Welt auf den Kopf stellte. Luther schrieb, dass alle Christen geistlichen Standes seien, jeder sei durch die Taufe zu einem Priester geweiht worden, das stünde in der Heiligen Schrift. Was für ein Gedanke!

Jede Schranke zwischen den Laien und den Geistlichen wäre aufgehoben, keiner wäre besser als der andere. Kaiser, Fürsten und Adel sollten helfen, die Kirche zu bessern, meinte Luther, da das Papsttum zu viel Macht über Gott und die Gläubigen an sich gerissen habe und diese ausnutze. Ablass, Wallfahrten, die unzähligen Heiligengedenktage und der Bann gehörten abgeschafft, sie seien nur dazu da, den Menschen das Geld aus der Tasche zu ziehen und den Reichtum des Klerus zu mehren. Die Landesherren sollten sich der Armen annehmen, Schulen schaffen, den Wucher und die Hurenhäuser verbieten. Margarethe hatte das Gefühl, ihr würden die Augen geöffnet, als spräche jemand das aus, was sie im Geheimen geahnt, aber nicht zu denken gewagt hatte. Auch in Straßburg konnte man tagtäglich die Missstände in der Geistlichkeit erleben. Neben den sechs Stiftskirchen und dem Münster gab es in der Stadt neun Pfarrkirchen, zwei geistliche Ritterhäuser, sechs Mönchsklöster, sieben Nonnenklöster und einhundertachtzig Kapellen. Sie alle wurden durch das Gemeinwesen unterhalten, das war eine große Bürde. Es war Ketzerei, was dieser Mönch schrieb. Und dennoch stimmte es. Dieses Buch würde jeder lesen wollen, sei es, um es zu verteufeln oder um sich darin wiederzuerkennen. Vielleicht würden Luthers Schriften ja sogar etwas verändern, würden der Allmacht des Papstes und seiner Diener Einhalt gebieten.

Plötzlich wurde sie aus ihrer Lektüre gerissen. Sie brauchte einen Moment, um zu begreifen, dass es Reinhard war, der sprach: »Meine Margarethe, wie ich sie liebe, immer ein Buch in den Händen.« Halb aufgerichtet saß er auf dem Bett. Sie nahm seine Hand, führte sie an die Lippen und küsste sie zärtlich. Seine Augen waren klarer, dennoch war er schwach, schon ließ er sich wieder zurücksinken. »Dass du hier bist! Unvernünftiges Weib!« Er schüttelte den Kopf, aber die nächsten Sätze ließen seine Erleichterung darüber durchklingen, dass sie nach Frankfurt gereist war. »Ich dachte, ein Himmelswesen sei mir erschienen. Als ich aufwachte, sagte die Siechenmagd, das seiest du gewesen. Für sie bist du ein einfaches Eheweib, für mich bist du mein rettender Engel«, sagte er mit sanfter Stimme. Sie umarmte ihn zärtlich und berichtete ihm alles, was sie erlebt hatte, von der Ankunft des Briefes bis zu der Suche nach ihm.

»Warst du bei Griet? Hast du das Geld geholt?«, fragte er. Margarethe erzählte ihm, dass sie einen Teil bekommen und einen Teil in der Zahlwoche erhalten sollte. Das Buch erwähnte sie vorerst nicht; sie wusste nicht, wie er darauf reagieren würde, und wollte nicht, dass er sich darüber aufregte. Als sie zu Ende gesprochen hatte, bemerkte sie, dass seine Augen wieder zufielen. Sie selbst konnte zum ersten Mal seit dem Brief wieder aufatmen, ohne dass die Angst ihr Herz einschnürte. Er war aufgewacht, es ging ihm besser, alles würde gut werden. Sie machte es sich bequem und zog das Buch wieder hervor.

In den nächsten Tagen wechselten sich Fieber und Schüttelfrost ab. Reinhards Seite schmerzte, wo die Rippen aufhörten und das weiche Fleisch des Bauches begann. Doch die Weidenrinde schien zu helfen, und die Zeiten, in denen er sich besser fühlte, wurden länger.

Als sie eines Morgens in den Saal trat, saß er angekleidet auf dem Bett. »Wir müssen zurück nach Straßburg. Aber vorher holen wir uns das Geld.« Reinhard stand auf. Wie hinfällig er aussah. Sie würde ihn aufpäppeln, wenn sie erst wieder zu Hause wären! Er wollte schon losgehen, da bat sie ihn, sich noch einmal zu setzen. Sie musste ihm von Luthers Buch erzählen. »Du hast dich mit einem Druckwerk abspeisen lassen?«, erregte sich Reinhard.

Margarethe zuckte unmerklich zusammen. Diesen Ton kannte sie von ihm bisher nicht. Er war mit der Krankheit gekommen, wie das Fieber. »Es ist nicht irgendein Buch«, sagte sie.

»Dieser Mönch ist ein Ketzer. Der Papst ist unfehlbar«, hielt er dagegen. Ihr Mann hielt unverbrüchlich an seinem Glauben fest, Missstände bemerkte er zwar, nahm sie aber hin. Margarethe war da anders, sie konnte nicht wegsehen, wenn sie Ungerechtigkeit bemerkte. Er setzte hinzu: »Die Kirchenoberen werden uns schmähen und andere Drucker beauftragen.« Nun wusste sie, dass sie einen anderen Ton anschlagen musste.

»Luther spricht den Menschen aus dem Herzen, jeder wird das Buch haben wollen«, sagte sie überzeugt und berichtete ihm von der erstaunlichen Anzahl Exemplare, die schon jetzt verkauft worden waren, und der auch weiterhin starken Nachfrage. »Wenn wir nach Straßburg zurückkehren, können wir es sogleich nachdrucken lassen. Wir wären die Ersten in der Stadt, die es herausbringen. Jeder wird lesen wollen, was in Frankfurt für Aufsehen gesorgt hat. So könnten wir schnell wieder verdienen, was uns«, sie wollte »deine Krankheit«, sagen, ließ es aber lieber, »was uns diese Reise gekostet hat. Und noch mehr.« Reinhard schwieg. Hatten ihre Worte ihm eingeleuchtet oder waren es die Zahlen, die ihm zu denken gegeben hatten?

Auf dem Weg in die Buchgass musste sie ihn oft stützen. Nickel Griet rechnete mit ihnen ab – das Geld für Luthers Werk behielt er selbstverständlich ein – und wünschte ihnen eine gute Reise. Margarethe dankte ihm. Auch wenn sie sich anfangs über ihn geärgert hatte, letztlich war doch alles gut gegangen. Wenn er ihr nicht geschrieben hätte, hätte sie vielleicht zu spät von Reinhards Erkrankung erfahren.

Sie hatten Glück und konnten noch auf das nächste Schiff nach Hause. Die Rückreise würde länger dauern, denn flussaufwärts musste getreidelt werden, vier Pferde zogen das Boot langsam voran. Die hektische Atmosphäre der Hinfahrt war Ermüdung gewichen. Die Kaufleute sprachen von guten oder schlechten Geschäften und ihren Abenteuern in Frankfurt, denn zur Messzeit waren viele Regeln aufgehoben. Es war nicht nur so, dass jeder, ob Bürger oder Bauer, Handel treiben durfte, die Fastenregeln galten nicht, die Gaststätten hatten keine Sperrstunde und viele freie Frauen tummelten sich in der Stadt. Lustig schien es zuzugehen zur Messe in Frankfurt, wenn man nicht gerade krank im Spital lag, dachte Margarethe. Ob auch Reinhard das ungebundene Leben genossen hatte, bevor er erkrankt war? Aber nein, das passte nicht zu ihm. Sie schmiegte sich an ihn. Sie war zufrieden und ein wenig stolz auf sich. Sie hatte ihn gerettet, sie würde ihn zurück nach Hause bringen. Nun würde alles wieder so werden, wie es war, hoffte sie zumindest.

Als das Schiff in Straßburg angelegt hatte, schickte sie einen der herumlungernden Jungen zum Haus »Zum Tiergarten«. Kurze Zeit später sah sie, wie ihre Kinder ihnen entgegenliefen, gefolgt von Wolfgang. Johann bremste ab, als er den Vater entdeckte; Reinhard hatte sich so sehr verändert, dass er über den ersten Anblick erschrak. Auch Juliane blieb einen Augenblick stehen, kam dann aber auf sie zugerannt. Reinhard beugte sich hinunter, damit sie ihm um den Hals fallen konnte. Margarethe hielt ihn fest, er war nicht sicher auf den Beinen.

»Mein Beten hat geholfen! Ich habe mein Püppchen verschenkt, damit der liebe Gott dich zu uns zurückbringt«, sprudelte Juliane heraus.

Reinhard hielt sie an den Schultern und sah ihr ins Gesicht. »Ganz wie die frommen Frauen«, sagte er stolz. »Würde es dir wohl gefallen, wenn du Gott noch näher sein dürftest?«

Juliane nickte eifrig. Margarethe fürchtete Reinhards nächste Worte, konnte sie aber nicht verhindern.

»Dann werde ich schon bald mit der Äbtissin eines Klosters über dich sprechen«, kündigte Reinhard an. Seine Tochter fiel ihm noch einmal freudig lachend um den Hals. Es hätte einfach nur ein glücklicher Moment sein können, jetzt aber umfing Traurigkeit Margarethe.

Barbara begrüßte ihren Vater. Margarethe nahm ihr Grete ab, die ihre Mutter sogleich glücklich abküsste. Danach umarmte auch Barbara ihre Stiefmutter.

»Ich konnte Juliane nicht aufhalten. Sie hat gebetet und gebetet und eines Tages hat sie ihre Puppe an ein Bettelkind verschenkt. Als ich kam, war es schon zu spät. Ich habe es nicht übers Herz gebracht, dem Mädchen die Puppe wieder abzunehmen«, flüsterte sie ihr ins Ohr.

Margarethe drückte sie fest. »Das hätte ich vermutlich auch nicht gekonnt. Trauriger macht mich, was dein Vater gerade angekündigt hat.«

»Ich weiß. Mich auch.« Arm in Arm gingen die Frauen ihrer Familie hinterher. Barbara sah sie von der Seite an, als wollte sie etwas sagen, wusste aber nicht, wie.

»War noch etwas?«

»Meister Hupfuff ist gestorben«, gab Barbara zur Antwort.

»Gott sei seiner Seele gnädig«, seufzte Margarethe betroffen. Sie hatte befürchtet, dass sie den alten Freund nicht wiedersehen würde.

»Die Zunft hat ihn zu Grabe getragen. Wolfgang hat die Druckerei vertreten, alle Gesellen waren dabei«, ergänzte Barbara. Sie schwiegen eine Weile.

»Hat Ursula nach euch gesehen?«, fragte Margarethe. Ihre Stieftochter schüttelte den Kopf. Auf ihre Freundin schien tatsächlich kein Verlass mehr zu sein.

Zu Hause wollten alle berichten, wie es ihnen in der Zeit der Trennung ergangen war. Doch Reinhard brach zusammen, kaum dass sie eingetreten waren. Margarethe ließ nach einem Arzt schicken. In den nächsten Tagen war ihr Mann wieder ans Bett gefesselt. Sie ließ sich von Wolfgang die Arbeit der vergangenen Wochen zeigen. Dann gab sie ihm das Büchlein Luthers, das sie nachdrucken würden. Sofort machten sie sich an die Arbeit, und schon wenig später konnten sie es erfolgreich verkaufen. Es sollte nicht das einzige Werk Martin Luthers sein, das ihre Druckerei in den nächsten Monaten herausbringen würde.

KAPITEL 8

Ein Christenmensch ist ein freier Herr über alle Dinge und niemandem untertan. Ein Christenmensch ist ein dienstbarer Knecht aller Dinge und jedermann untertan«, trug der Mann vor. Seine Finger waren rotgefroren und zitterten, sein Gesicht war von weißen Atemwölkchen umgeben und leuchtete dennoch vor Eifer. Auch die Menschen, die ihm lauschten, schienen die Kälte nicht zu spüren. Margarethe blieb stehen. Er fasste sie ins Auge, dann wanderte sein Blick weiter die Reihe hinunter. »Was soll das bedeuten, fragt ihr euch?«, sagte er. »Ihr denkt: ich habe doch meinen Herrn, für den ich arbeiten, dem ich meine Ernte abliefern muss. Aber hier«, er tippte auf seinen Schädel und auf seine Brust, »hier seid ihr frei. Ihr braucht keine guten Werke und keine Gulden, damit ihr selig werdet. Der Glaube macht euch frei. Ablass, Prozession, Totenmesse – alles überflüssig!«

Was für ein verlockender Gedanke, frei zu sein, selbst für sein Schicksal verantwortlich zu sein, nicht durch Bestechung, sondern allein durch den Glauben selig zu werden, dachte Margarethe. Als sie Luthers Schrift *Von der Freiheit eines Christenmenschen* wenige Wochen nach ihrem Aufenthalt in Frankfurt zum ersten Mal gelesen hatte, hatte sie gespürt, wie ihr das Herz aufging, wie neue Kraft sie durchströmte. Oft hatte sie sie gelesen, während sie sie druckten, und immer wieder schlugen Luthers Worte sie in seinen Bann. Jetzt aber fühlte sie, wie Julianes Hand sich um ihre krampfte. Sie mussten weiter zur Klosterschule.

»Aber du hast doch gesagt, ein Christenmensch ist ein Knecht, nicht frei. Was denn nun?«, rief eine Frau und schob die Hände unter ihre Achseln.

Der Mann hob das Buch wieder an und las: »*Ein Christenmensch lebt nicht in sich selbst, sondern in Christus und in seinem Nächsten, in Christus durch den Glauben, im Nächsten durch die Liebe.*« Unauffällig neigte Margarethe den Kopf, um zu sehen, ob er ein Buch aus der Druckerei »Zum Tiergarten« oder aus der Helenengasse in den Händen hielt; ihr Bruder und sie hatten diese Schrift des Wittenbergers zeitgleich auf den Markt gebracht. Ein Lächeln zog über ihr Gesicht, als sie sah, dass es ihr Druck war. Zwei Werke des Mönches aus Wittenberg hatten sie bislang gedruckt, und jedes Mal hatten die Menschen vor ihrer Druckerei angestanden, um sie zu kaufen, an vielen Tagen waren alle Exemplare vergriffen und sie mussten nachdrucken. Das Geld war willkommen, denn die Arzneien für ihren Mann waren teuer. Reinhard war ein Schatten seiner selbst, doch sie hoffte, dass er die Kräfte der früheren Tage wiedergewinnen würde. Zumindest ging es ihm gut genug, um arbeiten zu können.

Juliane zog an ihrer Hand, sie wollte nicht zu spät kommen. Dabei hätte es Margarethe interessiert, wie dieser Mann Luthers Worte auslegte, denn manches verstand sie selbst nicht ganz genau.

»Solche Leute werden in der Hölle landen, sagen die Nonnen«, meinte Juliane leichthin und hüpfte neben ihr her. Jeden Tag freute sie sich darauf, in der Klosterschule kirchliche Gesänge und lateinische Gebete zu lernen. Margarethe hatte sich einstweilen damit abgefunden, zumal Juliane noch zu jung war, um in das Kloster einzutreten, und nach dem Unterricht nach Hause zurückkehrte. Dennoch fürchtete sie, dass die Zeit hinter den Klosterwänden sie verändern, sie ihr entfremden könnte.

»Die Nonnen haben glücklicherweise nicht zu entscheiden, wer in die Hölle kommt«, gab sie zurück. Sie wollte noch etwas anfügen, doch da schnappte sie auf, worüber sich zwei Greisinnen unterhielten, und musste lächeln. Immer öfter sah sie Landvolk, das, eifrig wie die Gelehrten, über Luthers Schriften diskutierte. Die Zeiten änderten sich. Bücher waren nicht mehr nur für die Scholaren. Auch einfache Leute beschäftigten sich damit. Viele ließen sich vorlesen oder nahmen Unterricht, um selbst lesen zu lernen. Sie wollten keinen Priester mehr, der ihnen die Worte vorsagte, sie wollten sie mit eigenen Augen sehen. Die Buchdrucker trugen zu dieser Entwicklung bei, das machte Margarethe stolz. Drucker verbreiteten Bücher, die auch Laien verstehen konnten – in deutscher, nicht in lateinischer Sprache. Inzwischen gab es auch in Straßburg Priester, die erkannt hatten, dass die Welt sich wandelte. Einer von ihnen war Meister Matthis, der Leutpriester zu Sankt-Lorenz im Münster. Sie sah Matthäus Zell, wie er richtig hieß, nicht nur bei den Gottesdiensten, er hatte seine Wohnung hinter dem Münster und spazierte häufig im Umkreis des Domes umher. Viele Menschen in diesem Viertel schätzten ihn, weil er nicht alles daransetzte, die Geldschatulle des Bischofs zu füllen, sondern Gnade vor kirchlichem Recht ergehen ließ. Meister Matthis war auch der Vertreter des Bischofs in Beicht- und Bußsachen, und man erzählte sich, dass er ein Auge zudrückte und die Gläubigen nicht schröpfte, wenn jene beispielsweise in der Fastenzeit mal Butter gegessen hatten. Auch hatte er auf die Gebühr verzichtet, als eine Frau nach einer Fehlgeburt die obligatorische Reinigung von ihm erbat. Nur zu verständlich, wie Margarethe fand, denn warum brauchte eine Frau überhaupt Läuterung oder Sündenvergebung, wenn sie ein Kind verlor? Ihn würde sie bei Gelegenheit auf Luthers Schriften ansprechen.

An einem kalten Wintertag am Ende des Jahres 1520 traf sie den Pfarrherrn an der Bücherbude vor dem Haus »Zum Tiergarten« an. Matthäus Zell war ein sympathischer Mann mit einprägsamen Gesichtszügen und einer großen Nase. Margarethe freute sich, ihn zu sehen. »Ehrenwerter Meister Matthis, immer öfter höre ich, wie das Volk Euch in den höchsten Tönen lobt. Es ist gut, dass es im Münsterdom wieder einen Pfarrer gibt, der den Gläubigen in die Herzen sehen kann«, sagte sie und bemerkte, dass auch er die Schrift *Von der Freiheit eines Christenmenschen* in der Hand hielt.

Meister Matthis lachte, dass seine buschigen Augenbrauen wackelten. »Habt Dank!«, sagte er. »Aber ich bin weder hübsch und geschickt noch ein so guter Redner, dass ich die Menge an mich zöge. Die Menschen kommen zu mir, weil sie das Gotteswort reiner hören wollen. Dieser Magnet zieht auch die eisernen Herzen an sich.« Es sei Martin Luther gewesen, der ihm diesen Weg gewiesen habe. Inzwischen hatte der Papst den Bann gegen Luther angedroht, niemand wusste, wie der Augustiner darauf reagieren würde. »Der Luther hat nichts Übles geschrieben, sondern die Wahrheit. Man kann ihn verbieten, das kümmert mich nicht«, meinte Meister Matthis fest. »Luther hat mich an die Heilige Schrift herangeführt. Das heilige Evangelium ist fünfhundert Jahre lang unterdrückt gewesen, dafür ist Menschengesetz eingerissen. Wir Geistlichen sollen dem Papst nach dem Mund reden, statt zu verkünden, was in der Bibel steht. Das will ich nicht mehr. Ich bin ein Gotteswortprediger und kein Papst- oder Bischofsprediger.« Sie sprachen über verschiedene Werke Luthers, mit denen sich Matthäus Zell gut auskannte.

Als ein Angestellter des Bischofs in Richtung Münster lief und Meister Matthis bemerkte, kam er schnurstracks auf ihn zu. Der Pfarrherr sagte noch schnell: »Es ist, wie Luther in seiner Schrift vom bischöflichen Stand schreibt. Wäre das Büchlein erlogen, so würde es besser mit der Christenheit stehen. Aber viele Bischöfe üben leider ihr Amt nicht aus, sondern benehmen sich wie weltliche Fürsten.«

Er legte das Buch ab und ging dem Bischöflichen einige Schritte entgegen. Margarethe konnte hören, wie er Matthäus Zell vorwarf, dass sich immer weniger straffällige Sünder bei ihm freikaufen würden. »Das geht nicht mit rechten Dingen zu. Ich komme, um Euch zu sagen, dass Ihr überprüft werdet. Wenn wir herausfinden, dass Ihr den Gläubigen ihre Sünden ohne Geldstrafen durchgehen lasst, werdet Ihr hart bestraft werden«, drohte der Bischofsangestellte zornig. Dann wies er ungeduldig auf die Druckerei. »Statt Eurer Pflicht nachzukommen, beschmutzt Ihr Euch mit den Schriften des Ketzers. Doch Luther wird seine

Strafe bekommen. Der Papst wird ihn verstoßen, wenn er nicht widerruft. Bald werden in Straßburg seine Bücher brennen. Vielleicht ergeht es ihm auch wie diesem Ketzer Hus«, schimpfte er. Finster sah er nun auch Margarethe an. »Das hier war mal eine anständige Druckerei und jetzt dieser Schmutz!«, keifte er. Sie senkte den Blick, nahm ein Gebet- und Gesangbuch auf und schob es neben Luthers Bücher. Sie sollte den Bischöflichen nicht unnötig verärgern. Jan Hus hatte vor etwa hundert Jahren die Verderbnis der Kirche angeprangert, das wusste sie. Man hatte ihn vor das Konzil zu Konstanz gerufen, er sollte freies Geleit erhalten. Dort aber wurde er als Ketzer verurteilt und verbrannt. Auch in Straßburg hatte man schon Ketzer verbrannt, aber das war lange her. Konnte Luther dieses Schicksal drohen?

Meister Matthis und der Bischöfliche sprachen noch ein paar Worte, dann kam der Pfarrherr zu ihr zurück. Er musste die Sorge in ihren Augen bemerkt haben, denn er sagte: »Auch Christus, unser Herr, ist verdammt worden. Ihn und die Propheten und Apostel hat man getötet, verjagt und geächtet, als seien sie schändliche Gotteslästerer gewesen. Darum sollte man sich nicht wundern, wenn heute einer, der für die wahre Ehre Gottes kämpft, als Zerstörer angeklagt wird.« Er schien voller Gottvertrauen, und doch fragte sich Margarethe, welche Folgen Meister Matthis' Milde haben würde.

Am Abend, als sie zu Bett gingen, erzählte sie ihrem Ehemann von dem Zusammentreffen. Reinhard zog sich gerade das Hemd über die Brust und entblößte dabei seinen Oberkörper. Als er sich streckte, konnte Margarethe unter dem Rippenbogen die Schwellung seines Leibes sehen, die ihrem Mann noch immer zu schaffen machte und gegen die kein Kraut zu helfen schien.

»Droht uns Gefahr, wenn wir die Schriften von Doktor Luther drucken?«, fragte sie. Reinhard setzte sich auf die Bettkante und löste die Vorhänge des Alkovens.

»Ich glaube kaum, dass in Straßburg Bücher brennen werden. In anderen Städten weigerten sich die Henker, die Papierstapel zu entzünden, so weit hat sich Luthers Lehre schon verbreitet. Niemand aus unserem Stadtrat hat sich bislang dazu geäußert. Noch hat er nicht widerrufen, dieser Mönch. Wenn Luther bei seiner Lehre bleibt, werden alle erst mal abwarten, was der Kaiser dazu sagt«, erklärte Reinhard.

Margarethe dachte an die Reaktion des Bischöflichen. »Ich fürchte, du hattest mit deiner Sorge recht. Aufträge vom Bischof werden wir so schnell wohl nicht mehr bekommen.«

Er lächelte schief. »*Du* wolltest doch, dass wir Luther drucken. Und du hattest recht damit. Wir müssen das Risiko eingehen. Die alte Literatur und die Schriften der Kirchenväter sind inzwischen Ladenhüter. Die Leser reizt das Neue. Außerdem: Gute Drucker werden immer gebraucht. Im Zweifel lassen wir bei umstrittenen Schriften unseren Namen und die Druckermarke weg, dann weiß niemand, wer der Drucker war«, meinte er pragmatisch.

Ihr Mann entledigte sich seiner Hose, auch Margarethe zog sich aus. »Dieser Luther hat vielen zu denken gegeben. Die Bischöflichen werden sich rechtfertigen wollen. Je mehr Menschen niederschreiben, was sie bewegt, desto besser für uns«, überlegte sie.

Reinhard stimmte ihr zu. »Denk nur an Murners Schriften gegen Luther. Zunftbruder Grüninger bringt sie unter die Leute. Und jeder, der Murners Ermahnungen liest, will auch wissen, was Luther wirklich geschrieben hat. Gut für uns.« Der Mönch Thomas Murner hatte in diesem Jahr in einer ganze Reihe von Schriften den Versuch unternommen, Luther zu widerlegen. Margarethe schnürte ihr Leibchen auf, rund und voll kamen ihre Brüste zum Vorschein. Reinhards Augen wanderten über ihren Körper, zum ersten Mal seit Wochen sah sie Begehren in seinem Blick aufblitzen. Als sie die Schwellung an seiner Seite berührte, zuckte er zusammen, schnell ließ sie die Hände weiterwandern und er stöhnte auf, dieses Mal vor Lust. Kalt war das Lager, aber ihnen würde schon sehr bald warm werden.

Sie waren nicht die einzigen Drucker, die in den folgenden Monaten ihren Namen und ihre Druckermarke bei den Schriften Luthers wegließen. Denn Luther widerrief nicht, stattdessen verfasste er Schriften gegen den angedrohten Bann und hatte sogar die Dreistigkeit, die päpstliche Bulle zusammen mit den Büchern seiner Gegner zu verbrennen. Schließlich traf die Nachricht ein, dass Papst Leo den widerspenstigen Mönch exkommuniziert hatte, er wurde also als Ketzer betrachtet, der Bann wurde über ihn verhängt, sein Leben war in Gefahr. Auf den Straßen und in den Zunftstuben diskutierten die Menschen, die meisten waren auf der Seite Luthers. Eigentlich hätte auf den Kirchenbann die Reichsacht folgen müssen. Doch die Verurteilung der weltlichen Gerichtsbarkeit blieb zunächst aus, und Karl V. lud Martin Luther zu seinem ersten Reichstag nach Worms und sicherte ihm freies Geleit zu. Gefolgsleute des Mönches fürchteten um sein Leben, Tausende säumten die Wege, auf denen sein Planwagen vorbeifuhr, um ihm Glück zu wünschen. Das konnte der mutige Augustiner gut gebrauchen, denn Luther weigerte sich auch vor dem Kaiser, seine Schriften zu widerrufen, und so ließ der Kaiser im Wormser Edikt die Reichsacht über ihn verhängen. Luthers Werke dürften weder gedruckt noch gehandelt, geschweige denn gelesen werden. Obgleich der Mönch nun von Papst und Kaiser als Ketzer verurteilt worden war und als vogelfrei galt, ließen sich seine Anhänger nicht einschüchtern.

Im Frühsommer berichtete Reinhard von Zunfttreffen, bei denen über das Edikt gesprochen worden war, und davon, dass darin auch den Druckern Strafe angedroht wurde, wenn sie Luthers Schriften verlegten. Der Straßburger Rat hielt die Verkündigung des Edikts jedoch zurück, und so hatte es zunächst keine Folgen für die Drucker der Stadt. Luthers Lehre verbreitete sich weiter, und im Sommer begann auch Meister Matthis im Münster in dessen Sinne zur predigen. Erst als der Herbst sich dem Ende näherte, ließ der Rat die Zensurordnung verlesen. Nichts wider den Papst, Karl V., andere Fürsten oder Nachbarn dürfe gedruckt werden, hieß es darin. Gleichzeitig machte der Rat das

Wormser Edikt bekannt, er hatte es allerdings zuvor entschärft; ein deutliches Zeichen, dass sich die Bürger dieser Stadt nichts vorschreiben lassen wollten, weder vom Papst noch vom Kaiser. Die Buchhändler hüteten sich eine Zeitlang, die Lutherschriften öffentlich feilzubieten, gedruckt wurden sie dennoch, wenn auch anonym. Der Streit zwischen den Päpstlichen und den Anhängern Luthers schwelte weiter, die Anzahl ihrer Büchlein und Handzettel nahm zu. Zahlreiche Drucker wurden reich, und auch im Haus »Zum Tiergarten« klimperten die Gulden in der Kasse.

Margarethe hatte durch den Geldsegen eine Sorge weniger, denn sie war erneut schwanger. Dieses Mal bekam die Schwangerschaft ihr allerdings gar nicht. Bauch und Rücken schmerzten, ihr war übel, sie war missgelaunt, alles fiel ihr schwer. Ihr Leib war wie aufgepumpt, die Haut spannte, es musste ein besonders großes Kind sein. Anfang des Jahres 1522 war die Zeit der Geburt gekommen, die Hebamme verabreichte ihr Kräuter und ließ sie Treppen steigen, bis sie nicht mehr konnte, aber nichts geschah. Es war eine der geschworenen Wehmütter, die im Auftrag der Stadt den Schwangeren beistanden, eine Frau mittleren Alters mit einem platten Gesicht, das wie ein Pfannkuchen wirkte. »Ihr habt schon gesunde Kinder zur Welt gebracht. Auch bei diesem wird's gutgehen, es dauert halt ein bisschen länger«, tröstete die Hebamme die Schwangere. Margarethe aber glaubte, Zweifel in ihrer Stimme zu hören.

Reinhards Augen glänzten fiebrig. Sein Gesicht hatte einen unnatürlich rötlichen Schimmer, der es kränklich aussehen ließ. Trotz der Kälte waren seine Laken morgens so nass geschwitzt, dass Margarethe Mühe hatte, sie zu trocknen. Sie wollte sein Barett zurechtzupfen, die Mütze war an der falschen Seite aufgeplustert, doch das Ziehen in ihrem Bauch zwang sie, auf den Stuhl zurückzusinken. Sie presste eine Hand auf ihren Unterbauch.

»Willst du in deinem Zustand wirklich dorthin gehen?«,

brachte sie nur hervor. Reinhard sah sie sorgenvoll an und klopfte auf das Barett, das nun besser, aber noch immer nicht gut aussah. Margarethe lächelte gequält, sie kannte die Antwort, konnte aber nichts für ihre Besorgnis. »Ich weiß. Es ist Schwörtag, alle Bürger müssen anwesend sein«, fügte sie an.

Am Anfang eines jeden Jahres wurden Ratsherren und Ammeister neu gewählt. Nach dieser Wahl versammelten sich die Zünfte auf dem Münsterplatz, während sich ihnen die Obrigkeit von einer Bühne herab, die vor dem Westportal des Münsters errichtet wurde, vorstellte. Dann wurde der Schwörbrief, die Verfassung der Stadt, verlesen und beschworen. Es war die wichtigste Zeremonie der Stadt, und sie wurde mit viel Pomp begangen. Die Ritterschaft und der Rat fuhren in Kutschen vor, die Bühne war in den Farben Rot und Weiß geschmückt. Die ganze Garnison stand unter Waffen um den Münsterplatz herum. Es konnte Stunden dauern, bis die verschiedenen Eide gesprochen waren. Für die Bürger stellte man deshalb Kohlepfannen auf, an denen sie sich wärmen konnten. Der eisige Wind und das lange Stehen in der Kälte waren Gift für Reinhards Gesundheit. Sie seufzte, es blieb ihm nichts anderes übrig.

»Ich werde hier auf dich warten«, sagte sie.

Ihr Mann beugte sich zu ihr herab. »Geh lieber ins Bett und erhole dich. Es nützt nichts, wenn wir beide nicht mehr krauchen können«, sagte er. Schon jetzt standen Schweißperlen auf seiner Stirn.

Reinhard schlug seinen pelzverbrämten Kragen hoch und verließ das Haus. Wenn sie jetzt ins Bett ginge und schliefe, würde es ihr morgen bessergehen und sie würde mehr schaffen. Sie schleppte sich die Treppe hoch. Ich fühle mich wie eine alte Frau, dachte sie, und unser Haus ist ein Krankenlager. Grete und Bastian schnauften verschnupft, Johann hustete im Schlaf. Nur Barbara saß noch da und stickte.

Unruhig wälzte sie sich hin und her. Wie sie auch lag, immer tat etwas weh. So musste es Reinhard gehen, den die Schmerzen oft nicht schlafen ließen, auch wenn er nicht darüber klagte. Als er zu ihr ins Bett kam, hatten sich ihre Befürchtungen bewahrheitet, denn er hielt sich leise stöhnend seine Seite. Sie griff auf den Boden, holte eine kleine Schale hervor und rieb ihn mit einem Kräuterfett ein, um ihm Linderung zu verschaffen. Vorsichtig kreisten ihre Finger über der Schwellung, und doch zuckte er unter ihrer Berührung zusammen. Margarethe holte eine weitere Decke, die böse Hitze musste ausgeschwitzt werden. Sie spürte, wie er sich entspannte, und schlief selbst ein.

Das Gefühl, als stecke ein Pfahl in ihrem Fleisch, ließ sie hochschrecken. Noch ganz benommen schrie sie auf, ihr war heiß, von oben bis unten durchzog sie ein Reißen. Sie tastete ihren harten Bauch ab, das Kind rührte sich nicht – wie lange hatte sie seine Bewegungen schon nicht mehr gespürt? Panik ergriff sie, es war nicht wie bei ihren anderen Kindern, etwas stimmte nicht. Sie rüttelte an Reinhards Schulter, doch er wachte nicht auf. Er fieberte heftig. Sie musste ihm helfen, doch auch sie brauchte Hilfe. Sie stemmte sich hoch, glitt zu Boden, ihr fehlte die Kraft aufzustehen. Sie kroch vorwärts und rief nach Barbara. Warum ging es ihr nur so schlecht, ausgerechnet jetzt, wo Reinhards Krankheit zurückgekehrt war? Verzweiflung überrollte sie, Wut und Zorn, aber auch Angst um das Kind in ihrem Leib. Es war groß, es war an der Zeit, warum kam es nicht heraus? Barbara, immer wieder rief sie Barbara. Schließlich stand die Stieftochter vor ihr. Barbara sah sofort, dass ein Notfall vorlag. Sie half Margarethe auf und brachte sie in ihr Bett, weckte die Magd und den Altgesellen. Die Kinder, stumm vor Angst um ihre Mutter, wurden aus dem Zimmer geschickt. Wolfgang rannte los, um die Hebamme zu holen. Schon kurze Zeit später war sie bei Margarethe, die sich auf ihrem Lager krümmte. Sie befühlte den Bauch und legte ihr Ohr darauf.

»Bereitet ein Wasserbad! Laues Wasser, nabelhoch«, wies die Hebamme an. Sie holte ein Fläschchen hervor und sagte Margarethe, dass sie sich auf den Rücken legen müsse. Barbara half ihr, die verkrampften Glieder zu lösen, und hielt ihre Stiefmutter sanft fest, während die Hebamme den Bauch massierte.

Margarethe bemerkte erleichtert, dass sie lange dünne Finger mit kurzgeschnittenen Nägeln hatte; sie würden ihr Leid nicht noch vergrößern.

In den nächsten Stunden wandte die Hebamme ihre ganze Kunst an, um die Geburt einzuleiten. Sie badete die Schwangere in warmem Wasser, das mit Kräutern versetzt war, setzte sie auf den Gebärstuhl und befühlte ihr Geschlecht, brachte sie zum Niesen und ließ sie erneut Treppen steigen. Dazwischen flößte sie ihr Wein mit Kräutern ein und zwang sie, etwas zu essen, damit sie bei Kräften blieb. Margarethe quälte sich sehr, sie nahm kaum wahr, was mit ihr geschah, wollte einfach nur, dass es aufhörte, dass das Kind herauskam. Doch der Tag brach an, ohne dass die Geburt einsetzte. Schließlich führte die Hebamme sie wieder zu dem Gebärstuhl, rieb sich die Hände mit geschmolzenem Schmalz ein und tastete sie ab. Die steilen Falten auf ihrem Gesicht ließen nicht nach.

»Ich fühle es, es will kommen, aber es findet den Weg nicht hinaus. Wir müssen helfen«, sagte sie, tastete weiter und drückte dann auf den Oberbauch, um das Kind herauszupressen. Margarethe schrie, bis nur noch ein Krächzen aus ihrer Kehle kam. Dann schwanden ihr die Sinne.

Ein scharfer Geruch stach in ihre Nase, ihre Lider flatterten, sie sah die Hebamme, die ihr ein Pulver hinhielt. Im anderen Arm hatte sie ein Kind, einen Jungen. Er war fast so groß wie Grete mit einem Jahr, aber er schien gesund zu sein. Die Hebamme reichte ihr das Kind, und Margarethe schluchzte vor Freude auf. Das Kind sah sie an, das Gesicht nicht im Schrei verkrampft, sondern ruhig und staunend; es hatte Reinhards Grübchen am Kinn. Die Hebamme wollte ihr das Neugeborene schon wieder abnehmen, doch Margarethe wollte es nicht hergeben, so lange hatte sie darum gekämpft, es in den Händen zu halten. Erst als die Hebamme ihr das Kind sanft, aber bestimmt aus dem Arm nahm, bemerkte Margarethe die Flüssigkeit, die aus ihrem Leib auf den Boden floss. War das alles ihr Blut? Ihr schwindelte, sie fasste sich an die Stirn und erschrak, sie fühlte sich heiß und trocken an. Wieder verlor sie das Bewusstsein. Etwas später weckte die Hebamme sie und gab ihr Gerstenwasser zu trinken.

»Wo ist das Kind? Hat mein Mann es schon gesehen?«, fragte Margarethe heiser.

»Das Kind ist gewaschen und schläft. Jetzt ist es die Mutter, für die wir sorgen müssen. Der Bauch hört nicht auf zu bluten, die Gebärmutter ist versehrt worden. Ich werde den Leib hart abbinden müssen, so hart es geht.« Jemand rüttelte an ihr. »Hörst du?« Was hatte die Hebamme gesagt? Margarethe dämmerte wieder weg.

Als sie aufwachte, schmerzte ihr Leib überall. Tücher waren eng um ihn gewunden, sie konnte sich kaum regen. Es roch scharf nach Essig und Kräutern, zwischen den Beinen wölbte sich ein Tuch.

»Reinhard?«, fragte sie in den Raum hinein.

Barbara trat zu ihr. »Du bist aufgewacht!«, sagte sie erleichtert. Sie brachte ihr den Jungen, und Margarethe legte ihn an ihre Brust.

»Wo ist Reinhard?«, fragte sie erneut. Er war nach jeder Geburt zu ihr gekommen und hatte Stunden mit ihr und dem Neugeborenen verbracht. Ein Schatten zog über Barbaras Gesicht.

»Es geht ihm nicht gut«, sagte Barbara leise. Margarethe legte das Neugeborene ab, das laut protestierte, und versuchte aufzustehen, doch die Tücher störten sie. Sie begann, die Tücher abzuwickeln und die Kräuterbinde zu lösen. Barbara wollte sie aufhalten. »Wir haben uns um ihn gekümmert. Der Arzt war auch schon da. Bitte bleib liegen«, sagte sie flehentlich. Doch Margarethe wollte nicht hören. Gerade als sie sich hochgestemmt hatte, trat die Hebamme ein.

»Närrisches Weib! Willst du doch noch den Tod finden?«, fauchte sie. Sie drückte die Wöchnerin zurück aufs Bett. »Nichts musst du jetzt tun, außer gesund werden. Denn sonst wirst du wirklich nichts mehr tun, nie mehr.« Ihre Stimme duldete keinen Widerspruch. Sie untersuchte die Wunden, vermischte erneut Kräuter mit rotem Wein, tat sie in ein Säcklein, wand eine Binde, die sie Margarethe wieder zwischen die Beine legte, und sah sie ernst an. »Du kannst froh sein, wenn du noch einmal davonkommst. Kinder solltest du nicht mehr bekommen, das rate ich dir. Das nächste Kind wird dich das Leben kosten. Denk an die Kinder, die du hast. Sollen sie ohne Mutter aufwachsen? Nein? Also rühr dich nicht von der Stelle!«

Bestürzt blieb Margarethe liegen, sie musste sich zwingen, nicht zu ihrem Mann zu eilen.

Die Tage vergingen, regelmäßig legte sie das Neugeborene an die Brust, ihre älteren Kinder kamen, um das neue Geschwisterchen zu begrüßen, doch die Fröhlichkeit von Johann und Juliane wirkte aufgesetzt. Wie schlecht stand es um Reinhard? Endlich war ihre Wunde so weit verheilt, dass Margarethe aufstehen konnte. Sie wickelte das Neugeborene warm ein und ging mit ihren Kindern zu ihrem Mann.

Reinhard lag in ihrem Ehebett, still ausgestreckt, die Wangen eingefallen, laut atmend. Er wirkte ausgedörrt wie ein Bündel Stroh, schwitzte und zitterte zugleich, die Augen unnatürlich geweitet. Sie wollte nicht wahrhaben, was sie sah. Er würde sich wieder erholen, wieder gesund werden! Sie umarmte ihn, doch sein Körper reagierte nicht. Sie schüttelte ihn, legte ihm das Neugeborene in den Arm. Da schlug er die Augen auf. Wie von weit her sah er sie an.

»Margarethe, Liebste.« Seine Stimme war ein Hauch.

»Hier ist unser Sohn. Ein strammer Junge.« Sie lachte unter Tränen. Reinhard wollte ihr über die Wangen streichen, doch seine Hand verharrte kraftlos in der Luft und fiel auf die Decke zurück.

»Ich werde ihn nicht aufwachsen sehen. Gott weiß, wie gerne ich es würde. Aber es wird etwas aus ihm werden, so wie Johann Drucker wird und Juliane Nonne.« Sie wollte etwas sagen, doch nur ein Stammeln kam über ihre Lippen. Er nahm ihre Hand. »Du wirst gut für sie sorgen. Das weiß ich. Ich kenne dich, seit du ein junges Mädchen warst, als du deinen Kopf eingezogen und gelispelt hast. Jetzt gehst du mit erhobenem Haupt durchs

Leben. So erziehst du auch unsere Kinder. Das macht mir … Mut.« Das Sprechen hatte ihn ermüdet, die Augen fielen ihm zu und eine Zeitlang schien er zu schlafen. Margarethe wollte einen Arzt holen, sie wollte ihn aufwecken, ihm Medizin geben, doch sie regte sich nicht. Das Neugeborene begann zu greinen, Margarethe legte es auf Reinhards Brust, als könnte ihm dieses junge, unverbrauchte Leben frische Kraft geben. Das Schreien des Kindes weckte ihren Mann noch einmal auf, mit einem erbosten, verwunderten Blick sah ihr jüngster Sohn ihn an.

»Er sieht aus wie du, Geliebter«, flüsterte sie.

Reinhard öffnete den Mund, seine Stimme war nur noch wie ein Flüstern der Blätter im Wind. »Mein Sohn … nenn ihn Reinhard.«

Es war, als hätte er seinen letzten Atem, seine letzte Kraft für diese Worte verbraucht. Sein Körper krampfte, sein Gesicht verzerrte sich, sie sah das Weiße in seinen Augen. Einen Lidschlag später war Reinhard Beck, Drucker zu Straßburg, Ehemann von Margarethe Prüß und Vater von sechs Kindern, tot.

KAPITEL 9

Zornig schlug Margarethe die Tür zu und schmiss das Glas, das sie in der Hand hielt, noch hinterher. Pumpend hob und senkte sich ihre Brust, ihre Hände bebten. Es waren aber weder das Knallen der Tür oder das Klirren der Scherben, die am lautesten in ihrem Kopf dröhnten, sondern seine Worte. Sie hatte den Priester nicht bemerkt, den Barbara gerufen hatte, um Reinhard die Beichte abzunehmen. Er war zu spät gekommen. Wie versteinert hatte sie am Bett gesessen, hatte die Hand ihres Mannes gehalten, hatte gespürt, wie seine Haut kälter wurde, wie das Leben aus ihm entwich. In ihr tobte ein unaussprechlicher Kummer, tobte Verzweiflung, und doch hatte sie später die Kraft gefunden, ihre Kinder zu trösten. Der Priester hatte ihnen Vorwürfe gemacht, weil Reinhard vor seinem Tod nicht noch einmal gebeichtet hatte, hatte aber trotzdem seines Amtes gewaltet, aber wie falsch waren ihr die Riten und Gebete vorgekommen. Es war, als ob sich der Geistliche zwischen Reinhard und Gott drängte, als ob er auf dem Weg zum Himmel einen Platz beanspruchte, der ihm nicht zustand. Schließlich hatte sie ihn entlohnen und zur Tür geleiten müssen. Da hatte der Priester vom Fegefeuer gesprochen und die Sätze gesagt, die ihren Kummer in Wut verwandelten, die sie aufbrausen ließen. Oft schon hatte sie diese Worte gehört, aber dieses Mal schienen sie ihr unerträglich: Gott habe einem jeden Menschen seine Lebenszeit vorherbestimmt, hatte er gesagt. Wenn der Allmächtige einen Menschen vorher zu sich rufe, dann nur, weil er ihn besonders liebe und vor den Sündern auf der Welt schützen wolle. »Wenn das so ist, dann hat Gott sich geirrt! Es kann nicht stimmen, dass

Reinhard schon gehen musste«, hatte sie geschrien. Der Priester war entsetzt gewesen, hatte sie angestarrt, als sei sie eine Aussätzige. Sie aber hatte ihn rausgeschmissen und die Tür hinter ihm zugeschlagen.

Jetzt sah sie die Scherben auf dem Boden, sah ihre Kinder, die sie mit schreckgeweiteten Augen blickten, und begann endlich zu weinen. Ihre Kinder stürzten sich auf sie, Margarethe hielt sie fest, presste sie an sich. Lange standen sie so beieinander, sich umarmend, ein Knäuel aus Körpern, tränennassen Gesichtern und wunden Herzen.

Die nächsten Tage nahm sie nur am Rande wahr, wie etwas, das sie aus dem Augenwinkel sah. Die Liebe ihres Lebens war tot, wie sollte sie weiterleben? Sie fühlte sich zerschlagen, verwundet, und gleichzeitig hoffte sie, dass es nur ein Alptraum war, aus dem sie irgendwann wieder aufwachen würde. Es war aber kein Traum, sondern die Wahrheit. Zum Begräbnis kamen alle Zunftmitglieder. Bekannte Gesichter, aber auch viele, die Margarethe noch nie gesehen hatte. Sogar Meister Knipp mit seinem Sohn Eckard und ihr Bruder, der es vermied, ihr in die Augen zu schauen. Im Haus war alles für den Leichenschmaus vorbereitet. Sie setzte sich an das Kopfende des Tisches, Grete auf dem Schoß, Johann, Juliane und Bastian neben sich. Die Männer der Zunft sprachen über Reinhard, lobten seine Arbeit, erzählten von Begegnungen in der Zunftstube und mancher Begebenheit, von der Margarethe nichts wusste. Der Buchhändler Pauli Goetz erwähnte Pläne, die er mit Reinhard geschmiedet hatte, ein Buch, das sie gemeinsam herausbringen wollten. Der Zunftmeister schärfte ihr ein, dass sie in der nächsten Woche in der Zunftstube vorbeikommen müsse, um zu klären, wie es mit der Druckerei weitergehen solle. Plötzlich trat die Magd hinzu und bat sie, an die Tür zu kommen. Margarethe machte sich vorsichtig von ihren Kindern los, die eingeschlafen waren. Ursula und Lienhart Jost standen vor dem Eingang. Lienhart sprach sein Beileid aus, Ursula stand reglos neben ihrem Mann. Warum umarmt sie mich nicht, dachte Margarethe, drückt nicht meine

Hand, spürt sie denn nicht, wie verzweifelt ich bin? Jemand näherte sich aus dem Haus, Hände erfassten die Zipfel ihres Kleides, Juliane war aufgewacht, verschlafen legte sie die Arme um die Hüfte ihrer Mutter, Margarethe strich ihr zärtlich über das Haar. »Wollt ihr nicht hereinkommen?«, fragte sie.

»Wir müssen wieder los«, sagte Lienhart gewohnt schroff.

»Nur für einen Moment. Um Reinhard zu gedenken«, versuchte Margarethe sie zu überreden. Ursula bekreuzigte sich, machte Trippelschritte, versteckte sich beinahe hinter ihrem Mann.

»Reinhard? Wer weiß schon, wo er ist! Ohne Beichte ins Fegefeuer gefahren – Gott schütze mich!«, brach es aus ihr heraus. Margarethe spürte, wie ihre Tochter zusammenzuckte.

»Wir haben ihn heute zu Grabe getragen. Meister Matthis hat die Sakramente gespendet«, erklärte sie.

Ursula steckte den Kopf hinter Lienharts Rücken hervor. Ihre Stimme hatte einen schrillen Klang. »Jetzt, ja. Zu spät! Das Feuer züngelt an seinen Füßen, die Teufel stechen mit ihren Speeren auf ihn ein!«

Juliane begann zu weinen. Margarethe kniete sich nieder und drückte sie an sich. »Du machst ihr Angst«, sagte sie vorwurfsvoll zu ihrer Freundin.

»Es ist ungewiss, was mit Reinhards Seele geschieht. Ist sie im Fegefeuer? Oder spukt sein Geist durch dieses Haus? Wir werden keinen Fuß über diese Schwelle setzen«, verkündete Lienhart und zog seine Frau fort. Juliane riss sich los und rannte die Treppe hinauf. Margarethe war verwirrt über die heftige Reaktion von Ursula und Lienhart, von Trauer und Mitleid keine Spur, stattdessen diese fast lustvoll ausgemalten Schreckensbilder.

Als sie schließlich den letzten Gast verabschiedet und nach ihren Kindern gesehen hatte, klopfte es erneut. Sie war müde, doch die Höflichkeit gebot ihr zu öffnen. Meister Matthis stand vor ihrer Tür. Ihrer ersten Eingebung folgend wollte Margarethe ihn fragen, ob er Geld von ihr wollte, Geld für das Begräbnis, für die Sakramente, für Seelenmessen. Aber nein, Meister Matthis war ja anders. Er ist gekommen, um ihr Trost zu spenden. In ihrer Verzweiflung erzählte sie ihm von Ursulas Vorwürfen. Sie wusste, wie abfällig Luther über die Seelenmessen schrieb, und es leuchtete ihr auch ein, aber nun schienen sie die einzige Rettung für Reinhards Seele zu sein.

Meister Matthis sprach ruhig, aber er war auch ärgerlich. »Es ist aus dem Messelesen ein Geschäft gemacht worden. Man soll mit Christi Blut nicht Handel treiben. Diese bezahlten Messen sind den Seelen unnütz, für die Priester sind sie ein Geschenk, eine Art Trinkgeld. Behaltet das Geld für Euch. Ihr werdet es selbst brauchen«, antwortete er.

»Aber das Fegefeuer?«, fragte Margarethe.

»Das Fegefeuer ist in der letzten Zeit zu heiß geworden. Die Bettelmönche und manche Pfarrer haben die Angst davor genutzt, um Geld zu verdienen. Aber wer kennt schon das Urteil Gottes?«

Margarethe erkannte die Ansichten Doktor Luthers in Meister Matthis' Worten wieder. »Habt Ihr nicht Sorge, dass Euch Euer Interesse für Luther schaden könnte?«, wollte sie wissen. Dieses Thema lenkte sie von Reinhard und der Angst vor Fegefeuer und Hölle ab.

»Ich habe nichts Ketzerisches gepredigt, es sei denn, die Heilige Schrift ist ketzerisch. Die Schrift sagt: Prüfet alles und das Gute behaltet! Auf dem Reichstag zu Worms hatten viele Fürsten, Grafen und sonst namhafte Männer einen Gefallen an Luther und seiner Lehre. Man ließ trotz der Verbote des Papstes und des Kaisers Luthers Schriften öffentlich verkaufen. Das wisst Ihr doch besser als ich.«

Margarethe nickte vage. Es war unklar, wie sich der neue Papst Luther gegenüber verhalten würde. Leo X. war Ende 1521 gestorben, und Adrian von Utrecht, einer der Erzieher Karls V., war schon in den ersten Tagen des neuen Jahres als Hadrian VI. zum Papst gewählt worden.

»Viele Gelehrte hängen Luthers Lehre an, zumindest heimlich. Soll mir verwehrt sein, solche Schriften zu lesen? Warum verurteilt man nicht jene Edle, sondern mich armes Pfäfflein? Soll mir allein verboten sein, was jedermann erlaubt ist?« Meister Matthis lächelte. Stille kehrte ein und der Kummer ergriff wieder Besitz von ihr. Der Pfarrherr betete mit Margarethe und verließ sie erst, als sie sich wieder gefasst hatte. Sie weckte Johann und trug Grete ins Bett. Dort fand sie Juliane, die, den Rosenkranz in den Händen, eingeschlafen war.

Am Tag nach der Taufe ihres Bruders, Reinhard Beck des Jüngeren, kehrte Juliane nicht vom Unterricht im Kloster zurück. Sie war die ganze Zeit über weinerlich gewesen, was Margarethe, der selbst nach Weinen zumute war, hinnahm. Sie versuchte ihre Kinder zu trösten und war doch mit ihrer eigenen Trauer beschäftigt. Außerdem hatte die Vorbereitung der Taufe sie in Anspruch genommen, es würde kein Fest geben, aber die Freunde und Nachbarn wollten gratulieren. Als der Tauftag vorbei war, hätte sie Juliane im Haus brauchen können, aber das Mädchen bat so inständig darum, zum Unterricht gehen zu dürfen, dass sie es ihr nicht abschlagen mochte. Und nun, am Abend, war Juliane nicht zu finden. Sie teilten sich auf, Margarethe, die noch immer von der Geburt geschwächt war, suchte das Haus ab, Barbara übernahm die Umgebung der Kathedrale, Johann lief zum Fluss hinunter. Als die Dämmerung dichter wurde, gaben sie die Suche auf. Sie müssten sich nun den Weg zum Kloster vornehmen, doch das war in der Dunkelheit unmöglich.

Im nächsten Morgengrauen lief sie in die Krutenau zum Kloster Sankt-Nikolas-in-undis, das Reinhard für seine Tochter ausgewählt hatte. Es war ein Kloster, in dem viele angesehene Familien, aber auch wohlhabende Handwerker ihre Töchter erziehen ließen. Für sie war es eine finanzielle Bürde, aber Reinhard hatte es so entschieden. Am Klostertor angekommen, fragte sie nach der Schaffnerin. Diese Frau war, wie sie wusste, nicht nur für die Verwaltung der Klostergüter, sondern auch für die Aufsicht über die Laienmitglieder und die Mägde und Knechte zuständig, Juliane hatte ihren Namen einmal erwähnt. Die Schaffnerin begrüßte sie knapp und führte sie in das Locutorium, einen kleinen Raum mit eisenvergitterten Fenstern. Ein Wandgemälde war sein einziger Schmuck, es sollte die Besucher, die außerhalb der Klostermauer ein sündhaftes Leben führten, wohl zur Umkehr ermahnen: Eine Gruppe von Menschen scharte sich um einen Geistlichen, der die Hand in einer Predigt erhoben hielt. Hinter ihnen stiegen Leichen aus einem Beinhaus, halb verwest, und um sie herum tanzten Paare, wie sie noch nie ein Mensch erblickt hatte: Adelige, Patrizier, Bauern, ein jeder mit einem Gerippe im Arm; sie alle holte der Tod, und die Todesstunde war für jeden, ob arm oder reich, ungewiss. Schaudernd wandte sich Margarethe von dem Totentanz ab. Wenig später trat eine Nonne zu ihr, es war die Priorin. Ihre blasse Haut und das weiße Habit schienen ineinander überzugehen, das schwarze Schultertuch flatterte um ihre zierliche Gestalt. Mit leiser Stimme bat sie die Besucherin in einen kleinen Raum.

»Schwester, ich suche meine Tochter, Juliane Beck. Sie ist gestern nicht nach Hause zurückgekehrt«, erklärte Margarethe.

»Eure Tochter ist hier«, antwortete die Dominikanernonne, als sei es das Selbstverständlichste auf der Welt.

Margarethe fiel ein Stein vom Herzen. »Wo ist sie? Ich möchte sie mit nach Hause nehmen.«

Die Nonne schlug die Augen nieder. »Eure Tochter hat den Wunsch geäußert, hier zu bleiben.«

In Margarethe regte sich Zorn, sie erinnerte sich jedoch ihrer heftigen Reaktion auf den Priester und sagte beherrscht: »Das hat sie nicht zu entscheiden.«

»Der Tod ihres geliebten Vaters und die Sorge um sein Seelenheil haben sie in Verzweiflung gestürzt. Sie sehnt sich danach, sich mit göttlichen Werken zu beschäftigen. Sie bietet sich mit ihrem reinen und unbefleckten Herzen Gott als wohlgefälliges Opfer dar.«

Margarethe konnte kaum ruhig bleiben, sie saß angespannt da, ihre Finger umkrallten die Knie. Sie betonte jedes Wort, als spräche sie mit einer Schwerhörigen. »Aber sie hat doch mich.

Sie hat ihre Geschwister. Wir sind auch verzweifelt über seinen Tod. Wir können uns gegenseitig trösten.«

»Ihr Gemüt ist verwirrt, der Kummer hat sie übermannt. In diesen Mauern herrschen Friede, Eintracht und Liebe. Das wird ihr guttun.« Der Tonfall der Priorin war milde. Je erregter Margarethe war, umso sanfter schien die Nonne zu werden. Hielt diese Frau sie tatsächlich von ihrer Tochter, ihrem eigenen Fleisch und Blut fern? Margarethe schoss zornig hoch und lief zur Tür.

»Ich möchte sie sehen«, verlangte sie. Die Nonne machte keine Anstalten aufzustehen. Margarethe öffnete die Tür. »Holt sie her, sofort!«, forderte sie. Als die Priorin wiederum nicht reagierte, stellte sie klar: »Ihr habt kein Recht, meine Tochter hier festzuhalten. Sie ist nicht Eure Gefangene.«

Jetzt zuckte es im Gesicht der Nonne. »Eure Tochter hat hier Zuflucht gesucht. Sie sagt, es sei der Wunsch ihres Vaters gewesen, dass sie ein gottgefälliges Leben führt. Sie will zu einem guten christlichen Menschen werden.«

»Aber das muss sie doch nicht im Kloster tun. Das kann sie auch zu Hause!«, konterte Margarethe.

Im Blick der Priorin mischten sich Verwunderung und Entsetzen. »Noch auf seinem Totenbett hat Julianes Vater sich gewünscht, dass seine Tochter Nonne wird. Wollt Ihr wirklich den letzten Wunsch eines Sterbenden missachten?«, fragte sie mahnend.

»Aber …«, begann Margarethe, dann verstummte sie. Dem konnte sie nichts entgegensetzen. Ein Gefühl der Ohnmacht überfiel sie. »Sie ist zu jung für das Klosterleben«, sagte sie traurig.

Die Nonne schien zu spüren, dass Margarethe heute keinen Widerstand mehr leisten würde. »Viele der hochherzigen Frauen, die im Geiste des Ordenstifters, des heiligen Dominikus, ein gottgeweihtes Leben in Gebet und Sühne für die Seelen führten, haben schon in jungen Jahren die Berufung vernommen«, erklärte sie.

»Juliane ist erst acht Jahre alt.«

»Zum Ablegen der Gelübde muss ein Mädchen mindestens dreizehn Jahre alt sein. Sie wird einer sorgfältigen Prüfung unterzogen werden. Danach folgt eine Probezeit, in der die Novizin mit dem Klosterleben vertraut gemacht wird.« Die Priorin ließ ihre Worte in dem engen Raum nachklingen.

»Es ist also noch Zeit«, sagte Margarethe leise. »Es ist nicht für immer.«

Die Nonne nickte zustimmend. »Lasst Eure Tochter hier Zuflucht vor dem Getümmel der Welt finden. Sie wird Latein lernen, die Heilige Schrift und Chorgesang.«

Margarethe ließ sich hinausführen. Sie würde in einigen Tagen wiederkommen, dann hätte sich Juliane sicher beruhigt und sie könnte sie sehen. Bestimmt könnte sie ihre Tochter dann überreden, mit nach Hause zu kommen.

Der kleine Reinhard schrie. Das Gesicht war verzerrt und knallrot, die Arme bebten in der Luft. Margarethe nahm ihn auf. »Renatus, schsch«, flüsterte sie beruhigend. Sie brachte es nicht übers Herz, ihren Sohn Reinhard zu nennen, denn jedes Mal überfiel sie Traurigkeit, wenn sie den Namen aussprach. Das hatte er nicht verdient. Ihr Mann selbst hatte in seinen Drucken verschiedene Schreibweisen seines Namens verwendet, die lateinische Variante Renatus war eine von ihnen, so hatte sie ihn jedoch nie angesprochen. Für ihren jüngsten Sohn schien es ihr aber ein passender Name zu sein. Renatus, das hieß, »der Wiedergeborene«. Er hatte ein ruhiges Temperament, aber noch nie hatte sie bei einem ihrer Kinder solchen Kummer gehabt. Nach Reinhards Tod war ihre Milch versiegt und sie hatte eine Amme gesucht. Als sie eine von gesunder Hautfarbe gefunden hatte, weigerte sich Renatus, sie anzunehmen. Margarethe hatte die Amme wieder fortgeschickt und den Jungen mit verdünnter Milch gefüttert, an die er sich inzwischen gewöhnt hatte. Sie wiegte ihn auf ihrer Schulter, plötzlich spürte sie dort, wo das Köpfchen ihre Wange berührte, etwas Klebriges. Sie stützte den

Kopf mit den Fingerspitzen und drehte ihn vorsichtig, da sah sie eine gelbe Flüssigkeit, die aus dem Ohr geflossen war – Eiter! Kein Wunder, dass er so schrie.

Margarethe reichte Barbara das Kind und gab Honig und Wasser in einen Kessel. Während sie darauf wartete, dass das Wasser heiß wurde, trat der Altgeselle zu ihnen. Er sah, dass es nicht passte, und wollte schon wieder gehen, doch Margarethe fragte ihn, was er wolle. Wolfgang zupfte an seinem Ohrläppchen. Er war ein gewissenhafter Setzer, aber langsam und nicht der Hellste. »Wir müssen arbeiten. Was sollen wir tun? Wie wird es weitergehen? Wir haben keinen Meister …«, druckste er. Ihr Blick verschwamm, sie starrte in den Kessel, Blasen stiegen auf. Sie nahm ihn vom Feuer und sagte, an den Gesellen gerichtet: »Ihr müsst die Werke fertigstellen, die der Meister begonnen hat. Solange wir es nicht an die große Glocke hängen, hat die Zunft wohl nichts dagegen.«

Renatus kreischte schrill, sein Gesicht war dunkelrot. Margarethe musste ihm helfen, ungeduldig steckte sie einen Finger in den gesottenen Honig. Er war kühl genug. Sie hielt Renatus fest, während Barbara die Flüssigkeit in die Ohrmuschel tropfen ließ, damit das Ohrenreißen aufhörte. Ihr Sohn schien nicht zu verstehen, dass sie ihm nur helfen wollten, er brüllte noch verzweifelter, als die Tropfen sein Ohr trafen. Margarethe sang ihm tröstend ein Lied vor. Wenn sie schon ihren Mann nicht hatte retten können, diesen Reinhard würde sie wieder gesund machen.

Es war einige Zeit später, Renatus' Ohren waren gerade wieder verheilt, als nach dem Essen der Geselle Wilhelm und der Lehrjunge an den Herrentisch kamen und Margarethe ansprachen. Sie saß zwischen Johann und Juliane, der Platz am Kopfende war leer. Wilhelm war noch nicht lange in ihrem Hause, sie kannte ihn kaum.

»Herrin, ich werde meine Gesellenzeit in dieser Druckerei beenden. Ein anderer Drucker nimmt mich auf. Ich werde es morgen beim Zunfttreffen sagen. Aber ich wollte, dass Ihr's vorher wisst.« Der Lehrjunge trat nervös von einem Fuß auf den anderen. »Ihn hier kann ich mitnehmen. Wo kein Meister ist, kann er nichts lernen«, sagte der Geselle. Der Lehrling biss sich auf die Lippen.

»Ich werde die Druckerei weiterführen, auch ohne Meister«, gab Margarethe zu bedenken. Wilhelm schwieg, sie sah jedoch den Zweifel in seinem Gesicht. Vielleicht war es besser so, ein Mann weniger, der versorgt werden musste. »Du bleibst dabei? Dann sei es so«, sagte sie. Margarethe hatte ein ungutes Gefühl, ihr Heim, ihre ganze Welt schien auseinanderzubrechen.

Neben ihr wurde der Stuhl hart zurückgeschoben und Johann stürmte hinaus. Seit dem Tod seines Vaters hatte ihr Sohn kaum mit ihr gesprochen, nachdenklich und still war er seinen Arbeiten nachgegangen.

Der Mann und der Knabe standen noch immer vor ihr. »Und Herrin, Ihr müsst ihm das Lehrgeld zurückzahlen, das wisst Ihr doch, oder?«

Margarethe hatte es nicht gewusst, zumindest war es ihr nicht bewusst gewesen. »Ja, natürlich«, sagte sie. »Ich werde mich darum kümmern.« Morgen war das Zunfttreffen – gut, dass er es erwähnt hatte, sie hätte es glatt vergessen.

Ihre Kinder schliefen schon, nur Johann fehlte, er wolle noch einmal kurz in den Hof, hatte er gesagt. Das war schon einige Zeit her, musste sie nach ihm sehen? Aber nein, Johann war beinahe zehn Jahre alt, und er konnte es nicht leiden, wenn seine Mutter ihm hinterherlief. Sie legte sich zu den Kindern ins Bett. Seit Reinhards Tod mied sie die gemeinsame Kammer, sie wollte nicht allein sein, und ihre Kinder waren froh, wenn sie sich nachts an sie schmiegen konnten. Rumms, eine leichte Erschütterung lief durch die Holzbohlen und klang in einem Brummen aus. Es musste ein Geräusch auf dem Platz gewesen sein. Rumms. Sie lauschte. Nein, es kam aus ihrem Haus. Ein leises Quietschen. Die Presse. Jemand arbeitete. Sie stand auf und schlich aus dem Zimmer. Sie hatte keine Angst im Dunkeln, keine Angst in diesem Haus. Sie kannte es beinahe ihr ganzes Leben lang. Sie trat in die Druckerei, sah den großen Schatten der Presse und daneben eine einzelne Kerze, die ihren Schein auf ein Kind warf. Auf Zehenspitzen trat sie näher. Johann drehte sich um und wäre vor Schreck fast hintenübergekippt.

»Mutter?!« Das Wort klang wie ein Vorwurf.

»Johann, was tust du hier?«

Er reckte das Kinn mit dem Grübchen vor, ergriff den Schlitten und versuchte erneut, ihn in die Presse zu schieben. Er stemmte sich gegen das Holz, aber es bewegte sich kaum. Margarethe beobachtete ihn einen Moment lang und überlegte, ob sie schimpfen sollte, fasste dann aber mit an. Gemeinsam schoben sie den Schlitten in die Presse. Ohne sie anzusehen, ergriff Johann den Pressbengel, schwang beide Füße an die Kante der Presse und zog mit aller Kraft. Doch auch hier richteten seine Anstrengungen nichts aus. Margarethe legte ihre Hände neben seine und half ihm. Gemeinsam brachten sie die erste und anschließend die zweite Hälfte der Form unter den Tiegel, betätigten abermals den Bengel und beförderten den Karren in die Ausgangsstellung zurück. Als Johann einfach weitermachen wollte, packte Margarethe ihn an den Oberarmen und hielt ihn fest, so dass er sie ansehen musste. Seine Augen waren rotgerändert. »Warum tust du das? Geh lieber ins Bett«, sagte sie.

Johann riss sich los, er stand vor ihr, die Hände zitterten. »Du verstehst nichts!« Aufgebracht schlug er gegen die Presse.

Margarethe sah ihn verwundert, aber auch ein wenig erschrocken an. »Was habe ich getan, das dich so wütend macht?«, fragte sie.

»Nichts hast du getan! Alles geht den Bach runter und du machst nichts!«

»Ich verstehe nicht …«, begann sie ratlos.

»Es gibt keine neuen Aufträge. Der Geselle geht weg, der Lehrjunge. Sie reden davon, dass wir die Druckerei verlieren, dass wir ausziehen müssen. Vater wollte, dass ich Drucker werde.

Aber wie soll ich es schaffen, wenn du alles aufgibst!« Seine Vorwürfe trafen sie. Sie wollte nicht aufgeben, sondern um die Druckerei kämpfen, wie sie es früher schon getan hatte.

»Wir werden einen Drucker finden, der dich zum Lehrjungen nimmt. Du hast schon so viel gelernt.«

Johann sprang vor Erregung beinahe hoch. »Das kostet Lehrgeld. Hast du es? Wovon sollen wir leben? Und warum soll ich in eine andere Druckerei gehen, wenn mein Großvater und mein Vater eine eigene aufgebaut haben?« Seine Augen blitzten.

Sie trat an ihn heran und wollte ihn anfassen, aber sie fürchtete, dass er dann noch ungebärdiger werden würde. Stattdessen sah sie sich den Schriftsatz an. »Sieht aus wie ein Grammatikbuch. Hast du es gesetzt?«, fragte sie.

Johann bewegte langsam den Kopf auf und ab. »Es ist das Buch, das Pauli Goetz mit Vater drucken wollte. Ich dachte, wenn ich erst einmal anfange, könnten wir diesen Auftrag doch noch bekommen«, erklärte er leise. Er hatte ihre schlanke Figur, aber die Augen seines Vaters. War es der Wilde Mann gewesen, den sie eben in ihm hatte toben sehen?

»Johann Beck, Drucker. Dein Großvater wäre stolz auf dich. Und dein Vater auch.« Sie sah, wie Tränen seine Augen füllten, und endlich konnte sie ihn in die Arme schließen. Ihr kleiner großer Sohn. Er dachte weiter als sie, und er machte sich mehr Sorgen um die Zukunft. Er löste sich von ihr.

»Morgen ist das Treffen bei der Zunft. Ich werde retten, was zu retten ist«, versprach sie ihm. »Und nun geh ins Bett. Wenn der Tag anbricht, liegt Arbeit vor dir.« Sie wartete auf ihn, aber er sah sie nur fragend an. »Wir müssen doch die Seiten fertigstellen, damit du sie Pauli Goetz zeigen kannst.« Er strahlte, und auch als er schon im Bett lag, sah sie noch das Lächeln, das seine Lippen umspielte.

Ein Mann schritt die Leine mit dem bedruckten Papier ab. Margarethe hatte ihn beim Begräbnis ihres Mannes gesehen, aber noch nie länger mit ihm gesprochen. Er war anscheinend ein wohlhabender Drucker, denn er trug pelzverbrämte Kleidung aus teuren Stoffen. Johann hatte sie gerufen und ihr gesagt, dass der Drucker Meister Schott sie sprechen wollte. Als sie ihn begrüßte, las er: »*Gedruckt von Johann Beck im Auftrag von Pauli Goetz*. Soso.« Dann wies er auf einen Stuhl und sagte: »Setzen Sie sich, gute Frau«, als ob er der Hausherr wäre. Margarethe blieb lieber stehen, also schritt er wieder durch den Raum. Wolfgang und Johann sahen ihn befremdet an. Mit einer weit ausladenden Armbewegung sagte er: »Wenn man bedenkt, wie viel Geschichte in diesen Räumen steckt! Man spürt sie geradezu!« Margarethe schwieg. Es gefiel ihr nicht, wie er sich aufführte, aber sie wollte auch nicht unhöflich sein. »Wie Ihr vielleicht wisst, druckte mein Großvater, der berühmte Johann Mentelin, im Haus ›Zum Tiergarten‹ seine Werke. Ja, mehr noch, mein Großvater hat die Buchdruckerkunst hier erfunden. Kaiser Friedrich III. hatte ihm für seine Verdienste ein Löwenwappen verehrt, das ich in meine Druckermarke aufgenommen habe«, fügte er mit stolzgeschwellter Brust hinzu. »Es nimmt also nicht wunder, dass ich an diesen Ort, an dem diese hohe Kunst ihren Anfang und Ursprung nahm, zurückkehren möchte.«

Margarethe kniff die Augen zusammen. Einige Historiker dieser Stadt hatten zwar geschrieben, dass die Druckkunst im Haus »Zum Tiergarten« erfunden worden war, aber selbst der Gelehrte Wimpfeling, der stets danach trachtete, den Ruhm Straßburgs zu mehren, hatte hinzufügen müssen, dass sie erst in Mainz vervollkommnet worden war. Und wenn auch die Verdienste Johann Mentelins als einer der ersten ständigen Drucker der Stadt unstrittig waren, welche Rolle er bei der Erfindung der Druckkunst gespielt hatte, war nicht erwiesen. Ihr Vater hatte immer erzählt, dass ein gewisser Johannes Gensfleisch oder Gutenberg, der eine Zeitlang in Straßburg gelebt und gearbeitet hatte und von hier aus nach Mainz gegangen war, einen bedeutenden Anteil daran gehabt hatte.

»Ihr könnt gerne beizeiten wieder vorbeikommen, um Euch hier Eures Vorfahren zu erinnern«, bot sie freundlich an.

Schott lächelte mit weit auseinandergezogenen Mundwinkeln und schmalen Lippen. »Eben darum bin ich hier. Und noch mehr möchte ich tun.« Ihr Unbehagen wuchs, was wollte dieser Mann von ihr? »Ihr seid in einer misslichen Lage. Die Druckerei werdet Ihr nicht behalten können, das wird sich heute Abend bei der Zunftsitzung erweisen.« Er legte einen Lederbeutel auf den Tisch, Münzen klirrten. »Summa summarum, mein Vorschlag: Überlasst mir die Druckerei und das Haus ›Zum Tiergarten‹. Ich will es Euch lohnen.« Er schob ihr den Beutel zu. »Mit der Besitzerin des Hauses habe ich bereits gesprochen. Meister Hupfuffs Witwe liegt viel daran, diese Räume in guten Händen zu wissen.« In Margarethe stieg Empörung hoch. Man verfügte ohne ihr Wissen über ihren Besitz. Man wollte sie vertreiben. Sie sah sich und ihre Kinder schon auf der Straße, bei den Bettlern.

»Ich denke nicht daran, die Druckerei aufzugeben.« Sie warf ihrem Sohn einen Blick zu und sah die Kampflust in seinen Augen aufblitzen.

Meister Schott schien überrascht. »Die Druckerei nicht, aber vielleicht dieses Haus«, sagte er schmallippig.

Margarethe schob den Beutel mit dem Geld wieder zurück. »Vielleicht«, sagte sie nur. »Ich lasse es Euch wissen. Und nun entschuldigt uns bitte, wir haben zu tun.«

In der Zunftstube wurde Margarethe ein Platz an einer großen Tafel zugewiesen. Sie war die einzige Frau im Raum und wurde entsprechend gemustert, von manchen verstohlen, von manchen neugierig, wie von Meister Knipp, der ihr schräg gegenübersaß. Ihr Bruder Hans warf ihr ein scheues Lächeln zu. Was hatte das zu bedeuten? Die Sitzung der Zunft wurde eröffnet, Formalien wurden erledigt. Es ging um das Wormser Edikt, Beschwerden über Nachdrucke, die Anliegen anderer Gewerke. Schließlich kam die Rede auf den verstorbenen Drucker Beck und seine Witwe Margarethe Prüß. Der Zunftmeister sprach sie jetzt direkt an: »Witwe Prüßin, uns ist zu Ohren gekommen, dass in Eurer Druckerei unrechtmäßig gedruckt worden ist. Was habt Ihr zu diesem Vorwurf zu sagen?«

Margarethe zuckte zusammen. Auch der Altgeselle Wolfgang wirkte erstaunt. Was meinte der Zunftmeister? Spielte er auf die Schriften von Luther und seinen Verteidigern an, die Reinhard gedruckt hatte? Aber dabei war doch oft das Druckersignet weggelassen worden, damit sie nicht zurückverfolgt werden konnten! Sie stand auf. »Ehrwürdiger Zunftmeister, in der Druckerei meines Mannes ist nur gemäß der Druckerordnung gearbeitet worden«, verteidigte sie sich.

»Gegen den Verstorbenen wurden keine Vorwürfe erhoben. Es heißt, dass ein Knabe, der naturgemäß weder Mitglied der Zunft noch Geselle oder Lehrling ist, bei Euch Bücher herausgibt. Das widerspricht dem Zunftrecht.« Es ging um ihren Sohn, um Johann. Meister Schott hatte die zum Trocknen aufgehängten Seiten in der Druckerei gesehen. Es war eine Gemeinheit, eine wehrlose Witwe anzuschwärzen. Sie warf ihm einen abfälligen Blick zu, er sollte wissen, dass sie sein unehrenhaftes Benehmen verachtete. In den Reihen der Zünftler wurde getuschelt. Margarethe konnte sich denken, was sie sagten: Kaum war der Meister tot, lief der Witwe das Geschäft aus dem Ruder.

»Der Knabe ist mein Sohn Johann Beck, er wollte die Kunst erproben, die sein Vater ihn gelehrt hat«, sagte sie entschuldigend.

Meister Knipp verlangte zu sprechen. »Die Frau lügt. Sie hat schon oft ihre Unzuverlässigkeit bewiesen. Und jetzt will sie sich einfach über das Zunftrecht hinwegsetzen.«

Bevor sie sich rechtfertigen konnte, erhob sich Pauli Goetz. »Die Witwe Prüß spricht wahr. Ich habe mit ihrem Sohn über dieses Buch gesprochen. Ich hatte mit seinem Vater über den Druck verhandelt, und es schien mir, als wollte er im Sinne seines Vaters unsere Absprache einhalten.«

»Meister Goetz, Ihr wisst, wie die Regularien unserer Zunft aussehen«, meinte der Zunftmeister streng.

Pauli Goetz zupfte an seinem farbenfroh geschlitzten Wams. »Er muss auf eigene Faust gearbeitet haben. Ich habe ihm keinen Auftrag erteilt. Es ist wohl wirklich das Blut eines Druckers, das durch seine Adern fließt und das sich nicht bändigen lässt«, sagte er. Einige Zünftler lachten.

Margarethe war froh, dass die Stimmung zu ihren Gunsten umzuschlagen schien, und hakte ein: »Ich entschuldige mich dafür und verspreche, dass es nicht mehr vorkommen wird.«

Der Zunftmeister nickte gewichtig, besprach sich mit den Räten und verkündete, dass der Fall damit erledigt sei. Dann wandte er sich wieder an Margarethe: »Das Recht unserer Zunft sieht vor, dass die Witwe das Geschäft ihres verstorbenen Mannes eine begrenzte Zeit weiterführen darf. Das trifft vor allem zu, wenn sie ihrem Ehemann Söhne geboren hat, die sein Handwerk weiterführen können. Wollt Ihr, Margarethe Prüß, dieses Witwenrecht wahrnehmen?« Alle Augen richteten sich gespannt auf sie. Die Arbeit von Gesellen, von Lehrlingen, von anderen Meistern könnte durch ihre Entscheidung beeinflusst werden. Mit fester Stimme sagte sie, sie wolle ihr Recht als Witwe wahrnehmen.

»Schreiber, halte fest: Margarethe Prüß übernimmt die Rechte und Pflichten ihres verstorbenen Mannes. Sie muss die üblichen Beiträge in die Zunftkasse entrichten. Sie muss ihre Rüstung in Ordnung halten, und wenn sie nicht kämpfen kann, einen tüchtigen Gesellen anstellen und ihn dafür entlohnen, dass er für sie in den Kampf zieht.« An Margarethe gerichtet sagte er: »So habt Ihr das Witwenrecht für mindestens ein Jahr. Ihr müsst einen Meister verdingen, der die Druckerei für Euch führt. Nach Ablauf des einen Jahres müsst Ihr das Geschäft schließen oder einen Drucker heiraten. Ich ermahne Euch zur Sittlichkeit. Wenn Ihr einen unsittlichen Lebenswandel führt, verliert Ihr sofort die Berechtigung zur Fortführung des Handwerks.«

Meister Knipp mischte sich noch einmal ein: »Das Handwerk soll so rein sein, als hätten es Tauben gelesen, lautet ein alter Handwerksspruch«, rief er. Einige klopften beifällig mit den Knöcheln auf den Tisch. Der Zunftrat fragte, ob noch jemand etwas zu der Angelegenheit sagen wollte. Da stand der Geselle Wilhelm auf und gab bekannt, dass er nicht mehr im Haus »Zum Tiergarten« arbeiten, sondern mit dem Lehrjungen zu einem anderen Drucker wechseln wolle. Der Rat stimmte dem Wechsel zu.

Margarethe atmete auf, ihre Angelegenheiten waren bis auf weiteres geregelt. Jetzt konnte sie sich endlich darauf konzentrieren, die Druckerei für sich und ihre Kinder zu sichern. Doch ihr wurde erneut ein Strich durch die Rechnung gemacht. Als Meister Schott sich erhob und um das Wort bat, schwante ihr Böses. Der Drucker hatte sein Vorhaben auch ohne ihr Einverständnis vorangetrieben. Er verkündete, dass er von der Witwe Hupfuff die Druckerei im Haus »Zum Tiergarten« pachten werde. Es war beschlossene Sache, Margarethe spielte bei dieser Entscheidung keine Rolle mehr. Sie sackte in sich zusammen. Für sie war es ein Schock. Es war das Haus, in dem sie einen bedeutenden Teil ihres Lebens verbracht und ihre Kinder geboren hatte, in dem ihr Vater und ihr Mann gestorben waren. Wo sollte sie hin, wenn Meister Schott sie aus ihrem Haus vertrieb? Wie konnte er einer Frau mit Kindern so schaden? Hatte er am Nachmittag nur mit ihr verhandelt, weil er eine Auseinandersetzung vor der Zunft vermeiden wollte?

Die Erregung ließ sie sprechen: »Ehrwürdiger Zunftmeister. Ich bin von den Worten Meister Schotts überrascht. Ich habe nicht gewusst, dass ich nach meinem Mann auch noch mein Zuhause verlieren soll.« Tränen stiegen ihr in die Augen. Sie schluckte schwer. Sie würde nicht vor dem Zunftrat weinen. »Ich bitte den Rat inständig, dieses Vorhaben zu prüfen. Sollte dieser Plan unabwendbar sein, bitte ich um eine angemessene Frist. Ich muss schließlich nicht nur mit einer Druckerei umziehen, sondern mit einer Familie – und zwar aus dem Haus, in dem bereits mein Vater, Johann Prüß der Ältere, Gott habe ihn selig, druckte.« Mit zitternden Knien setzte sie sich. Die Männer des Zunftrates tuschelten.

Meister Schott räusperte sich. »Ich bitte zu bedenken, dass ich ältere Rechte habe, weil, wie bekannt sein dürfte, der Erstdrucker Johann Mentelin, mein Großvater, dort die Druckkunst erfand.« Die Unruhe in dem Saal nahm zu, ihre Angelegenheit war der letzte Punkt auf einer langen Liste gewesen und die Männer wollten endlich mit dem geselligen Teil des Abends beginnen. Was scherte sie der Fall dieser Witwe?

Der Zunftmeister nahm seinen Hammer auf und hieb auf den Tisch, um sich Gehör zu verschaffen. »Der Zunftrat wird die Angelegenheit prüfen, wir entscheiden in der nächsten Woche darüber. Die Sitzung wird geschlossen.« Margarethe sprang auf und lief hinaus. Sie würde sich gedulden müssen, auch wenn Geduld das war, was sie am wenigsten hatte.

Kurz bevor Wolfgang und sie das Münster erreicht hatten, hörten sie einen Ruf. »Margarethe, warte!« Ihr Bruder kam auf sie zu. Erst jetzt bemerkte sie, wie verlebt er aussah. Sie blieb stehen und bat den Altgesellen, bei ihr zu bleiben; ihre letzten Erfahrungen mit dem Bruder waren nicht eben erfreulich gewesen. Hans Prüß bemerkte ihre Vorsicht, ein Anflug von Enttäuschung huschte über seine Züge, wurde aber schnell von einem Lächeln fortgewischt. Es war ein ehrliches Lächeln, eines, das Zahnlücken enthüllte und feine Falten auf seine Wangen warf. Dann schien ihm einzufallen, wie ernst der Anlass war, der sie zur Zunftstube geführt hatte.

»Es tut mir leid um Reinhard«, sagte er. »Er war ein guter Drucker. Und wohl auch ein guter Mann.«

Seine Beileidsbekundung kam spät, aber immerhin, sie kam. »Das war er«, antwortete sie schlicht.

Er schwieg einen Moment. Sie konnte ihr Misstrauen kaum unterdrücken. Was wollte er von ihr? Hans hatte immer etwas von ihr gewollt.

»Was wirst du jetzt tun?«, fragte er.

Aha, daher wehte der Wind. »Warum? Willst du dir jetzt holen, was du nach Vaters Tod nicht bekommen hast?«

Er hob die Augenbrauen, sein Mund öffnete sich überrascht. »Wenn du so denkst …«, sagte er und wollte gehen.

Schon taten ihr die scharfen Worte leid. Bislang hatte ihr Bruder nichts gesagt, das sie verletzt hatte. »Hans, verzeih. Ich habe es nicht so gemeint«, sagte sie.

Er drehte sich um, als habe er nur auf einen Wink von ihr gewartet. »Doch, das hast du. Und ich kann mich nicht einmal darüber beklagen. Ich habe mich nicht sehr brüderlich benommen.« Mit dem Knöchel der Hand rieb er über eine Narbe, die seine Augenbraue durchteilte. Der nächste Satz kam nur stockend über seine Lippen. »Das bedaure ich heute«, gestand er ein. Margarethe ließ ihn zappeln. Hans sah zu Boden. »Aber so bin ich nicht mehr. Und selbst wenn ich mir etwas holen wollte, ich könnte es gar nicht.«

Margarethe horchte auf. »Wie meinst du das?«, fragte sie.

»Hast du denn nicht gehört, dass ich nur noch für die Gläubiger arbeite? Vor ein paar Jahren haben sie mich vor den Stadtrat gezerrt. Sie haben mich gezwungen, mich zu ändern. Und weißt du was? Ich bin froh darüber.« Voller Kampfgeist sah er sie an. »Auch wenn ich nichts mehr habe, die Arbeit meiner Hände kann ich verrichten. Und das wollte ich dir sagen. Wenn du Hilfe brauchst …«, er ließ den Rest des Satzes in der Luft hängen.

War denn alles vergessen, was zwischen ihnen gewesen war? Konnte sie ihm vergeben? Sie wusste es nicht.

»Ich danke dir, Bruder«, sagte sie.

»Meister Schott ist eigentlich kein schlechter Mensch. Druckt die Schriften der Gelehrten. Unterstützt die Reformer. Kennt einige von ihnen, wie Ritter Ulrich von Hutten, persönlich. Wenn er sich nur nicht so viel auf die Verdienste seines Ahnherrn einbilden würde! Man würde ihn mehr mögen …«, sagte Hans Prüß.

Margarethe sah ihn von der Seite an. Ihr Bruder fand an allem und jedem etwas Gutes, das hatte er nicht verlernt. »Er mag kein schlechter Mensch sein, aber er ist sich nicht zu schade, aus meinem Unglück Vorteil zu ziehen.« Sie ging weiter. Wolfgang hatte unbewegt ihrem Gespräch gelauscht und folgte jetzt still. Ließ ihr Schicksal ihn kalt?

Hans hielt sie durch eine leichte Berührung am Arm auf. »Der Rat wird dir helfen. Ich werde mit ein paar Leuten sprechen, mich für dich starkmachen. Du wirst sehen, das hilft«, verabschiedete er sich.

Margarethe wollte ihn aufhalten, wollte ihm für sein Angebot danken, aber zu spät. Würde es ihr wirklich nützen, wenn ihr Bruder sich einmischte? Oder schadete es womöglich eher?

In den nächsten Tagen zeigte sich, dass Hans Prüß sich tatsächlich für sie und den Erhalt der Druckerei einsetzte. Er schien nicht einmal einen Dank dafür zu erwarten. Margarethe konnte nicht glauben, dass ihr Bruder sich so gewandelt hatte.

Sie sah das Schreibpult an, als wäre es ein gefährliches Tier. Früher hatte sie oft an Reinhards Pult gestanden, hatte Briefe beantwortet oder Einträge in das Handelsbuch vorgenommen. Aber seit seinem Tod hatte sie das Pult gemieden, genauso wie sie ihr Schlafgemach seitdem nicht mehr betreten hatte; immer wenn sie etwas daraus brauchte, bat sie Barbara, es ihr zu holen. Es half nichts, sie musste alle Unterlagen und Handelsbücher durchschauen, um zu prüfen, wie es um die Druckerei stand. Sie stellte ihren Leuchter ab, zog ein Buch hervor und begann darin zu blättern. Reinhards Schrift war etwas ungelenk, aber gut lesbar. Nie wieder würde diese Schrift geschrieben werden. Sein erstes Buch mit den Einträgen aus Baden, der Auftrag für das Messbuch aus Bremen, Schulbücher, Psalmen, Kosten für den Papierlieferanten, Fässer für den Buchtransport, und hier, endlich, das, was sie suchte. Margarethe nahm sich einen Streifen Papier, der als Abfall bei einem ihrer letzten Drucke entstanden war, das Schreibrohr und begann ihre Ausgaben aufzulisten. Sie überschlug, was es kosten würde, einen Meister anzustellen, und zählte die Löhne hinzu. Je weiter sie voranschritt, umso krauser zog sie die Stirn. Immer wieder rechnete sie nach, aber es blieb dabei. Es war zu kostspielig, als Witwe die Druckerei zu erhalten. Aber was sollte sie sonst tun? Könnte sie sich eine andere Arbeit suchen? Müsste sie ihre Kinder in einem fremden Haushalt verdingen? Würden sie betteln müssen?

Verzweifelt stützte sie den Kopf in die Hände, da berührte sie überraschend jemand am Ellenbogen. »Mutter, was ist?« Margarethe rieb sich über das Gesicht und öffnete die Augen. Barbara stand vor ihr. »Ist das Zunfttreffen nicht gut verlaufen?«

Sie wollte Barbara alles erzählen, wollte ihr Herz erleichtern. Aber wenn sich schon Johann sorgte, wie würde es erst Barbara gehen, die ohnehin viel Verantwortung übernahm? Konnte sie sie damit belasten? War es nicht ihre Aufgabe, ihre Zukunft in Ordnung zu bringen? Andererseits hatte Barbara selbst schon vor einigen Jahren gefordert, dass Margarethe sie ernst nahm.

»Wir werden alles verlieren. Die Zunft macht es uns schwer. Sie verlangen zu viel. Das können wir nicht schaffen«, sagte sie niedergeschlagen und berichtete ihrer Stieftochter von der Sitzung.

Barbara rieb ihr hängendes Lid. »Wolfgang könnte die offiziellen Aufgaben übernehmen«, schlug sie vor.

Der Gedanke war Margarethe auch schon gekommen. Sie selbst würde sich um die Druckaufträge und die Finanzen kümmern, das würde sie nicht aus der Hand geben, dem war Wolfgang auch nicht gewachsen. »Ich habe auch schon daran gedacht. Aber es ist teuer, das Bürgerrecht für ihn zu kaufen. Das Geld hat er nicht, und wir haben es auch nicht.«

Barbara klimperte mit ihren Fingerkuppen auf dem Pult. »Es gibt noch eine Möglichkeit, das Bürgerrecht zu erlangen«, sagte sie langsam.

Margarethe sah ihre Stieftochter neugierig an. »Was meinst du?«, fragte sie.

»Er könnte mich zur Frau nehmen.«

»Und durch dich das Bürgerrecht erlangen. Du bist Reinhards Tochter, du kannst das Bürgerrecht deines Vaters weitergeben«, vollendete sie den Gedanken. »Aber … willst du ihn denn?«

Barbara strahlte sie an. »Mutter, weißt du es denn nicht? Nichts würden wir uns sehnlicher wünschen!« Margarethe schloss Barbara in die Arme. Ja, sie hatte es geahnt, aber sie war zu sehr mit sich selbst und ihrer Trauer beschäftigt gewesen, um es anzusprechen. Dies war die beste aller Lösungen, es war ein Geschenk. Sie könnten die Druckerei weiterführen, ob in diesem Haus oder woanders, war zweitrangig.

Barbara und Wolfgang verlobten sich und heirateten wenig später. Es war ein den Umständen entsprechendes kleines Fest, und Margarethe fühlte sich an ihre eigene Hochzeit erinnert. Barbara, ihre Stieftochter, hatte ihnen allen die Druckerei gerettet. Margarethe bedauerte, dass sie ihr kein größeres Fest geben konnte. Ihre eigene älteste Tochter Juliane war im Kloster, ob sie einmal heiratete, war ungewiss, aber für Grete würde sie ein großes Hochzeitsfest ausrichten, das nahm sie sich vor. Was hätte Reinhard zu der Heirat seiner Tochter gesagt? Er hatte Wolfgang gefördert, ihn gern um sich gehabt und ihm vertraut. Er wäre sicher froh über diese Ehe gewesen.

Im Frühjahr erwarb Wolfgang Forter über seine Frau Barbara das Bürgerrecht der Stadt Straßburg. Die Zunft Zur Steltz erließ dem Altgesellen die übliche Wartezeit und gestattete ihm, sein Meisterstück in der Werkstatt der Witwe Prüß herzustellen. Die Druckerei war für sie und ihre Kinder gerettet. Sie würde auch weiterhin ein Auskommen haben. Es würde keinen Ballenmeister und keinen Pressmeister mehr an einer Presse geben, jeder würde alles machen müssen, aber immerhin konnten sie die Druckerei erhalten. Ihre Räume im Haus »Zum Tiergarten« mussten sie aufgeben, Meister Schott zahlte ihr eine anständige Summe für die Verkaufsbude vor dem Haus. Mit Hilfe ihres Bruders und des Zunftrates fand sie ein neues Heim für ihre Familie und die Druckerei. Es lag ganz in der Nähe, am Holzmarkt.

KAPITEL 10

Das war's. Margarethe war noch einmal durch das Haus gegangen, vom Erdgeschoss bis zum Dach. Sie war über den Dachboden gelaufen, zwischen dessen Balken die Leinen hingen, nackt und leer. Hier würde in Zukunft Meister Schotts Lehrjunge die Papiere zum Trocknen aufhängen. Sie hatte aus der Gaube auf das Münster geblickt und sich daran erinnert, wie sie sich früher hierhergestohlen hatte, um in Ruhe zu lesen. Hier hatte Reinhard ihr seine Liebe gestanden, hier hatten sie sich zum ersten Mal geküsst. Sie hatte noch einmal in die Räume geschaut, in denen sie gelebt, geliebt und gelitten hatten. Die Kammer mit ihrem Ehebett auszuräumen, in dem Reinhard gestorben war, fiel ihr besonders schwer. Barbara hatte angeboten, ihr dabei zu helfen, aber Margarethe war klar, dass sie es allein tun musste. Es war ein Abschied auf Raten, und sie hatte das Gefühl, noch ganz am Anfang zu sein. Sie blickte in die Druckerei, auf die Schränke, die stehen blieben, weil sie Meister Hupfuffs Witwe gehörten. Als sie vor die Tür trat, wartete Witwe Hupfuff auf sie und spielte nervös mit ihrer Halskette. »Es hat nichts mit Euch zu tun. Es ist nur … als Witwe muss man seine Interessen wahren. Das wisst Ihr doch selbst«, sagte sie und fügte schnell hinzu: »Und die Pacht ist nun einmal zu hoch für Euch. Da braucht es eine gut laufende Druckwerkstatt.« Die Hausbesitzerin schien ein schlechtes Gewissen zu haben, aber Margarethe dachte nicht daran, es ihr leicht zu machen. Schweigend gab sie ihr den Schlüssel für die Druckerei. »Wo werdet Ihr bleiben?«, fragte Witwe Hupfuff.

»Am Holzmarkt«, antwortete Margarethe.

Ihr Gegenüber rümpfte die Nase, der Holzmarkt war im Gegensatz zum Kathedralenvorplatz keine feine Gegend. »Dann also viel Glück und Gottes Segen«, sagte sie und kehrte ihr den Rücken zu.

Margarethe ging über den Fronhof an den Buden der Händler vorbei und bog in eine Gasse Richtung Fluss ab. Ein buschiger Holunderbaum ragte in die Gasse hinein, seine weißen Blüten erfüllten die Luft mit einem intensiven Duft. Im Wirtshaus »Zum Haspel« herrschte wie immer Betrieb. Zu ihrer rechten Hand tauchten die aufgestapelten Baumstämme auf, die dem Holzmarkt seinen Namen gaben. Bauholz war in Straßburg stets knapp. Über die verschiedenen Flüsse wurde es aus den Wäldern des Schwarzwaldes herangeschafft und auf dem Barfüßerplatz verkauft. Ein Teil wurde jedoch auch hier abgeladen und gehandelt. Schiffe lagen am Ufer, Holzleute wuchteten die Stämme auf ihre Schultern oder rollten sie über die Erde. Margarethe wollte sich ihrem Haus zuwenden, da rannten Kinder sie beinahe über den Haufen. Sie wollten anscheinend zu der Menge, die sich um den an einem Galgen hängenden Schandkorb versammelt hatte. Margarethe entdeckte ihre Söhne Johann und Bastian und ging zu ihnen. Je näher sie dem Schandkorb kam, umso stärker wurde der Gestank. Beim Schandkorb war der Fluss besonders verschmutzt. Die Schlachter aus dem anliegenden Schindhaus warfen die Abfälle in das Wasser und der Ulmergraben spie hier den Inhalt der Aborte des Viertels aus. Im Korb befand sich ein Mann, der die Hände durch die Gitter reckte und um Gnade bettelte. »Was hat er getan?«, fragte Margarethe ihren älteren Sohn Johann ohne brennendes Interesse, derartige Schauspiele kamen häufig vor.

»Er hat beim Abmessen des Weins betrogen, und dann auch noch einen Zunftmeister. Dafür muss er jetzt büßen.« Die Rolle mit dem Seil, mit dem der Schandkorb am Galgen befestigt war, drehte sich. Johann begann, wie die anderen Zuschauer, aus Vorfreude zu johlen, sein kleiner Bruder tat es ihm nach. Der Mann jaulte auf, während die Schinderknechte ihn langsam hinunterließen. Die anfeuernden Rufe übertönten beinahe die Ekelschreie, die aus dem Flussbett kamen. Als der Korb wieder hochgezogen wurde, japste der Mann nach Luft, seine Kleidung war von dem mit Blut, Kot und Urin vermischten Flusswasser getränkt. Eine Zeitlang wurde er dem Spott der Zuschauer preisgegeben, dann wurde die Kurbel wieder gedreht. Das Schauspiel wiederholte sich noch ein paar Mal. Schließlich hatte der Gerichtsscherge ein Einsehen und wies die Schinderknechte an, aufzuhören. Einige Zuschauer machten ihrer Enttäuschung Luft, aber dann verlief sich die Menge auf dem Holzmarkt, und der Weinhändler blieb jammernd im Käfig zurück.

»Das macht der nicht noch mal«, meinte Johann schadenfroh. Gemeinsam gingen sie auf das Haus zu, in dem sie von nun an leben und arbeiten würden. Es war ein altes Fachwerkhaus, verwinkelt und schief, aber wohnlich.

Sie wurde freundlich von ihrem Nachbarn, einem Schreiner, begrüßt, der vor der Tür seines Hauses arbeitete. Auf der anderen Seite befand sich der Laden eines Eisenkrämers, vor dem eine alte Frau fegte. Sie traten in den Raum, der ihre Druckerei werden würde. Er war klein und die Decke war so niedrig, dass Reinhard seinen Kopf hätte einziehen müssen, das zumindest war Margarethe sofort aufgefallen, als sie das Haus am Holzmarkt zum ersten Mal betreten hatte. Sie fühlte sich wohl hier. Das Haus war gerade groß genug für ihre Bedürfnisse und nicht zu teuer. Die Druckerpresse beherrschte schon jetzt das Erdgeschoss, obgleich sie noch nicht vollständig aufgebaut war.

»Wie weit seid ihr?«, fragte Margarethe und ging zu Wolfgang, der mit der Hilfe eines Zimmermanns die Presse zusammenbaute. Der Altgeselle wischte sich den Schweiß von der Stirn.

»Es ist eng hier, das macht's uns schwer«, sagte er. Margarethe strich über die mit Kratzern und Kerben bedeckte Oberfläche der alten Presse. Sie hatte die unterschiedlichsten Werke den Lesern zugänglich gemacht, Gesang- und Messbücher, Grammatiken und Gedichte, Kräuterbücher und wissenschaftliche

Schriften. Wie gut, dass ihr die Presse, die Lettern und andere wichtige Gerätschaften geblieben waren.

»Wir müssen uns genau überlegen, wo wir die Setzkästen und die Feuchtebank hinstellen. Wir müssen den wenigen Platz gut nutzen. Wir brauchen eine Ecke, in der wir die Papierballen trocken lagern können, ein Regal, Leinen zum Trocknen der Blätter, Platz für das Schreibpult«, überlegte sie laut. Die Druckerei einzurichten bereitete ihr Freude. Es würde eng werden, aber es musste alles in diesen Raum passen. Zur Not könnte sie das Pult in den ersten Stock schaffen lassen, aber dann war sie weit von der Presse entfernt, wenn sie die Probeabzüge Korrektur las. Aber noch konnte ohnehin nicht gedruckt werden, sie musste erst Papier kaufen.

Der Zimmermann hatte seine Arbeit beendet und kam nun zu ihr, um seinen Lohn zu empfangen. Margarethe ging nach oben, wo Barbara die anderen Räume einrichtete, und holte ihre Schatulle hervor. Erschreckt wühlte sie darin herum. Sie war fast leer, wie konnte das sein? Natürlich, der Umzug, die Ausgaben für die Zunft, außerdem hatte sie sich seit Reinhards Tod kaum um den Verkauf gekümmert. Sie kramte einige Münzen zusammen. Mit dem, was übrig war, würden sie gerade so über den nächsten Monat kommen. Sie entlohnte den Zimmermann und bat Johann, ihr zu helfen. Sie mussten einen Tisch vor die Tür stellen und ihre Bücher auslegen, damit wieder Geld hereinkam.

Es war ein karger Hinterhof. Um den Stall, in dessen Dach und Wänden große Löcher klafften, gab es nur platt getretene Erde, einen toten Busch und Scherben von kaputtem Geschirr. Margarethe hatte ihren Kindern verboten, den Stall zu betreten, zu baufällig sah er aus. Sie rüttelte an einem Pfosten, und schon fiel er ihr entgegen, gefolgt von einem Brett, das ihre Füße getroffen hätte, wenn sie nicht zur Seite gesprungen wäre.

»Brauchst du überhaupt einen so großen Stall?«, fragte ihr Bruder. Hans besuchte sie beinahe jede Woche in ihrem neuen

Haus am Holzmarkt. Sie ertappte sich dabei, ihn scheu zu beobachten, aber bislang hatte er sich stets freundlich und hilfsbereit verhalten. Sie stellte den Pfosten wieder an seinen Platz und drückte ihn fest, jetzt löste sich an einer anderen Stelle ein Balken. Sie seufzte; noch etwas, um das sie sich kümmern musste.

»Eigentlich nicht. Ich möchte nur ein paar Hühner und Kaninchen halten«, sagte sie. Ihr Bruder bot an, mit anzufassen, wenn sie den Stall abreißen und einen neuen bauen würde. Sie hatte schon daran gedacht, den Schreiner von nebenan zu fragen, aber wenn sie es ohne ihn fertigbrachten, würde es nichts kosten. Dankend nahm sie sein Angebot an. Hans hatte sich einen Stuhl herangeschafft und sich rücklings daraufgesetzt, Margarethe gesellte sich zu ihm, nahm aber mit der Treppenstufe vorlieb. Es wäre sicher schön, hier irgendwann eine Sitzbank zu haben, dachte sie, einen Baum, Kräuter und ein paar Blumen. Hans fragte sie, wie die Geschäfte liefen. Sie holte einen Korb, in dem die Druckerballen, Werkzeug und Rosshaar lagen; alle drei Tage mussten die Ballen geöffnet und gezaust werden. Hatte er Hintergedanken bei dieser Frage? Aber welche? Sie schalt sich, sie sollte ihm wieder vertrauen.

»Nichts geht«, gab sie zu. »Die alten Werke will keiner mehr haben. Von den Lutherschriften, die Reinhard gedruckt hat, verkaufe ich nur noch ab und zu ein Exemplar. Zu viele Drucker dieser Stadt haben sie inzwischen im Programm. Alle, die sie lesen wollten, haben sie schon.« Um sich von den anderen abzuheben, musste man schon etwas Besonderes bieten. Wie Meister Schott, dessen neuester Lutherdruck mit einem Holzschnitt von Meister Baldung versehen war. Dieser zeigte den Mönch Luther mit Heiligenschein und einer Taube, die über seinem Kopf schwebte. Es war ein eindrucksvolles Bild, das man als ketzerisch oder als angemessen empfinden konnte, das aber in jedem Fall zu einer Meinung zwang. Sie öffnete das Leder des ersten Ballens an drei Falzen, da tollten der sechsjährige Bastian und seine kleine Schwester Grete in den Hof. Begeistert übernahmen sie es, die Haare herauszupulen und auseinanderzuzupfen.

»Jeder muss seine Nische finden. Es hat sich herumgesprochen, dass ich Erasmus von Rotterdam drucke, also kommt man mit seinen Werken zu mir. Oder die Reformer. Mein *Karsthans* hat im letzten Jahr ganz neue Käufer in meine Druckerei gebracht. Das Büchlein geht noch immer«, sagte Hans. Karsthans nannte man im Allgemeinen den sich mühsam mit seinem Dreschflegel ernährenden Bauern, in Straßburg wurden alle Leute vom Land abfällig Karsthanse genannt. Mit schnöden Äußerungen über Hans Karst hatte sich vor allem der Mönch Thomas Murner hervorgetan; außerdem hatte er in verschiedenen Schriften Martin Luther öffentlich angegriffen. Dafür hatte er im *Karsthans* seine Strafe bekommen. In dem Büchlein unterhielten sich fünf Menschen: der Karsthans, ein Bauer mit gesundem Menschenverstand, der das neue Evangelium und Luther verteidigte, ein Student, Luther, Merkur und Thomas Murner, der – wie schon bei Murners Streit mit dem Gelehrten Wimpfeling vor vielen Jahren – Mur-Narr genannt, als geiler Kater karikiert und mit Katzengeschrei ins Lächerliche gezogen wurde. Der Holzschnitt der Titelseite zeigte einen bärtigen Mann mit Talar und Barett, einen Jüngling, den Bauern mit geschultertem Karst, und eben Murner mit Katzenkopf und Kutte. Niemand wusste, wer diese Schrift verfasst hatte, und ihr Bruder würde es nicht verraten; den Druck hatte er ohnehin ohne Druckermarke herausgegeben. Der Mönch Murner, der keine Schmähung ertragen konnte, hatte sich beim Rat beschwert und erreicht, dass die gegen ihn gerichteten Schriften verboten wurden. Der *Karsthans* wurde jedoch unter der Hand weiterverbreitet, wenig später wurde in Straßburg zudem der *Neue Karsthans* veröffentlicht, in dem sich der Bauer mit Franz von Sickingen, dem Anführer der Ritterschaft, unterhält: Karsthans liegt im Streit mit der katholischen Kirche und will einen Aufstand anzetteln, Sickingen solle Hauptmann der Bauern werden. Doch der Ritter weigert sich und überzeugt den Karsthans, auf die weltliche Obrigkeit und eine Reform der Kirche zu vertrauen. So war Karsthans endgültig ein Symbol für die pfaffenfeindlichen und evangelisch gesinnten Bauern geworden.

Margarethe nahm das alte und das neue Rosshaar und zeigte ihren Kindern, wie man es in den Ballen stopfte, bis dieser prall gefüllt war. Nachdenklich sagte sie: »Für umfangreiche Schriften oder gar Bücher wird es bei mir nicht reichen. Es dauert zu lange, sie fertigzustellen, und es kostet zu viel. Ich muss kleine Schriften wie Büchlein oder Handzettel finden, die es sich zu drucken lohnt. Und eben die vorrätigen Bücher abverkaufen. Vielleicht bringt die Johannismesse neue Käufer in die Stadt. Aber mit der Messe kommt mein nächstes Problem. Das Papier wird geliefert. Und ich habe kein Geld, es zu bezahlen.«

Hans Prüß stieß sich mit den Zehen ab und kippelte auf dem Stuhl. »Ich könnte dir etwas leihen«, sagte er.

Margarethe sah ihn erstaunt an. »Du?«

»Ich habe genug Schulden. Einige Gulden mehr oder weniger machen keinen Unterschied«, er ließ sich wieder nach vorne kippen. »Und wenn ich dir damit helfen kann …«

Margarethe begann den Ballen wieder zuzunageln, doch Bastian wollte diese Aufgabe unbedingt übernehmen, also überließ sie es ihm und richtete sich an Hans. »Das ist sehr freundlich, aber … vielleicht schaffe ich es auch so.«

Hans stand auf. »Sicher, überleg es dir.« So leicht, wie das Angebot ausgesprochen war, schien es auch schon wieder vergessen zu sein. »Ach, und Schwester – du kennst doch Meister Griet? Er kommt zur Messe, und er hat immer das eine oder andere Werk dabei, das zu drucken sich lohnt.« Vielleicht würde Nickel Griet ihr sogar einige ihrer gedruckten Exemplare abnehmen und dafür ein neues Werk anbieten. Diese Aussicht hellte ihr Gemüt auf. »Ich treffe mich mit ihm und sage ihm, dass du kommst. Einverstanden?« Hans schickte sich zu gehen an.

Margarethe wischte die Hände an ihrer Schürze ab. »Ja, danke, Bruder«, sagte sie. Sie sah ihm hinterher. Es war ein Trost, dass sie den einen Mann in ihrem Leben zwar verloren, dafür aber den anderen wiederbekommen hatte.

Wie schon in Frankfurt war auch bei der Straßburger Messe der Tisch von Meister Griet umschwärmt. Er saß an seinem Stand im Schatten des Kaufhauses mit ihrem Bruder zusammen, als Margarethe dazutrat. Nickel Griet unterbrach das Gespräch, als er sie sah. »Ich habe das mit Eurem Mann gehört. Es tut mir leid. Ich hoffe, Ihr findet Trost in Gott«, sagte er und kniff seine Augen zusammen. Margarethe dankte ihm und war erleichtert, als die beiden Männer sie einluden, sich zu ihnen zu setzen. Situationen wie diese waren neu für sie, sie wusste nicht, wie sie sich zu verhalten hatte.

»… für die anderen Schriften kommt Ihr zu spät, alles schon verkauft. Vom Lutherfreund Doktor Karlstadt habe ich noch was. Als Martin Luther sich auf der Wartburg verbarg, führte er in Wittenberg dessen Werk fort. Er ließ sich nicht vom Papst und seiner Bulle, die schließlich auch ihn als Ketzer brandmarkte, verschrecken. Karlstadt gab das Abendmahl in beiderlei Gestalt – nicht mehr nur die Priester durften aus dem Kelch mit Wein trinken, sondern auch die Laien – und fing bei sich selbst an, dem unseligen Priesterkonkubinat entgegenzuwirken, indem er, einige Monate ist es erst her, heiratete. Bei einem Werk handelt es sich um die Verteidigungsschrift des Priesters Bernhardi, der als Erster seines Standes ein Eheweib nahm«, erklärte Griet. »Jetzt ist Luther zurück, aber man hört, dass ihm wohl manches, was Karlstadt vorantrieb, zu weit geht.«

»Ich habe schon im letzten Jahr Karlstadts Schriften gedruckt. Von den neuen habe ich zwar gehört, sie aber noch nicht gelesen. Macht mir einen guten Preis für diese Schriften, Meister Griet«, sagte ihr Bruder. Margarethe spürte einen Stich, da war sie wieder, die alte Konkurrenz. Ihr Bruder nahm sich die letzten Schriften, die der Verleger anbot, und sie ging leer aus. Hans bemerkte ihren Blick, lachte auf und sagte: »Ich bezahle und gebe dir eine Schrift ab. Zu viele Werke dieser Art kann ich ohnehin nicht drucken, sonst bekomme ich Ärger mit dem Zensor. So kommen Karlstadts Werke ans Licht – und du verdienst etwas dabei.«

Griet und er wurden sich einig, und Hans überließ Margarethe die Verteidigungsschrift *Das die Priester Eeewyber nehmen mögen* von Bartholomäus Bernhardi und Andreas Bodenstein von Karlstadt. Als sie auseinandergehen wollten, sagte sie: »Warum tust du das für mich?«

Hans Prüß lachte wieder und enthüllte breite Zahnlücken. »Du kannst nicht glauben, dass ich mich geändert habe! Du kennst mich gar nicht, scheint mir. Wie wäre es, wenn du und deine Kinder heute Abend das Mahl bei uns einnehmt? Meine Regula kann es kaum erwarten, dich kennenzulernen.«

Margarethe war lange nicht mehr in der Helenengasse gewesen, das Haus der Eltern kam ihr klein vor. Eine Frau öffnete ihnen, sie war rundlich und sehr hübsch, die Kleidung gepflegt, die Schürze blitzsauber. »Wie ich mich freue, dich zu sehen! Dass Hans mich so überrumpelt! Kaum habe ich es geschafft, etwas Gutes auf den Tisch zu bringen«, sagte Regula und bat sie nach oben, wo es nach Essen roch und zwei Kinder spielten. Grete beobachtete die Kinder, bis diese sie einluden mitzumachen. Regula ging in die Küche und gab ihrer Magd Anweisungen. Margarethe sah sich in dem Raum um. Viel hatte sich verändert, seit sie das letzte Mal hier gewesen war.

»Du wirst dich kaum daran erinnern, oder?«, fragte sie Barbara, die den Kopf schüttelte. Schon bald bat Regula sie zu Tisch, es gab Pfefferfleisch mit Kraut und hinterher frische Kirschen. Hans' Frau schien ein sanftes, aber bestimmendes Wesen zu haben, und ihm schien es Freude zu machen, ihr gefällig zu sein. Margarethe wusste nicht, welche Rolle Regula bei der Wandlung ihres Bruders gespielt hatte, aber sein angenehmes Verhalten überraschte sie noch immer. Was für ein Jammer, dass sie sich nicht früher versöhnt hatten! Sicher hätte sich auch Reinhard mit ihm verstanden.

Regula sprach mit ihr über die Kinder, die Haushaltung und das Wetter. »Dass du es dir zutraust, allein die Druckerei zu führen«, sagte sie bewundernd.

Margarethe gab Grete eine Kirsche. »Ich muss es tun. Schon für meine Söhne. Ich bin es Reinhard schuldig, und meinem Vater.« Sie dachte an die Auseinandersetzungen mit ihrem Bruder nach dem Tod des Vaters und warf ihm einen schnellen Blick zu, doch Hans schien ihre Gedanken nicht zu teilen. »Ich kenne das Handwerk von klein auf. Was ich nicht weiß, weiß Wolfgang. Außerdem habe ich ja meinen Bruder, an den ich mich wenden kann.« Sie lächelte Hans zum ersten Mal wieder vorbehaltlos an. Barbara hatte zaghaft ihre Hand auf Wolfgangs Knie gelegt, und auf einmal fühlte Margarethe sich zwischen diesen zwei Paaren sehr einsam. Sie erzählte von dem Treffen mit Nickel Griet und bemerkte, dass Regula ihren Mann zufrieden anlächelte. »Schon morgen können wir mit dem Satz beginnen. Jetzt muss nur noch das Papier kommen, dann kann es losgehen«, sagte Margarethe erwartungsfroh.

Die Büsche waren verwildert, das Gemüse, das zaghaft die ersten Triebe aus der Erde reckte, war von Unkraut überwuchert. Margarethe zupfte einige Halme ab, häufelte die Erde an. Sie hätte längst die Beete vorbereiten, aussäen und die Büsche beschneiden müssen. Seit Reinhard tot war, schien die Zeit jedoch schneller zu verrinnen. So viel gab es, das sie tun musste. Jeden Morgen hatte sie sich vorgenommen, in ihren gepachteten Garten zu gehen, dann lief sie zwischen Druckerei und Küche hin und her, und plötzlich war der Abend da und es war zu spät. Heute war sie zeitig losgegangen. Sie wollte ins Kloster, da passte es gut, vorher ein, zwei Stunden die Beete zu beackern, und wachsen ließ der Herr das Gemüse ja von allein. Sie lauschte dem Gesang der Gärtner und Bauern, die ebenfalls ihre Felder bestellten, und machte sich auf den Weg nach Sankt-Nikolaus-in-undis. Als Margarethe das Trappeln von Pferdehufen hörte, sprang sie schnell beiseite. Reiter, meist Adelige, Reiche oder

Söldner, nahmen keine Rücksicht auf Fußgänger; für sie waren einfache Leute wie Vieh, das ausweichen musste oder andernfalls umgerissen wurde. Es war ein Adeliger, der an ihr vorbeipreschte, wie sie an dem Wappen auf seinem Wams erkannte. Er hielt vor dem Klostertor und wurde eingelassen. War Männern der Zutritt in das Kloster nicht verboten? Wenig später erreichte auch Margarethe das Tor.

Sie sprach bei der Schaffnerin vor und wurde in das Locutorium geführt. Der kleine Raum mit den Eisengittern vor den Fenstern machte sie stets aufs Neue beklommen. Würde sie ihre Tochter irgendwann nur durch eines dieser Redefenster sehen dürfen? Was für eine schreckliche Vorstellung! Sie setzte sich auf die Holzbank und legte nachdenklich die Hände in den Schoß. Wie es Juliane wohl ging? Vermisste sie ihre Mutter und ihre Geschwister überhaupt? Schritte waren zu hören, laute Stimmen durchbrachen die Stille des Hauses. Margarethe erhob sich. Sie hörte einen Mann schimpfen, eine Tür klappen. Niemand kam zu ihr. Hatte man sie vergessen? Margarethes Herz schlug schneller. Die Enge der Kammer erdrückte sie. Sie brauchte Licht, Luft! Sie setzte sich, sprang auf. Ging zum Totentanz, nahm wahr, wie detailgenau die Menschen gemalt waren, ein jeder war nach seinem Stand gekleidet, und lief wieder zum Gitter. Nichts. Wo blieb Juliane? Was war mit ihrer Tochter? Warum ließ man sie so lange warten? Was hätte sie alles in dieser Zeit tun können! Den halben Garten hätte sie vom Wildwuchs befreit! Wieder Schritte, wieder kam niemand zu ihr. Ungeduldig rief sie nach der Schaffnerin. Diese kam und schickte sie, als sei sie ein ungehorsames Kind, zurück in das Locutorium.

Unwillen brandete in Margarethe auf. »Ich will nicht noch einmal in diese Kammer! Ich will meine Tochter sehen, jetzt!«, sagte sie laut.

Die Schaffnerin zischte: »So beruhigt Euch doch!«

»Ich will mich nicht beruhigen! Ich will meine Tochter sehen! Juliane!«, rief sie fordernd. Eine Tür am Ende des Ganges ging auf. Ein Mann trat heraus, die Priorin und der Klosterpfleger folgten ihm. Margarethe ging zielstrebig auf die Nonne zu. »Bringt mir meine Tochter! Ich will ihr in die Augen sehen, damit ich weiß, dass es ihr hinter diesen Mauern gutgeht!«

Das Gesicht der Priorin wirkte wie versteinert, keine Freundlichkeit war in ihren Zügen zu erkennen.

Der Mann trat auf Margarethe zu, sie erkannte das Wappen auf seinem Wams wieder. »Wen dieses Kloster einmal verschluckt hat, den gibt es nicht mehr her«, sagte er düster.

Margarethe stockte der Atem. »Wie meint Ihr das?«

»Geht jetzt«, forderte die Schaffnerin ihn streng auf. »Ihr habt genug Unheil angerichtet.«

Der Mann drückte sein Kreuz durch und antwortete genauso streng. »Und Ihr erst!«, fauchte er und fügte an Margarethe gerichtet hinzu: »Lasst Euch nicht unterkriegen. Sie können Euch das Kind nicht einfach so nehmen!« Energischen Schrittes ging er hinaus. Der Klosterpfleger und die Nonne sprachen leise miteinander.

Schließlich drehte sich der Pfleger zu ihr. »Wartet noch einen kleinen Moment«, sagte er und ließ sie wieder in die Kammer bringen. Was hatte das alles zu bedeuten, wer war der Mann gewesen? Aber jetzt schien es zumindest voranzugehen. Tatsächlich wurde nach einer Weile Juliane durch die Tür geschoben. Ihre Haare waren in einem strengen Zopf nach hinten geflochten, sie trug eine Art Kittel, grob und schlicht, die Augen hatte sie zu Boden gerichtet. Margarethe wollte sie in die Arme schließen, doch sie spürte, wie ihre Tochter sich versteifte.

»Juliane, was ist mir dir?«, fragte sie und nahm sie bei den Schultern. »Geht es dir gut?« Das Mädchen ließ ihre Arme hängen und reagierte nicht auf ihre Worte.

»Antworte deiner Mutter, Kind!«, forderte die Nonne sie auf.

»Es geht mir gut«, sagte Juliane leise. Margarethe gefiel nicht, was sie sah. Sie mochte dieses Kloster nicht, die Strenge, und sie mochte erst recht nicht die Veränderung, die ihre Tochter schon jetzt durchgemacht hatte.

»Ich möchte sie mitnehmen«, sagte sie entschlossen. »Juliane wird hier nicht bleiben.«

Sie zuckte zusammen, als ihre Tochter aufschluchzte und sie mit schreckgeweiteten Augen ansah. »Lass mich hier! Lass mich bei Gott!«, brachte sie hervor. Als Margarethe stumm blieb, warf sie sich weinend auf den Boden und umklammerte die Beine ihrer Mutter. »Es geht mir gut hier! Ich will nicht zurück!«, flehte sie.

Margarethe kniete sich neben sie und nahm ihr Gesicht in die Hände. »Vermisst du uns denn nicht? Deine Geschwister, mich?«

Juliane sah sie an, Bächen gleich liefen die Tränen ihre Wangen hinab. »Doch, Mutter, doch. Aber hier kann ich am nützlichsten sein. Hier kann ich Gott und den Heiligen dienen. Hier kann ich für euch beten.« Die Verzweiflung ihrer Tochter ließ sie weich werden. »Ich bete, ich lerne, ich lese – es gibt hier viele Bücher! Bitte, lass mich im Kloster. Es war doch Vaters letzter Wunsch. Es ist meine Bestimmung.«

Margarethe drückte ihre Tochter noch einmal an sich und atmete ihren Geruch ein, der ihr schon fremd vorkam. Juliane war jung, zu jung, um für immer hinter Klostermauern zu verschwinden. Aber das Mädchen war verstört, verängstigt. Sie würde Juliane etwas Zeit geben und sie später aus dem Kloster nehmen. Schweren Herzens nickte sie der Nonne zu. Juliane drückte ihr einen Kuss auf die Stirn und wurde hinausgebracht. Margarethe warf einen letzten Blick auf den Totentanz und floh aus der Kammer.

Niedergedrückt machte sie sich auf den Weg in die Stadt. Vor den Klostermauern traf sie auf den Adeligen, der sein Pferd am Wegesrand weiden ließ. »Ich hab es doch gesagt, wer in den Fängen dieser Häuser ist, der kommt nicht mehr frei«, sprach er sie an. Traurig sah sie auf. »Verzeiht, Ihr kennt mich nicht. Matthias Wurm, Herr von Geudertheim«, stellte er sich vor. Sie gingen nebeneinander her, das Pferd führte er am Zügel. Es entsprach nicht den Gepflogenheiten, dass sich ein Ritter mit einer einfachen Bürgersfrau unterhielt, noch dazu ohne Begleitung, aber ihr gemeinsamer Kummer über das Kloster ließ sie sprechen. Margarethe sagte nun auch ihren Namen.

»Hat Euer Mann nicht die Schrift *Demütige Ermahnung* des Herrn Eckard zum Treubel gedruckt?«, fragte der Junker.

»Es war eines der letzten Werke, die mein Mann noch begonnen hatte, bevor er starb. Ich habe es beendet, zusammen mit meinem Gesellen«, antwortete sie. Eckard zum Treubel war ein elsässischer Ritter, seine Ahnen hatten schon vor Jahrhunderten wichtige Ämter der Stadt bekleidet. Dass er Reinhard als Drucker ausgewählt hatte, war eine besondere Auszeichnung gewesen.

Der Junker ließ sein Pferd grasen, und Margarethe blieb stehen. Er war älter als sie, aber noch nicht alt, dennoch wirkte er gezeichnet, Sorgen oder Wut hatten ihre Spuren in seinem Gesicht hinterlassen. Er erzählte, dass auch sein guter Freund Eckard zum Treubel seine zwei Töchter aus diesem Nonnenkloster holen wolle. »Und jetzt ist Eure Tochter im Kloster gefangen?«, fragte er. Margarethe berichtete von der Frömmigkeit ihrer Tochter und von dem Wunsch ihres Mannes. Sie wusste nicht, was den Junker so offen sprechen ließ, als er sagte: »Meine Schwester sitzt hinter diesen Mauern. Ich will sie aus dem Kloster nehmen, diesem gottlosen Haus, aber man lässt sie nicht gehen. Es ist ein langwieriger Streit, er hat auch mit Geldangelegenheiten zu tun. Die Streitsache wurde vor das bischöfliche Gericht gebracht, dabei bin ich Straßburger Bürger, der Bischof kann mich nicht verurteilen. Der Kaiser selbst – mein Vater hatte den Kaisern Friedrich und Maximilian als Sekretär gedient – hat unser Haus mit Vorrechten beehrt. Aber was schert das den Bischof? Den kleinen Bann hat er über mich verhängt«, ereiferte er sich. »Der Priester zu Geudertheim will nicht mehr die Messe in meiner Anwesenheit – der eines Ketzers! – lesen. Dabei darf der Bann gar nicht wegen Geldschulden gefällt werden.«

Sie erinnerte sich an Luthers *Sermon von dem Bann*, den sie einmal gelesen hatte, und sagte: »Der unrechte Bann ist ein Verdienst vor Gott, denn Gott kennt die Wahrheit.«

Der Junker sah sie prüfend an. »Dennoch! Es gibt zu viel Missbrauch mit dem Bann. Ich werde den Magistrat der Stadt anrufen, das habe ich eben auch dem Kloster bekannt gemacht.«

Margarethe war beeindruckt von dem gebildeten Ritter, der den Bann nicht scheute, um zu seinem Recht zu kommen. »Ihr solltet darüber schreiben. Es gibt sicher viele, die Eure Meinung dazu hören möchten«, sagte sie.

Die Brust mit dem bestickten Wams vorgereckt, antwortete er: »Das werde ich auch tun. Alle sollen von dem Unrecht erfahren, das mir, und nicht nur mir, widerfährt.« Er schwang sich auf sein Ross und verabschiedete sich mit einem knappen Nicken.

Ganz in Gedanken lief Margarethe nach Hause, sie war erstaunt, wie schnell sie den Holzmarkt erreicht hatte. Als sie die Druckerei betrat, stolperte sie beinahe über die großen Ballen, die mitten im Weg lagen. Das Papier, endlich! Sie öffnete einen Ballen und wich zurück, stockiger Geruch schlug ihr entgegen. Vorsichtig legte sie eine Seite frei – das Papier war feucht, klebte zusammen, war unbrauchbar. Sie öffnete den zweiten, es war das gleiche Bild.

»Die Lieferung ist verdorben. Der Händler muss es zurücknehmen«, sagte sie zu Wolfgang, der nähergetreten war und nun leise schnaubte. Margarethe sah zu ihm auf.

Der Geselle ruckte ein paar Mal mit dem Kopf, dann brachte er hervor: »Wir müssen es zumindest versuchen.«

Versuchen? Margarethe war fassungslos. »Er muss es zurücknehmen, sonst bekommt er kein Geld.« Wieder das Kopfrucken. »Du hast ihn doch nicht etwa schon bezahlt?«

»Ihr habt mir doch gesagt, wo das Geld für das Papier ist.« Das stimmte. Margarethe fluchte leise und schickte ein Stoßgebet hinterher.

»War das nicht richtig?«, fragte Wolfgang.

Es hatte keinen Sinn, ihm Vorwürfe zu machen. Sie hätte es

ihm nicht überlassen dürfen. »Du hättest zumindest die Ware kontrollieren sollen, bevor du sie bezahlst«, sagte sie bemüht ruhig. Es würde schwierig werden, neues Papier zu erhalten, wenn man kein Druckmittel hatte. Noch dazu als Witwe, als vermeintlich hilflose Frau.

Tatsächlich weigerte sich der Papierer, die Ware auszutauschen oder ihr das Geld zurückzugeben. Doch wenn Margarethe in den letzten Jahren eines gelernt hatte, dann, dass die Zunft in Fällen wie diesen Hilfe leisten konnte, denn jeder Drucker könnte so wie sie geschädigt werden. Sie rief die Zunft an, schilderte den Fall und erhielt Unterstützung. Schließlich setzte sie sich durch und erhielt neues Papier. Später als gedacht, aber immerhin. Nun wurde es aber auch höchste Zeit, die Druckerpresse in Gang zu setzen.

Es war nur eine kleine Schrift, etwa acht handgroße Seiten würden es werden. Genau das Richtige also, um Bastian, der sechs Jahre alt war und die ganze Zeit schon neugierig hinter ihr herlief, all das einmal eingehend zu erklären, was ihn seit seiner Geburt umgab. Fröhlich rannte er durch die Druckerei und fragte immer wieder: »Was tust du jetzt?«

Margarethe hockte sich neben ihn, er verzog das Gesicht schuldbewusst, denn er wusste, in der Druckerei wurde nicht getobt. »Jetzt zeige ich dir alles«, gab sie lächelnd zur Antwort.

»Wirklich?« Er machte einen kleinen Hopser vor Freude. Bastian kam mehr nach ihr, aber er hatte Reinhards braune Augen.

Sie erklärte ihm zunächst, was alles zusammenkommen musste, damit man überhaupt drucken konnte: die Presse, die Lettern, die Farbe und das Papier, das aus Lumpen hergestellt wurde. Dann kam sie zu den unmittelbaren Vorbereitungen, wie dem Feuchten des Papiers, damit sich die Lettern sauber eindrückten. »Das Papier darf nicht zu nass und nicht zu trocken sein. Gefeuchtete und ungefeuchtete Bögen werden abwechselnd übereinandergeschichtet, der Haufen wird mit Steinen beschwert.

Am nächsten Tag wird das Papier umgeschlagen, die untere Seite kommt nach oben, die linke nach rechts«, erklärte sie.

Sie kamen zu Setzkasten, Winkelhaken und Setzschiff. Kompliziert wurde es, als sie ihm die verschiedenen Formate erklärte und worauf der Drucker dabei achten musste. Das größte war das Folioformat, bei dem ein großer Papierbogen auf seiner langen Seite einmal gefalzt wurde und ein Doppelblatt zu vier Seiten ergab. »Wenn ein Buch in Folio beispielsweise aus zwei Druckbögen geheftet werden soll, musst du den einen Bogen mit den Seiten 1, 2, 7 und 8 bedrucken, den anderen mit den Seiten 3, 4, 5 und 6.« Bastian sah sie verwirrt an, vielleicht wäre es besser, es ihm irgendwann einfach mal zu zeigen, dann verstand er es besser. Die Erklärung des Quartformats, bei dem ein Papierbogen zweimal gefalzt wurde, oder sogar des Oktavformats sparte sie sich heute. Ihr Sohn war ohnehin schon mit den Augen bei seinem älteren Bruder, der gerade die Schnallen des Deckels an der Presse verschloss. Margarethe erklärte, wie das Gerät erst die eine Bogenseite bedruckte und dann, ohne dass das Papier von der Druckform abgehoben werden musste, die andere unter den Tiegel gebracht und bedruckt werden konnte. Bastians kleine Hände öffneten und schlossen sich aufgeregt. Sie hob ihn hoch und forderte ihn und Johann auf, den Pressbengel zu umfassen, gemeinsam zogen die Brüder, bis der Bogen bedruckt war. Sie stellte Bastian auf den Boden, klappte den Deckel nach hinten, löste die Schnalle, hob das Rähmchen und löste schließlich den Bogen aus den Punkturnadeln, die ihn festgehalten hatten.

Bastian reckte sich, um sich den frischen Druck anzuschauen. »Was steht da?«, fragte er und zeigte zielsicher auf die Stelle, die ihr einen kleinen Stich versetzte.

»*Reinhard Beck Erben*«, las sie mit einem Kloß im Hals den Druckernachweis vor. »Das sind wir.«

Sie trat vor das Haus, die Sonne fiel durch die Blätter der Linden in ihr Gesicht. Ein Vogel flatterte vom Baum und setzte sich vor ihr auf den Weg. Vom Ufer kamen die Rufe der Holzhändler. Stolz hielt Margarethe die kleine Schrift in den Händen. Sie blinzelte in den Himmel und dachte an Reinhard, der dort oben über sie wachte. Zum ersten Mal ließ sie sich nicht von der Trauer übermannen. Ja, die Trauer war in ihrem Herzen, sie war stark, aber sie konnte ihr Herz nicht aufhalten zu schlagen, und sie würde Margarethe nicht daran hindern weiterzuleben. Sie legte die ersten Exemplare des Büchleins auf einen Tisch, und sogleich kam Konrad Haug, der Schreiner von nebenan, neugierig herbei. Sie hatten sich schon oft über Bücher unterhalten, er hatte Margarethe erzählt, dass er in seiner Zunft vorgeschlagen hatte, dort die Heilige Schrift zu verlesen. In den meisten Zünften trafen sich die Männer nun, um Auszüge aus der Bibel zu lesen und darüber zu sprechen. Die Pfaffen protestierten lautstark auf den Kanzeln, die Heilige Schrift sei nichts für Laien, die Auslegung der Gebote Gottes stünde nur ihnen zu. Einzig Meister Matthis im Münster sprach sich nicht dagegen aus. Es mussten inzwischen Tausende sein, die von nah und fern kamen, um zu hören, wie er das Evangelium im Sinne Luthers predigte. Die Kapelle Sankt-Lorenz war schon lange zu eng für die Massen, sie selbst hatte oft genug so weit weg gestanden, dass sie Meister Matthis kaum sehen und hören konnte.

Der Schreiner nahm das Büchlein in die Hand und entzifferte den Titel mühsam. »Genau das sagt der Karsthans auch, dass die Priester Eheweiber nehmen sollen, damit die Unzucht ein Ende hat«, meinte er. »Leibhaftig steht der Karsthans vor dem Münster und predigt das Evangelium. Etliche hören ihm zu. Er sagt, dass die heilige Ehe und die Priesterschaft keine Sakramente seien. Dass die Priester und Ordensleute Weiber nehmen sollen.«

Margarethe stutzte. Sicher, der Rat hielt viel auf Toleranz, und auch mit der Unterdrückung der Luther'schen Schriften nahm man es nicht so genau. Aber dass jemand öffentlich so etwas sagen durfte, wunderte sie schon. »Man lässt ihn einfach so reden? In dieser Art?«

»Na, neulich kam der Vikar an und beschwerte sich. Rief die Obrigkeit. Erhob den Finger und drohte, Karsthans müsse von seiner bösketzerischen Lehre ablassen. Karsthans wurde ermahnt, konnte aber weitermachen. Der Vikar dagegen wurde von den Zuhörern fortgejagt. Die Pfaffen haben uns lange genug gesagt, was wir tun und lassen sollen. Damit ist jetzt Schluss!«

Nun war sie erst recht neugierig geworden. Bald schon würde sie versuchen, Karsthans selbst predigen zu hören. Sie wies auf das Buch. »Bartholomäus Bernhardi war der Erste, ein Pfarrer bei Wittenberg und ein Lutherfreund. Auch Doktor Karlstadt hat sich inzwischen vermählt«, erzählte Margarethe.

»Dann wird es auch bei uns bald geschehen. Die Pfaffen freveln mit ihren Huren. Und uns wagen sie, sündige Gedanken vorzuwerfen.« Konrad Haug überlegte einen Moment. »Gebt mir das Büchlein. Ich will wissen, was die hohen Herren zu sagen haben.« Er kramte in seiner Tasche und zog einige Münzen hervor. Sie wusste, dass er wenig Geld hatte, aber sie freute sich auch. Das erste Exemplar einer selbstgedruckten Schrift war verkauft. Dennoch zögerte sie, bevor sie die Münzen annahm. Er lachte sie zahnlos an. »Nehmt es schon. Ich tue gerade ein gutes Werk und werde bald schon dafür belohnt.«

Sie steckte das Geld ein. »Was meint Ihr?«, fragte sie.

»Einige Bürger haben gefordert, dass Meister Matthis vom Predigerstuhl im Münster sprechen soll«, begann er. Margarethe hatte davon gehört. Die kunstvoll verzierte Kanzel war eigens für Doktor Geiler von Kaysersberg gebaut worden und wurde nun von dessen Neffen Doktor Peter mehr schlecht als recht besetzt. Wo Johannes Geiler die Gläubigen oft direkt und in einer verständlichen Form angesprochen hatte, blieben die Predigten seines Neffen blass, langatmig und schwer verständlich; auch hielt ihn angeblich eine Krankheit oft ab, sein Amt zu versehen, tatsächlich jedoch hatte er Kraft genug, sich in Heilbädern mit seiner Konkubine zu vergnügen, munkelte man zumindest. »Das lassen die Altvorderen aber nicht zu. Und Doktor Peter wehrt sich mit Händen und Füßen. Meister Matthis muss gehört werden! Also haben mir Bürger angetragen, mit den Schreinern aus der Kurbengasse eine hölzerne Kanzel für ihn zu bauen. Dafür gibt's sogar Lohn!«, freute er sich und nahm das Büchlein wieder an sich. »Dann kann ich mitsprechen, wenn ich nächstes Mal beim Karsthans steh«, grinste er. »Und einer der Zünftler nimmt's mir bestimmt später ab.«

Margarethe hatte jetzt ein gutes Gewissen. Er würde etwas verdienen und die Schrift vielleicht sogar weiterverkaufen. Oft wurden diese Büchlein von Hand zu Hand gereicht. Das war gut, weil sich so der Inhalt weit verbreitete, doch für die Drucker war es schlecht. Andererseits brachte jede Schrift im Moment jemanden dazu, Stellung zu beziehen. Und das konnte dann wieder von Vorteil für ihr Geschäft sein.

In den folgenden Monaten hörte Margarethe den Karsthans öfters sprechen. Er hatte eine mitreißende Art zu predigen, die Menschen hörten ihm gebannt zu. Er war kein Bauer, wenn er auch schlichte Kleidung und den Karst trug, sondern jemand war in die Rolle des Karsthans geschlüpft. Er traf den Tonfall des einfachen Mannes genau, doch trotz aller Verstellung blitzte seine Bildung immer wieder auf. Eines Tages blieb der Platz des Karsthans vor den Buden der Bücherverkäufer am Münster jedoch leer. Es hieß, man habe ihn verhaftet, in den Turm gelegt und anschließend der Stadt verwiesen. Doch seine Reden hatten Eindruck auf viele Menschen gemacht.

Tak-tak, tak-tak. Es musste ein Teil des Bettes sein, das gegen die Wand schlug. Margarethe starrte ins Dunkle. Leise hörte sie Barbara stöhnen, dann das tiefe, abgehackt klingende Brummen Wolfgangs. Es war schön, ihre Stieftochter und den Schwiegersohn im Haus zu haben, Barbara war ihr eine große Hilfe. Und dennoch fühlte sie sich einsam, wenn sie Zeugin der Innigkeit dieses Paares wurde. Tak-tak-tak. Die Schläge gegen die Wand wurden schneller. Margarethe zog die Decke über den Kopf. Sie spürte Grete und Renatus neben sich, ruhig schlafend. Wie gut, dass sie ihre Kinder hatte. Johann, der sich eifrig und wissbegierig unterrichten ließ und nur noch selten die Nähe der Mutter suchte. Bastian, der zu seinem großen Bruder aufsah und inzwischen eine Schule besuchte. Juliane, die langsam im Kloster zu ihrer Ruhe zurückfand. Renatus, der lernte, die Welt zu erkunden. Vor allem aber Grete, die jeden Tag mit einem Lächeln aufwachte, mit ihren kleinen Händen nach der Mutter griff und ihr feuchte Küsse auf das Gesicht drückte. Ihre Lebensfreude heiterte Margarethe oft auf. Das hatte sie auch nötig, immer wieder überfiel sie düstere Stimmung. Die dunkle Jahreszeit war gekommen. Regen peitschte durch die Gassen, trübe war das Licht. Es kam ihr vor, als würde es kaum mehr hell, als sei die Sonne verschwunden. Gedämpft hörte sie eine Art Grunzen. Endlich. Es war vorbei. Jetzt würde auch sie schlafen können.

Sie traten auf den Holzmarkt hinaus, der Nieselregen umfing sie wie ein klammes Tuch. Sie nahm Grete und Bastian an die Hand und lief voraus in Richtung Münster. Es war Allerheiligen. Noch war es Zeit bis zum Beginn des Gottesdienstes, aber alle guten Plätze waren schon besetzt. Eigentlich sollte jeder den Gottesdienst in der Pfarrei in seiner Nähe besuchen, aber viele Menschen wollten das reine Evangelium hören und gingen in die Kirchen, in denen es gepredigt wurde. Gerade im Münster fanden sich Gläubige aus allen Teilen der Stadt ein. Manchmal hatte Margarethe den Eindruck, dass es den Fremden mehr darum ging, diesen Matthäus Zell einmal leibhaftig zu sehen, von dem man so viel hörte. Es beruhigte sie, dass viele Vertreter des Rates und der Zünfte anwesend waren, es zeigte, dass Meister Matthis von der Führung der Stadt unterstützt wurde und dass er so weitermachen konnte wie bisher, obwohl der Bischof versuchte, ihn des Amtes zu entheben.

An diesem Tag sprach er über die Heiligen, ein althergebrachtes Thema, und doch waren seine Worte für viele Menschen überraschend. »Betet die Heiligen nicht an!«, rief er von seiner hölzernen Kanzel, die für jeden seiner Gottesdienste auf- und wieder abgebaut wurde. »Denn Anbeten ist eine Ehre, die allein Gott gebührt, keiner Kreatur, wie würdig sie auch sei.« Ein Raunen ging durch die Menge. Margarethe reckte sich. Sie wollte sich kein Wort entgehen lassen. Meister Matthis' Rede war unerhört, aber auch überfällig. »Durch die lieben Heiligen und die Gier der Prediger ist Abgötterei entstanden, haben die Heiligen mancherlei Arznei gelernt. Der eine kann die Blattern heilen, der andere Fieber, Pest, Zahnweh. Nur die geistlichen Geschäftemacher haben ihren Gewinn davon!«, rief Zell seinen Zuhörern zu. Das war aber noch nicht alles, was er zu sagen hatte: »Selbst von der würdigen Mutter Gottes, die wir in dieser Kirche ehren, steht nichts in der Bibel. Deshalb sage ich jetzt: Ehret Maria in ihrem Sohn. Christus allein ist unser Fürsprecher vor Gott, er ist unser Leben, unsere Hoffnung!«

Wenn Margarethe daran dachte, wie sehr der Bischof schon jetzt Matthäus Zell zürnte und wie die Heiligen das Leben der Gläubigen bestimmten, waren diese Worte tatsächlich wagemutig. Jeden Tag war bei der Messe der Tagesheiligen gedacht worden, bestimmte Heilige wurden zu verschiedenen Gelegenheiten angerufen. Es gab den heiligen Winzer Urban, Sankt-Wendelin sorgte für das Vieh und der heilige Nothelfer Ägidius für gutes Wetter. Oft gab man Geld und Gut, um sie günstig zu stimmen. Und dann die Reliquien der Heiligen, die überall ausgestellt und angebetet wurden. Das alles sollte jetzt vorbei sein? Was für eine Erleichterung!

Sie sah freudige, aber auch nachdenkliche Gesichter, als der Gottesdienst zu Ende ging, und wie immer gab es einige Erboste, die Meister Matthis als Ketzer schalten, aber schnell zum Schweigen gebracht wurden. Die Menge strömte durch die hohen Türen der Kathedrale nach draußen. Um die Plätze des Rates standen Männer zusammen und unterhielten sich. Unter den Adeligen erkannte Margarethe auch den Ritter Matthias Wurm von Geudertheim. Als der Mann sie sah, kam er auf sie zu und begrüßte sie freundlich. Margarethe bemerkte, dass sie von einigen Vorbeigehenden neugierig beäugt wurden. Aber Matthias Wurm schien es nichts auszumachen, sich über Gepflogenheiten hinwegzusetzen. Er begleitete sie aus der Kathedrale hinaus.

»Was macht Eure Tochter? Habt Ihr sie wieder bei Euch?«, fragte er.

»Sie ist noch im Kloster. Aber ich kann sie jetzt regelmäßig besuchen, das ist ein Trost. Sie ist noch jung, ich hoffe, dass sie sich besinnt«, gab sie zurück.

Der Junker legte die Hand an seinen Degen.

»Ihr solltet nicht zu sehr darauf vertrauen. Ihr wisst, die Macht der Klöster über die Herzen der Unschuldigen ist groß.«

Margarethe hob Grete hoch, damit ihre Füße nicht noch nasser wurden. In durchgeweichter Kleidung würden sie sich auf dem Friedhof den Tod holen. »Ich weiß, und ich danke für Euren Rat, Junker. Ich habe gesehen, dass Ihr Euren Kummer bekannt gemacht habt«, sagte sie. Vor einiger Zeit hatte er die Schrift *Balaams Eselin, von dem Bann, dass er um Geldschuld oder anderen geringen Sachen nit mag christlich gefällt werden. Und dass aller geistlicher Stand schuldig ist der weltlichen Obrigkeit zu gehorsam, ob sie Christ sollen sein* veröffentlicht.

»Ja, ich habe dieses Werk zusammen mit Luthers Schriften meiner Schwester ins Kloster gebracht. Sie soll um die Tücke der Klöster genauso wissen wie um den rechten Glauben«, sagte er. Mit dem nächsten Satz überraschte er Margarethe jedoch: »Aber ich schreibe weiter. Und für meine nächste Schrift seid Ihr die richtige Druckerin. Ich werde Euch in den nächsten Tagen am Holzmarkt besuchen, dann erfahrt Ihr mehr«, kündigte er an.

Margarethe zog ihre Familie mit sich fort. In ihre Trauer, als sie Reinhards Grab aufsuchten, mischte sich immer wieder die Vorfreude auf die neue Schrift des Ritters.

Die Tage gingen ins Land, der Monat neigte sich dem Ende zu, als Matthias Wurm tatsächlich Margarethes Druckerei aufsuchte. Zunächst unterhielten sie sich über die jüngsten Ereignisse im Dom. Der Münsterprediger Doktor Peter Wickram und der Münsterpfarrer Matthäus Zell hatten begonnen, ihre unterschiedlichen Ansichten über die rechte Auslegung des Gotteswortes öffentlich auszutragen. Da sie zu unterschiedlichen Zeiten in der Kathedrale predigten, schimpfte Wickram zu einer Stunde von der Kanzel aus auf Zell, und dieser musste sich bei seiner Messe rechtfertigen.

»Es ist eine Schande, wie Doktor Peter sich gebärdet. Ihm sind seine Pfründe wichtiger als sein Amt. Er hätte schon lange die Kanzel räumen müssen«, urteilte der Junker.

Margarethe schenkte ihm gewürzten warmen Wein ein. »Wenn Ihr mich fragt, spielt auch Eifersucht hinein. Doktor Peter weiß, wie viele Menschen durch Meister Matthis' Predigten bewegt werden. Wenn er dagegen sieht, wie wenige ihm zuhören, regt sich sein Groll«, meinte Margarethe. »Ihn hat schon oft der Neid getrieben. Als er die nachgelassenen Predigten seines Onkels zum Druck brachte, hat er erst mal die Herausgeber der früheren Schriften schlechtgemacht, um selbst umso besser dazustehen«, wusste sie.

»Jetzt hat der Rat beiden sagen lassen, dass sie diesen Streit einstellen und ordentlich predigen sollen. Kinderkram! Meister Matthis ist ein mutiger Mann, und doch braucht er Schutz und Schirm. Es heißt, dass die Altgläubigen planen, ihn anzugreifen und zu verschleppen. Der Bischof will ihn unbedingt loswerden. Nur gut, dass Rat und Zünfte zu großen Teilen hinter ihm stehen«, sagte Matthias Wurm. »Ich spreche häufiger mit Mitgliedern des Rates, und sie halten damit nicht hinter dem Berg.«

»Geht es um Ihre Angelegenheit mit dem Kloster?«, fragte Margarethe.

Der Ritter bejahte diese Frage bedächtig. »Es ist eine langwierige Sache. Mein Bruder und ich haben sehr zu kämpfen. Man sollte niemanden mehr in dem alten Unglauben lassen. Man sollte die jungen Leute aus dem Kloster nehmen, wenn man es noch kann«, meinte er. War das eine Aufforderung an sie? Für Margarethe war es ein schwieriges Thema, deshalb schwieg sie. »Eben darum soll es auch in meiner neuen Schrift gehen. *Trost Klostergefangner* will ich sie nennen«, sagte der Junker jetzt.

Margarethe lächelte. »Es ist ein guter Titel. Ich würde sie gewiss lesen.«

»Ihr sollt sie nicht nur lesen, Ihr sollt sie für mich drucken, wenn Ihr mögt. Ich weiß, dass Ihr auf der Seite der Gerechten steht. Erst kürzlich habt Ihr Luther gedruckt.« Margarethe fragte sich, woher er das wusste, hatte sie die Schriften doch anonym herausgegeben. Aber vermutlich sprach es sich herum, und jeder Drucker wusste, wie die Typen aussahen, die seine Konkurrenten benutzen. Ein abgenutztes A hier, ein langer Bogen am M dort, und man erkannte den Drucker an seinen Lettern.

»Es wäre mir eine Ehre, Eure Schrift zu drucken«, sagte Margarethe. »Ob mit oder ohne Druckervermerk.«

Er hielt ihr die Hand hin, und sie schlug ein. »Mit Druckvermerk natürlich. Bei dieser Schrift gibt es nichts, weswegen man sich verstecken müsste.«

In den nächsten Wochen fand sich Matthias Wurm häufig in der Druckerei am Holzmarkt ein. Er trug seine Papiere bei sich und las seinen Text vor, den Margarethe, Wolfgang oder Johann setzten. Auch ließ er es sich nicht nehmen, die bedruckten Seiten selbst auf Fehler durchzusehen. Schließlich war die Schrift vollständig gedruckt und konnte verkauft werden. Viele Menschen, die selbst Verwandte an Klöster verloren hatten oder in Händel mit ihnen verwickelt waren, kauften sie und sprachen mit Margarethe über ihre Erfahrungen. Für sie war es ein Trost, nicht allein in dieser Situation zu sein. Und vielleicht würden die Reformen ja tatsächlich etwas bewirken, die der Rat anscheinend plante.

Die Luft in der Zunftstube war stickig und überheizt, die Gesichter der Zunftgenossen glänzten rot vom Wein, der Hitze und der Aufregung. Margarethe nestelte an ihrem Umhang, schon fasste einer der Männer mit an und half ihr, ihn abzulegen. Sie drehte sich um, es war Pauli Goetz. »Ich danke Euch«, sagte sie.

Er lächelte. Margarethe sah sich um. Ein Teil der Drucker und

Verleger stand beieinander und unterhielt sich aufgeregt. »Was ist da los? Verpassen wir etwas?«, fragte sie.

»Sie haben noch ein Exemplar von Murners Schrift aufgetan. Wer sie noch nicht kannte, will sie natürlich sehen«, erklärte Pauli Goetz.

Ihr Bruder trat zu ihnen und schüttelte den Kopf. »Ich habe ja auch schon mit Murner Geschäfte gemacht. Sein juristisches Kartenspiel ist wirklich gut. Hunderteinundzwanzig Karten und man lernt die Feinheiten des Rechts im Nu. Murner ist ein kluger Kopf. Schade nur, dass er so heißblütig ist und seine Brunst sich keinen anderen Weg zu bahnen weiß. Für ihn wäre die Ehe wie geschaffen. Dann könnte er endlich Dampf ablassen«, er lachte laut, Pauli Goetz stimmte ein und grinste Margarethe an. Sie hatte von der Schrift *Von dem großen Lutherischen Narren wie ihn Doctor Murner beschworen hat* gehört. Darin versucht eine Figur namens Murner eine Burg gegen die nahenden Truppen Luthers zu verteidigen. Als Luther ihm seine Tochter zur Frau anbietet, willigt Murner ein. Die versprochene Braut hat jedoch die Krätze, was Murner erst in der Hochzeitsnacht erfährt. Es kommt zum Streit, und der Wittenberger stirbt auf dem Abort, wo er auch begraben wird, ohne die Sterbesakramente empfangen zu haben. Es gibt viele Anspielungen auf die ketzerische Lehre, und im Abschluss fällt der ganze »Große Narr« ausgehöhlt zusammen.

»In dieser Schrift hat es der Franziskaner, wie ich gehört habe, zu weit getrieben. Es ist nur recht, dass der Rat sie hat beschlagnahmen lassen«, sagte sie.

»Murner sollte sich selbst die Narrenkappe aufsetzen«, meinte Pauli Goetz. Margarethe sah ihn fragend an. »Na, am Schluss bleibt Murner mit einer Narrenkappe in den Händen zurück, bereit, sie dem nächsten Narren aufzusetzen. Dabei ist er doch der Narr.«

Ihr Bruder hob seinen Krug und prostete Pauli Goetz zu. »Grüninger weiß schon, warum er heute Abend die Münstergasse meidet«, sagte er. Johann Grüninger war wohl der einzige

Drucker Straßburgs, der nicht nur Thomas Murner, sondern auch der katholischen Kirche die Treue hielt. Mit dieser neuen Veröffentlichung hatte er allerdings viele gegen sich aufgebracht.

Pauli Goetz nahm einen tiefen Zug.

»Vor dem Rat wird Grüninger sagen, dass Murner ihn überredet hat und dass er die Schrift nie gelesen hat. Ist doch klar. Aber für uns alle macht es die Arbeit schwerer. Kann sein, dass die Kanzlei die Zensoren in Zukunft genauer hinschauen lässt.« Er fragte, ob er für Margarethe auch ein Glas holen sollte, aber sie verneinte. »Man hört, dass der neue Papst ganz und gar nicht begeistert ist, dass in Straßburg so viele Schriften Luthers und Schmachbüchlein gegen ihn gedruckt werden«, fügte Goetz hinzu, bevor er an den Tresen verschwand.

Die Sitzung begann, die Zunftmitglieder setzten sich, und wie zu erwarten ging es zunächst um Thomas Murner und seinen Drucker Johann Grüninger. »Zu dieser Stunde ist Johann Grüninger beim Rat und wird befragt, weil er ein Schandbüchlein wider Gott, gute Sitten und Ehrbarkeit gedruckt hat. Das hat auch Folgen für viele unter uns. Alle Drucker sollen in den nächsten Tagen bei ihren Eiden schwören, dass sie diese Schmachbüchlein und weitere Schriften Doktor Murners in die Kanzlei liefern oder verbrennen«, verkündete der Zunftmeister. Eine lange Diskussion über Murner, Grüninger und das Verhalten des Rates hob an. Nach einiger Zeit begannen die Zunftmitglieder der anderen Gewerke dazwischenzurufen, auch ihre Angelegenheiten sollten endlich besprochen werden.

Am Schluss der Sitzung bot Hans Prüß seiner Schwester an, sie nach Hause zu begleiten. Es war kalt und der Kot auf den Gassen war mit Eis überzogen, dass es unter ihren Füßen knackste. Margarethe hakte sich bei ihrem Bruder ein. »Scheint, dass Pauli Goetz ein Auge auf dich geworfen hat«, meinte er leichthin. Sie sah überrascht auf. »Das hast du nicht gemerkt, wie? Ist doch klar, du bist eine gute Partie. Auch mancher Geselle liebäugelt damit, sich bei dir ins gemachte Nest zu setzen«, lachte er. Margarethe hatte das Verhalten des Verlegers und Druckers tatsächlich nicht so gedeutet, sie war einfach froh gewesen, dass sich ein Zunftmitglied mit ihr unterhielt. In ein paar Wochen würde sich der Tod ihres Mannes jähren, aber für sie war es noch immer unmöglich, sich einen anderen Mann an ihrer Seite vorzustellen. »Obwohl es Barbara sicher besser gefallen würde, wenn du einen Mann mit einem anderen Beruf wählen würdest«, meinte Hans.

»Wie meinst du das?«, fragte Margarethe, froh, dass Wolfgang nicht dabei war; er war in der Zunftstube geblieben, wo er noch mit ein paar Gesellen trank.

»Na, ist doch klar: Wenn du einen Meister aus einem anderen Gewerk nimmst, bleibt die Druckerei für Wolfgang.« Hatte Barbara deshalb Bemerkungen über den freundlichen ledigen Schreiner von nebenan gemacht?

Margarethe verdrängte den Argwohn aus ihren Gedanken. »Ich habe noch Zeit«, lenkte sie ab. »Ich habe mich umgehört, bis zu zwei Jahre lassen sie die Witwen gewähren.«

Am Holzmarkt angekommen, zog Hans ein Papier aus dem Wams. Margarethes neugierigen Blick bemerkend, meinte er: »Meister Matthis muss sich in den nächsten Tagen vor dem bischöflichen Fiskal rechtfertigen. Der Prediger soll wissen, dass es Menschen gibt, die hinter ihm stehen.« Er drehte sich um und wollte im Schatten der Häuser verschwinden, kam aber noch einmal auf Margarethe zu. »Besser, du vergisst, was du gesehen und was ich gesagt hab.«

»Schon vergessen«, antwortete ihm Margarethe flüsternd. Als sie aber am nächsten Tag hörte, dass ein Plakat an der Tür des Vikars angeschlagen war, auf dem ein Unbekannter den Leutpriester Meister Matthis verteidigte, lächelte sie in sich hinein.

Anfang des Jahres stand ebendieser Leutpriester in Margarethes Druckerei, als sie gerade mit Junker Wurm über eine neue Auflage seines Buches sprach. Der Pfarrer wirkte schmaler als sonst, machte einen erschöpften Eindruck. Seine Nase war schon immer auffällig gewesen, nun aber schien sie zu groß für das Gesicht. Das Gezerre um ihn und seinen Posten schien ihm zu schaffen zu machen. Wolfgang und Johann wirkten durch die plötzliche Nähe des Priesters eingeschüchtert, aber Margarethe begrüßte ihn erfreut. Zell hatte von Wurm von Geudertheims Buch *Trost Klostergefangner* gehört und wollte bei ihr ein Exemplar kaufen.

Nach einer freundlichen Begrüßung machte der Ritter seiner Erleichterung Luft: »Gut, Euch zu sehen, Meister Matthis. Man hört von einem üblen Angriff auf Euch, des Nachts«, sagte er.

»Ich hatte Glück. Ein ebenso tugendhafter wie mutiger Mann war in der Nähe und verscheuchte die Angreifer«, erzählte Meister Matthis. »Seit die Weihnachtsglocke im Münster gesprungen ist, spricht man viel über böse Zeichen, und ich sei schuld. Dabei gibt es auf den Sprung nur eine Antwort: neu gießen lassen.«

Margarethe lächelte. Das Zerspringen der Glocke am Weihnachtstag hatte die Gläubigen in helle Aufregung versetzt, aber Zell hatte die Ruhe bewahrt. »Wenn alle Probleme sich nur so leicht lösen ließen«, sagte sie jetzt.

Die Falte auf Zells Stirn vertiefte sich. »Das ist wahr. Wenn diese Klage Stich hält, ist es um mich geschehen.«

Wurm von Geudertheim verschränkte die Arme. »So sind die Klagepunkte zutreffend?«

Meister Matthis schüttelte unwillig den Kopf. »Das meiste ist gelogen. Ich habe nie öffentlich den Papst geschmäht. Wer bin ich denn, dass ich es wagen könnte! Ich sei ein Gesell des Karsthans, heißt es. Dabei habe ich ihn, der ein armer und guter Mensch ist, nur einmal gesehen und kaum drei Worte mit ihm gesprochen. Ich habe ihn zu mir eingeladen, aber er ist nicht gekommen. Ich soll die Laien zu Hass und Aufruhr angestiftet haben. Aber wer hat die Laien mehr gereizt: ich oder die Hetzer wider das Evangelium, die fordern, dass man Luther und alle seine Anhänger verbrennen soll?« Er schnaufte. »Aber zu vielem anderen stehe ich. Ich kämpfe für die wahre Ehre Gottes. Ich lasse mir den Luther nicht aus dem Mund nehmen. Die

Pfründefresserei muss ein Ende haben, genauso wie viele andere Unsitten des Klerus.«

Margarethe hatte oft Zells Predigten besucht und kannte auch viele der Schriften Luthers, sie wusste, wofür der Pfarrer eintrat. »Ihr solltet eine Rechtfertigung schreiben, damit jeder weiß, was gelogen ist und wofür Ihr steht«, schlug sie vor.

»Jetzt ist die Zeit der Erlösung gekommen. Und dabei hat die edle Buchdruckerkunst treulich geholfen. Aber mir würd' es nicht in den Sinn kommen, ein Buch zu verfassen«, sagte er ablehnend. »Ein anderes Büchlein interessiert mich allerdings, Eures, Junker.«

Margarethe griff in den Schrank, es war ihr letztes Exemplar, aber Meister Matthis würde sie es mit Freuden schenken. Wurm von Geudertheim hatte dem Pfarrherrn jedoch bereits das Büchlein gegeben, das er selbst in den Händen gehalten hatte. »Es ist das Mindeste, was ich tun kann, um Euch zu danken«, sagte er und fügte an Margarethe gewandt hinzu: »Meister Matthis war der Einzige, den der Bann nicht davon abhielt, mir das Sakrament zu spenden.«

Der Pfarrherr nahm das Buch entgegen und bedankte sich. »Ihr kennt meine Haltung ja. Der Bann ist ein geistliches Schwert, das einzig zur Bestrafung der Sünden dienen soll. Geldschulden einzubringen gehört nicht zu seinen Aufgaben.« Als er sich verabschiedete, wünschten die beiden ihm Glück. »Sie können mir alles nehmen, aber aus Christi Herrschaft können sie mich nicht vertreiben. Er hat Gewalt im Himmel und auf Erden. Wohin sie mich auch vertreiben, seine Hand ist da, die mich aufrecht hält und leitet«, antwortete Matthäus Zell fest, aber es klang ein wenig mutlos. Gebeugt und müde verließ er die Druckerei.

Wurm von Geudertheim sagte leise: »Ein guter Mensch. Es heißt, der Bischof will ihn zum Johannisfest loswerden. Das wird einen Aufstand geben. Wenn man ihn nicht schon vorher aus dem Weg räumt. Man müsste etwas tun ...«

Margarethe dachte einen Augenblick nach, dann lächelte sie ihn an. »Und ich weiß auch schon, was.«

Zwei Männer saßen auf den Holzstämmen am Ufer, einer jung, einer alt. Um sie herum hatten sich Menschen jeglichen Alters und Geschlechts versammelt. Erwartungsvoll sahen sie die beiden an. Der erste erhob sich jetzt, in der Hand hielt er ein Büchlein. Laut las er vor: »Eine Schrift von Steffan von Büllheym. *Ein brüderliche Warnung an Meister Matthis, Pfarrherr zu Sankt Lorenzen im Münster zu Straßburg sich vor seinen Widersachern zu hüten und bewahren.*« Mit verteilten Rollen begannen sie einen Dialog zwischen Vater und Sohn vorzutragen, wobei sie sich das Buch abwechselnd über die Stämme hin- und herreichten. Ihr Publikum amüsierte sich trotz des Frostes köstlich, das konnte Margarethe beobachten, die zufrieden am Türrahmen ihres Hauses lehnte. Pfiffe gab es bei den Textstellen, in denen sich der Sohn die verschiedenen Pfarrherren der Stadt und ihre Laster vornahm, und Jubel, wenn die Qualitäten von Meister Matthis betont wurden. Bei den Worten *Sie sollen anhängen den göttlichen Lehren, und nit helfen Meister Matthis zerstören, sondern behalten bei seiner Ehre, Weihe und Pfründ* klatschten die Menschen Beifall, und am Schluss, als es hieß *Gedruckt zu Lanstal durch Johannem Gücken Schnabel*, richteten sich einige Augenpaare auf Margarethe, die glücklich in ihrer Druckerei verschwand. Besonders mit den beiden Pseudonymen, dem des Autors und dem des Druckers, war sie sehr zufrieden, denn das eine war ernsthaft genug, um echt zu sein, das andere absurd genug, um den Zensoren die lange Nase zu zeigen.

Kurze Zeit nachdem sich die Menge zerstreut hatte, trat eine Frau durch ihre Tür. Sie war wohl Mitte zwanzig, eine der frommen Anhängerinnen des Pfarrherrn, die Margarethe schon öfters in der Sankt-Lorenz-Kapelle gesehen hatte. »Habt Dank für Euren Mut. Gott schütze Euch«, sagte sie nur. Auch sie wusste wohl, dass die Verteidigungsschrift hier ihren Ausgang genommen hatte.

Margarethe sollte ihr später wiederbegegnen, in einer ganz anderen Situation, die auch mit dem Pfarrherrn des Münsters zu tun hatte. Meister Matthis wurde im Frühjahr 1523 beurlaubt, was viele Bürger und Vertreter des Rates jedoch nicht davon abhielt, sich in seinem Haus zu versammeln, um seine Predigten zu hören. Man fürchtete noch immer um sein Leben, Entspannung brachte erst ein Mandat des Kaisers im März, in dem es hieß, dass bis zu einem Konzil, das die Religionsfrage klären solle, nichts anderes gepredigt werden dürfe als das heilige Evangelium – dieses Mandat legte der Straßburger Rat zu Zells Gunsten aus und ließ ihn wieder auf die Kanzel steigen. In diesem Mandat hieß es auch, dass Luther und seine Anhänger nichts Neues schreiben oder drucken lassen dürften und dass die Drucker ihre Schriften durch einen Zensor besichtigen und zulassen sollten. Derartige Zensurregelungen konnten die Drucker der freien Reichsstadt Straßburg schon lange umgehen, auch Margarethe hatte es inzwischen gelernt. Sie war in vielerlei Hinsicht eine ernstzunehmende Druckerin geworden.

Der neue Glaube war nicht mehr aufzuhalten. Meister Matthis bekam in Straßburg bald Unterstützung durch andere schriftkundige Pfarrherren, wie Martin Bucer, Wolfgang Capito und Kaspar Hedio, die mit ihm für die Durchsetzung des Evangeliums kämpften und die Religionspolitik der Stadt auf Jahrzehnte hinaus prägen sollten. Bei Capitos Neffen, dem Drucker Wolfgang Köpfel, ließ Meister Matthis in diesem Sommer auch seine eigene Verteidigungsschrift drucken, in der er die Unwahrheiten richtigstellte. Am gefürchteten Johannistag war Matthäus Zell allen Widerständen zum Trotz noch immer in Amt und Würden.

KAPITEL 11

Mit einem Ruck erwachte Margarethe, ihr Gesicht schmerzte. Sie richtete sich auf und tastete ihre Wange ab, das Schreibrohr hatte seine Form in ihre Haut eingedrückt. Sie sah sich um, Johann war von seinem Schemel gerutscht und auf dem Boden eingeschlafen. Glücklicherweise war die Kerze einfach weitergebrannt, was hätte alles passieren können, wenn sie umgefallen wäre oder Funken auf die Papiere gesprungen wären! Das Haus hätte Feuer gefangen wie ein trockener Ballen Stroh – und sie mittendrin, schlafend. Sanft weckte sie ihren Sohn. Noch halb im Schlaf wankte er die Treppe hinauf. Die Arbeit war zu hart für ihn, er war mit seinen elf Jahren noch zu jung, um einen Gesellen zu ersetzen. Aber um jemanden einzustellen, fehlte ihr das Geld. Sie hatte eine große Familie, Wolfgang brauchte seinen Lohn, denn Barbara war schwanger. Margarethe freute sich für sie, dennoch würde es ein Familienmitglied mehr sein, das von der Druckerei leben musste. Dazu kamen die Abgaben für die Zunft, die große Löcher in ihre Geldschatulle rissen. Es war schon so, wie ihr Bruder einmal gesagt hatte: Die Zunft hatte kein Interesse daran, dass Witwen allein ein Gewerk weiterführten, sie sollten so schnell wie möglich wieder heiraten, deshalb machte sie es den Frauen schwer. Margarethe legte noch ein paar Seiten zusammen. Die Straßburger Messe stand bevor, sie musste ihre Bücher bis dahin fertigstellen. Als sie spürte, wie ihre Lider erneut flatterten, ging auch sie ins Bett.

Ein lautes Bollern riss sie aus dem Schlaf. Das Lager neben ihr war leer, alle Kinder waren schon aufgestanden. Die Sonne sandte die ersten Strahlen durch das Fenster. Schnell wusch sie sich und kleidete sich an. Wolfgang unterhielt sich mit zwei Männern an der Tür. Sie trat hinzu, ihr Schwiegersohn machte eher widerwillig Platz. Es waren zwei Boten des Rates in rotweißer Gewandung. Margarethe stutzte, der eine kam ihr mit seinem dichten Bart und den X-Beinen bekannt vor.

»Die Prüßin. Etwas verblüht, aber noch brauchbar«, stellte der Bote fest, als sie die beiden begrüßte. Sie zuckte zusammen, es war eine Unverschämtheit. Der Mann sah Margarethe in die Augen, sie kochte vor Wut. Sie kramte in ihrem Gedächtnis, wer war er nur?

Sein Begleiter hob die Stimme: »Der Rat schickt uns. Uns ist befohlen, alle Drucker vor der bevorstehenden Messe an die Zensurvorschriften zu erinnern. Verstöße gegen diese Vorschriften werden streng geahndet«, sagte er.

»Und wir wissen ja, dass die Witwe Prüß sich gerne über Gepflogenheiten hinwegsetzt«, fügte der Bärtige hämisch hinzu.

Margarethe prüfte sein Gesicht, dann durchfuhr es sie. »Jacop Krut«, stellte sie angewidert fest.

»Etwas mehr Respekt. Ich bin Ratsbote im Auftrag des Zensors«, forderte er. Sie behielt ihre Zunge im Zaum und schwieg, da blitzte in Jacop Kruts Augen ein boshaftes Flackern auf. »Ist lange her. Der Umzug vom Kathedralenvorplatz zum Holzmarkt ist ja nicht gerade ein Aufstieg. Hab gesehen, Meister Schott ist jetzt im Haus ›Zum Tiergarten‹. Hat sich eine Bordüre anfertigen lassen von Meister Baldung. Hirsche, Löwen, Engelchen, die das Schild mit seinem Monogramm halten. Schön. Und Ihr seid hier gelandet«, er machte eine abfällige Bewegung. »Beim Schandkorb und den Schlachtabfällen. Irgendwie passend.« Sein Begleiter machte ein Zeichen, dass er weiterwollte, doch Jacop Krut wandte sich noch einmal an Margarethe: »Das Volk darf nicht durch verbotene Schriften aufgewiegelt werden. Ihr könnt sicher sein, Prüßin, dass wir bei dieser Messe genau hinschauen werden, wer welche Bücher unters Volk bringt – auch und gerade bei Euch.« Es klang wie eine Drohung.

Margarethe war froh, als die Männer weiterzogen. Wolfgang sah sie fragend an. »Der kommt mir bekannt vor …«, überlegte er.

»Er war ein Geselle meines Vaters. Du hast bei ihm gelernt. Er war besonders streng. Und als Vater starb, kam es zum …«, der Gedanke daran, dass er ihr beinahe Gewalt angetan hatte, ließ sie schauern, »zum Streit.«

Wolfgang rieb sich das Ohr. »Ach ja, der Krut. Jetzt ist er wieder in der Stadt. Den werden wir wohl öfter sehen«, sagte er in einem gleichgültigen Ton.

»Das fürchte ich auch«, flüsterte sie und stieß die Tür weit auf, damit die Sonnenstrahlen die düsteren Erinnerungen verscheuchen konnten. Die Luft begann sich schon zu erwärmen.

»Die Sonne! Und Ihr seht aus, als hättet Ihr einen Geist gesehen«, stellte der Schreiner Konrad Haug fest.

Sie lächelte. »Die Geister können mir nichts anhaben. Zumindest nicht an einem so schönen Tag wie diesem.«

In den Gassen der Stadt herrschte größeres Gewühl als sonst. Überall zwischen Kaufhaus und Pfalz, zwischen Holzmarkt und Münster hatten die Händler ihre Stände aufgebaut. Ein jeder, der etwas zu verkaufen hatte, stellte einen Tisch vor die Tür und hielt seine Ware feil. Die Kirschen leuchteten rot in den Körben, bunte Stoffe schwangen im Wind, das Metall funkelte in der Sonne. An den Tagen der Johannismesse, wenn die Eisenkrämer und Waffenschmiede ihre Werkstätten öffneten, konnte man am besten die Waren sehen, für die Straßburg weithin bekannt war, wie es in einem alten Spruch hieß: *Augsburger Pracht, Venediger Macht, Nürnberger Witz, Straßburger Geschütz, und Ulmer Geld, Regieret die Welt.* Auch Margarethe hatte ihre Bücher ausgelegt, Barbara übernahm den Verkauf, während Wolfgang und Johann weitere Exemplare druckten. Margarethe selbst wollte sich an den Buden der Verleger und Buchhändler nach neuen Druckwerken umsehen. Der öffentlich ausgetragene Glaubensstreit kam ihr entgegen, denn er brachte eine Flut von

Schriften hervor, die oft nur den Umfang von einer oder einigen wenigen Seiten hatten. Diese Handzettel wurden von den Anhängern der Reformer auf Plätzen verlesen und fliegenden Blättern gleich von Hand zu Hand weitergegeben. Überall waren auch die Schriften von Luther und Karlstadt zu bekommen, Verbot hin oder her. Kamen die Posten der Obrigkeit vorbei, versteckte man sie schnell unter anderen Büchern. Die Posten sahen ohnehin gern weg, viele von ihnen traten ebenfalls für das Evangelium ein. Um das Münster herum waren Buden aufgebaut, auch rund um die Pfalz hielten Buchführer ihre Waren feil.

Am Allmendbrunnen am Münzgebäude hatte sich eine Menge versammelt. Ihre Augen waren auf einen Mann gerichtet, der auf dem Rand des Brunnens balancierte und eindringlich zu den Frauen, Männern und Kindern sprach. Margarethe dachte zuerst, dass er ein Gaukler war und die Zuschauer hämisch nur darauf warteten, dass er in den Brunnen stürzte. Im Vorbeigehen vernahm sie aber seine Worte: »Glaube ist die lebendige Zuversicht im Herzen auf die Zusage Gottes. Wo Glaube ist, werden auch die guten Werke nicht fehlen. Denn so wenig es möglich ist, dass Feuer ohne Hitze und Licht ist, gibt es einen solchen Glauben ohne gute Werke.« Der Mann sprach gut. Margarethe fühlte sich an die Schriften Luthers erinnert und blieb neugierig stehen. War er einer der zahlreichen umherziehenden Prediger? Er trug kein Habit. Seine Kleidung war einfach, sogar nachlässig. Er war schlank und sehnig, fast mager, sein Körper schien gespannt wie ein Bogen und seine Augen leuchteten vor Begeisterung. Es waren seine roten Haare, die sie stutzen ließen, sie wirkten zottelig an den Seiten, einige standen in der Mitte hoch, er hatte also noch vor gar nicht so langer Zeit eine Tonsur gehabt. Seine nächsten Worte bestätigten ihre Vermutung: »Seht mich an: Zwanzig Jahre habe ich die Kappe der minderen Brüder getragen. Jetzt habe ich mich befreit. Denn ich habe erkannt: Wer den Glauben an Christus hat, ist vollkommen fromm und kann durch das Klosterleben nicht frömmer werden. Im Gegenteil. Die Mönche lassen sich von jedermann bedienen, dienen aber selbst niemandem. Sie sind ohne Glauben; all ihre Heiligkeit beruht auf lauter Kinder- und Fastnachtsspiel. Sie leben unter einem heiligen Schein. Sie fressen, saufen, geizen, neiden, hassen und huren, dass es nur ein Jammer ist!«

Wie zu erwarten war, gab es begeisterte Zwischenrufe. »Mehr davon!«, schrie eine Frau neben ihr. Margarethe riss sich los. Sie ahnte, was jetzt kommen würde. Das Unwesen der Mönche und Nonnen würde in den schrillsten Farben ausgemalt werden. Und die einfachen Leute schienen von dem Gräuel, das sich angeblich hinter den Klostermauern abspielte, nicht genug bekommen zu können. Doch es kam anders.

»Wie hast du gelebt?«, rief der frühere Mönch der Frau zu, und seine Stimme nahm einen drohenden Klang an. »Bist du Gottes Wort und Gottes Wegen gefolgt?« Er holte jetzt weit mit den Armen aus und schwankte auf dem Brunnenrand, fasste jedoch wieder sicheren Tritt. »Gott straft diejenigen, die nicht nach seinen Geboten leben. Er hat Dürre gesandt, die Erde ist unfruchtbar geworden. Doch sein Strafgericht ist noch nicht am Ende. Mit einer Flutwelle wird er uns strafen, das ist gewiss!« Schon seit einigen Jahren waren Pamphlete und Bücher in Umlauf, in denen Sternendeuter für das nächste Jahr voraussagten, dass Kometen am Himmel erscheinen und eine Sintflut nach sich ziehen würden. Mit der großen Trockenheit hatte der Brunnenprediger recht, aber würde auch der große Regen kommen? Und waren die Sterne schuld oder Gott? Margarethe beschleunigte ihren Schritt. Sie wollte zu Nickel Griet. Der Buchhändler war in der Stadt und hatte sicher interessante Werke im Gepäck.

Einige Abende später sah sie den Redner wieder, es war in der Zunftstube. Die Zunft hatte die auswärtigen Buchhändler, Drucker und Gesellen zu einem Festmahl anlässlich der Messe geladen. Der frühere Mönch stand neben der Tafel, einen Fuß auf den Stuhl gestellt und die Hand auf das Knie gestützt. Er wirkte nicht wie ein Mönch, sondern wie ein Kämpfer. Die Männer hatten ihn umringt und hörten ihm gepackt zu. »Als Luther von der Wartburg wieder nach Wittenberg kam, war er gar nicht begeistert. Karlstadt war seiner Meinung nach viel zu weit vorgeprescht. Er hat die Leute verschreckt mit seinem Übereifer. Luther hat ihm erst mal den Kopf gewaschen. Da kam es zum Krach«, erzählte er. »In seinen ersten Predigten nahm Luther viele der Veränderungen, die Karlstadt eingeführt hatte, wieder zurück. Jetzt geht es langsamer voran. Aber glaubt mir, das Evangelium ist nicht aufzuhalten. Das Gaukelwerk der Päpstlichen wird verschwinden. Die Messe wird abgeschafft werden, genauso wie die Heiligenbilder und der Glaube an das Fegefeuer. Es darf auch nicht mehr sein, dass der Klerus sich durch Zins und Wucher bereichert!« Ein Altgläubiger wagte zu protestieren, aber zwei andere schrien ihn nieder. Jemand wollte hören, wie es gewesen war, dem berühmten Martin Luther gegenüberzustehen. Der Redner setzte sich jetzt rittlings auf den Stuhl. »Martinus Luther wirkt milde und heiter, wie ein guter Gesell, aber wenn es um den Zustand der Kirchen in diesem Land geht, können seine Augen durchdringend funkeln. Seine Redegabe ist bewundernswert, immer wieder möchte man ihn predigen hören, so fest schlägt er seine Nägel in den Geist seiner Zuhörer«, begann er zu erzählen.

Margarethe lauschte aufmerksam, dann bemerkte sie, dass Pauli Goetz neben sie getreten war. »Wer ist er?«, fragte sie. Goetz' Mund näherte sich ihrem Ohr, seine Stimme war leise.

»Johannes Schwan heißt er. Kommt aus Marburg. War Franziskaner in Basel. Studierte in Wittenberg. Mit dem Rest hält er ja nicht gerade hinterm Berg.« Die Aufmerksamkeit, die der kämpferische Mönch erhielt, schien ihn zu stören. »Es heißt, er hat eine Tasche voll Bücher mitgebracht, die er hier drucken will. Aber nur, wenn ihn jemand als Gesellen aufnimmt. Doch mit dem kann man leicht Ärger bekommen.« Margarethe überlegte. Der Ärger würde sie nicht schrecken, und eine Tasche voller Bücher war schön und gut, aber sie hatte kein Geld, einen Gesellen anzustellen.

Das Essen begann, wie immer wurden viele Reden gehalten und reichlich getrunken. Margarethe hielt sich mit beidem zurück, aber Wolfgang sprach dem Wein stark zu. Man unterhielt sich über die Ereignisse der letzten Zeit, über den Krieg gegen den Ritter Franz von Sickingen, in den die Stadt hineingezogen worden war, über den ehemaligen Dominikaner Martin Bucer, den Meister Matthis in seinem Haus aufgenommen hatte und der dort predigte, und natürlich über den Verlauf der Johannismesse.

»Seid Ihr bei Meister Griet fündig geworden?«, fragte Pauli Goetz jetzt.

»Es ist schon alles vergeben«, sagte Margarethe. »Ich werde wohl zunächst Eckard zum Treubels *Demütige Ermahnung* und … andere Werke wieder auflegen, bis sich etwas Neues bietet.«

Pauli Goetz trank ihr zu. »Ja, man hört, die … anderen Werke … verkaufen sich gut.« Es war ein offenes Geheimnis, dass Margarethe die Druckerin der *Brüderlichen Warnung an Meister Matthis* war, und da der Bischof noch immer nicht aufgegeben hatte, gegen ihn zu kämpfen – das eine Jahr, das Matthäus Zell im Amt bleiben durfte, war schnell um –, fand die Schrift auch weiterhin Käufer. Sie prostete zurück und nippte an ihrem Glas. »Und da ist ja auch noch der *Trost Klostergefangner*«, fügte sie hinzu. Auch von diesem Werk würde sie weitere Exemplare herstellen.

Da die anderen Gespräche just in diesem Moment abebbten, war ihr letzter Satz gut zu hören gewesen. Sie bemerkte, dass Johannes Schwan sie musterte. »Ihr habt dieses Buch gedruckt? Ein Weib?«, fragte er.

Margarethe spürte, wie sie nervös wurde. »Wieso nicht? Auch Frauen können Druckerpressen bedienen«, sagte sie.

»Sie können, aber dürfen sie auch?«, gab er zurück.

Bevor Margarethe antworten konnte, hörte sie, wie Meister Knipp vom anderen Ende des Tisches rief: »Die Frau ist Witwe. Aber läuft die Frist nicht bald ab, in der Ihr die Druckerei allein führen dürft, Prüßin? Gesellen, macht Euch bereit, eine

Witwe ist reif!« Lautes Gelächter erfüllte den Raum. Auch Pauli Goetz grinste. Johannes Schwan fasste sie prüfend ins Auge. Margarethe stieg die Schamröte ins Gesicht. Ihr Bruder stand auf. »Knipp, ein Wort noch …«, sagte er drohend.

Meister Knipp wedelte lässig mit der Hand. »Schon gut, Prüß. Man wird doch noch einen Scherz machen dürfen. Es kommt schließlich nicht oft vor, dass eine Druckerei für einen Gesellen frei wird.«

Margarethe funkelte ihn an. »Noch ist der Braten nicht gegessen, Meister! Im Frühjahr sprechen wir uns wieder«, rief sie. Früher hätte sie dabei gelispelt, jetzt aber klang ihre Stimme klar und fest. Einige lachten, aber andere nahmen einfach ihre Gespräche wieder auf. Es gab schließlich Besseres zu tun, als das Gezänk zwischen einem Weib und einem alten Mann zu hören, und das war Knipp inzwischen, auch wenn er noch immer den jungen Mädchen nachstieg. Man hörte, er habe es sogar bei der Frau seines Sohnes versucht. Margarethe blieb so lange an der Tafel, wie es die Schicklichkeit gebot, dann verabschiedete sie sich. Die Männer waren ohnehin froh, unter sich zu sein. Nur Johannes Schwan blickte ihr nachdenklich hinterher.

Leise sang sie vor sich hin, als sie den Bogen geschwind durch den Wassertrog zog und auf das Feuchtebrett, ein mit Makulatur belegtes Holzbrett, beförderte. Eine fremde Stimme überraschte sie.

»Das beste Geschenk ist ein fröhliches Herz. Im Gesetz des Mose werden nämlich die Traurigen nicht zum Altar zugelassen.« Johannes Schwan stand im Raum. Wie war er hereingekommen, wieso hatte sie ihn nicht gehört? Ganz selbstverständlich kam er auf sie zu. »Lasst mich mit anfassen«, sagte er und griff nach einem Bogen. Sie bemerkte, dass Teile ihres Kleides feucht an ihrem Körper klebten. Plötzlich war sie verlegen und wusste nicht, warum. Geschickt zog er den Bogen durch das Wasser und legte ihn zu den anderen. Sie verharrte überrumpelt. »Der verehrte Martin Luther sagte einmal, Gott will, dass wir fröhlich sind. Wenn er gewollt hätte, dass wir traurig sind, hätte er uns nicht die Sonne, den Mond und die anderen Schätze der Erde geschenkt. Dies alles gibt er uns zur Freude. Sonst hätte er Finsternis geschaffen und nicht zugelassen, dass die Sonne immer wieder aufgeht oder dass der Sommer wiederkommt«, sagte er.

Warum ließ sie diesen Mann mit anpacken, warum hörte sie ihm zu, obgleich sie ihn doch gar nicht kannte? Es waren seine Worte, die sie fesselten.

»Was wollt Ihr hier?«, fragte sie.

Er trat zu ihr und verbeugte sich. »Verzeiht. Johannes Schwan. Sohn eines Bürgers zu Marburg. Entlaufener Mönch. Schreiber und Drucker.« Er kramte aus seiner Tasche ein Büchlein hervor. »Hier, lest das, aber gebt es mir zurück, ich habe nur noch dieses eine Exemplar.« Sie nahm das abgegriffene Werk in die Hand und las: *»Ein Sendbrief. Johannes Schwan. Darin er anzeigt aus der Bibel und Schrift, warum er den Barfüßerorden, in dem er im Kloster zu Basel gewesen ist, verlassen hat.«* Ihr Besucher lächelte und sagte: »Setzt Euch und lest. Ich mache einstweilen weiter.«

Er wollte die Arbeit fortsetzen, doch Margarethe hielt ihn auf. Was hatte sie mit diesem Mann zu schaffen? Was sollte ihre Familie denken, wenn sie zurückkam? »Das geht nicht. Ich schaue später hinein. Kommt morgen wieder«, sagte sie.

Johannes Schwan rieb sich über die Stelle seines Hauptes, wo die Tonsur noch zu erahnen war. »Wie Ihr wollt«, sagte er freundlich, schwang seine Pilgertasche über die Schulter und verbeugte sich lässig.

Später las sie den Sendbrief und war beeindruckt. Die Schrift sprach von der gründlichen Bibelkenntnis des Verfassers genauso wie von seinem festen Glauben an das Evangelium und der Liebe zu seinem Vater, vor dem er den Austritt aus dem Orden rechtfertigte. Johannes Schwan war kein junger Mann mehr, er ging wohl auf die vierzig zu. Es war ihm sicher nicht leichtgefallen, das Kloster zu verlassen, denn er hatte vermutlich seit seiner Jugend kein anderes Leben gekannt. Und doch hatte er es gewagt. Was aber wollte er von ihr?

Als er am nächsten Tag die Druckerei betrat, waren Wolfgang und Johann gerade dabei, Bögen zu falzen und zusammenzulegen. Wolfgang wollte Johannes Schwan ansprechen, als Margarethe hinzukam. Sie ging mit ihm zum Schreibpult, holte den *Sendbrief* hervor und gab ihn ihm zurück.

»Es ist eine schöne Schrift«, sagte sie.

Er legte seine Pilgertasche auf das Pult, stützte sich darauf und sah ihr in die Augen. »In meinem Herzen bin ich Prediger. Es gibt vieles, das ich den Menschen durch die Schrift nahebringen möchte. Es gibt vieles, das ich durch die Schrift bewegen kann. Denn die Druckerei hat der Welt die Augen zum Guten und zum Bösen aufgetan, das alles wird durch die Schrift offenbar. Luther nennt den Buchdruck das letzte und zugleich größte Geschenk Gottes.«

Sie bemerkte, dass Wolfgang und ihr Sohn sie beobachteten. Margarethe sagte laut: »Ich habe keine Arbeit für Euch. Ich habe kein Geld, um noch einen Gesellen anzustellen.«

Er öffnete seine Tasche und breitete einige Bücher wie einen Fächer vor ihr aus. »Lasst mich Euch einen Vorschlag machen. Dies alles sind Bücher, die man in Straßburg noch nie gelesen hat. Ihr erlaubt mir, sie auf Eurer Presse zu drucken.« Sie wollte gerade etwas einwenden, doch er hob die Hand. »Ihr braucht mir nichts zu zahlen. Im Gegenteil. Ich helfe Euch bei Euren Drucken und gebe Euch etwas von dem Geld ab, das ich mit meinen einnehme.« Es war kein schlechter Vorschlag. Margarethe wollte darüber nachdenken. Johannes Schwan war damit einverstanden zu warten.

Abends sprach Barbara sie auf dieses Gespräch an. Ihr Bauch wölbte sich bereits sichtlich. »Was wollte der Mann von dir?«, fragte sie, als Margarethe ihr die Haare kämmte. Als sie von dem Vorschlag hörte, war sie besorgt.

»Was wird mit Wolfgang?«, wollte sie wissen. Es war nur natürlich, dass sie sich Gedanken über die Lage ihrer Familie machte, insbesondere in ihrem Zustand.

»Wolfgang arbeitet weiter wie bisher. Es gibt genug zu tun.

Johannes Schwan wäre nur eine Art Gast«, versicherte Margarethe ihr.

»Ist das erlaubt? Was wird die Zunft dazu sagen?«

»Die Zunft muss nicht alles wissen. Schwans Aufenthalt bei uns wird nicht von Dauer sein. Meine Frist läuft ohnehin ab«, sagte Margarethe leichthin. Es blieb ihr nichts anderes übrig, sie würde sich damit beschäftigen müssen, wie es weiterging. Sie wollte die Druckerei für ihren Sohn Johann erhalten, also musste sie einen Meister oder einen Gesellen aus dem Druckerhandwerk heiraten. Außerdem war sie doch selbst Druckerin mit Leib und Seele. Das spürte sie jeden Tag, wenn sie die Druckerei betrat, wenn sie setzte, druckte, die Seiten zusammenfügte und schließlich das fertige Buch in den Händen hielt. Aber ein neuer Mann in ihrem Leben? Der Gedanke war ihr fremd. Niemand würde Reinhard ersetzen können. Gut, dass ihr noch einige Monate blieben.

Sie rief Wolfgang und ihren Sohn zu sich. Johannes Schwan stand neben ihr, die Tasche mit den Schriften in seiner Hand. Sie stellte ihn vor und sagte, dass er in den nächsten Monaten mit in ihrer Druckerei arbeiten werde. »Wir werden uns mit den Schriften abwechseln. Johannes Schwan hilft uns tagsüber und druckt seine Werke, wenn wir Feierabend gemacht haben. Es wird eng werden, aber es wird schon gehen«, sagte sie.

Wolfgang war angespannt, vielleicht hatte Barbara ihm von ihren Bedenken erzählt. »Versteht dieser entlaufene Mönch überhaupt etwas vom Handwerk? Nicht, dass er die Geräte beschädigt«, sagte er misstrauisch.

Schwans Gesicht färbte sich rot, dennoch antwortete er ruhig: »Die Franziskaner haben eigene Pressen und wissen sie wohl zu nutzen. Wenn ich bei den Mönchen etwas gelernt habe, dann das. Auch in Wittenberg und Erfurt habe ich bei verschiedenen Druckern gearbeitet. Wir kommen uns schon nicht in die Quere.«

Hoffentlich würde es keinen Streit zwischen den Männern

geben. Versöhnlich meinte sie: »Und wenn er mal nicht weiter weiß, können wir ihm ja helfen.«

Die nächsten Wochen verliefen wider Erwarten ruhig. Johannes Schwan passte sich schnell an die Abläufe in der Druckerei an. Er war ein unermüdlicher Arbeiter, half, wo er konnte, und druckte oft noch bis spät in die Nacht. Margarethe sprach wenig mit ihm, umso mehr hörte sie ihm jedoch zu, wenn er bei Tisch aus Wittenberg berichtete. Er erzählte von der Stimmung in der Stadt nach der Abschaffung der Messe, von Luthers Predigten und anderen Reformatoren, die er Auge in Auge gesehen hatte. Auch Wolfgang und Johann, die ihm zunächst mit Misstrauen begegnet waren, kamen mit ihm aus. Insbesondere ihr Sohn schien das Gespräch mit Johannes Schwan zu suchen, und der Gast setzte ihn bereitwillig über den neuen Glauben und seine Folgen in Kenntnis.

Die Wochen vergingen, der Herbst kam. Papst Hadrian VI. starb. Er hatte in seinem nicht einmal einjährigen Pontifikat keine der Reformen durchsetzen können, die er angekündigt hatte. Von seinem Nachfolger Clemens VII. erwartete man, dass er sich, als einer der Familie Medici, jeglicher Veränderung widersetzen würde. Die Altgläubigen wehrten sich an vielen Orten gegen die Kritik der Reformer und schlugen brutal zurück, so wurde im nahe gelegenen Kaysersberg ein evangelisch predigender Stadtpfarrer als Ketzer verurteilt und enthauptet.

Johannes Schwan machte keine Anstalten weiterzuziehen. Margarethe hatte nichts dagegen. In den letzten Monaten hatte der neue Gast ihr nur Vorteile gebracht, sie schafften die Arbeit besser und mehr Geld kam ins Haus. In vielem war dieser Mann rätselhaft für sie, und sie war gespannt darauf, ihn näher kennenzulernen.

»Es geht voran, schändliche Missbräuche werden abgeschafft, wie jetzt mit Hilfe der neuen Almosenordnung. Die Bürger müssen nicht mehr versuchen, sich durch Mess-Stiftungen und Wallfahrten ihr Seelenheil zu verdienen, sondern geben ihr

Geld als Almosen direkt an die Bedürftigen. Das ist ein echtes Werk der Nächstenliebe«, meinte der Junker Wurm von Geudertheim, als er wieder einmal die Druckerei aufsuchte.

Margarethe stimmte ihm zu. »Das Betteln vor den Kirchen und in den Gassen hat endlich ein Ende. Dass die armen Schüler vor den Häusern singen durften, um sich Almosen zu verdienen, störte mich nicht. Aber der Bettel hatte überhandgenommen«, fand sie und fügte überzeugt hinzu: »Straßburg ist eine reiche Stadt. Es müssten genügend Münzen in die Tröglein für milde Gaben in den Pfarreien kommen.«

Jetzt schaltete sich auch Johannes Schwan ein. »Wenn nur das Geld in die richtigen Hände kommt und nicht wieder bei den Pfaffen landet«, gab er zu bedenken.

»Das dürfte schwerlich geschehen. Man hört, jede Sammelbüchse hat drei verschiedene Schlösser, die nur im Beisein der Bezirkspfleger aufgeschlossen werden können«, entkräftete Wurm von Geudertheim diese Bedenken. Das Gespräch drehte sich nun um die Zustände in den Klöstern und den Versuch, die Frauen und Männer daraus zu befreien. »Meinem Bruder und mir wird der Zutritt zu unserer Anna nicht gestattet. Wir schalten nun den Rat ein, damit er der Priorin ins Gewissen redet und wir mit unserer Schwester sprechen können. Wir müssen sie sehen, damit wir sie überzeugen können, das Kloster zu verlassen. Glücklicherweise ist der Rat auf unserer Seite. Selbst Ratsmitglieder legen sich mit den Priorinnen an, um ihre Töchter aus den Klöstern herauszuholen«, wusste der Ritter. »Habt Ihr noch genug Exemplare vom *Trost Klostergefangner* vorrätig? Wenn sich selbst die angesehenen Geschlechter der Stadt im Kampf gegen die Klöster starkmachen, lohnt es sich, die Schrift weiter zu verbreiten.« Margarethe wusste, dass sie nur noch wenige Exemplare hatte, und versprach ihm, weitere zu drucken. Sie befürchtete, dass er sie gleich nach Juliane fragen würde.

Johannes Schwan gegenüber hatte sie ihre Tochter nie erwähnt – was ging es ihn auch an? –, aber sie ahnte, dass er nicht gutheißen würde, dass eine ihrer Töchter im Kloster war. Doch da passierte es schon: »Gibt es Neuigkeiten, was Eure Tochter angeht? Werdet Ihr sie aus dem Kloster nehmen?«, fragte der Junker. Johannes Schwan drehte den Kopf ruckartig zu ihr.

Margarethe verschränkte die Arme. »Ich habe erst vor ein paar Tagen mit ihr gesprochen. Sie ist ruhiger geworden, wirkt fröhlich. Sie lernt sehr viel …«, sagte sie, aber ihre Worte klangen nicht sehr überzeugend. Sie erwartete, dass Schwan etwas dazu sagen würde, aber er schwieg.

Wurm von Geudertheim betrachtete sie nachdenklich. »Frau Margarethe, ich weiß, wie unglücklich es Euch macht, Eure Tochter hinter diesen Mauern zu wissen. Verpasst nicht den rechten Zeitpunkt, sie dort herauszuholen«, sagte er. Als sie nicht antwortete, wechselte er das Thema: »Und auch unser anderes Druckwerk solltet Ihr wieder anbieten. Wie Ihr wisst, müssen die Prediger um Meister Matthis dem Rat eine Schrift übergeben, in der sie die strittigen Punkte des neuen Glaubens klären, von der Empfangung des Abendmahls unter beider Gestalt, von der Priesterehe, vom Fasten, vom Heiligenanbeten und so weiter.«

Margarethe warf Johannes Schwan einen kurzen Blick zu und sagte: »Das ist schon geschehen. Die fahrenden Händler haben es bereits.«

Der Junker lächelte zufrieden. »Ich wusste, auf Euch ist Verlass.«

Nachdem er das Haus verlassen hatte, gingen sie still ihrer Arbeit nach. Margarethe las die ersten Seiten einer neuen Schrift Korrektur. Sie war unzufrieden damit. Wolfgang hatte die Farbe nachlässig aufgetragen, so dass »Mönche geschlagen« wurden, wie man die weißen Flächen im Abdruck nannte, auch gab es »Leichen« – ausgelassene Satzteile – und »Hochzeiten«, also doppelt gesetzte Wörter. Nach einer Weile trat Schwan zu ihr. Margarethe versteifte, sie rechnete mit Vorwürfen.

»Und so erfährt man Neues, wo man keine Neuigkeit mehr erwartet«, sagte er.

»Wer seid Ihr, dass Ihr mir Vorwürfe machen dürft?«, fuhr sie ihn an.

»Ich weiß nicht, was Ihr meint.«

Er erklärte sich nicht weiter, sondern ließ sie zappeln wie einen Fisch an der Angel, bis sie schließlich die Stille nicht mehr aushielt und fragte: »Was meint Ihr dann mit ›Neuigkeiten‹?«

Johannes Schwan lächelte, und dieses Lächeln verunsicherte sie noch mehr. »Ihr seid es also, die die *Brüderliche Warnung an Meister Matthis* herausgebracht hat. Frau Margarethe, Ihr seid für eine Überraschung gut.« Sie freute sich über das Lob und schämte sich ein wenig für ihren Gefühlsausbruch. Sein Lächeln erstarb jedoch nun. »Zu allem anderen kann ich nur sagen: Ein jeder muss seine Taten vor seinem Gewissen verantworten. Jeder muss gerüstet sein, seine Handlungen zu rechtfertigen. Wer das nicht kann, der hat keinen Bestand, den reißt der Teufel hinweg wie ein dürres Blatt. Ich kann nur meine eigenen Taten vor meinem Gewissen verantworten. Für die Euren seid Ihr selbst verantwortlich.«

Johann kam angelaufen, seine Wangen leuchteten rot. »Am Münster ist ein Mandat angeschlagen. In der Verkündigung des Rates geht es um die evangelischen Prediger«, keuchte er. Margarethe sah Johannes Schwan und Wolfgang beunruhigt an. In den letzten Wochen hatte es einige Veränderungen gegeben. So war der Domprediger Doktor Peter Wickram abgelöst worden, der Evangelist Kaspar Hedio hatte inzwischen seine Stelle eingenommen, vor allem aber hatte die Heirat von Anton Firn für Aufregung gesorgt. Der Leutpriester zu Sankt-Thomä hatte seine Köchin, mit der er schon lange in Sünde lebte, geheiratet. Er hatte gesagt, dass er durch die genauere Kenntnis des Evangeliums die Schändlichkeit seines bisherigen Wandels eingesehen habe und seinen begangenen Fehler gutmachen wolle. Meister Matthis hatte die Trauung im Münster vollzogen und mit seiner Predigt für weitere Gerüchte gesorgt, denn er meinte dabei: »Es werden dir, so Gott will, bald mehr christliche Brüder folgen, welche bisher noch ängstlich sind.« Welcher der Pfarrherren dachte ebenfalls daran, in den Stand der Ehe zu treten? Etwa Meister Matthis selbst? Einer der anwesenden Zuschauer hatte gerufen: »Der hat ihm recht getan, Gott geb ihm tausend guter Jahr!«, aber andere hatten die evangelischen Geistlichen danach nur umso heftiger angegriffen, und auch der Bischof kündigte harte Konsequenzen an. Er, der selbst dem Laster zugeneigt war, meinte, man müsse die verheirateten Priester bestrafen, nicht aber diejenigen, die in offener Hurerei lebten. Je nachdem könnten verheiratete Geistliche ihre Pfründe oder ihre Stellung verlieren, der Stadt verwiesen oder gebannt werden. Auf eine offizielle Verlautbarung des Rates wurde noch immer gewartet. Für Margarethe und ihre Druckerei waren die Vorgänge gut gewesen, sie hatte mehrere Schriften gedruckt, in denen es um das Thema der Priesterehe ging, die sich natürlich sehr gut verkauft hatten.

»Ich gehe hin. Ich muss wissen, was der Rat entschieden hat«, sagte sie. Johannes Schwan schickte sich an, sie zu begleiten. »Bleib du hier, Wolfgang. Ich werd's dir berichten. Außerdem muss jemand über Barbara wachen.« Ihre Stieftochter war in den letzten Tagen ihrer Schwangerschaft, es ging ihr noch gut, aber die Wehen konnten jeden Moment einsetzen.

Sie band ihre Holztrippen um und lief neben Johannes Schwan durch den Schneematsch. Vor den Toren des Münsters hatte sich bereits Menschen versammelt, ein Mann las das Mandat vor. *»Allen, die sich des Predigens unterziehen, befehlen, dass künftig nichts anderes als das heilige Evangelium und die Lehre Gottes und was zur Mehrung der Liebe Gottes und des Nächsten dient, frei öffentlich dem christlichen Volk soll gepredigt werden. Dabei soll aber alles, was den gemeinen Mann zur Empörung wider die Obrigkeit reizen kann, besonders alles Schmähen unterbleiben; auch die Laien sollen sich aller Schmähworte gegen Andersdenkende und alles dessen enthalten, was zum Abbruch brüderlicher Liebe führen kann; die Ungehorsamen wird der Rat zu strafen wissen.«*

Johannes Schwan nahm ungestüm Margarethes Hand. »Das

bedeutet, dass der Rat die evangelischen Priester und ihre Lehre nun auch offiziell anerkennt! Er hat sich hinter sie gestellt«, strahlte er. Als er bemerkte, dass die Leute sie ansahen, ließ er sie schnell los, sein Gesicht wirkte auf einmal verwirrt, beinahe erschrocken.

Auch Margarethe war durch sein Verhalten überrumpelt, lächelte aber auch. »Von nun an gibt es kein Zurück mehr!«, sagte sie.

Es war nicht die letzte Überraschung dieser Wochen. Am dritten Tag des Christmonats führte Meister Matthis die Bürgerstochter Katharina Schütz vor den Altar. Margarethe hatte am Abend vorher durch Johannes Schwan davon erfahren, gemeinsam fanden sie sich um sechs Uhr morgens vor der Kathedrale ein, wo bereits viele Menschen darauf warteten, der Heirat des von ihnen verehrten Pfarrherrn beizuwohnen.

Es war ein erhebendes Erlebnis für alle Anwesenden. Der frühere Dominikanermönch und mit einer ehemaligen Nonne verheiratete Geistliche Martin Bucer segnete das Paar ein. Sie sprachen ihr Gelübde, wie es üblich war, vor den Toren der Kathedrale, und Meister Matthis schenkte seiner jungen Frau – sie mochte zwanzig Jahre jünger als ihr Angetrauter sein – einen einfachen goldenen Ring. Danach schritt die Hochzeitsgesellschaft für die Messe in das Münster. Zur Überraschung aller spendete Martin Bucer den Eheleuten das heilige Abendmahl unter beiderlei Gestalt, beide bekamen den Wein und das Brot – das hatte es in Straßburg noch nie gegeben. Wie der Bischof auf diese unerhörte Begebenheit reagieren würde, kümmerte in diesem Moment niemanden. Margarethe freute sich, den Leutpriester nach der langen Zeit des Ungewissen so glücklich zu sehen, in seiner Braut erkannte sie die Frau wieder, die ihr nach Veröffentlichung der *Brüderlichen Warnung* für ihren Mut gedankt hatte.

Schmerzlich wurde ihr bewusst, wie sehr ihr selbst ein Mann an ihrer Seite fehlte. Sie war einunddreißig Jahre alt und sie fühlte sich zu jung, um allein zu bleiben. Gerade jetzt, wo sie nach der Geburt ihres ersten Enkelkindes, des Jungen Jerg, die Innigkeit zwischen Barbara und Wolfgang erlebte, wuchs ihre eigene Einsamkeit. In letzter Zeit lag sie oft im Bett und vermisste die Nähe, die Liebe, die zärtlichen Berührungen eines Mannes. Sie musste sich entscheiden, so schwer es ihr auch fiel, Reinhards Platz neu zu besetzen, sonst würde es jemand anders für sie tun.

Als Margarethe und ihre Familie am Neujahrstag bei ihrem Bruder einkehrten, nahm dieser sie beiseite. »Es hat sich jemand über dich bei der Zunft beschwert, wieder einmal«, sagte er zerknirscht. »Es wird demnächst vor den Zunftrat kommen, der Schreiber hat's mir gesagt. Es erzeugt Unwillen, dass du einen Fremden in der Druckerei arbeiten lässt. Die Statuten der Zunft gestatten es nicht.« Er warf einen Blick auf Johannes Schwan, der am Tisch saß und mit Wolfgang sprach; Johann und Bastian zeigten Grete auf den Holzbohlen, wie man Murmeln mit dem Daumen kickte, Renatus, bald zwei Jahre alt, tapste hinterher und versuchte nach den Kugeln zu greifen. »Stell Johannes Schwan als ordentlichen Gesellen an, wie es sich gehört«, schlug ihr Bruder vor.

»Dafür habe ich kein Geld«, gestand Margarethe ihm.

»Dann schmeiß ihn raus, oder du verlierst die Druckerei. Es ist ernst, Margarethe. Bald jährt sich Reinhards Tod zum zweiten Mal. Der Zunftrat verliert langsam die Geduld mit dir. Es gibt einfach zu viel Unruhe und Neid bei den Gesellen.«

»Ich weiß es ja. Pauli Goetz sucht immer öfter meine Nähe. Und manche Gesellen sind besonders zuvorkommend zu mir, das habe selbst ich bemerkt«, gab sie zu.

»Ein Ehemann wird dir das Leben leichter machen. Goetz ist kein übler Kerl. Vielleicht findest du ja auch einen Gesellen, der nichts dagegen hat, eine gebildete Frau zu haben.«

Sie lachte. »Gibt es so einen? Mir ist er noch nicht begegnet«, sagte sie.

Ihr Bruder fiel in ihr Lachen ein. Johannes Schwan sah auf und lächelte sie an. Hatte er zugehört? »Was ist mit ihm? Die Gesellen werden dich zwar hassen, weil er ein Wildfremder und dazu noch ein entlaufener Mönch ist, aber ihn kennst du immerhin schon etwas«, flüsterte ihr Bruder. Margarethe sah ihn verblüfft an. Auf diesen Gedanken war sie noch gar nicht gekommen. Hans war schon einen Schritt weiter. Er winkte Johannes Schwan zu sich. »Wie stehst du dazu, wenn Mönche oder Nonnen in den Stand der Ehe treten, Bruder?«, fragte er geradeheraus.

»Luther sagt, die Pfaffen, Mönche oder Nonnen, die sich nicht enthalten können, sollen sich ein Weib oder sie einen Mann nehmen, damit sie ihrem Gewissen gerecht werden und vor Gott, der Welt und dem Teufel bestehen können«, gab der ehemalige Franziskaner zurück.

»Und du, was sagst du?«

»Ich bin kein Mönch mehr, ich bin Herr meiner selbst. Aber meinem Gewissen muss ich wie jeder von uns gerecht werden.«

Hans Prüß grinste seine Schwester an. »Das wäre also schon mal kein Hindernis, Schwesterherz.« Er sah sich um. »Wo bleibt denn Regula mit den Küchlein? Ich werde mal nach ihr sehen, die Kinder können es kaum erwarten, ihr Naschwerk zu bekommen.«

Margarethe blieb mit Johannes Schwan zurück. »Wollt Ihr mir nicht erklären, was es mit der Bemerkung Eures Bruders auf sich hatte?«, fragte er.

Margarethes Wangen röteten sich. »Das Naschwerk!«, sagte sie erleichtert und lief davon, um ihrer Schwägerin zu Hilfe zu eilen, die gerade aus der Küche gekommen war.

Als sie einige Stunden später auf die Gasse traten, breitete sich ein frischer, weißer Schneeteppich vor ihnen aus. Sie waren unter sich, Wolfgang und Barbara waren ihres Kindes wegen schon vorausgegangen. Sofort liefen die Kinder jubelnd hinaus, tauchten ein in die weiße Pracht, warfen den Schnee händeweise in die Höhe, der wie weißes Pulver auseinanderstob, und schmissen sich Schneebälle zu. Margarethe ließ sich von den Kindern anstecken, sie formte für Renatus einen kleinen Schneemann, seifte Bastian ein, der ihr, frech grinsend, Schnee in den Nacken geworfen hatte, und ließ sich schließlich neben Grete in einen weichen Haufen fallen. Sie beobachtete, wie ihr Atem in weißen Nebelwolken aufstieg, und betrachtete die Sterne. Glück durchströmte sie, ja, in diesem Moment war sie tatsächlich glücklich.

Johannes Schwan hatte ihnen zugesehen und stand nun neben ihr, den Kopf in den Nacken gelegt, den Blick in den Sternenhimmel vertieft. Sie setzte sich auf, er reichte ihr die Hand und zog sie hoch. Einen Augenblick lang standen sie nebeneinander, beide in Gedanken versunken. Nachdenklich sagte er: »Noch vor einem Jahr war ich als Student in Wittenberg. Schon das war unerhört. Auch hätte niemand gedacht, dass ich die Mönchskappe vor meinem Tod einmal ablege. Und doch habe ich es getan.«

Margarethe dachte an seine Rechtfertigungsschrift, die an seinen Vater gerichtet war und in der er auch seine Mutter, seinen Bruder und weitere Verwandte grüßen ließ. »Wie hat Eure Familie es aufgenommen?«, fragte sie, als sie sich auf den Weg zum Holzmarkt machten und die Kindern um sie herumtobten wie ein Rudel Hunde um einen Reiter.

Er zog seine Schultern hoch. »Mein Vater hat es wohl verstanden, auch wenn er es nicht zugibt – noch nicht, zumindest. Meine Familie hat in Marburg eine gewisse Bedeutung, die Schwans sind Handelsherren und Bürgermeister. Meine Mönchs-Profess war ein Ereignis von gesellschaftlichem Rang. Neben dem Landgrafen nahmen auch Vertreter der Ritterschaft und des Adels daran teil. Aber meine Frau Mutter«, er sah sie von der Seite an. »Ihr Bruder war Franziskaner und Bischof. Da ist es eine Schande, wenn der älteste Sohn so aus der Art schlägt.« Margarethe schwieg, sie hätte nicht gedacht, dass Johannes Schwan aus einer so angesehenen Familie stammte. Sie hatte überhaupt wenig über ihn gewusst. Selbst seit er seit Kurzem in einer Dachkammer ihres Hauses wohnte – Essen und Unterkunft als Lohn für die Arbeit war üblich bei umherziehenden Handwerkern –, hielt er sich mit persönlichen Äußerungen zurück. Grete kam auf sie zugerannt, Margarethe fing sie auf und warf sie in die Luft. Das Mädchen juchzte, als ihre Mutter sie vorsichtig wieder in den Schnee plumpsen ließ. »Wie es auch immer sei«, fügte er hinzu, »meine Mutter will mich nicht mehr zu Hause sehen. Ich habe also keine Familie mehr.« Ihr war aufgefallen, wie wenig er mit den Kindern anfangen konnte und wie distanziert er sich in Gesellschaft verhielt. Sie hatte dieses Verhalten seiner langen Zeit im Kloster zugeschrieben, aber vielleicht spielte auch die Enttäuschung über seine Familie eine Rolle. Mitleid ergriff sie. Er hatte die Verbindungen zu seiner Vergangenheit abgebrochen, alles, was für ihn wahr gewesen war, stimmte nicht mehr, nicht einmal seine Eltern gaben ihm Halt, und er hatte niemanden sonst. Sie fragte ihn, ob sie sich bei ihm einhaken dürfe, und er hatte nichts dagegen.

Dicke Tropfen schlugen gegen die Scheiben. Der Himmel hatte vor Tagen die Schleusen geöffnet, und seitdem regnete es in einem fort. Die Kinder hatten zunächst noch in den Pfützen gespielt, aber dann kam der unvermeidliche Schnupfen. Die Gassen waren von knöcheltiefem Matsch bedeckt, und die Stube hing voll von nasser, muffiger Kleidung. Würde es denn gar nicht mehr aufhören zu regnen? Es war noch dunkel, und doch hörte Margarethe aufgeregte Rufe vom Holzmarkt. Sie schälte sich aus der Decke und sah auf den Platz hinaus, der Holzmarkt und die umliegenden Gassen waren eine einzige, im Sternenlicht spiegelnde Fläche. Der Fluss war über die Ufer getreten! Margarethe schrie einen Weckruf durch das Haus und rannte die Treppe hinunter. Der Boden der Druckerei war bereits mit Wasser bedeckt, Papiere schwammen kleinen Schiffchen gleich auf der Oberfläche. Die Büchlein, die Bücher, die Papierballen, die Werkzeuge, die Holzmöbel! Sie wusste gar nicht, wo sie anfangen sollte. Sie stieg in das Wasser, eiskalt umspülte es ihre Beine. Wolfgang, Johann und Johannes Schwan kamen die Treppe heruntergestolpert, schlaftrunken, verschreckt. Grete begann zu weinen. Margarethe rief Barbara zu, dass sie sich oben um die Kinder kümmern solle, und reichte Johannes die ersten durchnässten Bücher an. Er griff sofort zu und reichte sie an Wolfgang weiter. So bildeten sie eine Kette, doch der Pegel des Wassers stieg unaufhaltsam weiter. Von draußen hörten sie Hilferufe, auch die Nachbarn kämpften um Leben und Hausstand. Nun kamen die Männer die Treppe herunter und versuchten, die Papierballen hochzutragen, doch vollgesogen waren sie einfach zu schwer. Im ersten Licht der Sonne schleppten sie Geräte und Möbel nach oben. Margarethe spürte ihre Füße und Finger kaum noch, ihr Rücken schmerzte. Schließlich waren die wichtigsten Dinge geborgen. Nun wollte Margarethe ihren Nachbarn helfen. Die Tür war jedoch durch die Wassermassen versperrt, also öffnete sie das Fenster und kroch über die Kante auf den Platz hinaus. Vielleicht benötigte jemand ihre Hilfe? Das Wasser zog und zerrte an ihr, es bildete gefährliche Strudel, schon waren die ersten Menschen mit den Fluten fortgerissen worden. Verkrampft hielt sie sich am Rahmen fest. Johannes Schwan riss sie zurück und hob sie, mit einer erstaunlichen Kraft, wieder in das Haus hinein.

Verzweifelt sah sie sich um. »Ich muss helfen«, sagte sie mit bebenden Lippen und wollte sich wieder losmachen. Doch Johannes Schwan hielt sie fest, bis ihr Zittern nachließ. In seinen Armen beruhigte sie sich etwas. »Gottes Zorn kommt über die Ungläubigen. Erst schickt er Dürre, jetzt Flut. Diese Stadt ist auf dem rechten Weg, doch Gott muss den Zweiflern eine Warnung senden«, sagte er.

»Aber … ich zweifle nicht …«, bibberte sie.

»Vielleicht rufst du auf andere Art und Weise Gottes Unwillen hervor. Aber du kannst noch gerettet werden«, sagte er und trug sie zur Treppe. Er setzte sie auf einer Stufe ab und ging wieder in das Wasser.

Margarethe bekam es auf einmal mit der Angst zu tun, sie sorgte sich um ihn, stellte sie überrascht fest. Schnell ergriff sie seine Hand. »Geh nicht«, flüsterte sie. »Bleib bei mir. Rette mich.«

Er strich mit dem Daumen über ihren Handrücken, dann kletterte er hinaus, um den Nachbarn zu helfen. Margarethe betete darum, dass er heil und gesund zurückkehren würde.

Die Flut am Dreikönigstag forderte viele Todesopfer in der Stadt. In Margarethes Familie war zwar kein Toter zu beklagen, aber Johannes Schwan kämpfte kurze Zeit später mit schwerem Fieber und Husten. Margarethe pflegte den Mann und spürte, wie nah sie ihm in den letzten Monaten gekommen war. Als er wieder gesundet war, fragte sie ihn, ob er sie zur Frau nehmen würde. Es war nicht üblich, dass eine Frau so etwas tat, aber was war in ihrem Leben schon so verlaufen, wie es alle taten? Johannes Schwan sagte ja, und so wurden sie Anfang des Jahres 1524 von Meister Matthis getraut. Obwohl Margarethes Herz nicht so heftig schlug wie bei ihrer ersten Ehe, war sie doch glücklich.

KAPITEL 12

Ihr Bettzeug war klamm, nur langsam konnte sie die Laken wärmen. Nervös rieb sie die kalten Füße aneinander. Familie und Freunde hatten das frisch verheiratete Paar gefeiert, dann waren sie in das Schlafgemach geführt worden. Johannes hatte sie aufgefordert, mit ihm zu beten. Sie hatten nebeneinander gekniet und Gebete gesprochen. Die Gäste hatten das Haus verlassen, Barbara hatte die Kinder zu Bett gebracht und sich dann selbst mit Wolfgang zur Ruhe gelegt. Als Stille eingekehrt war, war Johannes verschwunden. Seitdem wartete Margarethe im Bett und lauschte auf die Geräusche, die aus der Druckerei zu ihr drangen. Er würde doch nicht etwa arbeiten? Doch, genau so klang es! Einen Moment lang spürte sie, wie die Anspannung in ihrem Körper nachließ. Johannes war ihr noch immer fremd, und die Vorstellung, dass er sie berühren und sie mit ihm das Lager teilen würde, erfüllte sie mit Unruhe. Man hatte oft von der Geilheit der Mönche gehört, und sie hatte fast befürchtet, dass er über sie herfallen würde. Zudem hatte sie nicht vergessen, dass die Hebamme sie ausdrücklich vor einer erneuten Schwangerschaft gewarnt hatte. Margarethe legte sich auf die Seite, zog die Beine an, doch die zwiespältigen Gefühle hielten sie wach. So sah also ihre Hochzeitsnacht aus. Traurig dachte sie an ihre erste Nacht mit Reinhard. Und jetzt verbrachte sie die Stunden, die ihre Ehe besiegeln sollten, allein. Je länger sie auf ihn wartete, umso ernüchterter wurde sie. Ihr Mann hatte anscheinend eine andere Geliebte, seine Arbeit. Hatte er sie nur wegen der Druckerei geheiratet? Begehrte er sie nicht, wollte er nicht seiner Pflicht als Ehemann nachkommen? Möglicherweise wollte er ihr auch nur Zeit lassen, sich an ihn zu gewöhnen. Dafür müsste sie ihm dankbar sein. Vertrautheit, wenn schon nicht Liebe, würde sich schon einstellen. Mit diesen Gedanken schlief sie ein.

Kühle Hände, die über ihren Körper fuhren, weckten sie. Johannes lag neben ihr, drängte sich an sie. Sein Körper war schmal und sehnig, ganz anders, als es Reinhards gewesen war. »Ich habe ganz vergessen, dass du auf mich wartest«, sagte er. Es war eher eine Feststellung als eine Entschuldigung. Seine Berührungen waren fahrig, beinahe unsicher. Nach wenigen Minuten war es schon vorbei. Als sie im Morgengrauen aufwachte, war er schon wieder verschwunden.

Mit jedem Tag ihrer Ehe wandelte sich ihr Leben ein wenig. Die Sonn- und Feiertage standen ganz im Zeichen der Einkehr. Nach dem Gottesdienst las ihr Mann viele Stunden aus der Bibel vor. Die Heilige Schrift sei das Brot der Seele und mindestens genauso wichtig wie das Brot des Lebens, meinte er. Wenn die Kinder dabei zappelig wurden, wies er sie streng zurecht. In der Druckerei duldete er sie kaum noch, sie störten ihn bei der Arbeit, meinte er. Immer mehr Aufgaben, die Margarethe in der Druckerei ausführte, nahm er ihr ab. Auch legte er keinen Wert auf gutes Essen, und wenn Margarethe etwas Besonderes kochte, klagte er eher über Völlerei, als dass er das Mahl genoss. Würde von nun an ihr Eheleben so aussehen?

Die Vögel flatterten im Geäst, doch weder ihr fröhliches Gezwitscher noch die ersten Sonnenstrahlen des Frühsommers konnten Margarethe aufheitern. »Wollen wir für einen Moment zu unserem Garten gehen?«, fragte sie Johannes, der kräftig neben ihr ausschritt. Dort könnten sie die Beete vom Unkraut befreien und nachsehen, ob schon frisches Grün aus der Erde brach. Er drehte sich zu ihr um, seine blauen Augen leuchteten in dem roten Gesicht.

»Margarethe, du wirst es nicht verhindern, nur hinauszögern. Finde dich also damit ab«, antwortete er knapp.

Wenige Tage nach ihrer Heirat hatte Johannes angekündigt,

dass er Juliane aus dem Kloster nehmen würde. Auch Margarethe hätte ihre Tochter gern wieder bei sich gehabt, aber sie wollte das Beste für ihr Kind und außerdem Reinhards Wunsch gerecht werden, also zögerte sie den Besuch im Kloster hinaus. Und Johannes hatte genügend zu tun gehabt. Wie besessen arbeitete er, ihr kam es manchmal so vor, als wolle er die Zeit, die er im Kloster verloren hatte, aufholen. Innerhalb weniger Monate war er zu einem der wichtigsten Drucker der Reformer geworden. Gerade frühere Mönche und kritische Theologen wandten sich mit ihren Schriften vorzugsweise an ihn. Margarethe brauchte er dabei immer weniger.

Sie sahen jetzt, dass sich zwischen den Feldern Menschen versammelt hatten. In ihrer Mitte stand ein Mann auf einem Karren. Er wirkte wie ein Gärtner oder Kleinbauer, seine Haartracht war allerdings auffällig. Das kinnlange dunkle Haar war in der Mitte gescheitelt, der Vollbart lief in zwei Spitzen aus. Johannes wollte hören, was der Gärtner zu sagen hatte. Margarethe war erleichtert über diese Verzögerung und blieb in einer der hinteren Reihen stehen.

Der Gärtner berichtete davon, dass er bei der schweren Flut Anfang des Jahres beinahe ertrunken wäre. »Gott hat mich aus der Tiefe des Wassers gezogen. Alle meine Kraft war mir entwichen, keine Hilfe war in Sicht. Aber der Namen Jesu Christi half mir unverletzt heraus. Darum hoffe ich, er wird auch meine Seele retten.« Zornig reckte er die Hände in den Himmel und rief: »Oh, wann werden die verfluchten Seelenmessen aufhören, wo wir doch wissen, dass Gott uns deswegen zürnt? Unsere Prediger sagen, die Messen haben keinen Nutzen – und machen doch weiter. Wisst Ihr nicht, wie Paulus spricht …« Johannes sah wie gebannt den Redner an und drängte sich zwischen den Zuhörern hindurch nach vorne. Der Gärtner wetterte gegen die Messe und die Heiligenbilder, aber auch gegen das Glücksspiel auf den Zunftstuben. Häufig nickten die Zuhörer, manchmal erhoben sie zustimmend ihre Stimme, und ab und zu lachten sie. Margarethe war fasziniert, denn der Gärtner kannte die Heilige

Schrift und zitierte oft daraus. Es war erhebend für sie zu sehen, welche Folgen es hatte, dass die Bibel inzwischen auch in deutscher Sprache weit verbreitet war. Ihr Metier, der Buchdruck, hatte dazu beigetragen, die Menschen aus den Fesseln derjenigen zu befreien, die sie in Unwissenheit halten wollten. Sie dachte an die Pfarrgemeinde der Gärtner zu Sankt-Aurelien, die sich von jeher für den neuen Glauben eingesetzt hatte. Sie hatte in diesem Jahr mit Martin Bucer als erste Gemeinde der Stadt einen evangelischen Pfarrer gewählt. Doch dieser »Diener des Wortes«, wie sich die evangelischen Prediger nannten, konnte es nicht allein sein, der diesem Gärtner hier die Worte vorgab; seine Rede war so eindringlich, dass sie aus seinem Herzen kommen musste.

Als er geendet hatte und von seinem Karren stieg, musste er viele Hände schütteln. Verlegen tat er es, als käme ihm diese Ehre gar nicht zu. Noch unsicherer wirkte er, als Johannes Schwan ihn ansprach. Hoffentlich bat er ihn, die Druckerei aufzusuchen, denn die Worte des Gärtners mussten gedruckt werden. Sein eigentliches Anliegen hatte Johannes jedoch nicht vergessen. Zielstrebig steuerte er auf das Kloster zu.

Die Priorin ließ sie nicht lange warten, und sie brachte Juliane gleich mit. Es versetzte Margarethe einen Stich, als sie ihre Tochter sah. Juliane war so groß geworden, so fremd. Seit sie das Kloster betreten hatten, wirkte Johannes Schwan nervös. »Unsere Tochter wird dieses Haus verlassen, und zwar so schnell wie möglich. Sie soll mit uns leben und die Welt kennenlernen«, sagte er zu der Priorin. Für Margarethe war es noch immer ungewohnt, wenn er von »unseren Kindern« sprach, auch wenn er das Recht hatte, über ihre Kinder zu bestimmen.

Juliane hatte bislang zu Boden geblickt, nun sah sie auf. Sie mied Johannes' Blick und sah ihre Mutter an. »Ich will aber die Welt nicht kennenlernen. Was ich hier erfahre, ist mir genug«, sagte sie.

Johannes brauste auf, es musste die Erinnerung an seine eigene Klosterzeit sein, die die Überhand über seine Gefühle gewann. »Ob sie will oder nicht, sie wird das Kloster verlassen«, bestimmte er.

Juliane begann zu weinen, flehend sah sie ihre Mutter an. Margarethes Herz zog sich zusammen. »Ich kenne ihn nicht … Was will er von mir … Warum muss ich ihm folgen? Lasst mich in Gottes Namen hier bleiben«, schluchzte ihre Tochter.

Die Priorin sprach nun auch Margarethe an. »Es ist Eure Tochter, Ihr habt sie in meine Hände gegeben. Lasst uns ihre Ausbildung fortführen. Lasst sie hier bleiben, bis sie volljährig ist, ich flehe Euch an.«

Johannes Schwan stand mit einem Ruck auf und wich schwer atmend zurück. Margarethe trat zu ihm und legte ihre Hand auf seine Schulter. »Geben wir ihr Zeit, ich bitte dich. Die Vorstellung, in die Stadt zurückzukehren, ängstigt sie. Ihr Vater ist tot, du hast seinen Platz eingenommen, alles ist fremd für Juliane«, sagte sie leise.

Johannes sah sie durchdringend an. »Du stürzt sie ins Unglück, siehst du es nicht?«

Margarethe biss sich auf die Lippe, es war widersinnig, dass sie dafür eintrat, ihre Tochter hier zu lassen, obgleich sie die Erste gewesen war, die sie aus diesem Kloster hatte herausholen wollen. »Wer weiß, wie es mit diesem Kloster weitergehen wird? Die ersten Klöster der Stadt lösen sich auf. Viele Nonnen und Mönche kehren in die Welt zurück. Vielleicht ist die Zeit der Klöster bald vorbei, dann müssen wir sie nicht zwingen«, gab sie zu bedenken. Erst kürzlich hatte der Rat allen Nonnen und Mönchen anheimgestellt, ihre Klöster zu verlassen, das Ordenskleid abzulegen und sich in den Schutz der Stadt zu begeben, sofern sie bereit seien, den Bürgereid zu leisten. Unzählige waren dieser Aufforderung nachgekommen, das Barfüßerkloster am Rossmarkt war inzwischen verlassen. Sie wusste, dass ihr zweiter Mann auf die Kraft des Wortes vertraute, und fügte noch hinzu: »Schicken wir ihr ein paar Schriften, die sie zur Einsicht bringen.«

Johannes Schwan ging auf die Priorin zu, sein Gesicht schien sogar in diesem düsteren Zimmer mit seinen Haaren um die Wette zu leuchten. »Für dieses Mal bleibt sie hier. Aber wir werden ihr Schriften bringen. Und ich will, dass sie sie liest!«, sagte er und stürzte hinaus, als bekäme er nicht genug Luft. Margarethe verabschiedete sich von ihrer Tochter. Sie hoffte auf die Reform, sie hoffte auf Veränderungen. Wenn sich die Klöster selbst auflösten, war es Gottes Wille, dann würde sie dem letzten Wunsch Reinhards nicht zuwiderhandeln.

Johannes lief voraus, als würde er von Teufeln gejagt. Margarethe brauchte eine Weile, bis sie ihn eingeholt hatte. »Du hättest sie niemals ins Kloster lassen dürfen«, sagte er vorwurfsvoll.

»Es war Reinhard ...«, fing sie an.

Johannes fiel ihr ins Wort. »Du hast es mir schon erzählt«, sagte er ungeduldig. »Aber du kennst das Klosterleben nicht, wie ich es kenne. Unter tausend Mönchen ist nicht einer gewesen, der das reine Wort Gottes gelehrt hat. Bauchdiener waren es. Keiner hat Gott gedient, sondern nur für das Wohl seines Leibes gesorgt. Die Bibel haben sie liegen lassen und uns Ablass und Bullen gepredigt.« Er trat gegen einen Stein, der ihm im Weg war. »Der Mensch ist nicht für das Klosterleben geschaffen. Du weißt nicht, was hinter den Klostermauern vor sich geht. Manches Kloster ist ein rechtes Hurenhaus. In Männerklöstern werden Weiber und Kinder geschändet. In mehr als einem heimlichen Gemach eines Nonnenklosters fand man die Hirnschalen und Gebeine junger Kinder, die knöchernen Zeugen der Unzucht. Und gerade ich, der ich gegen das Klosterleben kämpfe, lasse eine Tochter hinter diesen unheiligen Mauern. Es ist eine Schande.« Einen Augenblick lang schien es, als ob er sich umdrehen und Juliane wenn nötig mit Gewalt aus dem Kloster zerren würde. Doch Margarethe legte ihre Hand auf seinen Hals und spielte mit seinen Haaren. Sie hatte schon oft bemerkt, dass ihre Berührungen ihn verwirrten. »Weib, lass ab«, sagte er und lief weiter. Dieses Mal schienen es andere Teufel zu sein, die ihn verfolgten, dachte Margarethe, und ein Anflug von Zufriedenheit beschlich sie.

Sie beobachtete, wie ihr Sohn das Scharnier des Deckels am Karrenende öffnete und den inneren Rahmen zum Vorschein brachte. Johann suchte einen Wollfilz heraus. Er wählte den richtigen, stellte sie befriedigt fest, denn je nachdem, ob ein harter oder ein weicher Abdruck erforderlich war, nahm man Woll- oder Tuchfilze, Papier- oder Pappeinlagen; weiche Abdrücke machte man von kleinen Schriftgraden, harte von größeren. Nun stach er das zu bedruckende Papier auf die Nadeln an den Anlagemarken, klappte das Rähmchen ein und verband Rähmchen und Deckel. Schließlich schlug er den Deckel auf der Form ein und beförderte ihn unter den Tiegel. Seine Bewegungen waren ruhig, fließend. Es gab nicht mehr viel, was sie ihm noch beibringen konnte, irgendwann war seine Lehrzeit vorbei – und dann? Sie würde ihren ältesten Sohn in die Welt hinauslassen müssen, aber im Gegensatz zu seiner Schwester Juliane schien er begierig zu sein, sie kennenzulernen. Oft machte der Zwölfjährige schon Pläne für die Zeit danach, für seine Gesellen- und Wanderzeit. Dann wäre wieder ein Platz an ihrer Tafel frei, aber manchmal zweifelte sie, ob sie weitere Kinder haben würde. Noch hatten sich zum Glück keine Anzeichen einer Schwangerschaft gezeigt, obgleich Johannes ihr regelmäßig beiwohnte.

Heute war sie einmal mehr allein mit ihrem Sohn und Wolfgang in der Druckerei, Johannes traf sich mit einem Geistlichen zu einem vertraulichen Gespräch. Es ging um die neuartige deutsche Messe. Im Frühjahr war in Straßburg erstmals ein Gottesdienst in deutscher Sprache abgehalten worden. Ihr Ehemann war der Meinung, dass man die Worte dieser neuen Messe veröffentlichen müsste.

»Finde ich hier den Drucker Johannes Schwan?«, fragte ein Mann, der eben eingetreten war.

»Wer fragt?«, wollte Johann wissen.

»Clemens Ziegler, Gärtner zu Straßburg«, sagte der Mann und knetete verlegen seine Mütze.

Margarethe begrüßte ihn. Er trug die Kleidung einfacher Leute, sein Gesicht war von der Sonne gerötet. »Mein Mann ist nicht da. Ich bin Margarethe Prüß, Druckerin, und das ist mein Sohn Johann. Ich habe Euch gehört, Clemens Ziegler. Ihr sprecht gut und Ihr sprecht wahr. Wir wollen Eure Worte drucken, dann können noch mehr Menschen erfahren, was Ihr predigt«, sagte sie.

Die Augen des Mannes weiteten sich vor Überraschung. Sie fragte ihn, wie er zum Predigen gekommen sei, und er erzählte, dass er in der Bibel gelesen und sich Gedanken dazu gemacht hatte, aber niemandem seine Fragen stellen konnte. Kein Priester war in der Nähe gewesen, und als er einen fand, hatte dieser seine Fragen nicht geduldet. Also habe er selbst versucht, sich einen Reim auf die Heilige Schrift zu machen, und das, was er herausgefunden hatte, gab er nun an andere weiter. Die Übelstände aufzudecken sei sein eigentliches Anliegen, denn so gehe es mit den Messen, mit dem Abendmahl und der Taufe nicht weiter. Was heute in den Kirchen Brauch sei, entspreche nicht der Bibel. Er sei also ein Suchender wie viele Menschen heutzutage. Margarethe begann seine Worte aufzuschreiben.

Als Johannes Schwan eintraf und sie beisammen sitzen sah, kniff er die Lippen zusammen. »Ich übernehme jetzt. Geh und sieh draußen nach den Kindern«, forderte er Margarethe auf. Sie zögerte, doch als sie seinen strengen Blick sah, gab sie nach. Er war der Herr im Haus. Im Hinterhof fütterten Grete, Bastian und Renatus die Kaninchen. Margarethe werkelte eine Weile mit ihnen herum. Ihr neuer Nussbaum wuchs prächtig, als Nächstes wollte sie einen kleinen Schuppen bauen.

Wenig später sprang Johann über die Stufen herunter und gesellte sich zu ihr. »Jetzt disputieren sie. Tauschen Bibelzitate aus. Für mich gibt es im Augenblick nichts zu tun.« Er kratzte nachdenklich an einem Pickel auf seiner Nase. »Wie kommt eigentlich ein Gärtner zum Predigen?«, fragte er schließlich.

Margarethe und er setzten sich auf die Bank an der Hausmauer.

»Ziegler ist berufen, glaube ich«, antwortete sie. »Er ist aber nicht der einzige Gärtner, der auf die Macht der neuen Kirche hofft. Viele wollen mit Hilfe der Bibel die Fesseln sprengen, die ihnen die Papisten und die Grundherren anlegen. Die Gärtner müssen ihre Felder von den Grundherren pachten, und das sind oft Klöster. Sie haben keine Rechte, sind ihren Herren auf Gedeih und Verderb ausgeliefert. Viele Gärtner und Bauern wollen den Zehnt nicht mehr zahlen, und die evangelischen Prediger unterstützen sie dabei. Der Pfaffenzehnt kann nicht aus göttlichem Recht begründet werden, sagen sie, sondern nur mit dem Alten Testament – von diesem Gesetz habe Christus den Menschen aber erlöst. Die Gärtnergemeinde Sankt-Aurelien hat den Pfaffenzehnt nur teilweise bezahlt. Jetzt soll der Zehntherr beweisen, dass sein Anspruch rechtmäßig ist. Sonst wollen sie den Zehnt als Gemeinde selbst verwalten und an die Bedürftigen geben.«

Johann sah sie nach dieser langen Erklärung verwundert an. »Woher weißt du das alles?«, fragte er.

»Ich sperre Augen und Ohren auf. Und ich lese.« Sie blickte ihn verschmitzt an. »Die Gärtner wollen selbst bestimmen, wer ihr Pfarrer wird. Sie wollen niemanden mehr, der nach der alten Melodie geigt, schimpfen sie. Das wird ihnen auch gelingen. Man darf nicht vergessen, dass sie die zahlenmäßig größte Zunft der Stadt stellen. Mit Martin Bucer und Wolfgang Capito haben sie schon zwei evangelische Pfarrer gewählt. Weitere Kirchengemeinden werden es ihnen nachmachen. Da können die Predigten Zieglers ein guter Anstoß sein.«

Sie berührte seine Hand, und endlich ließ er den Pickel in Ruhe. Es gab noch etwas, das ihn bewegte. »Büchlein, Handzettel, Traktate – die ganze Druckerei ist voll davon. Warum können wir nicht mal etwas Großes drucken? Das Neue Testament in der Übersetzung Luthers beispielsweise«, sagte er.

Margarethe strich ihm durch die Haare, entrüstet bog er

seinen Oberkörper weg. »Du bist gut! Ahnst du, wie lange das dauern würde? In dieser Zeit könnten wir kaum etwas anderes drucken. Und weißt du, was so ein umfangreiches Buch kostet, ungebunden, versteht sich? Eine Magd müsste monatelang dafür arbeiten. Zu wenige können sich das leisten.« Sie wusste, wovon sie sprach, schließlich hatte auch ihr Vater Bibeln gedruckt, und über die Preise war sie im Bilde. Alles hatte ihr Sohn anscheinend doch noch nicht gelernt.

Johannes Schwan rief nach seinem Stiefsohn, die ersten Seiten sollten gesetzt werden. »Suche mir einen Holzschnitt der Maria mit dem Jesuskind heraus. Das wird den Absatz in den katholischen Gebieten erleichtern«, hörte sie Johannes sagen. Es war eine gute Idee, eine evangelische Schrift mit einem derartigen Bild auszustatten, weil es auch die Altgläubigen neugierig machen und durch die Lektüre vielleicht zur Abkehr vom Papsttum bringen würde. Geschäftstüchtig war er ja, ihr Mann. Warum rief er sie nicht? Sie wüsste besser als Johann, wo die alten Holzschnitte zu finden waren. Grete, Bastian und Renatus waren auf den Holzmarkt gelaufen. Margarethe stand auf und sah nach ihnen, wie es Johannes ja anscheinend von ihr zu erwarten schien.

Sie kaufte mit Barbara auf dem Markt ein. Johann hatte sich bereit erklärt, auf seine kleinen Geschwister aufzupassen, und so hatten sie Zeit, wie früher an den Ständen vorbeizuschlendern, das beste Gemüse auszusuchen und die neuen Stoffe zu begutachten. Margarethe freute sich darauf, ein gutes Mahl zuzubereiten. Johannes legte keinen großen Wert auf Essen, aber sie selbst kochte und aß gern, und sie hoffte, dass sie ihn auch irgendwann dazu bringen konnte, das Leben mehr zu genießen. Sie waren auf dem Weg in die Metzig, als Barbara plötzlich sagte: »Wusstest du, dass Johannes meinem Mann gesagt hat, dass wir uns etwas anderes zu wohnen suchen sollen?«

Margarethe ließ beinahe ihren Korb fallen, als sie das hörte. »Das kann nicht sein«, sagte sie.

»Doch. Er hat gesagt, es ist zu eng im Haus, wenn bald noch ein Kind kommt. Und Wolfgang verdient ja, hat er gemeint.«

Margarethe war erbost. Es war beengt im Haus, manchmal war es laut, aber sie waren doch eine Familie! »Wolfgang verdient nicht genug, das müsste Johannes doch wissen!«, sagte sie.

Barbara zuckte mit den Schultern. »Ich weiß manchmal nicht, ob er's weiß. Von den Dingen des Lebens hat er nicht so viel Ahnung wie von der Heiligen Schrift.«

»Das kann er nicht machen, ich werde es ihm sagen. Ihr bleibt unter unserem Dach«, sagte Margarethe überzeugt.

»Ich glaube kaum, dass du daran etwas ändern kannst. Du hast nichts mehr zu sagen in der Druckerei. Wolfgang schon gar nicht. Vater hätte das nie …«, begann Barbara, und es klang wie ein Vorwurf.

»Dein Vater ist tot«, entfuhr es Margarethe.

Barbara ging zügig voraus. Ein schlechtes Gewissen trieb Margarethe an, sie wieder einzuholen.

»Schau nur, da ist Ursula. Sie sieht gar nicht gut aus«, meinte ihre Stieftochter. Margarethe hatte nicht mehr mit ihrer Freundin gesprochen, seit sie und ihr Mann nach Reinhards Tod vor ihrer Tür gestanden hatten; es war eine unwirkliche, merkwürdige Begegnung gewesen. Seitdem hatte sie Ursula lediglich in der Metzig gesehen, Lienhart war nie von ihrer Seite gewichen. Jetzt aber war Ursula allein. Sie stand am Rande der Halle und rührte in einem Topf mit Blut, ihre Kleidung war über und über befleckt. Als sie zu ihr traten, sah ihre Freundin auf, ihr Blick wanderte unruhig umher. So unstet wie ihr Blick war auch ihre Haltung, sie schien zu schwanken. Sie hatte abgenommen, nichts Rundliches war mehr an ihr, ihre Haare waren verfilzt.

»Geht es dir nicht gut? Wo ist dein Mann?«, fragte Margarethe. Ursula stieß mit der Hüfte gegen den Topf. Ein Schwall Blut ergoss sich über Margarethe. Mit einem Schrei wich sie zurück. Ursula sank zu Boden, kümmerte sich nicht um die Blutlache, in der sie kniete, und versuchte Margarethes Kleid zu reinigen.

Diese hatte sich schon wieder gefasst. »Komm, steh auf, um das Kleid kümmere ich mich später«, sagte sie. Von Ursulas blondem Haar tropfte Blut auf ihre gräuliche Haut, sie schien es nicht zu bemerken. Irgendetwas stimmte hier ganz und gar nicht. »Soll ich dich nach Hause bringen?«, fragte Margarethe. Ursula nickte schief. Ihrer Stieftochter sagte Margarethe, was sie noch kaufen solle und dass sie so bald wie möglich nach Hause kommen würde, dann versicherte sie ihr: »Ich rede mit ihm, ich verspreche es.«

Barbara nahm ihr den Korb ab und sagte: »Schon gut. Ein paar Häuser weiter wird ein Zimmer frei, da können wir erst mal hin.«

Margarethe hakte ihre Freundin unter und zog sie mit sich durch die Stadt. Sie wählte die kleinen Gassen, damit möglichst wenige Menschen sie sahen, blutbefleckt wie sie waren. Aber die, an denen sie vorbeigingen, machten einen Bogen um sie, als wären sie Aussätzige.

Schließlich hatten sie den Hinterhof erreicht, in dem die Familie eine Kammer bewohnte. Lange war Margarethe nicht hier gewesen, und sie war bestürzt über das, was sie sah. Überall hingen Kruzifixe und Bibelsprüche. Ein Mädchen saß in einer Ecke und spann Wolle. Ursula stürzte zu ihr und umarmte sie ungestüm, dem Alter nach musste es ihre Tochter sein. Das Mädchen reagierte kaum. Ursulas Blick schien von weit her zu kommen, als sie Margarethe endlich ansah. Ihre Freundin brauchte dringend Halt. Wo war ihr Mann, der doch sonst so gut auf sie aufpasste?

»Wo ist Lienhart?«, fragte Margarethe. Ursula sprang auf und lief in der kleinen Stube umher, blieb vor einem großen Kreuz stehen, legte die Hände zusammen und betete leise.

Plötzlich schrie sie so überraschend auf, dass Margarethe zurückzuckte. »Im Narrenhäuslein! Sie haben ihn im Narrenhäuslein in Ketten gelegt. Ich darf ihn nicht sehen!« Sie trat auf Margarethe zu, umfasste ihre Finger. »Kannst du mir nicht helfen?«, bat sie.

Ins Narrenhäuslein? Die Lage war ernster als erwartet. »Was kann ich tun?«, fragte Margarethe.

Ursula packte ihre Oberarme, dass es schmerzte. »Du kennst doch so viele. Geh hin. Sie sollen ihn freilassen. Er ist doch nicht närrisch!«, rief sie aus. Die Tochter wimmerte, Ursula sank auf den Boden und umarmte sie so fest, als ob sie sie würgen wollte. Margarethe wartete, ob die Freundin sich ihr noch einmal zuwenden würde, aber nichts geschah. Leise verließ sie das Haus. Sie war niedergeschlagen. Das Elend ihrer Freundin bedrückte sie genauso wie die Aussicht, dass ihr zweiter Mann ihre Stieftochter aus dem Haus treiben wollte. Sie musste handeln.

In der Druckerei war Johannes gerade dabei, das erste Büchlein von Clemens Ziegler fertigzustellen. Sie wollte ihn auf das Gespräch mit ihrer Stieftochter ansprechen, aber er sah an ihr herab und sagte nur: »Du stinkst nach Blut und Verwesung. Reinige dich von diesem Unrat.« Seine Worte klangen, als hätte er sie ausgespuckt. Margarethe ließ ihn stehen, zog das Kleid aus und schrubbte ihre Haut, bis sie rot leuchtete. Zum ersten Mal konnte sie den Gedanken nicht zurückdrängen, dass ihre Heirat ein Fehler gewesen war. Johannes vertrieb sie aus der Druckerei, riss die Arbeit an sich, er war schroff und lieblos, nicht nur zu ihr, sondern auch zu ihren Kindern. Aber wäre ein anderer Mann besser gewesen? Welche Wahl hätte sie gehabt?

Die Sterne standen schon hoch am Himmel, als er zu ihr ins Bett stieg, nackt, und ihr Hemd hochzog.

»Wie kannst du nur meine Tochter aus dem Haus weisen«, sagte sie vorwurfsvoll. Doch er wollte nicht reden, und ob es ihr gefiel oder nicht, sie musste ihn zu seinem Recht kommen lassen.

In der Zunftstube herrschte dicke Luft. Margarethe war das erste Mal seit ihrer Heirat wieder hier. Johannes war als neuer Meister derjenige, der an den Treffen teilnahm, sie selbst hatte in der

Zunft keine Rechte mehr, und ihr Ehemann war nicht gerade gesprächig gewesen, was die Zunft-Angelegenheiten anging. An diesem Abend war wie jedes Jahr ein Festessen zur Johannismesse, an dem die Ehefrauen teilnehmen durften. Am Ende der Tafel sah Margarethe auch Meister Matthis und seine Ehefrau. Nachdem der Bischof die Priester, die es gewagt hatten, in den Stand der Ehe zu treten, exkommuniziert hatte, suchten die Pfarrer Schutz und Schirm bei der Stadt und nahmen das Bürgerrecht an; Matthäus Zell war der Zunft Zur Steltz beigetreten. Dieser Rahmen musste für ihn ungewohnt sein, der fromme Mann sah beinahe verschüchtert aus. Tatsächlich brandeten die Gespräche oft auf wie ein Sturm, der um die Hausecken heult, und obwohl reichlich Speisen aufgetan und die Weinkrüge nie leer wurden, lag Streit in der Luft. Margarethe sah Pauli Goetz und begrüßte ihn, doch der Verleger nickte ihr nur kühl zu. Hatte Margarethe wirklich einige Zunftmitglieder gegen sich aufgebracht? Ihr Bruder hatte erwähnt, dass in den ersten Tagen nach ihrer Heirat höhnische und giftige Bemerkungen die Runde gemacht hatten, bis Johannes wütend geworden war und die Lästerer in die Schranken gewiesen hatte. Einmal war ihr Mann mit Schrammen im Gesicht vom Zunfttreffen zurückgekehrt, er war in eine Schlägerei geraten, hatte sich aber darüber ausgeschwiegen.

An der Tafel drehte sich das Gespräch um die wachsende Konkurrenz. »Nichts gegen Sie, Herr Pfarrer. Aber der geistliche Stand macht uns ganz schön zu schaffen. Immer mehr mischen im Buchdruck mit«, schimpfte ein Drucker. Margarethe spürte, dass Johannes schon aufspringen wollte, weil er sich angesprochen fühlte, da fügte der Redner hinzu: »Vor allem, was Murner und Treger machen, ist nicht rechtens!« Rufe hoben an. Auch Johannes stimmte jetzt mit ein, die Kritik richtete sich ja nicht gegen ihn, sondern gegen die Katholiken. Eine wütende Diskussion entbrannte, deren Verlauf Margarethe entnahm, dass der Franziskanermönch Thomas Murner, der notorische Querkopf und Querulant, seit kurzem eine Klosterdruckerei betrieb, dabei war er weder Bürger noch zünftig. Der Vorsteher der Augustiner Konrad Treger hatte schon seit wohl zwei Jahren in seinem Kloster eine Druckerei und geiferte in seinen Schriften gegen die »evangelische Ketzerei«, wie er es nannte.

»Und wir wissen doch, was Murner drucken wird«, erhob jetzt Johannes Schwan seine Stimme. »Beim Reichstag in Nürnberg hat er sich beim päpstlichen Gesandten über die Neuerungen beschwert, die in dieser Stadt eingeführt wurden. Auch den König von England hat er gegen uns aufgewiegelt! Er bringt unsere Leben in Gefahr. Und das nur, weil wir das reine Evangelium verteidigen!« Zustimmende Rufe schwollen an. »Eine öffentliche Disputation mit den evangelisch gesinnten Pfarrern meiden Murner und Treger. Weil sie wissen, dass ihre Argumente die schwächeren sind!« Immer mehr schlugen jetzt mit der flachen Hand auf den Tisch, um ihre Anerkennung zu bekunden. »Wir müssen beim Rat Beschwerde gegen Murner und seine Umtriebe einlegen. Er soll erst mal Bürger werden und einer Zunft beitreten, damit ist Zeit gewonnen«, schlug Johannes Schwan vor. Der Zunftmeister verschaffte sich Ruhe und ließ über diesen Vorschlag abstimmen. Die Mehrheit des Zunftrates war dafür, ihr Mann lehnte sich befriedigt zurück. Margarethes Gefühle waren in den letzten Monaten abgekühlt, doch in diesem Moment war sie mal wieder fast glücklich neben ihm. In letzter Zeit hörte man oft davon, dass Menschen, die den neuen Glauben verteidigten, angegriffen oder gar getötet wurden. Dem musste Einhalt geboten werden. Und wenn sich Johannes dafür einsetzte, kämpfte er für eine gute Sache.

»Komm, Mutter! Im Pfarrhaus der Zells sind Flüchtlinge angekommen. Frau Schützin lässt dich rufen!« Margarethe ließ das Messer sinken, mit dem sie gerade Zwiebeln für eine Suppe geschnitten hatte. Seit sie kaum noch in der Druckerei gewünscht war, vertiefte sie sich notgedrungen in die Ausbildung ihrer Kinder und die Hausarbeit. Besonders freute sie, dass Grete große Fortschritte im Lesen und Schreiben machte. Sie warf die Zwiebeln in den Kessel und folgte Barbara. Vor der Tür sagte sie Bastian, dass er für eine kurze Weile nach Grete und Renatus sehen solle, und lief mit Barbara in Richtung Münster zum Pfarrhaus.

Überall in der Bruderhofgasse saßen Männer, einige hatten die Häupter in den Armbeugen vergraben oder beteten leise. Katharina Zell, nach ihrem Mädchennamen Frau Schützin genannt, trafen sie im Flur an, wo sie Anweisungen gab und mal hierhin, mal dorthin wies. Sie war knabenhaft klein, hatte aber eine schier unerschöpfliche Energie und für jeden ein offenes Ohr. Margarethe hatte sich schon öfter mit ihr unterhalten, auch wegen Lienhart Jost hatte sie sich an die Schützin gewandt, die versprochen hatte, sich bei den Verantwortlichen für das Narrenhäuslein nach ihm zu erkundigen und die Dringlichkeit zu betonen, mit der er zu Hause gebraucht wurde.

»Was ist geschehen?«, fragte Margarethe nach einer knappen Begrüßung.

»Es sind evangelische Flüchtlinge aus Kenzingen, einhundertfünfzig an der Zahl. Ihr Landesherr, der österreichische Erzherzog Ferdinand, will das Wormser Edikt durchsetzen, sie sollen mit Gewalt zum Papsttum zurück. Als er seine Truppen nach Kenzingen schickte, sind die Männer mit ihrem Prediger geflohen. Wir müssen sie versorgen und so viele wie möglich hier unterbringen«, sagte die Schützin etwas atemlos.

Gemeinsam mit anderen Pfarrfrauen, manche von ihnen stammten aus den besten Familien Straßburgs und waren das Arbeiten nicht gewöhnt, und Nachbarinnen packten Margarethe und Barbara mit an, rückten Möbel zur Seite und bereiteten aus Stroh und Decken Lager, anschließend legten sie in der Küche Hand an, wo in großen Töpfen Suppe gekocht wurde. Die Flüchtlinge halfen mit, unterbrachen die Arbeit jedoch immer wieder, um von Neuankömmlingen die Nachrichten aus ihrer Heimat zu erfahren; vor allem sorgten sie sich um ihre Frauen, die mit den Kindern zurückgeblieben waren.

»Als unser Pfarrer vertrieben wurde, wollten wir ihn nicht

allein gehen lassen und haben ihm Geleit gegeben«, erzählte einer der Männer in der Küche, ein Koch, der sofort zu Messer, Kessel und Schürze gegriffen hatte. »Als wir zurückkamen, waren die Stadttore verschlossen. Österreichische Soldaten bewachten sie. Sie griffen uns an, ein Mann wurde gefangengenommen und hingerichtet. Wir anderen konnten fliehen.« Er strich über sein Gesicht, war es die Feuchtigkeit, die aus dem Topf aufstieg und ihm in die Augen trat? »Meine Frau hat mich gewarnt. Sie sagte, ich solle nicht für den Herrn Pfarrer eintreten. Sie hat gewusst, dass etwas Schlimmes passieren würde. Und jetzt ist sie mit unseren Kleinen dort geblieben. Was können sie ihnen alles antun!« Katharina Zell war hinzugetreten, sie brachte die Schalen, die in den umliegenden Häusern gesammelt worden waren, um die Suppe auszuteilen. Margarethe nahm eine Kelle und füllte auf.

Die Pfarrfrau antwortete dem Mann, aber sie sprach so laut, dass es auch die anderen verstehen konnten, die sich nun anstellten. »Christus sagt: *Wer nicht Vater und Mutter, Weib und Kind und alles, was er hat, um meines und des Evangeliums willen verlassen mag, der ist meiner nicht würdig. Darum, wer mich bekennt vor diesem ehebrecherischen und argen Geschlecht, den will auch ich bekennen vor meinem Vater und seinen Engeln*. Wollt Ihr Christen sein und mit ihm in seine Herrlichkeit gehen, so müsst Ihr auch mit ihm leiden. O wie selig seid Ihr!«, rief sie aus.

Ein alter Mann nahm von Margarethe seine Schale und murmelte »Gelobt sei Gott!«, aber ein anderer sagte nur: »Ich hoffe, dass das auch mein Eheweib weiß.«

Katharina Zell hatte seine Worte und den Zweifel, der daraus klang, gehört, ging zu ihm und redete ihm ins Gewissen: »Wenn sie wahrhaftig glaubt, dann weiß sie es. So wenig, wie eine Mutter ihr saugendes Kind vergessen kann, so wenig hat Gott uns vergessen. Es ist ein seliger Kampf, also muss es sein. Der Glaube ist kein Glaube, der nicht angefochten wird.«

Der Mann neigte seinen Kopf vor ihr und antwortete: »Ich wünschte, mein Weib könnte Euch hören, Frau Schützin.«

Margarethe hatte der Wortwechsel zu denken gegeben. Sie wandte sich an die Pfarrfrau: »Wenn die tapferen Frauen von Kenzingen Euch schon nicht hören können, so sollten sie Eure Worte lesen können. Das würde ihnen sicher Kraft geben.« Die Pfarrfrau kniff nachdenklich lächelnd die Augen zusammen, sagte aber nichts.

Als der Tag sich dem Ende neigte und Margarethe und Barbara erschöpft zum Holzmarkt zurückgehen wollten, hielt Katharina Zell sie auf. »Könnt Ihr noch Flüchtlinge aufnehmen? Die Hälfte kann hierbleiben, vorerst zumindest. Aber der Rest muss untergebracht werden, das seht Ihr ja.« Margarethe versprach, ihren Mann deswegen zu fragen.

Johannes Schwan schalt sie, dass sie so lange fortgeblieben war. Erst nachdem sie ihm von den evangelischen Flüchtlingen berichtet hatte, wurde er milder. Er war bereit, einige Männer aufzunehmen, um der Nächstenliebe willen. Margarethe fragte sich, wo seine Nächstenliebe geblieben war, als er seine Stieftochter aus dem Haus gewiesen hatte. Barbara, Wolfgang und ihr Kind wohnten seit einiger Zeit im Nachbarhaus, waren aber beinahe so oft bei ihnen wie früher.

Die Flüchtlinge blieben bis in den Sommer hinein in Straßburg, dann wurde ihnen unter strengen Bedingungen die Rückkehr erlaubt. Inzwischen hatte Zells Frau ein Trostschreiben veröffentlicht: *Den leidenden christgläubigen Weibern der Gemeinde Kenzingen, meinen Mitschwestern in Christi Jesu, von Katharina Schützin*. Der Drucker war Wolfgang Köpfel am Rossmarkt, der Neffe des evangelischen Pfarrers Wolfgang Capito-Köpfel, er hatte auch schon die Verteidigungsschrift ihres Mannes gedruckt.

Für einen ehemaligen Franziskanermönch, der selbst wenig Wert auf Essen legte, war die Tafel aufs Üppigste gedeckt. Johannes hatte Margarethe klare Anweisungen gegeben, dass er an diesem Abend etwas Besonderes erwartete. Es war wichtiger Besuch im Haus zum Holzmarkt, vieles, auch Geschäftliches, müsse besprochen werden. Sie hatte Krebse in Weinsud gekocht und freute sich selbst schon auf dieses schmackhafte Mahl.

Als Erster kam Clemens Ziegler, der als Prediger immer beliebter wurde und inzwischen nicht nur die Gärtner, sondern auch die Bauern der Umgebung Straßburgs im Glauben unterwies. Johannes hatte mehrere Bücher Zieglers gedruckt, in denen er sich unter anderem gegen die Kindertaufe aussprach, denn für eine wahre Taufe sei der Glaube nötig – und der sei bei einem Neugeborenen noch nicht vorhanden. Margarethe sprach mit ihm ein paar Worte, als Johannes Schwan zu ihnen trat. »Ist das Mahl bereit?«, fragte er sie und zog seinen Gast mit sich fort.

Nach und nach trafen die weiteren Gäste ein, der evangelische Prediger Andreas Keller, dessen Bibelauslegungen Johannes herausgebracht hatte, sowie der französische Theologe Franziskus Lambert aus Avignon mit seiner Frau, einer Bäckerstochter. Als das Mahl beginnen sollte, setzte Margarethe sich zu ihnen, das Gespräch drehte sich natürlich um Luther und die Franziskaner, denn auch Lambert war aus dem Franziskanerkloster ausgetreten und hatte lange Zeit in Wittenberg verbracht. Keller berichtete über seine Jahre als Mönch und darüber, wie er aus Rottenburg vertrieben worden war, weil er das Evangelium gepredigt hatte. Doch schon nach wenigen Minuten war Johannes Schwan damit unzufrieden, wie die Magd die Speisen auftrug, und forderte seine Frau auf, ihr zu helfen. Kaum war das Essen serviert, war der Wein alle oder das Wasser. Anscheinend gab es immer etwas, nach dem er sie schicken konnte. Von Minute zu Minute ärgerte Margarethe sich mehr. War sie seine Magd? Dabei langten die Gäste nur bescheiden zu. Clemens Ziegler, Andreas Keller und ihr Mann waren in eine erbitterte Disputation verstrickt, bei der jeder mal aufsprang und den anderen mit lautstark vorgetragenen Argumenten zu überzeugen suchte. Lambert hingegen plänkelte mit seiner jungen Frau, die wenig Schicklichkeit zeigte. Von den behandelten Themen bekam Margarethe nur Bruchstücke mit.

»Der Mensch trägt noch den alten Adam in sich, der muss erst mal ans Kreuz geschlagen werden. Wir müssen Eigenliebe und Sünde bekämpfen!«, forderte Andreas Keller. »Unser erster Feind sind die Geistlichen, diese Seelenmörder. Die Schmähungen von Murner und Treger werden immer unerträglicher. Wenn der Rat nicht bald etwas tut, dann tut's der gemeine Mann. Bauern, Handwerker und Weiber kennen die Bibel ohnehin besser als die Geistlichen.«

Johannes saß breitbeinig auf seinem Stuhl, die Hände hatte er auf die Knie gestützt. »Der Rat ist nervös, auf allen Seiten müsste dazwischengeschlagen werden. Auch der Drucker Wolfgang Köpfel hat das zu spüren bekommen, das Büchlein der Pfarrfrau hat ihm Ärger eingebracht. Nicht genug, dass Straßburg angefeindet wird, weil hier die Pfarrer evangelisch predigen und heiraten dürfen. Nein, jetzt tun auch noch ihre Eheweiber den Mund auf und verbreiten Unruhe unter den Menschen. Das wird nicht gerne gesehen«, wusste er. »Frauen sind zungenfertig, aber sie sollten sich nicht über öffentliche Fragen auslassen. Es ist kein Rock, der einer Frau so übel ansteht, als wenn sie klug sein will. Weiberregiment hat nie etwas Gutes ausgerichtet. Das sagte auch schon der von mir so verehrte Luther, als ich ihn disputierten hörte.« Margarethe war sprachlos, aber selbst wenn ihr eine Entgegnung eingefallen wäre, hätte es ihr nicht zugestanden, diese zu äußern. Johannes fuhr fort: »Der Kaiser selbst soll den Straßburger Rat dafür kritisiert haben, dass er das Edikt von Worms nicht durchsetzt. Wenn sich der Rat unter Druck setzen lässt, weht hier bald ein anderer Wind …«

Franziskus Lambert wollte etwas anmerken, doch schon fiel Clemens Ziegler ihm ins Wort. »Die Zeit des Entscheidungskampfes zwischen Christus und dem Antichrist ist angebrochen. Der Zorn Gottes wird über uns kommen. Die Gottlosen werden vernichtet werden. Alle Pflanzen, die Gott nicht in die Erde gesetzt hat, werden ausgerissen.« Auch Johannes begann, das Ende der Zeit heraufzubeschwören, doch Clemens Ziegler hatte nun das heutige Elend der Menschen vor Augen: »Die Bauern vor der Stadt werden ausgebeutet durch den Zehnt, Wucherzinsen und die Erbpachtverträge. Kaum bleibt ihnen was zum Leben.

Das machen sie nicht mehr lange mit. Dabei haben sie mehr Glauben im kleinen Finger als ein Pfaff im ganzen Leib.«

Lambert hob beschwichtigend die Hände, er murmelte einige Wörter auf Französisch, als müsse er sich sammeln, und sagte dann stockend: »Obacht! Mit solchen Worten … erregt ihr … den Bundschuh.« Der Bundschuh, das war das Gespenst, das die Altgläubigen beschworen, seit die Menschen an der Kirche Kritik übten. Dabei hatte es die Bauernaufstände im Zeichen des Bundschuhs schon lange vor dem Wirken Luthers und der anderen Reformer gegeben.

Andreas Keller schlug mit seinem Krug auf den Tisch, dass der Wein herausspritzte. »Die Herren verursachen den Bundschuh, weil sie sich wider das Gotteswort und somit gegen Gott selbst erheben!« Lamberts Frau zuckte zusammen. Bald darauf verließ das Ehepaar das Haus. Keller, Ziegler und Schwan konnte Margarethe noch bis in die Nacht diskutieren hören, als sie selbst schon lange müde ins Bett gefallen war.

Es war ein leises Schluchzen, das durch die Kapelle waberte, wie es sonst nur Weihrauchfähnchen taten. Margarethe trat leise ein und sah sich um, die Töne klangen dumpf, als ob sich jemand ein Tuch vor den Mund hielt. Sie konnte jedoch niemanden erkennen und suchte sich einen Platz, um einige Minuten lang in sich zu gehen. Johannes war angespannt und schalt sie und ihren ältesten Sohn wegen jeder Kleinigkeit. Erst heute Morgen hatte er wieder eine Bemerkung darüber gemacht, warum sie wohl noch nicht empfangen habe; aber was sollte sie dazu sagen, sie wusste es doch selber nicht. Sie hatte ihm von ihrer schweren letzten Geburt erzählt, aber er hatte sie nur angesehen und den Spruch Mose *Seid fruchtbar und mehret euch* zitiert. Sie war sicher, heute Abend würde er ihr wieder beiwohnen, und es war keine Vorfreude, die sie bei diesem Gedanken erfüllte.

Aus einer Nische der Kapelle tauchte eine Frauengestalt auf, sie musste so gekniet haben, dass Margarethe sie nicht bemerkt hatte, es war Katharina Zell.

»Seid Ihr nicht wohl?«, fragte Margarethe, als die Pfarrfrau vorüberging.

Katharina Zell starrte sie einen Moment an und flüsterte dann: »Habt Dank, es ist gut.« Wie um den Widerspruch zwischen Worten und Gefühlen zu beweisen, schossen erneut Tränen in ihre Augen.

Margarethe nahm sie sacht beim Arm. »Braucht Ihr Hilfe?«

»Und selbst wenn Ihr wolltet, Ihr könntet mir nicht helfen. Es sind die bösen Worte, die meinen Geist mürbe machen. Die üble Nachrede. Sie sagen, mein Mann betrüge mich, er schlüge mich und er wünsche, er hätte mich nie geheiratet. Dabei sind wir keine Viertelstunde uneins gewesen. Nie hat er mir ein Leid getan, groß oder klein, mit Worten oder mit Werken. Ich kann meine Seele kaum vor diesem Gift schützen. O Herr, hilf!«, rief sie aus.

Margarethe wusste, dass die verheirateten Pfarrer und ihre Ehefrauen Schmähungen zu erdulden hatten, aber derart gehässige Lügen wären ihr nie in den Sinn gekommen. »Wer setzt solche Gerüchte in die Welt?«, fragte sie.

»Die Mönche und ihre Anhänger. Bruder Konrad Treger und Bruder Thomas Murner«, Katharina Zell spie die Namen beinahe aus, »wiegeln die Altgläubigen auf. Sie legen ihnen diese Worte in den Mund. Und ich kann nichts dagegen tun.«

»Was sagt Euer Gemahl dazu?«

Die Schützin blinzelte, ihr Blick klarte auf. »Dass Gott diejenigen prüft, die er liebt. Ich weiß es ja auch, aber ich bin schwach, zu schwach.« Sie strich sich streng die Tränen aus dem Gesicht. »Wenn es nur die beiden wären, könnte ich es ja noch ertragen. Aber ich fürchte um die Menschen, die noch an dem Evangelium zweifeln. Sie könnten sich sagen: Wenn die Gerüchte stimmen, ist es bei den Reformierten genauso schlimm wie das ganze Klosterunwesen. Warum soll ich mich also von den Heiligen und dem Papst abwenden? Dabei hat der Zölibat doch nur zu Sittenlosigkeit und Hurerei geführt! Die Menschen müssen die Wahrheit wissen!«

»Dann müsst Ihr sie ihnen sagen«, schlug Margarethe vor.

Katharina Zells Augen leuchteten auf. »Paulus sagt, die Weiber sollen schweigen, höre ich immer wieder. Aber sagt Paulus nicht auch: *In Christo ist man weder Mann noch Weib*. Und dass Gott im Propheten Joel sagt: *Ich werde ausgießen meinen Geist über alles Fleisch und eure Söhne und Töchter werden weissagen*. Ich habe schon eine Schrift verfasst, in der ich die Priesterehe mit Hilfe der Heiligen Schrift begründe. Aber niemand will sie drucken«, sie zögerte. »Meister Köpfel zumindest nicht.«

Margarethe nickte. »Er hatte schon durch Eure letzte Schrift Probleme mit dem Rat, sagt man. Eine derartige Verteidigungsschrift wäre tatsächlich unerhört. Man müsste sie im Verborgenen drucken … natürlich ohne Druckvermerk … und ebenso geheim unter die Leute bringen. Wer wäre so närrisch, dieses Risiko einzugehen?« Die beiden Frauen sahen sich an, die Druckerin und die Pfarrfrau, dann wölbten sich ihre Mundwinkel zu einem einvernehmlichen Lächeln.

Was war das für ein Geräusch? Kam Johannes zurück? Margarethe machte sich bereit, mit den bedruckten Seiten hinaufzustürzen, doch an der Eingangstür regte sich nichts, stattdessen tauchte ihr Sohn am oberen Ende der Treppe auf. Sie blieb still und ging zur Druckerpresse zurück, vielleicht würde er sie für ein Traumgespinst halten und auf sein Lager zurückkehren. Doch Johann stieg zu ihr hinunter. »Was tust du hier, Mutter? Mitten in der Nacht? Wo ist Johannes?«, er räusperte sich, seine Stimme begann, einen tieferen Klang anzunehmen. Seine Lider waren geschwollen vom Schlaf, sein Blick wirkte aber munter.

»Was meinst du, dass ich mache?«, fragte sie leise, es durfte nicht noch jemand geweckt werden. Seit einer Woche schlich sie nachts, wenn Johannes unterwegs war, in die Druckerei und stellte das Büchlein der Pfarrfrau her. Sie hatte Gerätschaften und Papier abgezweigt und versteckte alles sorgsam, und die bedruckten Seiten hängte sie in eine Ecke des Dachbodens, die nur selten betreten wurde.

»Du druckst.«

»Aha.«

»Und?«

»Und was?«

»Was druckst du? Warum jetzt? Ist Johannes nicht da?« Ihr Sohn war hartnäckig. Das hatte er von ihr. Sie seufzte.

»Johannes ist noch beim Zunfttreffen. Die Zünfte beraten sich, wie es nach dem Aufruhr heute weitergehen soll«, antwortete sie.

Der Streit mit den Mönchen Treger und Murner war eskaliert. Der Rat hatte sich endlich entschlossen, gegen die Aufwiegler vorzugehen, doch als die Gesandten des Rates das Augustinerkloster erreichten, hatte eine aufgebrachte Volksmenge, es waren wohl an die vierhundert Menschen gewesen, es bereits gestürmt. Man hatte Konrad Treger festgesetzt und in den Kammern des Klosters angeblich Huren gefunden, die dort eingesperrt waren und den Mönchen zu Willen sein mussten; bei der Gelegenheit war auch gleich der Weinkeller geplündert worden. Prior Treger wurde zur Pfalz geführt und den Gerichtsdienern übergeben. Auch die Geistlichen anderer Klöster wurden ins Rathaus geschleppt. Thomas Murner wollte man ebenfalls festsetzten, doch er war bereits geflohen, seine Druckerpresse im Franziskanerkloster wurde zerstört. Danach hatte man wieder einige der Heiligenbilder und Votivkerzen, Relikte des Papsttums, in den Kirchen zerstört. Der Bürgerhaufen war erst bereit gewesen auseinanderzugehen, nachdem ihnen Straffreiheit sowie die Einsetzung eines Bürgerausschusses zugesichert worden waren. Der Rat hatte die Zünfte einbestellt, damit diese ihre Mitglieder zur Ordnung riefen. Es war zu erwarten, dass diese Sitzung lange andauern würde.

Johann beugte sich vor, um auf den Winkelhaken zu sehen. Doch sie hielt ihn auf. »Ab ins Bett. Stell dir vor, unser Gespräch war nur ein Traum«, sagte sie lächelnd. Er zögerte. »Nun geh schon. Es ist besser, du weißt von nichts.« Widerwillig ging Johann nach oben.

Es krachte und polterte im Erdgeschoss des Hauses, Johannes erhob seine Stimme. Was war da los? Sie ging die Treppe halb hinunter. Ihr Mann stand schützend vor dem Stapel mit seinen jüngsten Drucken, ihr Sohn hatte sich an eine Wand verzogen. Den Raum beherrschten zwei Männer, der eine durchwühlte die Papiere und nahm es achtlos hin, dass einige zu Boden fielen, der andere, es war Jacop Krut, hielt Johannes drohend ein Büchlein vor das Gesicht. Margarethe erkannte die Verteidigungsschrift von Katharina Zell wieder, die sie gedruckt und erst gestern in Umlauf gebracht hatte. Die Reaktion des Zensors folgte anscheinend prompt und heftig. Sie wollte schnell in der Küche verschwinden, doch Jacop Krut hatte sie bereits bemerkt.

»Hinunter mit Euch, Prüßin«, sagte er in einem Befehlston. Als sie den Treppenfuß erreicht hatte, baute er sich drohend vor ihr auf. »Ich erkenne doch diese Typen. Die Lettern stammen aus dem Hause Prüß«, sagte er und schlug im Takt seiner Worte die Papiere in die flache Hand.

»Ich weiß nicht, wovon Ihr sprecht«, antwortete sie scheinbar ruhig, doch innerlich bebte sie. Sie bemerkte, dass ihr Sohn an sie herantrat, als ob er sie schützen wollte.

»Dieses Schmachbüchlein ist von Euch«, beschuldigte Krut sie.

»Lasst mal sehen.« Sie warf einen Blick auf das Büchlein. »Diese Schrifttypen werdet Ihr in jeder zweiten Druckerei Straßburgs finden. Die sind nichts Besonderes.« Absichtlich hatte sie Typen ausgewählt, die weit verbreitet waren. Da ihr Vater eine Zeitlang einen Schriftgießer beschäftigt und Lettern verkauft hatte, gingen viele der in der Stadt verwendeten Buchstaben auf Gießformen aus dem Hause Prüß zurück. Ein talentierter Schriftgießer konnte bei normalen Schriftgraden mindestens dreitausend Lettern am Tag herstellen, es würde schwierig werden, einzelne zurückzuverfolgen. Gerade die Schwabacher Schrift, die ihr Vater besonders geschätzt hatte, kam häufig vor.

»Aber auch Ihr habt diese Typen«, beharrte er.

»Und wenn schon, das ist noch kein Beweis«, gab sie zurück.

Jacop Krut trat jetzt näher an sie heran. Sie konnte ihn riechen, und Ekel überfiel sie. Sie würde nicht weichen. Krut fixierte sie, wandte dann aber den Blick ab und pfiff seinen Helfer zurück. »Der Rat ist erzürnt über diese Schrift. Meister Matthis' Frau wurde befohlen, dass sie nichts mehr zum Druck bringen darf, gar nichts. Es kann nicht angehen, dass die Frauen uns auf der Nase herumtanzen. Wir werden den Drucker finden und bestrafen. Und zwar hart.« Er sprach jetzt noch einmal Johannes Schwan an. »Besser, Ihr wisst, was in Eurem Haus vor sich geht, Meister Schwan. Die Spur führt hierher, da bin ich mir sicher.«

Kaum war er gegangen, kam Johannes Schwan auf sie zu. Sie hatte ihn noch nie so wütend gesehen. »Wenn es stimmt, was er sagt, dann gnade dir Gott«, brüllte er.

Ihr Sohn trat zu ihnen. »Meister, ich …«, weiter kam er nicht, denn Johannes' Wut entlud sich in einer schallenden Ohrfeige. »Steckst du etwa mit ihr unter einer Decke? Außerdem: Du sollst mich Vater nennen«, zischte er. Margarethe nahm Johann in den Arm, Tränen der Wut liefen über seine Wangen. Sie sah ihren Mann vorwurfsvoll an. »*Züchtige deinen Sohn, solange Hoffnung da ist*, die Sprüche Salomos«, rechtfertigte sich dieser.

Margarethe stand auf, die Fäuste geballt. »*Und ihr Väter, reizt eure Kinder nicht zum Zorn, sondern erzieht sie in der Zucht und der Ermahnung des Herrn*, Epheser«, gab sie unbeugsam zurück.

Johannes drehte sich um und blickte sie an, sie erkannte Verwunderung und Zorn in seinem Blick. Er kam auf sie zu, drohend. »Du zitierst die Heilige Schrift? Ich werde dir noch einen Spruch sagen: *Ihr Frauen, ordnet euch euren Männern unter wie dem Herrn*«, sagte er, dann schlug er auch ihr ins Gesicht.

Barbara tupfte mit einem kalten Lappen über ihre geschwollene Wange. Margarethe zuckte zusammen, sagte aber nichts. Auch ihre Stieftochter schwieg, sie hatte von Anfang an Einwände gegen diesen Mann gehabt, das wusste ihre Mutter genau. Dennoch hatte diese das Gefühl, sich rechtfertigen zu müssen. »Er hat die Druckerei wieder auf Vordermann gebracht. Viele kommen zu ihm, damit er ihre Schriften druckt. Die Geschäfte laufen gut, es kann sogar sein, dass er einen weiteren Gesellen einstellen wird.«

Barbara schnaufte leise. »Wenn er es denn tut. Wolfgang sagt, er kann nichts abgeben. Überall hat Johannes seine Finger drin, alles muss Wolfgang rechtfertigen. Das war bei Vater –«

Margarethe vervollständigte den Satz: »– anders. Alles war anders. Glaubst du, ich sehne mich nicht nach der Zeit mit Reinhard zurück? Kann ich es ändern? Nein. Ich will nichts mehr davon hören. Dieses Lamentieren muss ein Ende haben.«

Was Johannes Schwan für die Druckerei tat, war gut und richtig, auch um sie für ihre Söhne zu erhalten. Barbara hatte sich für Wolfgang etwas anderes erhofft. Aus ihrer Sicht hätte er die Druckerei übernehmen und Margarethe ein zurückgezogenes Leben als Witwe führen sollen. Inzwischen aber hätten sie sich längst damit abfinden müssen, dass Margarethe eigene Pläne verfolgte. Barbaras Kind begann zu schreien, und Margarethe presste jetzt selbst das Tuch auf ihre Wange, als ihre Tochter den kleinen Jerg aufnahm und wiegte. »Weiß man schon, wer die Schrift der Schützin gedruckt hat?«, fragte Barbara.

Margarethe wollte den Kopf schütteln, niemand musste von ihrem Geheimnis wissen, doch er schmerzte zu sehr. »Nein. Aber Johannes hat sich vor den Zensurherren gerechtfertigt. Der Verdacht gegen ihn wurde fallen gelassen«, sagte sie. Außerdem hatte er sich über Jacop Krut beschwert, und dieser hatte für sein unverschämtes Verhalten einen Rüffel erhalten; das würde ihn nicht gerade freundlicher ihr gegenüber stimmen.

Sie wollte aufstehen, als Barbara noch etwas einfiel: »Sie haben Lienhart Jost aus dem Narrenhäuslein gelassen. In der Metzig haben sie's erzählt. Er ist geschwächt, soll aber bald wieder anfangen zu arbeiten.« Das hatte Margarethe noch nicht gehört. Möglicherweise hatte es ja doch geholfen, dass sie sich bei der Pfarrfrau für ihn eingesetzt hatte. Sie würde gleich morgen nach Ursula Jost und ihrem Mann sehen.

Die Tür wurde nur einen Spaltbreit geöffnet, ihre Freundin Ursula begrüßte sie, bat sie jedoch nicht hinein. »Ich habe gehört, Lienhart ist wieder zu Hause?«, fragte Margarethe. Ursula sah ihr kurz in die Augen, warf dann einen Blick über die Schulter. Margarethe erkannte einen Schatten, jemand lag ausgestreckt auf dem Boden, die Arme weit ausgebreitet. »Ist er das?«, setzte Margarethe nach. Eine kleine Gestalt näherte sich dem Liegenden und kniete sich neben ihn, es musste ihre Tochter sein.

Ursula machte einen Schritt vorwärts und schloss die Tür hinter sich noch weiter. »Sie haben gemeint, es geht ihm besser«, erklärte sie. Sie beobachtete den Hinterhof. Als sie sicher war, dass sich niemand näherte, packte sie Margarethe, zog sie zu sich heran und flüsterte aufgeregt. »Er hat etwas gesehen. Er hat es den Menschen erzählt. Deshalb haben sie ihn eingekerkert.« Margarethe sah sie fragend an. »Gott ist Lienhart erschienen. Als er das sagte, haben sie ihn weggesperrt. Nach seiner Freilassung haben wir zum Allmächtigen gebetet und um Erleuchtung gebeten. Gott hat uns erhört. Auch ich bin seiner ansichtig geworden. Gott selbst hat sich mir gezeigt, in einem gleißend hellen Lichtstrahl habe ich seine Großartigkeit gespürt!« Sie hatte sich jetzt so fest in Margarethes Schulter gekrallt, dass diese zu schmerzen begann. »Verstehst du! Gott hat uns auserwählt! Wir beten darum, dass er uns Offenbarungen schickt. Aber Margarethe, niemand darf es wissen!«, schärfte sie ihr ein. »Die Menschen sind neidisch auf die Gnade, die Gott uns gewährt. Das Narrenhäuslein ist nah.« Mit einem Ruck ließ Ursula sie los. »Niemand darf es erfahren, hörst du!« Margarethe versprach es, dann verschwand Ursula ohne ein Wort des Abschieds wieder in ihrer Behausung.

Gedankenverloren ging Margarethe zurück zum Holzmarkt. Dieses Gespräch hatte sie nicht gerade beruhigt. Hatten Ursula und Lienhart Jost wirklich Visionen, oder wurden sie verrückt? Waren sie Auserwählte oder Ketzer? Zumindest hielten sie mit ihren Visionen hinter dem Berg. Margarethe würde in der nächsten Zeit regelmäßig bei ihnen vorbeischauen, um zu sehen, ob es ihnen gutging. Viel Schaden konnten sie ja nicht anrichten.

Es war an einem Sonntag im Spätherbst, und Margarethe besuchte mit ihrer Familie die Messe im Münster. Während der Pfarrer predigte, fiel ihr einmal mehr auf, wie viel sich in den letzten Monaten verändert hatte. Die Sprache des Gottesdienstes war Deutsch, damit jedermann alles verstand. Das prunkhafte Ornat der Prediger war gegen den schwarzen Chorrock getauscht worden. Es gab neue Altäre, an die sich die Geistlichen beim Abendmahl stellten, sie wandten ihr Antlitz den Gläubigen zu und sprachen sie direkt an. Das Abendmahl wurde unter beiden Gestalten gereicht, alle Gläubigen bekamen also Brot und Wein, die Beichte war abgeschafft worden. Das Abendmahl war auch kein Opfer mehr, sondern ein Gedächtnismahl. Christus opfere sich nicht oftmals, sonst müsse er ja oftmals leiden, hieß es. Es gab mehr Gesänge zum Lobe des Herrn, in die die gesamte Gemeinde einstimmte. Die Predigt behandelte einen Text aus dem Evangelium. Der ganze Ritus war auf Belehrung und Erbauung ausgerichtet. Wie sehr sich die Menschen danach sehnten, sah man daran, wie voll die Kirchen waren. Mit den Früh-, Spät- und Hauptgottesdiensten wurden in den verschiedenen Kirchen der Stadt wöchentlich wohl an die fünfzig Predigten gehalten. Alle waren gut besucht. Die katholischen Messen, die nach wie vor zu anderen Zeiten im Münster und in den Kirchen abgehalten wurden, mieden die Gläubigen dagegen. Johannes versuchte, die Pfarrer zu überzeugen, ihre Predigten drucken zu lassen oder mit seiner Hilfe eine Messordnung zu veröffentlichen, aber noch immer zierten sie sich. Die Veränderungen seien noch nicht abgeschlossen, meinten sie.

Nach dem Abendmahl, einem Gesang, dem Dankgebet und dem Segen war der Gottesdienst zu Ende. Am Ausgang der Kathedrale standen Matthäus Zell und seine Frau und unterhielten sich, das heißt, der Pfarrer sprach, seine Frau stand ungewohnt still daneben. Auch Johannes ließ es sich nicht nehmen, das

Gespräch mit Meister Matthis zu suchen. Er berichtete ihm, dass sie gerade ein Büchlein druckten, in dem es um den Märtyrer Caspar Tauber ging. Der Tuchhändler war ein Anhänger des Evangeliums und hatte in Wien eine Schrift veröffentlicht, in der er die Beichte, den Heiligenglauben und die Lehre vom Fegefeuer kritisierte. Caspar Tauber war verhaftet, eingekerkert und zum Widerruf gezwungen worden. Als er jedoch öffentlich im Büßerkleid widerrufen sollte, weigerte er sich und berief sich auf die Bibel. Im Herbst hatte man ihn enthaupten lassen, seine Leiche wurde verbrannt und die Asche in die Donau gestreut. Die Hinrichtung des ersten evangelischen Märtyrers in den habsburgischen Erblanden hatte auch in Straßburg für Entsetzen gesorgt. Die Schrift würde viele Käufer finden. Meister Matthis lobte das Unterfangen. »Der Kampf um den Glauben ist noch lange nicht gewonnen. Immer wieder müssen wir mit Rückschlägen rechnen. Aber wir dürfen die Hoffnung nicht aufgeben. Deshalb ist es besser, unsere Märtyrer und den Glauben, für den sie gestorben sind, zu ehren, als uns selbst zu rechtfertigen«, antwortete er. Es klang wie eine Entschuldigung dafür, dass er eigene Predigten nicht in den Druck geben wollte, aber war es auch ein Vorwurf an seine Frau? Katharina Zell hielt demütig die Augen gesenkt. Erst als sie gingen, sah sie Margarethe kurz an, und ihr Blick war ungebrochen wie immer.

»Schon wieder eine Zunftsitzung?«, fragte Margarethe, als sie an einem Abend Anfang Oktober sah, dass Johannes und ihr Sohn sich ankleideten und das Haus noch einmal verlassen wollten.

Johannes setzte sein Barett auf. »Das nicht. Wir …«, er schien zu überlegen. Dann lächelte er, wie sie ihn schon lange nicht hatte lächeln sehen. »Ach, sieh selbst. Du kannst uns begleiten. Aber nur, wenn du dich schneller ausgehbereit machst, als es sonst bei euch Weibern üblich ist.« Margarethe war überrumpelt, verschwendete aber keine Zeit. Im schnellen Schritt liefen sie wenig später durch die Stadt in Richtung Sankt-Aurelien. Johannes redete aufgeräumt auf sie ein. Offenbar freute er sich auf etwas. Immer enger wurden die Gassen, es ging um Ecken und an dunklen Winkeln vorbei. Vor der Tür eines großen schmucklosen Gebäudes blieben sie stehen. Johannes klopfte, und als geöffnet wurde, murmelte er etwas und sie wurden eingelassen. Sie kamen in einen Saal, in dem die Stimmen der Menschen wie die Bienen in ihrem Stock summten, es mussten an die dreißig sein. Die meisten kannte Margarethe nicht, erst als sie bemerkte, dass Clemens Ziegler auch anwesend war und von seinen Anhängern umringt wurde, glaubte sie zu wissen, dass ein Großteil der Gärtner-Zunft angehörte, es waren aber auch einige Patrizier und Ratsmitglieder darunter. Ziegler nickte Johannes Schwan zu. »Weißt du, auf wen oder was wir warten?«, fragte sie ihren Sohn.

Johann schüttelte den Kopf. »Er hat mir nichts verraten. Er meinte nur, dass wir etwas erleben würden, was sicher großen Eindruck auf uns macht.«

Plötzlich ging ein Raunen durch den Raum. Otto Brunfels trat ein. Der ehemalige Karthäusermönch war vielfach gelehrt, arbeitete als Lehrer und unterrichtete auch Margarethes Sohn Bastian. Ihm folgte ein Mann, der den Filzhut und das graue Gewand des Bauern trug, dessen stolze Haltung aber einen höheren Stand erahnen ließ. Er machte ein Zeichen, dass die Menschen sich setzen sollten, und wartete, bis Ruhe eingekehrt war. Margarethe sah am anderen Ende des Raumes nun auch ihren Bruder, der sich mit Eckard Knipp unterhielt. Brunfels begrüßte die Zuhörer und stellte ihnen Bruder Andreas vor, der heute zu ihnen sprechen werde. Einige lachten, denn sie wussten, dass es sich um keinen einfachen Mann oder Klosterbruder handelte. Johannes sah Margarethe triumphierend an. »Es ist Andreas Bodenstein von Karlstadt«, verriet er ihr. »Aus Abkehr von den akademischen Sitten lässt er sich Bruder Andreas nennen.« Die Überraschung war Johannes gelungen. Sie hatte nicht gewusst, das Karlstadt in der Stadt war, hatte aber bereits einige seiner neueren Schriften gelesen, die von ihrem Mann und ihrem Bruder herausgebracht worden waren. Es gab eine große Nachfrage nach Karlstadts Werken. Von einigen hatte ihr Mann über tausend Exemplare gedruckt. Andreas Bodenstein von Karlstadt war einer der bekanntesten Reformer.

Karlstadt hatte an der Seite Luthers dem Papst getrotzt, war wie dieser vom Bann getroffen worden, hatte sich in jüngster Zeit jedoch mit dem Wittenberger zerstritten. Jetzt trat er vor und begann zu sprechen, man merkte ihm an, dass er als Gelehrter und Pfarrer gewöhnt war, die Menschen zu beeindrucken. Seine Rede war mitreißend, auch wenn er durch seinen sächsischen Dialekt nur schwer zu verstehen war. Er berichtete, dass er auf dem Weg nach Basel unbedingt in Straßburg halten wollte, weil er von den beherzten Gläubigen der Stadt gehört hatte. Die Gärtner im Publikum fühlten sich sofort angesprochen und spendeten Beifall. Karlstadt ermutigte sie, auf diesem Weg weiterzugehen, viel sei noch zu tun. Denn im Gegensatz zu seinem frühere Weggefährten Luther sei er nicht der Ansicht, dass man die Schwachen durch ein langsames Tempo schonen müsse. Er schimpfte auf Luther, der dazu beigetragen hatte, dass er aus dem sächsischen Orlamünde, wo er als Seelsorger und Bauer tätig war, vertrieben worden war, und schilderte dessen Grausamkeit in den schwärzesten Farben. Seine Gemeinde, sein Gut und seine schwangere Frau habe er zurücklassen müssen. Doch er lasse sich von Martin Luther nicht einschüchtern, rief Andreas Bodenstein von Karlstadt aus. Manche Zuschauer blickten kritisch, für sie war Luther ein Held und niemand, den man bekämpfen sollte. Auch Johannes war ernst geworden. Karlstadt bemerkte die Zurückhaltung seiner Zuhörer und kam zu seinen Ansichten über den rechten Glauben: »Wir sollten den Schwachen schädliche Dinge aus den Händen reißen und uns nicht darum kümmern, ob sie deshalb schreien oder fluchen. Wenn man ein kleines Kind mit einem Messer in der Hand spielen sieht, wird man es ihm auch nicht aus brüderlicher Liebe lassen, sondern es ihm aus der Hand reißen!« Die Götzenbilder in den Kirchen seien abzutun, die Kindertaufe sei gottlos und schandbar, und Christ sei nicht tatsächlich im Abendmahl gegenwärtig, führte er aus. Als er jeglicher Christengemeinde das Recht zusprach, selbst im Widerspruch mit der Obrigkeit kirchliche Reformen vorzunehmen, brandete der Jubel der Zuhörer laut auf.

Johannes jedoch wurde immer nervöser, je länger Karlstadt sprach. Er rutschte hin und her, als hielte es ihn kaum auf dem Sitz. Sein Gesicht war angespannt, die Züge beinahe erregt. Schließlich fauchte er seinen Stiefsohn an. »Bring deine Mutter nach Hause, sofort.« Ihr Sohn war verdutzt, enttäuscht, aber er wagte es nicht zu widersprechen und zog Margarethe mit sich. Dabei hätte sie zu gerne weiter zugehört!

Vor der Tür schüttelte Johann verständnislos den Kopf. »Warum regt er sich so auf?«

»Er scheint nicht mit Doktor Karlstadts Rede einverstanden zu sein. Wenn man die Schriften eines Menschen liest, kann man sich seine eigene Meinung bilden. Wenn man ihn hingegen so eindringlich sprechen hört, wie es eben der Fall gewesen ist, nimmt man manchmal auch etwas wahr, das einem früher entgangen ist«, vermutete sie.

»Was ist denn so schlimm daran, was Karlstadt gesagt hat?«, wollte ihr Sohn wissen.

»Erstens weißt du, dass Johannes auf Luther nichts kommen lässt. Über die Fragen des Abendmahls und der Kindertaufe sind sich anscheinend selbst die Straßburger Pfarrer nicht einig. Was Karlstadt gesagt hat, ist auf jeden Fall Ketzerei. Und zuletzt klangen seine Worte wie ein Aufruf zur Revolte …«, sagte sie, und ein dumpfes Gefühl beschlich auch sie.

Als Johannes an diesem Abend nach Hause kam, humpelte er, hatte ein blaues Auge und eine Schnittwunde an der Hand. Nach der Rede von Doktor Karlstadt war es zu einer Schlägerei gekommen. Sie tastete vorsichtig sein Gesicht ab, ihr Mann hatte keine ernsthaften Verletzungen davongetragen. »Der andere sieht schlimmer aus …«, prahlte er.

»Und wer ist der andere?« Bei den nächsten Worten blieb ihr die Luft weg.

»Dein Bruder.«

»Wieso … ist er …?«

Johannes fuhr dazwischen. »Ich will nichts über ihn hören. Wir sind geschiedene Leute«, sagte er so streng, dass es keinen Widerspruch zuließ. Margarethe verarztete ihren Mann, doch die ganze Zeit über musste sie an ihren Bruder denken. War er ernsthaft verletzt worden?

Am nächsten Morgen schnappte sie sich ihren Korb und gab vor, zum Markt zu gehen. Bei ihrem Bruder angekommen, fing seine Frau Regula gleich an zu jammern. »Völlig zerschlagen kam er hier an. Ich habe ihm immer gesagt, er soll sich nicht in fremde Angelegenheiten einmischen. Aber er kann es einfach nicht lassen. Dabei kann er doch keiner Fliege etwas zuleide tun.« Über den letzten Satz wunderte sich Margarethe etwas, Regula schien von der Vergangenheit ihres Mannes nicht viel zu wissen. Ihre Schwägerin führte sie in die Stube, dort lag Hans Prüß auf einem Sessel, seine Lippe war aufgeplatzt, sonst schien er unverletzt zu sein.

»Nach Johannes' Worten dachte ich schon, ich müsste mit einem Krüppel rechnen«, sagte Margarethe erleichtert.

Hans schnalzte durch eine Zahnlücke. »Das musst du auch, beinahe zumindest. Einen weiteren Zahn hab ich verloren, von meinen schmerzenden Rippen ganz zu schweigen.«

Margarethe setzte sich zu ihm. »Worüber habt ihr gestritten?«

»Wir alle haben in diesem Jahr mehr zu tun gehabt als in den Jahren zuvor. Allein die vielen Büchlein! Die Menschen reißen sie uns förmlich aus den Händen. Dein Mann ist dabei besonders gut weggekommen. Aber je mehr er druckt und je besser er verkauft, desto höher wird das Ross, auf dem er sitzt. Johannes macht sich viele Feinde. Erst hat er Eckard Knipp gegenüber wieder gestichelt, irgendetwas an ihm scheint ihm nicht in den Kram zu passen. Dann ist er über Karlstadt hergezogen. Dabei hat auch er seine Schriften gedruckt. Aber auf einmal will er nichts mehr davon wissen. Er sagt, Karlstadt sei ein Aufrührer, ein Ketzer.« Noch eine Weile schilderte Hans den turbulenten Ablauf des Abends. Dann beugte er sich vor.

»Nimm dich vor Johannes in Acht. Ich fürchte nicht seine Faust, ich fürchte mehr das Unheil, das er mit seinen Worten anrichten kann«, meinte er beschwörend.

Obgleich Andreas Bodenstein von Karlstadt nur vier Tage in der Stadt blieb, hatte sein Besuch weitreichende Folgen. Es war, als hätte er einen Keil in die evangelische Gemeinde getrieben. In den nächsten Jahren wurden die Risse immer tiefer, bis sich frühere Glaubensbrüder als Feinde gegenüberstanden. Während Hans Prüß auch weiterhin Karlstadts Schriften druckte, ließ Johannes kein einziges Karlstadt-Wort mehr setzen.

Margarethe erschienen die Streitigkeiten der Geistlichen kleinlich. Was für eine Rolle spielte es, ob Christus beim Abendmahl anwesend war oder ob man seiner nur gedachte? Was die Abschaffung der Bilder anging, so hatte Karlstadt den Hass der Laien auf die Heiligenbilder in den Kirchen derart geschürt, dass der Rat noch im gleichen Monat die anstößigsten Bilder aus dem Münster und Sankt-Aurelien entfernen ließ. Den Gärtnern war das jedoch nicht genug, sie zerstörten auch das als wundertätig angesehene Grab des Heiligen.

Im November ließ der Rat eine Abendmahlsschrift Karlstadts aus Hans' Druckerei konfiszieren, weil sie Verwirrung stifte, und verbot den Druckern bei ihrem Eid, seine Werke ohne Zensur zu drucken oder zu verbreiten. Eine Verteidigungsschrift Karlstadts konnte ihr Bruder danach merkwürdigerweise wieder unbehelligt herausgeben. In Basel hingegen waren, so hörte man, zwei Drucker, die Karlstadts Abendmahlstraktate herausbrachten, eingekerkert worden.

Ende des Jahres gab es schon die ersten Straßburger Bürger, die sich Karlstadts Worte zu Herzen genommen hatten und sich weigerten, ihre Neugeborenen taufen zu lassen. Die Pfarrer der Stadt nahmen das hin. Sie meinten, wenn jemand mit der

Taufe warten wolle, sei dies möglich, ohne dass er verdammt werde. Schließlich schaltete sich Doktor Luther selbst in einem Brief an die Christen zu Straßburg in die Diskussion ein und warnte vor Karlstadts aufrührerischem Geist und seinen Irrlehren. Johannes Schwan fühlte sich bestätigt. Margarethe fand es merkwürdig, dass sich die Reformer zerstritten, statt gemeinsam gegen die Papstkirche zu kämpfen, hielt sich aber aus den Diskussionen heraus. Ihr Mann ließ sie ohnehin in Ruhe. Zum ersten Mal seit ihrer Heirat war er zufrieden mit ihr, denn endlich war sie schwanger.

KAPITEL 13

Die Grashalme kitzelten an ihren Füßen. Über ihrem Kopf flogen die Schwalben unsichtbare Schleifen in der Luft. Sie blinzelte auf die Auen hinaus. In der Ferne, hinter den Bäumen und Sträuchern, die gerade ihre Blätter voll zu entfalten begannen, bewegte sich etwas. Es waren Männer, Frauen und Kinder, eine ganze Gruppe. Manche trugen ihren Karst auf den Schultern, Bauern also. Im Laufschritt kamen sie auf sie zu. Waren sie in friedlicher Absicht unterwegs? Aber wieso waren es dann so viele? Und warum diese Eile? Sie sah sich nervös um. »Grete! Renatus! Barbara! Kommt her!«, rief Margarethe. Nichts geschah. Die Bauern kamen näher. In den letzten Wochen hatten immer wieder Gerüchte über Aufstände die Runde gemacht. In der Bischofsstadt Zabern hatten die Bürger den Treueeid verweigert, weil der Landesherr ihnen nicht ihre alten Rechte lassen wollte, danach hatten sich die Zünfte zusammengeschlossen, um die Pfaffen zu vertreiben. Frauen in Schlettstadt hatten erst kürzlich ein Dominikanerinnenkloster gestürmt, um die Nonnen von ihrem Irrglauben abzubringen. Immer öfter wurde der Zehnt verweigert. Meist rebellierten die Bürger und Bauern gegen Priester, die sie unter das Joch des alten Glaubens zwingen wollten und mit dem Fegefeuer drohten.

In Straßburg war die Lage relativ ruhig. Indem der Rat die Reformation vorantrieb und beispielsweise nach Karlstadts Aufwiegelungen vor einem halben Jahr die anstößigen Heiligenbilder selbst aus den Kirchen entfernen ließ, nahm er den Aufrührern den Wind aus den Segeln. Dennoch hieß es, dass auch die verbliebenen zu Straßburg gehörenden Klöster bedroht waren. Die Priorin von Sankt-Nikolaus-in-undis hatte Margarethe zwar versichert, dass die Nonnen mit den Bauern der Umgebung gutstanden, ihre Sorge um die Tochter aber blieb.

Sie hörte jetzt den Gesang der Bauern, das Stampfen der Füße. Kinder liefen neben den Männern, einige Frauen schritten mit geballten Fäusten voran. Unwillkürlich erfüllte sie Angst. »Raus mit euch, kommt zu mir!«, rief sie ihren Kindern zu, und ihre Stimme klang heller als sonst.

Endlich tauchte Gretes Schopf hinter einem Busch auf. »Aber Mutter, du hast uns doch noch gar nicht gesucht«, sagte sie vorwurfsvoll schmollend.

»Hol deinen Bruder her, schnell! Und Barbara, sie hat mich wohl nicht gehört!« Als die Kinder die Bauern sahen, wurden sie blass. Sie versteckten sich hinter ihrer Mutter, und mit ihren kleinen Händen griffen sie nach ihren Fingern. Die Bauern umringten sie. Einer trat vor, stützte sich auf seinen Karst und sah sie an.

»Was treibt ihr hier?«, fragte er forsch.

»Wir spielen Verstecken«, antwortete Margarethe wahrheitsgemäß.

»Vor uns versteckt ihr euch aber nicht. Keine Angst vor den Bauernrotten?« Einige lachten hämisch, sie schienen stolz auf den furchteinflößenden Ruf zu sein, den ihr Stand in kurzer Zeit erworben hatte. Margarethe verneinte. Lauernd sah er sie an. »Solltet ihr aber«, meinte er und schnäuzte sich ins Gras.

Die Kinder rückten noch enger hinter Margarethe zusammen. Gab es etwas, das sie sagen konnte, um die Situation zu entschärfen? Fieberhaft überlegte sie. Da drängte sich ein Mann durch die Menge zu ihnen.

»Lass sie in Ruhe, Bruder. Die ist in Ordnung«, sagte Clemens Ziegler. Der Gärtner hatte in den vergangenen Monaten in vielen Gemeinden rund um Straßburg gepredigt, in einigen war er gemeinsam mit dem Junker Wurm von Geudertheim aufgetreten, der in seinen Besitztümern für die Ausbreitung des Evangeliums sorgte. In Ruprechtsau hatte Clemens Ziegler gepredigt und die Kranken versorgt, als dort der Englische Schweiß grassierte und der eigentliche Priester die Seelsorge vernachlässigte. Danach hatten die Ruprechtsauer Ziegler als Leutpriester gefordert, der Rat hatte ihr Anliegen jedoch abgewiesen. Ziegler war den Ratsmitgliedern zu radikal, deshalb hatten sie auch eine seiner letzten Schriften der Zensur unterworfen. Die Feindseligkeit des Bauern ließ etwas nach, das Wort des Gärtners schien Gewicht zu haben.

»Du kennst sie?«, fragte der Bauer.

»Sie sind auf unserer Seite. Ihr Mann druckt meine Schriften.«

Der Krauter kam näher und zeigte mit dem Karst auf sie. »Dann sag deinem Mann, er soll unsere *Zwölf Artikel* drucken und unters Volk bringen«, forderte er sie auf. Seit im Frühjahr die Bauern ihre *Zwölf Artikel* veröffentlich hatten, waren sie vielfach anonym nachgedruckt worden. Die Bauern forderten darin in der Hauptsache die freie Pfarrerwahl durch die Gemeinden, die Aufhebung des kleinen Zehnten und der Leibeigenschaft, die freie Nutzung von Jagd, Fischerei und Wald und die Verminderung ihrer Abgaben. Jeder Artikel war mit zahlreichen Bibelstellen begründet, oft klang der Einfluss der Luther'schen Schriften durch. Margarethe versicherte ihm, dass sie mit ihrem Mann sprechen werde.

Ziegler feuerte die Gruppe jetzt an: »Kommt, voran! Wir haben einen weiten Weg vor uns!« Als die Bauern sich in Bewegung setzten, sagte er: »Die Zeit der Veränderung ist gekommen. Die Bauern sammeln sich in Altdorf, um ihre Rechte einzufordern.«

»Ihr seid kein Bauer«, hielt Margarethe fest.

»Ich weise ihnen den Weg. Ich verkünde ihnen das Wort Gottes. Und ich verhindere das Schlimmste.« Er machte dem Wortführer ein Zeichen, der Margarethe einen abschätzigen Blick zuwarf und ihm dann folgte. Ziegler war ein mutiger Mann, er musste nur aufpassen, dass er den Aufruhr nicht zu sehr schürte.

»Dann geht mit Gott«, rief sie ihm hinterher. Eine Weile sahen sie stumm dem Trupp Bauern nach. Margarethe war erleichtert, als sie am Kloster vorbeizogen.

»Warum sind sie auf uns böse, die Männer?«, fragte Grete. Sie hockte sich neben ihre Tochter und zwang sich zu einem Lächeln.

»Sie sind nicht böse auf uns. Sie sind böse auf die Menschen, die ihnen das Leben schwermachen«, sagte sie. Grete sah sie noch einen winzigen Augenblick ernst an, dann wollte sie das abgebrochene Versteckspiel fortsetzen, Margarethe war die Lust daran aber vergangen und sie gingen zu ihrem kleinen Garten. Dort ergriff sie die Hacke, doch Barbara hielt sie auf. »Lass nur, Mutter«, sagte sie.

»Ich bin nicht krank, nur schwanger«, gab sie freundlich zurück, ein Bäuchlein war schon zu sehen, aber es würde noch bis zum Herbst dauern, bis das Kind kam. Allerdings fühlte sie sich in dieser Schwangerschaft nicht so gut, und sie musste mit Beklemmung an die Warnung der Hebamme denken. Margarethe gab Barbara die Hacke und begann, die Beete freizuzupfen. Die Stille kam ihr unnatürlich vor, der Gesang der Nonnen fehlte ihr. Die Kritik an den Klöstern hatte weiter zugenommen, und obwohl Margarethe noch immer hoffte, dass Juliane nach Hause zurückkehren würde, blieben die Nonnen von Sankt-Nikolaus standhaft. Das Beichtehören und Singen war ihnen inzwischen jedoch verboten worden.

»Wirst du es taufen lassen?«, fragte Barbara plötzlich.

»Warum fragst du?«

»Die Schreinersfrau hat gesagt, sie lässt ihr Neugeborenes nicht taufen. Sie kennt andere, die's auch nicht getan haben. Ist noch kein Verstand in dem Ding, sagt sie.« Barbaras Gesicht hatte einen nachdenklichen Ausdruck angenommen. »Glaubst du, ungetaufte Kinder kommen ins Fegefeuer?«

»Karlstadt sagt, es gibt gar kein Fegefeuer.«

»Karlstadt sagt … Du sprichst schon wie dein Mann.« Barbaras Tonfall war ungewohnt bitter.

Margarethe sah sie fest an. »Nur dass Johannes nicht mehr Karlstadt zitiert. Seit der Prediger hier war, hat er keine seiner Schriften mehr gedruckt.«

»Aber Onkel Hans druckt sie, viele andere sprechen von Karlstadt.«

Margarethe dachte nach. Ihr kam es manchmal vor, als gingen diese theologischen Diskussionen an dem, was sie bewegte, vorbei. War es nicht nur wichtig, dass man überhaupt an etwas glaubte? Was nützte es, wenn man sich über das Wie und Warum zerstritt? Für ihren Mann war es jedoch anders. Johannes diskutierte verbissen, als ginge es um Leben und Tod.

»Du weißt, wie ich über das Fegefeuer denke. Ihr seid alle getauft, und geschadet hat es euch nicht, glaube ich. Andererseits heißt es im Evangelium nach Markus: *Wer da glaubt und getauft wird, der wird selig werden*. Also kommt erst der Glaube, dann die Taufe«, sagte sie. Letztlich würde es ohnehin Johannes entscheiden. Aber bis zur Geburt war es noch eine Weile hin, seine Meinung könnte sich ändern.

Am Abend berichtete sie Johannes von dem Zusammentreffen. Ihr Mann wies den Vorschlag des Bauern zurück. Die *Zwölf Artikel* bewiesen, wie anmaßend die Bauern geworden waren. Ein jeglicher Stand war von Gott auf seinen Platz gestellt worden und dürfe nicht an der Entscheidung des Allmächtigen rütteln. Wenn überhaupt, dann war es den Herrschern überlassen, etwas an den Lebensbedingungen ihrer Untertanen zu ändern, denn sie hatten ihre Macht von Gott erhalten. Margarethe hatte nichts anderes erwartet, aber sie hatte, wie versprochen, die Aufforderung der Bauern übermittelt.

In den nächsten Tagen nahmen die Nachrichten von Aufständen im Elsass zu. Clemens Ziegler predigte Anfang April das Wort Gottes in der Nähe des Odilienberges unter großem Zulauf der Bauern. Der Schultheiß ließ die Verantwortlichen festnehmen, und immer mehr Bauern versammelten sich, um sie zu befreien. Die Situation schaukelte sich hoch. Die Bauern wurden von den geistlichen Herren als Ketzer geschmäht und forderten eine öffentliche Disputation, bei der auch die *Zwölf Artikel* verlesen werden sollten. Als die bischöflichen Räte sich dagegen wehrten, stürmte ein Bauernregiment das Kloster Altdorf. Schließlich machten sich die Pfarrer Bucer, Capito und Zell an Ostern zu den Bauern auf, um sie zu beschwichtigen, aber auch sie wurden nicht erhört. Weitere Abteien und Klöster wurden überfallen, um die Geistlichen zu strafen, die das Geld der Bauern verschwendet hatten. Altäre und Heiligenbilder wurden genauso geschändet wie Rechnungsbücher und Zinsbriefe. *Evangelium, Christus und Clemens Ziegler* war die Losung des einen Bauernhaufens, *Das Wort Gottes bleibt ewig* stand auf der Fahne eines anderen Trupps. Sie wurden immer mehr, immer selbstbewusster, und sie forderten lutherische Priester, die ihnen die christliche Freiheit verkünden sollten. Diejenigen, die nicht auf das Evangelium schwören wollten, sollten dazu gezwungen werden. Straßburg gegenüber bekundeten die Bauern jedoch Untertänigkeit und Gehorsam. Trotzdem schien der Rat Angst zu haben, dass sich auch die Straßburger Bürger den Bauern anschlossen. Zwei Fähnlein Fußvolk wurden in Dienst genommen, die Handwerksgesellen bewaffnet und die Mauern und Tore schärfer bewacht. Boten wurden von Zunftstube zu Zunftstube geschickt, um die Bürger an ihren Treueschwur zu erinnern. Auch befragte man die Zunftmitglieder nach ihren Meinungen. Was hielten sie von den Forderungen der Bauern? Würden sie die mit ihren Gütern in die Stadt geflüchteten und zu Bürgern aufgenommenen Adeligen und Geistlichen gegenüber den heranrückenden Bauern verteidigen? Parallel dazu nahm der Rat die Geistlichen in die Pflicht: Ihre Vorrechte wurden aberkannt, sie mussten Steuern zahlen und wurden unter die Gerichtsbarkeit der Stadt gestellt.

Außerhalb der Stadtmauern wurde die Lage zunehmend brenzliger. Schließlich forderten der Landvogt und der Bischof den streng katholischen Herzog Anton von Lothringen zur Niederwerfung der Bauern auf. Viele Straßburger hofften, dass die Bauern zu Verstand kommen und beim Anrücken der Lothringer auseinandergehen würden, doch nichts dergleichen geschah. Obgleich die Bauernhäuflein bei Zabern kapitulierten, wurden sie niedergemetzelt, und nur drei Tage später wurde bei der Schlacht bei Scherweiler dem Bauernaufstand im Elsass ein blutiges Ende bereitet. Zwanzigtausend Bauern, so hieß es, hatten auf den Schlachtfeldern ihr Leben gelassen. Schon kurz darauf standen ihre Frauen und Kinder vor den Toren Straßburgs und suchten in der Stadt Zuflucht.

Margarethe stutzte. War das nicht die Stimme von Katharina Zell, die aus der Druckerei zu ihr nach oben drang? Sie näherte sich der Treppe und lauschte. »Das ist der junge Herr Beck, ein Drucker«, sagte die Schützin. Die Worte versetzten Margarethe einen Schock. Ein junger Drucker Namens Beck. Reinhard – das war so lange her, als sei es in einem früheren Leben gewesen. Sprachen sie über Margarethes Sohn, Johann Beck? Aber er war doch nur ein Lehrling, und dazu passten die nächsten Worte der Pfarrfrau nicht. »Er wird für meinen Mann einen Katechismus für Kinder drucken. Der Pfarrherr hat vollstes Vertrauen zu ihm. Das Buch soll eine Hilfestellung für Eltern werden, damit sie ihre Kinder im Glauben unterweisen können. Ich wollte ihn Euch vorstellen, vielleicht kann er bei Euch arbeiten.« Um was für einen Beck handelte es sich? Könnte es ein Verwandter, ein Bruder ihres Mannes sein? Würde er aussehen wie Reinhard? Dieser Gedanke jagte ihr einen Schrecken ein.

Wie schlafwandlerisch angezogen, ging sie die Stufen hinunter. Sie sah jetzt, wie Johannes den Besuchern breitbeinig gegenüberstand. »Ihr meint, er würde umsonst für mich arbeiten und könnte dafür diesen Katechismus auf meinen Pressen drucken? Genau das habe ich meiner Margarethe auch vorgeschlagen. Sie war Witwe damals, eine richtige Wildkatze. Furchtlos wie die heilige Margarethe, als sie den Drachen besiegt. Aber du kommst zu spät, Beck. Die Drachenkämpferin ist gezähmt.« Johannes Schwan lachte grob. Die Pfarrfrau blickte beschämt zur Seite.

Der Mann, den er angesprochen hatte, wirkte mit seinen dunkelblonden gelockten Haaren und der Röte, die auf seinen Wangen glühte, sehr jung, doch seine breiten Schultern bewiesen, dass er der anstrengenden Arbeit des Druckens gewachsen war. Sie spürte, wie Erleichterung sie durchflutete, weil er keine Ähnlichkeit mit ihrem verstorbenen Ehemann besaß. »Ihr missversteht meine Absichten, Meister Schwan«, sagte er mit einer tiefen, aber erstaunlich klaren Stimme.

Johannes schlug ihm auf die Schulter und lachte noch lauter. »Kommt ein andermal vorbei, Beck, vielleicht habe ich dann Verwendung für Euch. Derzeit ist meine Presse ausgelastet«, sagte er. Der junge Mann stimmte nicht in das Lachen ein, ja, er lächelte nicht einmal. Dennoch nahm er freundlich das Angebot ihres Mannes an.

»Man hört, Ihr plant, die Kirchenordnung der Stadt zu drucken«, mischte sich die Pfarrfrau ein. »Mein Mann ist davon nicht sehr angetan. Sind doch noch nicht alle alten Unsitten abgeschafft und alles Neue eingerichtet.« Margarethe verharrte gespannt. Wie würde Johannes auf diese Kritik reagieren?

Er sah Katharina Zell scharf an. »Ich halte es damit wie Ihr mit dem Katechismus für Kinder: Die Gläubigen sollen wissen, wie das Wort Gottes zu Straßburg erneuert wurde, wie man die Einsegnung der Ehe und die Taufe heutzutage begeht. Wenn wir darauf warten, bis sich die Pfaffen einig sind, nimmt die Unsicherheit bei den einfachen Leuten nur noch mehr zu. Die Menschen brauchen etwas, woran sie sich festhalten können. Sie wollen nachlesen, was im Gottesdienst geschieht und wie man das Abendmahl heute feiert.« Margarethe musste an die prächtigen Messbücher denken, die schon ihr Vater und ihr erster Mann herausgebracht hatten. In gewisser Weise setzte Johannes diese Tradition fort. Es war nichts Falsches an seinem Plan, im Gegenteil, die neue Gottesdienstordnung herauszugeben war eine der verdienstvollsten Aufgaben, die ein Drucker heutzutage übernehmen konnte. Johannes Schwan war dem gewachsen, weil er mit der Verkündigung des Glaubens wie kaum ein anderer Drucker der Stadt vertraut war, Wolfgang Köpfel vielleicht ausgenommen, der, wie man munkelte, an einem ähnlichen Werk arbeitete. Aber so, wie es aussah, war Johannes schneller. Dieses Buch würde den Ruhm ihrer Druckerei mehren und ihnen einen hübschen Verdienst bescheren.

Leise trat sie auf die nächste Stufe, ein Knarren erfüllte den Raum. Die drei sahen zu ihr auf. »Da ist sie ja, meine Hausfrau Margarethe, die frühere Drachentöterin«, begrüßte Johannes sie.

Der Hauch von Stolz war fortgeweht, ein bitteres Gefühl stellte sich ein. Katharina Zell kam ihr entgegen, reichte ihr die Hand. »Ihr seht blass aus, Frau Margarethe, als hättet Ihr ein Gespenst gesehen. Ist Euch nicht wohl?« Margarethe kam hinunter und versicherte der Pfarrfrau, dass alles in Ordnung sei. Sie wagte kaum aufzusehen, weil sie fürchtete, Reinhard in den Augen des jungen Mannes wiederzuerkennen. Doch als Katharina Zell ihn als Balthasar Beck vorstellte, musste sie ihn anschauen. Er war wohl Mitte zwanzig, so groß wie sie, seine Augen schimmerten grün und die Haare fielen in widerspenstigen Locken auf seine Stirn, die ihm etwas Verwegenes gaben. Nein, von Ähnlichkeit mit Reinhard keine Spur. »Frau Margarethe, ich habe ein Anliegen. Ich suche ein weiteres Mal fromme Frauen, die Flüchtlinge aufnehmen können. Und Ihr habt doch so ein mitfühlendes Herz«, sagte die Schützin jetzt.

Bevor Margarethe antworten konnte, warf Johannes ein: »Mildtätig ist sie gewiss, aber Mitleid mit diesen Rotten gibt es in meinem Hause nicht.«

Die Pfarrfrau sah Margarethe unverwandt an. »Die Frauen und Kinder, die bei uns Hilfe suchen, haben nicht zum Haufen geschworen. Sie sind selbst Opfer des Bauernkriegs.«

Johannes wischte den Einwand einfach weg. »Dass die Obrigkeit böse und unrecht ist, entschuldigt weder Rotterei noch Aufruhr. Beide, Tyrannen wie Rotten, sind Gott feind.« Margarethe erkannte am Tonfall ihres Mannes, dass er kurz davor war, hitzig zu werden.

»Auch ich kenne diese Meinung, wie ich die Schriften von Doktor Luther kenne, in der er sie vertritt, das könnt Ihr mir glauben. Hat er meinen Mann und mich doch Ende letzten Jahres mit einem Brief beehrt. Wahre Gläubige erkennt man an der Nächstenliebe. Wer die Liebe Gottes erfahren hat, will auch dem Nächsten mit solcher Liebe begegnen. Für mich hat Mitleid mit meinen Glaubensbrüdern und -schwestern Vorrang, zumal wenn es Witwen und Waisen sind.« Katharina Zell ließ sich nicht beirren.

»Das sind die Worte eines Weibes, das mit seinem beschränkten Verstand die Ordnung der Welt nicht begreift«, sagte Johannes streng. Margarethe schämte sich, aber es kam noch schlimmer. »Wir haben keinen Platz hier. Meine Frau erwartet unser Kind. Denn Gott hat uns in seiner Gnade mit einem Kind belohnt.«

Die Farbe wich aus Katharina Zells Wangen. Margarethe wünschte, Johannes hätte diesen Satz nicht ausgesprochen, denn er war eine pure Gemeinheit. Oft schon hatte sie gehört, wie sich die Marktfrauen darüber das Maul zerrissen, dass die Schützin noch nicht empfangen hatte.

Margarethe nahm sie jetzt am Arm und führte sie hinaus. »Ich werde vorbeikommen, sobald es mir möglich ist, das verspreche ich. Ihr könnt sicher auch im Pfarrhaus Hilfe gebrauchen«, sagte sie. Johannes verabschiedete die Pfarrfrau nicht, er erneuerte lediglich das Angebot an den jungen Drucker. Was für einen Eindruck musste dieser Mann von ihnen bekommen haben? Er ließ sich jedoch nichts anmerken, sondern verabschiedete sich höflich von ihr und ging mit einem leichten Hinken hinaus.

Als Margarethe an Johannes vorbeiging und er sie wütend ansah, meinte sie nur: »Du kannst mir verbieten, Flüchtlinge in mein Haus aufzunehmen. Aber du kannst mir nicht den Dienst am Nächsten verweigern.«

Die Wege rund um Münster und Pfarrhaus waren mit Frauen und Kindern gesäumt, manche waren leicht verletzt, andere bettelten. Im Pfarrhaus war beinahe kein Durchkommen. Als sie Katharina Zell endlich gefunden hatte, war diese umringt von Hilfesuchenden und Helfern.

»Frau Margarethe, wie schön, dass Ihr hier seid. Wir können jede Hilfe gebrauchen«, begrüßte die Schützin sie.

Margarethe wurde von einer vorbeidrängenden Frau gestoßen, ein Kind schrie. »Es sind so viele«, sagte sie erschüttert.

»Über zweitausend. Glücklicherweise haben wir gerade eine gute Nachricht bekommen. Der Magistrat hat angeordnet, dass die Flüchtlinge im leerstehenden Barfüßerkloster untergebracht und aus städtischen Mitteln verpflegt werden sollen. Dort gibt es alles, was wir brauchen. Genügend Betten, eine große Küche …«

Sie konnte die Aufzählung nicht fortsetzen, weil eine Bäuerin, die verzweifelt nach ihren Kindern suchte, sie ansprach. »Was kann ich tun?«, hakte Margarethe noch nach.

»Die Verletzten müssen für den Transport vorbereitet werden, die Familien wieder zusammengeführt. Es gibt Kinder, die ohne Eltern hier angekommen sind. Kaum einer weiß, dass es ins Kloster geht«, rief Katharina Zell ihr zu. Es gab also viel zu tun, und am besten fing Margarethe einfach irgendwo an. Sie sah, dass sich bereits einige Nachbarinnen um die Verletzten kümmerten. Schwere Aufgaben würde sie in ihrem Zustand ohnehin nicht übernehmen können. Die Bauersfrau ruckte ungeduldig am Arm der Schützin.

»Ist schon jemand im Kloster und bereitet alles für die Ankunft der Flüchtlinge vor?«, fragte Margarethe noch.

»Nur Männer. Es wäre also gut, wenn auch eine Frau dort nach dem Rechten sieht«, meinte Katharina Zell und wischte sich fahrig eine Haarsträhne aus der Stirn, bevor sie sich der Bauersfrau zuwandte.

Sie passierte das Münster und lief in die Krämergasse hinein. Am Brunnen bog sie ab, ließ Pfalz und Münzgebäude links liegen und schritt geradewegs auf den Pfennigturm zu. Das massive, hoch aufragende Gebäude wirkte wie eine Festung, hier waren der Stadtschatz sowie die wichtigsten städtischen Urkunden und Privilegien verwahrt. Der Pfennigturm war eines der Wahrzeichen der Stadt und vermittelte Fremden sofort einen Eindruck von Straßburgs Macht und Größe. Auf der linken Seite schloss das Barfüßerkloster an den Turm an.

Margarethe betrat das Gebäude, das vernachlässigt wirkte. Die Franziskaner hatten es verlassen, die Flüchtlinge noch nicht bezogen. Verstreutes Stroh und kaputter Hausrat lagen auf dem Boden, ausgeblichene Flecken musterten die Wände an den Orten, wo früher Heiligenbilder gehangen hatten, aus einem Raum roch es streng nach Exkrementen. Bei den Tumulten um die Mönche Treger und Murner war es geplündert und geschändet worden, seitdem hatte hier niemand für Ordnung gesorgt. Sie ging zügig weiter und war froh, als sie Stimmen aus der Halle hörte. Ein Mann gab Anweisungen, die gar nicht so unverständig klangen, wie die Pfarrfrau es befürchtet hatte. Ja, es wirkte sogar so, als habe er sich Gedanken darüber gemacht, wie man der Massen am besten Herr werden könnte. Margarethe trat ein und sah zu ihrer Verblüffung, dass es Balthasar Beck war, der gesprochen hatte. Die Männer, die ihm zugehört hatten, machten sich daran, Tische und Bänke umzustellen. Beck humpelte auf sie zu.

»Willkommen!«, begrüßte er sie gutgelaunt und wies auf seinen Fuß. »Ich bin im Pfarrhaus zu nichts nütze, aber hier kann ich wohl mit anfassen. Glücklicherweise geht es meinem Knöchel jeden Tag besser.« Als er ihren neugierigen Blick sah, meinte er: »Ich half den Flüchtlingen nach Straßburg hinein, dabei vertrat ich mich in einem Graben. Der Knöchel ist dick, aber anscheinend nicht gebrochen.« Er war also mit den Bauern in die Stadt gekommen; war er etwa mit ihnen gezogen? Für ein längeres Gespräch war jetzt jedoch keine Zeit.

»Auch ich konnte im Pfarrhaus nichts ausrichten. Was kann ich hier tun? Ihr scheint bereits gut im Bilde zu sein«, sagte Margarethe.

»Die ersten Getreidesäcke und andere Nahrungsmittel kommen bald. Es ist zwar kein weiter Weg, dennoch werden die Frauen und Kinder Hunger haben, wenn sie eintreffen. Eine warme Mahlzeit dürfte es ihnen leichter machen, sich hier wohlzufühlen.« Er wies ihr den Weg in die Küche. Ihnen bot sich ein Bild der Verwüstung. Kessel und Töpfe lagen auf dem Boden verstreut, der große Tisch war umgeschmissen, Schemel waren zerschlagen, Schränke grob aufgestemmt worden.

»Plünderer«, stellte sie fest und begann aufzuräumen. Sie erwartete, dass Balthasar Beck den Raum verlassen würde, stattdessen half er ihr und summte dabei leise vor sich hin. Schließlich lag nur noch der Tisch mit der Platte auf dem Boden. Er sah sie fragend an. »Könnt Ihr mit anfassen?« Was meinte er? Sie hatte bislang keine Arbeit gescheut. Und ihren Zustand sah man ihr noch nicht an. Aber Johannes hatte ihre Schwangerschaft ja in seiner Anwesenheit erwähnt! »Natürlich«, beeilte sie sich zu versichern. Sie packten den Tisch an den Beinen und hoben ihn hoch. Margarethe strich sich über die geröteten Wangen. Balthasar Beck lächelte erneut und enthüllte dabei ebenso ebenmäßige wie weiße Zähne. »So gefallt Ihr mir besser! Ich hoffe nicht, dass es mein Anblick war, der Euch neulich so gespenstisch blass aussehen ließ.«

Sie stutzte. Er begegnete ihr mit einer Offenheit, die sie nicht gewöhnt war. »Ich … Ihr«, stotterte sie und ärgerte sich über sich selbst. Weshalb ließ sie sich von diesem jungen Spund so verunsichern? »Mein verstorbener Mann, er hieß auch Beck, wie Ihr«, gestand sie.

»Und so rechnetet Ihr tatsächlich mit einer Erscheinung.« Er sprach diese Worte ohne Spott aus. »Wie hieß er? Woher stammte er?«

»Reinhard Beck. Aus Köln.« Balthasar Beck schüttelte den Kopf, eine Locke fiel ihm in die Augen und er pustete sie kurzerhand zur Seite.

»Becks gibt es viele. Ich komme aus Kirchheim. Einen Reinhard gibt es in meiner Familie nicht, soweit ich weiß.«

Margarethe sah sich unsicher um, sie nahm einen Lappen, um

den Tisch sauberzuwischen. »Es war albern von mir«, murmelte sie. Als er näher kam, bemerkte sie, dass kleine Sommersprossen seine Nase zierten.

»Keineswegs. Es gibt vieles zwischen Himmel und Erde, das wir uns nicht erklären können«, sagte er.

Das Rumpeln der Karren unterbrach ihr Gespräch. Balthasar Beck zeigte den Männern, wo sie die Lebensmittel einlagern konnten. Nun kamen auch andere Helferinnen mit den ersten Flüchtlingen aus dem Pfarrhaus. Gemeinsam begannen sie, das Essen für die Obdachlosen vorzubereiten.

Als nach vielen Stunden alle versorgt waren, ließ sich Margarethe auf einen Schemel sinken. Balthasar Beck kam zu ihr, in der Hand hielt er eine Schale Suppe. Er hatte geholfen, wo er nur konnte, Verzweifelten Trost zugesprochen und mit Kindern gespielt. Einige der Flüchtlinge schienen ihn bereits zu kennen. Hatte er doch einem Bauerntrupp angehört?

Er reichte ihr die Schale, Margarethe hob jedoch dankend die Hand. »Ich muss gehen. Ich habe eine eigene Familie, die ich versorgen muss«, sagte sie.

»Ihr habt sie sicher nicht verlassen, ohne vorgesorgt zu haben.«

»Meine älteste Tochter ist da«, gab sie zu.

»Seht Ihr. Auf einen Moment mehr oder weniger kommt es nicht an. Ihr müsst essen. Wenn Ihr erst nach Hause kommt, wird Euch keine ruhige Minute bleiben.«

Margarethe kniff die Augen zusammen. »Woher wollt Ihr das wissen?«

»Ich habe vier Schwestern. Sie alle haben Familien. Mit unruhigen Minuten kennen die sich aus – und ich auch.« Ein Lächeln zupfte an ihren Mundwinkeln, sie gab ihm nach, nahm Löffel und Schale an sich und aß. Die Suppe tat ihr gut und gab ihr Kraft zurück, das spürte sie, Kraft, die sie zu Hause brauchte. Denn Johannes war es einerlei, ob sie den Flüchtlingen geholfen hatte. Es wurde spät, und als sie endlich ins Bett fallen konnte, schliefen alle anderen schon lange.

Grete und Renatus freuten sich, ihre Mutter begleiten zu dürfen. Johannes war erleichtert, weil die beiden Quälgeister, wie er sie nannte, heute nicht durchs Haus toben würden. Den Kindern erschien der Besuch im Barfüßerkloster wie ein Abenteuer. Doch als sie das große Gebäude und die weinenden Frauen, verwundeten Kinder und siechen Alten sahen, wollten sie doch lieber draußen bleiben. Margarethe zog aus ihrer Tasche zwei Brote und gab sie den Kindern, damit sie sie in die Küche bringen konnten.

Im Dampf der Kessel und Töpfe entdeckte sie Balthasar Beck. »Ich dachte, Ihr seid Drucker und kein Koch?«, sagte sie heiter.

Er schien sich nichts aus ihrem leisen Spott zu machen, sondern zuckte lächelnd mit den Schultern. »Vier Schwestern. Ich sagte es ja bereits.« Dann hockte er sich hin und sah ihre beiden Kinder an. »Habt ihr etwas mitgebracht?«

Renatus drückte das Brot an sich, er schien kurz davor, hineinzubeißen, doch Grete antwortete: »Brot für die Armen.«

»Wollt ihr es mir geben?« Balthasar Beck streckte die Hände aus. Grete reichte es ihm und nahm auch Renatus sein Brot ab. »Das ist sehr freundlich von euch. Es gibt einige Menschen, denen ihr damit eine Freude macht«, sagte er. »Wollt ihr in die Halle gehen? Dort sind viele Kinder, sie spielen.« Grete und Renatus sahen zögerlich ihre Mutter an. »Keine Angst. Es sind Kinder wie ihr. Sie spüren Furcht, wie ihr sie spürt. Und sie freuen sich, wie ihr euch freut«, ermunterte Balthasar Beck sie.

»Geht nur«, sagte Margarethe. »Ich bin hier in der Nähe und helfe.« Bruder und Schwester nahmen sich an den Händen und liefen los. Beck stand auf und sah Margarethe an. Sie blinzelte, sein Blick war so offen, dass es sie verwirrte. Verlegen sah sie sich um und bemerkte, dass es in der Küche anscheinend genügend Helfer gab. »Ich gehe dann mal in das Krankenlager«, murmelte sie und ließ ihn stehen.

Die Frau war vielleicht so alt wie sie selbst, aber die schwere Arbeit auf dem Feld hatte sie gezeichnet. Das Gesicht war von der

Sonne gegerbt, die Falten hatten sich tief in die Haut gegraben, die Hände waren rissig. Margarethe säuberte die Wunde an dem geschwollenen Bein mit Wasser. Als ob sie die Schmerzen überspielen wollte, sprach die Bäuerin: »Gott schütze mich, wenn ich das sage, aber es war eine Schande bei uns im Dorf. Die Alten gingen ohne Sterbesakramente in den Tod, Neugeborene mussten ohne Taufe sterben. Die Pfaffen kamen einfach nicht – und wenn, dann haben sie uns beschissen. Unser Seelsorger war ein Hurer. Das konnte doch so nicht weitergehen!« Zischend sog sie die Luft ein, als Margarethe das offene Fleisch mit einer Kräutertinktur bestrich.

»Und der Landesherr?«, versuchte Margarethe sie abzulenken.

»Der hat uns alles genommen. Alles, was zu Zeiten meiner Großeltern galt, zählt nicht mehr. Wenn man einen Hirsch in seinem Wald schießt, muss man ihn abliefern und eine Buße zahlen. Wir dürfen kein Eichenholz in den Wäldern aufklauben. Es ist verboten, in den Gewässern zu fischen. Aber die Steuern erhöhen, das kann er!« Als Margarethe ihr Bein verband und die Frau herzzerreißend stöhnte, hielt sie inne. Die Bäuerin packte ihre Hand. »Bindet es, bindet es fest. Ich muss doch zurück. Ich muss herausfinden, wo mein Mann und meine Kinder sind.« Margarethe wagte nicht zu fragen. »Die Kinder, ich hab sie bei der Flucht verloren. Verstecken sollten sie sich. Aber dann waren sie weg. Wenn nur die Landsknechte sie nicht gefunden haben!«, erklärte die Frau.

Mitleid erfasste Margarethe, vermutlich war es um die Kinder geschehen. »Ihr werdet sie finden, ganz bestimmt«, versuchte Margarethe sie dennoch zu trösten.

Die Bäuerin nahm die Hand ihrer Helferin und küsste sie. »Gott schütze Euch«, sagte sie. Margarethe stand beschämt auf. Was sie tat, war selbstverständlich. Wer Hilfe brauchte, sollte sie bekommen, und wer helfen konnte, sollte es tun.

Sie ging an den Betten vorbei, reichte einem jungen Mädchen Wasser und fing an, ihre Kinder zu suchen. Wie oft hatte sie in den letzten Tagen und Wochen Berichte wie den der Bäuerin gehört. Es war anscheinend schon lange nicht mehr so, wie der Stadtschreiber Sebastian Brant in seinem *Narrenschiff* geschrieben hatte, dass die Bauern ganz voll Geld stecken und versuchen, die Stadtbevölkerung an Prunk zu überbieten. Natürlich gab es in den Weinbaugebieten entlang der Vogesen Bauern, die reich waren, aber die meisten fristeten als arme Tagelöhner ihr Leben.

Grete und Renatus spielten nicht mehr mit den anderen Kindern. Margarethe spähte in viele Zimmer und wurde schließlich in der Küche fündig. Ihre Tochter und ihr Sohn saßen auf der großen Tischplatte und hielten orangefarbige Gebilde in den Händen. Als sie ihre Mutter entdeckten, strahlten sie sie an. Grete ließ sich vom Tisch gleiten und lief ihr entgegen, Renatus folgte ihr, das farbige Etwas hochgereckt. »Das hat Balthasar für uns gemacht!«, rief Grete stolz. »Schau es dir genau an, vielleicht lernst du es dann auch.« Margarethe nahm es in die Hand und drehte es vorsichtig zwischen ihren Fingern. Es waren Mohrrüben, die durch ein Schnitzmesser so zerlegt worden waren, dass sie wie Blüten wirkten.

»Wie schön! Aber ob ich das hinkriege …«, lachte sie. Balthasar Beck stand in der Nähe des Tisches und wischte sich die gefärbten Finger an einem Tuch ab. Ihre Blicke trafen sich. »Was Ihr alles könnt! Woher …?«, meinte Margarethe und fügte schnell hinzu: »Sagt nichts: vier Schwestern. Und die dazugehörigen Kinder natürlich.«

Die Menschen standen vor der Druckerei Schlange. Margarethe kam gar nicht mit dem Verkauf hinterher. »Die Straßburger Messordnung?«, fragte sie. Kaum einer kaufte ein anderes Buch, alle wollten nachlesen, wie man die Messe in der Stadt feierte, wie die Gebete lauteten und welche Lieder man sang. »Es ist gut, dass Ihr dieses Werk herausgebt. Bei den vielen Veränderungen der letzten Jahre weiß man schon gar nicht mehr, was man glauben geschweige denn beten soll«, sagte ein Mann. Margarethe stimmte ihm zu, bedankte sich für das Lob und bediente den Nächsten. Aus dem Inneren der Druckerei war das Dröhnen der Presse zu hören.

»Margarethe!«, hörte sie plötzlich einen Schrei. »Schaff mir die Kinder vom Hals!« Grete und Renatus mussten Johannes Schwan in der Druckerei wieder vor die Füße gelaufen sein, bei der vielen Arbeit hatte ihr Mann noch weniger Geduld mit ihnen als üblich. Sie wollte gerade den nächsten Kunden vertrösten, als er aus dem Haus stürmte. Mit jeder Hand hatte er ein Kind gepackt, erbost warf er sie in den Staub. Die beiden begannen zornig zu weinen.

Margarethe schloss ihre Kinder in die Arme. »Bleibt hier bei mir«, sagte sie. »Vorm Verkaufsstand könnt ihr spielen, so viel ihr wollt. Mich stört es nicht.« Renatus schniefte. »Oder nein, ich habe eine Idee: Ihr könnt helfen!« Begeistert nickte Grete. Margarethe nahm sie mit hinter ihren Verkaufstisch und erklärte ihr, wie sie die Kunden begrüßen sollte. Ein älterer Herr spielte das Spiel mit. Stolz wie eine Große stellte sich die Siebenjährige auf die Zehenspitzen, um ihm das Buch zu reichen und das Geld entgegenzunehmen. »Sehr gut, Grete, du bist eine große Hilfe«, lächelte Margarethe sie an.

Mit den Gedanken war sie jedoch bei ihrem Mann. Wie sollte es erst werden, wenn das Kind geboren war, fragte sie sich. Ein schreiendes Neugeborenes würde Johannes noch weniger aushalten. Aber vielleicht doch, denn es wäre ja sein eigenes Kind. Besser, sie hielt Grete und Renatus bis auf weiteres von ihm fern. Ihr fiel Balthasar Beck ein, der so ganz anders war als Johannes, aufgeschlossen, freundlich, fröhlich, der sich nicht an den Kindern störte. Sünde, schalt sie sich. Ich trage das Kind meines Mannes im Leib und denke an einen anderen! Wie gut, dass sie den jungen Drucker nicht so bald wiedersehen würde, denn viele Flüchtlinge waren nach Hause zurückgekehrt und für die restlichen gab es auch ohne sie genügend Helfer. Sie konnte sich wieder ganz auf ihr Haus und auf ihre Familie konzentrieren. Fast bedauerte sie es ein wenig.

Es musste der Teufel sein, der sie in Versuchung führen wollte, dachte sie, als im Sommer des Jahres 1525 Balthasar Beck von ihrem Mann in die Druckerei geführt wurde. Sittsam schlug sie die Augen nieder und ging mit ihren Kindern, die Beck fröhlich zuwinkten, zum Verkaufsstand. »Der junge Beck wird hier Zells Katechismus für Kinder drucken. Zum Ausgleich hilft er uns bei der Arbeit, dass du's nur weißt«, sagte Johannes zu ihr. Einige Minuten später verließ Johannes das Haus, allerdings ohne Balthasar Beck. Musste er zur Zunft? Hatte er den jungen Mann schon eingewiesen? Margarethe ging in die Druckerei und sah Beck unschlüssig vor dem Setzkasten stehen. Wolfgang und ihr Sohn arbeiteten an der Druckerpresse. Wolfgang wirkte verkniffen, und als Johann den Besucher ansprechen wollte, rief er ihn scharf zur Ordnung. Es war dem Altgesellen nicht recht, dass ein weiterer Drucker hier aufgetaucht war, so schien es zumindest. Margarethe überlegte, ob sie sich einmischen sollte. Fast hatte sie sich schon dagegen entschieden, da ging sie doch zu Beck. Es war auch ihre Druckerei, also konnte sie ihm auch alles erklären, wenn es ihr Mann schon nicht tat.

»Hat Johannes Euch schon alles gezeigt?«, fragte sie.

Er wiegte den Kopf hin und her. »Mehr oder weniger.«

Margarethe lächelte. »Also weniger. Kommt, ich führe Euch herum, dann könnt Ihr anfangen.« Sie forderte zunächst Wolfgang und Johann auf, den neuen Drucker willkommen zu heißen. »Der Meister hat entschieden, dass er hier arbeiten wird. Eine Zeitlang zumindest«, betonte sie. Die beiden kamen näher. Johann begrüßte ihn freundlich, Wolfgang nickte ihm stumm zu. Dann wies Margarethe ihn in die Gegebenheiten der Druckerei ein. Es machte ihr Spaß, weil ihr einmal mehr aufging, wie durchdacht diese kleine, funktionstüchtige Druckerei aufgebaut und eingerichtet war. Dabei versuchte sie herauszufinden, wie viel der neue Drucker von dem Handwerk verstand. Manches war ihm wohlbekannt, anderes schien ihm fremd. »Wo habt Ihr gelernt?«, fragte sie.

»In meiner Heimatstadt Kirchheim. Dort gibt es schon seit

vielen Jahren Druckwerkstätten. ›Klein Troja‹ nennt man sie oft im Druckvermerk. Mein Lehrmeister hatte bei Meister Hupfuff das Handwerk erlernt, der ja dann hier zu Ruhm kam. Bei meiner Gesellenwanderung habe ich in Konstanz und Basel haltgemacht«, erklärte Balthasar Beck.

»Meister Hupfuff, wirklich? Ich habe ihn gekannt, er war ein ausgezeichneter Drucker mit einem noch besseren Näschen für gute Bücher.« Ihr ging auf, dass sie damit einiges über ihr Alter verraten hatte, denn Balthasar war wohl acht Jahre jünger als sie. Andererseits konnte es ihr egal sein, er war ja nur ein Angestellter ihres Mannes.

Sie ging schnell weiter und zeigte ihm, wo sich das Papier und die Gerätschaften zur Herstellung der Farbe befanden. Als sie die Presse passierten, sah Wolfgang sie vorwurfsvoll an.

»Ihr kennt Euch gut aus«, sagte Balthasar Beck anerkennend.

Margarethe freute sich über das Lob, dann ging ihr Stolz mit ihr durch. »Mein Vater war Drucker, bei ihm habe ich gelernt. Später habe ich oft das Amt des Correctors übernommen«, verriet sie.

»Dann kann ich Euch ja fragen, wenn ich Hilfe brauche«, meinte Balthasar Beck. Ob das im Sinne ihres Mannes wäre? Margarethe nickte unverbindlich und ging hinaus, wo Grete und Renatus schon auf sie warteten.

Ging das schon wieder los! Es war, als ob Johannes beweisen musste, wer der Herr im Haus war. Seit Balthasar Beck Quartier unter dem Dach bezogen hatte und an ihren Mahlzeiten teilnahm, wurden die Diskussionen am Esstisch immer hitziger. In letzter Zeit teilte Johannes vor allem gegen die drei einflussreichsten evangelischen Pfarrer der Stadt aus, denn diese hatten Kritik an den neuen gedruckten Messordnungen geübt, weil sie etwas festhielten, das noch nicht abgeschlossen war. Wenn Clemens Ziegler dabei war, ging es besonders hoch her.

»Ihr wisst, auch ich kämpfe für das Evangelium. Aber was die

Pfaffen gemacht haben, kann ich nicht gutheißen. Zell, Bucer und Capito haben die Bauern aufgewiegelt, statt mit ihnen zu verhandeln. Sie haben ihnen doch erst den Floh ins Ohr gesetzt, dass sie rebellieren sollen«, schimpfte er.

Clemens Ziegler schob seinen Becher Wein weg. »Das ist nicht wahr! Die drei Pfarrherren haben die Bauern aufgefordert, auseinanderzugehen und Frieden zu bewahren. Empörung gegen die Obrigkeit werde von Gott hart bestraft, das haben sie gesagt, das weiß ich genau«, sagte er. Für seine Predigten vor den Bauern war Ziegler vom Straßburger Magistrat nicht bestraft worden, der Rat tolerierte also sein Verhalten.

Johannes schlug hart auf den Tisch. Margarethe, die auf ihren Teller gestarrt hatte, schrak zusammen. Balthasar Beck wirkte ernst. »Dann haben sie eben nicht deutlich genug gesprochen. Totschlagen muss man die aufständischen Bauern, wie tolle Hunde. Um keinen ist es schade. Und die Evangelisten, die sie aufwiegeln, sind schuld.«

Ziegler rückte den Stuhl ab und zwirbelte nervös die zwei Spitzen seines Bartes. »Das Landvolk im Elsass hat sich seit jeher gegen die Ausbeutung gewehrt. Die Bundschuher von 1513 und 1517 wollten auch nur das erlangen, was göttlich, billig und recht ist, nicht mehr und nicht weniger. Christus, unser Herr, war auch ein Laie und hat für Gerechtigkeit gekämpft – ist er mit seinen Aposteln denn auch ein Bundschuher gewesen?«

Jetzt sprang Johannes auf und stützte die Fäuste auf die Tischplatte. Streitlustig standen einige seiner roten Haare hoch, als sei er ein Hahn, der sich aufplustern müsse, um gleich darauf loszuhacken. »Luther, Luther! Immer hörten die Bauern auf Luther. Aber jetzt wollen sie nichts mehr von ihm wissen. Dabei sagt er ihnen, wo ihr Platz ist. Gott spricht durch Christus: *Wer das Schwert nimmt, der soll durch das Schwert umkommen*. Und in dem Brief des Paulus an die Römer heißt es: *Eine jegliche Seele soll der Obrigkeit untertan sein mit Furcht und Ehren*. Die Herrscher kommen von Gott, wer sich gegen sie auflehnt, wird verdammt.«

Leise erhob sie sich und stapelte die Teller aufeinander. Sie hatte solche Diskussionen schon zu oft erlebt. Aus ihrer Sicht war es nicht erstaunlich, dass viele Menschen sich von Luther abwandten. Sie hatten geglaubt, dass er mit ihnen für das gleiche Ziel kämpfte. Doch in letzter Zeit hatte er sein wahres Gesicht gezeigt. Er steckte mit den Fürsten unter einer Decke, machte gemeinsame Sache mit den Herrschenden gegen das Volk. Sie hoffte, dass Johannes die Kampfschrift *Wider die räuberischen und mörderischen Rotten der Bauern* von Martin Luther nicht nachdruckte. Dass er jetzt die entlaufene Nonne Katharina von Bora geheiratet hatte, erschien den meisten Christen in Straßburg hingegen nur folgerichtig – waren ihre Pfarrer doch längst verheiratet –, und die Altgläubigen hielten Luther ja ohnehin für einen Teufel.

»Was meint Ihr dazu, Beck?«, hörte sie ihren Mann sagen, als sie in die Küche gegangen war. Margarethe blieb hinter der Tür stehen und lauschte.

»Ich bin weder Prediger noch Politiker. Ich höre zu, ich beobachte. Ich habe meine Meinung. Aber ich will niemanden bekehren, überzeugen oder zwingen«, gab Beck ruhig zur Antwort.

»Und was ist Eure Meinung?« Johannes hatte einen giftigen Tonfall, als warte er nur auf die richtige Vorlage, um auszuteilen.

»Als ich hier herüberkam, bin ich durch viele Dörfer gelaufen. Ich habe mit den Menschen gesprochen, sie haben mir von ihrem Leben erzählt. Es ist ein elendes Leben. Es kann nicht Gottes Wille sein, wie mit den Bauern umgegangen wird. Auch sie sind Gottes Volk. Ich kann verstehen, dass sie sich auflehnen. Wenn sie darauf warten würden, dass ihre Herren etwas für sie tun, könnten sie auch gleich, wie sagt man hier, Gänse melken.«

Clemens Ziegler stimmte ihm zu, danach hörte sie Schritte. »Ich habe mir also einen Bauernfreund ins Haus geholt«, zischte Johannes. Ein erneutes Schrammen von Holz auf Holz. Einen Moment lang blieb es ruhig.

»Einen Menschenfreund wohl eher.« Die Stimme von Balthasar Beck klang so fest wie immer, er war ein beherzter junger Mann, der zu seinen Überzeugungen stand. Das Knarren der Stühle war zu hören, das Reißen von Stoff. Sie musste einschreiten. Als sie, die abgeräumten Teller noch immer in der Hand, wieder den Raum betrat, sah sie, dass Johannes den jungen Drucker am Kragen gepackt hatte.

Clemens Ziegler drängte sich gerade dazwischen. »Beck ist, wie du weißt, nicht der einzige Bauernfreund hier.«

Immer dieser Streit! Die Teller fielen ihr aus der Hand und zersprangen auf dem Boden. Die Männer sahen sie überrascht an. »Ungeschicktes Weib«, schimpfte Johannes. Balthasar Beck machte sich los und half ihr, die Scherben aufzuheben. »Was soll das, Beck? Für einen Witwentröster ist es schon zu spät. Ich war schneller«, meinte ihr Mann und seine Mundwinkel hoben sich zu einem Grinsen.

»Man kann auch ohne Hintergedanken einer Frau zur Hand gehen«, sagte Beck. Johannes lachte laut auf und legte ihrem Gast den Arm um die Schultern. Der junge Drucker wirkte unbehaglich, lächelte jedoch zurück. Eine Prügelei würde es heute wohl nicht mehr geben.

In der Nacht lag sie wach, strich über ihren größer werdenden Bauch und fühlte in sich hinein. Diese Schwangerschaft verlief anders als die vorherigen. Für ein derartiges Ziehen war es zu früh, viel zu früh. Sie musste sich so weit wie möglich schonen, sonst wäre es ihre Schuld, wenn sie das Kind verlor. Oder lag es daran, dass sie sich dieses Mal nicht so freute? Ob das Ungeborene spürte, wie sehr sie seinen Vater inzwischen verabscheute? Einen Vorteil hatte die Schwangerschaft zumindest: Johannes ließ sie in ihrem ehelichen Lager in Ruhe. Auch heute hatte er sich wortlos zu ihr gelegt und bald darauf durchdringend geschnarcht. Sie drehte sich um, doch der Rücken tat ihr weh und ihr war übel. An Schlaf war nicht zu denken. Also stand sie auf, legte sich ein Tuch um und schlich in die Werkstatt. Zwischen den Häusern sah sie das erste Licht des Tages heraufziehen. Sie ging zwischen den Tischen und Schränken hindurch und entdeckte, dass Beck gestern Abend noch weitergearbeitet haben musste. Er hatte angefangen, eine Seite zu setzen. Sie betrachtete den Satz, entdeckte einen Fehler und stellte Lettern um, damit das Druckbild schöner aussah. Er würde es wahrscheinlich gar nicht merken. Zufrieden ging sie wieder nach oben, um sich anzukleiden.

»Wenn ich es doch sage, ich habe den Satz nicht angerührt!« Wolfgang war erbost.

»Es ist ja kein Vorwurf, ich wundere mich nur …«, versuchte Balthasar Beck ihn zu beruhigen.

»Ich fass doch deine Arbeit nicht an! Ich hab anderes zu tun!«

»Schon gut, schon gut.« Balthasar Beck hob beschwichtigend die Hände.

Margarethe, die gerade mit der Magd die Wäsche die Treppe hinuntertrug, durchfuhr es heiß. Sie hatte es nur gut gemeint. Wenn sie jetzt aber zugab, dass sie in der Druckerei etwas angefasst hatte, würde sie sich einen Rüffel ihres Ehemanns einhandeln.

»Ist etwas nicht in Ordnung?«, fragte sie, als sie den Korb am Treppenfuß abgestellt hatten und verschnauften.

»Er meint, ich hätte an seinem Satz herumgepfuscht«, brummte Wolfgang.

»Zumindest ist etwas anders als gestern Abend«, sagte Beck.

»Könnt Ihr kurz mit anfassen?«, fragte sie Balthasar Beck und wies auf den Korb. »Mein Rücken …« Balthasar Beck packte sofort mit an und trug den Korb vor die Tür. Von hier aus würde die Magd alleine weitermachen. Als er wieder hineinging, dankte Margarethe ihm und flüsterte, dass sie die Lettern verändert habe. Erstaunt sah er sie an und nickte. Sie würde es ihm erklären müssen, aber jetzt waren weder Zeit noch Ort dafür.

Die Wochen gingen ins Land, der Sommer neigte sich dem Ende zu und der Herbst kam. Margarethe hatte keine Gelegenheit, mit Balthasar Beck zu sprechen. Die Presse stand kaum still. Die neue Messordnung, Schriften von Clemens Ziegler und Andreas Keller wurden genauso gedruckt wie Martin Luthers *Brief an die Christen zu Straßburg*. Eines Tages überraschte Johannes sie mit der Nachricht, dass die letzten Jahre ihnen so viel eingebracht hatten, dass er das Haus am Holzmarkt kaufen konnte; von hier würde sie nun niemand mehr vertreiben können. Balthasar Beck kam in dieser Zeit kaum dazu, an *Frag und Antwort für Kinder* zu arbeiten. Wenn sie bemerkte, dass er eine neue Seite gesetzt hatte, nahm sie Korrekturen vor, er aber wunderte sich nicht mehr darüber, sondern dankte ihr wortlos.

Margarethe fielen die täglichen Arbeiten immer schwerer. Furcht überfiel sie bei dem Gedanken an die Geburt. Und ihre Ahnung trog sie nicht. Die Niederkunft brachte sie an die Schwelle zwischen Leben und Tod und hinterließ eine Lücke in ihrem Gedächtnis. Ihre Erinnerungen endeten mit dem Beginn der ungewohnt heftigen Wehen und setzten erst wieder ein, als das Kind schon auf der Welt war, die Zeit dazwischen hatten die Schmerzen ausgelöscht. Tagelang dämmerte sie todkrank dahin. Wie im Traum sahen ihre Kinder sie besorgt an. Ihren Mann erblickte sie nicht, aber ein anderes Gesicht, das einer jungen Frau mit einer Kopfbedeckung, die ihr ganzes Haar verbarg. Sie kam ihr bekannt vor, war sie ein Himmelsgeschöpf? Es war verwirrend, aber auch anstrengend, darüber nachzudenken. Müde, sie war vor allem müde, und ihr Leib schmerzte, als züngelten die Flammen des Fegefeuers an ihm.

Der Himmel war grau, und dicke Tropfen prasselten an die Scheibe, als sie eines Morgens die Augen aufschlug und wieder halbwegs genesen war. Sie wollte sich aufsetzen, aber ihre Arme waren schwach und schienen den Körper nicht mehr hochstemmen zu können. Wo war ihre Kraft geblieben? Wie lange hatte sie gelegen? Barbara kam herein, das Neugeborene auf dem Arm. Das Mädchen hieß Elisabeth, nach Johannes' Mutter, die Hebamme hatte eine Nottaufe vollzogen. Die Entscheidung über die Taufe war ihnen also abgenommen worden. Aber Barbara brachte noch jemanden mit, es war die junge Frau. Jetzt erst erkannte Margarethe, dass es sich um ihre älteste Tochter handelte.

Juliane stürzte auf sie zu, kniete sich an ihr Bett und umschloss ihre Hände. Tränen strömten über ihr Gesicht. »Mädchen! Was ist geschehen? Ist das Kloster doch noch aufgegeben oder überfallen worden?«, fragte Margarethe, obgleich sie es sich kaum vorstellen konnte; sogar während des Bauernkriegs, als der Rat die Nonnen aufgefordert hatte, die Klöster zu verlassen, waren die meisten geblieben.

»Er hat mich aus dem Kloster geholt. Du stirbst, sagte er. Ich kam fast um vor Sorge!« Die schmalen Schultern zuckten unkontrolliert.

Margarethe beugte sich vor, um sie zu trösten, und strich ihr leicht über den Kopf. »Komm, umarme mich. Ich freue mich so, dich zu sehen.«

Juliane setzte sich neben sie und ließ sich scheu in die Arme schließen. Ihre Tränen benetzten Margarethes Gesicht. »Ich soll hierbleiben«, schniefte sie. »Aber ich will hier nicht leben. Ich will zurück ins Kloster. Ich bin ihm nur gefolgt, weil ich Angst hatte, dass du stirbst!« Margarethe summte ein Lied, wie sie es tat, um Grete oder Renatus zu beruhigen, und tatsächlich versiegten Julianes Tränen bald und auch ihr Atem ging langsamer. »Ich muss in die Kirche. Ich muss beten. Ich muss Gott danken, dass es dir besser geht. Aber wo soll ich nur hingehen? Unsere Liebfrauenkirche ist entweiht«, sagte sie verzweifelt.

Ihre Mutter sah sie ernst an. »Es ist noch immer das Münster, das du kennst. Es fehlen nur ein paar Bilder, Kerzen und Altäre. Schließ die Augen und stell dir vor, wie es früher war, dann entdeckst du die Kathedrale wieder, an die du dich erinnerst.«

Sie versuchte, Juliane bei sich zu halten, doch ihre Tochter war so unruhig, dass sie sie in die Kirche gehen lassen musste. Außerdem forderte die kleine Elisabeth ihre Aufmerksamkeit ein. Margarethe nahm von Barbara das Kind entgegen, wollte es anlegen und bemerkte erst jetzt, dass ihre Brüste nicht, wie sonst, von der Muttermilch spannten. »Du warst zu lange krank«, sagte ihre Stieftochter. »Wir haben eine Amme für sie gefunden. Eine kräftige Frau mit einem guten Charakter.« Das Kind war anscheinend satt und zufrieden, ausgestreckt lag es zwischen den Brüsten und war schnell eingeschlafen. »Ich muss es bald zu ihr zurückbringen«, fügte Barbara entschuldigend hinzu. Kummer ergriff Margarethe, dieses kleine Wesen war doch ihr eigen Fleisch und Blut. Aber es blieb ihr nichts anderes übrig.

»Wo bleibt mein Mann? Fragt er zumindest nach mir?«, lenkte sie ab. Als Barbara schwieg, setzte Margarethe ungläubig hinzu: »Er fragt nicht einmal? Ist es ihm egal, was mit mir geschieht?«

»Das wohl auch nicht«, meinte Barbara schwach.

Margarethe spürte, wie mit ihrem Widerspruchsgeist auch ihre Gesundheit zurückkehrte.

Ein Knarren, eine Kerze, die im Windzug der offenen Tür flackerte, leise Schritte. Sie rieb sich die Augen. Wer kam zu nachtschlafener Stunde an ihr Bett? Das Licht näherte sich und sie erkannte ihre Tochter Juliane. Sie sah bitterernst aus, die Augenlider waren geschwollen. Es tat ihr weh zu sehen, wie diese junge Frau litt. »Du brauchst dich um mich nicht mehr zu sorgen. Es geht mir schon besser, Liebes«, sagte Margarethe leise.

Juliane kniete sich neben das Bett und stützte die Ellenbogen auf das Lager, als wolle sie beten. »Ich weiß, Mutter. Eben darum bin ich hier.« Margarethe hob die Hand und strich ihrer Tochter über die Wange. Das Mädchen – so jung wirkte es auf einmal! – ließ seinen Kopf auf die Handfläche sinken und nässte sie mit Tränen. Der Docht der Kerze brizzelte leise und sprühte kleine Funken, als er unreines Wachs verbrannte. Eine Zeitlang war nur Julianes leises Schluchzen zu hören. »Ich kann hier nicht bleiben. Die vielen Menschen, der Lärm. Der Teufel glotzt um jede Ecke. Und der entlaufene Mönch … Vater soll ich ihn nennen … er ist … ein Abgesandter der Hölle. Alles ängstigt mich.«

Margarethe wischte die Tränen vom Gesicht ihrer Tochter. »Das wird aufhören. Du wirst dich daran gewöhnen. Du wirst sehen, irgendwann wird es dir gefallen. Es gibt so viel zu entdecken auf dieser Welt«, sagte sie.

»Nicht für mich. Ich habe meine Welt gefunden. Dort gibt es genug, mehr als genug«, flüsterte Juliane, küsste die Finger ihrer Mutter und pustete die Kerze aus. »Verzeih mir, bitte verzeih mir«, hörte Margarethe noch, bevor sich die Tür hinter ihr schloss. Margarethe konnte sich denken, was das hieß. Juliane würde ins Kloster zurückgehen. Deshalb waren die Ereignisse des nächsten Morgens keine Überraschung für sie. Wie hätte sie Juliane aufhalten können? Sie musste ihr Zeit geben, sie langsam an das Leben außerhalb der Klostermauern gewöhnen. Es war ungeschickt von Johannes gewesen, sie aus ihrer vertrauten Umgebung zu reißen. Wenn sie wieder gesund wäre, würde sie Juliane im Kloster aufsuchen und beschwören, dass sie sie nach Hause begleitete, für einige Tage in der Woche wenigstens.

Johannes polterte die Treppe herauf und riss die Tür auf. »Wo ist sie?«, schrie er.

Margarethe setzte sich auf, tat unwissend. »Wer?«, gab sie zurück.

Er sah hinter die Vorhänge, unters Bett, beinahe hätte er ihr die Decke weggezogen, aber er begnügte sich doch damit, den Zipfel zu heben. »Juliane natürlich!«, fauchte er.

Sie schob seelenruhig die Decke wieder unter ihre Beine. »Sie war heute noch nicht da. Aber ich freue mich, dass du endlich nach mir siehst. Es geht mir besser. Bald kann ich aufstehen«, sagte sie.

»Das wird auch Zeit. Die Haushaltung lässt zu wünschen übrig. Ewig laufen einem die Kinder vor die Füße. Und dann das

Geschrei.« Er kam auf sie zu. Seine Wangen waren rot gefleckt, ein Augenlid zuckte nervös.

»Du arbeitest zu viel«, sagte sie mit einem Anflug von Mitleid.

»Ich muss. Die Schriften müssen unter die Leute. Die Wahrheit muss ans Licht. In der Zunft ist nur Chaos. Jeder bekriegt jeden.« Und du bekriegst alle, dachte Margarethe, sprach es aber nicht aus. Er hakte seine Finger in ihre Armbeuge und versuchte sie hochzuziehen. »Komm jetzt, am besten gleich, richte dein Haus«, forderte er.

Margarethe schob die Beine aus dem Bett, er zog sie hoch, doch schon durchfuhr sie ein stechender Schmerz und sie schrie auf. »Die Wunde …«, keuchte sie, »heilt nur langsam.«

Er warf sie auf das Lager zurück, sie presste die Hände auf den Leib. Johannes sah sie abschätzig an. »Ich werde Juliane zurückholen«, sagte er. Mit einem lauten Knall schmiss er die Tür zu. Kaum war er gegangen, kam Barbara und flößte ihr einen schmerzstillenden Kräutersud ein. Dankbar leerte Margarethe den Becher bis zur Neige und fiel in einen tiefen Schlaf.

»Psst, wir wollen sie nicht wecken«, flüsterte eine Stimme.

»Ich will nur nach ihr sehen. Vorhin hat sie geschrien. Barbara wollte nicht sagen, wie es ihr geht«, antwortete eine andere.

»Jetzt schläft sie. Ein Kranker braucht Schlaf, um wieder gesund zu werden.«

»Ich weiß. Ich will sie ja auch nicht wecken. Ich möchte mich nur vergewissern, das alles in Ordnung ist.«

»Sie schläft ganz ruhig, das siehst du doch. Sie … lächelt sie etwa?«

Als Margarethe den ungläubigen Tonfall hörte, schlug sie die Augen auf. Johann und Balthasar Beck standen vor dem Bett, beide wirkten merkwürdig verkrampft, weil sie auf Zehenspitzen liefen, der Jugendliche und der junge Mann schienen sich gut zu verstehen. »Wer könnte schon bei dieser Unterhaltung schlafen!«, sagte sie und lächelte sie an.

Seufzend ließen sich die beiden auf ihre Fußsohlen sinken. »Wir wollten dich nicht wecken –«, fing ihr Sohn an.

»Ihr wollt nur nach mir sehen. Ja, das habe ich gehört.« Röte zog über sein Gesicht. Sie winkte ihn heran. »Setzt euch zu mir.« Johann nahm an ihrer Seite Platz, Balthasar setzte sich auf einen Hocker.

Ihr Sohn berichtete, dass Johannes Schwan wutentbrannt das Haus verlassen habe und bislang nicht wieder aufgetaucht sei. Vielleicht sei er, vermutete Johann, direkt zur Zunftsitzung gegangen. Auf jeden Fall hatten Balthasar und er sich überlegt, dass es besser sei, wenn sie einmal kurz in ihrer Kammer nach dem Rechten sehen würde. Unter seinem dichten schwarzen Haarschopf warf Johann ihr immer wieder verschämt prüfende Blicke zu. Margarethe sagte ihm, dass sie sich besser fühle, und das tat sie tatsächlich. Sie spürte in sich hinein, und es kam ihr vor, als sei da ein Hohlraum in der Bauchgegend. »Ich glaube«, lächelte sie, »ich habe sogar Hunger.«

Johann sprang auf. »Dann musst du essen ... sofort ... Ich werde dir etwas holen«, rief er. Die Erleichterung in seiner Stimme war nicht zu überhören. Auch wenn er ihr Großer war und schon bald seine Gesellenzeit antreten würde, blieb er doch ihr Kind. Sie bat ihn zu warten, bis Barbara kam, aber er ließ sich nicht davon abbringen. Balthasar bot an, ihm zu helfen, aber Johann bestand darauf, dass er bei seiner Mutter bliebe, um Hilfe zu holen, falls sich ihr Zustand doch wieder verschlechtern sollte. Erst jetzt fiel ihr ein, dass sie höchstwahrscheinlich fürchterlich aussehen und möglicherweise auch streng riechen musste. Barbara hatte sie gewaschen, aber wie lange war das her? Sie zog die Decke höher und bemerkte, dass Balthasar einen Fleck an der Zimmerdecke fixierte. Wie albern, schalt sie sich plötzlich und fragte: »Was macht Euer Buch?«

Er sah ihr in die Augen. »Es ist fertig. Ich muss nur noch die Zeit für die Korrektur finden. Aber immer wieder kommt etwas dazwischen. Ihr wisst ja, in der Druckerei Schwan geht es rund.«

»Bringt es mir«, bot Margarethe an.

Er zog die Brauen erstaunt hoch. »Aber ihr …«, begann er.

»Es geht bergauf. Mein Körper ist noch schwach, aber mein Geist wurde ja nicht in Mitleidenschaft gezogen«, sagte sie. Johann kam herein und brachte ihr eine Schale. Margarethe setzte sich auf und begann zu essen. »Hühnersuppe, köstlich«, sagte sie nach ein paar Löffeln und fügte hinzu: »Ich bin gespannt, was Meister Matthis zu Papier gebracht hat. Vielleicht kann ich es ja bei meinen Kindern anwenden.« Ihr kam ein Gedanke. »Oder zweifelt Ihr an meinem Können?« Ein kräftiges Rosa schien Balthasars Wangen zu überziehen. »Zweifelt nicht. Bringt es mir einfach.« Sie gab Johann die leergekratzte Schale und reckte sich. »Und nun lasst mich schlafen. Hier geht es ja zu wie in einem Taubenschlag.«

Die jungen Männer erhoben sich, und noch bevor sie die Treppe erreicht hatten, hörte sie schon, wie ihr Sohn erklärte: »Natürlich kann sie es. Mein Großvater, Johann Prüß der Ältere, hat Wert darauf gelegt, dass meine Mutter …« Sie drehte sich zufrieden auf die Seite, der Besuch der beiden hatte sie aufgemuntert.

Bevor sie einschlief, zogen die letzten Stunden vor ihrem inneren Auge vorbei. Um Juliane sorgte sie sich nicht. Die Äbtissin würde zu verhindern wissen, dass Johannes sie erneut aus dem Kloster holte, und wenn sie die angegriffene Gesundheit ihres Zöglings vorschieben würde. Ihr selbst ging es besser. Sie war zuversichtlich, dass die Kraft langsam in ihren Körper zurückkehren würde. Die Kraft, ein Buch auf Fehler durchzusehen, hatte sie. Es wäre allerdings besser, wenn Johannes es nicht erfuhr. Ihm würde sie noch nicht genug entgegensetzen können.

Sie erwachte, weil aus dem Erdgeschoss Geschrei zu hören war. Verwirrt blickte sie um sich und entdeckte auf dem Boden die Papiere. Balthasars Buch! Sie streckte sich nach dem Probedruck und versteckte ihn, keinen Augenblick zu früh, unter der Bettdecke. Johannes Schwan stürmte herein. »Wollte mich der Bengel doch tatsächlich davon abhalten, zu dir zu gehen. Du bräuchtest deine Ruhe, meinte er. Na, dem habe ich's gegeben!«, schimpfte er. Margarethe zuckte zusammen. Er hatte Johann geschlagen? Es wäre nicht klug, jetzt danach zu fragen. Wutentbrannt berichtete Johannes ihr, dass Juliane wieder ins Kloster zurückgekehrt war und die Äbtissin ihm den Zutritt verweigert hatte. »Mir! Dem Vater«, schrie er entrüstet. »Ich werde den Rat anrufen!«

Sie tat, als überrasche die Neuigkeit sie. »Ja, tu das«, murmelte sie. Was für ein fürchterlicher Mensch, sie ertrug ihn kaum noch. Wie hatte sie sich nur so in ihm täuschen können?

Sie presste die Hände auf den Leib und verzog gequält das Gesicht. Er lief hinaus, das hatte sie gewollt. Ihre Stieftochter kam aufgeregt herein, auf dem Arm trug sie Elisabeth. Margarethe beruhigte sie, erkundigte sich aber sogleich nach ihrem Sohn; Johannes hatte ihm tatsächlich eine Ohrfeige verpasst, sonst gehe es ihm aber gut. Groll überfiel sie, es war typisch für Johannes, seine Wut an dem Jungen auszulassen. Sie nahm Elisabeth an sich, fast bedauernd gab Barbara sie her. Margarethe legte den Säugling auf ihren Bauch. Sie musste ihr Kinn hinunterbeugen, um in das kleine Gesicht zu sehen. Elisabeth saugte an der eigenen winzigen Faust. In der Obhut Barbaras und der Amme hatte sie sich von der Geburt erholt. Das Wesen erfüllte Margarethe mit einem warmen Gefühl und zugleich mit einem Anflug von Trauer. Sie würde nie wieder Kinder bekommen können, das hatte die Hebamme ihr unmissverständlich zu verstehen gegeben. Es war das letzte Mal, dass sie etwas Derartiges erleben würde. Schlagartig fielen ihr die Schrecken der Geburt ein, und die Wehmut verblasste. Sie hatte sechs Kinder, alle waren gesund. Was wollte sie mehr?

Kaum war Ruhe ins Haus eingekehrt, weil Johannes zur Zunftstube gegangen war, klopfte jemand. Die Tür ihrer Kammer öffnete sich und Balthasar Becks Kopf schob sich durch den Spalt. Margarethe bat ihn herein und entschuldigte sich, dass sie den

Druck noch nicht zu Ende durchgesehen hatte. Sie hatte ein paar Mal damit begonnen, aber noch immer fiel es ihr schwer, längere Zeit eine halbwegs aufrechte Position einzunehmen. »Dabei wird mir langweilig! Je besser es mir geht, umso unruhiger macht mich meine Lage«, gestand sie und lachte auf. »Oje! Ich klinge ja schon wie ein altes krankes Weib! Was müsst Ihr nur von mir denken!«, sagte sie.

»Das sollte Eure geringste Sorge sein. Kranksein ist ja keine Schande. Wenn Ihr nur wieder auf die Füße kommt«, meinte er. »Alle vermissen Euch.« Er klemmte eine besonders widerspenstige Strähne hinter das Ohr. »Soll ich Euch die Zeit verkürzen? Ich könnte Euch das Buch vorlesen«, bot er an. Margarethe überlegte einen Augenblick. Schicklich war es nicht gerade, wenn ein unverheirateter Mann ihr Gesellschaft leistete. Andererseits, jeder konnte sehen, dass sie kaum in der Lage war, etwas Sündhaftes zu treiben. Und Vorlesen, und noch dazu einen Katechismus für Kinder, konnte doch keine Sünde sein. Sie nahm das Angebot gerne an. Balthasar Beck stellte den Hocker neben den Tisch mit der Kerze und begann vorzulesen. Meister Matthis hatte die neuen Glaubensgrundsätze und Gebete so in Fragen und Antworten verpackt, dass sie für Eltern und Kinder verständlich waren. Es war ein gutes, ein wichtiges Buch, das sicher viele Käufer finden würde, wenn der junge Beck es endlich fertigstellte.

Von da an suchte Balthasar Beck sie regelmäßig auf, sobald Johannes Schwan das Haus verlassen hatte, um ihr vorzulesen. Nachdem er ihr einige Seiten vorgetragen hatte, berichtete er ihr über den neuesten Klatsch und die Vorgänge in der Zunft. Die Unterhaltungen mit ihm wurden ihr zur lieben Gewohnheit.

Jeden Tag stärkte sie nun ihre Glieder, erst vom Bett aus, dann setzte sie sich auf, schließlich konnte sie für kurze Zeit das Lager verlassen. Als sie eines Abends in ihrem Zimmer auf und ab ging, trat Balthasar Beck in ihre Kammer. »Ihr seid es«, begrüßte sie ihn erfreut. »Ich hatte nicht mit Euch gerechnet. Ist heute nicht schon wieder eine Zunftsitzung? Tagt der Zunftrat im Moment wirklich so häufig?«

Balthasar Beck reichte ihr seinen Arm, sie hakte sich ein und gemeinsam gingen sie die Schritte zum Fenster. »In der Steltz gibt es ernsthafte Auseinandersetzungen«, erklärte er. »Die Gesellen rebellieren gegen die Meister. Wir müssen an zwanzig Tagen zusätzlich im Jahr arbeiten, weil viele der Heiligenfeiertage gestrichen wurden, aber wir bekommen nicht mehr Lohn. Dabei verdienen die Meister mit unserer Arbeit ja auch mehr Geld. Eine Ungerechtigkeit! Doch das ist noch nicht alles. Die Maler und Glasmaler haben sich gegen die Drucker gestellt. Die Drucker machen mit dem Streit um den rechten Glauben und das Evangelium gute Geschäfte. Die Maler dagegen leiden Hunger. Weder die Kirchen noch die Gläubigen brauchen neue Heiligenbilder. Sie haben den Rat gebeten, sie bei der Vergabe von Ämtern zu berücksichtigen, damit sie wieder in Lohn und Brot kommen, doch so viele Ämter sind gar nicht zu vergeben.« Er erzählte, dass es zusätzlich für Unmut sorgte, dass der Stadtrat ehemalige Mönche wie Franziskus Lambert großzügig unterstütze und auch die Drucker mit seinen Werken Geld verdienten. Der Zunftrat mühe sich, den Malern zu helfen, doch manche Drucker schürten immer wieder neue Auseinandersetzungen.

Margarethe blieb stehen. »Lasst mich raten: Johannes gehört dazu.« Balthasar Beck nickte. Vor allem mit Vater und Sohn Knipp gerate er immer wieder aneinander, die beiden hatten bereits die anderen Glasmaler gegen Johannes aufgebracht. Was war es nur, das Johannes gegen die Knipps so erbitterte? Er war nun mal streitsüchtig, vielleicht war es einfach eine persönliche Abneigung der Männer gegeneinander. Trotzdem bereiteten diese immer wieder aufbrechenden Streitereien ihr Sorgen. Wenn er so weitermachte, würde er irgendwann einen Streit vom Zaun brechen, der nicht mit scharfen Worten und Faustschlägen zu klären war. Und was dann? Sie musste unbedingt wieder auf die Beine kommen, möglicherweise könnte sie ihn besänftigen.

»Ich habe endlich Euren Druck durchgesehen«, sagte sie.

Er lächelte sie an. »Und? Hat die Frau Druckerin etwas daran auszusetzen?«

»Nur Kleinigkeiten.« Sie ließ sich auf das Bett sinken und zog die Seiten hervor. Balthasar Beck setzte sich neben sie. Er hatte einen frischen, angenehmen Geruch. Sie dachte an eines der zehn Gebote: Du sollst nicht unkeusch sein. War es schon Ehebruch, wenn sie sich zu einem fremden Mann hingezogen fühlte? Gemeinsam gingen sie den Probedruck durch. Es schien ihm nichts auszumachen, dass sie ihn auf Fehler aufmerksam machte und ihm Ratschläge für einen besser lesbaren Satz gab, im Gegenteil, er dankte ihr dafür. Anschließend unterhielten sie sich über einige Werke, an denen Margarethe mitgewirkt hatte.

»Mich wundert, dass Euer Mann Euer Wissen so wenig zu nutzen versteht«, sagte Balthasar Beck, als er die Blätter wieder an sich nahm und dabei zufällig ihre Finger berührte. Margarethe strich über die Stelle, als habe sie sich verbrannt.

»Er hat eben seine festgefügten Ansichten darüber, welche Fähigkeiten Gott den Frauen zugeteilt hat«, antwortete sie.

»Es ist nie gut, seine Ansichten zu sehr festzulegen. Offenheit macht einem das Leben leichter. Man kann sich auch leichter überraschen lassen, und meistens sind es angenehme Überraschungen«, sagte er.

Sie wunderte sich einmal mehr, wie dieser junge Mann zu seinen Einsichten kam. Es tat ihr gut, nicht mit Bibelzitaten in ihre Schranken gewiesen zu werden. Bald, vielleicht schon morgen, würde sie ihre Kammer verlassen und den Alltag wieder aufnehmen. Dann wären diese abendlichen Besuche vorbei. Sosehr sie sich auch darüber freute, wieder am Leben teilzuhaben, so sehr würden ihr diese Gespräche fehlen.

Noch vor dem Morgengrauen war sie in der Küche. Als die Magd eintrat, den Mund zu einem Gähnen weit aufgerissen, köchelte die Morgensuppe schon auf dem Herd. Sie überließ ihr die Suppe und weckte die Kinder. Johannes zog sich gerade an und begrüßte sie erfreut, Grete und Renatus schlangen, noch schlafwarm, die Arme um ihren Hals und drückten feuchte Küsse auf ihre Wange. Wenig später saßen sie, zum ersten Mal seit Wochen, wieder gemeinsam am Tisch. Balthasar Beck lächelte sie verstohlen an, als sie ihm auftat, und Johannes dankte im Tischgebet dafür, dass seine Ehefrau genesen war. Nach diesem Mahl kehrte der Alltag wieder ein. Die Männer gingen hinunter in die Druckerei, Margarethe lief mit Grete und Renatus durch die winterliche Stadt. Ihr wurde das Herz schwer, als sie Elisabeth bei ihrer Amme besuchten. Am liebsten hätte sie ihre jüngste Tochter mitgenommen, aber die Vernunft gebot ihr, sie bei der Amme zu lassen, solange sie gesäugt wurde. Glücklicherweise wohnte die Amme nur einige Gassen entfernt. Wieder zu Hause angekommen, halfen die Kinder ihr, die nächste Mahlzeit vorzubereiten. Schon bald merkte Margarethe, wie ihre Glieder schwer wurden, sie würde sich erst wieder an die Arbeit gewöhnen müssen. Am Nachmittag setzte sie sich mit Bastian, Grete und Renatus in die Stube und begann die drei zu unterrichten. Die Dunkelheit hatte schon Einzug gehalten, als Balthasar Beck eintrat. Die Kinder strahlten ihn an, und er gab ihnen einige Rätsel zu lösen, bevor er Margarethe ein Buch reichte. Es war der fertige Katechismus für Kinder von Meister Matthis.

»Ein Buch für Kinder?«, fragte Grete, die ihnen neugierig zugehört hatte. »O bitte, lest uns daraus vor!« Balthasar Beck ließ sich nicht lange bitten, meinte jedoch, er müsse gleich in die Druckerei zurück. Margarethe schlug vor, dass sie das Vorlesen dieses Mal übernehmen könne, doch er lehnte ab. Den Anfang wolle er zumindest machen. Gerade als er die Stimme erhoben hatte, öffnete Johannes Schwan die Tür. Er sah Beck finster an und fasste dann Margarethe ins Auge, seine Halsschlagader pulsierte. Erst jetzt ging ihr auf, was für ein Bild sich ihm bieten musste: seine Frau und seine Kinder mit einem Gesellen in einer vertraulichen Situation. Sie wollte sich erklären, aber er fuhr ihr über den Mund. »Kaum geheilt, streicht die läufige Katze schon ums Haus«, zischte er.

»Johannes, ich …«, begann sie.

»Schweig!«, befahl er. »Beck, raus hier!« Balthasar legte das Buch auf den Tisch und folgte ihm. Margarethe nahm es auf und sah die Kinder an, die diese Szene mit offenen Mündern verfolgt hatten. Dann schlug sie das Buch auf und las weiter. Ihre Stimme zitterte. An diesem Abend verlief die Mahlzeit besonders schweigsam und Margarethe ging früh zu Bett.

Es war die erste Nacht, die sie wieder in ihrem Ehebett verbrachte, und Margarethe war beklommen zumute. Sie fiel in einen unruhigen Schlaf, aus dem sie immer wieder hochschreckte. Plötzlich spürte sie, wie Johannes zu ihr ins Bett schlüpfte. Seine Finger streckten sich nach ihr aus, er roch nach Wein und kaltem Schweiß.

»Ich bin müde«, sagte sie entschuldigend und versuchte sich ihm zu entziehen. Grob zog er sie zu sich und wollte sich auf sie wälzen. Margarethe stemmte die Hände gegen seine Brust. »Es hat keinen Sinn. Du weißt, ich kann keine Kinder mehr bekommen. Und wenn, dann sterbe ich dabei«, flüsterte sie eindringlich.

Johannes bog ihre Hände zur Seite, er lag nun auf ihr und drängte sich zwischen ihre Beine. »Na und? Frauen sind dazu geschaffen, Kinder zu bekommen. Das ist ihr Sinn. Sie sollen tragen, bis sie tot umfallen. Das meint übrigens auch Luther. Denn dann sterben die Weiber im edlen Werk und Gehorsam Gottes«, meinte er hart. Sie strampelte mit den Beinen und spürte, wie ihre Narbe leicht zog. Würde sie überhaupt ohne Schmerzen Verkehr haben können? Ganz zu schweigen von der Frage, ob sie jemals wieder Vergnügen dabei empfinden würde. Aber das hatte sie ja bei Johannes ohnehin nicht. Ihr Mann hatte jetzt seine Hüfte zwischen ihre Beine geschoben. »Ich will nicht! Lass mich«, rief sie. In ihrem Rücken schmerzte die Bettkante, mit einem Ruck ließ sie sich fallen, schwer traf sie auf den Boden und zog Johannes mit sich. Mit einem Sprung war er wieder auf den Beinen, zerrte sie hoch und schlug sie. Ihre

Schreie erfüllte den Raum. Da öffnete sich die Tür, Johann und Balthasar Beck stürmten herein. »Hinaus!«, zischte ihr Mann nur. Balthasar Beck sah ihn angewidert an. Johannes richtete sich drohend auf. »Hinaus, sage ich!«

Ihr Sohn ging rückwärts, doch der junge Drucker harrte aus. »Johann, hol deine Mutter und bring sie zu den Kindern«, sagte Balthasar Beck ruhig.

Johannes Schwan lachte höhnisch. »Meinst du, aus dem Bett der Kinder hole ich sie mir nicht, wenn ich sie will?!« Langsam ging ihr Sohn um das Bett herum und stützte seine Mutter. Johannes wollte sie packen, doch Balthasar Beck riss ihn zurück. Im gleichen Augenblick sauste Johannes' Faust auf ihn zu und traf ihn am Hals. Beck krümmte sich, hustete. Margarethe wollte sich losmachen, ihm helfen, doch ihr Sohn zog sie mit sich. Sie sah noch, dass Johannes erneut zum Schlag ausholte, Beck ihm jedoch überraschend seinen Kopf in den Bauch rammte. Ihr Sohn führte sie in eine kleine Kammer. Bastian, Grete und Renatus saßen mit schreckgeweiteten Augen auf dem Bett. Dumpf drangen die Geräusche des Kampfes aus dem Nebenraum durch die Wand. Johann strich seiner Mutter unbeholfen über den Rücken, bis sie aufhörte zu weinen. Dann setzte eine unheimliche Stille ein.

Am nächsten Tag packte Margarethe ihre Sachen und zog mit ihren drei Kleinen zu Barbara.

Ihre Kinder an der Hand lief sie durch den Schnee auf das Kloster zu. Immer wieder blieben die Kleinen stehen, um die Flocken von den Ästen zu schütteln oder sich Schneebälle zuzuwerfen. Margarethe atmete die klare, kalte Luft tief ein. Es war eng in der Wohnung ihres Schwiegersohnes. Wolfgang beklagte sich nicht über ihre Anwesenheit, sie wusste aber, dass sie nicht lange bleiben konnten. Barbara und Wolfgang hatten ihr Leben, und ihre Stieftochter war wieder schwanger. Sie fürchtete sich davor, das Kind zu verlieren, und Margarethe ermutigte sie darin, sich zu schonen. Sie musste zurück, zumal man in der Zunft bereits über das ungeordnete Familienleben im Hause Prüß-Schwan zu lästern begann. Bislang hatte Johannes allerdings keine Anstalten gemacht, sie zurückzuholen.

Endlich hatten sie das Kloster erreicht. Eingeschüchtert durch die feierliche Stille, die das Gebäude ausstrahlte, verstummten die Kinder. Sie wurden in das Besuchszimmer mit den vergitterten Fenstern gebracht. Eiskalt war es hier. Dieses Mal kam die Äbtissin selbst, um sie zu begrüßen. Margarethe bat darum, ihre Tochter sehen zu dürfen, doch die Nonne sah sie unbewegt an. Ob sie es denn nicht wisse? Juliane habe das Ordensgelübde abgelegt. Anschließend habe sie sich zum Gebet zurückgezogen, in den nächsten Tagen sei sie nicht zu sprechen.

Margarethe verstand nicht, wollte nicht verstehen. Tröpfchenweise schienen die Folgen dieses Schrittes in ihr Herz zu sickern. Sie würde ihre Tochter nicht zurückbekommen. Nie mehr. Es war zu spät. Statt ihre Ausbildung zu beenden und irgendwann das Kloster zu verlassen, hatte ihre Tochter einen Bund fürs Leben geschlossen, hatte sich mit Gott vermählt. Inzwischen war es unwahrscheinlich geworden, dass sich alle Klöster auflösten, denn sie brachten der Stadt Steuern und waren der letzte verbliebene Ort, an dem die Patrizier und wohlhabenden Bürger ihre Töchter erziehen lassen konnten.

Wie betäubt stand Margarethe auf, sie zog ihre Kinder hinter sich her. Sie hatte versagt. War dies die Strafe für ihren Ungehorsam ihrem Ehemann gegenüber? Dafür, dass sie sich zu Balthasar Beck hingezogen gefühlt hatte? Der junge Drucker war verschwunden, das wusste sie von ihrem Schwiegersohn. Oft hatte sie sich gefragt, ob Balthasar schwere Verletzungen davongetragen, ob er die Stadt verlassen hatte und was aus ihm werden würde. Es kam ihr vor, als läge ihr Leben in Scherben. Sollte sie reumütig zu ihrem Mann zurückkehren und sein Verhalten ertragen? Musste sie dieses Kreuz auf sich nehmen? Margarethe konnte sich nicht dazu durchringen. Sie hatte niemanden, mit dem sie darüber sprechen, dem sie sich offenbaren konnte. Nur eine fiel ihr ein, der sie früher einmal vertraut hatte. Eines Abends machte sie sich auf zu ihrer alten Freundin Ursula.

Vor der Tür drängten sich die Menschen und versuchten einen Blick in die Kammer zu erhaschen. Fackelschein fiel auf die Gesichter. Es waren einfache Leute, viele Frauen, alte und junge, gesunde und verkrüppelte. »Was ist denn hier los?«, fragte Margarethe einen Mann.

»Die Prophetin spricht«, zischte er. Die Prophetin? Wer war gemeint? Hier wohnte doch Ursula! Sie wollte nachhaken, doch der Mann legte den Finger auf seine Lippen. Leise hörte sie eine Stimme, ein Murmeln. Margarethe versuchte näher heranzukommen, doch die Menschen ließen sie nicht durch. Jeder war eifersüchtig auf seinen Platz bedacht. Gab es noch einen anderen Weg hinein? Sie müsste ein anderes Mal wiederkommen. Sie wollte schon gehen, da kam Bewegung in die Menge. Einige gingen, andere schlossen die entstandenen Lücken wieder. Auch sie ließ sich mitziehen. Sie war neugierig, gestand sie sich ein. Nun war sie froh über ihre Größe, auf Zehenspitzen konnte sie über die Köpfe der anderen in die Kammer hineinsehen.

Sie sah Ursula, die etwas verloren im Raum stand. Margarethe winkte ihr zu, der Blick der alten Freundin blieb an ihrem hängen und Ursula verzog ihren Mund zu einem unsicheren Lächeln. Da stellte Lienhart sich hinter sie, als wolle er sie bewachen. Ursula begann zu sprechen: »Der Schein des Herrn kam über mich. Und ich sah eine Gestalt, wie Gott der Vater selber. Der streckte aus seine rechte allmächtige Hand, und ich sah in seiner linken Hand so etwas wie eine Kugel. Danach redete der Schein des Herrn zu mir und sprach: ›Wenn ich meine Hand zu mir zöge, was wäret ihr alle auf der ganzen Welt? Ihr alle zusammen wäret doch nichts.‹«

Ursula schien tatsächlich die Prophetin zu sein, von der die Menschen gesprochen hatten. Margarethe hätte beinahe aufgelacht, sie glaubte nicht, dass ihre alte Freundin vom göttlichen Funken beseelt war, eher war sie verrückt geworden oder versuchte zwanghaft, die Aufmerksamkeit der Menschen auf sich zu ziehen. Bei der kurzen Begrüßung hatte Ursula doch noch klar gewirkt, einigermaßen normal. Nun aber forderte sie mit hoher, brechender Stimme die Aufmerksamkeit ein, und sie bekam sie. Durchschauten die Zuhörer dieses Spiel nicht? Wie gefesselt starrten sie Ursula an, die Wangen glühend vor Erregung, manche seufzten laut auf oder fielen betend auf die Knie. Die Ergriffenheit der Menschen verunsicherte Margarethe plötzlich. Sahen sie etwas, das Margarethe nicht sehen konnte, verstanden sie etwas, das Margarethe nicht verstand? Oder waren hier alle ein Fall fürs Narrenhäuslein?

Plötzlich hielt ein Blick ihren fest – es war der von Balthasar Beck. Der junge Drucker war also noch in der Stadt. Sein Lächeln ließ ihr Herz schneller schlagen. Ein Schauer prickelte in Margarethes Nacken. Plötzlich war sie verwirrt. Sie schob die Menschen beiseite. Sie musste fort, musste sich über das klarwerden, was sie gesehen und gehört hatte, was in ihr vorging. Sie fürchtete sich vor der Begegnung mit Balthasar, vor den Gefühlen, die sie in diesem Moment überrollten. Die Lücke schloss sich sofort, immer wieder kamen Neugierige nach, die Ursula sehen wollten. Sie hörte Schnee hinter sich knirschen und spürte, wie jemand ihre Finger ergriff.

»Margarethe«, vernahm sie Balthasars Stimme. Sie wandte sich ihm zu, er ließ ihre Hand los. »Es geht dir gut!«, sagte er.

Sie freute sich über seine Worte und über seinen Gesichtsausdruck, aus dem Zuneigung sprach, und doch wusste sie nicht, wie sie darauf reagieren sollte. »Was tust du hier?«, fragte sie schließlich.

»Die Prophetin Ursula. Sie empfängt Botschaften von Gott. Ich hatte von ihr gehört und wollte sie sehen, bevor ich gehe. Wie hast du von ihrer Gabe erfahren?«

»Sie ist eine alte Freundin«, sagte Margarethe und behielt ihre Zweifel an Ursulas göttlicher Gabe lieber für sich.

Balthasar wollte wissen, ob Johannes auch hier sei. Sie kniff die Augen traurig zusammen und schwieg. »Weiß er, dass du hier bist?«

Margarethe schüttelte langsam den Kopf. »Ich habe alles kaputtgemacht. Ich kann meinem Ehemann nicht gerecht werden. Ich konnte meine Tochter nicht halten, Juliane hat das Gelübde abgelegt. Und jetzt stehe ich hier und …« Eine Frau aus der hintersten Reihe fuhr sie an, dass sie ihre Liebeshändel gefälligst woanders erledigen sollten, man verstehe die Prophetin gar nicht. Balthasar zog Margarethe in den Schatten eines Hauseingangs. Es war dunkel, und er war ihr auf einmal nah, so nah. Sie spürte seinen Atem auf ihrem Gesicht. Er roch gut. Das Blut pochte in ihren Adern, ein warmes Gefühl breitete sich in ihr aus. Was war das, fragte sie sich verwirrt. So hatte sie nur einmal in ihrem Leben gefühlt, damals, als sie Reinhard kennengelernt hatte. War es Verliebtheit? Liebe? Sie hatte nicht zu hoffen gewagt, noch einmal so für einen Mann zu empfinden. Aber es war verboten, sie war verheiratet! Was war sie nur für eine Frau? Margarethe schlug hart mit der Hand gegen die Wand und taumelte wieder in den Hof hinein.

Zaghaft hielt er sie auf. »Du musst zu ihm zurück. Sonst verlierst du alles, was dir lieb ist. Deine Kinder. Die Druckerei«, redete er ihr ins Gewissen.

Sie schniefte, kehrte in den Schutz des Hauseingangs zurück und lehnte sich an die Mauer. »Aber ich … ertrage ihn nicht mehr.«

Balthasar stemmte die Hände auf beiden Seiten ihres Kopfes an die Wand, so dass sie gar nicht anders konnte, als ihn anzuschauen. Wieder bekam sie weiche Knie. »Wer euch zusammengeführt hat, ob Gott oder eine höhere Macht, wird auch für euch sorgen. Alles hat einen Sinn, glaub es mir«, sagte er.

Sie rieb mit den Fäusten über ihr Gesicht. Was tat sie hier, warum jammerte sie so, das war doch nicht sie! Erst jetzt spürte sie, wie die Kälte ihre Beine emporkroch. Ihre Zähne schlugen aufeinander. »Und du? Was wirst du tun?«, fragte sie.

Balthasar legte ihr seinen Mantel um die Schultern. »Ich

werde die Stadt verlassen. Johannes schwärzt mich in der Zunft an. Ich habe mich gerechtfertigt, aber sein Grimm schwelt weiter. Ich habe ohnehin Geschäfte in Konstanz und Basel zu erledigen.«

Margarethe biss sich auf die Lippen. »Wirst du zurückkommen?«, fragte sie. Sie hatte in den letzten Tagen schon gegen so viele Gebote verstoßen, in Gedanken zumindest, dass es auf diese kleine Verfehlung nicht mehr ankam.

»Würde es dir etwas bedeuten?«

Sie deutete ein Ja an.

»Dann komme ich zurück.« Am liebsten wäre sie ihm um den Hals gefallen. Aber das wäre doch eine Sünde zu viel gewesen.

Johannes Schwan baute sich vor ihr auf. Er wirkte nicht zerknirscht, wie Wolfgang es beschrieben hatte, sondern eher fordernd. »Weib, komm zurück in unser Haus«, sagte er. »Ich muss einen neuen Gesellen anstellen. Und die in der Zunft lästern schon.« Die Zünftler sahen es nicht gern, wenn ein Bruder nicht standesgemäß lebte oder sogar für Gerede sorgte. In solche Hände gab man nur ungern neue Gesellen. Margarethe wusste, dass sie zurückkehren musste. Ihre Kinder sehnten sich, das spürte sie, nach ihrem Zuhause. Sie wollte es Johannes aber auch nicht zu leicht machen. Vor allem aber wollte sie, dass er sie in Ruhe ließ.

Entschlossen trat sie zu ihm. Was sie jetzt sagen musste, war nicht für alle Ohren bestimmt. »Wenn ich zurückkomme, werde ich bei den Kindern schlafen. Und du wirst mich dort lassen«, flüsterte sie. Seine Augen blitzten im Widerspruch, dennoch stimmte er widerwillig zu.

Margarethe packte die wenigen Habseligkeiten zusammen, die sie mitgebracht hatte, und dankte ihrer Stieftochter und ihrem Schwiegersohn für die Hilfe. »Ich bin immer da, wenn du mich brauchst. So wie du für mich da warst«, flüsterte sie Barbara ins Ohr und umarmte sie. Gleich morgen würde Margarethe nach der Schwangeren sehen. Jetzt musste sie erst einmal ihrem Ehemann in das gemeinsame Heim folgen.

Die nächsten Monate waren wie ein brüchiger Waffenstillstand zwischen verfeindeten Parteien, den schon der kleinste Funke zunichtemachen konnte. Margarethe und Johannes gingen sich aus dem Weg, tauschten sich lediglich am Verkaufstisch über die neuen Druckwerke aus. Wenn er Zunftbrüder zum Essen einlud, wurde es wie gewohnt laut. Sie fragte sich, ob sie so den Rest ihres Lebens verbringen musste, und dachte mit Sehnsucht im Herzen an Balthasar Beck, der vielleicht in Konstanz sesshaft werden, heiraten und eine Familie gründen würde. Warum auch nicht? Sie hatte nichts, was sie ihm geben konnte.

KAPITEL 14

Fürio!« Der Wächter auf dem Münsterturm schrie ohne Unterlass. Die Stadt brannte! Margarethe lief auf den Platz hinaus und spähte in alle Richtungen. War es das Abendlicht oder Flammen, die den Himmel orange färbten? Sie schnupperte. Noch lag kein Rauch in der Luft, zumindest nicht mehr als sonst am Abend, wenn die Herdfeuer in den Häusern geschürt wurden. Der Brand war vermutlich in einem anderen Teil der Stadt ausgebrochen. Nun stürmte auch Johann hinaus, ein Schlacks von vierzehn Jahren. »Es brennt!«, rief er. »Ich schaue beim Münster, ob ich helfen kann!« Auf dem Münsterplatz sammelten sich die Bürger unter ihren Zunftbannern, um unter Aufsicht der Feuerherren bei der Bekämpfung des Brandes zu helfen. Zwei Männer aus jeder Zunft waren schon vorher in ihrem Harnisch zur Feuerstelle geeilt, Frauen und Kindern war es verboten, frei umherzulaufen, wenn die Feuerglocke ertönte. Margarethe wollte ihren Sohn aufhalten, doch Johann winkte ihr zu. »Ich pass schon auf!«

Auch Bastian, Grete und Renatus kamen aus dem Haus. Elisabeth, inzwischen ein zarter, rothaariger Säugling von neun Monaten, lebte zu Margarethes Leidwesen noch immer bei der Amme. Die Kinder waren erst ängstlich, als aber kein Feuer zu sehen war, liefen sie neugierig auf dem Platz herum und halfen mit, als sicherheitshalber die ersten Ledereimer mit Wasser aus dem Fluss gefüllt wurden. Oft griffen die Flammen von einem Viertel auf das andere über, besser, man war bereit. Auch Margarethe hatte immer einen gefüllten Bottich im Hof stehen. Gerade bei der Herstellung der Druckerfarbe kam es oft zu Bränden, denn das Leinöl musste gekocht werden, bis es dickflüssig war und Fäden zog. Auch bei der Rußgewinnung brauchte man Feuer. In einer Druckerei fanden die Flammen reichliche Nahrung, wenn man sie nicht schnell löschte, waren sie unkontrollierbar.

Margarethe gesellte sich zu den Nachbarn, die sich auf dem Holzmarkt versammelt hatten und aufgeregt unterhielten. Nach einiger Zeit verbreitete sich die Nachricht, dass das Feuer auf dem Hohlweg längs des alten römischen Grabens ausgebrochen war. Die ersten Frauen zogen sich zurück, es war weit genug entfernt, um beruhigt ins Bett zu gehen. Andere harrten auf dem Platz aus, als hätten sie Angst, dass das Feuer doch noch ihr Haus erreichen könnte, während sie schliefen. Margarethe setzte sich auf einen Holzstapel, ihre Kinder neben sich, und lauschte einem alten Mann, der Schauergeschichten erzählte. Es war eine warme Sommernacht, und sie könnte ebenso gut hier darauf warten, dass die Männer ihrer Familie zurückkamen. Schließlich hörte auch der Münsterwächter auf zu lärmen, der Brand war also gelöscht.

Margarethes Blick blieb an einem Fackelzug hängen, der aus Richtung des Münsters die Gasse herunter auf sie zukam. Männer liefen in zwei Reihen und hielten eine Trage zwischen sich. Ein Feuer kostete immer Leben, hoffentlich hatte es niemanden getroffen, den sie kannte. Der Trupp näherte sich ihrem Haus. Panik überfiel sie. Die Bahre war mit einem Laken bedeckt. War es ihr Mann oder ihr Sohn? Das konnte, das durfte nicht sein! Sie rannte den Trägern entgegen. Schon von weitem sah sie, dass rote Flecken das Tuch am Kopfende färbten, ein Arm schaute hervor. Sie kannte das Wams. »Nein!« Margarethes Schrei hallte über den Holzmarkt. Sie taumelte auf die Trage zu, hatte keinen Blick für die Männer, die sie absetzten. Dann kniete sie sich daneben und zog mit zitternden Fingern am Laken. Widerstreitende Gefühle überfielen sie. Ein dumpfer Schrecken, aber auch Erleichterung, für die sie sich sogleich schämte. Es war ihr Ehemann, nicht ihr Sohn! Das Feuer hatte sein Gesicht versengt. Als sei das nicht genug, hatte eine Wunde seinen Schädel in eine offene Masse aus Fleisch und Blut verwandelt. Sie erkannte ein Auge, seinen Mund, die vom Feuer gekräuselten Haare klebten an dem, was noch von der Kopfhaut übrig war. Johannes Schwan war tot. Sie brachte es nicht über sich, das entstellte Haupt zu berühren, starrte es lange an. Schließlich hatte ein Mann Mitleid und bedeckte den Kopf wieder. Der Schrecken wandelte sich in Trauer, und Margarethe wiegte sich sanft hin und her. Jemand hockte sich neben sie, legte die Hand auf ihre Schulter. Es war ihr Sohn. Sie umarmte ihn unter Tränen, und er zog sie hoch. Sie sah den Maler Hans Baldung, auch Barbara war inzwischen aufgetaucht, genauso wie Margarethes Bruder Hans Prüß. Immer mehr Menschen drängten sich um sie, tuschelten. Hatten sie denn keine eigenen Sorgen? Sie bat die Männer, den Toten in das Haus zu bringen. Jetzt erst bemerkte sie, dass alle Zunftbrüder ihres Mannes da waren, viele von ihnen stanken nach Rauch, ihre Gesichter waren rußgeschwärzt, die Kleidung durchweicht. Margarethe musste sich um Johannes' Leiche kümmern, aber vorher wollte sie wissen, was geschehen war. Meister Baldung übernahm das Wort, seine stets gepflegte Kleidung war verdreckt.

»Als die Feuerglocke ertönte, brachen wir die Zunftsitzung ab. Wir liefen zum Münster und weiter zum Hohlweg. Alle halfen beim Löschen. Jeder tat, was er konnte, auch Meister Schwan. Wir fanden ihn in einem brennenden, halb zusammengestürzten Haus«, fasste er die Ereignisse zusammen.

»Ein zusammengestürztes Haus«, echote Margarethe. Das erklärte die auffälligen Wunden. »Ich danke Euch, dass Ihr ihn hergebracht habt.«

Baldung nickte feierlich. »Es war unsere traurige Pflicht. Gebt uns Bescheid, wann Ihr ihn beerdigen lasst. Ihr wisst, der Tod eines Zunftbruders bedeutet uns viel. Und wartet nicht zu lange. In diesem Zustand könnt Ihr ihn ohnehin nicht aufbahren.« Wieder verschwamm ihr Blick. Die Zünftler sprachen ihr Beileid aus, dann ließen sie sie allein. Lediglich ihr Bruder blieb zurück. Margarethe flüchtete sich an seine Brust. Sie hatten sich nicht oft gesehen in letzter Zeit, jetzt war sie froh, ihn um sich zu haben.

Regula half ihr, die Leiche zu waschen. Die Frau ihres Bruders schluchzte oft auf, sie war eine füllige, weichherzige Frau und hielt mit ihren Gefühlen nie lange hinter dem Berg. Margarethe hingegen war verhältnismäßig gefasst und bat Barbara, die Psalter vorzulesen. Die Texte des Psalmenbuchs erschienen ihr angemessen für diesen Anlass.

Margarethe nahm ein Tuch, tauchte es in Wasser und reinigte den Körper ihres Mannes. Johannes hatte eine fiebrige Energie ausgestrahlt, jetzt, leblos und unbeseelt, wirkte sein Körper unscheinbar, mager. Waren sie wirklich nur etwas mehr als zwei Jahre verheiratet gewesen? Was für eine kurze Zeit, und wie lang war sie ihr manchmal vorgekommen. Johannes hatte das Gute gewollt, aber er war nicht immer gut gewesen. Sie hatte sich in den vergangenen Monaten oft gefragt, wie sie diese Ehe für den Rest ihres Lebens würde ertragen können – und jetzt war sie auf einmal vorbei! Sie war fast vierunddreißig und stand nun wieder allein da, musste für die Kinder sorgen und den Kampf für den Erhalt der Druckerei, ihrer Druckerei, von neuem aufnehmen.

Sie wischte das Blut am Kopf ihres Mannes ab, es war schon getrocknet, stockte aber. Ihr Tuch war an etwas hängen geblieben. Vorsichtig löste sie den Stoff – ein Splitter! Übelkeit stieg in ihr auf. War es ein Stück seines Schädels? Der Knochen schien an dieser Stelle jedoch intakt. Sie zog den Splitter aus dem Stoff, er war aus grobem Holz, vielleicht von dem Balken, der ihn am Kopf getroffen haben musste. Margarethe legte ihn zur Seite. Mit einer Zärtlichkeit, die sie zu seinen Lebzeiten nicht mehr für ihn aufgebracht hatte, strich sie über den Körper. Nachdenklich sagte sie: »Bei Elisabeths Geburt stand ich selbst an der Schwelle des Todes. Ich fürchtete, meine Kinder würden ohne Mutter aufwachsen. Und jetzt muss Elisabeth ohne ihren

Vater groß werden.« Ihre anderen Kinder, das wusste sie, würden Johannes' Tod verwinden. Er war ein strenger, ein unduldsamer Vater gewesen. Trauer schnürte ihr Herz ein. Regula berührte sie an der Schulter. Gemeinsam schlugen sie die Leiche in ein weißes Tuch und bahrten sie auf.

Als sie fertig waren, drückte sie ihrer Schwägerin lange die Hand, Johannes' Tod schien sie sehr mitzunehmen. »Du weißt ja, wie es heutzutage bei Begräbnissen heißt«, setzte Margarethe tröstend an. »*Aus Staub bist du gemacht, zum Staub musst du wieder werden. Der Herr Jesus Christus erwecke deinen Leib und deine Seele, dass du am jüngsten Tag auferstehst mit den Gerechten.* Johannes hat geglaubt, dass dieser jüngste Tag nicht mehr fern ist, vielleicht muss seine Seele nicht lange warten.«

Die Schwägerin nickte stumm, trug aber einen abwesenden Gesichtsausdruck zur Schau. Ging es bei ihrem Kummer gar nicht um Johannes? Sie sprach noch eine Weile mit Regula, dabei stellte sich heraus, dass sie mal wieder unter Hans' Schulden zu leiden hatten. Er hatte bei seinen Geschäften Pech gehabt. Dass der Rat einen seiner Drucke – eine Schrift von Andreas Bodenstein von Karlstadt – beschlagnahmt hatte, hatte ihre Lage noch zusätzlich verschlechtert. Jetzt drängten die Gläubiger auf einen Vergleich. Margarethe hätte am liebsten angeboten, ihnen zu helfen, wusste jedoch nicht, wie. Sie hatte doch selbst nur wenig Geld, alles war in den Kauf des Hauses am Holzmarkt geflossen. Aus diesem konnten sie nun zumindest nicht vertrieben werden, das war ein beruhigendes Gefühl.

Die Zünftler fanden sich am nächsten Morgen vor ihrem Haus ein, um Johannes das letzte Geleit zu geben. Margarethe war den Weg zum neuen Friedhof vor der Stadt noch nie gegangen. Seit kurzem durften keine Toten mehr innerhalb der Stadtmauern beerdigt werden, stattdessen hatte man die Stiftung Sankt-Gallen zu einem Gottesacker gemacht und den Begräbnisplatz beim Kloster Sankt-Urban vergrößert. Die neuen Friedhöfe waren ein Teil der Erneuerungen, die der Rat plante. Die Schaffung städtischer Schulen für Jungen und Mädchen und die Schließung der Hurenhäuser gehörten auch dazu, besonders gegen Letzteres regte sich jedoch der Widerstand des männlichen Teils der Bevölkerung. Auch Clemens Ziegler und Katharina Zell waren unter den Trauergästen. Margarethe berührte es, die Pfarrfrau zu sehen. Sie hatte ihr erstes Kind bereits nach wenigen Monaten wieder verloren, auch der Säugling war hier beerdigt worden.

Johannes' Begräbnis war eine kurze, schlichte Zeremonie, ein Ausdruck des neuen Glaubens, der sich nicht mehr auf das Heil der Toten, sondern auf das Wohl der Lebenden richtete. Meister Matthis sprach am Grab einige Wort über Johannes, seine Flucht aus dem Kloster, den Neuanfang in Straßburg und die verdienstvollen Werke, die er herausgebracht hatte. Der Pfarrer las aus der Bibel über Jesu Auferstehung, warf drei Schaufeln Erde in das Grab und betete mit ihnen. Welche Abneigung hatte sie zuletzt gegen die päpstlichen Gräuel gehabt! Die Ölung des Leichnams, die Sterbesakramente, die geweihten Kerzen, die Seelenmessen – alles nur, um den Toten das Fegefeuer zu verkürzen. Es war Gaukelwerk gewesen, das die Taschen der Priester gefüllt hatte. Das alles war glücklicherweise vorbei, und auch Johannes Schwan hatte mit seinen Drucken dazu beigetragen.

Als alle Trauergäste ihr Haus verlassen hatten und nur noch ihre Stieftochter und Wolfgang mit am Tisch saßen, bemerkte Margarethe, wie Barbara ihrem Mann einen auffordernden Blick zuwarf. Wolfgang druckste herum und begann schließlich: »Was wirst du tun …?«

Margarethe hob den Blick von den Soßenklecksen auf dem Holz und sah ihn ruhig an. Ihre Augen brannten vor Müdigkeit. Barbara hatte ihr in letzter Zeit öfters zu verstehen gegeben, dass sie unzufrieden mit ihrer Lage waren. Wolfgang müsse mehr verdienen oder Aussicht haben, die Druckerei dauerhaft zu führen, hatte sie gemeint. Nun hatte Johannes' Tod die Lage verändert. Es war nur die Frage, zu wessen Gunsten.

»Wirst du …?«, begann Wolfgang erneut. Er sah zu seiner

Frau hinüber, die sich die Schläfen neben dem hängenden Lid rieb.

»Wirst du wieder heiraten?«, brach es schließlich aus Barbara heraus.

Margarethe sah die Augen der Stieftochter voller Hoffnung aufleuchten, und sie wusste, dass sie sie enttäuschen musste. »Johann soll die Druckerei einmal übernehmen«, sagte die Witwe. Er würde bei ihrem Bruder seine Lehre beenden, denn ohne Ehemann durfte sie keinen Lehrling im Hause haben, darüber würde sie demnächst mit dem Zunftmeister sprechen. »Das wollte euer Vater. Das war vor zwei Jahren mein Plan. Und das ist er heute.«

Barbara senkte das Haupt. Margarethe würde ihrem Mann die Druckerei nicht überlassen, sie hatte es befürchtet. Wolfgang war schwerer von Begriff. »Das heißt …?«, fragte er.

»Bis es so weit ist, werden noch einige Jahre ins Land gehen, selbst wenn die Zunft seine Gesellenzeit verkürzt. Das bedeutet, dass ich wieder einen Drucker heiraten werde.« Sie sah ihren Schwiegersohn aufmunternd an. »Ich hatte gehofft, dass du mich vor der Zunft vertreten wirst, bis ich mich vermähle, Wolfgang. So, wie du es nach Reinhards Tod getan hast.« Margarethe spürte, wie eine alte Sehnsucht in ihr erwachte. Sie würde wieder die Geschäfte in der Druckerei übernehmen. Und sie freute sich darauf, die von Johannes Schwan begonnenen Werke zu beenden und neue in Angriff zu nehmen.

Barbara lehnte sich zurück, sie hatte die Arme verschränkt und sah Margarethe in die Augen. »Wenn das dein Plan ist, werden wir nach Basel gehen, zu Wolfgangs Familie. Sie haben ihm in Aussicht gestellt, dass er dort seine eigene Druckerei aufmachen kann. Mit meiner Mitgift und ihrer Hilfe können wir es schaffen«, sagte sie. Margarethes Herz schlug schneller. Ihre Stieftochter würde sie verlassen, würde in eine fremde Stadt gehen? Dann hätte sie hier niemanden mehr, auf den sie sich verlassen konnte. Die Mitgift aufzubringen würde ihr ebenfalls schwerfallen. Barbara wurde gewahr, wie diese Nachricht Margarethe zusetzte. Sie nahm ihre Hand und strich über die feinen Brandnarben. »Wir bleiben hier, solange du uns brauchst. Aber dann werden wir gehen«, sagte sie, als ob diese Worte ihre Stiefmutter beruhigen könnten.

Sie war lange nicht in der Zunftstube gewesen, aber die aufgeregte, aufgebrachte Atmosphäre, die dort herrschte, hatte sich nicht verändert. »Geht es hier noch immer so zu?«, fragte sie ihren Bruder, als sie sich zu ihm setzte.

Hans rieb mit dem Finger über den Rand des Glases. »Als dein Mann noch am Leben war und Zwietracht säte, war es oft viel schlimmer«, sagte er schließlich.

Sie senkte betreten den Blick, dabei war sie doch nicht für das Verhalten ihres Ehemannes verantwortlich gewesen. »War er wirklich so schlimm?«, fragte sie.

Hans Prüß malte Muster in die Weinpfütze und nickte. »Wir waren uns nicht grün, das weißt du ja. Aber eigentlich hat er an jedem etwas auszusetzen gehabt, jeden mit Bibelsprüchen in die Schranken gewiesen. Vor allem Altgläubige und manche Glasmaler hat er zur Weißglut getrieben.« Sie wollte wissen, worum der Streit gegangen war, denn das Zerwürfnis musste so stark gewesen sein, dass Glasmaler wie die Knipps nicht einmal den Anstand gehabt hatten, zur Beerdigung zu kommen. »Es war etwas Persönliches mit den Knipps, nicht mehr wichtig«, sagte Hans wortkarg und hob das Glas.

Laute Diskussionen brandeten am Tresen auf. Eine hochschwangere Frau trat ein, in Tränen aufgelöst. Der Zunftmeister nahm sie in Empfang und redete auf sie ein.

»Wer ist das?«, fragte Margarethe verwundert.

»Meister Köpfels Eheweib. Er ist verhaftet und in den Turm geworfen worden. Sie will sich wohl für ihn einsetzen.« Als er Margarethes ungläubigen Blick bemerkte, meinte Hans: »Er hatte auf Wunsch seines Onkels, des Pfarrers Wolfgang Capito, den Bericht über die Badener Disputation gedruckt. Du weißt, als neulich die Papisten um Johann Eck mit den Schweizer Anhängern Zwinglis diskutierten.« Sie nickte unverbindlich, Genaues war ihr darüber nicht bekannt. »Die Katholiken haben unter anderem Zwinglis Auffassung des Abendmahls bekämpft. Bei diesem Thema sind ja alle sehr empfindlich. Auch die Lutheraner wollen nicht als Fleischfresser beschimpft werden.« Hans lachte leise. Weil die Lutheraner glaubten, dass Jesus Christus tatsächlich leiblich in Brot und Wein beim Abendmahl anwesend war, nannten manche sie »Fleischfresser«. Die Straßburger Prediger hielten es dagegen eher mit dem Schweizer Reformator Zwingli und feierten das Abendmahl im Gedächtnis an das Leiden Christi. »Wie auch immer«, fuhr ihr Bruder fort. »Jede Seite hatte vereidigte Sekretäre dabei. Im nächsten Jahr soll es einen offiziellen Bericht geben. Dass Köpfel nun schon etwas druckt, ist, sagen wir, unglücklich. Der Rat greift durch. Er muss zeigen, dass er seine Stadt im Griff hat.« Die Mitglieder des Zunftrates nahmen ihre Plätze ein, gleich würde die Sitzung beginnen.

»Es scheinen gefährliche Zeiten für Drucker zu sein«, merkte Margarethe leise an.

»Der Rat ist nervös. Der Kaiser dringt auf die Umsetzung des Wormser Edikts, aber Straßburg will die Freiheit, selbst über religiöse Angelegenheiten zu entscheiden. Andererseits braucht der Kaiser Waffenhilfe gegen die angreifenden Türken. Mal sehen, was auf dem Reichstag zu Speyer entschieden wird. Luther greift unsere Prediger an, weil sie in vielen Fragen auf der Seite Karlstadts und Zwinglis stehen. Der Wittenberger spielt sich auf, als wäre er selbst Papst, meinen manche. Und dann gibt es noch ganz andere Kräfte in der Stadt, die langsam stärker werden«, sagte er geheimnisvoll.

»Was meinst du mit anderen Kräften?«, flüsterte sie.

»Die Wiedertäufer. Es gibt viele Straßburger, die inzwischen deren Glauben anhängen.«

Der Zunftmeister begrüßte den Zunftrat und Mitglieder der Steltzenzunft. Während die anderen Gewerke der Zunft ihre Anliegen vorbrachten, hing Margarethe ihren Gedanken nach.

Sie erinnerte sich dunkel, dass es bei manchen Diskussionen ihres Mannes auch um die Wiedertäufer gegangen war. Diese lehnten die Kindertaufe ab und ließen sich erst als Erwachsene taufen, Glaubenstaufe nannten sie das. Einige Gruppen wollten nicht mehr auf die Obrigkeit hören und sonderten sich von den kirchlichen Gemeinden ab, dies war es auch, was Johannes Schwan als aufrührerisch gebrandmarkt hatte. In Straßburg hatte in diesem Sommer der Wiedertäufer Hans Wolff aus Bentfeld für Aufsehen gesorgt. Er hatte sich damit gerühmt, die Prediger der Stadt öffentlich zum Widerruf zwingen zu können. Daraufhin disputierte er etliche Male vor den Ratsherren mit den Predigern. Er behauptete, jede Obrigkeit sei unchristlich, Kinder solle man nicht taufen und kein Christ dürfe die Waffen ergreifen. Außerdem verkündete er den Weltuntergang, der sich in sieben Jahren auf den Himmelfahrtstag gleich nach zwölf Uhr zutragen werde. Der Rat befahl ihm, nach Bentfeld zurückzukehren, doch stattdessen blieb er in der Stadt und rühmte sich, die Pfarrer besiegt zu haben. Eines Tages hatte er sich im Münster zu Meister Matthis auf die Kanzel gedrängt und geschrien, er sei direkt von Gott erleuchtet und auserwählt, den Weltuntergang zu verkünden. Daraufhin ließ der Rat ihn in den Turm werfen und verwies ihn anschließend der Stadt. Margarethe hatte gedacht, der Bentfelder sei ein Einzelgänger, das schien aber, glaubte sie den Worten ihres Bruders, nicht der Fall zu sein.

Heute jedoch ging es um einen anderen Gefangenen im Turm. Der Rat beschloss, sich für die Freilassung des Druckers Köpfel einzusetzen, empfahl aber auch seiner Frau, persönlich beim Rat der Stadt vorstellig zu werden. Wie sich herausstellen sollte, half diese Maßnahme. Wolfgang Köpfel wurde einige Tage später gegen ein Strafgeld wieder freigelassen.

Dann wurde über Gesellen- und Lehrlingsangelegenheiten verhandelt. Es gab keine Einwände dagegen, dass Hans Prüß die Ausbildung seines Neffen übernahm. Das zumindest war geklärt. Jetzt war sie bis auf weiteres allein mit Wolfgang für die

Druckerei verantwortlich. Es würden harte, arbeitsreiche Zeiten für sie werden.

Es war ein heißer Spätsommerabend und ihr Schwiegersohn war schon nach Hause gegangen. Sie lauschte. Sie hörte das leise Singen von Grete, die anfeuernden Schreie von Bastian und Renatus und das Glucksen Elisabeths, die sie immer öfter von der Amme abholte. Margarethe saß vor dem Setzkasten. In der linken Hand hielt sie den Winkelhaken. Vor ihr, in einem Manuskripthalter, befand sich der Almanach von Otto Brunfels. Der Gelehrte hatte viele Sprüche der Heiligen Schrift zusammengetragen und als eine Erklärung der Welt ausgelegt. Viele Menschen waren verunsichert durch die Veränderungen der letzten Jahre, wussten nicht mehr, was sie glauben sollten, und wandten sich an Astronomen oder Wahrsager. Brunfels wollte ihnen mit Hilfe der Schrift einen Weg weisen, hatte er ihr eines Tages erklärt, als sie Bastian vom Unterricht bei ihm abholte. Sie gab sich sehr viel Mühe mit dem Druck. Auf der ersten Seite hatte sie einen Holzschnitt eingebaut, auf dem der segnende Jesus zu sehen war, am Ende fanden sich Zeichnungen, die die Anhänger der heidnischen Künste ansprechen sollten. Es tat gut, mal wieder eigenverantwortlich an einem Druck zu arbeiten. Letter für Letter nahm sie aus dem Kasten, stellte sie in den Winkelhaken und bildete aus den einzelnen Buchstaben Wörter.

Die Rufe der Kinder auf dem Holzmarkt mischten sich in das leise Klicken der Lettern. Sie war zufrieden. Ihre Kinder waren gesund, und Johann hatte seine Lehre wieder aufgenommen. Sicher, sie hatten nicht viel Geld, aber das ging anderen auch so. Auch ihr Bruder musste sich, jetzt wo er die Gläubiger abgefunden hatte, einschränken. Doch es gab keine Streitereien mehr im Haus und niemanden, der an ihr herumnörgelte, der sie bedrängte. Die Ruhe tat ihr gut.

Ein Schweißtropfen rann ihren Hals hinunter und kitzelte sie zwischen den Brüsten. Wie so oft bei den Arbeiten, die ihre

Finger auswendig beherrschten, hing sie Träumereien nach, und immer öfter dachte sie dabei an Balthasar Beck. Wie es ihm wohl ging? Was er wohl tat? Manchmal, wenn sie einen Laut an der Tür hörte, hoffte sie, dass er es war, der dort stand. Dann wieder schalt sie sich für ihre schwärmerischen Gefühle. Er hatte gesagt, er würde zurückkehren, nur wann? Vielleicht kam er nicht zurück, vielleicht hatte er in Konstanz sein Glück gefunden. Irgendwann würde auch sie wieder heiraten müssen. Ungeduldig strich sie sich mit dem rechten Handrücken den Schweiß von der Stirn. Wenn er wiederkäme …

Bei der nächsten Gelegenheit fragte sie ihren Bruder, ob jemand noch Geschäfte mit Balthasar Beck machte. Hans Prüß musterte sie erstaunt. Margarethe hielt seinen Blick aus, lief aber rot an. Dann sagte ihr Bruder, dass Pauli Goetz Kontakt zum jungen Beck habe.

Die Monate gingen ins Land und die ersten Gesellen musterten Margarethe bei Zunfttreffen mehr oder weniger unauffällig, denn sie war noch immer eine gute Partie. Die Vorstellung, einen dieser fremden Männer zu heiraten, kam ihr absonderlich vor. Doch dann kam der November des Jahres 1526, und Margarethes Schicksal wendete sich erneut. Hans Prüß hatte seine Schwester und ihre Kinder an einem Sonntag in die Helenengasse eingeladen. Margarethe freute sich auf dieses Familientreffen, die stets gesellig und heiter verliefen. Im Vorbeigehen warf sie einen Blick auf die in der Verkaufsbude ausgelegten Bücher. Luthers *Psalter Teutsch* lag neben seiner Schrift *Wider die räuberischen und mörderischen Rotten der Bauern*, und obwohl sie wusste, dass Hans nach wie vor Karlstadts Werke druckte, hatte er auch Luthers Polemik gegen den ehemaligen Weggefährten herausgebracht. Skrupel plagten ihren Bruder heute genauso wenig wie früher, gut nur, dass sie nicht mehr darunter zu leiden hatte.

Hans Prüß schickte die Kinder in die Stube, Margarethe aber bat er auf ein Wort in die Werkstatt. Wie groß war ihre Überraschung, als in der Druckerei ein Mann wartete – es war Balthasar Beck. Sie hatte schon beinahe die Hoffnung verloren, ihn wiederzusehen, aber nun war er da, Balthasar war zurückgekehrt! Sie wäre ihm am liebsten entgegengestürmt, doch das hätte wohl kaum dem Bild einer trauernden Witwe entsprochen. Andererseits: Musste sie sich hier verstellen? Sie bemerkte, dass er nervös mit einigen Lettern spielte. Als er sie sah, stürzte er ihr entgegen. Margarethe sah nichts als seinen erwartungsvollen Blick, sein Lächeln. »Mein Beileid. Hans hat mir von dem Unglück geschrieben«, sagte er. Aus dem Augenwinkel bemerkte sie, dass ihr Bruder den Raum verließ.

»Und du bist gekommen.«

»Wie hätte ich fortbleiben können?« Er nahm ihre Hände. Sie sah die goldenen Sprenkel in seinen grünen Augen leuchten. »Margarethe, weißt du es denn nicht – ich liebe dich.« Sie hatte es gespürt, sie hatte es gehofft, und jetzt, da sie es wusste, durchströmte sie das pure Glück. Als sie ihn an sich ziehen wollte, zögerte er. »Heißt es nicht, dass die Zunft besonders streng über die Ehrsamkeit der Witwen wacht?«, flüsterte er, kam jedoch näher.

»Ich habe in der Vergangenheit ohnehin schon genügend für Unmut bei den Zünftlern gesorgt.«

»Ein Grund mehr, vorsichtig zu sein.«

»So willst du mich nicht?«

Seine Finger bebten, als sie ihr übers Haar strichen. Zart hob er ihr Gesicht seinem entgegen. »Und wie ich dich will.« Sein Mund näherte sich ihrem, dann aber reckte er das Kinn und drückte einen Kuss auf ihre Stirn. Fast war sie enttäuscht. Er sah sie an, als rechne er damit, dass sie empört protestieren würde. Margarethe ließ den Gefühlen freien Lauf, die in ihr aufbrandeten. Sie legte die Hand um seinen Nacken, zog ihn an sich und umspielte mit ihrer Zunge seine Lippen. Balthasar erwiderte ihren Kuss leidenschaftlich. Nein, etwas so Himmlisches hatte mit Sünde nichts zu tun!

Da machte er sich von ihr los. »Wir müssen vernünftig sein«, sagte er heiser. »Ich wünsche mir nichts mehr, als mit dir zusammen zu sein. Aber wenn uns jemand entdeckt, verlierst du alles. Also lass uns warten, es kann ja nicht ewig dauern«, sagte er.

Sie musste lachen. »Du bist der Jüngere von uns und der Vernünftigere«, stellte sie fest. Dann zog ein Schatten über ihr Gesicht. »Du solltest wissen, dass ich dir keine Kinder schenken kann. Also wäre es vernünftiger, eine andere, jüngere Frau zu wählen.«

Er nahm ihre Hände, ihre Finger verbanden sich miteinander, als könnte sie nichts mehr trennen. »Ich will keine andere Frau. Du hast Kinder, wunderbare Kinder. Ich will ihnen ein guter Vater sein«, sagte er. Balthasar hielt ihre Augen fest, aus seinem Blick sprach Liebe. Keinen Augenblick lang zweifelte sie an seinen Gefühlen. Sie waren füreinander bestimmt.

Ein Klopfen riss sie wenig später aus ihrer Innigkeit. Sie hatte Balthasar berichtet, wie es ihr in den letzten Monaten ergangen war, und er hatte von seinen Erlebnissen in Konstanz und seiner Arbeit mit Pauli Goetz erzählt. Nun stand ihr Bruder Hans in der Tür. Als er ihre Augen leuchten sah, meinte er lächelnd: »So seid ihr euch einig geworden?« Sie nickten, und Hans schüttelte Balthasar die Hand. Margarethe kam es auf einmal vor, als ob sich die Männer besser kannten, als sie vermutet hatte. »Dann verlobt euch bald, damit es kein Gerede gibt. Balthasar kann in meiner Druckerei arbeiten, bis ihr heiraten könnt. Und nun lasst uns nach oben gehen, wir sollten die anderen nicht warten lassen.«

In der Stube stürmten ihre Kinder auf Balthasar zu. Margarethe hatte nicht geahnt, dass ihre Kinder den jungen Mann im letzten Jahr so liebgewonnen hatten.

Einige Tage später, als sie Balthasar im Hause ihres Bruders besuchte, saß ein Mann in der Druckerei und sah einen Bürstenabzug durch. »Das ist Hans Denck, früher Schulrektor in Nürnberg, jetzt Schriftkundiger. Ich drucke eines seiner Werke«, stellte ihr Bruder ihn vor. Denck war etwa Ende zwanzig, groß und schlank, wirkte allerdings abgekämpft. Aus den Bemerkungen ihres Bruders bei Tisch hörte sie heraus, dass Denck als Corrector bei einem Drucker in Basel gearbeitet und dort eine vierbändige griechische Grammatik herausgegeben hatte. Seine spätere Stelle am Sankt-Sebaldus-Gymnasium in Nürnberg hatte er anscheinend verlassen müssen, weil er Luther kritisiert hatte und den Wiedertäufern zuneigte. Danach hatte er unter anderem versucht, in Augsburg als Latein- und Griechischlehrer sesshaft zu werden, war jedoch wieder vertrieben worden. Bei ihrem Bruder wollte er eine Schrift mit dem Titel *Vom Gesetz Gottes* herausbringen, zudem plante er die erste vollständige Übersetzung der alttestamentarischen Propheten. Margarethe lauschte ihm aufmerksam, sie hatte zwar schon einiges über die Wiedertäufer gehört und gelesen, aber noch keinen persönlich kennengelernt. Was waren das für Menschen, deren Ideen von Luther, Kaiser und Papst gleichermaßen gefürchtet und geächtet wurden? Hans Denck war nicht um Worte verlegen, er sprach viel darüber, dass jeder einzelne Mensch im Geiste mit Gott verbunden sei. »Die Heilige Schrift halte ich über alle menschlichen Schätze, aber nicht so hoch wie das Wort Gottes, das da lebendig, kräftig und ewig ist«, erklärte er etwas zu feierlich. »Darum ist auch die Seligkeit nicht an die Schrift gebunden, wie nützlich und gut sie dazu auch sein mag.« Das Wort, das von Anfang an bei Gott gewesen sei, sei in den letzten Zeiten Fleisch geworden. Mit diesem Satz spielte er wohl auf Menschen an, die göttliche Visionen hatten.

Margarethe war verwundert. Galt nicht die Bibel als Grundlage allen Glaubens? War es nicht das, was Luther und seine Mitstreiter stets vertraten?

Hans Dencks Auge zuckte bei ihren Worten, doch seine Mundwinkel hoben sich zu einem verständnisinnigen Lächeln. »Und weil das so ist, sind die Veränderungen der letzten Jahre wie ein Baum ohne Wert, der nur grüne Blätter und Holzäpfel trägt. Es ist der Schrift nicht möglich, ein böses Herz zu bessern, wenn es auch gelehrter wird. Ein frommes Herz aber, in dem ein Funke göttlichen Eifers glüht, wird durch alle Dinge gebessert. So dient die Heilige Schrift den Gläubigen zum Guten und zur Seligkeit, den Ungläubigen aber zur Verdammnis, wie alle Dinge.« Denck war der Meinung, dass der Mensch einen freien Willen habe und selbst entscheiden könne, Gutes oder Böses zu tun. Christus sei ihm das Vorbild in der Lebensführung. Dieser Gedanke erschütterte Margarethe. War Christus nicht für die Sünden der Menschen gestorben? Wie konnte er nur ein Vorbild sein? Denck ging aber noch weiter: Gott werde jedem nach seinen Werken geben, dem Bösen die ewige Strafe, dem Guten das ewige Leben. »Auch alle Teufel und Verdammten könnten zuletzt selig werden«, sagte er.

»Wie das? Wie kann der Teufel selig werden?«, platzte Margarethe jetzt heraus.

»Gott in seiner allmächtigen Güte will nicht den Tod des Sünders, sondern das Leben«, erklärte Hans Denck. Jetzt mischten sich Balthasar und Hans ein.

Nachdenklich schwieg Margarethe. Hieß das nicht, dass man sündigen konnte, wie man wollte, und nicht dafür gestraft würde? Wenn dieser Glauben um sich greifen würde, könnte er dem Verbrechen Tür und Tor öffnen und ihre Gesellschaft in den Grundfesten erschüttern. Nun wunderte sie sich nicht mehr, dass manche diese Ansichten gefährlich fanden.

Das Gespräch kam auf die Glaubensflüchtlinge, die sich aus den verschiedenen Gebieten des Reiches und aus Frankreich in der Stadt eingefunden hatten, und auf die Ereignisse der letzten Monate. Seit auf dem Reichstag zu Speyer das Wormser Edikt ausgesetzt worden war, konnten die Städte ihre religiösen Angelegenheiten ungehindert wieder selbst in die Hand nehmen. Der Kaiser musste stillhalten, denn er brauchte die Hilfe der reichen Städte, um ein Heer auszurüsten. Suleiman der Prächtige hatte Ungarn eingenommen und stand an den Grenzen des Reiches. Die Straßburger Pfarrer predigten beharrlich für die endgültige Abschaffung der Messe, doch noch immer gab es Altgläubige, die sich dagegen wehrten. Außerdem würde diese Maßnahme einen endgültigen Bruch mit dem Kaiser bedeuten, und davor scheute der Rat zurück.

Als es dunkel war, erhob Denck sich. »Ich habe eine wichtige Aufgabe vor mir. Wollt ihr mich begleiten?« Margarethe zögerte, doch als sie sah, dass die Männer aufstanden und ihr aufmunternd zunickten, folgte sie ihnen, Regula und die Kinder blieben zurück. Hans Denck führte sie, Balthasar, ihren Bruder und ihren ältesten Sohn durch das Gassengewirr des Gärtnerviertels zu einem Wirtshaus. Schließlich betraten sie die Herberge »Zum Pflug« im Maiengässchen. Im Wirtshaus war es warm und stickig vor lauter Menschen. Sie sah, wie jemand sein Brot hochreckte und sang »Da iss, das ist mein Leib!« und ein anderer seinen Becher erhob und ihm antwortete »Da trink, das ist mein Blut.« Margarethe zuckte zusammen bei dieser schändlichen Anspielung auf das heilige Abendmahl. Hans Denck, der dies ebenfalls beobachtet hatte, ließ die Tür laut hinter sich ins Schloss fallen. Die Zecher verstummten. Der Wirt kam ihnen entgegen und brachte sie in einen Nebenraum. Viele Menschen folgten ihnen, sie schienen nur auf Denck gewartet zu haben. Margarethe erkannte einige Mitglieder der Steltzenzunft und auch einen städtischen Notar. Als sich alle einen Platz gesucht hatten, hieß Hans Denck die Anwesenden willkommen und begann zu predigen. Seine Worte ähnelten dem, was er schon in der Helenengasse gesagt hatte, er sprach jedoch ausführlicher über Taufe und Abendmahl.

Anschließend gingen sie in den Hof, den das Licht der Fackeln erleuchtete. Margarethe drängte sich an Balthasar, der zärtlich den Arm um sie legte. Hans Denck betonte noch einmal, dass die Kindertaufe ein Menschengebot und kein Gebot Christi sei. Die Taufe sei eine Einschreibung in die Gemeinde der Gläubigen. Tatsächlich traten einige Männer und Frauen vor und baten ihn, sie zu taufen. Mit einer Kelle taufte er sie mit frischem Wasser aus einem Krug, manche von ihnen sanken danach mit verklärtem Blick auf die Erde. Verwundert stellte sie fest, wie fasziniert Balthasar und Hans das Geschehen beobachteten. Wollten auch sie den Wiedertäufern angehören? War das nicht gefährlich? Und was war mit ihr, wie stand sie zu dieser neuen Glaubensrichtung?

Margarethe bemerkte, wie ihr Sohn das Schauspiel entrückt beobachtete. War es richtig gewesen, ihn mitzunehmen? Ihr fröstelte. Sie kehrten in das Nebenzimmer des Wirtshauses zurück. Hans Denck teilte kleine Brote und Wein an die Getauften aus und sprach ein Gebet im Gedenken an das Abendmahl des Herrn. Margarethe und die anderen beobachteten sie still. Durfte man an diesem unheiligen Ort den Leib Christi empfangen? Aber war es nicht ein Gottesdienst, dem sie beiwohnte? Ihr wurde mit einem Mal deutlich, wie sehr sich dieses Ritual im Laufe der letzten Jahre verändert hatte. Früher hatten die Priester eifersüchtig über Brot und Wein gewacht, hatten die geweihten Hostien mit viel Aufhebens an die Gläubigen verteilt und den Kelch, das Blut Christi, für sich behalten. Mit der Reform war das Verlangen nach dem Laienkelch gekommen, und was für ein besonderes Erlebnis war es für viele gewesen, als sie beim Abendmahl zum ersten Mal auch den Kelch gereicht bekamen. Und jetzt diese schlichte Zeremonie, die aller Beiwerke entledigt und doch berührend war.

Auf dem Rückweg tat Margarethe so, als habe sich ihr Schuh gelöst, und brachte Abstand zwischen sich und die anderen. Aufgewühlt fragte sie Balthasar, ob auch er ein Wiedertäufer sei. Der Drucker verneinte, sein junges Gesicht war ernst. »Aber es macht mich nachdenklich, was Hans Denck sagt. Und es berührt mich … vor allem ihre Art, Gottesdienst zu halten. Ist es nicht viel schöner als unsere steifen Messen in den kalten Kirchen, bei denen man nicht weiß, ob Gott dort wohnt?«

»Seine Ansichten sind so neu, so gefährlich! Es ist eines, mit dem Fortgang der Ereignisse unzufrieden zu sein, aber es ist etwas anderes, zu predigen, dass jeder sündigen könne, wie er wolle, und trotzdem selig werde. Stell dir nur vor, die Leute denken, sie könnten ehebrechen, rauben und morden, so viel sie wollen, und werden dafür nicht zur Rechenschaft gezogen. Wie sollen wir in so einer Welt leben?«, erregte sie sich. Balthasar verschloss ihre Lippen mit einem Kuss. Dann nahm er ihre Hand.

»Diese Gedankenwelt ist noch im Entstehen, hab doch Geduld! Die Reformer haben die Mauern eingerissen, die wir in unseren Köpfen hatten. Unter den Päpstlichen wurde uns gesagt, was wir zu denken, was wir zu glauben haben. Jetzt sind wir alle aufgefordert, herauszufinden, was wir glauben wollen. Ist es nicht aufregend, auf welche neue Ideen man kommen kann? Und natürlich werden manchmal Irrwege beschritten.« Er zog sie mit sich. »Komm, wir verlieren den Anschluss.« Sie liefen den anderen hinterher, und Margarethe fühlte sich auf einmal wieder unbeschwert. Balthasars Antwort beruhigte sie, auch wenn dieser Abend eine Überraschung für sie gewesen war. Es gab vieles in Balthasars Leben, das sie noch nicht wusste.

In den nächsten Monaten trafen sie sich regelmäßig im Haus ihres Bruders, auch besuchte Balthasar sie ab und zu am Holzmarkt. Ihre Sehnsucht nach ihm wuchs, und ihm schien es ähnlich zu gehen. Sie konnten es kaum erwarten, endlich zu heiraten, endlich eine richtige Familie zu werden. Im Mai 1527 war es so weit. Sie wurden in einer Kapelle des Münsters nach der neuen Trauordnung eingesegnet. Als der Pfarrer ihre Hände zusammenlegte und den Segen sprach, gab es kein Weihwasser, das über sie gesprengt wurde, auf dass sie weißer wurden als Schnee, und keine lateinischen Gebete mehr. Es war schlicht, ergreifend und verständlich, was der Pfarrer aus der Bibel zitierte. Margarethe musste nur schlucken, als er davon sprach, dass die Frau ein vollkommener Rebstock am Haus des Mannes sein und ihm Söhne schenken solle. Das war für immer vorbei, Balthasar wusste es, aber es war ihm gleich, das hatte er ihr erneut versichert.

Sie feierten im Kreis ihrer Familie, und als sie allein in ihrer Kammer waren, schenkte sie ihm eine Druckermarke, die der Künstler Hans Weiditz in ihrem Auftrag für Balthasar entworfen hatte. Sie zeigte eine bekleidete Frauengestalt mit kornbekränztem Haupt. In der linken Hand hielt sie eine große Ähre, in der Rechten ein Zepter, dahinter waren Holzpflug, Ackerstreifen und Gebäude zu sehen. Es war Ceres, die Göttin des Ackerbaus, der Ehe und des Todes. Sie stand in Margarethes Augen für den Kreislauf von Erschaffen und Vergehen, so wie Balthasar ihr durch seine Liebe ein neues Leben eröffnete. Aber auch er hatte sich etwas überlegt und schenkte ihr einen prächtigen Rosenbusch für ihren Hinterhof, den sie in jeder freien Minute schöner zu gestalten versuchte.

Am nächsten Tag begleitete Margarethe ihn zur Kanzlei, wo er das Bürgerrecht annahm, den Bürgereid schwor und ins Bürgerbuch eingetragen wurde. Balthasar Beck war ihr dritter und sollte auch ihr letzter Ehemann sein. Margarethe dankte dem Herrn für das Glück, noch einmal zu lieben und geliebt zu werden. Ihr Leben hätte endlich in ruhigen Bahnen verlaufen können, doch es waren unruhige Zeiten.

KAPITEL 15

STRASSBURG, ANFANG 1529

Margarethe reckte sich, bis sie das Kopfende ihres Bettes berührte, und lauschte darauf, ob Geräusche vom Holzmarkt in ihr Haus drangen. Noch war nichts zu hören, obgleich der neue Morgen schon seine ersten Strahlen durch ihr Fenster sandte. Ach ja, es war Sonntag, auch sie durfte noch einen Augenblick liegen bleiben und die Stille genießen. Sie drehte sich vorsichtig um. Balthasar lag ihr zugewandt, tief versunken im Kissen. Seine dunklen Wimpern flatterten zart, er verzog die Nase im Traum. Was er wohl träumte? Die Schatten der Nacht hatten in letzter Zeit eine wichtige Bedeutung in der Stadt erlangt. Es waren nicht mehr nur Ursula und Lienhart Jost, die ihre Visionen herausposaunten, auch andere Gläubige wurden von Bildern des Weltunterganges geplagt und berichteten darüber in Versammlungen. Aber daran wollte sie jetzt nicht denken. Sie stimmte ein heiteres Lied an und hoffte, dass es Eingang in die Gedanken ihres Geliebten fand. Seit zwei Jahren waren sie nun schon verheiratet, und Margarethe hatte es noch keinen Tag bereut. Am liebsten hätte sie Balthasar wachgeküsst, aber er sollte heute ausschlafen, und so betrachtete sie sein Gesicht mit einem zärtlichen Blick, als ob sie es streicheln würde. Seine Brust hob und senkte sich nun ruhiger, die bösen Träume schienen vorbei. Wie sehr sie ihn liebte, sie brannte darauf, es ihm zu zeigen. Sie strich mit ihrer Nasenspitze über seine Wange, bis sie seinen Mund fand, knabberte leicht an seinen Lippen, schließlich schmeckte sie seine Zunge, die ihrer zart und dann immer fordernder begegnete. Margarethe löste sich von ihm, strich mit ihren Fingerspitzen durch seine Locken, küsste die weiche

Haut und atmete seinen Geruch ein. Balthasar ließ ein wohliges Stöhnen vernehmen. Er streichelte ihren Hals, eine Gänsehaut überzog ihren Nacken, dann versanken sie in einem tiefen Kuss. Sie vibrierte vor Lust. Welche tiefen Gefühle waren ihr in ihrer letzten Ehe verschlossen gewesen, und was für ein Geschenk war es, dass sie diese jetzt erleben durfte. Sie glitt auf ihn, setzte sich auf seine Hüfte und lächelte ihn an. Die ersten Geräusche vom Platz waren zu hören, bald würden die Kinder erwachen. Es war, als wüsste Balthasar, was sie dachte, denn er flüsterte: »Uns bleibt Zeit genug, meine Wildkatze. Denk nicht an das, was kommen mag, sei ganz bei mir.« Seine Hände tasteten ihre Oberschenkel empor, strichen über ihre Hüften und begannen, ihre Brüste zu liebkosen. Sie reckte sich ihm entgegen. Ganz bei ihm, sie würde ganz bei ihm sein, bei ihrem Geliebten, dachte sie noch, bevor sie sich von ihren Gefühlen mitreißen ließ.

Es war seit dem Morgengrauen kaum heller geworden. Sie besuchten gemeinsam die Messe, danach begleitete Margarethe ihren Mann in die Zunftstube. Heute, am ersten Sonntag nach dem Neujahrstag, war die Ammeister-Umfahrt. Der neugewählte Ammeister fuhr auf alle zwanzig Zünfte, wünschte den Bürgern ein glückhaftes neues Jahr, mahnte sie zur Erfüllung ihrer Pflichten und nahm dem Zunftbüttel und den am Schwörtage abwesenden Bürgern den Eid ab.

Konrad von Duntzenheim hatte wohl bereits einige Zünfte besucht und dort auf ihr Wohl angestoßen, denn sein Schritt war so schwankend wie seine Rede. Als es an den Schwur kam, hoben nur sehr wenige Zünftler die Finger und sprachen ihm die althergebrachten Worte nach. »Glück, Heil, Gesundheit, den lieben Frieden und langes Leben wolle Gott Euch und uns allen geben«, schloss der Ammeister und bekam zur Benetzung seiner Kehle ein Glas Wein gereicht. Die Zünftler tummelten sich und strömten dem Tresen zu. Margarethe und Balthasar gesellten sich zu Hans Prüß und einem neuen Zunftmitglied, einem großen Mann mit hohen Wangenknochen und weißblauen Augen. »Christian Egenolff, Buchdrucker, Schriftgießer und Holzschneider«, stellte er sich vor. Balthasar begrüßte ihn freundlich und schloss auch Margarethe in das Gespräch ein. »Dies ist meine Frau, eine verdiente Druckerin, die eine besondere Vorliebe für die praktische Gelehrsamkeit hat«, stellte Balthasar sie vor.

»Das bedeutet?«, fragte Egenolff, seine Stimme war höher, als man es von seiner Statur erwartet hätte.

»Ich bereite gerade den Druck *Ein neues Pflanzbüchlein* von Johann Domitzer vor, darin geht es um die richtige Pflanzung und Pfropfung von Bäumen«, erklärte sie.

Ihr Bruder hob sein Glas. »Auf dass ein jeder ein Bäumlein pflanze«, prostete er ihnen zu.

»Du musst nicht spotten. Manch einer wird daraus lernen, wie er sein Apfel- oder Mandelbäumchen ohne Schaden groß bekommt. Das ist doch Grund genug, es zu drucken«, verteidigte Margarethe das Werk. »Dieser Domitzer, angeblich ein ehemaliger Augustinermönch, ist ein wohlgelehrter und gottesfürchtiger Mann. Er führt beispielsweise aus, dass die Veredelung ein Gleichnis für die Auferstehung des Fleisches sei. Das Reis stirbt bei der Trennung vom alten Stamm scheinbar ab und erwächst auf der neuen Unterlage zu einem zweiten, besseren Leben. Aber was preise ich es dir so sorglos an? Nachher lässt du es noch nachdrucken«, stichelte sie.

Meister Egenolff ging auf Abstand, als er aber Margarethe und Hans lächeln sah, ergriff er das Wort. »Ich verstehe, was Ihr meint. Mein erster Druck hier in Straßburg war eine *Kleine Wundarznei*. Mit derartigen Büchern kann man den Menschen gute Dienste leisten. Und man hat keine Probleme mit dem Zensor. Aber der Rat der Stadt scheint ohnehin geduldig mit Gelehrten zu sein, die nicht das reine Evangelium predigen, hört man.«

Jetzt verdüsterte sich Hans Prüß' Antlitz. »Ganz so ist es nicht. Viele Wiedertäufer werden in den Turm geworfen und gefoltert. Sie kommen als gebrochene Männer wieder heraus.

Wenn sie sich danach weiterhin weigern, Eide zu schwören oder Waffen zu tragen, werden sie der Stadt verwiesen. Wenn man ihre Schriften druckt, kann es schon zu einem Verbot kommen«, wusste er.

Margarethe dachte an den Beginn der Zunftsitzung zurück. Hatten viele Zünftler die Finger nicht zum Schwur erhoben, weil sie als Wiedertäufer keinen Eid schwören wollten? Diese Bewegung hatte sich nach dem Besuch Hans Dencks sehr schnell in der Stadt ausgebreitet. Schon kurz nachdem sie an dem Gottesdienst im Wirtshaus teilgenommen hatten, wurde Denck von den Pfarrern zu einem öffentlichen Streitgespräch gefordert, das vierhundert Neugierige anlockte. Hans Denck hatte seine Ansichten und die Druckschrift, die er bei ihrem Bruder veröffentlicht hatte, verteidigt, wurde aber dennoch der Stadt verwiesen. Nach ihm waren weitere Täuferprediger aus verschiedenen Teilen des Reiches nach Straßburg gekommen und hatten zahlreiche Anhänger gefunden. Viele waren aus Gebieten geflohen, in denen den Wiedertäufern inzwischen die Todesstrafe drohte. Es waren besonders fromme Menschen dabei, aber auch einige, die, wie Margarethe befürchtet hatte, unverblümt sündigten, weil sie glaubten, dass die erneute Taufe sie später wieder reinwasche. Inzwischen hatte der Rat der Stadt die Glaubensrichtung der Wiedertäufer verboten und unter Strafe gestellt.

Balthasar lenkte ab, so gut kannten sie Egenolff noch nicht, um über derart heikle Themen zu sprechen. »Die Zensoren, der Rat, die Kanzlei, überhaupt alle in der Pfalz haben anderes zu tun. Es heißt, die katholische Messe solle in Straßburg vollkommen abgeschafft werden.«

Meister Egenolff zog die Augenbrauen zusammen. »Aber das wäre unerhört. Der Kaiser könnte die Freiheiten der Stadt beschneiden, die Geldgeschäfte erschweren, die Bürger verschleppen lassen«, sagte er.

Auch Margarethe und Balthasar hatten oft darüber gesprochen, welche Folgen dieser Schritt haben könnte. Während Margarethe der Meinung war, dass ein Verbot nur noch mehr

Feindschaft schaffen würde, glaubte Balthasar daran, dass sich die Gemüter beruhigen würden, wenn die anstößigen Messen abgestellt wurden. »Die Messe, wie sie bisher in den Kirchen Brauch war, ist ein Geldstrick und gegen Gottes Wort. Deshalb haben alle Zünfte einmütig Ende letzten Jahres dem Ammeister Bittschriften zu ihrer gänzlichen Abstellung überreicht«, berichtete Balthasar und fügte hinzu: »Man muss Gott mehr gehorchen als den Menschen.«

Der Sankt-Martins-Platz und die umgebenden Straßen waren von Menschen gesäumt. Es waren Bürger in ihren pelzgefütterten Mänteln, aber auch viele Arme, die in den letzten Monaten in der Stadt Zuflucht gesucht hatten. Der Hunger sprach aus ihren Gesichtern, und doch leuchteten ihre Augen vor Hoffnung, denn an diesem Tage im Monat Hornung des Jahres 1529 sollte in Straßburg etwas Ungeheuerliches geschehen: Endgültig wollte sich die Stadt vom Joch der Päpstlichen befreien, endlich sollte die Messe abgeschafft werden. Die Augen der Menschen richteten sich immer wieder auf die gedeckten Freitreppen der Pfalz, die von verschiedenen Seiten zum Obergeschoss des Rathauses führten, wo das Stadtregiment und der Rat ihren Sitz hatten. Bereits um sieben Uhr in der Früh hatten sich die Räte der Stadt in der Pfalz versammelt, eine Stunde später waren die Schöffen eingetroffen. Als Margarethe und ihre Familie ankamen, ging das Gerücht um, dass gerade ein Brief des Reichsregiments von Speyer eingetroffen sei, in dem die Unterwerfung der Stadt unter den Willen des Kaisers gefordert wurde.

»Werden die Räte diesem Brief folgen?«, fragte Grete, die zu einer neugierigen Elfjährigen herangewachsen war. Im Haus am Holzmarkt, auf den Straßen und bei ihrer Lehrmeisterin war in den letzten Tagen so viel über das Verhalten des Rates, was die Abschaffung der Messe anging, gerätselt worden, dass selbst das Mädchen sich damit beschäftigte.

»Sie werden den Brief einen Brief sein lassen. Kaum einer im Rat will die Messe beibehalten. Die Frage ist eher, ob man bis zum Ende des Reichstages im Sommer noch abwarten soll«, gab Balthasar zur Antwort. Margarethe hatte sich am Anfang ihrer Ehe darüber gewundert, dass er mit den Kindern beinahe so ernsthaft wie mit Erwachsenen sprach. Als sie eines Tages dazu eine Bemerkung machte, hatte er gesagt, er sei der Ansicht, dass viele Kinder über mehr Verstand verfügten als mancher Erwachsene. Warum also sollte man ihnen Dinge vorenthalten? Grete nickte ernst, als habe sie es verstanden.

Margarethe gab ihm die kleine Elisabeth, er setzte die Zweieinhalbjährige auf seine Schultern. Ein Mann kam vorbei, er trug abgerissene Kleidung und stützte sich schwer auf einen gegabelten Ast. Sein Gesicht war von Schwären übersät, und sie wich ein Stück zurück, als er ihr die Hand hinhielt, dann kramte sie in ihrer Tasche und gab ihm ein Almosen.

Es war kalt, und während Johann, Bastian und Renatus am Rand der Menge spielten, bekam Elisabeth schon blaue Lippen. Ihre Blässe stand in scharfem Gegensatz zu ihren roten Haaren.

»Wenn es noch lange dauert, gehe ich mit den Kindern zurück. Du musst mir berichten, was geschieht«, flüsterte sie ihrem Mann zu, doch im gleichen Moment öffneten sich die Tore der Pfalz. Der Ammeister trat heraus, gefolgt von Räten und Schöffen. Er nahm sein Barett ab und erhob die Stimme: »Bei Schöffen und Ammann einer löblichen und freien Reichsstadt Straßburg, die Messe ist aberkannt«, verkündete er. Jubel erhob sich, Balthasar schloss Margarethe in die Arme, auch ihre Kinder stürmten jetzt herbei. Zwischen den lachenden Menschen waren aber auch einige, die sich still und leise zurückzogen. Etwas war geschehen, von dem man noch seinen Enkeln berichten würde. In Straßburg würde es keinen Gottesdienst in althergebrachter Form mehr geben. Die Reichsstadt hatte sich gegen Kaiser und Papst gestellt. Aber noch konnte niemand absehen, welche Folgen dieser Beschluss wirklich haben würde.

»Komm, Agnes, ich begleite dich zum Speicher«, munterte Margarethe ihre neue Magd auf. Agnes lächelte erleichtert und packte den Korb. Erst vor einigen Tagen hatten sie die verschüchterte junge Frau in ihr Haus aufgenommen. Agnes gehörte einer Familie von Wiedertäufern an und hatte ihre Heimatstadt Augsburg fluchtartig verlassen müssen. Sie war jedoch freundlich, hatte eine zupackende Art und brauchte Hilfe, Gründe genug für Margarethe, sie anzuheuern, denn ihre alte Magd hatte sie verlassen. »Hast du dich langsam eingewöhnt?«, fragte Margarethe sie freundlich. Agnes sah sie schüchtern an.

»Ja, Herrin. Nur die Wege machen mir zu schaffen, ich verlaufe mich noch oft.«

Jetzt führte Margarethe sie durch die Gassen zum Stadtspeicher. Sie gingen an abgerissenen Gestalten, an abgemagerten Bettlern vorbei. Männer hielten sie an und fragten sie, ob sie Arbeit für sie hätten. Frauen saßen am Straßenrand und verkauften ihre wenigen Haushaltsgegenstände. Die Not war selbst in der reichen Stadt Straßburg mit den Händen zu greifen. Die Ernten waren schlecht gewesen, Lebensmittel waren teuer, und auf dem Land hungerten die Menschen. Es hatte sich herumgesprochen, dass die Kornkammern der Stadt prall gefüllt waren, täglich strömten Hungernde in die Stadt, Hunderte wurden bereits im Barfüßerkloster gespeist. Auch Margarethe musste knapsen, schließlich umfasste ihr Haushalt samt Geselle, Magd und Knecht zehn Personen. Käufer waren hingegen knapp, Geld für Bücher hatten nur die wenigsten übrig. Es war eine Erleichterung für sie, dass der Rat der Stadt auch jedem Bürger vom Stadtspeicher Korn austeilen ließ.

Sie konnte den Eingang zum Stadtspeicher kaum vor lauter Köpfen sehen, so gewaltig groß war die Menge. Alle traten und schubsten, um an das Ausgabefenster zu gelangen. Margarethe ließ sich nicht abdrängen und gab gleichzeitig auf Agnes acht. Endlich hatten sie das kleine Fenster erreicht und bekamen ihr Korn. Sie machten jetzt einen Bogen um die Wartenden. Gierig sah eine Alte sie an, als sie an ihr vorbeigingen. Agnes umfasste den Korb mit ihren Armen und folgte Margarethe in eine Seitenstraße.

»Aus dem Weg!«, ertönte da ein harscher Befehl. Stadtbüttel räumten die Straße frei, Margarethe und Agnes wurden an eine Häuserwand gedrängt, Angst flackerte in den Augen der Magd auf. Sie hörten ein Schlurfen und Klirren, als ein Trupp Gefangener um die Ecke bog. Es waren etwa dreißig Frauen und Männer in schmutziger, zerschlissener Kleidung, manche zogen ein Bein nach oder trugen blutige Lappen um Kopf oder Hände. Die meisten hielten das Haupt gesenkt, einige blickten beinahe stolz in die Menge. Am Schluss ging ein Büttel, der sie mit einer Peitsche schlug, sie antrieb wie Vieh. Margarethe war angeekelt und empört zugleich. »Die Wiedertäufer sind's, die von ihrem Glauben nicht lassen wollen. Sie werden jetzt der Stadt verwiesen«, feixte ein Mann. Er bückte sich, hob einen Stein, schmiss ihn und traf einen der Gefangenen am Leib. Margarethe sah demonstrativ an dem Mann vorbei, der sich über seinen Treffer freute, da hörte sie ein unterdrücktes Schluchzen. Agnes rang um Haltung, doch schon zuckten ihre Schultern, und Tränen schossen aus ihren Augen. »Was flennst du? Gehörst wohl auch zu ihnen, was?«, fuhr der Mann die Weinende an. Margarethe packte der Zorn.

»Mitleid stünde jedem von uns gut an, ob es nun Wiedertäufer sind oder nicht!«, sagte sie.

»Diese Ketzer verdienen kein Mitleid«, beharrte der Mann und warf einen weiteren Stein. Als der Gefangenentrupp vorbeigezogen war und die Gasse sich wieder füllte, zog Margarethe ihre Magd in einen Hinterhof. Agnes schlug die Hände vor das Gesicht und begann haltlos zu weinen. »Sie haben sie einem peinlichen Verhör unterzogen, wie in Augsburg! Sie haben ihre Körper an Gewichten hochgezogen und den Frauen die Finger in den Daumenstock gesteckt. Und ich dachte, wir wären hier sicher«, schluchzte sie. Margarethe hatte Mühe, sie zu beruhigen.

»Du bist hier sicher! Es ist grausam und ungerecht, aber ganz so schlimm wie in anderen Gegenden ist es in Straßburg noch nicht«, sagte sie und wusste doch, dass es kein Trost war. Bei dem Zweiten Reichstag von Speyer war erst vor kurzem verordnet worden, dass alle erwachsenen Täufer ohne vorhergehende Inquisition durch ein geistliches Gericht hinzurichten seien. So zerstritten die Glaubensführer im Deutschen Reich auch waren, gegen die Wiedertäufer hielten sie zusammen, dachte Margarethe bitter. Diese wurden vor allem angeklagt, weil sie Aufrührer seien und sich gegen die bestehende Ordnung wandten. Manche wollten keine Eide schwören und keine Waffen in die Hand nehmen, stattdessen verteidigten sie angeblich die Vielweiberei und die Gemeinschaftlichkeit aller Güter, alles sollte allen gehören. Das empfanden gerade jene, die viel hatten, als bedrohlich. In anderen Städten waren schon viele Täufer durch das Schwert gerichtet worden. In Straßburg dagegen blieb man dabei, die beharrlichen Wiedertäufer zu foltern und der Stadt zu verweisen.

»Nicht schlimm? Manchen hat man die Wangen durchstoßen, manchen die Zunge abgeschnitten, andere gar enthauptet. Das habe ich in Augsburg selbst gesehen«, greinte die Magd. »Es heißt immer, wir sollen das Leid dankbar auf uns nehmen. Wir sollen Märtyrer des Herrn werden. Aber ich kann es nicht! Ich fürchte mich so.« Margarethe sah sie fest an.

»Solange du still und heimlich deinem Glauben nachgehst, wird niemand dir etwas tun. Von uns wird dich keiner verraten«, versprach sie. »Und vielleicht kommen irgendwann wieder bessere Zeiten.«

Das letzte Stück Speck. Sollte sie es wirklich heute aufbrauchen? Kurz entschlossen schnitt sie es durch und legte die Hälfte zurück. Das musste reichen, bis sie wieder Speck bekommen könnte, aber wer wusste schon, wann es so weit war? Dennoch, wenn sie nicht heute eine reichhaltigere Suppe als üblich auf den Tisch brachte, wann dann? Es war Freude, Stolz, aber auch Trauer, die Margarethe erfüllten. An diesem Tag am Ende des Monats April würde ihr Sohn Johann in der Zunftstube seinen Abschied als Lehrling nehmen und als Geselle aufgenommen werden, bald würde er auf Wanderschaft gehen.

Sie schnitt den Speck klein und briet ihn an. Schon kam ihr Mann, die Augen geschlossen, die Nasenflügel zuckend, herein. Doch statt die Nase in den Topf zu stecken, kam er auf sie zu und schnupperte an ihrem Hals. »Was duftet hier so gut?«, sagte er. Margarethe musste lachen. Er bemerkte aber auch ihre Wehmut. »Dein Sohn ist groß und freut sich darauf, die Stadt zu verlassen. Das ist die beste Voraussetzung für die Gesellenwanderung! Außerdem wird er als Erstes zu Barbara und Wolfgang nach Basel ziehen, die werden schon auf ihn Acht geben.« Sie nickte. Schon kurz nach ihrer Heirat war die Stieftochter mit ihrer Familie in die Schweiz gereist. Seitdem waren viele Briefe, aber auch viele Bücher zum Nachdruck hin- und hergeschickt worden. »Basel ist eine schöne Stadt. Und wenn alles gutgeht, kann er bald wieder hierherkommen. Sobald die Zeiten besser werden, kaufen die Leute wieder mehr Bücher, und wir haben auch für Johann genug zu tun«, tröstete er sie.

Margarethe wusste, dass ihr Mann davon träumte, die Druckerei auszubauen, und bei der Energie, mit der er alles anpackte, würde es ihm auch gelingen. »Barbara hat geschrieben, dass sie ihm schon ein Lager bereitet haben«, sagte sie. Balthasar nahm das Messer. Margarethe wollte ihn aufhalten, doch er machte weiter. Er schnitzte aus einem Rübenstück eine Rose und überreichte sie ihr formvollendet, sie dankte mit einem Handkuss.

Johann kam herein und lächelte schief. »Vergesst mich nicht«, beschwerte er sich. Balthasar legte ihm den Arm um die Schultern. Ihr Sohn war schon beinahe so groß wie ihr Mann, hatte aber die breite Statur seines Vaters Reinhard. »Keine Angst! Du bist doch die Hauptperson heute«, meinte er und ging mit ihm hinaus. Margarethe kochte die Suppe und verdünnte sie, so stark es ging, ohne den Geschmack zu verwässern, damit sie auch einige Schalen an die Helfer, die Balthasar von Zeit zu Zeit für die Druckerei anheuerte, ausgeben konnte.

Auf dem Weg zur Zunftstube lief Johann voraus, als könne er es kaum erwarten, kein Lehrling mehr zu sein. Da entdeckten sie an einem Haus in der Münstergasse einige bedruckte Zettel, die verstreut auf dem Boden lagen. Als Margarethe und Balthasar bei Johann angekommen waren, hatte er schon einen aufgehoben und las vor: »*Seid gewarnt! Die Ratsherren und die Prediger haben sich gegen die katholisch gesinnten Bürger verschworen. Sie haben achthundert Söldner gedungen, um die Altgläubigen niederzumachen. Der Mitverschworene.*«

Fragend sah er sie an. Balthasar riss ihm die Zettel aus der Hand, hob die restlichen auf und warf sie hinter einen Busch. »Kommt weiter!«, forderte er sie auf. »Wir sprechen später darüber.« Margarethe sah sich um, die Gasse war leer. Sie hatte auch schon von den Schmähbriefen gehört, die seit der Abschaffung der Messe in der Stadt auftauchten. Vor allem Wiedertäufer waren im Zusammenhang mit diesen Zetteln verhaftet und unter Folter verhört worden, erfolglos allerdings, denn die Schmähungen gingen weiter. Der Rat würde nicht ruhen, bis die Verantwortlichen gefasst waren. Besser, sie würden gar nicht erst mit einem dieser Zettel gesehen, sonst hieße es noch, sie hätten damit zu tun.

In den nächsten Stunden kam Margarethe die Schmähschrift nicht mehr in den Sinn, zu viel Trubel herrschte in der Zunftstube. Das Gesellenmachen war mit vielen Zeremonien verbunden, die hohe Kosten verursachten. Ein Geselle musste an die Handwerkslade eine Aufnahmegebühr zahlen, sowie die Zeche auf der Zunftstube. Da heute mehrere Lehrlinge als Gesellen aufgenommen wurden, konnten sie sich zumindest die Ausgaben für die zahlreichen Maß Wein und einen Imbiss teilen. Johann brachte alle Zeremonien sehr würdevoll hinter sich, wobei ihm Balthasar als Stiefvater und Meister zur Seite stand. Nach einer kurzen Frist würde er den dreizehnjährigen Bastian als neuen Lehrling aufnehmen, Renatus mit seinen sieben Jahren würden hingegen weiterhin die Schule besuchen und Latein lernen.

Zu später Stunde saßen sie, schon mehr oder weniger angeheitert, an einem Tisch in einer Ecke der Zunftstube und stießen ein letztes Mal auf Johann an. Dem jungen Mann war im Laufe des Abends oft zugetrunken worden, er hielt sich nur noch mühsam auf den Beinen. Margarethe half ihm auf eine Bank und legte seinen Kopf auf ihren Schoß. Balthasar erzählte ihrem Bruder Hans gerade von den Zetteln, die sie gefunden hatten. »Seit Wochen schon findet man diese Schmähbriefe in der Stadt. Straßburg werden darin göttliche und menschliche Strafen angedroht. In einer Schrift – übrigens in französischer Sprache abgefasst – wurde an den Bauernkrieg und den grausamen Herzog von Lothringen erinnert, der die Stadt heimsuchen könnte«, wusste Hans.

»Auf anderen steht *Schlag tot Weib und Kind, die nicht evangelisch sind*. Jeder scheint jeden aufwiegeln zu wollen. Und jetzt das! Panikmache und Anschuldigungen gegen den Rat. Irgendjemand will Zwietracht in der Stadt säen«, sagte Balthasar ungehalten.

Margarethe war ernstlich besorgt. Bei den vielen Hungernden und Unzufriedenen, die sich in den Gassen tummelten, konnte die Stimmung leicht umschlagen. Oft sah sie brutale Schlägereien, auch hatte die Unzucht sogar in den Ecken des Münsters wieder zugenommen. »Nur weil Straßburg eine freie Stadt ist, kann man sich hier alles erlauben, scheinen manche zu glauben«, seufzte sie.

»Dabei wird die Stadt von allen Seiten angefeindet, seit sie die Messe abgeschafft hat. Das hat man doch auf dem Reichstag deutlich gesehen. Die katholische Mehrheit will ihren Glauben mit Gewalt durchsetzen. Das Wormser Edikt wurde wieder eingesetzt. Die Wiedertäufer wurden zu Verbrechern erklärt, die man ohne Gericht und Urteil wie reißende Bestien töten soll. Dagegen konnte sich Straßburg nur zur Wehr setzen!«, meinte ihr Mann. Tatsächlich hatten die evangelischen Stände, unter ihnen auch Straßburg, eine Protestation abgegeben, in der sie erklärten, den geplanten Reichstagsbeschlüssen aus Gewissensgründen nicht zustimmen zu können; seitdem wurden die evangelischen Reichsstände von der katholischen Mehrheit als »Protestanten« beschimpft.

»Luther, sagt man, verdammt die Protestation, weil sie auch

von den Anhängern Zwinglis, seines Feindes, mitgetragen wird«, wusste Hans Prüß. Der alte Streit zwischen den Wittenbergern und den Schweizern war so heftig wie noch nie.

»Den Täufern hingegen geht die ganze Entwicklung nicht weit genug«, warf Balthasar ein. »Ich habe es von Johannes Bünderlin. Ich werde einige weitere Schriften von ihm drucken.« Johannes Bünderlin aus Linz galt derzeit als einer der wichtigsten Prediger der Wiedertäufer in der Stadt, Margarethe fürchtete, es könnte heikel werden, sich zu eng mit ihm zu verbinden. Ein Buch herauszubringen war eines, aber gleich mehrere zu verbreiten barg Gefahren. »Je besser man die Haltung eines anderen kennt, umso eher kann man ihn auch begreifen, meine ich«, fügte Balthasar hinzu. »Unsere Pfarrer diskutieren mit jedem Sektierer, der es wert ist. Warum sollen die einfachen Leute nicht wissen, worum es in diesen Gesprächen geht? Dann können sie sich ihre eigene Meinung bilden.«

Margarethe rieb die Hände wärmend aneinander. Es war ungewöhnlich kalt für Ende Mai. Am Ufer der Schiffer-Staden standen Männer und warteten darauf, dass sie für einige Stunden angeheuert wurden. Eine Frau kauerte mit ihrem Neugeborenen an einer Mauer und streckte flehend die Hand aus. Die Stadtbüttel durchstreiften die Gassen und verscheuchten die Bettler, doch kaum waren sie um eine Ecke gebogen, tauchten die nächsten Hungerleider auf. Die Almosenpfleger der Stadt mühten sich, die Armen zu versorgen, aber täglich wurden es mehr. Wenn es so weiterging, würde sich die Hungersnot noch verschärfen. Mitte des Monats hatte eine schwere Flut die Stadt heimgesucht und viele Felder überspült und leergefegt, das wenige fest verwurzelte Gemüse war mickrig. Erst vor kurzem war Margarethes kleiner Garten über Nacht geplündert worden, so dass sie ohne eigene Ernte bleiben würde. Ihnen ging es noch vergleichsweise gut, aber unter den Armen schien ein Kampf um jeden Bissen ausgebrochen zu sein. Im Moment herrschte allerdings eine merkwürdige Ruhe in der Stadt, denn gestern war an einem sechzehnjährigen Rahmenmacher ein Exempel statuiert worden. Er hatte gestanden, die Schmähbriefe gegen den Rat und die Evangelischen verfasst zu haben. Der junge Mann war enthauptet und gevierteilt worden, die Gliedmaßen hatte man an vier verschiedenen Straßen hängen lassen. Die Hinrichtung war eine Warnung an alle Aufwiegler, denn auch wenn der Rat die Angelegenheit nun auf sich beruhen lassen wollte, wusste doch jeder, dass auch noch andere für die Schmähbriefe verantwortlich waren. Glücklicherweise war Johann zwar fromm, hatte sich aber nie für religiöse Angelegenheiten ereifert. Vielleicht war es gut, dass er die Stadt verließ, dachte Margarethe. Ihr Sohn schien von all dem nichts mitzubekommen. Fröhlich pfiff er ein Lied, seinen Kleidersack hatte er abgelegt, mit seinen Geschwistern machte er Späße. Als der Schiffer das Zeichen zum Ablegen gab, drückte er jedes Familienmitglied kurz an sich. Balthasar reichte ihm ein Paket mit Büchern und Schriften, die Wolfgang in Basel nachdrucken konnte, dann schloss Margarethe ihn in die Arme. Sie mochte ihren Erstgeborenen gar nicht gehen lassen, ungelenk, aber bestimmt machte er sich von ihr los. Margarethe winkte ihm nach, bis das Schiff hinter einer Flussbiegung verschwand.

Das Geräusch fraß sich in ihren Traum, drängte sich in ihre Gedanken, in ihr Bewusstsein. Was war das? Wer bewegte die Presse? Der neue Geselle konnte es nicht sein, er hielt sich streng an die Regeln des Hauses. Margarethe setzte sich auf. Balthasar war noch nicht da. Immer wenn in der Vergangenheit jemand heimlich an der Presse gearbeitet hatte, hatte es nichts Gutes zu bedeuten gehabt. Sie schlich die Treppe hinunter. Im warmen Schein einer Kerze erkannte sie Balthasars Gestalt. Er hielt überrascht inne. Sie trat hinter ihn und schlang ihre Arme um seinen Leib. Unschlüssig hielt er das bedruckte Papier in der Hand. Wollte er es vor ihr verstecken?

»Soll ich nicht sehen, was du druckst?«, fragte sie neckend. Sie wurde erst ernst, als Balthasar ihr Lächeln nicht erwiderte.

Sie hatten noch nie etwas voreinander verborgen. Schließlich hielt er das Papier so, dass sie es lesen konnte. »*Ein Ratschlag Luzifers?*« Sie überflog den Bogen, dann fasste sie seinen Inhalt zusammen: »Der Papst war Luzifers Statthalter, und jetzt hat Luther sein Regiment übernommen, dagegen kommen die Schweizer und die Täufer gut weg.« Eine gefährliche Botschaft. Seit in anderen Städten auch Drucker wegen ihrer Schriften hingerichtet worden waren, überlegte Margarethe zweimal, bevor sie ein strittiges Buch drucken ließ. Dieses Büchlein war aber das eine, Balthasars Verhalten das andere.

»Seit wann hast du Geheimnisse vor mir?«, fragte sie.

Balthasar hängte das Blatt auf und kam wieder zu ihr. Er umfasste ihre Schultern und sah ihr fest in die Augen. »Ich habe keine Geheimnisse vor dir. Ich wollte dich nur schützen. Es ist ein Büchlein, das Pauli Goetz mir gegeben hat. Ich werde es ohne Druckervermerk herstellen, Goetz bringt es dann unter die Leute. Es wird uns keinen Ärger bereiten«, sagte er beruhigend.

Margarethe machte sich los. »Aber warum meinst du, mich schützen zu müssen, wenn kein Ärger droht?«

Beinahe hilflos stand er da. »Ich wusste nicht, was du davon hälst. Du bist so stolz auf die ganzen gelehrten Werke, die deine Druckerei herausgebracht hat. Und jetzt so was …«

Sie wollte nicht, dass etwas zwischen ihnen stand. »Warum willst du es drucken?«

»Die Menschen streiten sich bis aufs Blut. Sie bringen einander um für die Fragen, ob Christus in einem Brocken Brot steckt oder ob man unwissende Kinder taufen soll. Dabei glauben wir doch alle an einen Gott.« Dann zog ein Lächeln über sein Gesicht. »Außerdem ist dieses Büchlein böse. Es wird die Gemüter erregen. Es wird reißenden Absatz finden. Und es wird zum Nachdenken anregen.«

Margarethe trat zur Presse, ergriff die Handballen, nahm mit kreisenden Bewegungen Farbe vom Farbtisch mit ihnen auf und rieb sie aneinander, um sie gleichmäßig einzufärben. »Das ist Grund genug, es zu drucken«, sagte sie.

Balthasar legte zart den Finger unter ihr Kinn und küsste sie. »So liebe ich meine Margarethe«, flüsterte er.

»Aber keine Geheimnisse mehr, versprochen?«, gab sie zurück. Er besiegelte sein Versprechen mit einem weiteren Kuss.

Das letzte Licht des Tages reichte gerade noch aus, um den Schluss des Buches *Spiegel der Arznei* durchzusehen. Es war ein Werk des Kolmarer Arztes Lorenz Fries, das in seinen letzten Auflagen arg verunstaltet und mit Fehlern gespickt worden war. Margarethe und Balthasar hatten daher den Gelehrten Otto Brunfels gebeten, das Werk zu korrigieren, eine Aufgabe, die er gerne übernahm, um einige Taler zu verdienen. Es war ein eng bedrucktes Buch, das einen reichhaltigen Fundus an medizinischem Wissen bot. Der Titel war mit Holzschnitten geschmückt, darunter waren auch Bilder, die die berühmten Ärzte Galienus und Aeskulap darstellen sollten. Unter der Titelzeile hatten sie *Gebessert und fleißig übersehen durch Otto Brunfels* vermerkt. Die Zeilen auf der letzten Seite wurden immer schmaler, so dass der Text in eine Art Rundung auslief. *Gott wollt uns allen geben / Gesundheit der Seele / und des Leibes / welcher gelobt und gebenedeit sei / in Ewigkeit / Amen*, stand dort. Und zuletzt: *Gedruckt und vollendet in der kaiserlichen und löblichen Stadt Straßburg von Balthasar Beck auf den 23. Tag des Augustmonats in dem Jahr unseres Seligmachers Jesu Christi 1529*. Eine Gänsehaut überzog ihren Arm. Selbst der Sommer war in diesem Jahr zu kühl gewesen, sie konnte sich kaum daran erinnern, dass die Sonne so gebrannt hatte, wie es sonst der Fall gewesen war; auch hatten die Kinder nicht im Fluss gebadet. Für ihre schweißtreibende Arbeit waren diese Temperaturen allerdings besser, und sie hatten reichlich zu tun gehabt. Nur gut, dass sie einen neuen Gesellen, den Lehrling Bastian und ihre Magd Agnes hatten. Sie legte die Papiere aufeinander. Es war alles in Ordnung, morgen könnten sie weiterdrucken.

Sie trat an die Tür, setzte sich auf die Schwelle und sah auf den Holzmarkt hinaus. Eine Katze saß, die Ohren gespitzt, vor einem der Holzstapel und lauerte auf eine Maus. Margarethe beobachtete, wie sie zum Sprung ansetzte, die Maus fing und mit einem Bissen verschlang; selbst Mäuse schienen in diesem Jahr mager zu sein. Auf den Märkten waren die Stände leer, die Trauben an den Weinstöcken würden vermutlich nicht reif werden. Viel zu ernten gab es in ihrem Garten ebenfalls nicht.

Sie sah ihren Mann um die Ecke biegen, lächelnd ging sie Balthasar entgegen. Er trug Papiere in der einen Hand und umfing ihre Taille mit der anderen. »Lass uns noch einige Schritte gehen«, schlug er vor.

Margarethe hakte sich bei ihm ein, und sie liefen ein Stück am Fluss entlang. »Wie war es bei unserem ›Diener des Wortes‹? Was wollten die hohen Herren von dir?«, fragte sie gespannt.

Balthasar war an diesem Abend in das Haus des Pfarrers Wolfgang Capito eingeladen worden. Er lachte leise. »Es ist eine merkwürdige Gemeinschaft in diesem Haus. Du weißt ja, Capito bietet vielen Gelehrten, die von außerhalb kommen, Obdach an. Wenn er die Andersgläubigen dabei bekehren kann, umso besser. Schwenckfeld und Capito scheinen sich gut zu verstehen. Und mit meinem Buch sind sie ausgesprochen zufrieden.« Ihre Druckerei hatte erst kürzlich zwei Werke des Adeligen Caspar Schwenckfeld von Ossig gedruckt, der wegen seines Glaubens aus seiner schlesischen Heimat verbannt worden war. Da er sich in der Frage des Abendmahls gegen Luther gestellt hatte, wurde er auch in vielen evangelischen Städten nicht gerne gesehen, in Straßburg hingegen fand er Verbündete. »Nun gibt es aber einen weiteren Neuling in der Stadt, den die beiden mir vorstellen wollten. Es ist ein merkwürdiger Mann, eigentlich ein Kürschner und Pelzer aus der Reichsstadt Hall in Schwaben, verschroben, aber mit einem religiösen Eifer, der einen leicht mitreißt. Er hat mir eine seiner Schriften mitgegeben.« Balthasar hob die Papiere an, Margarethe nahm sie ihm ab, sie waren eng beschrieben, es war jedoch zu dunkel, um etwas entziffern zu können. Sie setzten sich in das Gras und sahen auf den glitzernden Fluss hinunter. Balthasar berichtete von diesem Pelzer, Melchior

Hoffman war sein Name, der in Livland, Schweden, Holstein, Friesland und in den Niederlanden Gottes Wort gepredigt hatte. »Die Schrift handelt von der öffentlichen Disputation, bei der er sich in Flensburg gegen lutherische Theologen wie Johannes Bugenhagen verteidigen musste.«

Margarethe horchte auf. »Was warf man Hoffman vor?«

»Er ist nicht leicht zu verstehen. Er spricht überschwänglich, und dann dieser Dialekt … Aber fest steht, dass auch er in der Abendmahlsfrage eine andere Haltung als die Lutheraner vertritt«, sagte Balthasar und warf einen Stein in das Wasser, der weite Kreise schlug.

Sie beobachtete, wie die Strömung des Flusses die Kreise verwischte, und fragte dann: »Wirst du sie drucken?« Alles, was mit dem Abendmahl zu tun hatte, schien ein Feld voller Fallgruben zu sein, und ein Fehltritt hatte schwerwiegende Folgen. Dabei wusste sie eigentlich schon, was er antworten würde.

»Natürlich. Hoffman ist von unseren angesehensten Pfarrern Bucer, Capito und Hedio hier willkommen geheißen worden. Was für unsere Prediger gut ist, dagegen dürfte auch der Zensor nichts haben.« Balthasar legte den Arm um sie und Margarethe schmiegte sich an ihn. »Und denk dir, ich bin auch mit Doktor Hedio ins Gespräch gekommen. Er plant die Übersetzung einiger historischer Werke und fragte mich, ob ich ihm meine Presse zur Verfügung stellen würde. Ich!« Seine Begeisterung tat ihr gut und wischte alle Bedenken fort. Margarethe war beruhigt, für den Moment zumindest.

»Ah, der Geruch der Gelehrsamkeit! Des Wissens! Und der Freiheit! Wie beruhigt dieser Duft mein aufgewühltes Herz! Und wie erinnert er mich an bessere Zeiten!« Der Mann, der in der Tür stand, war schmal. Die kleinen Augen lagen tief in den Höhlen, unter seinem Hut wölbten sich kurze Locken. Der Oberlippenbart und der gepflegte Vollbart bedeckten die hohlen Wangen. Margarethe fragte freundlich nach seinem Anliegen. »Ich bin Melchior Hoffman, Pelzer von Beruf und Prediger aus

Berufung. Ich suche hier einen braven Drucker namens Balthasar Beck«, gab er zur Antwort. Sie hatten Hoffmans Verteidigungsschrift bereits vor einigen Wochen gedruckt und damit gutes Geld verdient.

»Ich bin seine Frau«, stellte Margarethe sich vor.

Melchior Hoffmans Blick blieb an ihren farbengesprenkelten Händen hängen und sagte: »Seine Frau und ebenfalls Druckerin, nehme ich an.« Sie nickte, bat ihn, sich zu setzen, und bot ihm etwas zu trinken an. Während Margarethe ihm einschenkte, nahm er mit einem wehmütigen Seufzen die Druckerei in Augenschein und brach erneut in anerkennende Rufe aus.

»Ihr scheint Euch mit Druckereien auszukennen«, merkte sie an.

Sein Gesicht verdüsterte sich. »Ich besaß in Holstein eine eigene Druckerei. Doch nach der unseligen Disputation mit dieser aufgeblasenen Eselslarve Bugenhagen verjagte man mich. Mein Haus wurde geplündert, Bücher und Druckerzeug im Wert von tausend Gulden wurden vernichtet und die Ungläubigen trachteten nach meinem Hals. Doch Gott half mir!«, rief er aus.

»Was habt Ihr denn so Schlimmes getan?«, wollte Margarethe wissen. Sie hatte zwar Hoffmans Schrift gelesen, doch die schien in einigen Fragen sehr einseitig zu sein.

Melchior Hoffman zwirbelte an seinem Schnurrbart. »Ich habe die falschen Propheten gescholten. Ich habe gesagt, dass Christus nicht am Tische gesessen und zugleich im Brot gewesen sein kann. Man kann Christus doch nicht in ein Brot hineinzaubern wie Zauberkünstler den Satan in ein Glas! Das Wort ist Christus selbst. Das Wort ist die Kraft.« Drohend erhob er Stimme und Arme: »Wenn man sich in dem Abendmahlsartikel nicht einig wird, gibt es viel Blutvergießen – und schuld ist Luther mit seinen Speichelleckern und seinem Papsttum zu Wittenberg, die Zwietracht säen.«

Margarethe schluckte. Für solche Worte waren Menschen schon getötet worden, kein Wunder, dass man ihn vertrieben hatte. Er schien sich seiner Sache sehr sicher zu sein und keinen

Konflikt zu scheuen, wenn er diese gefährlichen Anschuldigungen auch noch so freimütig wiederholte, dachte sie und konnte einen Funken Anerkennung nicht verhehlen.

Melchior Hoffman sprang auf und lief ruhelos hin und her. Er begann zu reden, mal lauter, mal leiser, als spreche er zu sich selbst. »Ich dachte, in Straßburg Gleichgesinnte zu finden, doch wie habe ich mich getäuscht! Was macht dieser Bucer? Schimpft mich einen Pelzer und meint, ich solle zu meinem Handwerk zurückkehren, statt zu predigen! Wenn ich ein Geschmierter wäre und Lateinisch könnte und nicht Kürschner oder Pelzer, würde ich Ruhe haben vor Larvengeistern wie ihm. Aber Leute wie er und Bugenhagen achten ihr Wort mehr als Gottes Wort. Wenn der Heilige Geist bei der Disputation anwesend gewesen wäre, hätte selbst er vor Bugenhagen weichen müssen. Ha!« Melchior Hoffman hatte die letzten Worte laut ausgerufen. Jetzt stand er auf einmal still, als sei er selbst erschrocken über den Klang seiner Stimme. Margarethe war in den letzten Minuten immer unruhiger geworden. Was wäre, wenn jemand hörte, was Melchior Hoffman sagte? Welche Lästerungen und Schmähungen er sogar gegen den Straßburger Pfarrer Martin Bucer aussprach? Für ihren neuen Gesellen konnte sie noch nicht die Hand ins Feuer legen. Wo blieb Balthasar? Wie könnte sie Hoffman besänftigen?

Der Pelzer sah Margarethe an, seine Augen brannten. »Dabei offenbart sich Gott auch einfachen Menschen. Was heißt ›auch‹, gerade ihnen!«, fügte er leiser, aber bestimmt hinzu.

Ihr kam ein Gedanke. Seit einigen Monaten wurden Ursula und Lienhart Jost wieder von Visionen heimgesucht. Die meisten Visionen hatte Ursula während des Bauernkriegs gehabt, danach war ihre Gabe beinahe verschwunden. Irgendwann hatten sich ihre haarsträubenden Traumgesichte wohl zu sehr geähnelt, und die Schar ihrer Anhänger hatte etwas abgenommen. Seit sie aber neue, bedrohliche Träume hatte und diese mit dem Eifer der Besessenheit verkündete, strömten die Menschen wieder zu ihnen. Vielleicht interessierte sich auch Melchior Hoffman dafür. »Habt Ihr schon von den Straßburger Propheten gehört?«, fragte sie. Hoffman sah sie interessiert an, kaum konnte er ihre nächsten Worte abwarten. »Ich könnte Euch mit ihnen bekannt machen.«

Ein Schwall Blut ergoss sich auf die Gasse. Rot leuchtete es im Schnee, die Spritzer zogen sich die eng zusammenstehenden Gassenwände hinauf. Sie konnte gerade noch zurückspringen, trotzdem färbte sich ihr Rocksaum dunkel. Ein Metzger blickte aus der Tür, sein Blick stumpf, unberührt, in den Händen hielt er Gedärm, das auf seine Schuhe tropfte. Margarethe machte einen Bogen um ihn und lief schnell weiter.

»Ist es wirklich eine gute Idee, ihn hierher zu führen?«, fragte Balthasar mit einem Blick auf den Pelzer und Prediger leise, der hinter ihnen herging.

»Ich weiß es nicht«, gab sie zurück. »Aber jetzt ist es zu spät.«

Als sie in den Hinterhof einbogen, in dem die Josts wohnten, kamen sie schlagartig zum Stehen. Schon vor drei Jahren, als sie von Ursulas Visionen erfahren und Balthasar hier getroffen hatte, war der Hinterhof voller Menschen gewesen, jetzt aber gab es kaum ein Durchkommen. Rufe der Verzückung hallten von den Wänden wider. Balthasar übernahm die Führung und schob die Zuhörer mit den Worten »Ein Prediger kommt, um die Propheten zu sehen« beiseite. Ängstlich und aufgeregt flüsternd machte man ihnen Platz.

Schließlich traten sie ein. Ursula saß auf einem Stuhl und hielt die Hände einer Frau, die vor ihr kniete. Margarethe erschrak, als sie die alte Freundin sah. Sie war abgemagert und trug ein schwarzes Kleid, gegen das ihre Haare, die weiß geworden waren, leuchteten. Ihr Gesicht war bleich und eingefallen, die Augen hatten einen irren Glanz. Lienhart und ihre Tochter waren neben ihr, sein träumerischer Gesichtsausdruck wirkte, als horche er in sich hinein. Als sie sich vor die erste Reihe auf den Boden setzten, schien Ursula sie nicht zu erkennen. Alle Augen waren ehrfurchtsvoll, bewundernd auf die angebliche Prophetin gerichtet. Sie zischte der Frau etwas zu, die demütig auf dem Boden zu den anderen kroch. Margarethe kam dieses Verhalten abstoßend vor, Ursula wurde eine Ehre erwiesen, als wäre sie eine Königin oder eine Heilige.

Lienhart erhob sich, wartete, bis Ruhe einkehrte, und sagte mit tiefer Stimme: »Gottes Geist ist wieder über uns gekommen. Hört, was die Prophetin gesehen hat!«

Nun stand auch Ursula auf. Sie starrte auf den Boden, steckte beiläufig die Finger in die Haare und raufte sie. Erst als vollkommene Stille eingetreten war, hob sie den Kopf gen Himmel und begann zu sprechen. Ihre Stimme war klar, wurde aber mit zunehmendem Vortrag schriller. »Auf Lichtmess kam der Schein des Herrn zu mir. Da sah ich einen Tisch bereitet mit Wein und Brot. Darüber sah ich zwei Männer sitzen, und ich sah noch eine Mannsperson. Die wollte sich zu den beiden anderen setzen. Und ich sah, dass er auf seinem Rücken eine Kröte hängen hatte, die er gerne von sich geschüttelt hätte, aber er vermochte es nicht. Und es wurde aus der Person und aus der Kröte eine Kröte, und aus der Kröte wurde eine Sau und aus der Sau wurde ein schwarzes aufgeblähtes Tier, etwa ein Bär, und daneben sah ich einen Löwen stehen. Der spuckte Feuer über alle Erwähnten, so dass dort alles Feuer wurde.« Ihre Lider flatterten, man sah nur noch das Weiße in den Höhlen. Gemurmel brandete auf. Ursula war eine Verrückte oder eine Auserwählte, Margarethe wusste es nicht zu sagen. Aber warum sollte Gott ausgerechnet diese Frau auserwählen? Und was hatte diese wirre Geschichte zu bedeuten? Melchior Hoffman hingegen saß mit durchgedrücktem Rücken neben Margarethe, den Mund vor Staunen geöffnet.

»Was soll das heißen?«, rief ein Mann aus. Ursula schien die Frage gar nicht gehört zu haben. Sie setzte sich wieder, und auch Lienhart war in Gedanken versunken.

»Lasst uns hören, was sie noch gesehen hat«, forderte Melchior Hoffman.

Ursulas Oberkörper schwankte hin und her wie ein Blatt im

Wind, als sie von Neuem sprach. »Es war an einem anderen Tag. Der Schein des Herrn umgab mich in unaussprechlicher Klarheit. Es war so hell, ich wollte nicht schauen. Doch die Erscheinung nahm mein Gesicht mit Gewalt und wendete es wieder in den Schein. Ich sah, dass es vom Himmel Wasser, Feuer, Schwefel und Pech geregnet hatte. Da sprach mein Herz voller Verwunderung: ›Ach, allmächtiger Gott, was kann es bedeuten?‹ Da tat sich der Schein des Herrn wieder auf und sprach zu mir: ›Da siehst du das Urteil und den Zorn Gottes, von dem in der Schrift geschrieben steht.‹« Ursula verstummte für einen Augenblick, atmete geräuschvoll ein und fuhr fort: »Nach diesem Wunder sah ich die Menschen liegen. Sie waren verbrannt von dem Feuer, von Schwefel und Pech, und ich sah, dass Gottes Strafe alle vernichtete, so weit die ganze Erde reichte.«

Lautes Jammern und Wehklagen brachen aus. Margarethe blickte sich verstohlen um. Einige Zuhörer waren auf den Boden gesunken, um zu beten, andere weinten oder verbargen ihr Gesicht in den Händen. Auch Melchior Hoffman schien ergriffen. Er sprang auf und ging zu Ursula, doch Lienhart stellte sich schützend vor sie.

Hoffman wandte sich halb der Menge zu. »Ihr wollt wissen, was das zu bedeuten hat? Das bedeutet, dass diese Gottesliebhaberin die Gabe des göttlichen Geistes besitzt. Sie hat jedoch nicht die Gabe, das, was der Geist sie lehrt, verständlich auszulegen. Diese Gabe wird einem anderen geschenkt werden.«

Einige Zuhörer nickten eifrig, als hätten sie seit jeher gewusst, was dieser Mann verkündete. Einige wenige lachten höhnisch auf. »Dir, oder was?«, rief der Mann aus der hinteren Reihe.

Melchior Hoffmans Nasenflügel bebten. »Ich bin nur ein einfacher Pelzer und Kürschner, auch wenn ich die Berufung im Herzen spüre und von dem dänischen König Brief und Siegel bekam, im ganzen Land zu Holstein Gottes Wort zu predigen.« Die Spötter verstummten. Erregt sprach er weiter: »Doch die Papisten und die, die evangelisch sein wollen, es aber nicht sind, haben nach meinem Hals getrachtet, weil ich ihren Götzentand und ihre Freveleien angeklagt habe. Das schreckt mich nicht. Es ist mir lieber, mit den Armen Hunger und Durst zu leiden, als mit den Lutherischen einen vollen Tisch zu haben. Gott hat mich errettet, um mein Werk fortzuführen. Denn so spricht Gott: *Ich habe euch verkündet neue Dinge und will sie euch hören lassen, noch ehe sie aufgehen.*« Er ging auf die Menschen zu und hob eine Hand gen Himmel. »Christus wird in Kürze auferstehen, das bestätigt auch diese Prophezeiung. Die Zeit des Durch-die-Finger-Sehens, des Lachens und Spottens ist vorbei! Wie hart wird das unschuldige Blut heimgesucht werden. Gott erbarme sich unser aller! Satan kann nicht verhindern, dass diese Visionen ausgelegt werden. Alles muss ans Licht kommen, auf dass jeder Liebhaber der Wahrheit nach Gottes Willen lebe bis an das Ende!«

Die Stimmung in dem Raum hatte sich nun verändert, aufmunternde Rufe und Lachen waren zu hören. »So sei es!«, rief ein Mann, »Gelobt sei der Herr!«, antwortete ein anderer, und viele begannen zu beten. Eine Frau drängte sich nach vorne und warf sich zu Hoffmans Füßen. »Du sollst uns die Worte der Prophetin auslegen. Du sollst uns den Willen Gottes erklären«, bat sie ihn. Andere stimmten ihr lautstark zu.

Melchior Hoffman zierte sich nur kurz. »Wenn es euer Wunsch ist, kann ich mich dieser Pflicht nicht entziehen. Wir werden die Visionen der Prophetin bekannt machen, auf dass wir die Welt retten«, sagte er. Jubel brach aus. Eine Gänsehaut kroch über Margarethes Arm und sie umfasste Balthasars Hand. Auch seine Augen leuchteten.

In den nächsten Wochen begleitete ständig einer von ihnen Melchior Hoffman zu Ursula und Lienhart. Hoffman befragte das Ehepaar, Balthasar oder Margarethe zeichneten die Prophezeiungen auf. Es waren viele, über siebzig. Melchior Hoffman beschloss, zunächst Ursulas Prophezeiungen zum Druck zu bringen und zu entschlüsseln und sich danach Lienhart zuzuwenden. Ursulas Berichte waren erschreckend. Sie sah, wie die Firmamente sich vermischten, wie Menschen und Tiere kopflos durcheinanderliefen, wie Blutstraßen den Himmel überzogen. Margarethe wusste nicht, was sie davon halten sollte. Manchmal kam ihr die Freundin klar vor, dann wieder sprach sie wirr. Das konnte jedoch auch daran liegen, dass sie oft das Essen verweigerte, wie Margarethe beobachtet hatte. Lienhart hingegen schien sich an den blutrünstigen Bildern zu weiden, die er und seine Frau entwarfen. Je mehr sie erfuhren, umso überzeugter war Hoffman, dass die Schlacht der letzten Tage nah sei. Er legte die Offenbarungen der Heiligen Schrift aus und Margarethe und Balthasar druckten seine Worte. Auch entschlüsselte er die Visionen Ursulas und begann zu predigen. Bald schien er sich selbst wie ein Auserwählter zu fühlen. Immer mehr Menschen strömten zu ihm und den Straßburger Propheten. Die Veröffentlichung von Ursulas Visionen in den ersten Wochen des Jahres 1530 mehrte den Ruhm der Propheten und ihres Predigers nur noch mehr. Ihre Anhänger waren so zahlreich, dass sie sich am Flussufer, vor den Toren der Stadt auf einer Wiese oder im Gasthaus eines Glaubensbruders treffen mussten. Margarethe war zwar froh über den Erfolg ihres Druckes, sie fürchtete jedoch den Fanatismus der Menschen. Der Glaube der Menschen an das Herannahen des Jüngsten Tages wurde noch geschürt durch die Bedrohung des osmanischen Heeres, das bis Wien vorgerückt war und die Stadt belagerte, sowie den harten Winter, in dem viele durch Hunger und Kälte starben.

»Jesus Maria! Ich berichte euch das Gesicht, das ich, Venturius, vom Himmel gehabt habe«, schrie der Mann mit dunklem Haar, der sich vor der Pfalz aufgebaut und dessen Stimme einen fremdartigen Klang hatte. Die ersten Menschen blieben stehen und hörten ihm zu. Margarethe fiel auf, wie sehr sich das Stadtbild in den letzten Jahren gewandelt hatte. Sicher, noch immer gab es Bürger in kostbaren Gewändern und bunten, geschlitzten Hosen, genauso wie Damen in tiefausgeschnittenen Kleidern, die einen Großteil ihres Busens herzeigten. Die frommen Protestanten aber hatten nicht nur in den Kirchen jeden Prunk abgeschafft, sondern auch in ihrer Kleidung.

Männer wie Frauen trugen streng geschnittene Hemden mit hohem Kragen und Halskrause und vermieden grelle Farben. Andere, die nun Venturius zuhörten, hatten noch schlichtere Kleidung aus gröberem Stoff und ohne jeglichen Schmuck oder Zierrat an, vermutlich Wiedertäufer, die ihre Ablehnung alles Weltlichen auch dadurch kundtaten. »Ich hörte eine Stimme: Rede zu den Ratsherren und zum Volk zu Straßburg, dass sie sich bessern und Buße tun.«

Er verdrehte die Augen wie ein Gaukler, immer mehr Menschen hielten an und lauschten gespannt, da lenkte lautes Gelächter sie ab. Zwei Männer, deren Hemden und Hosen verdreckt waren und die nach Wein stanken, spotteten lauthals. »Der Weltuntergang, wieder einmal! Wie oft schon sollte die Welt untergehen, war es nicht zuletzt vor zwei Jahren wieder so weit? Und was ist geschehen?«, rief der eine Mann. Der andere rülpste durchdringend, statt eine Antwort zu geben. »Nichts ist geschehen! Wovor also Angst haben! Wir können weitermachen wie bisher, wir saufen und huren und dann wäscht uns die Taufe wieder rein. Ist das nicht göttlich!«, setzte der erste seine Rede fort. Einige begannen gegen ihre gotteslästerliche Rede zu protestieren. Venturius war sichtlich aus dem Takt gebracht. Er schrie gegen die Trunkenbolde an. »Ich hörte eine Stimme …«, begann er erneut.

Margarethe beschleunigte ihren Schritt. Ein angeblicher Prophet, Strenggläubige und Spötter, das war eine gefährliche Mischung. Ähnliche Auftritte hatte sie außerdem schon genug gesehen. Es war, als habe der Herr die stummen Seelen sprechen gemacht. Oder trugen Balthasar und sie eine Mitschuld daran? Hatten sie mit ihren Drucken der Prophezeiungen gezeigt, dass auch die Träume der einfachen Menschen Gewicht hatten? Wie auch immer, in Straßburg wimmelte es auf einmal von Propheten. Bei ihrem letzten Treffen mit Melchior Hoffman waren es sechzehn Menschen gewesen, die ihre Träume und Visionen berichten wollten. Sogar der Gärtnerprediger Clemens Ziegler hatte sie neulich gefragt, ob sie seine Visionen drucken würden. Auch Ursulas und Lienharts Tochter Elsa hatte inzwischen Gesichte, vielleicht plapperte sie auch nur das nach, was ihre Eltern von sich gaben, und doch hörte Hoffman staunend zu. Er glaubte, er wollte glauben, wie so viele in diesen Tagen.

Margarethe schritt die Stufen zur Kanzlei empor. Das Gebäude am Sankt-Martins-Platz war durch eine steinerne Galerie, welche sich in Stockwerkhöhe über der Straße wölbte, mit der Pfalz verbunden. Oft hielt sie inne, um die ausdrucksstarken Büsten zu betrachten, mit denen das Gebäude geschmückt war – besonders die eines Grafen und seiner Konkubine, der »Schönen Bärbel«, hatten es ihr angetan –, aber heute hatte sie keine Zeit dafür. Hoffentlich würde sie nicht Jacop Krut im Zimmer des Stadtschreibers begegnen. Normalerweise war es Balthasar, der die neuen Werke, die sie zu drucken wünschten, dem Zensor vorlegte, doch heute hatte er ein Gespräch mit Doktor Hedio.

Sie klopfte an die große Holztür und trat ein, nachdem sie ein Brummen gehört hatte, das man als Aufforderung deuten konnte. In dem Zimmer des Stadtschreibers türmten sich die Druckwerke beinahe bis zur Decke, Schubladen waren herausgezogen und ihr Inhalt ergoss sich bis auf den Boden; so hatte es zu Zeiten des verehrten Sebastian Brant hier nicht ausgesehen. Der Schreiber bemerkte ihren Blick und schnaufte. »Diese grässlichen Diskussionen über die Sakramente und die Wiedertaufe. Der eine schreibt was, der andere widerlegt's. Jeder hat seine Meinung, keiner kann sie für sich behalten. Und wo landet's? Beim Stadtschreiber! Der darf es prüfen!« Beinahe angeekelt warf er ein neues Papierbündel auf den Boden. Ganz unrecht hatte er nicht, in den letzten Monaten hatten sich neben den evangelischen Christen und den wenigen hartnäckigen Katholiken verschiedene Sektierergruppe in der Stadt herauskristallisiert, die sich untereinander oft spinnefeind waren. Da gab es Wiedertäufer verschiedener Ausprägung, Spiritualisten, die an die direkte Verbindung der Menschen zu Gott glaubten, und Gegner von der Lehre der göttlichen Dreieinigkeit. »Habt Ihr auch etwas derart Abscheuliches für mich?«, fragte er nun.

Ein ungehaltener Stadtschreiber könnte ihr Ärger bereiten. Margarethe lächelte ihn an und schlug sittsam die Augen nieder, bevor sie ihm den Druck reichte. »Es ist eine neue Auflage des *Schwangeren Frauen und Hebammen Rosengarten*, verehrter Herr. Ein Buch, das schon viele Auflagen erlebt hat und uns armen Weibern in der Stunde der Geburt gar nützlich ist.«

Der Schreiber setzte sich und blätterte es durch, ab und an las er einen Satz. »So ein Werk ist mir tausendmal lieber als dieses Zeug.« Er schlug ein Buch auf, Margarethe erkannte, dass es sich um einen ihrer Drucke, das *Prophetische Gesicht*, handelte, und bemühte sich, ihren Schrecken zu verbergen. »Ein Werk von Ketzerhand, das das arme Volk unnötig in Unruhe versetzt. Anonym gedruckt, wie üblich. Der Rat wird dagegen vorgehen und den Drucker finden, sobald ich diesen Schmutz durchgearbeitet habe. Aber ach, es ist eine Quälerei.«

Margarethe zwang sich, verständnisvoll zu lächeln, und sagte: »Wie ehrenwert Eure Arbeit ist. Ihr verdient wahrlich Achtung dafür.«

Der Schreiber warf ihr einen schnellen Blick zu, als wolle er herausfinden, ob sie sich über ihn lustig machte. Er sah jedoch, dass sie es ernst meinte, zog ein dickes Buch hervor, in das er den Namen und die Adresse des Druckers sowie den Titel des Bandes eintrug, und gab ihr die Papiere zurück. »Ich lobe mir brave Drucker wie Euch. Ihr dürft an die Arbeit gehen, ich gebe Euch die Erlaubnis.« Erleichtert nahm sie sie an sich. Sie hatte es eilig, nach Hause zu kommen und Balthasar zu warnen.

Margarethe drängte sich an Karren mit Steinen vorüber, die die Gassen verstopften. An verschiedenen Stellen der Stadt wurden Kirchen abgerissen und woanders mit dem Schutt Schutzwälle aufgerichtet. Selbst das Barfüßerkloster trug man zu diesem Zweck ab. Die Arbeit mussten die Fremden übernehmen, die in der Stadt Schutz gesucht hatten, sonst bekamen sie keine Unterstützung durch den städtischen Almosenpfleger. Margarethe lief am Münsterplatz und dem Obstmarkt vorbei, eine Gasse hinunter und über den Holzmarkt. Mit einem Sprung war sie in der Druckerei.

»Balthasar, der Stadtschreiber hat –«, begann sie, doch die Worte blieben ihr im Halse stecken. Das wäre beinahe schiefgegangen.

Der Domprediger Doktor Hedio sah sie von der Seite an. »Meister Beck, Ihr werdet gewünscht«, sagte er ernst, doch Margarethe bemerkte, dass in seinen Augen der Schalk blitzte.

Sie verbeugte sich. »Entschuldigt vielmals. Ich wollte Euch nicht unterbrechen«, sagte sie. Kaspar Hedio war ein wichtiger Mann in der Stadt und noch dazu derjenige der bedeutenden Straßburger Pfarrer, der ihr mit am liebsten war. Seine Predigten sprachen das Volk unverblümt an. Vielen klang noch im Ohr, wie er vor Jahren von der kunstvollen Münsterkanzel herab für die Abschaffung der Messe gekämpft hatte: »Ein Kindermädchen, das die Windel wäscht und dem Kind den Hintern wischt, also auf seine Pflege achtet, tut mehr Gutes als tausend Pfaffen, die heute jeder drei Messen gelesen haben«, hatte er beispielsweise zur Freude vieler Zuhörer verkündet. Er hatte sich für die Einrichtung von städtischen Schulen eingesetzt und unterrichtete dort auch. Doktor Hedio strich über eine Warze in seinem Gesicht. »Wir würden uns auch nicht stören lassen, haben jedoch schon alles besprochen. Also, Meister Beck, bemüht Euch um ein kaiserliches Privileg, damit es keine unangenehmen und falschen Nachdrucke gibt. Dann steht unserem Geschäft nichts mehr im Wege«, schloss er und verließ gemessenen Schrittes die Druckerei.

Balthasar umarmte sie schwungvoll. »Wir kommen ins Geschäft! Ein kaiserliches Privileg dürfte kein Problem für uns sein. Hedios Name hat einen guten Klang beim Kaiser. Er will einige Übersetzungen bei uns drucken lassen! Wir können eine zusätzliche Presse kaufen!«, jubelte er. Es grämte sie, dass sie seine gute Laune dämpfen musste.

»Der Stadtschreiber meinte, dass der Rat gegen den Drucker des *Prophetischen Gesichtes* vorgehen will«, eröffnete sie ihm.

Balthasar strahlte sie unbeeindruckt an. »Na und? Es gibt so viele Drucker in Straßburg. Uns kann man nichts nachweisen. Und wenn doch – wir haben Doktor Hedio auf unserer Seite, einen der religiösen Anführer unserer Stadt! Wir sind sicher!« Er küsste sie stürmisch. Margarethe ließ sich von seiner Freude mitreißen, doch ganz konnte auch er die Sorge nicht vertreiben.

Einige Wochen später standen sie vor der Tür des Hauses der Katharina Seid. »Gott zum Gruß, Katharina«, sagte Balthasar zu der stämmigen Frau, die aus tiefempfundener Nächstenliebe oft Kranke versorgte und mit ihrer zupackenden Art schon manchem aus einer Notlage geholfen hatte. »Wir sind herbestellt worden.« Melchior Hoffman hatte bei ihr Quartier bezogen, als er in die Stadt gekommen war. Katharina ließ sie ein, sie gingen durch die Küche in die Stube, wo Hoffman an einem Tisch eine Pelzkappe nähte; er legte Wert darauf, sich von seiner eigenen Hände Arbeit zu ernähren, betonte er immer wieder. Er war allein. Anfangs hatten auch Hoffmans Frau und Kind hier gewohnt, doch kürzlich waren sie in ihre Heimat zurückgereist, während er in Straßburg noch seine wichtige Aufgabe erfüllen würde. In Hochstimmung berichtete er von seiner neuen Schrift, die Balthasar zum Druck bringen sollte. Als der Bote gekommen war, der die Becks aufforderte, Melchior Hoffman zu besuchen, hatten Margarethe und ihr Mann überlegt, ob sie die neue Schrift – denn darum musste es gehen – einem anderen Drucker überlassen sollten. Sie waren sich jedoch einig, sie erst einmal anzunehmen und im Zweifelsfall anonym herauszubringen. Hoffmans Schriften verkauften sich zu gut, um das Geschäft auszuschlagen, hatte Balthasar gemeint.

Der Kürschner drückte Balthasar das Manuskript und ein Päckchen in die Hand. »Schaut es Euch später an. Jetzt müsst Ihr mich begleiten. Heute werdet Ihr ein besonderes Ereignis erleben!«, forderte Melchior Hoffman sie auf. Margarethe blickte Balthasar fragend an, er zuckte beinahe unmerklich mit den Achseln. Sie könnten vorgeben, etwas anderes vorzuhaben, aber letztlich waren sie gespannt, worum es wohl ging.

Sie liefen in Richtung Stadttor und auf die Wiesen hinaus. Es war Ende März und ein Hauch von Frühling lag in der Luft. Viele Menschen, die Melchior Hoffman erkannten, schlossen sich ihnen an. Katharina Seid ging neben Margarethe her und redete ungestüm auf sie ein, wobei sie immer wieder bewundernde Blicke auf ihren Hausgast warf.

»Ich weiß noch, wie Meister Matthis vor Jahren predigte, dass einer kommen werde, der wahrhaftiger sein werde als alle anderen. Als ich Melchior Hoffman das erste Mal predigen hörte, hab ich gleich gewusst, dass er derjenige ist, auf den ich gewartet habe, derjenige, der die Wahrheit lehrt. Jetzt bin ich meines Glaubens gewiss. Gott, der Allmächtige, wird mich aus dem Knechtshaus in die Erlösung führen«, war sie überzeugt.

Sie betraten ein Wäldchen und hielten schließlich auf einer Lichtung, wo schon zahlreiche Männer und Frauen warteten. Margarethe schätzte, dass es über hundert waren, und erkannte auch Zunftgenossen wie Meister Egenolff unter ihnen. Das leise Plätschern eines Baches war zu hören. Margarethe sah Ursula und Lienhart, zu denen ehrfürchtig ein Abstand eingehalten wurde. Melchior Hoffman erklomm einen Baumstumpf. Die Menschen verstummten.

In einem düsteren, donnernden Tonfall begann er zu sprechen: »Jetzt geht das Gericht über die Welt durch den Gottesgeist. Jetzt ist der Zorn über die Gottlosen, jetzt ist der Lohn aller Propheten, aller derer, die Gott fürchten. Die Heiden werden mit eiserner Rute ausgerottet werden.« Die Ersten sanken auf die Knie herab und falteten die Hände, andere setzten sich auf die Erde, eine Frau wiegte ihr Kind, das leise weinte. Margarethe fragte sich, ob es wirklich nötig war, die Menschen derart in Angst und Schrecken zu versetzen. Melchior Hoffman begann aus der Offenbarung Johannes über die Apokalypse vorzutragen. »In diesem Sommer ist es so weit! Die Stunde der Entscheidung ist gekommen. Dieser Mann«, er wies auf Lienhart Jost, »dieser heilige Prophet hat gesehen, dass Straßburg von Gott zum heiligen Jerusalem ausersehen wurde. Hier werden die Zeugen Christi auferstehen. Von hier werden die 144 000 jungfräulichen apostolischen Boten hervorgehen, die die wahre Erkenntnis Christi verbreiten. Sie werden verbunden sein durch die Wassertaufe. Und ich meine nicht die Kindertaufe. Sie ist ein Gräuel des Satans, erfunden vom Papst. Ich meine den Bundeseid der mündigen Gläubigen und des Herrn.« Er ließ seinen Blick über die Häupter seiner Zuhörer schweifen. Margarethe schauderte, war der Weltuntergang wirklich nahe? Und seit wann gehörte Melchior Hoffman zu den Wiedertäufern? Sie tastete nach Balthasars Hand.

Jetzt erhob sich Ursula Jost. »Ich sah tote Häupter auf den Mauern rund um Straßburg stehen. Ich fürchtete mich und suchte Melchiors Haupt unter ihnen. Als ich es ansah, lächelte mir sein Haupt zu und sah mich freundlich an. Dann sah ich, wie alle Häupter so lebendig wurden und wie eines nach dem anderen mich anlachte.« Margarethe beschlich Ratlosigkeit, was sollte das bedeuten? Um sich herum sah sie erwartungsvolle Gesichter. Es schien ihnen nichts auszumachen, wenn sie nicht alles verstanden, die Propheten würden es ihnen schon erklären. Eigentlich ist es wie früher bei den Priestern, überlegte Margarethe, auch sie haben die Worte des Herrn für die Laien ausgelegt. Die Menschen wollten sich anscheinend von jemandem leiten lassen, wollten, dass ihnen jemand sagte, was sie tun sollten. Margarethe aber wollte, das wusste sie jetzt, lieber selbst entscheiden.

Lienhart Jost gesellte sich zu den beiden anderen. Massig ragte er neben seiner zierlichen Frau und dem schlanken Kürschner auf, der Schein der untergehenden Sonne brach durch die Baumstämme und ließ ihre Umrisse hervortreten. Unwillkürlich dachte Margarethe an die heilige Dreifaltigkeit, dafür schienen sie sich zumindest zu halten.

Lienhart ging auf die Menge zu. »Nach der Entlarvung des

Antichristen erscheinen die zwei Zeugen der Apokalypse, die Propheten Elias und Henoch, die den Antichristen stürzen. Wir wissen, wer der Antichrist ist: der Papst. Und der rote Drache der Apokalypse in der Gestalt von Kaiser Karl hat sich auf seine Seite geschlagen. Und ich sage Euch auch, wer der Prophet der Endzeit ist.« War das ein Aufruf zu Aufruhr? Wollten sich Melchior Hoffman und die Josts im Kampf gegen Kaiser und Papst stellen? Margarethe zweifelte endgültig an ihrem Verstand. Die Zuhörer blickten hingegen gespannt zu ihm auf, manche rangen die Hände, rauften stöhnend die Haare, andere wiederum schienen den Atem anzuhalten. Lienhart drehte sich um und wies mit weit ausladender Geste auf den Kürschner, der mit erhobenem Haupte auf dem Baumstamm stand. »Es ist der einzig wahre Verkünder des Evangeliums. Es ist Melchior Hoffman.« Lienhart Jost sank zu Boden und neigte das schwere Haupt. »Taufe mich, Prophet. Lass mich einer der 144000 sein, die die Welt retten.« Rufe der Verzückung wurden laut. Hoffman trat herab, legte die Hand auf das Haupt und zog den Metzger hoch. Er führte ihn wie einen gebrochenen, kranken Mann zum Bach, der die Wiese an einer Seite begrenzte. Die Menschen bildeten eine Gasse, um ihn durchzulassen, und sammelten sich am Ufer. Auch Margarethe und Balthasar folgten ihnen. Beide Männer stiegen in den Bach. Melchior Hoffman taufte Lienhart Jost, der aus dem kalten Wasser sprang, als sei er von neuer Kraft erfüllt, und sich mit ausgebreiteten Armen, wie Jesus am Kreuz, auf die Erde legte. Eine Frau beglückwünschte ihn, andere jubelten. Schon drängten sich die Nächsten, um sich von Hoffman taufen zu lassen. Margarethe kam es wie ein Gaukelspiel vor, ihrem Mann jedoch schien es anders zu gehen. Wie angezogen rückte Balthasar immer näher heran, Margarethe hielt ihn fest und zog ihn beiseite. Einige Schritte folgte er ihr, am Rande des Waldes blieb er jedoch stehen und sah sie erbost an.

»Warum bleiben wir nicht?«, fragte er. Die Dämmerung schluckte schon die Farben, Haarsträhnen fielen ihm ins Gesicht, kaum konnte sie seine Augen erkennen.

Auch sie spürte jetzt, wie aufgewühlt sie war. Ihr gefiel es nicht, dass er sich in die Fänge dieses Scharlatans begab. Aber sie wollte ebenso wenig, dass Balthasar wütend auf sie war. »Glaubst du an das, was er gesagt hat? Dann geh zurück«, sagte sie. Balthasar lief ein paar Schritte auf den Wald zu, fast fürchtete sie, er würde sie verlassen. »Was er sagt, bringt auch Saiten in mir zum Schwingen. Er macht mir Angst, gibt mir Hoffnung. Aber glaube ich an die Prophezeiungen von Ursula und Lienhart? Nein. Glaube ich, dass er der Prophet der Apokalypse ist? Wiederum nein«, rief sie ihm hinterher.

In einer Geste tiefer Ratlosigkeit hob Balthasar die Hände und ließ sie wieder fallen. »Warum tut er es, wenn er nicht der langerwartete Prophet ist? Keiner von ihnen hat einen Nutzen davon. Im Gegenteil, sie bringen sich in Gefahr, in Lebensgefahr.«

Sie ging zu ihrem Mann, versuchte prüfend in sein Gesicht zu sehen. Manchmal war er jung, so jung und unerfahren mit den Menschen. »Weil er daran glaubt«, flüsterte sie. »Er glaubt, seinen Platz in der Welt gefunden zu haben. Einen bedeutenden Platz.« Sie schwiegen. Krähen krächzten über dem Wald. Margarethe ahnte, was in ihrem Mann vorging. »Du bist wie ich unzufrieden mit dem Fortgang der Dinge. Zerstritten sind die Reformer, zerstritten wie die Marktweiber. Du wünschst dir Halt, wie ich. Du wünschst dir jemanden, der dir erklärt, was um uns herum geschieht. Wie ich. Aber ich glaube kaum, dass Melchior Hoffman der Richtige dafür ist.«

»Wer ist es dann?«

»Ich weiß es nicht. Jeder muss selbst ergründen, woran er glaubt. Wenn man einem anderen hinterherläuft, weil er einen mitreißt, verfehlt man das Ziel. Das glaube ich zumindest.« Balthasar ließ sich am Stamm eines Baumes auf die Erde sinken. Margarethe setzte sich neben ihn, das Gras war schon feucht. Sie nahm seine Hand, eine Weile lauschten sie den Geräuschen des Waldes und den aufgewühlten Rufen der Wiedertäufer. Schließlich gingen sie nach Hause zurück.

Am Holzmarkt angekommen, lasen sie Melchior Hoffmans Schrift. Es war die *Auslegung der heimlichen Offenbarung Johannes des heiligen Apostels und Evangelisten.* Bei dem Päckchen handelte es sich um einen eingewickelten Holzschnitt. Er zeigte einen Kaiser, der einem Weib auf einem Drachen huldigte. »Wir werden ihn als Titelschmuck drucken«, meinte Balthasar. Wenn sie sich schon nicht in die Reihe der 144 000 Auserwählten einfügten, könnten sie ihnen zumindest die Worte des Pelzers und Propheten bekannt machen. Margarethe wollte etwas einwenden, unheilverkündende düstere Vorahnung erfasste sie, aber Balthasar kam ihr zuvor. »Nur noch diese Schrift von Hoffman«, sagte er. »Nur noch diese.«

Das Krachen zog durch das Haus, brachte Wände und Bohlen zum Vibrieren und ließ sie aus dem Schlaf schrecken. Schlug jemand mit einem Holzknüppel an die Tür? Balthasar sprang aus dem Bett, zog sich etwas über und rannte die Treppe hinunter. Margarethe nahm die weinende Elisabeth auf den Arm und folgte ihm. Der Schein von Fackeln erhellte den Boden.

»Balthasar Beck?«, fragte eine Stimme scharf. »Der Rat der Stadt Straßburg hat beschlossen, Euch in Haft nehmen zu lassen.«

Margarethe setzte Elisabeth ab und eilte zur Tür, doch es war zu spät. Schon sah sie, wie zwei Büttel ihren Mann, der sich mit Händen und Füßen wehrte, fortzerrten. Margarethe rief ihnen nach, sie sollten einhalten, und musste doch zusehen, wie Balthasar in die Dunkelheit entschwand. Nun stürmten weitere Männer herein, schoben sie zur Seite, durchwühlten die Bücher, schmissen Stapel um. Anscheinend fanden sie nicht, was sie suchten, denn sie wandten sich an ihren Anführer, der vor der Tür stehen geblieben war. Unwirsch schickte er sie fort. Ging es um die Schriften von Melchior Hoffman? Hatte jemand sie angezeigt? Die Stimme kam ihr bekannt vor. Margarethe fühlte, wie sich ihre Lippen vor Abscheu nach oben zogen, als er eintrat. Es war Jacop Krut. Die Jahre hatten Spuren in seinem Gesicht hinterlassen, eine Narbe durchschnitt seine Wange, schwarz ragten die Zähne aus seinem Mund, als er sie böse angrinste.

»Das hier ist eigentlich nicht meine Aufgabe. Aber diese Gelegenheit wollte ich mir nicht entgehen lassen.« Er näherte sich ihr, sie stolperte zurück, doch er war schon wieder bei ihr. »Du solltest dir überlegen, wie du mich behandelst, wenn du deinen Mann gesund wiedersehen willst.« Jacop Krut streckte die Hände nach ihr aus. »Alter Hass ist doch der schönste. Und alte Lust die saftigste«, lachte er meckernd. Margarethe packte die Angst, dennoch rammte sie ihm das Knie zwischen die Beine, versetzte ihm einen Stoß, so dass er auf die Gasse hinausfiel, und schlug die Eingangstür zu. Sie zitterte am ganzen Leib. Noch einmal hämmerte der Knüppel auf das Holz, sie zuckte zusammen. »Hure! Wirst sehen, was du davon hast!«, schrie Krut. Dann war es still. Schwer atmend lehnte sie sich an die Tür. Panik ergriff sie, wenn sie daran dachte, dass Balthasar diesem brutalen Kerl im Gefängnis ausgeliefert war. Wie schnell war jemand totgeschlagen. Ihre Kinder sahen sie von der Treppe aus mit angstvoll aufgerissenen Augen an. Balthasar war in Lebensgefahr. Ihr Mann, ihr geliebter Mann! Sie musste etwas tun. Aber was?

KAPITEL 16

Die kleine Elisabeth an der Hand und ebenso unauffällig wie züchtig gekleidet, betrat Margarethe die Stube des Stadtschreibers. Jacop Krut war nicht zu sehen. Quälte der Fiesling vielleicht gerade ihren Mann? Eine Faust schien ihr Herz zu umklammern. Heute war Jakob Bedrot in der Schreibstube anwesend, einer der zwei Hauptzensoren der Stadt. Bedrot galt als strenger Schriftkundiger, der die lateinische Sprache mit Hingabe pflegte, mit anderen Geistesgrößen korrespondierte und die Aufgabe des Zensors als Bürde ansah. Nun war er fast gänzlich hinter einem Papierberg verschwunden, allein die Spitze seines Baretts schaute heraus. Bedrot musste gehört haben, wie sie eingetreten war, aber er rührte sich nicht. Balthasars Verhaftung konnte nur mit einem Druckwerk zu tun haben, denn danach hatten die Büttel gesucht, also musste sie hier anfangen und herausfinden, was man ihm überhaupt vorwarf. Margarethe zwang sich zur Ruhe, schließlich erbarmte sich der Schriftkundige. »Wer stört?«, fragte er.

»Verehrter Magister.« Ihre Stimme klang brüchig vor Sorge. Sie sog tief die Luft ein und fuhr gefasster fort. »Lieber Herr, verzeiht, dass ich es wage, Euch zu unterbrechen. Ich weiß um die Last, die man Euch aufbürdet.« Er sah nun auf, ließ seinen Blick erzürnt zu der fast fünfjährigen Elisabeth – was hatte ein Kind in der Schreibstube zu suchen? – und wieder zurück zu ihr wandern. »Was ist Euer Begehr?«, wollte er wissen.

»Ich bin verzweifelt. Ich suche meinen Mann, den Drucker Balthasar Beck.« Während Margarethe sprach, ergriffen ihre Ängste noch stärker von ihr Besitz. »Gestern hat man ihn verhaftet. Ich weiß weder, wo er ist, noch weiß ich, was man ihm zur Last legt. Aber er ist doch ein guter Mann …«, sie bemerkte, dass Bedrots Gesichtsausdruck für die Dauer eines Lidschlags weich wurde, und gab ihrer Verzweiflung nach. Sie schluchzte leise. Elisabeth ließ sich von ihrem Kummer anstecken und begann zu jammern.

Der Zensor wühlte in seinen Papieren und beachtete nicht, dass einige Bögen zu Boden fielen. »Beck? Balthasar Beck? Ah ja, hier hab ich es.« Er setzte sorgsam seine Brille auf und las murmelnd: »Melchior Hoffmans Antrag, den Wiedertäufern eine eigene Kirche zu geben … Auslegung der Apokalypse … Titelfigur mit dem Kaiser … eines Weibs Visionen … Autoren dieser Bücher und die Drucker verhören und strafen.« Er warf das Papier auf einen bedenklich hohen Turm. »Euer Mann wird verhört. Da kann man nichts machen.«

Das hatte sie schon geahnt, die Frage war nur, warum und wo, denn es gab in der Stadt verschiedene Türme für Gefangene. Margarethes Blick verschwamm, sie tat nichts dagegen, vielleicht ließ er sich durch ihre Tränen erweichen. Jakob Bedrot hatte sich wieder über seine Arbeit gebeugt.

»Wo ist er?«, fragte sie flehentlich. Als der Zensor merkte, dass sie noch immer da war und vermutlich auch nicht gehen würde, wenn sie keine Antwort bekam, sagte er beiläufig, dass es schönes Wetter für einen Spaziergang sei, zum Wilhelmsturm beispielsweise. Sie meinte ihn erleichtert seufzen zu hören, als sie die Stube verließ.

Auf dem Weg zum Wilhelmsturm jagten sich ihre Gedanken. Hoffman hatte in einem Antrag an den Rat eine eigene Kirche für die Wiedertäufer gefordert? Und das, obwohl die Wiedertaufe unter Androhung der Todesstrafe verboten war? War er denn größenwahnsinnig geworden? Sie schnaubte. Elisabeth warf ihr einen überraschten, neugierigen Blick zu. Ja, natürlich, das war er, wie konnte er sich sonst für einen von Gott gesandten Propheten halten? Sie kaufte auf dem Markt ein kleines Brot.

Elisabeth konnte den Blick nicht davon wenden, und Margarethe brach ihr ein Stückchen ab. Noch immer waren die Stände wie leergefegt. Aber das Wetter war so, wie man es seit je vom April kannte. Das ließ darauf hoffen, dass es in diesem Sommer endlich wieder eine gute Ernte geben würde.

Der Wilhelmsturm war ein trutziges Gebäude und wurde scharf bewacht. Die Wächter wollten sie nicht einlassen. Margarethe tat alles, um sie zu erweichen, und hatte den Eindruck, dass sie einer Bestechung nicht abgeneigt wären. Sie hatte bereits damit gerechnet und etwas Geld eingesteckt. Nachdem sie ihnen unauffällig einige Münzen zugesteckt hatte, ließen sie sie ein. In dem Gemäuer nahm der Gestank nach Fäulnis ihr fast den Atmen. Sie folgte einem der Wächter durch einen Gang, von dessen Decke es auf den Boden tropfte, und passierten einen Käfig, in dem ein Gefangener teilnahmslos vor sich hindämmerte. Elisabeth umklammerte ihre Finger, dass es schmerzte. Vor einer düsteren Zelle hielten sie an. Allein eine Scharte in der Wand spendete etwas Licht. Die Wände waren von einem weißen Flaum bedeckt, es roch modrig. Margarethe erkannte mehrere Schatten, einer kam auf sie zu, es war Balthasar. Er zwängte seine Hände durch das Gitter und erfasste die ihren.

»Geht es dir gut?«, fragte sie. »Hat Jacop dich …?«

Balthasar schüttelte den Kopf. »Er würde gerne, das hat er mir zu verstehen gegeben. Er hegt einen tiefsitzenden Groll gegen unsere Familie. Aber er hat hier nicht so viel zu sagen, wie er es gerne hätte. Wenn es jedoch Abend wird …« Er setzte den Satz nicht fort, sie wusste auch so, was er sagen wollte. In der Nacht würde niemand eingreifen, wenn einem Gefangenen etwas geschah. Sie musste ihn hier herausholen, und zwar so schnell wie möglich. Sein Gesicht näherte sich den Gittern. »Geht es um –«, sie nickte, bevor er den Satz beenden konnte. Balthasar wirkte ratlos. »Die ganze Zeit haben sie ihn gewähren lassen, und jetzt auf einmal … Das verstehe ich nicht.«

»Er hat eine Kirche für die Wiedertäufer gefordert«, flüsterte sie.

»Er hat was?« Seine Stimme hallte durch den Turm, dann presste er die Lippen aufeinander. Der Wächter, der sie hereingelassen hatte, warf ihr einen drohenden Blick zu. Ein Mann näherte sich aus dem Dunkel, eine hohe Gestalt. Es war der Drucker Christian Egenolff. Margarethe erinnerte sich plötzlich daran, dass er auch Holzschnitte herstellte. Das Titelbild mit dem Kaiser und dem Drachen war vermutlich von ihm. Aber wie hatten die Büttel es herausgefunden? Egenolffs Gesicht wirkte verzweifelt.

»Sie werden uns peinigen, das werden sie doch? Haben wir unser Leben verwirkt?«, seine Stimme klang nervös.

Balthasar packte ihn an den Schultern. »Sie wissen nichts. Und wenn wir schweigen, werden sie auch nichts herausfinden.« Der Wächter brummte, dass sie gehen müssten. Sie reichte Balthasar das Brot, das er auseinanderbrach und mit Egenolff teilte. Dann legten ihr Mann und sie ihre Gesichter an das Gitter und küssten sich. Balthasar könnte für immer in diesem Loch verschwinden, sie könnten der Stadt verwiesen werden oder die Drucklizenz verlieren. Ihr Leben, ihre Liebe und nicht zuletzt ihre Druckerei standen auf dem Spiel.

»Verleugnet, dass ihr je von ihm und der Prophetin gehört habt«, wisperte sie eindringlich. »Ich sorge für Hilfe.« Der Wärter wurde ungeduldig, doch auch ihre Tochter wollte den Vater noch einmal herzen. Elisabeth riss sich los und reckte die Händchen durch das Gitter, Balthasar küsste auch sie. Der Wächter wollte sie fortzerren, Margarethe nahm die Kleine auf.

»Vater!«, wimmerte das Mädchen leise, als sie hinausgingen.

Wie immer in den letzten Jahren konnte sie sich, wenn es darauf ankam, auf ihren Bruder verlassen. Hans Prüß stand neben ihr vor den Zunftherren und unterstützte sie. »Wo kommen wir denn hin, wenn Drucker plötzlich ohne Grund und ohne Beweis verhaftet werden? Jedem von uns könnte es so gehen wie Balthasar Beck und Christian Egenolff!«, rief er aus. Zustimmendes Gemurmel hob an.

»Jedem Ketzer zumindest«, rief eine alte Stimme, die immer noch laut genug war, um die anderen zu übertönen. Es war Meister Knipp. Bosheit scheint jung zu halten, dachte Margarethe wütend, als sie den wohl Siebzigjährigen ansah. Sein Sohn Eckard saß neben ihm und starrte auf seine gepflegten Fingernägel. Einige Zünftler richteten sich drohend auf. »Für dich sind doch alle Ketzer, die nicht mehr dem Papst anhängen. Dabei bist du hier der wahre Ketzer, wie alle Papisten«, antwortete einer. Eine Schlägerei schien kurz bevorzustehen.

Laut hämmerte der Zunftmeister auf die Tafel. »Wir hatten doch beschlossen, dass wir uns fruchtloser Streitereien enthalten!«

»Verwüstet haben sie die Druckerei meines Schwagers. Seine Frau haben sie bedroht, fragt sie selbst. Die Büttel überschreiten ihre Rechte – und wir schauen dabei zu!«, rief Hans Prüß jetzt.

»Stimmt das?«, fragte der Zunftmeister.

Margarethe berichtete, was vorgefallen war. »Wir haben einen großen Verlust erlitten, etliche Bücher wurden zerstört«, schloss sie.

Jetzt meldete sich jemand aus Richtung der Tür zu Wort. Jacop Krut war gerade erst eingetreten, zumindest hatte sie ihn zuvor nicht gesehen. »Beck und Egenolff haben das Schmachbüchlein von Melchior Hoffman gedruckt. Majestätsbeleidigung und Unruhestiftung lautet die Anklage!« Seine Stimme klang triumphierend.

Margarethe durchfuhr es heiß. Sie konnte diese Worte nicht im Raum stehen lassen. »Das ist eine Lüge!«, rief sie.

Der Zunftmeister hakte nach. »Liegen Beweise vor?«, fragte er barsch.

Jacop Krut kratzte sich am Bart. »Also … genau genommen … das Verhör wird heute Abend fortgesetzt«, musste er einräumen.

»Krut?« Die Stimme des Zunftmeisters klang nun messerscharf.

Der Angesprochene spuckte auf den Boden. »Noch gibt es

keinen Beweis«, murmelte er. Empörte Rufe waren zu hören. Jacop Krut warf Margarethe einen hasserfüllten Blick zu.

Der Maler Hans Baldung forderte jetzt das Wort. »Wenn es wirklich keinen Beweis für die Anschuldigungen gibt, so wollen wir uns für die Verhafteten einsetzen. Ich schlage vor, dass schon morgen eine Abordnung entsandt wird.« Die meisten Mitglieder des Zunftrates stimmten seinem Vorschlag zu. Es war nur eine geringe Erleichterung, die Margarethe spürte. Beweise konnten auch in einem peinlichen Verhör geschaffen werden. Unter der Folter gestand man alles, wenn nur endlich die Qualen aufhörten.

Kurz nach Morgengrauen kamen die Büttel wieder in die Druckerei am Holzmarkt und durchwühlten die Regale erneut. Margarethe war jetzt froh, dass sie die anonymen Schriften bis auf ein Exemplar, das sie unter einer losen Bohle unter dem Dach versteckten, stets sofort zu den Buchhändlern brachten. Trotzdem erschütterte das unflätige Verhalten der Männer sie. Als sie gegangen waren, bot sich ihr ein Bild der Verwüstung. Viele Bücher waren durch die grobe Behandlung eingerissen, andere von Fußabdrücken beschmutzt. War es üblich, dass die Büttel sich so aufspielten, oder hatte Krut sie aufgewiegelt? Zuzutrauen wäre es ihm. Margarethe bat den Gesellen Michel und ihren Sohn Bastian, Ordnung zu schaffen und danach wie gewohnt weiterzuarbeiten. Nun kam auch die Magd Agnes hinzu, sie war bleich und wirkte verschreckt. Margarethe wusste, dass die Büttel ihr Todesangst einjagten und sie sich deshalb in ihrer Anwesenheit immer auf dem Dachboden versteckte. Margarethe sagte ihnen, dass sie noch einmal zum Wilhelmsturm gehen wollte. Renatus und Grete würde sie heute nicht zum Unterricht schicken, sondern mitnehmen, die Büttel sollten sehen, was sie der Familie eines Unschuldigen antaten.

Erst jetzt bemerkte sie, dass ein Mann in der Tür stand. Er war groß und kräftig, hatte aber feine Gesichtszüge, unter der breiten Stirn blickten ausdrucksvolle Augen sie neugierig an. Er strich die Seiten eines zerknickten Büchleins glatt und reichte es ihr. Es war Martin Luthers Schilderung des Marburger Gesprächs, der jüngsten Auseinandersetzung zwischen seinen Anhängern und den Schweizern um Huldreich Zwingli.

»Ein eindrucksvolles Beispiel für die Vielseitigkeit der Straßburger Drucker: Euer Mann druckt Schriften Luthers und ist im Gefängnis, weil er beschuldigt wird, mit dem Wiedertäufer Melchior Hoffman gemeinsame Sache zu machen. Dabei hört man weithin, dass die Straßburger die Tyrannei nicht leiden mögen. Wo man anderswo henkt, gibt es in Straßburg nur Prügel, sagt man das nicht?«

Margarethe nahm das Buch an sich. Doch, das sagte man, und das war auch der Grund, warum der Flüchtlingsstrom nach Straßburg nie abriss. War dieser Mann auch ein Flüchtling? Seine Kleidung war schlicht und abgetragen, aber reinlich. Und wie vorsichtig, beinahe liebevoll, er die Bücher und kleineren Schriften aufhob. Er wirkte wie ein Gelehrter.

»Mit wem spreche ich, wenn ich fragen darf?« Der Mann verbeugte sich.

»Sebastian Franck zu Wörth. Ich bin gerade aus Nürnberg hierhergezogen und wollte einem gewissen Meister Beck, der mir empfohlen wurde, ein Werk zum Druck anbieten«, seine Stimme verbarg den weichen Tonfall des Schwäbischen nicht, auch wenn er keinen starken Dialekt sprach. Er reichte ihr zwei Bücher, eines trug den Titel *Von dem gräulichen Laster der Trunkenheit*, das andere schlug sie auf. Sie sah, dass es ein Vorwort von Martin Luther und ein weiteres hatte, das von Sebastian Franck selbst zu stammen schien. Das Buch handelte von einem Mann, der viele Jahre in türkischer Gefangenschaft verbracht hatte und seine Erfahrungen mit Land und Leuten beschrieb. Willkürlich las sie einige Sätze. In Francks Vorwort ging es neben dem Glauben der Türken um die Sekten der Christenheit. Sie las: »*Zu unseren Zeiten sind drei Glauben entstanden, die viele Anhänger haben, nämlich der lutherische, der zwinglische und der täuferische. Der vierte ist schon auf der Bahn, nach dem man alle äußerliche Predigt, Zeremonie, Sakrament, Kirchenbann, Berufung als unnötig beiseiteräumt. In dieser unsichtbaren Kirche werden alle Völker in der Einigkeit des Geists und des Glaubens versammelt …«*

Margarethe klappte das Buch zu und bemerkte, dass er nervös an seinen langen Fingern zog, er schien gespannt auf ihre Reaktion zu sein. »Ein interessanter Gedanke, eine Kirche aller Gläubigen ohne Streit über Äußerlichkeiten«, sagte sie. »Und das durftet Ihr in Augsburg drucken lassen? Ich weiß nicht, was die Straßburger Zensoren dazu sagen würden.« Die Hoffnung verblasste auf seinem Gesicht, er schien als Autor noch jung und unerfahren zu sein. Er musste um die dreißig Jahre alt sein, was hatte er vorher gemacht? »Ich werde es mit meinem Mann besprechen. Sicher lässt sich etwas machen«, sagte sie ermutigend und setzte hinzu: »Allerdings gibt es für mich im Moment Dringlicheres zu tun. An dem Ruf Straßburgs ist etwas dran. Wenn aber einer eine Kirche für die Wiedertäufer fordert und zugleich den Kaiser beleidigt, ist es auch mit der berühmten Straßburger Toleranz vorbei. Dann muss ein Schuldiger an den Pranger. Dass es sich bei diesem um meinen Mann handelt, muss ich verhindern.«

Sebastian Franck nickte jetzt wieder hoffnungsvoll. »Ich will Euch nicht aufhalten. Prüft meine Schriften bei Gelegenheit. In einigen Monaten werde ich ein weiteres Buch haben, über das wir sprechen können. Ich schreibe gerade an einem umfangreichen Werk über die Geschichte, das ich, nicht ganz unvermessen«, er lächelte schüchtern, »*Chronica* oder *Geschichtsbibel* nennen möchte. Ich suche einen Drucker, der das Risiko dafür nicht scheut. Vielleicht bin ich ja hier an der richtigen Stelle.« Er gab ihr eine Wegbeschreibung zu einem Haus am Rande der Stadt, im Gerberviertel, in dem er zu finden sei. Als er sich anschickte, die Druckerei zu verlassen, sprach Grete, die während des Gesprächs die Bücher nach ihrem Titel sortiert und gestapelt hatte, ihre Mutter an.

»Was ist so falsch daran, wenn jemand eine Kirche will? Es gibt doch so viele hier«, sagte die Zwölfjährige. Margarethe dachte kurz nach, sie bemerkte, dass Sebastian Franck stehen geblieben war, er war wohl gespannt auf ihre Antwort.

»Eigentlich nichts. Aber der Rat meint, dass der Mann, der die Kirche gefordert hat, das Falsche glaubt.«

Grete war noch nicht zufrieden. »Wie kann man das Falsche glauben?«

Die Druckerin seufzte leise, sie wusste, dass ihre Tochter nicht Ruhe geben würde, bis sie es verstanden hatte – und das war ja auch eigentlich gut so, wenn nicht ihr Mann im Gefängnis säße und in der Druckerei Chaos herrschte. Sie sagte: »Ja, wie kann man das Falsche glauben, Gretchen? Es ist immer eine Frage des Standpunkts. Und der Zeit. Zu einer Zeit kann etwas richtig sein, zu einer anderen falsch.«

Grete verdrehte die Augen. »Das verstehe ich nicht.«

»Das ist auch schwer zu verstehen«, gab Margarethe zu.

Sebastian Franck machte einen Schritt auf sie zu. »Ein Sprichwort sagt: *Außerhalb der Kirchen ist kein Heil.* Aber wo ist die richtige Kirche? In Indien, Griechenland, Deutschland, Armenien, zu Rom, in Sachsen oder im Gebirge? Ich glaube, der wahre Glaube braucht gar keine Kirche.« Er lachte ungezwungen. »Aber dazu später mehr, wenn du größer bist.« Er sah Margarethe an. »Ein erstaunliches Mädchen.« Margarethe lächelte zurück, sie war ein wenig stolz auf ihre Tochter, die nicht alles so hinnahm, wie man es ihr sagte. Die Worte Sebastian Francks hingegen gaben ihr noch lange zu denken. Er sprach ihr aus dem Herzen. Dieses unnötige Gezänk um Abendmahl und Taufe müsste endlich aufhören, denn schließlich glaubten doch alle an einen Gott. Aber das, was er gesagt hatte, war womöglich eine noch größere Ketzerei als das, was Melchior Hoffman vertrat.

Als sie vor dem Wilhelmsturm ankamen, hielten die Wächter sie auf, Balthasar Beck und Christian Egenolff wurden gerade erneut befragt. Margarethe wartete mit ihren Kindern unbeirrt vor dem Turm. Unruhig lief sie herum. Wie hatte Balthasar die Nacht überstanden? Und wie befragte man ihn, etwa unter der

Folter? Ihr wurde übel vor Angst. Auf einmal öffnete sich die Tür und mehrere Büttel sowie Vertreter der Zunft Zur Steltz kamen heraus, gefolgt von zwei Männern, beide waren mit Wunden übersät, einer musste den anderen stützen.

»Balthasar!«, sie stürzte ihrem Mann entgegen, der sich nur mühsam auf den Beinen halten konnte. »Was ist geschehen?« Balthasar murmelte, dass sie erst einmal ein Stück gehen sollten, weg von diesem Turm. Christian Egenolff hielt ihn, so gut es sein eigener Zustand zuließ, auf der anderen Seite fasste der achtjährige Renatus mit an. Mühsam schleppten sie sich zum Haus am Holzmarkt. Dort versorgte Margarethe erst einmal notdürftig die Wunden der beiden Männer. Balthasar schien Schmerzen in der Seite zu haben, seine Finger waren geschwollen, einer war unnatürlich verdreht, er musste schnellstmöglich gerichtet werden. Christian Egenolff hatte weniger Verletzungen davongetragen. Margarethe schickte ihren Sohn Bastian nach einem Wundarzt.

»Haben die Büttel euch das angetan? Oder dieser Teufel Krut?«, fragte sie voller Wut.

Balthasar schüttelte mit zusammengebissenen Zähnen den Kopf. »Krut. Nachts kam er mit einem Helfer in die Zelle. Christian hat mir geholfen, so gut er konnte. Wir haben geschrien, die Wächter kamen schnell, sonst wäre womöglich noch Schlimmeres geschehen.«

»Wir haben es den Bütteln und den Zünftlern gemeldet. Sie wollen der Sache nachgehen und Krut verhören, um herauszufinden, ob er bestraft werden muss. Es kann nicht angehen, dass Unschuldigen so etwas angetan wird. Da ist man ja seines Lebens nicht mehr sicher«, fügte Egenolff hinzu.

Margarethe hielt inne. »So seid ihr als schuldlos entlassen?« Ein Teil der Spannung fiel von ihr ab. Sie schaffte etwas zu essen und zu trinken heran. Hungrig griffen die Männer zu.

»Wisst ihr, ob sie Melchior Hoffman gefasst haben?«, fragte sie.

»Hoffman ist nicht auffindbar. Man sagt, er sei nach Norden

geflohen«, wusste Egenolff. Balthasar berichtete, dass auch Hoffmans Wirtin Katharina Seid verhört und zu einer Geldbuße verurteilt worden war, weil sie ihn beherbergt hatte. Jetzt, wo der Pelzer und Prediger nicht mehr in der Stadt war, würde man die Angelegenheit auf sich beruhen lassen, hoffte er, sofern keine weitere Schriften von ihm auftauchten.

Der Arzt traf ein und versorgte die Wunden der Männer, die Margarethe nicht hatte behandeln können. Vielleicht sollte sie doch einmal das *Feldbuch der Wundarznei* studieren, oder besser noch, selbst ein ähnliches Buch herausbringen, überlegte sie. Als Christian Egenolff gehen wollte, klopfte Balthasar ihm freundschaftlich auf die Schultern. »Ein Gutes hatte die Sache zumindest. Nicht oft findet man einen Bruder im Geiste.«

Es war ein kleines, schäbiges Haus in einer der engen, stinkenden Gassen des Gerberviertels, kein angemessener Ort für einen so großen Geist. Mit wachsender Bewunderung hatten Margarethe und ihr Mann Sebastian Francks Buch gelesen, und ihre Neugier auf das, was er *Geschichtsbibel* nannte, hatte stetig zugenommen. Eine seiner Streitschriften hatten sie bereits anonym gedruckt, hatte Balthasar ihr verraten, unter dem Titel *Ein Ratschlag Luzifers*. Balthasar hätte sie gerne begleitet, doch noch immer machten ihm seine Wunden zu schaffen, kaum konnte er das Haus verlassen.

Sie klopfte, und Sebastian Franck erschien in der Tür. Auf seinem Arm hielt er ein kleines Kind, das herzzerreißend schrie. Er wirkte übernächtigt und zugleich verlegen, trotzdem bat er Margarethe herein. Das Zimmer, das er mit seiner Familie bewohnte, war winzig, und obgleich draußen die Maisonne schien, krochen nur wenige Strahlen durch die Fensterluken herein. Es roch nach Krankheit und angebranntem Brei. Erst jetzt bemerkte Margarethe die Frau auf dem Lager. Sie war erst Anfang zwanzig, wirkte aber hohläugig, was nicht nur an ihrer Schwangerschaft zu liegen schien, denn ihre Augen glänzten fiebrig. Sebastian Franck stellte sie als seine Frau Ottilie vor und reichte ihr das Kind. Sie wiegte es in ihren Armen, bis ihre Bewegungen von einem schweren Hustenanfall unterbrochen wurden. Margarethe ließ ihren Blick durch den Raum schweifen, sie sah den schmalen Tisch, auf dem Papiere neben einem dicken Buch lagen, auf dem Boden stand eine geöffnete Kiste mit weiteren Büchern.

»Fragt Ihr Euch, wie ich hier arbeiten kann? Das frage ich mich auch oft.« Sebastian Francks Stimme klang schicksalsergeben, aber nicht bitter. »Ohne Familie ist man freier, aber einem entgeht so viel. Ich habe mich freiwillig dafür entschieden, also muss ich auch das Beste daraus machen. Doch Gott hat seinem Sohn ein ungleich schwereres Kreuz auferlegt, das dürfen wir nie vergessen«, sagte er und fügte an: »Wie geht es Eurem Mann? Wurde er freigelassen?«

Margarethe hätte gerne nach Sebastian Francks Werdegang gefragt. Warum betonte er so, dass er sich aus freien Stücken für die Ehe entschieden hatte? War er Priester gewesen? Doch so viel Neugier schickte sich nicht, zumal er ihr eine Frage gestellt hatte. »Ja, sie haben ihn gehen lassen. Er kann allerdings nicht selbst kommen. Er hat sich im Gefängnis … einige Verletzungen zugezogen.« Margarethe sah, wie Ottilie sie anschaute, zum ersten Mal war etwas Leben in ihren Blick gekommen. »Wir würden gerne mehr über Eure Werke erfahren. Bitte besucht uns einmal, wenn es Eure Zeit zulässt.« Konnte er seine Frau in diesem Zustand allein lassen? Hatten sie niemanden, der ihnen half? Mitleid erfüllte sie. »Braucht Ihr etwas? Kann ich Euch helfen?«

Jetzt ließ sich eine schwache Stimme vom Lager vernehmen. »Nein, nein. Wir kommen … allein zurecht.«

Der Gelehrte sah seine Frau einen Wimpernschlag lang ernst an und wandte sich dann an Margarethe. »Ihr hört es. Vorerst nicht. Danke aber für Euer Angebot. Vielleicht kommen wir darauf zurück.« Er geleitete sie hinaus und versicherte ihr, dass er sie in den nächsten Tagen aufsuchen werde.

In der Gasse zögerte Margarethe unentschlossen. Die Frau

war schwerkrank und schwanger, auch das Kind hatte nicht gesund gewirkt. Sie waren erst hierhergezogen, kannten also keine Menschenseele. Sebastian Franck und seine Familie brauchten Hilfe, so viel stand fest. Plötzlich fiel ihr Katharina Seid ein, die oft in Notlagen Hilfe leistete. Margarethe machte sich sofort auf den Weg zu ihr.

»Du Judas! Mit Verrätern will ich nichts zu tun haben.« Katharina Seids Stimme klang selbst durch den Spalt der Tür bitter.

»Ihr irrt Euch. Ich bin keine Verräterin«, gab Margarethe zurück. Was hatte die Frau so gegen sie aufgebracht? Und warum duzte sie Margarethe, etwa aus Verachtung?

»Dein Mann hat Melchior Hoffman verleugnet. Ich bin nur ein armes Weib, aber ich stehe zu meinem Tun. Ich würde nie jemanden verleugnen, Gott behüte. Die Siebener haben mir für meine Ehrlichkeit eine Strafe von einem Pfund aufgebrummt.« Zwei Gulden Strafe vom Polizeigericht dafür, das sie einen Mann beherbergt hatte, das musste für die einfache Frau ein harter Schlag sein. Daher also ihr Hass auf alle, die einen vermeintlich leichteren Weg gingen. Katharina Seid schlug die Tür zu.

Margarethe wollte sich nicht abwimmeln lassen. »Ich habe eine Bitte an Euch«, sagte sie laut. Sie erzählte von der erkrankten Familie und bat die Frau um Hilfe. »Tut es aus Nächstenliebe, wie Ihr es schon so oft getan habt. Er wird Euch entlohnen, wenn er kann. Und wenn nicht, gebe ich Euch was.«

Stille. Margarethe wusste nicht, ob Katharina Seid ihre Worte vernommen hatte. Dann hörte sie eine Stimme. »Von Verrätern nehme ich nichts.«

In den nächsten Wochen bekamen sie zu spüren, dass es nicht allein Katharina Seid war, die den Druckern Beck und Egenolff ihr Verhalten übelnahmen. Margarethe hatte schon oft bemerkt, dass die Täufer in der Öffentlichkeit zurückhaltend waren. Sie grüßten und begrüßten nur ihresgleichen, allen anderen begegneten sie mit Ablehnung. Die Gemeinschaft mit Andersgläubigen mieden sie. Viele, die sie bei den Versammlungen von Melchior Hoffman und den Propheten gesehen hatte, sahen nun weg, wenn sie an ihnen vorüberging. Auch hatte schon wiederholt jemand »Verräter« an ihre Tür geschmiert.

»Die Anhänger von Melchior Hoffman, die Melchioriten, wie sie sich nennen, sind verzweifelt. Sie fühlen sich alleingelassen und haben Angst vor dem, was kommt«, wusste Sebastian Franck, als er sie ein paar Wochen später aufsuchte. Er hatte Margarethe gedankt, denn trotz ihrer Verbitterung war es Katharina Seid herausgerutscht, dass Margarethe die Druckerin um Hilfe für seine Familie gebeten hatte. Inzwischen war seine Frau wieder auf dem Wege der Besserung, sie hatte ein gesundes Kind zur Welt gebracht, und auch dem Erstgeborenen ging es wieder gut.

Margarethe und Balthasar führten ihn in die Stube im ersten Stock, wo sie sich mit ihm unterhalten konnten, ohne darauf achten zu müssen, was ein Fremder oder der Geselle aufschnappte. »Katharina nahm mich mit zu einer ihrer Versammlungen. Es ist ein einziges Jammern und Zähneklappern. Niemand ist da, der Hoffmans Platz einnimmt. Und die Propheten malen die grausigsten Bilder zukünftigen Unheils an die Wand, wie es ihre Art ist.« Diese Führungslosigkeit der Melchioriten hatte aber auch Folgen für ihre Druckerei. Der Buchhändler, der ihnen geholfen hatte, Melchior Hoffmans Schriften unter die Leute zu bringen, hatte schon nach weiteren Auflagen gefragt. Wenn der Auserwählte selbst nicht mehr da war, wollten seine Anhänger zumindest seine Worte lesen. Margarethe und Balthasar würden die Schriften neu auflegen, bei denen es keine Probleme mit dem Zensor geben würde, oder gleich alle, allerdings anonym. Es war ein Wagnis, das sie wieder ins Gefängnis bringen konnte, trotzdem waren sie der Auffassung, dass jeder das Recht hatte, sich eine eigene Meinung über Melchior Hoffman und seine Schriften zu bilden. Außerdem brachten sie gutes Geld ein.

Als sie den Raum betraten, blieb Sebastian Franck ehrfürchtig stehen. Margarethe hatte vor einiger Zeit den Gesellen gebeten, Holzbretter an den Wänden anzubringen, auf denen sie alle Drucke ihrer Familie aufgereiht hatte, die sie besaß, die gefährlichen Schriften ausgenommen. So waren die Bücher gut verwahrt und sie hatte die wichtigen Schriften stets greifbar. Langsam begann der Gelehrte die Reihen abzuschreiten, las die Titel, strich mit den Fingern über die Einbände, zog manches Buch heraus. Margarethe und Balthasar ließen ihn gewähren, sie wussten um die Kostbarkeit ihrer Sammlung.

»Eine richtige Bibliothek! Das habt alles Ihr gedruckt?«, fragte er Balthasar, der auflachte.

»Schön wäre es. Verschiedene Drucker haben diese Bücher hergestellt. Sie alle verbindet eines: meine liebe Frau Margarethe.« Sie bemerkte, wie sich ihre Wangen rot färbten, das war schon lange nicht mehr vorgekommen. Interessiert fragte Sebastian Franck nach und lauschte aufmerksam Margarethes Familiengeschichte. Er schien gern zuzuhören, und sie berichtete bereitwillig die Lebenswege ihres Vaters, ihrer drei Ehemänner und der Werke, die sie hergestellt hatten. »Margarethe hat einige Bücher selbst gedruckt«, warf Balthasar ein, was Sebastian Franck mit Verwunderung zur Kenntnis nahm.

»So bin ich in einem erstaunlichen Haus gelandet, welches Glück. Ich wünschte, ich könnte mir einige dieser Bücher ausborgen. Sie wären sicher nützlich für die Arbeit an meiner *Chronica*.«

Margarethe nahm sich ein Herz, jetzt wäre vielleicht der richtige Zeitpunkt, um ihre Neugier zu stillen. »Ihr verfügt über großes Wissen, manchmal sprecht Ihr aber auch wie ein Pfarrer. Und jetzt schreibt Ihr ein Werk, das Ihr *Geschichtsbibel* nennen wollt. Ihr seid mir ein Rätsel.«

Sebastian Franck lachte. »Ich bin mir manchmal selbst ein Rätsel. Ich bin alles und doch nichts. Aber der Reihe nach.« Nun begann er zu erzählen, dass er zur gleichen Zeit wie der einflussreiche Straßburger Pfarrer Martin Bucer am Dominikanercolleg zu Heidelberg theologische und humanistische Studien betrieben und vollendet hatte sowie einige Jahre als geweihter katholischer Priester und als lutherischer Pfarrer tätig gewesen war.

»Warum habt Ihr das Pfarramt aufgegeben?«, wollte Balthasar wissen.

»Wenn ein Prediger merkt, dass man das Gotteswort nicht achtet und das Evangelium zum Schanddeckel des Fleisches missbraucht, dann muss er stockstill schweigen oder davonlaufen. Die Evangelischen sind heutzutage Wortheilige und Maulchristen, ihr Gott ist allein ihr Bauch. Wenn man denkt, die guten Werke zählen nicht, nur der Glaube mache selig, dann ist es, als ob Christus einem die Zeche bezahlt und man selbst auf Kreide trinkt.« Margarethe stimmte ihm zu; jetzt, wo das Fegefeuer nicht mehr drohte, gaben viele leichtfertig ihren Gelüsten nach. Sebastian Franck beugte sich vor, seine Hände ineinandergelegt, als müsse er sie bändigen. »Ihr habt selbst die Schriften Luthers verlegt. Er ist in den alten Sprachen sehr erfahren, und ihm ist es zu verdanken, dass die Heilige Schrift wieder ans Licht geholt wurde. Es ist aber ein Irrweg, auf dem er sich befindet. Er hebt das Zeugnis der Schrift über Gott, er macht aus den toten Buchstaben einen neuen Abgott, einen neuen Papst.« Jetzt hielt es ihn nicht mehr auf dem Sitz. »Sein Gott ist der Gott der Fürsten, der Herrschenden. Und die armen Leute, die Wiedertäufer beispielsweise, werden aus törichtem Eifer tyrannisiert. Es heißt, man wolle einem Aufruhr zuvorkommen, wenn man sie verfolgt. Dabei wirkt es eher, als wären die Totschläger wie der Teufel, der gerne einen Mord sieht und Lust hat, im Blut zu baden.« Margarethe sah Balthasar erschrocken an.

Sebastian Franck bemerkte ihre Blicke, wischte sich über die breite Stirn, setzte sich und legte die Hände vor sich auf die Tischplatte. »Verzeiht meine Erregung«, sagte er sanfter. Er berichtete von seinen grauenvollen Erlebnissen im Bauernkrieg, in dessen Verlauf sich sein Landesherr durch besondere Grausamkeit hervorgetan hatte, indem er beispielsweise den Aufständischen die Augen ausstechen ließ und selbst ungeschoren davongekommen war. Auch hatte es ihn geprägt, wie Familie und

Freunde seiner Frau verfolgt worden waren. Sie war die Schwester der Dürer-Schüler Sebald und Barthel Beham. Die beiden talentierten Kupferstecher und Zeichner waren vor einigen Jahren in Nürnberg eingekerkert und verurteilt worden, weil sie den Wiedertäufern um Hans Denck angehörten. Man schmähte sie als »gottlose Maler« und verwies sie der Stadt. Sebastian Franck und seine Frau Ottilie kannten viele Wiedertäufer, wussten, wie sie unter Verfolgung und Todesangst litten, und hatten schon manche Freunde durch die Hand des Henkers verloren. Ob Ottilie auch zu den Wiedertäufern gehörte, konnte Margarethe Francks Worten nicht entnehmen. Der Gelehrte schien großes Verständnis, aber auch Vorbehalte diesen radikalen Gläubigen gegenüber zu haben. Es war ein erstaunlich ehrliches Gespräch, und sie hatten schon mehr über ihn erfahren, als sie über manche langjährige Zunftbrüder wusste. Sebastian Franck schien zu ahnen, welche Frage ihr auf den Lippen lag. Er lächelte verkrampft und sang dann leise nach einer bekannten Melodie:

»Ich will und mag nicht päpstlich sein:
Der Glaub ist klein
Bei Mönchen und bei Pfaffen …
Ich will und mag nicht luthrisch sein:
Ist Trug und Schein
Sein Freiheit, die er lehret …
Kein Wiedertäufer will ich sein:
Ihr Grund ist klein,
steht auf dem Wassertaufen.«

Seine Stimme verklang in der Stube. Balthasar beugte sich vor. »Diesen Liedertext sollten wir drucken, meinst du nicht, Margarethe?«

Sie nickte langsam. »Auf Handzetteln. Dafür können wir sogar die Papierreste verwenden, die wir hier haben«, schlug sie vor.

Sie sprachen noch eine Weile. Das Ringen um die Riten der Kirche, um das Abendmahl oder die Taufe hielt Sebastian Franck für überflüssig. Für ihn zählte allein der Glaube, alles andere sei ein Kinderspiel. Alle Menschen seien Brüder – auch die Heiden –, wenn sie nur Gott fürchteten. Beruhigt stellte Margarethe fest, dass sie sich nicht in ihm getäuscht hatte. Er hatte außergewöhnliche, ja vielleicht sogar gefährliche Ansichten, sprach ihr in vielem aber aus der Seele und trug das Herz am rechten Fleck. Dennoch hatte seine Haltung es ihm unmöglich gemacht, in Nürnberg ein Auskommen zu finden, so dass er sich mit Gelegenheitsarbeiten durchschlagen musste. Seit einiger Zeit liebäugelte er mit dem Gedanken, im Druckwesen tätig zu werden.

»Die Kunst des Buchdrucks hat kostbare Schätze des Wissens und der Weisheit dem Grab der Unwissenheit entrissen. Handschriften, die nur wenigen zugänglich waren, stehen nun der Menschheit wieder zur Verfügung. Und es gibt noch so viele Schriften, die es verdienten, aufgelegt zu werden«, schwärmte er.

Margarethe hatte einen Vorschlag: »Ihr könntet bei uns in der Druckerei helfen, gegen Lohn natürlich. Dann könntet Ihr das Drucken lernen – ein wenig zumindest – und hier an Eurer neuen Schrift arbeiten. Oder was meinst du, Balthasar?« Ihr Mann sah sie überrumpelt an, lächelte aber.

»Eine gute Idee«, sagte er. Kaum, dass die Worte seinen Mund verlassen hatten, erklärte Sebastian Franck sich schon einverstanden.

Die Familie Beck gewöhnte sich schnell an den neuen Hausgast. Sebastian Franck packte in der Druckerei mit an, verschwand aber auch für Stunden bei den Büchern. Oft las er, bevor er das Haus wieder verließ, den Kindern vor oder erzählte ihnen Geschichten. Er hatte ein ausgezeichnetes Gedächtnis und wusste Anekdoten so lebendig auszuschmücken, dass Bastian, Renatus, Grete und Elisabeth, aber auch Margarethe und Balthasar ihre Freude daran hatten. Auch seine Frau lernten sie etwas kennen, denn Sebastian Franck kümmerte sich rührend um Ottilie und seine Kinder. Von seiner Verbitterung war nichts mehr zu spüren.

Der Abend senkte sich über die Stadt, als Christian Egenolff einmal mehr die Druckerei betrat. Margarethe war gerade dabei, Exemplare des frisch gedruckten *Flavius Josephus, Teutsch* für den Transport zur Frankfurter Messe vorzubereiten. Das Buch war etwas Besonderes für ihren Mann und sie. Es war die erste Frucht ihrer Zusammenarbeit mit Doktor Hedio, er hatte es übersetzt, und außerdem war es durch ein kaiserliches Privileg geschützt. Bei Androhung einer Geldstrafe und dem Verlust der Bücher war es Konkurrenten in den nächsten vier Jahren untersagt, dieses Werk nachzudrucken. Kaspar Hedio und sie hatten viel Arbeit daran gehabt, sie würden nun auch daran verdienen, und kein fehlerhafter, billiger Nachdruck würde ihre Einkünfte schmälern. Dieser Schutzvermerk machte es ihnen möglich, dem Doktor mehr Freiexemplare als üblich für die Übersetzung zu liefern. Auch für Hedio hatte das Werk eine außergewöhnliche Bedeutung, galt der jüdische Historiker Flavius Josephus doch als wichtiger Zeuge für die Ereignisse zu Lebzeiten Jesu und für die Zeit des Urchristentums. Hedio wollte mit der Übersetzung die wahren Ursprünge des Glaubens bekannt machen und zugleich die Irrlehren der Mönche entlarven.

Margarethe hieß Egenolff willkommen und rief nach Balthasar. Die Männer setzten sich auf die Bank vor dem Haus, Sebastian Franck wurde eingeladen, sich zu ihnen zu gesellen, und Margarethe stellte einen Krug Wein und Becher auf das kleine Fass, das ihnen als Tisch diente. Schweigend sahen sie den Vögeln zu, die sich offenbar um etwas stritten, das am Flussufer angespült worden war.

»Dein Entschluss steht fest?«, richtete Balthasar das Wort an Christian Egenolff. Seit ihrem Erlebnis im Kerker standen die beiden Männer auf freundschaftlichem Fuß.

»Ja. Mein letzter Straßburger Druck ist fertiggestellt. Das *Probierbüchlein* über Erze und Metalle wird manchem Handwerker gute Dienste tun. Danach wird es für die nächste Zeit bei mir heißen: *gedruckt zu Frankfurt am Main* – wenn ich denn dort Fuß fassen kann.«

»Warum geht Ihr fort?«, wunderte sich Sebastian Franck.

»Die Konkurrenz ist in Straßburg einfach zu groß, es ist nicht leicht, sein Auskommen zu finden. Und dann die Ereignisse im April, also die Verhaftung und ihre Folgen …« Egenolff setzte den Satz nicht fort. Margarethe und Balthasar wussten auch so, dass er ebenfalls von Melchioriten geschnitten und geschmäht wurde. Manche frühere Kunden glaubten hingegen, dass er mit den anderen Wiedertäufergruppen, die in der Stadt immer selbstbewusster auftraten, gemeinsame Sache mache, und mieden ihn deshalb. Christian Egenolff stand zwischen allen Stühlen und litt darunter.

Balthasar berichtete von seinem letzten Besuch bei Doktor Hedio. »Als ich ihm seine Exemplare des *Josephus* brachte, stöhnte er vor lästigen Pflichten. Die Prediger der Stadt schmieden einen Plan, wie sie die Gläubigen wieder für ihre Kirchen gewinnen können. Denn die Gotteshäuser werden immer leerer. Die Leute halten private Gottesdienste oder gar Messen in ihren Häusern oder in Gasthöfen ab. Kinder werden oft nicht mehr getauft. Ungetaufte Kinder von fünf, sechs Jahren sind keine Seltenheit mehr, beklagte er sich. Und auch die Pfarrer sind uneins. Jetzt soll eine Disputation stattfinden oder gar eine Synode, damit die Abweichler ein für alle Mal der Lüge überführt werden.«

Sebastian Franck schwieg. Dann sagte er heftig: »Es wundert mich nicht, dass die Menschen die Kirchen meiden. Die Sakramente, über die man streitet, sind doch nur Puppenspiel. Wenn das Kind stark genug ist und die Puppe wegwirft, erzürnt es den Vater nicht, sondern es ist ihm lieb.« Es waren gefährliche Worte, denn letztlich sprach er davon, alle Kirchen und alle Pfarrer abzuschaffen. Ein jeder sollte durch das Gebet selbst die Verbindung zu Gott aufbauen. Margarethe sah sich verstohlen um, ob jemand zufällig zugehört hatte. Sebastian Franck bemerkte ihren Blick. »Ich weiß, durch unbesonnenes Schwätzen bringt man sich selbst an den Galgen. Jedes Ding hat seine Zeit. Und jetzt war die Zeit für diese Worte. Ihr werdet mir schon kein unzeitliches Kreuz bereiten, darauf vertraue ich zumindest. Wie heißt es so treffend: Gedanken und Wille, beide sind zollfrei und niemand mag sie hindern.« Die Drucker nickten ernst.

»Aber wie soll man glauben?«, fragte Margarethe und nippte nachdenklich an dem würzigen Elsässer Wein.

»Der Glaube wird weder aus den Büchern gelernt noch vom Menschen, er sei so heilig wie er will, sondern nur von Gott in der Schule des Herrn, und das ist unter dem Kreuz«, sagte Sebastian Franck. »Bis die Menschen das begreifen, ist es ein weiter Weg. Und ob er überhaupt begangen wird, ist fraglich. Im Moment steht diese Stadt an einer Wegscheide. Straßburgs hoher Rat scheint nicht zu wissen, ob er es mit den Schweizern oder mit dem Reich halten soll. Zwingli oder Luther? Davon wird abhängen, wie frei man hier leben kann.«

Die Ereignisse der letzten Zeit hatten auch Margarethe beunruhigt. Seit Juni rangen auf dem Reichstag zu Augsburg die Theologen um den rechten Glauben. Es war der erste Reichstag seit vielen Jahren, den Kaiser Karl V. wieder in eigener Person abhielt. Nach den Friedensschlüssen mit Frankreich und dem Papst und dem Abzug der Türken vor Wien wollte er nun die beiden großen Religionsparteien in seinem Reich, die Katholiken und die Protestanten, wieder zusammenführen. Dabei war der Kaiser jedoch nicht eben geschickt vorgegangen. Schon bei der feierlichen Eröffnung hatte er sich, so war in den *Neuen Zeitungen* zu lesen gewesen, durch seine spanische Kleidung von den Übrigen abgehoben. War er doch in erster Linie König der Spanier und nicht mit ganzem Herzen Kaiser eines Großreiches? Noch vor Beginn der Verhandlungen hatte der Katholik zudem die protestantischen Stände um die Zusicherung gebeten, die evangelischen Predigten auf ihren Gebieten abzustellen, was diese entrüstet ablehnten. Die Straßburger Teilnehmer des Augsburger Reichstages hatten ihm gemeinsam mit den Vertretern anderer Reichsstädte eine Bekenntnisschrift überreicht, die die Kluft zwischen Lutheranern, Katholiken und auch den schweizerischen Zwinglianern überbrücken sollte. Der Kaiser hatte das *Straßburger Bekenntnis* jedoch widerlegen lassen. Seitdem rang man um eine Annäherung, die jedoch täglich unwahrscheinlicher wurde.

»Ich fürchte, das unbeschwerte Druckerleben ist in Straßburg vorbei. Immer strenger wird die Zensur gehandhabt. Kaum wird man mit den Täufern oder anderen Sektierern in Zusammenhang gebracht, wird man verhaftet und verhört«, sagte Christian Egenolff.

»Man könnte in Hagenau drucken lassen. Dort hängen sie zwar dem alten Glauben an, sind aber nicht so streng, was die Zensur angeht«, überlegte Margarethe. Auch in der freien Reichsstadt Hagenau hatte der Buchdruck Tradition, dort aber ließ man trotz des katholischen Glaubens den Druckern freie Hand, weil sie gutes Geld in die Stadtkasse brachten. Einige hiesige Drucker hatten in der Vergangenheit verbotene Werke in der nordwärts gelegenen Stadt herstellen lassen, um sie dann in Straßburg, Basel und Frankfurt auf den Markt zu bringen.

»Letztlich ist auch das keine Lösung«, seufzte Egenolff und erhob sich. »*Ein* Aufenthalt im Verlies reicht mir.« Balthasar verzog seine Lippen zu einem Lächeln.

»Ein Gutes hat deine Abreise jedoch. Mit dir kommen unsere Fässer unversehrt und pünktlich zur Messe in Frankfurt an. Nickel Griet wird sie dort für uns übernehmen.« Er umarmte den Druckerfreund kurz. »Es ist ein Jammer, dass wir uns nicht früher kennengelernt haben«, sagte er bedauernd.

In den nächsten Monaten schienen sich Margarethes Befürchtungen zu bewahrheiten. Der Reichstag wurde ein Fehlschlag. Karl V. erklärte, am alten Glauben festzuhalten und das Wormser Edikt zu vollziehen. Damit drohte allen, die sich ihm nicht unterwarfen, also auch Straßburg, die Verfolgung wegen Landfriedensbruchs. Die protestantischen Fürsten, Grafen und Reichsstädte planten ein Verteidigungsbündnis mit der Verpflichtung gegenseitiger Hilfe, falls sie aus religiösen Gründen angegriffen würden. Die Kriegsgefahr wurde durch die alltäglichen Sorgen aus dem Blickfeld der Straßburger gedrängt, denn die Hungersnot verschärfte sich im Winter noch. Immer wieder lagen Hungertote in den Straßen. Die Preise für Korn hatten sich in den letzten Jahren verdreifacht, die für Roggen sogar verfünffacht. Margarethe schätzte, dass mehr Notleidende in der Stadt gespeist wurden, als sie Einwohner hatte. Auch sie mussten den Gürtel enger schnallen. Ihre Vorratskammer war durch die lange Hungerzeit leer, das Geld knapp, und auch die Kaninchen, die sie im Hinterhof gehalten hatte, waren schon allesamt im Kochtopf gelandet. Trotzdem hatten sie im Frühjahr 1531 den Mut, ihr bislang größtes, aufwändigstes und teuerstes Werk in Angriff zu nehmen.

In der Mitte des Tisches ragte ein Stapel Papiere auf, so schwindelerregend wie ein einsamer Turm in einer weiten Ebene. Sebastian Franck lief an der Längsseite auf und ab. Seine Wangen waren gerötet, und er betrachtete den Papierberg, als sei er etwas Fremdes, gänzlich Unerwartetes, etwas, das ihn plötzlich anspringen könnte.

»Es ist vollbracht«, sagte er. »Meine Bibel ist beendet. *Chronica, Zeitbuch und Geschichtsbibel* soll sie heißen. Denn die Geschichte stellt lebendig das vor Augen, was die Heilige Schrift lehrt. Wer die Geschichte studiert, kann Gottes Wort und Werk darin verstehen und begreifen.« Er gestikulierte so aufgeregt, dass seine Finger zu fliegen schienen. »Es ist die erste Kirchen- und Weltgeschichte, die verständlich für Laien und Gelehrte ist. Deutsch, nicht Latein! Ein umfangreiches Werk, und ein Wagnis für jeden Drucker.« In seinem letzten Satz schwang eine Frage mit. Margarethe und Balthasar traten zu ihm und betrachteten die eng beschriebenen Seiten, die teilweise mit Ausstreichungen und Korrekturen versehen waren.

»Wagnis oder nicht, wir werden es drucken«, sagte Balthasar.

»Es wird nicht nur viel Geld, sondern auch viel Zeit kosten, dieses Buch herzustellen«, gab Franck zu bedenken, als ob er sie von dem Vorhaben abbringen wollte.

Margarethe lächelte ihn an. »Das wissen wir, und wir haben es uns wohl überlegt. Wir sind keine Drucker geworden, um uns die Taschen voll Geld zu stecken, sondern um Werke ans Licht zu bringen, die es verdienen. Und dein Werk verdient es«, sagte sie zu dem Gelehrten, mit dem sie in den vergangene Monaten Freundschaft geschlossen hatten. Immer wieder hatte Sebastian Franck ihnen aus seinem Manuskript vorgelesen. Je mehr sie erfuhren, umso überzeugter waren sie, dass sie dieses Buch drucken wollten. Es schien das Werk eines Mannes zu sein, der das Gemeinsame in der Geschichte der Menschen zeigen wollte, der Lust am Fabulieren und ein ungeheueres Wissen besaß. Vieles war ihnen mutig, ja sogar waghalsig vorgekommen. Er berichtete von Kaisern und Päpsten, von Ketzern und Sekten, von Juden und Christen. Er stellte die heidnischen Sibyllen, Philosophen und Poeten ebenbürtig neben die jüdischen Propheten, er legte die Grundgedanken der reformatorischen Bewegung durch Auszüge aus den Schriften des Erasmus, Huttens, der Reformatoren, Radikalen, Täufer und Ketzer dar und schilderte das Papsttum wegen der vielen Missbräuche als Antichrist. Auch andere kamen nicht ungeschoren davon. Luthers Hartnäckigkeit in der Abendmahlsfrage wurde getadelt, die Lehren der Täufer widerlegt, die Religionsfreiheit verteidigt und der Obrigkeit das Recht zur Todesstrafe an sogenannten Irrgläubigen oder Ketzern abgesprochen.

»Mir gefällt besonders, dass du dich auf keine Seite schlägst. Das ist selten, wo heute einer den anderen in seinen Schriften bekriegt«, hob Margarethe hervor.

Ein Lächeln überzog das Gesicht des Gelehrten. »Ich wusste, dass ich bei euch in guten Händen bin. Ihr versteht mich. Ich bin ein Historienschreiber, kein Zensor. In der *Chronica* bringe ich die Lügen an den Tag, aber auch die Wahrheit. Oft stelle ich sie nebeneinander, damit der Leser beides vor Augen haben und selbst darüber urteilen kann. Denn ich will nicht urteilen, sondern alles Gott und dem Leser überlassen«, sagte er. Sein Blick verschattete sich, als er gedankenvoll hinzufügte: »Dieses Geschichtswerk ist zum Gericht und Zeugnis der Welt erzählt, und nicht, damit sie sich ändern oder bessern wird. Denn das wird nie geschehen, sondern es wird je länger desto böser werden, es nahet zum Ende, der Herr will der Welt den Garaus machen.«

Die Ereignisse der nächsten Monate schienen ihm recht zu geben. Die Zustände in der Stadt nahmen durch die vielen Bettler, durch Krankheiten und Tod geradezu apokalyptische Züge an. Als eines Tages die städtische Kornkammer geöffnet wurde, damit billiges Mehl an die Armen verkauft werden konnte, trampelte die Menge ein junges Mädchen zu Tode. Die Steuern mussten erhöht werden, und am Pfingstsonntag erschien ein neuer Stern am Himmel, ein schlechtes Vorzeichen, das die Menschen in Angst versetzte. Vor den Kirchen beschrieben selbsternannte Prediger die Grauen des Weltuntergangs. Überfälle, Raubmorde und Unzucht nahmen zu. Manche sündigten schamlos, weil sie überzeugt waren, dass eine Wiedertaufe alle Sünden von ihnen abwasche. Wenig später beschloss der Rat drakonische Maßnahmen, um der Bettelei Herr zu werden, die Armen in die Schranken zu weisen und die Sittlichkeit wiederherzustellen.

In der Druckerei am Holzmarkt lenkte die Arbeit an Sebastian Francks *Chronica* vom ewig knurrenden Magen ab. Der Zensor Jakob Bedrot hatte die Hände über dem Kopf zusammengeschlagen, als Margarethe ihm das ellenhohe Manuskript vorlegte. Nach dem Hinweis, dass es sich um die Zusammenstellung alter Geschichten handelte, las er nur einige Seiten und erteilte dann seine Erlaubnis. Alle Einnahmen, die Doktor Hedios *Josephus* und die anderen Bücher einbrachten, sowie ihr gesamtes Erspartes steckten Margarethe und Balthasar in das Werk. Mit vereinten Kräften begannen sie daran zu arbeiten. Allein die Berechnung des umfangreichen Manuskripts dauerte lange, von dem Satz, der Korrektur und dem Druck ganz zu schweigen. Wenn man bedachte, dass ein geübter Setzer pro Tag etwa eine Bogenseite, also zwei Folioseiten beziehungsweise vier Quartseiten, für den Druck vorbereiten konnte und eine mit zwei

Personen besetzte Presse etwa neunzehn bedruckte Bögen pro Stunde schaffte, konnten sie sich ausrechnen, dass es viele Monate dauern würde, dieses Werk fertigzustellen. Sie würden sich ranhalten müssen, damit innerhalb von knapp vier Monaten die erste Auflage zur Auslieferung für die Frankfurter Herbstmesse fertig wurde. Da bekamen sie im Sommer des Jahres völlig unerwartet Verstärkung.

Ihr Sohn Johann stand in der Tür, er wirkte schmaler und ernster. Zwei Jahre war er fort gewesen. An der Hand hielt er eine junge Frau, die ein kleines Kind auf den Hüften trug. Sie sahen übernächtigt aus. Haare, Kleidung und Schuhe waren gefleckt vom Straßenstaub. Fragen schossen Margarethe durch den Kopf. Warum war er hier und nicht in Basel? Wer waren die Frau und das Kind? Wenn sie zu Johann gehörten, warum hatte Barbara nichts von ihnen geschrieben? Sie lief auf ihren Sohn zu und schloss ihn in die Arme. Auch Balthasar, Bastian und die anderen Geschwister hießen ihn willkommen.

»Das ist Clara, mein Eheweib. Und das ist unsere Tochter Anne«, stellte Johann sie vor.

»Wann hast du …? Warum bist du …?«, begann Margarethe aufgeregt. Sie war ein wenig wütend, gerade über die Heirat des Erstgeborenen bestimmten die Eltern, hing doch die Zukunft der ganzen Familie davon ab. Balthasar schien es hingegen nicht so schwerzunehmen, er lachte und legte den Arm um ihre Hüfte. »Bitte sie doch erst mal herein! Die beiden sind doch sicher ausgehungert.«

In der Küche gab Margarethe ihnen von ihrem Essen. Für sie würde nichts mehr übrigbleiben, aber es war nicht das erste Mal, dass sie mit leerem Magen ins Bett ging. Sie kam schon zurecht, es war wichtiger, dass ihre Kinder und die Männer satt wurden. Johann und seine Frau sprachen ein Gebet – es klang anders als früher – und aßen schweigend. Dann begann ihr Sohn zu erzählen. Er hatte zwar in Basel gelebt, seine Stiefschwester Barbara jedoch gebeten, ihrer Mutter nichts von seiner Heirat zu schreiben, damit er es ihr selbst sagen könne. Margarethe kam diese Heimlichtuerei seltsam vor. Als sein Meister die Gesellenzeit für beendet erklärt hatte, waren sie nach Straßburg aufgebrochen, wo er sich jetzt Arbeit suchen wollte. Er wisse, dass es schwierig werden würde, sich und seine Familie mit einem Gesellenlohn durchzubringen, aber Gott habe sie nun mal zusammengeführt. Als ob das Grund genug für eine Hochzeit wäre! Schließlich sollte er einmal die Druckerei erben, da wäre es sinnvoll gewesen, die Tochter eines anderen Druckers zu heiraten, um den Besitzstand zu mehren. Margarethe verkniff sich ihre Einwände. Wenn er Clara liebte, war sie die Letzte, die etwas gegen die Ehe eingewandt hätte – und nun war es ohnehin zu spät.

Ihren Bericht, wie es ihnen in den letzten Jahren ergangen war, nahm Johann ohne Nachfrage hin. Er wirkte allerdings erleichtert, als Balthasar ihm anbot, dass er beim Druck der *Chronica* helfen könne. Margarethe freute sich, ihren Erstgeborenen wieder um sich zu haben, aber sie sorgte sich auch, denn es würde nicht leicht werden, drei weitere Mäuler zu stopfen. Bastian nahm Johanns Ankunft mit gedämpfter Freude auf. Sosehr er seinen großen Bruder liebte, so sehr hatte er sich daran gewöhnt, der älteste Sohn im Hause Beck zu sein.

Einen ersten Verdacht schöpfte sie, als sie ihre Schwiegertochter Clara und die Magd Agnes in einem aufgeregten Wortwechsel beobachtete, den die beiden Frauen abbrachen, als Margarethe näher kam. Was hatten sie sich zu erzählen, das sie nicht wissen durfte? Auch begleiteten Johann und Clara sie nie in die Kirche, sondern verschwanden oft des Abends und am Sonntag aus dem Haus, ohne dass Margarethe wusste, wo sie hingingen. Eines Nachmittags, als Clara sie zu einem Tuchhändler begleitete, weil sie Stoff für neue Kleidung brauchten, wollte Margarethe sie darauf ansprechen.

»Was hältst du denn von diesem Stoff, ist er nicht wunderschön?« Sie hielt sich ein Stück dunkelroten Samtes an den Leib. Clara schenkte dem Stoff kaum einen Blick. Sie sagte nichts, sondern schüttelte nur den Kopf. »Oder diese hier, Seide und Brokat. Gäbe das nicht ein zauberhaftes Kleid für dich?« Margarethe ging mit den Stoffen auf Clara zu, die beinahe angeekelt einen Schritt zurück machte.

»Eitler Putz!«, wehrte die Schwiegertochter schließlich ab. Margarethe gab die Stoffe dem Tuchhändler zurück, der diensteifrig näher getreten war, und richtete ihre Aufmerksamkeit scheinbar auf die schlichteren Tuche. Clara folgte ihr widerwillig. Sie suchten einen Stoff aus und ließen sich einige Ellen abmessen.

»Welcher Gruppe der Wiedertäufer gehört ihr denn an?«, flüsterte Margarethe ihr zu, während sie warteten. Clara kniff die Lippen zusammen, Margarethe bemerkte aber, dass sie verunsichert war. »Haltet ihr es mit Hoffman, mit Bünderlin oder mit Marbeck?«, setzte Margarethe nach.

»Melchior Hoffman ist ein wahrer Prophet, die anderen sind nur Scheinheilige«, brachte die junge Frau erregt hervor. Margarethe hatte es befürchtet. Ausgerechnet dieser Sekte gehörte ihr Sohn an! Dabei wurden täglich weitere Wiedertäufer eingekerkert. Auch ihr geliebter Sohn könnte in Gefahr geraten. Margarethe musste versuchen, Johann davon abzubringen.

Eines Nachmittags, als er abgenutzte Schrifttypen aussortierte, sprach Margarethe Johann darauf an, und nach anfänglicher Scheu berichtete er ihr, wie er zu den Täufern gefunden hatte. Es stellte sich heraus, dass er sich schon früh von den Lehren Hans Dencks, Melchior Hoffmans und den Prophezeiungen von Ursula und Lienhart Jost angesprochen gefühlt hatte. In Basel hatte sich sein Glauben vertieft, auch durch die Begegnung mit seiner Frau, die schon länger den Täufern angehörte. Es klang durch, dass sie sich schließlich in Basel nicht mehr sicher gefühlt hatten. In Straßburg besuchten sie die Zusammenkünfte der Melchioriten, die unter strenger Geheimhaltung stattfanden. Was er von Ursula und Lienhart erzählte, die mit einer Prophetin namens Barbara Rebstock die Gruppe beherrschten, bestätigte Margarethes letzten Eindruck. Ursula brüstete sich inzwischen damit, ihre Gabe auch auf ihre Mitmenschen anwenden zu können. Sie gab vor zu wissen, wer wen in Zukunft betrügen würde, wem gute Geschäfte bevorstanden und wem ein schlimmer Tod. Sie spielte sich als Herrscherin über Leben und Tod auf, größenwahnsinnig und gefährlich. Margarethe konnte sich kaum mehr vorstellen, dass sie beide einmal Freundinnen gewesen waren. Zu weit hatten sie sich voneinander entfernt. Aber Ursulas Mit-Propheten waren kaum besser. Barbara Rebstock konnte angeblich das Wetter vorhersagen. Lienhart entwarf weiterhin Schreckensbilder der Zukunft. Alle drei waren sich einig darin, dass das Ende der Welt kurz bevorstand und sie zu den Auserwählten gehören würden, die mit Hilfe der zwei Zeugen der Apokalypse den Menschen die Richtung weisen würden. Sie warteten nur noch auf ihren Anführer, einen der beiden Zeugen, Melchior Hoffman, der aber dem Vernehmen nach schon unterwegs nach Straßburg war. Auch Johann Beck glaubte fest, dass der Weltuntergang in knapp zwei Jahren – wie es Hoffman vorausgesagt hatte – über sie hereinbrechen würde. In dem, was er sagte, erkannte Margarethe teilweise die Worte ihres zweiten Mannes Johannes Schwan wieder. Sie erinnerte sich daran, wie sie Schwan zum ersten Mal gesehen hatte. Es war auf dem Brunnen vor der Pfalz gewesen, wo er die Menge auf den Untergang der Welt vorzubereiten suchte und sie zur Buße mahnte. Johann hatte seinem Stiefvater oft gebannt zugehört, das fiel ihr jetzt wieder ein. Wie sehr ihn dessen Schilderungen gefangengenommen hatten, hatte sie allerdings nicht geahnt. Sie wies Johann darauf hin, dass in den letzten Jahren schon manches Mal der Weltuntergang angeblich bevorgestanden habe, aber nicht eingetreten sei, er blieb jedoch bei seinem Glauben. Je mehr sie sich gegen Hoffman und seine Propheten aussprach, desto ungeduldiger und zorniger wurde er. Fast kam es zum Streit. Margarethe ließ von dem Thema ab, vorerst zumindest. Johann würde hoffentlich selbst das Gaukelwerk durchschauen, Zwang würde bei ihm nichts ausrichten. Also beschränkte Margarethe sich darauf, ihn zur Vorsicht zu mahnen, denn die Gefängnistürme waren voll von Täufern.

In den folgenden Monaten stellten alle ihre Kraft, ihre Hände, ihre Augen und ihren Geist in den Dienst der *Chronica*. Am Ende waren ihre Papier- und Farbvorräte verbraucht, ihre Glieder müde und ihre letzten Pfennige ausgegeben. *Gedruckt zu Straßburg durch Balthasar Beck und vollendet am fünften Tag des Herbstmonats im Jahr MDXXXI* setzte ihr Mann schließlich die letzten Buchstaben.

Ehrfürchtig hielt Margarethe das erste Exemplar in den Händen. Dieses Buch war alle Mühen wert gewesen. Es würde den Menschen zeigen, woher sie kamen, wer ihr Denken beeinflusste, und könnte ihnen für ihr weiteres Leben die Richtung weisen.

Schnell sprach sich herum, was für ein anregendes und lehrreiches Werk dieser Sebastian Franck verfasst hatte, mancher Leser überredete Margarethe, ihr das Buch gegen eine wöchentliche Abzahlung zu überlassen. Sie stimmte dem zu, denn die Zeiten waren hart, und in Raten gezahltes Geld war besser als gar kein Geld. Auch bei der Messe in Frankfurt, wohin Pauli Goetz das Buch für sie mitnahm, fand es großen Anklang. Wenn es so weiterging, hätten sie bald das viele Geld wieder eingenommen, das sie für den Druck eingesetzt hatten. Die *Chronica* könnte das erfolgreichste Buch werden, das sie je herausgebracht hatten.

Ottilie Franck wirkte völlig aufgelöst, das Gesicht war vom Weinen aufgequollen, die Haare zerzaust. Sie stolperte herein, sank auf einen Stuhl und schluchzte. Im Arm hatte sie den Säugling, der leise jammerte. Margarethe nahm ihn ihr ab und gab ihn ihrer Tochter Elisabeth, die ihn auf dem Schoß schaukelte und zu beruhigen suchte. Sie fasste Ottilie bei den Schultern und fragte sie, was geschehen sei. Stammelnd brachte diese heraus, dass ihr Mann verhaftet worden sei, es ging wohl um die *Chronica*. »Ich weiß mir nicht zu helfen … Kenne doch keine Seele … Weiß doch noch von meinen Brüdern, wie es im Gefängnis zugeht.« Sie rang die Hände.

Obwohl Margarethe selbst der Schreck in den Gliedern saß, versuchte sie die Frau zu trösten. Eine Verhaftung war immer bedrohlich, Ottilie war zu Recht außer sich.

»Wir werden uns darum kümmern«, versprach sie und wusste doch nicht, wie. Bebend überlegte sie. Warum war Sebastian Franck verhaftet worden? Warum jetzt, die Veröffentlichung der *Chronica* war doch schon länger her? Und was bedeutete dieser Schlag für sie? Sie rief nach Balthasar und setzte ihn ins Bild. »Was können wir tun?«, sagte sie wie zu sich selbst.

Ihr Mann ballte in schneller Folge die Hände und öffnete sie wieder. »Ich verstehe das nicht. Wir haben Sebastian Francks Buch der Zensur unterworfen, es gab keine Beanstandungen. Es ist schon seit Monaten auf dem Markt. Und jetzt diese Reaktion?« Unruhig lief er neben der Druckerpresse auf und ab. »Ich suche die Gefängnistürme ab, wir müssen ihn befreien!«, rief er entschlossen. Margarethe hielt ihn auf.

»Damit machst du es nur schlimmer!« Er würde sich selbst durch so eine waghalsige Tat in Gefahr bringen, sie wollte ihn nicht noch einmal im Kerker sehen. Sie spürte Schweiß auf ihren Schläfen, wären sie denn nie der Angst ledig? »Wenn sie ihn wegen des Buches verhaftet haben, werden sie auch bald vor unserer Tür stehen. Wir müssen ihm helfen, aber erst müssen wir das Buch wegschaffen, sonst war unser aller Mühe vergebens«, meinte sie.

Balthasar fasste einen Entschluss: »Pauli Goetz soll die Bücher für uns verstecken. Sag ihm, es soll zu seinem Schaden nicht sein. Und danach gehen wir zu Sebastian und finden heraus, was man ihm vorwirft.« Hektisch fingen sie an, die Bücher einzupacken. Ottilie, die sich kaum beruhigen konnte, schickten sie vor die Tür, damit sie nach den Bütteln sah. Flugs legte Margarethe die Bücher in Fässer, Bastian hämmerte sie zu, und Balthasar brachte sie hinaus und rief einen Karrenknecht heran. Sie waren gerade dabei, die Fässer aufzuladen, als die Büttel die

Gasse herunterkamen. Ottilie stieß einen Schrei aus. Sie wollte zurückweichen, aber Margarethe hielt sie fest. »Ihr müsst sie aufhalten! Wenn sie die Bücher finden, war alles umsonst – auch für Euren Mann.« Zögernd schritt die Frau auf die Männer zu, dann ging sie schneller, begann laut zu wehklagen und stürzte sich zu ihren Füßen. Balthasar gab dem Esel einen Klaps auf das Hinterteil, und er trottete los, Margarethe lief neben dem Karren her. Als sie um die Ecke bog, sah sie gerade noch, wie auch ihr Mann den Bütteln entgegentrat.

Es war bitterkalt in den Mauern des Turmes. Im Dunkel der Verliese sah man Schatten huschen, abgemagerte, zitternde Hände versuchten durch die Gitter nach ihr zu greifen. Margarethe zog ihren Mantel enger um sich, es war Dezember, in dieser Zeit des Jahres im Kerker zu sein kam einem Todesurteil gleich. Pauli Goetz hatte sich bereit erklärt, die Bücher zu verstecken, für eine kurze Zeit zumindest. Jetzt mussten sie sich um Sebastian Franck kümmern. Der Wächter, den sie bestochen hatten, führte sie durch die Gänge. Schon von weitem hörten sie die Stimme Sebastian Francks, die nur ab und zu durch lautes Niesen unterbrochen wurde. Als sie sich seiner Zelle näherten, konnten sie erkennen, dass er von Männern umringt war, die ihm andächtig zuhörten. Er bemerkte sie und humpelte verkrampft lächelnd auf sie zu. Margarethe tat es weh, diesen Freund so zu sehen.

»Meine Zehen, ich spüre sie kaum noch. Dabei bin ich erst seit einigen Stunden in diesem Turm – im Gegensatz zu diesen armen, bemitleidenswerten Kreaturen.« Er wies auf seine Zellengenossen.

»Hat schon jemand mit dir gesprochen?«, wollte Balthasar wissen. »Was wirft man dir vor?«

»Ich bin dem großen Erasmus von Rotterdam auf die Füße getreten, indem ich ihn in der *Chronica* als einen Ketzer mit aufführte. Dabei war es in ehrenvoller Absicht gemeint. Ich nenne jene, die der Papst für Ketzer hält – und welcher der großen Denker gehört nicht dazu? Ich habe Erasmus als Fürsten der lateinischen Zunge doch mit Lob überschüttet. Und er hat sich dafür beim Straßburger Rat beschwert!« Er hauchte in seine Hände und rieb sie krampfhaft aneinander. »Bei dieser Gelegenheit hat er gleich darauf aufmerksam gemacht, dass ich in der *Chronica* auch den Kaiser schmähe. Aber eigentlich habe ich nur über den Adler, das Wappentier der Fürsten und Kaiser, nachgedacht.« So unschuldig, wie er es jetzt sagte, war der Abschnitt des Textes nicht gewesen, erinnerte sich Margarethe. Der Adler – also der Kaiser – sei macht- und beutegierig, unersättlich und jedermanns Plage, hatte er geschrieben. Doch war dieser Vergleich Grund genug, jemanden dafür einzukerkern? »Ich habe darauf hingewiesen, dass der Zensor das Buch geprüft hat. Mir ist erlaubt worden, mich zu rechtfertigen. Man will mir Feder und Papier schicken. Denn ich muss vorerst hierbleiben. Waren sie schon bei euch?«

»Sie haben die wenigen Exemplare, die sie gefunden haben, mitgenommen«, meinte Margarethe vieldeutig.

Sebastian Franck nickte. »Und Ottilie?«

»Ist vorerst bei uns.«

»Ich danke euch«, sagte er und hielt sich erschöpft am Gitter fest. »Wenn ihr mich fragt: Dem Rat passt es nicht, dass ich in der *Chronica* Straßburgs jüngste Geschichte und die guten Beziehungen zu den Eidgenossen so ausführlich zu Papier gebracht habe. Jetzt, wo Zwingli gefallen ist, muss sich die Stadt enger an die lutherischen Reichsstädte und den Kaiser anschließen.« Vor zwei Monaten hatten die katholischen Schweizer Kantone die protestantischen Zürcher unter Zwinglis Führung in der Schlacht bei Kappel geschlagen. Damit hatte die Reformation unter den Eidgenossen einen Rückschlag erlitten, an einigen Orten war sogar die katholische Glaubensrichtung wieder eingeführt worden und Straßburg hatte damit einen wichtigen Verbündeten verloren.

Der Wächter räusperte sich vernehmlich, sie mussten gehen. »Nun denn. Ich habe eine Fabel zu Ende zu erzählen«, sagte Sebastian Franck und nieste erneut, als sie sich verabschiedeten.

Margarethe hoffte inständig, dass es für diesen mutigen Mann nur ein kurzer Aufenthalt im Turm werden würde. Denn letztlich hatten sie alles so gemacht, wie der Rat es forderte. Und wenn man sich nicht auf die Freigabe durch den Zensor verlassen konnte, worauf dann?

Balthasar war völlig durchgefroren. »Komm«, sagte Margarethe nur und führte ihn zum Bett. Sie holte aus der Küche einen Stein, den sie zum Wärmen ins Feuer getan hatte, und legte ihn an seine Füße, dann setzte sie sich an seine Seite. Sie sahen sich im Schein einer Kerze an. Es hätte fast gemütlich sein können, fast. Ihre Gedanken wanderten zu Sebastian Franck, der seit zehn Tagen im Turm gefangen saß, und zu seiner Frau Ottilie, die seit der Verhaftung um sein Leben und um ihre Familie fürchtete. Margarethe unterstützte sie, wo sie nur konnte, doch die Angst konnte sie ihr nicht nehmen.

»Was hat er gesagt?«, fragte Margarethe nach einer Weile. Balthasar hatte Doktor Hedio aufgesucht, um ihn zu bitten, für Sebastian Franck ein gutes Wort einzulegen. Sebastian hatte seine Verteidigungsschrift zwar eingereicht, aber beurteilt hatte sie noch niemand. In der Pfalz und in der Kanzlei war man, wieder einmal, viel zu sehr mit den Wiedertäufern beschäftigt, die nun zu Hunderten in der Stadt waren. Der Ärger über die *Chronica* hatte das Fass wohl zum Überlaufen gebracht. Kaspar Hedio war ihre letzte Hoffnung, Francks Angelegenheit zu beschleunigen.

»Warten lassen hat er mich. Er habe so viel zu tun! Ein Wunder, dass er überhaupt noch dazu kommt, seine Predigten vorzubereiten.« Balthasar schnaubte, langsam begannen sich seine Wangen von der Wärme zu röten. »Und dann noch die Sorge um seine Kollegen! Capito ist seit dem Tod seiner Frau in tiefe Trauer verfallen. ›Nur natürlich, aber gerade jetzt, wo wir ihn besonders dringend brauchen!‹«, ahmte er den entrüsteten Tonfall Hedios nach. »Bucer hingegen tobt. Offenbar hat Erasmus Bucer beschuldigt, dass er Sebastian Franck angestiftet habe, ihn in die Ketzerchronik aufzunehmen! Als ob sich Sebastian etwas von Bucer sagen lassen würde!« Balthasar rieb seine Füße aneinander, die sich nun nicht mehr wie Eisklötze anfühlten. »Kurzum, es ist vergebens. Sebastian hat nicht nur Erasmus gegen sich aufgebracht, sondern auch Martin Bucer, und dieser wiegelt den Straßburger Rat auf. Jetzt hat Erasmus noch nachgelegt. Die Stadt sei ein Nest von hungerleidenden Wirrköpfen, hat er geschrieben. Und all diese Häme haben die hohen Räte nur Sebastian Franck zu verdanken.« Sebastian Franck schien mit seiner Bemerkung über Erasmus eine Kettenreaktion ausgelöst zu haben, die niemand hatte voraussehen können.

Margarethe sank in sich zusammen. Wer war überhaupt noch auf ihrer Seite?

»Lang und breit musste ich darlegen, ob der Zensor das Buch wirklich gesehen und was er dazu gesagt hat. Schließlich hat Hedio mir wohl geglaubt. Zumindest dürfen wir seine Übersetzung des Hegesippus drucken. Gegen unsere Druckerei hat er also nichts.« Das war allerdings eine gute Nachricht. Das letzte Buch von Kaspar Hedio, das sie herausgebracht hatten, war ein großer Erfolg gewesen. Hedio war hoch angesehen, auch für sein neues Werk könnten sie sicherlich ein kaiserliches Privileg erhalten. »Er will allerdings zusätzlich zu den Freiexemplaren – und davon ein paar mehr – eine Entlohnung für seine Übersetzung.«

Margarethe stieß die Luft aus. »Woher sollen wir die nehmen? All unser Geld steckt in der *Chronica*. Und die liegt bei Pauli Goetz in einem Verschlag.« Das Schicksal schien sich gegen sie verschworen zu haben. Ihre Hoffnungen hatten sie in dieses Buch gesetzt, und nun hatten sie vielleicht alles verloren. Hätte sie anders handeln, hätte sie sicherer wirtschaften können? Vielleicht, aber Balthasar und sie hatten die *Chronica* so bedeutend gefunden, dass sie das Risiko eingegangen waren. Und sie würden es wieder tun, trotz aller Widerstände, das wurde Margarethe jetzt klar.

Er umschloss ihre Füße mit seinen Händen und begann sie zu massieren. »Es hilft nichts, wir müssen etwas verkaufen oder das Geld leihen. Ich habe Hedio gesagt, dass er seinen Lohn bekommen soll. Dafür würde er auch in Erwägung ziehen, sich wohlwollend nach Sebastian Franck zu erkundigen.«

Unruhig trippelte Ottilie vor dem Saal hin und her. Im Gang der Pfalz hallten laut ihre Schritte. Balthasar saß auf einer Bank, den Kopf aufgestützt, und war in Gedanken versunken. Margarethe starrte aus dem Fenster und lauschte. Aus dem Saal waren nur gedämpfte Stimmen zu hören. Ab und zu vernahm sie die Worte Sebastian Francks, die ruhig, gefasst und sachlich klangen. Von der Entscheidung dieser Männer hing ihre Zukunft ab. Es war Ende Dezember. Würde der Rat Sebastian Franck wirklich mit Frau und Kindern im tiefsten Winter ausweisen? Und würde er das Verbot der *Chronica* aufheben?

Endlich wurden die Saaltüren geöffnet, Margarethe schrak auf, Balthasar sprang hoch, Ottilie wich zurück. Hedio kam schnellen Schrittes herausgeeilt, bemerkte sie und schüttelte nur den Kopf. Jetzt konnten sie sehen, wie Martin Bucer erbittert auf Sebastian Franck einredete, ihm sogar drohte. Voll unterdrückter Wut stürmte der Pfarrer heraus, dann brachte der Ratsdiener den Gefangenen vor die Tür.

Sebastian Franck lächelte niedergeschmettert. »Beschluss des weisen Straßburger Rates: Die Bücher bleiben verboten und dürfen nicht mehr verkauft werden, ich selbst werde der Stadt verwiesen. Denn ich habe angeblich ja nicht nur Erasmus und den Kaiser geschmäht, sondern auch noch die Stadt als Hort der Ketzer dastehen lassen. Oh, hätte man das Buch nur richtig gelesen!«, rief er aus.

Der Ratsdiener zog an seinem Arm. »Und Bucer?«, fragte Balthasar noch.

Sebastian neigte sich ihm zu. »Will mich für die Schmach, die ich ihm angetan habe, bis an mein Lebensende verfolgen. Nie wieder soll ich in einer Reichsstadt Fuß fassen können.« Sie hörten jetzt, dass Ottilie weinte. Auch Sebastian Francks Augen trübten sich. »Es gibt ja, wie wir wissen, auch andere, die hasserfüllt verfolgt wurden und dennoch etwas bewegt haben«, sagte er tröstlich. Margarethe und Balthasar sahen sich an. Sie hatten zu Hause genau abgesprochen, was sie tun würden, wenn dieser, der schlimmste Fall, eintreffen würde.

»Ehrwürdiger Rat«, sagte Balthasar fordernd und trat in die Ratsstube ein. Margarethe schlich hinaus und lief so schnell sie konnte zu Pauli Goetz. Allzu lange würde ihr Mann den Rat und die Büttel nicht aufhalten können, die noch einmal nach versteckten Büchern suchen würden.

»Die Angelegenheit ist mir zu gefährlich.« Margarethe sah, wie schwer es Pauli Goetz fiel, das einzugestehen. »Alle sind gegen Franck, der Rat und die Pfarrer, Erasmus und sogar der Kaiser. In diesem Fall bin ich machtlos. Wer weiß, vielleicht wendet sich der Rat auch noch gegen Balthasar – oder gegen mich.« Er schüttelte energisch seinen ergrauten Kopf. Die Pockennarben fielen in den vielen Falten gar nicht mehr auf. »Nein und nochmals nein.« Seine Stube war behaglich eingerichtet, seine Kleidung, wie stets, kostbar. Der Verleger kam anscheinend noch immer gut über die Runden. Aber je mehr man besaß, umso weniger schien man riskieren zu wollen. Oder war es das Alter, das ihn das Risiko scheuen ließ? Balthasar und sie hingegen hatten ihr ganzes Geld in diese Bücher investiert, in Bücher, die es wert waren, gelesen zu werden. Und nun sollte die *Chronica* einfach in einem Keller vermodern? Sollten sie sich unterkriegen lassen, weil ein Gelehrter und ein Pfarrer sich in ihrer Eitelkeit getroffen fühlten, weil die Stadt um ihren guten Ruf so besorgt war, dass sie sich über Menschlichkeit hinwegsetzte?

»Was kann ich tun?«, fragte sie. »Bitte, Ihr wisst sicher einen Ausweg. Was nützt es Euch, wenn wir alles verlieren? Ihr hättet nur einen Geschäftspartner weniger.«

Pauli Goetz knetete sein Kinn. »Nehmt meinen Knecht, meine Kutsche und die Fässer. Reitet nach Hagenau. Dort ist ein neuer Drucker angekommen, er ist jung und mutig genug, es zu versuchen. Fragt nach Valentin Kobian. Aber macht schnell, bevor ich es mir anders überlege.«

Margarethe strebte der Tür zu, und noch bevor diese hinter ihr zufiel, hörte sie ihn murmeln, er müsse verrückt sein, ihr zu helfen. Sie band sich die Haare hoch, versteckte sie unter einer Mütze, lieh sich eine Hose des Knechts, half ihm die Fässer aufzuladen und schwang sich neben ihn auf den Kutschbock. Bald würde die Auflage der *Chronica* in Sicherheit sein, so hoffte sie zumindest.

Es war ein harter Ritt nach Hagenau. Die Januarkälte setzte ihr zu, die Wege waren durch die tiefen, gefrorenen Matschrillen kaum passierbar. Kurz vor Toresschluss erreichten sie die Stadtmauern und fragten sich zu Valentin Kobian durch.

Der junge Drucker erklärte sich schnell bereit, das Buch für sie unter die Leute zu bringen. Sein Anteil an den Einnahmen würde hoch sein, aber was blieb ihr übrig?

KAPITEL 17

HAGENAU, 1533

Valentin Kobian wog das Manuskript in den Händen. Er war ein kleiner Mann mit dunklem Haar. Sein Gesicht war von einem breiten Bart geprägt, und als Margarethe ihn vor über einem Jahr bei ihrem ersten Besuch in Hagenau kennengelernt hatte, war sie irritiert gewesen, weil sie nicht erkennen konnte, ob sein Lachen echt war oder nur aus einem Hinaufziehen der Mundwinkel bestand. Heute wusste sie, dass Valentin Kobian nicht sehr viel lachte. Er hatte ein ernstes Gemüt und sprach sehr leise, so dass er vom Dröhnen der Druckerpresse oft übertönt wurde. Auch jetzt musste sie sich vorbeugen, um ihn zu verstehen.

»Wie lange habt Ihr es, sagt Ihr, schon in Eurem Besitz?«, fragte er.

Margarethe hatte schnell festgestellt, dass der Hagenauer Drucker gern genau über die Werke informiert war, die er herstellte. Seine Gewissenhaftigkeit kam ihnen zugute, wenn es um Geldangelegenheiten ging. Sie dachte an die nervenzehrenden Auseinandersetzungen über den Verdienst an der *Chronica* zurück. Margarethe hatte dabei festgestellt, dass auch er oft jedem Gulden hinterherlaufen musste und akribisch Einnahmen und Ausgaben abrechnete. Also antwortete sie ihm wahrheitsgemäß.

»Sebastian Franck gab es uns, als wir uns Anfang des Jahres 1532 zum letzten Mal trafen.«

Noch heute sah sie vor sich, wie Sebastian Franck und seine Frau Ottilie durch den Schnee stapften, einen Karren mit ihren Kindern und den wenigen Habseligkeiten hinter sich herziehend. Das Mitleid und die Verbitterung hatten Margarethes Brust eingeschnürt. Wenig später hatten Balthasar und sie die Familie in Kehl auf der anderen Seite des Rheins besucht. Ein Kind war ihnen in diesem Winter gestorben, und Margarethe war es schwergefallen, ihren Zorn auf die unbarmherzigen Ratsherren zu unterdrücken. Sebastian Franck hingegen hatte sich in Arbeit vergraben und das *Weltbuch*, eine wahrhaftige Beschreibung aller Teile der Welt, fertiggestellt. Er hatte es ihnen in der Hoffnung anvertraut, dass sie es drucken würden und er einen Teil des Gewinns bekäme.

Kobian strich durch seinen Bart. »Und Ihr durftet es nicht drucken?«, fragte er.

»Die Aufregung über Francks Schrift reißt einfach nicht ab. Als unser Ratsherr Jakob Sturm sich wieder einmal dafür rechtfertigen musste, dass die *Chronica* in Straßburg gedruckt werden konnte, verbot er uns den Druck des *Weltbuchs*«, erklärte sie. Die Boten des Rates hatten Balthasar schwören lassen, dass er keine Schriften von Sebastian Franck, weder die *Chronica* noch das *Weltbuch*, drucken würde. Mit dem Schwören nahm man es inzwischen in Straßburg sehr genau. Männer, die am Schwörtag den Eid verweigerten, wurden sofort nach dem Grund befragt; wenn sie den Wiedertäufern angehörten, mussten sie von dem Glauben ablassen oder ausreisen. Aber das war immer noch harmlos verglichen mit den Maßnahmen, die in anderen Gebieten des Reiches viele Täufer das Leben kosteten. Balthasar schwor also. Einer der beiden Boten war Jacop Krut gewesen, und er würde sich bestimmt daran erinnern, wenn Balthasar diesen Eid brach. Auch der Zensor Jakob Bedrot prüfte ihre Werke seit dem Zwischenfall mit der *Chronica* besonders genau. Mit jeder Kritik an der Druckerlaubnis für die *Chronica* wurde auch daran erinnert, dass er dieses Buch nicht genau geprüft hatte. Diese Schmach würde er ihnen wohl nie verzeihen. Sie hatten weitere Übersetzungen von der Hand Doktor Hedios gedruckt, die sich wie gewohnt auch über die Stadtgrenzen hinaus gut verkauften, und daran konnte selbst Bedrot nichts aussetzen. Jetzt, im Sommer des Jahres 1533, wollten sie nun endlich das *Weltbuch* herausbringen, wenn auch wieder über den Umweg Hagenau.

»Wird Sebastian Franck es auch woanders drucken lassen?«, fragte Kobian, zumindest hatte Margarethe das verstanden. Ihre Ungeduld wuchs. Warum konnte Balthasar nicht diese zeitraubenden Verhandlungen übernehmen? Aber es war eben unauffälliger, wenn sie die Stadt verließ, um Valentin Kobian aufzusuchen. Niemand in Straßburg sollte wissen, dass sie miteinander Geschäfte machten. Kobians Frage war berechtigt, denn wenn beispielsweise ein Augsburger oder Basler Drucker das Buch zeitgleich herausgab, würde es ihren Verkauf schmälern. Sie unterdrückte einen Seufzer.

»Nicht, dass ich wüsste.« Sie standen mit Sebastian Franck in Briefkontakt. Er hatte ihnen von seinen Versuchen berichtet, seine Werke zu veröffentlichen, aber wohin er auch kam, Martin Bucer hatte den Rat der neuen Stadt schon vor ihm gewarnt. So musste sich der Schriftgelehrte als Seifensieder durchschlagen. Nun plante er, in Ulm sein Glück zu versuchen.

»Es ist ein umfangreiches Werk. Die Herstellung des Buches wird viel Zeit kosten – und viel Geld. Woher soll ich es nur nehmen? Auch ich habe Frau und Kind zu versorgen.« Kobians Tonfall war leidend. Jetzt kamen die zähen Verhandlungen. Sie wollte es ihm nicht zu leicht machen.

»Das *Weltbuch* ist es wert. Es ist eine Beschreibung der Welt, wie es sie noch nie gab. Ein Spiegel und Bildnis des ganzen Erdbodens, in dem Sebastian Franck über Asien, Afrika, Europa und Amerika berichtet, noch dazu in deutscher Sprache. Es wird seine Käufer finden«, war Margarethe überzeugt.

Kobian runzelte die Stirn, sie bemerkte, dass sich seine Haare trotz seines geringen Alters schon lichteten. »Und dennoch. Es würde meinen Setzer monatelang beschäftigen, meine Pressen allzu lange belegen. Andere Bücher würden ungedruckt bleiben, Einnahmen würden mir verlorengehen.«

Margarethe sah sich um, die Leinen hingen voller bedruckter Papiere, ein Buchbinder ging in einer Ecke seiner Arbeit nach.

Wieder fiel ihr auf, dass unter seinen Arbeitern stets eine ungewöhnliche Stille herrschte. Hier wurde nicht gesungen, gelacht oder geschwatzt, wie es bei ihnen üblich war. Valentin Kobian war sehr fromm, sein Druckerzeichen war ein stolzer Pfau, das altchristliche Symbol der Auferstehung des Fleisches, der mit seinen Krallen einen Hahn und einen Löwen niederhielt. »Selbstverständlich würden wir angemessen teilen. Obwohl wir bereits in Vorleistung gegangen sind und Sebastian Franck für die Abschrift und die Überlassung des Manuskripts entlohnt haben.«

Kobian sah sie ernst an. »Dafür trage ich das Risiko«, sagte er. Hin und her ging es, wer welche Ausgaben übernehmen würde und wem wie viel von den Einnahmen zustand. Schließlich wurden sie sich einig und besiegelten ihr Geschäft mit einem Handschlag. Valentin Kobian würde das *Weltbuch* von Sebastian Franck für sie drucken, sie würden es vertreiben, still und heimlich natürlich.

Margarethe war zufrieden, das Geschäft würde sich lohnen, und endlich kam dieses Buch ans Licht. Es war einer der ersten Tage des Juni, und sie genoss die Fahrt mit dem Rollwagen zurück nach Straßburg, den Blick auf die Bergkette der Vogesen, die blau in der Ferne schimmerte, und das frische Grün der Wälder, das sie anzulachen schien. Es sah ganz und gar nicht so aus, als würde die Welt untergehen.

»Seht ihr denn nicht, dass sich die Zeichen mehren? Das große Sterben, die Pest, Sterne fallen vom Himmel, Missgeburten und schließlich der Sturm, der die Schlagglocke mit dem Türmel auf dem Münster umwarf!« Margarethe war still in die Druckerei getreten. Ihre Rückreise von Hagenau nach Straßburg war schnell gegangen, um diese Zeit erwartete sie hier noch niemand. Ihr Sohn Johann hörte sich schon selbst wie einer der Propheten an, dachte sie, nur war seine Kirche diese Druckerei und seine Zuhörer wirkten so, als würde es lange dauern, bis er sie bekehren könnte. Balthasar sah ihn amüsiert an, sein Bruder Bastian zog gelassen am Pressbengel und murmelte etwas über närrischen Aberglauben. Margarethe musste zugeben, dass der Komet im letzten Herbst unheimlich gewesen war. Auch der Sturm im Februar war bedrohlich gewesen, das Scheppern der Glocke hatte man bis zum Holzmarkt gehört.

Johann bemerkte sie nun und kam auf sie zu, er hatte diesen entrückten Gesichtsausdruck, den sie nicht zu deuten wusste. Statt einer Begrüßung fuhr er mit seiner Rede fort. »Dies ist das Jahr der Entscheidung. Straßburg ist von Gott erwählt. Es ist das geistliche Jerusalem. Die Herren dieser Stadt werden das Banner der Gerechtigkeit aufrichten, und die Propheten werden sie verkünden. Die Zeugen der Apokalypse sind bereits eingetroffen, Elias und Henoch!«

Sie blickte forschend in sein Gesicht. War es ein irres Leuchten in seinen Augen, oder war es nur das Feuer der Begeisterung? Auf den Kirchhöfen und Gassen konnte sie die Verrückten erkennen, die von Teufeln gehetzt und von Traumgesichtern heimgesucht wurden, aber hier bei ihnen zu Hause, bei ihrem Sohn, fiel es ihr schwer, ein Urteil zu fällen. »Elias ist Melchior Hoffman, das habe ich schon gehört. Aber wer soll Henoch sein?«, fragte sie. Balthasar sah auf, lächelnd kam er auf sie zu und schloss sie in die Arme. Sie lehnte sich an ihn und wandte sich noch einmal ihrem Sohn zu.

Johann blinzelte, meinte seine Mutter es ernst mit ihrem Interesse? »Cornelis Polderman heißt er, aus Middelburg im niederländischen Zeeland stammt er. Melchior Hoffman und er sind zusammen in Straßburg eingetroffen.« Jeden Abend gingen Clara und er jetzt zu den Versammlungen der Melchioriten. Seit Hoffman wieder in der Stadt war, hatte sich die ängstliche Erregung seiner Anhänger noch gesteigert. In den lebhaftesten Farben malten sie sich den Schrecken des Weltuntergangs aus, oft hörte Margarethe ihren Sohn und ihre Schwiegertochter des Nachts weinen und klagen. »Elias hat vorhergesagt, dass es ein Konzil geben wird, auf dem die Zeugen der Apokalypse verhört werden. Und er hatte recht: Im nächsten Monat soll eine Synode stattfinden! Ihm wurde von einem alten Friesen geweissagt, dass er ein halbes Jahr im Straßburger Gefängnis leiden müsse, danach aber seine Lehre über die ganze Welt verbreiten dürfe. Auch das ist zum Teil eingetroffen!«, rief Johann im Brustton der Überzeugung. Ehrfurchtsvoll hatte er ihnen von Hoffmans Reaktion auf seine Verhaftung berichtet. Statt Schrecken war Freude auf seinem Gesicht zu sehen gewesen. Als der Büttel kam, hatte Melchior Hoffman seinen Hut vom Kopf geworfen, seine Schuhe weggeschleudert, seine Finger zum Himmel emporgestreckt und bei dem lebendigen Gott geschworen, dass er an Speise und Trank nur Wasser und Brot genießen werde, bis zu der Zeit, an der er mit der Hand und ausgestreckten Fingern auf denjenigen zeigen würde, der ihn gesandt habe. Was Johann nicht berichtet, Margarethe aber von einem Nachbarn erfahren hatte, war, dass Melchior Hoffman selbst den Rat auf sich aufmerksam gemacht hatte, nachdem er neun Wochen unbehelligt in der Stadt gelebt hatte. Durch seinen Boten Lienhart Jost hatte er sein *Büchlein vom Schwert* zur Pfalz tragen lassen. Darin forderte er den Rat auf, die Stadt zu bewaffnen und den Drachen der Apokalypse, womit er den Kaiser meinte, zu bekämpfen. Doch der Rat machte keine Anstalten, der Aufforderung nachzukommen. Schließlich hatte einer seiner eigenen Anhänger ihn angezeigt. Der Wiedertäufer und Bigamist Klaus Frey lag mit Hoffman im Zwist, weil dieser wollte, dass er von einer seiner Ehefrauen abließ. Daraufhin beschuldigte Frey ihn, einen Aufstand zu planen, woraufhin Melchior Hoffman verhaftet worden war.

Margarethe wollte in die Küche gehen, um sich ein Stück Brot zu holen, sie war nach der langen Rückfahrt hungrig, doch Johann forderte ihre Aufmerksamkeit: »Hoffmans Bücher sollten wir drucken. Nicht dieses ketzerische Zeug.« Er hielt eine Schrift des spanischen Gelehrten Juan Luis Vives hoch, die Doktor Hedio übersetzt hatte und in der es um die Notwendigkeit der Armenfürsorge, Sittlichkeit und Erziehung ging. »Dann müsste unser Elias nicht zu Jakob Cammerlander oder Valentin Kobian gehen!«

Balthasar nahm ihm den Druck aus der Hand. »Wir haben Hoffmans Schriften gedruckt. Dadurch hatten wir viel Ärger. Jetzt wollen wir erst mal wieder Geld verdienen. Und damit wir Geld verdienen, solltest auch du arbeiten.« Widerwillig ging Johann an die Presse zurück.

Margarethe holte sich etwas Brot und dünnen Wein und setzte sich mit Balthasar in den Hinterhof. Ihr Nussbaum trug große Früchte und der Kaninchenstall war seit kurzem mit neuem Leben erfüllt. Sie lehnte sich an die Mauer, die warm von der Sonne war, und schnupperte nach den Kräutern in ihrem Küchenbeet. Balthasar setzte sich zu ihr auf die Bank und streckte die Beine weit aus. »Wie ist es in Hagenau gelaufen?«, fragte er. Als er von der Abmachung hörte, die Margarethe mit Valentin Kobian geschlossen hatte, umfasste er zart ihren Nacken und gab ihr einen Kuss. »Ich weiß schon, warum ich dich zu Kobian schicke. Wenn ich verhandelt hätte, wäre das Geschäft nicht so günstig verlaufen. Wir hätten ihm bestimmt viel mehr zahlen müssen. Jetzt werden wir zumindest nicht mehr in Versuchung geführt, das *Weltbuch* selbst zu drucken.«

Ein Schatten fiel über sein Gesicht, sie strich ihm über die Wange, als könne sie ihn fortwischen. »Meinst du auch, dass wir Johann ins Gewissen reden sollten? Wir müssen ihn ja nicht gleich bekehren, aber es erschreckt mich, wie sehr er sich plötzlich in seine Überzeugung hineinsteigert«, sagte sie nachdenklich. Ihn zu bedrängen hatte keinen Sinn, aber vielleicht wäre er guten Argumenten zugänglich.

Balthasar schwieg. Nach einer Weile sagte er: »Das ist es nicht, was mich bedrückt. Es ist die angekündigte Synode.«

»Bei der Synode soll es um die Sekten gehen. Fürchtest du, dass die Drucker strenger verfolgt werden sollen, die die Schriften der Sektierer herausgebracht haben?« Eine Synode befasste sich zwar mit kirchlichen Themen, Folgen konnte sie jedoch für jeden Bürger haben, erst recht für die Drucker.

Er rieb sich über die Nase, und Margarethe bemerkte einmal mehr seinen Finger, der seit seinem Aufenthalt im Gefängnisturm und den Schlägen von Jacop Krut steif geblieben war. Für einen Drucker, der auf kräftige biegsame Finger angewiesen war, war es eine Beeinträchtigung, aber Balthasar hatte gelernt, damit zu leben, und machte den steifen Finger durch Schnelligkeit wieder wett. »Ich weiß es nicht, aber es könnte sein«, sagte er. »Heute Abend soll es bei der Zunftsitzung darum gehen. Komm doch mit, vier Ohren hören mehr als zwei.«

In der Zunftstube herrschte angespannte Stimmung, niemand schien angetrunken zu sein, und die Gespräche wurden in einem gedämpften Tonfall geführt. Während sich die Zünftler über ihre aktuellen Geschäfte austauschten und darauf warteten, dass die Sitzung eröffnet wurde, dachte Margarethe darüber nach, was sie über die bevorstehende Synode wusste. Im letzten Jahr hatte der Unwille des Rates und der Pfarrer über die verschiedenen Wiedertäufer- und andere Sekten, die in der Stadt Zuflucht gesucht hatten, weiter zugenommen. Man befürchtete, dass sich die Sektierer zu einem gewaltsamen Umsturz zusammenschließen würden. Seit dem Religionsfrieden, der im Sommer in Nürnberg ausgehandelt worden war – Kaiser Karl V. brauchte Hilfe gegen die Osmanen, die erneut Wien belagerten, und gewährte dafür eine Art religiösen Waffenstillstand bis zum nächsten Konzil –, riefen die Pfarrer von ihren Kanzeln dazu auf, die Rottengeister zu bekehren oder endgültig zu bekämpfen. Zu diesem Zweck hatte man Ende vergangenen Jahres beschlossen, eine Gemeindesynode abzuhalten.

Ein lautes Hämmern unterbrach ihre Überlegungen, die Sitzung wurde eröffnet, und zunächst trat ein Sprecher des Rates vor. »Nachdem sich allerhand Irrungen, Zwietracht und Sekten in dieser Stadt breitmachen, haben unsere Räte eine Versammlung einberufen, um zu einer einträchtigen Lehre des göttlichen Wortes zu kommen. Diese Versammlung soll nächste Woche bei den Reuerinnen stattfinden. Während der Synode kann ein jeder, der etwas an unserer kirchlichen Praktik auszusetzen hat, frei sein Gemüt öffnen und soll freundlich gehört werden. Aufgerufen sind schon jetzt Clemens Ziegler, Melchior Hoffman, Klaus Frey, Otto Brunfels sowie Caspar Schwenckfeld«, verkündete er. »Damit der Zulauf nicht zu groß wird und mit christlicher Zucht und Einigkeit verhandelt werden kann, gebietet der Rat allen Untertanen, zu dieser Zeit zu Hause zu bleiben und sich ruhig zu verhalten. Wer dem nicht nachkommt, wird bestraft werden.« Diese Anweisung war ein Zeichen dafür, dass der Rat tatsächlich fürchtete, dass die Sektierer das Volk zu einem Aufstand aufwiegeln könnten. Dennoch wurde Gemurre laut, als Bürger der Stadt wollte man schließlich wissen, was vor sich ging, und sich nicht im Haus festsetzen lassen. Der Zunftmeister schlug erneut auf den Tisch, der Ratssprecher erhob seine Stimme. »Eine jede Zunft soll vier tapfere, verständige und gottesfürchtige Männer auswählen, die samt den Schöffen und Kirchenpflegern an der Synode teilnehmen dürfen.« Er gab weiterhin bekannt, dass auch die Schriften der Hauptkritiker eingehend geprüft werden sollen. Seine letzten Worte gingen in den aufbrandenden Stimmen der Zunftmitglieder unter, denn jetzt wurde diskutiert, wen man zur Synode entsenden werde. Die einzelnen Berufsgruppen waren uneinig, aber auch die Drucker untereinander waren zerstritten. Wolfgang Köpfel, der als wichtigster Lutherdrucker der Stadt galt, wurde vorgeworfen, zu eng auf der Seite der Straßburger Pfarrer zu stehen, bei Jakob Cammerlander und Balthasar Beck hieß es, sie hielten es zu sehr mit den Wiedertäufern. Die wenigen Altgläubigen standen gegen die Protestanten, die Täufer gegen die Anhänger der Spiritualisten Schwenckfeld und Ziegler. Nach langem Hin und her einigte man sich auf vier Zunftmitglieder, darunter auch den Maler Hans Baldung.

Als sie die Zunftstube verließen, wirkte Balthasar merkwürdig in sich gekehrt, und er hatte es eilig, zum Holzmarkt zu kommen. In der Druckerei suchte er einige Bücher heraus, es waren die Schriften von Ziegler, Hoffman und Schwenckfeld, die sie vor einigen Jahren gedruckt hatten.

»Du willst doch nicht …«, begann Margarethe. War ihr Mann leichtsinnig, wagemutig oder geldgierig? Zumindest mit zweien dieser Schriften würde er gegen das Verbot des Rates verstoßen. Dass die Bücher beschlagnahmt würden, war noch das wenigste. Wenn man ihnen auf die Spur kam, konnte das sogar ihren Ruin bedeuten, von der Kerkerhaft ganz zu schweigen. Balthasar strich mit den Fingern über die Bücher.

»Warum sollten wir uns dieses Geschäft entgehen lassen? Diese Schriften sollen bei der Synode verhandelt werden, also warum dürfen unsere Mitbürger sie nicht auch prüfen?« Er kam an sie heran, und sie bemerkte, wie die goldenen Sprenkel in seinen Augen zu leuchten schienen. »Keine Angst, ich nehme nur alte, abgenutzte Typen, die niemand mit unserer Druckerei in Verbindung bringen kann, und werde auch den Satz verändern.«

»Du weißt, dass der Zensor und sein Handlanger Krut ein Auge auf uns geworfen haben«, warnte sie ihn.

»Und deshalb werden wir auch besonders vorsichtig sein. Außerdem können wir das Geld gebrauchen.«

Margarethe war nicht beruhigt, dennoch packte sie mit an. Es war ihre Druckerei, ihr Mann und sie würden zusammenhalten. Auch Johann half besonders eifrig mit, Melchior Hoffmans Schriften zu drucken.

In den nächsten Tagen waren die Plätze der Stadt wie leergefegt, die Einwohner Straßburgs hielten sich an die Anweisungen des Rates, zumindest als sich herumsprach, dass Schaulustige vor dem Kloster der Reuerinnen tatsächlich verhaftet worden waren. Einen Vorteil hatte die Ausgangssperre, denn nun konnte auch niemand in die Druckerei hereinplatzen und herausfinden, dass sie verbotene Werke herstellten. Wenn die Synode vorbei war, würden sie die Schriften über Laufburschen unter die Leute bringen. Ungeduldig wartete Margarethe auf das Ende der Synode, und auf die erste Zunftsitzung danach.

»Melchior Hoffman hat sie alle überzeugt!«

»Clemens Ziegler ist tapfer für die rechte Sache eingetreten.«

»Caspar Schwenckfeld konnte jeden Einwand zurückweisen.«

»Nein, Unfug. Der eigentliche Gewinner dieser Synode ist Martin Bucer. Er hat alle anderen Pfarrer weit hinter sich gelassen und viele Abtrünnige für sich gewonnen.«

Margarethe wusste nicht, wohin sie zuerst hören sollte, und ließ sich von den Stimmen mitreißen. Da sprach jemand sie von der Seite an. »Ich freue mich, Euch wiederzusehen«, sagte Katharina Zell. Die Pfarrfrau sah erschöpft aus, mager. Margarethe wusste, dass erst kürzlich auch ihr zweites Kind gestorben war, und sprach ihr Beileid aus.

Katharina Zell schien in sich zusammenzusinken. »Die Wege des Herrn sind unergründlich. Er gibt jedem seinen Lohn«, sagte sie schwach. Aber wofür sollte diese fromme Frau, die sich unermüdlich für Kranke und Sterbende einsetzte und sogar während der letzten Pest, so hörte man, Tag und Nacht Hilfe geleistet hatte, Strafe verdienen?

»Diesen Lohn hat niemand verdient«, gab Margarethe zurück und legte einen Augenblick lang ihre Hand zum Trost auf den Arm der Pfarrfrau. Doch Katharina Zell fasste sich bereits wieder. »Ich bin neugierig zu hören, was tatsächlich auf dieser Synode vorgegangen ist, über die so viel gemunkelt wird«, wechselte Margarethe das Thema.

Viele Gerüchte waren im Umlauf. So hieß es, die Pfarrer hätten sich gegenseitig angefeindet – Wolfgang Capito mache mit seinen Druckgeschäften Schulden, Meister Matthis predige zu lange, andere führten einen unsittlichen Lebenswandel oder steckten mit den Sektierern unter einer Decke. Katharina Zell wollte gerade antworten, als schlagartig die Rufe der Männer verstummten. Meister Baldung und die drei weiteren Zunftmitglieder, die an der Synode teilgenommen hatten, waren eingetreten. Sie berichteten über den Ablauf der Gespräche, über die sechzehn Glaubensartikel, die die Pfarrer um Martin Bucer vorgelegt hatten, und über die Streitpunkte. Nicht alles hätten sie verstanden, vieles sei hohe Theologie gewesen. Bei Melchior

Hoffman sei es nicht um seine apokalyptischen Visionen gegangen und auch nicht um den Vorwurf des Aufruhrs, für den es wohl keinen Beweis gab, sondern um seine Lehre, die Stück für Stück von Bucer widerlegt worden war. Vor allem an Hoffmans Lieblingssatz *Das Wort wird Fleisch* habe man lange über die wahre Natur Christi gestritten. Auch die Lehren Zieglers und Schwenckfelds wurden zurückgewiesen. Ab und zu ergänzte Meister Matthis die Rede seiner Zunftbrüder.

Margarethe hörte, wie Katharina Zell haderte. »Was soll das alles? Wer an den Herrn Christus als wahren Sohn Gottes und Heiland aller Menschen glaubt, ist mir willkommen. Ob er ansonsten dem lieben Doktor Luther anhängt, Zwingli, Schwenckfeld oder den grässlich verfolgten Täufern, ob er arm oder reich ist, weise oder unweise. Wir sind doch nicht gezwungen, mit jedem einer Meinung in den Fragen des Glaubens zu sein, aber unserem Nächsten Liebe und Barmherzigkeit zu beweisen, das hat uns unser Lehrmeister Christus gelehrt. Heißt es nicht in der Bibel: *Sekten müssen sein?*« Besonders erbosten sie die Anfeindungen gegen den schlesischen Edelmann Schwenckfeld, der seit geraumer Zeit ihr Hausgast war. »Fromm ist er und demütig wie kein Zweiter, auch wenn er in manchem irrt. Warum muss man jemandem, mit dem man im Hauptstück der Lehre einig ist, das Leben schwermachen?«

Meister Baldung schloss seinen Bericht mit den Worten ab, dass die Synode beendet worden war, nachdem sich niemand mehr gemeldet hatte, der seine Kritik hervorbringen wollte.

»Und, was heißt das?«, rief einer der Zünftler. »Wie geht es weiter?«

»Wenn einer jetzt noch etwas an Kirche oder Pfarrern auszusetzen hat, soll er sich an die Kirchspielpfleger richten. Wenn er sie hingegen öffentlich schmäht, wird er bestraft werden«, meinte Baldung. »In den nächsten Wochen sollen die Ergebnisse der Synode und die Schriften der Sektierer weiter geprüft werden.« Stimmen wurden laut. Die meisten schienen mit diesem Ergebnis zufrieden. Alle Sektierer waren angehört und anscheinend in Freiheit entlassen worden. Die Schriften aber würden in Zukunft strenger geprüft, Balthasar hatte es geahnt. Neue Verbote könnten drohen. Katharina Zell wollte sich zu ihrem Mann gesellen.

»Also gibt es keinen Beschluss? Jeder macht vorerst weiter wie bisher«, wollte Margarethe sichergehen.

Die Pfarrfrau wog abwägend den Kopf hin und her. »Der Rat will niemanden zwingen, solange die Ordnung in der Stadt gewahrt bleibt. Aber ich glaube kaum, dass Bucer Ruhe geben wird. Er will die neue Kirchenordnung durchsetzen. Alle Andersgläubigen sollen vertrieben werden. Und eines stimmt leider wirklich: Martin Bucer hat durch sein Auftreten bei der Synode viele Anhänger gewonnen«, sagte sie.

Als sie abends am Tisch saßen und aßen, war Johann empört. »Sie haben Melchior Hoffman wieder in den Turm geworfen, obwohl er sich doch in allem gerechtfertigt hat!«

»Woher weißt du das?«, fragte Margarethe.

»Ich war natürlich da, am Schießrain. Mit vielen anderen. Er kommt ans Fenster seiner Zelle und spricht zu uns. Alle Vorwürfe hat er widerlegen können, und dennoch haben sie ihn wieder eingekerkert. Aber warum? Nicht mal für den angeblichen Aufstand haben sie einen Beweis!«

Margarethe sah ihn bestürzt an. »Dass sie ihn wieder einsperren, zeigt einmal mehr, wie viel Angst sie vor ihm haben. Du solltest vorsichtiger sein, sonst bist du dabei, wenn sie nächstes Mal seine Anhänger in Haft nehmen.«

Ihr Sohn lachte. »Warum? Meist verhören sie einen nur, sprechen eine Ermahnung aus, und dann ist man wieder auf freiem Fuß.«

»Du weißt selber, dass das nicht stimmt. Die Daumenschrauben sind noch das kleinste Übel im Kerker«, warnte Margarethe ihn. Jetzt mischte sich Clara ein. Ihre Schwiegertochter war sonst eher wortkarg.

»Selbst wenn es gefährlich ist, sollte man stets bereit sein, für seinen Glauben einzutreten, ja sogar dafür zu sterben«, sagte sie im Brustton der Überzeugung. Margarethe warf der Magd Agnes einen Blick zu, diese hielt die Hände krampfhaft gefaltet.

Johann übernahm wieder das Wort. »Die siebte Posaune hat geblasen. In diesem Sommer wird im Weltgericht das Blut der Völker fließen. Babylon muss mitsamt seinem Pfaffenhaufen zugrunde gehen, damit das himmlische Jerusalem errichtet werden kann. Lienhart Jost hat in einer Vision gesehen, wie Doktor Hedio von der Kanzel stürzt, bis über die Knöchel steht das Blut, weil auch seine Zuhörer erschlagen sind.« Seine Tochter Anna sah ihn unbewegt an, dann rann eine einzelne Träne ihre Wange hinab. Clara blieb reglos, also nahm Margarethe das kleine Mädchen auf den Schoß. Sie war erschrocken und fühlte sich zugleich machtlos. Was sollte sie nur mit Sohn und Schwiegertochter tun, wie sollte sie mit ihnen umgehen? Sie würden sie noch alle in Gefahr bringen.

Balthasar schob jetzt entschlossen den Teller von sich. »Willst du zur Waffe greifen, Johann? Willst du das Blut eines Mannes vergießen, nur weil er nicht deiner Meinung ist?«, fragte er streng.

Ihr Sohn machte große Augen, Balthasar hatte nie harte Worte gegen ihn gebraucht. »Ich nicht … Die Obrigkeit wird sich bewaffnen, sagt Hoffman.«

Balthasar beugte sich zornig vor. »Und ihren eigenen Pfarrer umbringen? Hedios Blut vergießen?«

Johann schluckte, Clara sah zu Boden, sie war bleich geworden. »Ich weiß es nicht. Es ist … nur eine Prophezeiung.«

Balthasar erhob sich. Er stützte die Hände auf den Tisch und fasste das junge Paar ins Auge. »Nur eine Prophezeiung. Aber eine, die Angst macht, die Hass schürt. Davon will ich in meinem Hause nichts mehr hören«, bestimmte er. »Es ist Sommer. Wir haben genug zu tun. Die Straßburger Messe steht vor der Tür, Bücher müssen fertiggestellt werden, die Frauen müssen säen und ernten. Da ist keine Zeit für Müßiggang, für unnützes Geschwätz.« Margarethe sah zufrieden zu ihm auf, er sprach ihr aus dem Herzen. Johann und Clara erhoben sich wortlos, ihre Schwiegertochter nahm Margarethe die Enkelin ab. Nachdenklich blieben Balthasar und sie zurück. Die Synode hatte Hoffmans Anhänger nur noch bestärkt, und Worte schienen nichts auszurichten.

In der nächsten Zeit versammelten sich täglich mehr Anhänger am Schießrain, bis Melchior Hoffman schließlich strenger in Haft genommen und in einem abgeschiedeneren Turm in einen Käfig gesteckt wurde. Dennoch erschienen im Sommer zwei neue Schriften des eingekerkerten Propheten, eine war von Cornelis Polderman herausgebracht worden, dem angeblichen Henoch. Die Zensoren und Räte liefen Sturm. Auch die Druckerei am Holzmarkt wurde von den Bütteln durchsucht, aber dieses Mal hatten sie wirklich nichts zu verheimlichen. Balthasar erkannte an Schrift und Druckbild, dass Valentin Kobian die Büchlein hergestellt hatte. In Hagenau war er vor Verfolgung sicher, in Straßburg jedoch begann der Rat, die Anhänger Hoffmans strenger überwachen zu lassen, und sprach noch schneller Haftbefehle aus. Pfarrern und Gelehrten, die auf Seiten der Wiedertäufer standen, machten sie das Leben schwer. Clemens Ziegler wurde das Predigen untersagt, seine neuen Schriften blieben ungedruckt. Margarethe und Balthasar brachten eine weitere Schrift Doktor Hedios heraus, auch planten sie, erneut den *Spiegel der Arznei* herauszugeben, medizinische Handbücher wurden immer gebraucht. Doch dann zeigte sich auf fatale Weise, welche weitreichenden Wirkungen ihre Bücher haben konnten.

Der Mann war klein und blond, und er war nervös. »Balthasar Beck?«, fragte er mit einem fremdartigen Akzent. Hektisch sah er sich um. Nebel stieg vom Fluss auf und hüllte den Holzmarkt in einen grauen Schleier. Ab und zu tauchten aus dem Dunst Gestalten auf, manche hatten Fackeln dabei, die ihre Gesichter gespenstisch aufflackern ließen. Der Fremde zuckte bei ihrem Anblick verängstigt zusammen, also bat Balthasar ihn herein.

Sie hatten bereits die Arbeit eingestellt, zu dunkel war es heute. Der Mann kramte in seiner Tasche und zog zwei Bücher hervor. »Habt Ihr diese Bücher hergestellt?«, sagte er in einem weichen Tonfall und reichte sie Balthasar. Dieser musste sie nicht an sich nehmen, um sie zu erkennen. Es waren zwei Schriften von Melchior Hoffman, beide hatte Balthasar gedruckt, eines anonym, das andere mit Namensnennung, beide hatten ihm viel Ärger, aber auch viel Geld eingebracht.

»Wer fragt?«, wollte Balthasar von dem Fremden wissen.

Auch Margarethe und Johann kamen jetzt die Treppe hinunter, der Besucher warf ihnen einen scheuen Blick zu. »Ein Freund … Ein Bewunderer … Diese Bücher haben vielen Menschen die Augen geöffnet. Sie haben ihnen den Weg gewiesen. Auch mir.«

Balthasars Zurückhaltung ließ nach. »Ich bin Balthasar Beck. Und wer seid Ihr?«

Erleichterung zeigte sich im Gesicht des Fremden; wie jung und erschöpft er war, sah man erst jetzt. »Wie oft habe ich in diesen Büchern gelesen! Gleich, als sich Gott, der Herr, Melchior Hoffman und Lienhart Jost offenbarte, habt Ihr erkannt, was für große Männer sie sind. Ihr habt Ohren, zu hören, Augen, zu sehen. Ihr habt ihre Worte in die Welt hinausgetragen. Diese Presse«, er lief an ihnen vorbei und zu der Presse, strich über das Holz, »hat ihre Worte gedruckt.« Margarethe und Balthasar waren ihm verwundert gefolgt. Er wandte sich ihnen wieder zu. Endlich bemerkte er ihre abwartenden Blicke und sagte: »Cornelis Polderman aus Middelburg, der bin ich.«

Margarethe nahm ihn erstaunt in Augenschein, er sollte derjenige sein, den manche für Henoch, den zweiten Zeugen der Apokalypse, hielten? Johann, der auf der Mitte der Treppe abgewartet hatte, stürzte nun hinunter, und voller Ehrfurcht begrüßte er ihn. Cornelis Polderman sah hingegen zu Balthasar auf.

»Was treibt Euch hierher?«, fragte dieser.

Der Fremde zupfte unsicher an einem spärlichen Bart. »Oh, Meister Beck! Ich wusste nicht mehr wohin, wusste nicht mehr ein und aus. Aus den Niederlanden bin ich gekommen, den weiten Weg, um Melchior Hoffman zu sehen, diesen großen Mann, diesen Gottesboten! Man preist und ehrt ihn genauso wie die Propheten, deren Weissagungen Ihr so furchtlos unter die Menschen gebracht habt. Ein großes Geschrei ging um, dass Melchior krank sei und dass man niemanden zu ihm lasse, ihn zu trösten und ihm zu helfen. Also kam ich in diese Stadt, diese auserwählte Stadt. Doch was musste ich Unglücklicher feststellen? Der Teufel macht Front gegen uns. Die Zeit ist wahrlich nahe. Alle werden bewacht. Niemand wagt es, mich aufzunehmen. Ich weiß nicht wohin.« Er packte Balthasar am Arm. »Doch Euch bewachen sie nicht. Ich bitte Euch, nehmt mich auf, nur für eine Nacht.« Balthasar zögerte. Johann schlug vor, er könnte hier unten schlafen, in der Druckerei. Margarethe wollte Einspruch einlegen, Polderman könnte sie in Gefahr bringen. »Euer Ruhm als Drucker in den Niederlanden ist groß. Ihr seid ein mutiger Mann, das sehe ich. Nur eine Nacht, morgen früh bin ich verschwunden.« Balthasar schüttelte die Hand des Fremden ab, sagte aber dennoch, dass er bleiben könne.

»Du weißt, dass es verboten ist, Wiedertäufer zu beherbergen«, warf sie leise ein.

»Es sind nur ein paar Stunden. Die Nächstenliebe gebietet es, einem Hilfesuchenden Obdach zu gewähren«, erwiderte ihr Mann. »Obdach und ein Mahl. Kommt, Cornelis Polderman aus Middelburg, wir wollen sehen, ob wir für Euch noch etwas zu essen finden.« Die Nächstenliebe war das eine, aber Margarethe fürchtete, dass Balthasar die Gefahr unterschätzte.

Sie heizten den Ofen an, und nachdem er bedächtig eine Suppe gelöffelt hatte, berichtete Polderman ihnen von Hoffmans großer Anhängerschaft und der Wirkung seiner Bücher in den Niederlanden.

»Ihr müsst wissen, dass das, wofür er hier verdammt wird, bei uns als Wahrheit bezeugt wird. Auch in der Stadt Münster, in Westfalen, werden seine Schriften öffentlich verlesen. Dort heißt es, Hoffman habe in Straßburg bei der Synode gesiegt. Viele sagen, Bucer trägt den rechten Namen, denn er habe denen von Straßburg das ewige Heil und die Seligkeit ausgebutzt, also ausgemacht, so dass sie nun im Dunkel tappen, wie die Blinden am Mittag.« Johann lachte auf, Polderman blieb jedoch ernst.

»Das solltet Ihr besser nicht zu laut sagen«, meinte Balthasar.

Es war ein unbefangener Blick, der ihn jetzt traf. Mit dem Ernst eines Kindes meinte Polderman: »Warum nicht? Ich habe es sogar dem Stadtrat geschrieben.«

Fast gleichzeitig fragten Margarethe und Balthasar ungläubig: »Ihr habt was?!«

»Ich habe dem Rat einen Brief geschrieben. Ich habe geschrieben, dass ich Hoffman besuchen möchte. Ich habe geschrieben, dass sie sich übel an diesem unschuldigen Mann vergriffen haben und dass Gott sie und ihre Kinder dafür heimsuchen wird.«

Balthasar sah Margarethe an, sie wussten beide, was das bedeutete. »Seid Ihr närrisch oder todesmutig? Wisst Ihr nicht, dass Ihr Euch in tödliche Gefahr bringt – und uns dazu?«, fragte sie.

Polderman war überrascht, er verstand sie gar nicht. »Aber es ist die Wahrheit. Gott gebe, dass sie die Vernunft zurückerlangen, Recht von Unrecht zu unterscheiden. Und wenn nicht, werde ich mein Martyrium tapfer auf mich nehmen. Wer sich wiedertaufen lässt, weiß, was ihn erwartet, er nimmt das Kreuz auf sich«, gab er zurück.

Johann unterstützte ihn, aber Margarethe gebot ihm zu schweigen. »Er kann nicht hierbleiben«, sagte sie entschieden zu Balthasar. Die Büttel könnten schon auf der Suche nach Cornelis Polderman sein, um ihn zu verhaften. Wenn sie ihn hier finden würden, gerieten sie erneut als Melchioriten unter Verdacht. Sie alle könnten eingekerkert werden, und wer würde sich dann um ihre Kinder und die Druckerei kümmern?

Ihr Mann erhob sich. »Ich habe ihm mein Wort gegeben. Ich werde es nicht brechen. Bleibt hier, Cornelis Polderman aus

Middelburg. Schlaft Euch aus. Und verschwindet vor Morgengrauen.«

Margarethe war zornig. Hatten die Schmeicheleien Balthasar den Verstand vernebelt? Mussten sie die Sicherheit ihrer Familie riskieren, um diesen leichtsinnigen Fanatiker zu beherbergen? Es würde doch sicher Wiedertäufer geben, bei denen er bleiben konnte. Aber Balthasar beharrte auf seinem Ehrenwort.

Am nächsten Morgen war der Besucher fort. Ihre Befürchtungen bewahrheiteten sich jedoch. Drei Tage später kamen die Büttel und nahmen Balthasar mit zum Verhör. Cornelis Polderman war verhaftet worden und hatte angegeben, dass er bei dem Buchdrucker Balthasar Beck am Holzmarkt gewesen sei. Margarethe ängstigte sich schrecklich, zugleich war sie wütend auf ihn. Erst vor kurzem war ein angesehenes, reiches Zunftmitglied aus der Stadt gewiesen worden, weil er den Wiedertäufern angehörte. Weder Geld noch Einfluss hatten es verhindert. Mit der Ausweisung hatte er alle Besitztümer in der Stadt für immer verloren. Was, wenn sie alles verlieren würden? Dennoch überlegte sie fieberhaft, welche Zunftmitglieder sie um Hilfe bitten, wer sich für Balthasar einsetzen könnte. Als sie schon loslaufen und alle Kerkertürme abklappern wollte, stand Balthasar wieder in der Druckerei. Erleichtert schloss sie ihn in ihre Arme, alle Wut war verflogen. Er hatte schwören müssen, dass er kein Täufer sei, kein Anhänger Hoffmans, und auch dessen letzte Schriften nicht gedruckt hatte. Er war jedoch sicher, dass der Schatten des Verdachts bleiben würde, man würde ihn in Zukunft noch genauer im Auge behalten. Sogar Doktor Hedio, der wie Bucer und Capito mit dem Verhör Poldermans befasst war, hatte ihn dieses Mal misstrauisch beäugt. Von nun an müssten sie sich streng an die Zensurordnung halten, bis auf weiteres zumindest.

Ende des Jahres 1533 wurde Cornelis Polderman der Stadt verwiesen, doch schon im Januar konnte er erneut in Straßburg eine Schrift veröffentlichen, in der er Hoffman und seine Lehre verteidigte. Seine Anhänger und andere Wiedertäufer warben offen für ihren Glauben, denn der Rat beließ es bei Verhaftungen, Folter und Ermahnungen. Die Pfarrer wetterten auf den Kanzeln gegen die Sekten und die Untätigkeit des Rates, weil dieser die bei der Synode verhandelten Glaubensartikel noch immer nicht beschlossen hatte. Erst als im Laufe der nächsten Monate Nachrichten aus der westfälischen Stadt Münster in Straßburg eintrafen, die die Melchioriten ganz unter ihre Kontrolle gebracht hatten, griff der Rat strenger durch. Auch in Straßburg könnte ein derartiger Umsturz drohen. Immer mehr Wiedertäufer, zunehmend auch alteingesessene, einflussreiche und wohlhabende Bürger, wurden der Stadt verwiesen. Die sechzehn Artikel wurden beschlossen, die Lehren Hoffmans, Zieglers und anderer wurden ausdrücklich verworfen, alle Täufer, die sich nicht mit der Straßburger Kirche versöhnen wollten, mussten mit ihren Familien binnen acht Tagen die Stadt verlassen. Der Täufer Klaus Frey, der auch auf der Synode gehört worden war, wurde hingerichtet; allerdings nicht wegen seines Glaubens, sondern wegen seines ehebrecherischen Verhältnisses. Es wurde erklärt, alle Kinder müssten innerhalb von sechs Wochen nach der Geburt getauft werden, wer das nicht tat, verlor alle Bürgerrechte. Margarethe war darüber erbost. Mit der Toleranz und der Weitherzigkeit des Straßburger Rates schien es nicht mehr weit her zu sein. Stattdessen wurden alle Bürger in ein neues Korsett gepresst, das festlegte, wie sie leben sollten. Was würde als Nächstes kommen? Würde man sie zwingen, täglich in die Kirche zu gehen, fragte sich Margarethe. Kündigte sich tatsächlich ein neues Papsttum an, verkörpert durch Pfarrer und Rat?

Zur Straßburger Messe 1534 stand erneut Cornelis Polderman vor ihrer Tür und bat sie, seine neuen Schriften zu drucken. Verfolgte er denn nicht, was in dieser Stadt vor sich ging? Straßburg war nicht Münster, wo eine Täuferherrschaft errichtet worden war. Hier waren Pfarrer und Rat gegen die Wiedertäufer vorgegangen. Die Sektierer hatten mit ihrem Verhalten dafür gesorgt, dass für alle Bürger die Freiheit eingeschränkt wurde.

Balthasar wies ihn sogleich ab. Sie hatten nur wenig zu tun, aber bald müsste Valentin Kobian das *Weltbuch* fertiggestellt haben und die Verkäufe würden ihnen Geld einbringen. In Straßburg regierte hingegen die Angst, und die Zensoren griffen streng durch. Wie streng, das würde sich nur zu bald zeigen.

Es war heiß, der Gestank der Abwässer stieg drückend vom Fluss auf. Margarethe saß im Schatten ihres Verkaufsstandes und wartete auf Käufer, Grete leistete ihr Gesellschaft und stickte, auf dem Boden spielten Elisabeth und Anne. Im Flimmern der Sonne sah sie die Männer auf sich zukommen. Ihre Kleidung wies sie als Kanzleidiener aus, Jacop Krut war einer von ihnen. Margarethe scheuchte die Kinder ins Haus und rief nach Balthasar. Die Männer gingen einfach an ihr vorbei in die Druckerei, Margarethe folgte ihnen. Balthasar hatte sich vor der Presse aufgebaut, hinter ihm stand Bastian, Johann war verschwunden.

»Auf Befehl des Rates haben sich alle Drucker, Gesellen und Lehrlinge dieses Hauses morgen früh in der Kanzlei einzufinden.« Balthasar sah die Männer mit verschränkten Armen ruhig an.

»Worum geht es?«, wollte er wissen.

»Das werdet ihr noch früh genug erfahren«, bellte der Wortführer und verließ das Haus, Jacop Krut hingegen ging auf Balthasar zu.

»Dieses Mal kriegen wir dich beim Arsch, Beck. Nur so viel: Die Schrifttype verrät dich. Und eine Handschriftenprobe nehmen wir auch«, sagte er triumphierend. Dann war er ebenfalls verschwunden. Margarethes Herz schlug schneller.

»Was ist denn jetzt schon wieder?«, fragte sie verunsichert.

Balthasar ergriff ihre Hand. »Wir haben uns nichts vorzuwerfen«, beruhigte er sie und rief seine Söhne zu sich. Auch Bastian wirkte nervös, er war inzwischen ein achtzehnjähriger, hochgewachsener Geselle, aber noch nie in die Kanzlei einbestellt worden. Als Johann nicht auftauchte, suchte Margarethe ihren Ältesten. Im Hof fand sie ihn, er saß vor einem kleinen Feuer, schuldbewusst, aber auch verstockt sah er auf. Balthasar lief auf ihn zu.

»Was tust du hier?«

Johann grinste, gab aber keine Antwort. Ihr Mann zog ihn am Kragen hoch und schüttelte ihn.

»Was brennt da?«

Bastian hatte die Flammen ausgetreten und hielt eine Ecke des Papiers hoch, sie war mit Johanns Handschrift bedeckt. »Hoffman … Münster … Am Rat und den Kindern … Rache nehmen …«, las er stockend vor.

Wutentbrannt ließ Balthasar ihren Sohn los, der zu Boden stürzte, Johanns Lachen war zu einem Kichern geworden. »Die Zeit ist nah. Alle müssen wissen, was sie erwartet«, sagte er heiser. Seine Ehefrau Clara war zu ihm getreten und zog ihn hoch.

Margarethe ging auf das Paar zu. Ihre Bewegungen waren ruckartig vor unterdrückter Erregung, ihre Wangen glühten. »Weißt du, was du tust? Was du uns und deiner Familie antust?«, schrie sie ihn an.

Johann wurde schlagartig ernst. »Was schert ihr mich, was schert mich die Druckerei? Ihr wolltet Poldermans Büchlein nicht drucken, also hat ein anderer es getan. Eine weitere Schrift habe ich abgeschrieben, Seite für Seite, und unter die Leute gebracht. Das Wort wird Fleisch. Die Visionen werden wahr. Wir müssen unsere Aufgabe in der letzten Schlacht übernehmen.«

Margarethe ballte die Hände. »Aber nicht hier. Hier nicht mehr.« Sie drehte sich weg und ging zu Bastian.

»Du hast diese Handschrift nicht gesehen«, schärfte sie ihm ein. »Und jetzt bitte alle Drucker der Stadt unverzüglich in die Zunftstube, wir müssen etwas besprechen.« Dann machte sie sich daran, das Papier von neuem zu entzünden.

Als sie wieder ins Haus trat, waren Johann und Clara bereits fort, auch die Magd Agnes fehlte. Ihre Tochter Anna hatten sie zurückgelassen.

In einem kleinen Nebenraum der Zunftstube drängten sich die Straßburger Drucker, alte und junge, erfahrene und Neulinge. Als Margarethe das Wort ergriff, wollten manche schon aufspringen, doch Balthasar stellte sich unterstützend hinter seine Frau.

»Habt Dank, Zunftbrüder, dass Ihr so schnell hierhergekommen seid, denn was jetzt geschieht, betrifft uns alle«, begann sie.

»Wohl eher denjenigen, der diesen verfluchten Hoffman immer wieder unterstützt«, murrte einer.

Margarethe ließ sich nicht beirren. »Uns alle, sage ich. Immer strenger kontrollieren die Zensoren uns. Bald werden die Pfaffen und sie uns sagen, was wir zu denken haben. Und jetzt wollen sie uns auch noch gegeneinander ausspielen.«

Wolfgang Köpfel unterbrach sie. »Sie wollen lediglich, dass der schuldige Drucker sich zu erkennen gibt.«

Margarethe blickte ihn an. »Und wird er es tun? Natürlich nicht. Nein, das ist es nicht, was sie wollen. Die Zensoren wollen Zwietracht säen. Sie wollen die Konkurrenz, die zwischen uns herrscht, ausnutzen.« Sie ließ den Blick über die Köpfe schweifen und sah jedem beschwörend in die Augen. »Jeder von uns kennt die Schrifttypen des anderen. Jeder soll mit dem Finger auf denjenigen zeigen, der diese Bücher herausgebracht hat. Aber wohin wird das führen? Werden sie uns nun bei jedem Druckwerk einbestellen, das ihnen nicht in den Kram passt? Das sollten wir uns nicht gefallen lassen.«

»Aber was sollen wir dagegen tun?«, wollte ihr Bruder wissen.

Margarethe drückte die Schultern durch. »Wir sollten unsere Druckerehre hochhalten. Bei allem Wettbewerb sollten wir zusammenhalten. Wenn keiner den anderen anschwärzt, können sie uns nichts anhaben. Wenn es zu viele Verdächtige gibt, kann keiner überführt werden«, sagte sie überzeugt. »Ich bitte Euch, denkt darüber nach, Kollegen.«

Bastians Gesicht glühte vor Aufregung. »Einer nach dem anderen wurde in die Stube bestellt. Sie haben uns die Handschrift gezeigt und einen Druck, ein Schmachbüchlein von Melchior Hoffman. Hans Schott war der Erste. Als er rausgekommen ist, hat er uns nur warnend angesehen und ist dann in die andere Richtung abgeführt worden. So ging es weiter. Balthasar war vor mir dran.« Er nahm einen tiefen Schluck aus seinem Becher.

Margarethe legte die Hand auf Balthasars Oberschenkel, sie war froh, die beiden wieder um sich zu haben. Jetzt setzte ihr Mann den Bericht fort: »Ich musste beim Bürgereid schwören. ›Die Handschrift kenn ich nicht‹, habe ich gesagt. Sie waren überzeugt, dass es mein Druck ist, war es aber nicht. Der Schriftgießer Hans hatte die Schrift hergestellt, weißt du, der jetzt in Baden Wirt ist. Nicht nur wir haben seine Buchstaben gekauft, andere auch. Valentin Kobian hat es gedruckt, da bin ich fast sicher.«

Bastians Knie wippten aufgeregt. Er brannte darauf, seinen Teil der Geschichte zu erzählen. Margarethe ließ ihren Blick über sein Gesicht wandern. Wie erwachsen Bastian wirkte, mit welchem Ernst und Fleiß er seinem Beruf nachging. Hatten sie ihn je dafür gelobt? Er war nach seinem Bruder immer nur der Zweite gewesen, derjenige, der keine Probleme machte und auf den man weniger Acht geben musste. Und jetzt, wo Johann fort war, war er es, der an Balthasars Seite die Verantwortung für die Druckerei übernehmen würde. Sie dachte an Renatus, ihren jüngsten Sohn, der noch immer zur Schule ging, Latein lernte und sicher das gelehrteste ihrer Kinder werden würde. An Juliane, die im Kloster Einfluss gewonnen hatte und es vermutlich noch zur Äbtissin bringen würde. An Grete, die mit ihren sechzehn Jahren schon eine junge Frau war, den neunjährigen Wildfang Elisabeth und an ihre Stieftochter Barbara, die mit ihrer Familie in Basel Fuß gefasst hatte. Ihr Ältester hatte sie in Gefahr gebracht, hatte ihnen und auch seinem verstorbenen Vater Reinhard Schande gemacht. Wo Johann und Clara jetzt wohl waren? Sie würden gewiss bald zurückkommen.

Sie konnten doch Anne nicht einfach hierlassen. Oder würden sie wirklich nach Münster gehen oder nach Mähren, um sich dort den anderen Wiedertäufern anzuschließen? Sie schüttelte den Gedanken ab und sprach Bastian an. »Und du, was war bei dir?«, fragte sie.

Bastian holte tief Luft. »Erst kamen noch die Drucker Apiarius, Frölich, Kornmann und Cammerlander dran. Dann ich. Ich hab beim Bürgereid gesagt, dass ich keines der Büchlein je gesehen hab. Vater habe wohl die gleichen Typen, aber etliche Buchstaben sind ungleich. Und die Handschrift kenne ich nicht, habe ich gesagt.« Margarethe lobte ihn dafür, das hatte er richtig gemacht.

Balthasar erzählte, dass die Drucker sich nach der Befragung in der Zunftstube getroffen und besprochen hatten. Ja, sein Name war oft gefallen, alle wussten, dass er so eine Schrift vom Typ Schwabacher besaß, aber andere benutzten sie auch. Die meisten seien überzeugt gewesen, dass der Druck von Valentin Kobian aus Hagenau stammte. Sie hatten noch lange über das Verhalten der Zensoren diskutiert. Würde man sie jetzt tatsächlich bei jeder Schmähschrift alle einbestellen und hoffen, dass sie den Verantwortlichen preisgaben? »Glücklicherweise kann der Straßburger Rat in Hagenau kein Unheil anrichten«, war Balthasar überzeugt.

Doch nur wenige Tage später erhielten sie Nachricht von Valentin Kobian. Man hatte seine Druckerei durchsucht und alle Drucke beschlagnahmt, auch das *Weltbuch* von Sebastian Franck. Keine der Schriften würde der Rat wieder herausgeben. Balthasar schrieb an den Rat Hagenaus mit der Bitte, ihm die bedruckten Seiten zu überlassen, und sei es als Einstampfpapier. Seine Bitte wurde abgelehnt. Alles Geld, was sie in das *Weltbuch* investiert hatten, war verloren, dieses große lehrreiche Buch drohte der Vergessenheit anheimzufallen. Die Macht des Straßburger Rates und der Straßburger Pfarrer reichte weiter, als Balthasar und Margarethe wahrhaben wollten. Einige Monate später wurde die Zensur in Straßburg auch auf Bücher von außerhalb ausgedehnt. Es war ein harter Schlag, von dem sie auch Sebastian Franck würden schreiben müssen. Wie viel Arbeit, wie viel Mühe hatte er in das *Weltbuch* hineingesteckt, hoffentlich traf er an anderen Orten auf mehr Offenheit. Margarethe dachte an die Zeit zurück, in der sie die Schriften eines jeden Andersdenkenden ohne Sorge hatten veröffentlichen können. Eine freie Stadt war Straßburg gewesen. Wo war die Toleranz geblieben, für die diese Stadt berühmt gewesen war? Und wie würden sie als Drucker weitermachen können?

KAPITEL 18

STRASSBURG, 1540

Der Himmel war klar und blau. Das Gras zwischen den Steinen des Hinterhofs hinterließ Streifen feuchten Taus auf ihren Schuhen. Ein Rotkehlchen zwitscherte, Margarethe suchte es im Geäst und pfiff ihm eine Melodie zu. Das Laub zeigte die ersten Farben des Herbstes. Vorsichtig betastete sie die Rosenblüten, die Sonnenstrahlen hatten den Tau bereits getrocknet. Margarethe war glücklich darüber, denn es war ihre letzte Gelegenheit, die Rosen zu ernten. Als ihr Korb voll Blüten war, ging sie in die Küche hinauf. Mit einer Schere schnitt sie die Blätter ab und hackte sie auf einem sauberen Brett klein. Dann vermischte sie die duftenden Rosenschnipsel mit gestoßenem Zucker, füllte alles in ein Glas und stellte es auf das Fensterbrett in die Sonne.

Balthasar trat zu ihr, hinter seinem Rücken verbarg er etwas. Als er bei ihr war, zog er eine Rose hervor. »Du hast sie auf der Treppe verloren«, lächelte er und steckte sie vorsichtig an ihr Kleid. Margarethe legte ihre Hände auf seine Hüften. Mit seinen nunmehr vierzig Jahren war er ein wenig fülliger geworden. Ihr Mund berührte ihn zart, sie freute sich über die Gänsehaut, die seinen Nacken emporkroch. Balthasar hob ihr Kinn und küsste sie leidenschaftlich. In den dreizehn Jahren ihrer Ehe hatten sie nie die Lust aufeinander verloren. Jetzt war jedoch keine Zeit für Zärtlichkeiten, das war beiden bewusst. Als sie voneinander ließen, wies er auf das Glas.

»Aus dem Latwergen-Buch? Um die Naschkatze bei Laune zu halten?«

Margarethe lachte. »Zuckerrosat kann ich auch ohne das Latwergen-Buch herstellen, so gerne ich auch darin blättere.« Sie nahm die Rose aus ihrem Ausschnitt, für das, was sie vorhatte, war dieser Schmuck zu unpraktisch. Ihr Gemüt verdüsterte sich. »Kannst du uns nicht begleiten?«, fragte sie.

Balthasar machte sich los und sah aus dem Fenster, die Mauer mit dem Rosenbusch wirkte jetzt kahl. »Wir kommen mit dem Satz des Boccaccio gut voran. Walther übersetzt unablässig. Und er hat so viele Werke, die wir danach herausbringen können! Schriften, die es noch nie in deutscher Übersetzung gab, die reißenden Absatz finden werden«, schwärmte er und nahm das rosa-weiß schimmernde Glas in die Hand. »Kann ich es schon mit hinunternehmen?«

Margarethe verneinte, es würde eine Weile dauern, bis der Zucker den Geschmack der Rosen angenommen hatte. »Ich habe genügend Obst eingemacht und sogar Konfekt vorbereitet. Was tut man nicht alles«, seufzte sie.

Vor einigen Monaten hatte Walther Hermann Ryff sie aufgesucht. Er war ein ehemaliger Schüler von Otto Brunfels. Margarethe hatte ihn einige Male in Brunfels' Begleitung gesehen, und als der Arzt und Schriftkundige nach der Synode vor sieben Jahren eine Berufung als Stadtarzt nach Basel annahm, hatte sein Schüler ihn begleitet. Ryff hatte in Basel studiert und war im mecklenburgischen Güstrow als Apotheker tätig gewesen. Als er hörte, dass in Straßburg ein neuer Stadtarzt gesucht wurde, hatte er sich mit seiner Frau auf den Weg in seine Heimatstadt gemacht. Aus der Berufung zum Stadtarzt war nichts geworden, aber Ryff war ein begeisterter Übersetzer lateinischer Werke und hoffte, dass die Drucker ihn für seine Übersetzungen bezahlen würden. Er hatte sich an das gute Verhältnis zwischen seinem alten Lehrmeister und den Druckern am Holzmarkt erinnert und sich an sie gewandt. Es war eine angenehme Zusammenarbeit mit ihm, im Gegensatz zu anderen, die ihnen in den letzten Jahren das Leben schwer gemacht hatten. So hatten sie weitere Übersetzungen von Kaspar Hedio herausgebracht, und jedes Mal waren seine Forderungen unverschämter geworden. Der Pfarrer verwies auf die Gewinne, die sie mit seinen Büchern machten, und pochte auf mehr Freiexemplare und höhere Entlohnung. Doch irgendwann hatte ihr Mann sich geweigert, und Hedio hatte sich gekränkt an einen anderen Drucker gewandt.

Walther Ryff und Balthasar hatten hingegen schnell ihre gemeinsame Vorliebe für Werke entdeckt, die den Grenzbereich zwischen Wissenschaft und Spiritualität behandelten. Es gab jedoch auch viele medizinische Traktate, die unbedingt übersetzt werden mussten, genauso wie Bücher über die Herstellung von Konfekt – das Latwergen-Buch – oder andere Dinge des Alltags. Ryff verdeutschte und trug Schriften zusammen, während Balthasar und Bastian setzten und druckten und Margarethe die Korrektur übernahm. Doch so, wie andere sich mit Wein oder frischer Luft stärkten, brauchte Ryff Naschwerk.

Margarethe überfiel Unruhe. »Du weißt ja, wo alles ist. Elisabeth kann dir helfen, sie ist alt genug«, sagte sie. Balthasar sah ihr fest in die Augen.

»Es ist alles gut. Du gehst nicht lange fort. Wir werden schon klarkommen«, antwortete er.

Sie drückte sich an ihn. Ihr war wehmütig zumute, sie war, seit sie verheiratet waren, noch nie von ihm getrennt gewesen. Seit ihrer Reise nach Frankfurt vor zwanzig Jahren hatte sie Straßburg nie lange verlassen. Jetzt musste sie nach Basel reisen, um ihrer Stieftochter Barbara zu helfen, und er würde zurückbleiben.

In der Druckerei wickelte Bastian die Bücher in Leder und packte sie in eine kleine Kiste. Grete versuchte ihrer Nichte Anne zu erklären, wie man las, doch das Mädchen war mit den Augen bei Elisabeth, die vor der Tür schwungvoll einen Teppich abbürstete. Wie groß die drei Mädchen waren! Grete war eine zweiundzwanzigjährige Frau, die schon bald verheiratet werden konnte. Sie würde sie auf ihrer Reise begleiten. Elisabeth hatte mit ihren knapp fünfzehn Jahren darauf bestanden, in einem anderen Haushalt zu arbeiten, und vertrat sie eher widerwillig am Holzmarkt. Und natürlich Anne. An der Tochter ihres Sohnes sah sie in erster Linie, wie schnell die Zeit vergangen war. Beinahe sechs Jahre war es her, dass sie ihren Sohn Johann und seine Frau Clara zum letzten Mal gesehen hatte. Waren sie ums Leben gekommen, als 1535 die Täuferherrschaft in Münster blutig niedergeschlagen worden war? Hatten sie die Täuferverfolgungen überlebt, die danach mit aller Härte überall im Reich eingesetzt hatten? Margarethe befragte oft frühere Wiedertäufer, die nach Straßburg zurückkehrten, aber niemand hatte etwas von ihnen gehört. Also stellte sie sich vor, dass Johann und seine Frau glücklich und zufrieden in Mähren oder anderswo unter ihresgleichen lebten. Alles, was ihr von ihrem Erstgeborenen geblieben war, war Anne, und sie hatten das kleine Mädchen wie eine leibliche Tochter aufgezogen.

Als sie ihre Sachen zusammenpackten, trat ein Mann ein. Er hatte eine Statur wie ein Fass, ein rotes Gesicht, schütteres braunes Haar und eine himmelwärts gerichtete Nase, die wie frisch poliert glänzte. Seine Augen leuchteten wach und unter den Armen trug er, wie immer, Bücher.

»So kann ich Euch noch eine gute Reise wünschen, Frau Margarethe. Wie werde ich Euch vermissen!«, sagte er.

»Seid wohlgemut, ich habe vorgesorgt, um Euch den Schmerz zu versüßen«, gab sie lächelnd zurück.

Ryff legte die Bücher ab und schlug das erste auf. Er suchte mit dem Zeigefinger die Zeilen ab und sagte mit Blick auf die Seite beiläufig: »Und denkt daran: Ist es wirklich ein Stein der Nieren oder der Blasen, so beschafft Euch Skorpionöl und treibt es durch den Harngang, das hilft gewiss. Es ist ein Jammer, dass ich mit meinem kleinen und großen *Chirurgi* noch nicht weiter fortgeschritten bin. Die Bücher würden Euch gewiss gute Dienste leisten. Ohne diese Werke müsst Ihr Euch einen Wundarzt herbeiholen.«

Seit der Brief ihres Schwiegersohnes Wolfgang aus Basel eingetroffen war, hatten sie aus den darin enthaltenen Bemerkungen versucht, herauszulesen, woran Barbara litt. Ryff vermutete, dass es sich um einen Blasenstein handelte, aber sicher waren sie nicht. Was es auch war, die Erkrankung war so heftig, dass sie seit Wochen ans Bett gefesselt war und mit dem Tode zu ringen schien. Wolfgang hatte geschrieben, dass Barbara im Fiebertraum oft von Straßburg und ihrer Mutter sprach, er hoffte deshalb, dass Margarethes Anwesenheit ihre Gesundung vorantreiben würde.

Auch Grete verabschiedete sich von ihren Geschwistern, ihrem Stiefvater und schließlich von Walther Hermann Ryff.

»Gebt gut auf Eure Tochter acht. Manche hat bei einer Reise schon einen Freier gefunden, und nicht immer war es im Sinne ihrer Eltern«, gab dieser ihnen grinsend mit auf den Weg.

Grete wurde zwar rot, ließ sich jedoch nicht verlegen machen.

»Ach, wisst Ihr, Meister Ryff, wenn es sein soll, soll es sein. Ich werde mich ganz auf die Wahl meiner Eltern verlassen. Sie wollen das Beste für mich, das weiß ich wohl«, antwortete sie. Ihre Stimme war hell und klar, ihr Gesicht und ihr Körper waren rund. Es schien keinen Missklang in ihrem Wesen zu geben, nichts Schrilles, aber auch nichts Hervorstechendes. Sie zeigte nicht den ausgeprägten Willen, der Margarethe in ihrem Alter zu eigen gewesen war. Margarethe hatte ihre Tochter zur Schule geschickt, hatte sie gelehrt, wie man Korrektur las, und wenn sie gebraucht wurde, übernahm Grete die Aufgabe gern. Sie las, sang und nähte, betrieb aber alles ohne jede Verbissenheit. Grete war eine angenehme Gesellschaft, und Margarethe war froh darüber, dass sie sie begleiten würde.

Margarethe nahm Ryff seinen letzten Satz nicht übel, der Medicus gehörte nicht zu den Männern, die Frauen zu nahe traten. Es stimmte ja auch, Grete war im besten Heiratsalter, dennoch hatten Balthasar und sie sich immer zurückgehalten, weil sie ihre Tochter nicht drängen wollten. Langsam wurde es jedoch Zeit, einen Mann für sie zu finden. Nach der Reise würden sie mit Grete darüber sprechen, das stand fest. Jetzt ging es aber erst einmal um eine andere ihrer Töchter.

Barbara lag matt danieder, als sie aber Margarethe sah, hellte sich ihre Miene auf. »Mutter«, hauchte sie und lächelte schwach. Sie war blass, ihre Haut gelblich und ihr eines Augenlid hing tiefer herab als früher. Margarethe nahm zärtlich ihre Hand. Lange, zu lange hatte sie ihre Stieftochter nicht gesehen. Barbara hatte es nicht leicht gehabt, hatte mehrere Kinder verloren und oft um Geld bitten müssen, weil Wolfgangs Druckerei stets in Schulden steckte. Nun war sie fünfunddreißig, sah aber, wie Margarethe erschreckt feststellte, weitaus älter aus. Ein Geruch stieg ihr in die Nase, es stank sauer. Jetzt bemerkte sie, dass Barbaras Haare verfilzt waren und auch die Laken gelblich schimmerten. Die Magd war nicht zu sehen, also schickte sie Grete nach Wasser, suchte selbst einen Kamm und frische Wäsche. Als sie Barbara gemeinsam auszogen, entdeckte Margarethe Schwären auf Rücken und Hüfte. Sie wurde zornig, man kümmerte sich nicht richtig um die Kranke! Noch immer war die Magd verschwunden. Sie wuschen Barbara, kleideten sie neu an, tauschten die Laken aus. Anschließend ging Margarethe in die Küche, um Essen zu holen. Was sie sah, entsetzte sie. Die Küche war verdreckt, am Kessel hatte der Brei eine feste Kruste gebildet, die Kleidung der Kinder, die im schmutzigen Stroh auf dem Boden spielten, war zerrissen. Hielt man denn in diesem Haus nichts auf sich? Endlich kam die Magd. Margarethe stellt sich vor und wies sie barsch an, den Kessel einzuweichen, außerdem müsse gefegt und geflickt werden. Wenig später traf auch Wolfgang ein. Der frühere Lehrjunge und Altgeselle ihrer Druckerei war in die Breite gegangen, seine Wangen und Unterlippe waren schlaff. Er begrüßte Margarethe, warf einen kurzen, erstaunten Blick auf die fegende Magd und bat seine Schwiegermutter dann in die kleine Stube. Auch hier lag der Staub fingerdick auf Boden und Schrank, auf dem Tisch hatten die Fettränder der Teller runde Kreise hinterlassen. Margarethe forderte ihn auf, von Barbaras Beschwerden zu berichten und davon, was dagegen getan worden war. Mit dem, was sie hörte, war sie nicht zufrieden. Heute war es zu spät, aber morgen würde sie den Medicus, von dem

Wolfgang gesprochen hatte, aufsuchen. In der Küche beaufsichtigte sie die Magd beim Zubereiten der Suppe. Es war ihr egal, ob man sie für eine garstige Schwiegermutter hielt, sie würde in den nächsten Tagen, vermutlich Wochen hier leben müssen, und sie wollte es wohnlich und reinlich haben.

Am Abend stand Renatus vor der Tür, er arbeitete seit kurzem in Basel. Gerührt nahm sie ihn in Augenschein, ein richtiger Mann war er geworden, groß wie sein Vater, und ein fleißiger, wissbegieriger Druckergeselle. Sie sprachen über die Reise, das Druckwesen in Basel und vieles mehr. Der Buchdruck war auch in Basel ein traditionsreiches Gewerbe, vor allem für klassische Ausgaben in den Gelehrtensprachen Latein, Griechisch und Hebräisch war die Stadt bekannt. Sie lag, wie Straßburg, verkehrsgünstig am Rhein sowie an der großen Handelsstraße, die von Italien durch Süddeutschland nach den Niederlanden führte, so dass von hier Papier und Bücher schnell zu Messen oder in andere Länder transportiert werden konnten. Um etwas beneidete Margarethe die Basler aber: In ihrer Stadt galt das Gesetz, dass in Basel gedruckte Bücher erst drei Jahre nach ihrem Erscheinen auswärts nachgedruckt werden durften, also zumindest eine Zeitlang vor der Konkurrenz durch billigen Nachdruck geschützt waren.

In der Nacht wachte Margarethe an Barbaras Bett. Als diese sich im Fiebertraum hin und her warf, ging sie in die Küche, um Wasser für kalte Umschläge zu holen. Da hörte sie aus dem Schlafgemach ihres Schwiegersohnes rhythmisches Klappern und das leise Stöhnen einer Frau. Leise schlich sie sich zurück, und während sie ihre Stieftochter versorgte, wuchs ihre Verbitterung über den Ehebruch an. Was konnte sie tun, um Barbara zu helfen? Vorwürfe sammelten sich in ihrem Herzen.

Sie konnte nicht anders, am Morgen stellte sie Wolfgang zur Rede, und er gestand sein Verhältnis mit der Magd sofort ein. Margarethe machte ihm klar, dass sie seine Untreue an den Tag bringen würde, wenn er nicht von der Magd ließ. Schon vor dem Mittag hatte er die Frau aus dem Haus geworfen. Wolfgang war schwach, war es immer schon gewesen. So übernahm Margarethe es, eine neue Magd anzuheuern, eine ältere kinderlose Frau.

Nachdem sie mit dem vermeintlichen Medicus gesprochen hatte, einem elendigen Quacksalber, wie sie auf Märkten herumliefen, fragte sie sich zu einem kundigeren Arzt durch. Dieser verabreichte Barbara Kräutertränke und gebot ihr, reichlich zu trinken. Als es ihr nach einer Woche besser ging, sprach er die Vermutung aus, die Tränke hätten einen Blasenstein ausgetrieben. Langsam ließ das Fieber nach, und auch die Schwären begannen zu heilen. Nun überließ sie die Pflege ab und an ihrer Tochter Grete und kümmerte sich um die Druckwerke, die Balthasar ihr mitgegeben hatte. Sie suchte verschiedene Buchhändler und Verleger auf, bot ihnen Bücher zum Kauf oder zum Nachdruck an und sah sich nach interessanten neuen Schriften um. Was sie nicht verkaufen konnte, würde sie bei Wolfgang lassen. Wenn sie schon nichts dafür bekam, konnte sie so wenigstens Barbaras Familie unterstützen. Als sie eines Tages mit Grete und Renatus einen Sonntagsspaziergang machte, hatten sie eine unerwartete Begegnung.

Es war ein schöner Tag, die Sonne schien durch die lichter werdenden Lindenbäume. Margarethe hatte sich zwischen ihren Kindern eingehakt. Als vor ihnen das Predigerkloster auftauchte, bei dem Renatus ihnen unbedingt ein über Basels Grenzen hinaus bekanntes Wandgemälde zeigen wollte, kam ihnen ein Mann entgegen. Er war groß und schlank, und obgleich er kräftig schien, ließ er seine Schultern hängen. Margarethe erkannte ihn sogleich, trotzdem schrak sie zusammen. Das Leben hatte es nicht gut mit Sebastian Franck gemeint.

»Margarethe, nach so vielen Jahren sehen wir uns durch Gottes Gnade wieder«, begrüßte er sie und umschloss ihre Hand fest mit beiden Händen. Sie hatten gehört, dass er im letzten Jahr gezwungen gewesen war, die protestantische Stadt Ulm zu verlassen, hatte jedoch nicht damit gerechnet, ihm hier zu begegnen. »Dein Sohn Renatus hat mir von eurem Aufenthalt in Basel berichtet. Ich habe ihn neulich bei seinem Meister kennengelernt«, erklärte er, sein Lächeln war echt, obgleich sie sah, dass Trauer sein Gesicht gezeichnet hatte. Renatus begrüßte den Druckerkollegen kurz, lächelte Margarethe zu und ging dann mit seiner Schwester voraus. Er dachte sich wohl, dass Margarethe mit dem alten Freund viel zu besprechen hätte.

»So hat es dich also nach Basel verschlagen«, stellte Margarethe fest, als sie sich neben Sebastian Franck auf eine Bank unter den Lindenbäumen gesetzt hatte.

Der Gelehrte nickte langsam. Er berichtete, wie er in Ulm sesshaft geworden war und sich mit Hilfe eines Gönners zu einem angesehenen Drucker hatte entwickeln können; der Ulmer Rat hatte seine Aufnahme in die Zunft gestattet und lediglich darauf bestanden, dass er die Stadt nicht bei Kaiser und Reich in Verruf bringen dürfe. Eine Zeitlang sei alles gutgegangen. Seine eigenen Werke seien meist von der Zensur abgelehnt worden, deshalb habe er von Auftragsarbeiten gelebt. Doch dann hatte der Straßburger Pfarrer Martin Bucer anfangen, den Ulmer Rat gegen ihn aufzuwiegeln. »Bucer schrieb an den Landgrafen Philipp von Hessen und an Philipp Melanchthon, den Reformator und Weggefährten Luthers. Diese wiederum beschwerten sich in Ulm über meine Schriften. Natürlich ging es auch wieder um die *Chronica.*« Sebastian Franck sah Margarethe gedankenversunken an. »Zunächst bot der Rat den Pfarrern die Stirn, wollte die Tyrannei der Theologen abwehren. Doch schließlich haben sie die Ausweisung beschlossen. Wieder einmal habe ich alles verloren.«

Margarethe war aufgebracht. Über acht Jahre war der Vorfall mit der *Chronica* nun schon her, doch noch immer wurde Franck durch seinen alten Widersacher Martin Bucer dafür bestraft. Vergebung oder Mitleid kannte dieser Pfarrer wohl nur aus der Bibel, in seinem Leben schienen sie keinen Platz zu haben. Es war, als ob Bucer an Franck ein Exempel statuieren wollte. Erstaunlich, dass Sebastian Franck an dieser Verfolgung nicht zerbrochen war. Der Drucker presste die Finger gegen die Schläfe.

»Bis meine Frau entbunden hatte, durften wir bleiben, aber dann mussten wir mit unseren fünf kleinen Kindern die Stadt verlassen. Meine Ottilie hat sich auf dieser Reise als Wöchnerin den Tod geholt.« Franck barg den Kopf in seinen Händen, die Trauer schien ihn niederzudrücken. Margarethe versuchte ihn zu trösten, der Gelehrte sah sie an, die Augen rot vor Kummer. Er erzählte davon, dass seine Frau lange krank gewesen sei und die Reise ihre Kräfte überfordert hätte. Langsam richtete er sich wieder auf und blickte auf seine langen Finger, die knochig wirkten. »Aber ist es nicht so: Wer Kinder hat, der weiß, warum er lebt. Auf die Kinder vererben wir unseren Namen, Güter und was wir an guten Gesten hinterlassen. Auch in ihnen wird Ottilie weiterleben.«

Sie schwiegen eine Weile in Erinnerung an seine Frau, dann standen sie auf, um Margarethes Kindern zu dem Wandgemälde zu folgen. Sebastian Franck führte Margarethe an die Innenseite der Friedhofsmauer. Beeindruckt blieb sie stehen, über die ganze Länge des Kirchhofs reichte das mannshohe Gemälde. Renatus und Grete waren nicht mehr zu sehen, sie waren wohl schon weitergegangen.

Margarethe trat an das schützende Vordach und erkannte eine Aneinanderreihung von Menschen jeglichen Standes, ein jeder im Tanz mit dem Tod. Der Papst führte den Totentanz an, sie konnte Kaiser und Kaiserin erkennen, Ritter, Ratsherr, Edelfrau, Äbtissin, Koch und Bauer. Der Tod als halb verweste Menschenleiche stand in scharfem Gegensatz zu den vielfach prächtig gekleideten anderen Figuren. Über dem Bildfries standen Vierzeiler, als seien sie den Menschen in den Mund gelegt worden. Sie dachte an das Kloster, in dem ihre älteste Tochter inzwischen die meiste Zeit ihres Lebens zugebracht hatte. Sebastian Franck war düsterer Stimmung.

»Es geht gewaltig schnell auf den Jüngsten Tag zu. Ich fürchte manchmal, ich brauche mir keine Sorgen darüber zu machen, wie ich meine unmündigen Kinder verheiraten soll. Der Tod holt uns sowieso schon bald.«

War es Selbstmitleid, das diesen großen Mann so sprechen ließ? »Wer bist du, dass du weißt, wann die Welt zu Ende geht? Haben wir nicht genug falsche Propheten in den letzten Jahren gesehen? Denk dir, was wäre, wenn die Welt nicht zu deinen Lebzeiten unterginge, und du hast nicht für die deinen gesorgt?«, begehrte Margarethe auf und setzte hinzu: »Mitten im Leben sind wir vom Tod umfangen, ist es nicht das, was uns der Totentanz sagen will? Nun haben wir uns genug daran erinnert und können uns wieder dem Leben zuwenden.«

In diesem Augenblick kamen Renatus und Grete auf sie zu. Bei ihrem Anblick ging Margarethe das Herz auf, es waren zwei wohlgeratene, gesunde Kinder. Die Geschwister schritten so kräftig und fröhlich aus, dass die Blätter vor ihren Füßen aufstoben. »Wir haben euch schon gesucht«, lachte Grete sie und Sebastian Franck an. Der Gelehrte erwiderte die Begrüßung mit einem zurückhaltenden Lächeln.

»Erkennst du meine Tochter Grete wieder?«, fragte Margarethe und stellte ihn vor.

»Das Gretchen«, murmelte Sebastian Franck staunend. »Ihr erinnert Euch sicher nicht an mich. Und wenn, dann ruft mein Name bestimmt keine angenehmen Erinnerungen hervor.«

Die junge Frau sah ihn überrascht an. »Warum nicht? Die Beschlagnahmung der *Chronica* und der Streit mit dem Rat waren schnell vergessen, das weiß ich noch. Meine Eltern haben nach vorn geschaut, weitergemacht. Euer Buch ist ja dennoch in die Welt hinausgegangen, ist es nicht so? Die *Chronica* wird in unserem Haus oft zur Hand genommen – und nicht nur dort. Ich weiß von manchen Familien, die Euer Werk in Ehren halten«, sagte sie leichthin. Der Gelehrte freute sich sichtlich über ihre Worte.

Auf dem Weg zum Haus ihres Schwiegersohns erzählte er ihnen von den Werken, an denen er arbeitete, und bot an, ihnen daraus vorzulesen. In den nächsten Wochen besuchte Sebastian

Franck sie häufig und trug ihnen aus seinen Schriften vor. Oft sprachen sie über ihre gemeinsame Zeit in Straßburg und die Ereignisse, die sich seitdem zugetragen hatten. Auch lauschte er gern Grete, die ihnen vorlas oder vorsang. Margarethe beobachtete, dass sein Gesicht sich aufhellte, sobald er ihre Tochter sah, und dass seine Augen immer länger auf Grete ruhten. Die junge Frau schien sich ebenfalls über die Besuche des Gelehrten zu freuen.

Als der Winter seine Vorboten schickte und Barbara wieder gesund geworden war, wurde Margarethe rastlos. Nur Briefe von Balthasar waren nicht genug. Sie sehnte sich nach ihrem Mann, nach Straßburg, nach ihren eigenen vier Wänden. Noch einmal machten sie gemeinsam mit ihren Kindern und Sebastian Franck einen Spaziergang durch Basel. Renatus ging mit Sebastian Franck und seiner Schwester angeregt plaudernd voraus, Margarethe schlenderte mit Barbara hinterher.

»Ich muss dir danken. Für alles«, sagte ihre Stieftochter bedeutungsschwanger, sie wusste also, dass Margarethe es gewesen war, die das Verhältnis ihres Mannes unterbunden hatte.

»Ich bin froh, dass ich helfen konnte. Vor allem aber bin ich glücklich, dich wieder gesund zu sehen. Jetzt kann ich beruhigt nach Hause zurückfahren«, antwortete Margarethe.

»Es ist Anfang Dezember, eine gefährliche Zeit zu reisen«, merkte Barbara an.

»Wenn wir jetzt nicht zurückkehren, müssen wir bis zum Frühling hierbleiben.« Barbara lachte.

»Grete hätte bestimmt nichts dagegen.«

Margarethe stimmte nachdenklich zu.

Renatus kam zu ihnen und lenkte Margarethes Aufmerksamkeit auf ein hochgiebliges Haus mit Ziegeldach und zwei Türmchen, auf denen geschmückte Windfahnen in den Himmel ragten. An der Vorderfassade prangten übersilberte Wappenschilder, vor dem Haus waren kleine Buden.

»Hier hat die angesehene Safranzunft ihren Sitz, in der

auch viele Buchdrucker eingeschrieben sind«, erklärte er ihr. Margarethe war beeindruckt von dem prächtigen Gebäude, das ein Zeichen für die große Bedeutung der Zunft war. Sebastian Franck gesellte sich zu ihnen.

»Auch ich hoffe, in Zukunft dieser Zunft anzugehören. Zunächst bin ich zur Probe als Basler Bürger aufgenommen worden«, berichtete er und sah sinnend an der Fassade des Gebäudes hinauf. »Ich wünsche mir nichts mehr als einen eigenen schönen Laden mit Büchern und ein Auskommen für meine Familie. Und ich hoffe, dieser Wunsch wird mir irgendwann erfüllt.«

Margarethe sah ihn aufmunternd an. »Du wirst ihn dir erfüllen. Du kämpfst und gibst nicht auf, das wird gewiss belohnt werden, das muss es einfach«, sagte sie und fügte an: »Fallen ist keine Schande, aber liegen bleiben und nicht wieder aufstehen wollen ist es.«

Ein Lächeln überzog sein Gesicht. »Ah, ein Sprichwort für meine Sammlung«, sagte er und berichtete von seinem neuen Buch, in dem er alle bekannten Sprichwörter und ihre Auslegung zusammenfassen wolle. »Etliche tausend Sprichwörter habe ich schon gesammelt. Es ist erstaunlich: Zu jedem griechischen oder lateinischen Sprichwort lassen sich eines oder mehrere in deutscher Sprache nennen. Die Deutschen sind ebenso gelehrt wie die Griechen oder die Römer, es fehlt ihnen nur an Schreibern, die ihre Worte und Taten festhalten.«

An diesem Tag teilten sie noch eine Mahlzeit zusammen, Barbara und Wolfgang hatten Sebastian Franck zum Essen gebeten und ihre Stieftochter hatte etwas Besonderes auf den Tisch gebracht: mit Spicknadeln und Speck versehenes Ochsenfleisch, als Beiplatte Pastinakenrüben, dazu roten Baselwein. Als die Tafel nach dem geselligen Mahl aufgehoben wurde, bat Sebastian Franck Margarethe in eine ruhige Ecke.

»Ich habe über vierzig Jahre auf mich geladen und bin durch Gottes Gnaden noch frisch und gesund«, fing er an und hielt plötzlich inne. Es erstaunte Margarethe, den sonst so gewandten

Gelehrten nach Worten suchen zu sehen. »Du hast es sicher gemerkt, ich habe Gefallen an Eurer Tochter Grete gefunden. Und ich glaube sagen zu können, sie auch an mir.«

Margarethe hatte schon so etwas erwartet. Sie freute sich für die beiden. »Und nun möchtest du sie zur Braut nehmen?«

Sebastian Franck lächelte schüchtern. Margarethe rief ihre Tochter zu sich. Sie brauchte nur in Gretes strahlendes Gesicht zu sehen, um zu wissen, was sie von dieser Frage hielt.

»Ich kann ihr noch nichts bieten. Aber ich hoffe, dass ich bald das volle Basler Bürgerrecht erhalten werde«, sagte Sebastian Franck hoffnungsfroh.

»Ich werde die Angelegenheit mit Balthasar besprechen«, sagte Margarethe. »Aber ich glaube kaum, dass er etwas gegen eure Verbindung einzuwenden hat.«

Grete flog ihr förmlich um den Hals und auch Sebastian Franck wirkte so glücklich, wie Margarethe ihn wohl noch nie gesehen hatte.

Am nächsten Morgen verabschiedeten sie sich von Barbara, Wolfgang und ihren Kindern. Ihre Stieftochter umarmte sie zum Abschied besonders lange. Margarethe wurde wehmütig. Wer wusste schon, ob und wann sie sich wiedersehen würden? Renatus versprach, zu einer der nächsten Straßburger Messen zu kommen, wenn es sein Meister zuließ. Dann bestiegen sie das Schiff. Es war übles Reisewetter, doch sie ließen sich nicht abschrecken. Die Kälte kniff in ihre Haut, und das Schaukeln brachte ihren Magen zum Beben. Trotzdem waren Margarethe und ihre Tochter in Hochstimmung. Sie schützten sich unter einem gespannten Leinentuch gegen den Eisregen. Grete schwärmte von ihrem zukünftigen Ehemann, von seinem Wissen, seinem scharfen Verstand und seinem liebenswerten Gemüt. Den gutgemeinten Einwand ihrer Mutter, dass sie in Straßburg gewiss einen jüngeren Ehemann finden würde, wischte Grete einfach weg. Sebastian Franck brauchte eine Frau, die ihm das Leben leichter, fröhlicher machte, eine Frau wie sie. Schon malte sie sich ihre Hochzeit und den verblüfften Gesichtsausdruck ihres Vaters Balthasar aus, wenn er von dem Antrag hören würde.

Das schlechte Wetter und das wilde Wasser hatten aber auch einen Vorteil – bereits am Abend erreichten sie Straßburg. Als sie sich durchnässt zum Holzmarkt schleppten, war Margarethe erfüllt von Erleichterung und Vorfreude.

Als die beiden Frauen in das dunkle Haus eintraten und nach Balthasar und Bastian riefen, stürmte ihr Sohn ihnen entgegen, zwei Stufen auf einmal nehmend. »Keiner hat mit euch gerechnet, bei dem Wetter!«, rief er aus. Und dann: »Vater und Ryff sitzen im Kerker. Die Papiere sind beschlagnahmt. Elisabeth ist wieder bei ihrer Dienstherrin. Ich bin hier allein mit Anne. Habe von morgens bis abends gedruckt, komme aber nur langsam voran.« Margarethe ließ geschockt ihren Beutel fallen und entlohnte den Mann, der ihr den Kasten mit Büchern hereingetragen hatte. Sie packte Bastian an den Schultern. Der junge Mann war ganz aufgeregt. Sie spürte, wie sich eine steile Falte auf ihrer Stirn bildete.

»Noch einmal. Ganz langsam. Und von vorne«, forderte sie ihn auf. Nach einer etwas wirren Erzählung und häufigen Nachfragen verstand sie endlich, dass vor drei Tagen ein Ratsbote bei ihnen erschienen war und Balthasar aufgefordert hatte, die Übersetzung des Buches von Boccaccio, an dem sie gerade arbeiteten, er nannte es die *Heidnische Bibel*, in die Kanzlei zu bringen. Balthasar habe den Zensoren das lateinische Buch, das dem Druck zugrunde lag, gebracht. Das sei aber wohl nicht ausreichend gewesen, denn einen Tag später habe man ihn und Walther Hermann Ryff verhaftet und in den Turm gesperrt.

In Margarethes Kopf drehte sich alles. Eine Verhaftung, und noch zu dieser Jahreszeit, konnte tödlich enden. In den Kerkern war es frostig und feucht, Krankheit und Tod lauerten überall. Sie musste an Balthasars letzten Kerkeraufenthalt und die Schläge von Jacop Krut denken, und ihr wurde abwechselnd heiß und kalt.

»Und was hast du unternommen? Warst du bei der Zunft?«, fragte sie erregt.

Eine Ader trat auf Bastians Stirn hervor. »Immer wieder bin ich hingelaufen. Aber sie haben nichts getan!«, schimpfte er. Es war typisch. In der Zunft musste man seine Angelegenheiten nachdrücklich vertreten, sonst erreichte man nichts. Dazu war Bastian wohl noch nicht in der Lage.

»Schon gut«, sagte sie. »Ich werde mich darum kümmern. Wohin hat man sie gebracht?«

»In den Henkersturm, wo auch Melchior Hoffman sitzt«, antwortete Bastian. Es war der Turm, der am besten bewacht war. Ihr Mann und der Übersetzer hatten nichts getan, das diese strenge Haft rechtfertigte. Oder doch?

Übernächtigt und von brennender Sorge erfüllt, lief Margarethe am nächsten Morgen zum Henkersturm. Die Wächter waren abweisend, aber als sie sagte, dass sie mit ihrem Mann Balthasar Beck sprechen wolle, und sie bestach – die erforderlichen Summen waren heftig angestiegen –, ließen sie sie ein. In dem Gemäuer war es klirrend kalt, die ausgetretenen Stufen waren glatt und von der Decke hingen kleine Eiszapfen. Schließlich hielten sie vor einer finsteren Zelle. Als Balthasar sie sah, schrak er hoch und hustete heftig. Ryff saß neben ihm und schlief. Ihr Mann humpelte auf sie zu. Er war blass, sah krank aus, um die Füße hatte er sich wärmende Lumpen gewickelt. Sie streckte die Hände durchs Gitter, er führte ihre Finger an den Mund und küsste sie. Sie spürte, dass seine Lippen aufgerissen waren.

»Margarethe, Liebste, was für ein Segen, dich zu sehen!«, flüsterte er. Seine Stimme zitterte, als er heiser lachte: »Sebastian Franck hatte recht: Bei dem Frost reicht ein Tag im Kerker, dass einem die Zehen abfrieren.«

Sie dachte an die guten Nachrichten, die sie überbringen konnte, doch das passte jetzt nicht hierher und musste warten. Tränen traten ihr in die Augen, entschlossen wischte sie sie fort.

»Was werfen sie euch vor?«, fragte sie.

»Es heißt, ein Gelehrter habe aus Worms geschrieben, dass das Buch von Boccaccio schädlich und ärgerlich sein soll. Als ob die nichts anderes zu tun hätten«, schimpfte er. Nach jahrelangen unfruchtbaren Verhandlungen zwischen Protestanten und Katholiken hatten sich Vertreter beider Parteien einmal mehr in Worms versammelt und rangen um eine Annäherung. Die Protestanten wollten eine Anerkennung ihres Glaubens, Karl V. brauchte mal wieder Hilfe gegen die Osmanen. Aus Straßburg waren unter anderem Martin Bucer und der Franzose Johann Calvin angereist, ein Gelehrter, der seit einigen Jahren in der Kirche von Sankt-Nikolaus-in-undis die französische Flüchtlingsgemeinde in Straßburg betreute.

»Meinst du, es war Hedio? Ist er in Worms?«, überlegte Margarethe.

Ihr Mann kratzte sich, Läuse und Flöhe waren im Kerker noch die kleinsten Übel. »Ich bin nicht sicher, aber selbst wenn er zu Hause geblieben ist, steht er sicher in Kontakt zu der Straßburger Delegation in Worms. Und Hedio hatte gedroht, sich beim Rat über mich zu beschweren.« Der Pfarrer neidete ihnen das viele Geld, das sie angeblich mit seinen Büchern eingenommen hatten. Dabei vergaß er, dass auch ihre Kosten hoch waren.

»Aber ist der Streit um die Bezahlung Grund genug für das hier?«, fragte sie zweifelnd.

Balthasar hustete erneut lange und heftig. »Ich verstehe es auch nicht. Sicher, das Werk von Boccaccio ist, sagen wir, schlüpfrig. Sie werfen mir vor, dass ich wiederholt gegen die Druckerordnung verstoßen habe. Aber das tun andere auch.« Sie sahen sich ratlos an. Aus den Tiefen des Turmes waren jetzt laute Rufe und Gesang zu hören. Margarethe sah ihn fragend an. »Melchior Hoffman. Er ist krank und fast blind. Es heißt, er habe widerrufen, aber das stimmt nicht. Er hat ihnen nur gesagt, was sie hören wollen. Jeden Tag schreit er sein Glaubensbekenntnis heraus«, erzählte Balthasar. »Sieben Jahre ist er nun schon im Kerker, die letzten hat er in einem Käfig verbracht. Er wartet noch immer auf den Jüngsten Tag, auf das himmlische Jerusalem. Aber das Einzige, was passiert, ist, dass er bei lebendigem Leibe verfault.«

Im Laufe der Jahre hatten sich viele Legenden um Melchior Hoffman gebildet, für die in erster Linie Lienhart Jost verantwortlich war. Seine Frau Ursula war vor einigen Jahren gestorben. Margarethe hatte einen Stich gespürt, als sie davon erfahren hatte, schließlich hatten sie sich einmal nahegestanden. Sie hatte der früheren Freundin das letzte Geleit gegeben. Es war eine trostlose Beerdigung gewesen, und Lienhart hatte dabei eine wirre Ansprache gehalten. Wenig später hatte er erneut geheiratet. Seine zweite Frau tat sich inzwischen auch mit Prophezeiungen hervor. Lienhart selbst hatte das Gerücht gestreut, die Pfarrer hätten Hoffman die Augen ausstechen lassen und schon viermal versucht, ihn zu köpfen, ihm seien jedoch nur die Haare abgeschnitten worden. Dennoch nahm die Zahl der Anhänger Hoffmans ab, vor allem nach seinem angeblichen Widerruf hatten sich viele enttäuscht von ihm losgesagt. Jetzt vegetierte er hinter diesen Mauern dahin. Ab und zu fragte jemand im Rat nach, ob er wirklich diese lange Haft verdiente, aber die Mächtigen schienen sich viel zu sehr vor diesem Pelzer und Prediger zu fürchten, um ihn freizulassen. Balthasar schlang seine Finger um ihre und hielt sie so fest, das es schmerzte.

»Schaff mich hier raus, Margarethe, egal wie! Ich hole mir hier den Tod.« Ihr Blick verschwamm. Sie wickelte ihr Brusttuch ab und zwängte es durch die Gitter. Sie musste etwas tun – aber was?

Jacop Krut kam ihr entgegen, er trug einen hohen Stapel Bücher. Als er sah, dass Margarethe in das Zimmer des Zensors treten wollte, versuchte er sie aufzuhalten und tänzelte mit den Büchern vor ihr herum. Margarethe schlängelte sich an ihm vorbei und trat ein, ohne aufgefordert worden zu sein. Es war wieder der Zensor Jakob Bedrot, den Margarethe in der Kanzleistube antraf, das Barett mit Ohrenklappen schien schwer auf sein Haupt zu drücken.

»Magister Bedrot?«, begann Margarethe.

»Hat man Euch hereingebeten?«, fragte er streng. Sie zögerte. »Was wollt Ihr, Prüßin?«

Margarethe sank der Mut. Er erinnerte sich an sie, das war schlecht, denn das konnte nur bedeuten, dass er sich auch an die Vorgänge um die *Chronica* erinnerte. Immer wieder, wenn es um Sebastian Francks Buch ging und darum, warum es in Straßburg gedruckt werden konnte, wurde auch Bedrots Versäumnis erwähnt, schließlich war er es gewesen, der so leichtsinnig das Buch freigegeben hatte.

»Es geht um meinen Mann, Balthasar Beck«, sagte sie.

Magister Bedrot erhob sich und fing an, Bücher neben seinem Tisch zu stapeln. Jacop Krut trat ein und forderte Margarethe auf, draußen zu warten, bis sie hereingebeten werde, doch Bedrot gebot ihm Einhalt. »Es ist lästig. In der Ordnung der Drucker heißt es, dass sie nichts drucken sollen, was nicht vorher untersucht wurde, und doch verstößt dieser Balthasar Beck immer wieder gegen die Ordnung.« Sein Blick war abweisend. »Einer meiner Helfer ist nur damit beschäftigt, mir Becks Vergehen anzuzeigen.«

Margarethe konnte sich vorstellen, welcher Helfer das war. Jacop Krut blinzelte ihr zu, als sei es ein Spiel zwischen Katz und Maus. Doch sie war vorbereitet.

»Das Buch von Boccaccio wurde in den letzten Jahren in lateinischer Sprache mehrfach gedruckt, unter anderem in Basel. Was ist so verkehrt daran, es nun auch auf Deutsch herauszubringen?«, fragte sie.

Jakob Bedrot sah sie von oben herab an. »In Latein mag es denjenigen, die die Poeten studieren, von Nutzen sein. Für alle anderen ist es nur ein wertloses Buch von den alten Göttern, schändlich und wollüstig. Deshalb nennt man es ja auch die *Heidnische Bibel.*« Der Zensor strich über seine buschigen Augenbrauen. »Bei den Verhandlungen in Worms hat es die Stadt

Straßburg einmal mehr in Verruf gebracht. Das muss bestraft werden. Wenn die Doktoren Bucer und Capito zurückkehren, werden sie das Buch ausgiebig prüfen. Dann wird der Rat über das weitere Vorgehen entscheiden. Bis dahin bleiben die Bücher beschlagnahmt und Euer Mann und dieser Ryff im Kerker.« Jakob Bedrot wies seinen Helfer an, den nächsten Bücherstapel in den Keller zu bringen.

Margarethe krallte die Fingernägel in ihre Handflächen. »Aber wann wird das sein? Wann kommt Balthasar frei?«, fragte sie.

»Derartige Religionsgespräche können dauern, bis ins neue Jahr hinein mindestens«, meinte der Zensor leichthin.

Von der Tür aus grinste Jacop Krut sie triumphierend an. Er würde sie vermutlich nie in Ruhe lassen.

Am Nachmittag hatte der Wächter sie nicht in den Turm gelassen. Sie war um das Gemäuer herumgelaufen und hatte nach Balthasar gerufen. Erst nach einiger Zeit hatte sie seine heisere Stimme aus einem der Fenster gehört. Wie sollte sie vertraut mit ihm reden, wenn alle zuhören konnten? Sie wollte ihm Mut machen und hatte ihm gesagt, dass sie schon mit dem Zensor gesprochen habe und es sicher nicht mehr lange dauern würde, bis er und Ryff freikamen. Das war eine glatte Lüge, aber das Einzige, was ihm Mut machen würde.

Die Zunft, wieder einmal war es die Zunft Zur Steltz, auf die sie ihre Hoffnung setzen musste. Am Abend machte sie sich auf den Weg in die Zunftstube, in der es hoch herzugehen schien, zumindest konnte sie schon in der Münstergasse den Gesang der Männer und das Klappern der Krüge hören. Man feierte die Aufnahme der neuen Gesellen. Margarethe stieß diese aufgesetzte Fröhlichkeit, das Saufen und Fressen ab. Sie drängte sich zum Zunftmeister durch und bat ihn auf ein Wort. Widerwillig ließ der Mann seine Kumpane stehen und trat mit ihr beiseite. Margarethe schilderte ihm ihr Problem. Der Zunftmeister hörte sie an, zeigte jedoch keine Reaktion.

Da hörte sie Jacop Kruts Stimme, der als Büttel des Stadtschreibers oft in der Zunftstube der Drucker zu tun hatte: »Was druckt er auch die *Heidnische Bibel*? Ist doch klar, dass der Papst und der Kaiser dieses ketzerische Zeug hassen! Wie die Hurenhäuser entstanden sind, schreibt dieser welsche Schmierfink darin. Wer will das schon wissen?« Er lachte laut. »Oder willst du es wissen, Weib, wo du bald kein Auskommen mehr hast? Bist ein bisschen alt für ein Hurenhaus, hä?« Andere kamen jetzt näher, darunter auch Vater und Sohn Knipp, angezogen von der Aussicht auf einen Skandal oder eine Schlägerei. Der Zunftmeister tat nichts, um ihre Ehre zu schützen, dabei war sie genauso Teil dieser Zunft wie Krut, aber Frauen zählten in dieser Männergesellschaft einfach weniger.

Margarethe platzte der Kragen. »Jacop Krut, du Satan, scher dich zu deinesgleichen und lass mich in Ruhe mit dem Zunftmeister reden«, forderte sie.

Der Zunftmeister wollte ihr das Wort abschneiden, da schoss Jacop Krut auf sie zu und versuchte sie zu packen. Eckard Knipp fiel ihm in den Arm und riss ihn zurück. Einen Moment lang taumelten die beiden Männer. Mit rundem Rücken und vorgeschobener Hüfte, entenfüßig wie immer, krallte sich Krut an Knipp, um nicht zu stürzen. Margarethe durchfuhr eine Erinnerung. Das Bild klang an etwas an, das lange zurücklag. Plötzlich war ihr Bruder da und zog Jacop Krut am Kragen, ein Geselle schmiss sich zwischen die Männer, und eine allgemeine Keilerei begann. Ein Mann fasste Margarethe am Arm, sie wollte sich schon losreißen, da erkannte sie Meister Baldung. Sie folgte ihm und dem Zunftmeister auf die Gasse. Dort richtete sie schnell ihren Haarkranz wieder her.

»Die Drucker am Holzmarkt machen nur Ärger«, murmelte der Zunftmeister entnervt und schlug den Kragen gegen die Kälte hoch.

»Nicht die Drucker am Holzmarkt machen Ärger, die Zeiten sind es, die immer ärger werden«, entgegnete Hans Baldung. »Die Druckerei am Holzmarkt hat Werke herausgebracht, die den Ruf Straßburgs als Stadt der Gelehrsamkeit weit über das Elsass hinaus mehren.« Er zog sein lindgrünes Wams zusammen, empört sah er den Zunftmeister an. »Giovanni Boccaccio ist ein angesehener italienischer Gelehrter, und auf einmal darf man seine Werke nicht mehr drucken? Dabei geht es in der *Heidnischen Bibel* um die antike Mythologie. Darf ich bald keinen Amor mehr malen und keine Venus? Wo kommen wir denn da hin? Haben wir nicht den Papst abgeschüttelt, um zu einem freien Leben zu kommen? Und jetzt schaffen wir uns unseren eigenen Papst«, schimpfte er, dann drehte er sich zu Margarethe. »Kommt morgen zu mir. Wenn die Zunft nicht einschreitet, müssen die Ratsmitglieder es tun. Ich weiß, wer Euch helfen kann.« Sie dankte ihm und ging aufgewühlt davon.

Nachts, als sie vor Sorge nicht schlafen konnte, fragte sie sich, welche Erinnerung in der Zunftstube in ihr aufgezogen und wieder verschwunden war. Sie hatte mit Eckard Knipp und Jacop Krut zu tun, so viel stand fest. Sie führte sich die Situation erneut vor Augen, es war etwas an der Haltung der beiden Männer gewesen, das eine Saite in ihr zum Klingen gebracht hatte. An die vielen unangenehmen Begegnungen mit Jacop Krut entsann sie sich nur zu gut. Aber was war mit Eckard Knipp? Der frühere Freund des Bruders war ein angesehener Glasmaler geworden und führte mit seiner Familie ein zurückgezogenes Leben. Die Zechgelage und Ausschweifungen schienen der Vergangenheit anzugehören. Ausschweifungen? Wie war das noch gewesen, als sie ihren ersten Mann Reinhard in Frankfurt auf der Messe gesucht hatte, zwanzig Jahre musste es wohl her sein? Plötzlich kam die Erinnerung zurück, und auf einmal sah sie ein Bild so deutlich vor sich, als habe jemand einen Schleier von ihren Augen gezogen. So war das also. Sie drehte sich um und spürte, wie sie endlich müde wurde. Sie hatte Schlaf nötig. Vielleicht könnte ihr dieses Wissen nützlich sein …

Als sie am nächsten Tag in Meister Baldungs Atelier gebeten wurde, vergaß sie für einen Augenblick alle Eile und sah sich um. Der Maler wohnte und arbeitete in der Brandgasse, einer der besten Gegenden der Stadt. Seine Nachbarn waren reiche Kaufleute, Geistliche und Fürsten, dementsprechend herrschaftlich war auch sein Haus. Sein Atelier wurde durch Kohlepfannen beheizt, dennoch war der Atem seiner Schüler weißen Wölkchen gleich zu sehen. An den Wänden lehnten prächtige Gemälde, Zeichnungen von Pferden, die eine wilde Sinnlichkeit ausstrahlten, ein Porträt von Doktor Hedio, der den Betrachter misstrauisch anzusehen schien, geifernde Hexen und der Entwurf eines Gemäldes, auf dem eine Reihe nackter Frauen zu sehen war. »*Die sieben Lebensalter des Weibes*«, erklärte Hans Baldung, und jetzt erkannte Margarethe das kleine Mädchen, das am linken Rand saß und mit einer Kette spielte, die Jugendliche mit dem Zopf, Frauen im besten Alter, ihre nackte Schönheit selbstbewusst zeigend, eine ältere Frau mit schlaffen Brüsten und schließlich eine Greisin. Wo war sie in dieser Reihe, fragte sie sich. Sie fühlte sich jung und kraftvoll – meistens zumindest –, aber sie spürte auch, dass ihr Fleisch nicht mehr so fest war wie früher, dass Falten ihre Haut zeichneten und graue Strähnen ihr schwarzes langes Haar durchschnitten. Wie nahe war sie schon an der Alten, am Tod? Baldung wies jetzt auf ein auf eine Tafel gespanntes Papier, auf dem das ungewöhnliche Abbild einer Frau zu sehen war. Sie saß nackt auf einem Steinsitz, die Beine waren gespreizt und der Bauch so dargestellt, dass man ihr Innerstes sehen konnte. Baldung zog einen weiteren Entwurf hervor, er zeigte einen Mann, dessen Schädel geöffnet war. Die Hautlappen hingen herunter, sein Gesicht wirkte matt. Dort, wo seine Stirn begann, sah man eine Landschaft mit feinen Verästelungen.

»Ich arbeite gerade daran. Übrigens im Auftrag Eures Mannes. Die Bilder sind für Walther Hermann Ryffs *Anatomie des Menschen*«, erklärte er.

»Die Bilder sind sehr lehrreich, denke ich«, sagte sie zögernd. Sie überlegte, woher er wohl wusste, wie es im Inneren einer Frau oder eines Schädels aussah, und was die Kirchenoberen zu diesen Bildern sagen würden.

»Das sind sie, vor allem für junge Wundheiler und angehende Ärzte.« Baldung verzog die Mundwinkel zu einem düsteren Lächeln. »Aber nun lasst uns gehen. Sonst hat es bei diesem Frost bald keinen Sinn mehr, dass ich die Bilder fertigstelle, dann muss ein anderer Drucker die *Anatomie* in Angriff nehmen.«

Sie stapften durch den Schnee zu den gepflegten Häusern der Ratsmitglieder. Dank Baldungs Vermittlung konnte sie in den nächsten Stunden Thomas Lendeisen, den Ratsherrn der Weinsticher, und Thomas Lehen, den Ratsherrn der Wagner, um Hilfe bitten. Beide ließen sich den Fall ausführlich schildern und versprachen, sich für Balthasar einzusetzen. Anschließend machte sich Margarethe auf den Weg zum Henkersturm, um die guten Nachrichten zu überbringen. Erneut verweigerte man ihr Einlass, selbst eine großzügige Spende schlugen die Wächter aus, vermutlich waren die Haftbedingungen im Turm verschärft worden. Stellte der kranke Mann im tiefsten Verlies wirklich eine so große Gefahr dar? Es kam ihr albern vor. Sie trat unter das Fenster und rief nach Balthasar. Dieses Mal antwortete Walther Hermann Ryff.

»Euer Mann schläft. Ich fürchte, die Kälte schwächt ihn sehr. Nur gut, dass er in mir einen Medicus dabeihat. Auch wenn ich hier, ohne Arzneien und Geräte, nur wenig ausrichten kann.«

Balthasar schlief, war schwach, krank? Ihr Herz machte einen Sprung vor Sorge. Ryff verstummte, Margarethe glaubte, die Schneeflocken fallen zu hören.

»Beeilt Euch besser«, rief er ihr noch zu.

Das brauchte Ryff ihr nicht extra zu sagen, aber was konnte sie noch ausrichten? Sie ging zu den Wächtern und bekniete sie, damit sie für ein warmes Feuer in Balthasars Zelle sorgen würden, schließlich ließen sie sich erweichen und nahmen das Geld für Feuerholz an. Jetzt konnte sie nur noch hoffen, dass sie es auch taten und die Münzen nicht in die eigene Tasche steckten. Viel Geld hatten sie nicht mehr übrig, ihr Mann schien eine Menge für den Druck der *Heidnischen Bibel* ausgegeben zu haben.

Verzweifelt kehrte sie zum Holzmarkt zurück. In der Druckerei wusste Margarethe immer, was zu tun war. Sie kontrollierte die Papiervorräte, die Farbzutaten, die Höhe der Lettern. Langsam wurde sie ruhiger. Die Ratsherren würden sich für Balthasar einsetzen, sie musste nur geduldig abwarten.

»Hat Ryff seine *Anatomie* beendet?«, fragte sie. Bastian schien sich nicht darüber zu wundern, woher sie von diesem Druckvorhaben wusste, und verneinte, die ersten handschriftlichen Seiten lägen aber im Schrank. Margarethe band sich ihre Druckerschürze um.

»Dann hol sie. Wir fangen an zu setzen. Das wird unser nächster Druck.«

Sie mussten Balthasar in die Druckerei tragen. Margarethe wurde beklommen ums Herz, als sie ihn sah. Er war bleich und eiskalt, wenn ihn nicht Husten schütteln würde, hätte man denken können, das Leben sei schon aus ihm gewichen. Walther Hermann Ryff war verschnupft, sein Gesicht wirkte grau, sogar sein Bauch schien eingefallen, doch er konnte sich noch auf den Beinen halten. Einsilbig gab er Margarethe Anweisungen, wie sie Balthasar versorgen und welche Kräuter und Tinkturen sie aus der Apotheke holen solle: geschabtes Süßholz, in Zuckerwasser erhitzt gegen den Husten, Violenöl mit venedischem Wachs, um Brust und Hals einzureiben, ein Balsam für die Frostbeulen an den Füßen, und ansonsten brauchte Balthasar viel Wärme. Dann bat er Bastian, ihn nach Hause zu begleiten. Margarethe schickte Grete zur Apotheke, wickelte ihren Mann in alle Decken, die sie finden konnte, und trug eine Glutpfanne mit Kohlen an sein Bett. Regelmäßig rieb sie die dunkelroten Flecken an seinen Knöcheln und Ohren mit dem Balsam ein und verabreichte ihm die anderen Heilmittel, doch Balthasar wachte nicht auf.

»Ist die Kraft des Patienten stärker als die Krankheit, so kann sie sie ohne Hilfe vertreiben. Wenn aber die Natur und das Gebrechen von gleicher Stärke sind, ist die Hilfe von Arzneien vonnöten, damit die Kraft des Menschen gestärkt werde«, sagte Walther Hermann Ryff, als er am nächsten Morgen an Balthasars Bett trat. »Erwärmt Steine, wickelt sie in Tücher, die mit Wein besprengt sind, und legt sie an seinen Körper. Das wird den Frost aus ihm vertreiben. Auch muss er Nahrung zu sich nehmen. Leichte Hühnerbrühe, weiche Eier oder Ähnliches«, wies er sie an. »Vor allem haltet Kummer und Sorge von ihm fern.«

Das würde sie tun, sie hatte ja sogar eine gute Nachricht für ihn, wenn er nur aufwachte. Bis es so weit war, wollte sie erfahren, ob und wie sich die Ratsherren für sie eingesetzt hatten.

»Die beiden Ratsherren sind plötzlich im Turm aufgetaucht. Sie haben Balthasar befragt. Er hat ihnen erklärt, dass er den Boccaccio hat verdeutschen lassen. Den eingedeutschten Druck habe er nicht in die Kanzlei gegeben, weil er dachte, dass man nur theologische Werke vorlegen müsse. Dann haben die Herren, Gott sei's gedankt, auf unserer Freilassung bestanden. Das Buch allerdings bleibt beschlagnahmt, es muss noch geprüft werden.« Ryffs Wangen glänzten rot, seine Augen waren wässrig.

»Geht es Euch schon wieder gut?«, fragte Margarethe den Medicus.

»Ich fühle mich noch etwas schwach, bin immer hungrig«, gab Ryff zu. Sie holte ihm etwas zu trinken, dazu Eintopf und Konfekt. Im Nu hatte er die Schüssel leer gelöffelt, steckte sich das erste Stückchen Konfekt in den Mund, lehnte sich zurück, schloss die Augen und kostete genüsslich. »Sehr gut. Nach meinem Rezept?«, fragte er, ein Auge öffnend.

»Natürlich«, lächelte Margarethe.

Walther Hermann Ryff griff noch einmal zu. Dann gähnte er ausgiebig. Als er aufstand, sagte er: »Ich lege mich wieder hin. Mit der Arbeit wird's ja ohnehin erst mal nichts.«

Margarethe führte ihn hinaus. »Sagt das nicht. Bastian und ich haben mit der *Anatomie* begonnen. Die Illustrationen von Meister Baldung – ihm habt Ihr übrigens die Fürsprache durch die Ratsherren zu verdanken – sind auch bald fertig. Ihr könnt also weiter schreiben und übersetzen. Ich leite die Druckerei, bis es meinem Mann besser geht.«

Der Medicus rieb sich seine Himmelfahrtsnase. »Eine gute Idee. Diese medizinischen Werke werden reißenden Absatz finden. Dagegen kann niemand etwas haben. Und wir holen das durch die Beschlagnahmung verlorene Geld wieder herein. Vielleicht rücken sie ja den Boccaccio doch noch heraus …«, sagte er nachdenklich. Als er ging, wankte er etwas, ganz so leicht steckte also auch er den Aufenthalt im Kerker nicht weg.

Margarethe pflegte Balthasar und arbeitete in der Druckerei, wann sie nur konnte. In ihrem Kopf wuchs ein Plan.

An einem ruhigen Tag nach Arbeitsschluss klopfte sie an Eckard Knipps Tür. Der Glasmaler war erstaunt, sie zu sehen, und bat sie nur widerwillig herein. Immer wieder hatte sie an ihren Erinnerungen und den Schlüssen, die sie daraus gezogen hatte, gezweifelt. Dann aber hatte sie mit ihrem Bruder darüber gesprochen, und nach einigen Ausflüchten hatte er ihren Eindruck bestätigt. In jungen Jahren hatten sich Eckard Knipp und Jacop Krut der Sünde der Sodomie hingegeben. Wie der frühere Freund es inzwischen damit halte, wusste Hans aber nicht. Margarethe war egal, was jemand zwischen seinen Laken tat, und ob er in die Hölle dafür kommen würde oder ins Paradies, war nicht ihre Sache. Es war ihr zuwider, Eckard Knipp darauf anzusprechen, aber sie musste dem schädlichen, lästigen Verhalten Jacop Kruts Einhalt gebieten. Sie hatte überlegt, wie sie vorgehen sollte, nun aber entschied sie sich, nicht lange herumzureden. Eckard Knipp stand hinter einem Tisch, auf dem viele kunstvolle Gläser und Karaffen aufgereiht waren. »Ich weiß, was Euch mit Jacop Krut verbindet«, begann sie.

»Das ist keine Überraschung. Wir sind Zunftbrüder«, sagte er und nahm ein Tuch auf, um ein Glas zu polieren.

»Stellt meine Geduld nicht auf die Probe. Mein Mann war im Kerker, ich habe eine Druckerei zu unterhalten. Für Geschwätz fehlt mir die Zeit.«

Eckard Knipp legte das Tuch ab. »Ich weiß nicht, was Ihr meint. Und jetzt verlasst mein Haus.« Er kam hinter dem Tisch hervor, hielt sich mit einer Hand am Holz fest. Er wollte sie rausschmeißen, wie er es vor Jahren schon einmal getan hatte. Sie wunderte sich fast, wie ruhig sie war.

»Packt mich, und ich schreie, dass Euer Vater nach unten kommt. Es würde ihm sicher nicht gefallen, dass sich sein Sohn der Sünde der Sodomie –«

Er hob die Hand, ein Glas, umgerissen von der ungestümen Bewegung, fiel zu Boden und zersprang. »Beschmutzt mein Haus nicht mit diesen Worten«, schrie er fast. »Das ist eine Verleumdung. Ich bin verheiratet.«

Margarethe machte eine wegwerfende Handbewegung. »Erspart mir Eure Ausflüchte. Ihr hattet zu Krut ein widernatürliches Verhältnis, ich habe Beweise dafür«, gab sie vor. »Und wir beide wissen, dass der Tod durch das Feuer die Strafe für diese Sünde ist. Es liegt aber gar nicht in meinem Interesse, Euch brennen zu sehen.«

Eckard Knipp hockte sich hin und begann, die Scherben aufzusammeln. Leise fluchte er vor sich hin, sie glaubte den Namen Johannes Schwan herauszuhören. Hatte ihr zweiter Mann davon gewusst und Eckard Knipp dafür geschmäht? Damit wäre Knipps Hass auf Johannes endlich erklärt. Als er sich wieder erhob, trug sein Gesicht einen angeekelten Ausdruck. »Was wollt Ihr?«, fragte er.

»Ich bin bereit zu vergessen, was ich über Euch weiß. Wenn Ihr mir Jacop Krut vom Hals schafft.«

Eckard Knipp strich sich über die öligen Haare. »Wie soll ich das anstellen?«

Sie kniff die Augen zusammen. »Ihr seid reich, habt Einfluss. Bedrohung, Bestechung – das ist mir einerlei. Wenn er nur aus dieser Stadt verschwindet, für immer am besten. Ich verspreche Euch, dann war ich heute zum letzten Mal hier.« Margarethe streckte ihre Hand aus. Eckard Knipp zögerte kurz, dann schlug er ein. Trotzdem beschlich Margarethe ein ungutes Gefühl. Zu

Hause angekommen, begann sie zu drucken, und zwar einen ganz speziellen Druck.

Sie hörte ein Schlurfen, ein Schnaufen, dann fühlte sie, wie etwas Raues über ihr Gesicht rieb, spürte einen stechenden Schmerz, und alles wurde dunkel um sie. Als sie aufwachte, konnte sie nichts sehen. Jemand hatte ihr einen Sack über den Oberkörper gezogen. Ihre Kopfhaut pulsierte, war geschwollen. Panisch wollte sie sich von dem Sack befreien, doch sie konnte die Arme nicht bewegen, sie war gefesselt! Was war auf dem Weg in die Zunftstube geschehen?

»Sie ist aufgewacht«, hörte sie eine Stimme. Jacop Krut. Sie hätte es wissen müssen. Er riss sie hoch, gab ihr wieder einen Stoß. Hände strichen ihre Beine empor, sie versuchte ihn zu treten. Er lachte nur. Der Sack wurde grob hochgezogen. Hektisch drehte sie den Kopf. Wo war sie? Es schien ein Keller zu sein, vollgestellt mit Regalen. Sie blickte in das Gesicht von Jacop Krut. Niemand sonst war zu sehen. Böse grinsend kam er jetzt näher.

»Du warst seit je ein Dorn in meinem Fleisch. Aber dieses Mal bist du zu weit gegangen«, zischte er. Margarethe strampelte auf dem Boden zurück, doch Krut packte ihre Beine und riss sie zu sich. Panisch schrie sie um Hilfe, er schlug ihr brutal ins Gesicht.

»Nicht, dass dich jemand hören könnte. Aber es macht einfach so einen Spaß.« Er bog ihre Beine auseinander, sie schrie wieder. Er würde ihr Gewalt antun, sie vielleicht sogar umbringen. Konnte niemand ihr helfen? Sie nahm all ihren Mut zusammen.

»Tu es nur«, sagte sie. »Dann weiß morgen jeder in der Stadt von deinem sündhaften Leben.« Sie nahm wahr, dass er zögerte. Krut lachte auf.

»Netter Versuch.« Seine Bewegungen waren fahrig, als er ihren Rock hochschob, doch sein Blick war gierig. Ihre Angst kannte keine Grenzen mehr.

»Das Volk liebt Brandopfer. Da kann man sich so schön gruseln. Weißt du noch, als im letzten Jahr die zwei Sodomiter verbrannt wurden, die ihre Ketzerei am Herrenbrünnlein getrieben hatten?«, sagte sie atemlos. Er schlug sie wieder, kurz wurde ihr schwarz vor Augen.

»Du quatschst zu viel«, meinte er und riss ein Stück ihres Rockes ab. Er würde es ihr in den Mund stopfen. Gab es keine Hoffung mehr? Waren sie wirklich allein? Oder hatte er vorhin zu jemandem gesprochen?

»In meiner Tasche … ist ein Handzettel. Darauf steht alles über das sündige Treiben von Jacop Krut und Eckard Knipp. Tausend Stück habe ich gedruckt und zu meinen Druckerfreunden gebracht. Wenn mir etwas passiert, lassen sie die Zettel vom Münster regnen, und jedermann weiß von euch.«

Krut riss sie grob an den Haaren, in der anderen Hand hielt er das Stoffknäuel.

»Es reicht!« Eine heisere Stimme gebot ihm Einhalt. Hinter einem Regal trat Eckard Knipp hervor. »Stimmt das wirklich?«

Sie musste sich zusammenreißen, um nicht in Tränen auszubrechen. Margarethe nickte bestimmt und sagte im Brustton der Überzeugung: »Haltet Euch an unsere Abmachung und ich lasse sie verschwinden. Niemand wird je davon erfahren.«

Eckard Knipp half ihr hoch und löste ihre Fesseln. Er wagte es nicht, ihr ins Gesicht zu sehen.

Nach diesem Tag sah Margarethe ihren Erzfeind Jacop Krut niemals wieder.

Balthasar lag mit dem Gesicht zur Wand, er hatte sich bewegt, war endlich aufgewacht! Schon seit Tagen wartete sie darauf. Margarethe setzte sich zu ihm aufs Bett und schmiegte ihre Wange an seine. Er reagierte nicht, und doch hatte sie das Gefühl, dass das Leben in ihn zurückgekehrt war. Sie lauschte seinem Atem, der nicht klang, als ob er schlief.

»Mein Eisprinz«, sagte sie leise. »Bist du wach?«

Nun drehte Balthasar sich um und sah sie an. Sie strahlte ihn an, umfasste ihn, doch er blieb still liegen.

»Liebster, was ist mit dir?«, fragte sie. »Hast du Schmerzen?«

Er zog die Decke an sein Gesicht, als ob er sich verstecken wollte. »Du hast etwas Besseres verdient als mich«, sagte er leise.

»Aber was …?« Sie verstand nicht. So erschüttert hatte sie ihn noch nie gesehen.

»Der schlechteste deiner Männer, der bin ich. Ich hätte wissen müssen, dass es mit dem Boccaccio Ärger gibt. Aber ich habe es riskiert«, sagte er.

Margarethe strich mit dem Finger die geschwungene Linie seiner Lippen nach.

»Du hast es riskiert, und dafür liebe ich dich. Dieses Buch hat seinen Wert für die Menschen. Es sollte nicht nur für diejenigen sein, die Latein können. Jeder sollte etwas über die alten Götter erfahren können, wenn er es will. Nicht das Buch ist falsch, nicht die Zeiten sind schwierig, manche Menschen sind es.« Balthasars Gesicht kam langsam ganz zum Vorschein. Aus Margarethe sprudelten Gedanken hervor, die sie schon lange bewegten. »Aber so widrig es auch ist, wir geben nicht auf. Wir machen weiter. Nicht mit dem Kopf durch die Wand, sondern durch die Hintertür. Heute kann jeder die Heilige Schrift lesen, jeder kann sie für sich auslegen und verstehen. Jeder kann etwas über den menschlichen Körper erfahren, über Heiltränke, über Ackerbau. Warte ab, bald kann jeder alles lernen, was er will! Dieses Wissen wird uns zu besseren Menschen machen. Unsere Welt wird mit jedem dieser Bücher freier und offener für alle werden!«, sagte sie überzeugt.

Ihr Mann reckte das Kinn vor. »Dreihundert Gulden habe ich dafür eingesetzt, und jetzt soll das ganze Geld fort sein? Unser ganzes Erspartes – dahin! Der Traum von einer zweiten Presse – ausgeträumt!«

»Wir werden wieder etwas verdienen. Bastian und ich arbeiten schon daran. Wir brauchen keine zweite Presse. Wir kommen auch so klar.« Sie küsste ihn, und seine Lippen waren warm, wie immer. »Ich dachte, ich hätte dich verloren. *Das* wäre schlimm gewesen«, flüsterte sie. Balthasar lüpfte die Decke, so dass sie darunterschlüpfen konnte. Sie schmiegte sich an ihn, erkundete seinen Körper mit den Händen, er erwiderte ihre Liebkosungen. Es stimmte, seine Kräfte waren zurückgekehrt.

Als sie später, noch erhitzt vom Liebesspiel, ineinander verschlungen beieinanderlagen, berichtete sie ihm von Sebastian Franck und dem Antrag, den er Grete gemacht hatte. Das war eine gute Nachricht, ab jetzt müsste alles besser werden. Auch als der Rat Ende des Monats entschied, dass die Bücher für immer in einem Verlies verschwinden und Balthasar keine Entschädigung bekommen sollte, war das nur noch ein kleiner Schatten, der auf ihr familiäres Glück geworfen wurde. Sie würden im Laufe der Zeit schon eine Möglichkeit finden, Boccaccios kenntnisreiche Schrift auf geheimen Wegen zu den Lesern zu bringen.

Ein Schmetterling tanzte durch die vom Geißblatt- und Rosenduft geschwängerte Luft, die Blätter des Nussbaums hielten die Hitze der Sonne ab. Sie hatten alle Tische, die sie besaßen, in den Hinterhof getragen und sogar noch welche von den Nachbarn geliehen. Im Schatten standen die Weinkrüge, in den Schalen lag Obst, von Bienen umsummt. Anne hatte Blumenkränze gewunden, die nun auf den Bänken auf die Gäste warteten. Margarethe sah sich zufrieden um, alles war bereit. Wie karg war dieser Hof gewesen, als sie das Haus am Holzmarkt bezogen hatten. Mit ihren Händen hatte sie gepflanzt und gegossen, gehegt und gepflegt. Einen großen Teil ihres Alltags hatten sie in den Sommermonaten hier verbracht. Hier hatten ihre Kinder laufen gelernt, gespielt und gelesen, hier hatten sie gelacht und geweint – und jetzt sollte hier Hochzeit gefeiert werden. Ein Reifen kam durch die Tür geflogen, ihre Enkelin Anne lief mit dem Stock hinterher und trieb ihn an, juchzend folgten ihr Sebastian Francks Kinder.

»Wenn einem träumt, dass man einen Reifen treibt, bedeutet es, dass einem Anstrengungen abverlangt werden, die jedoch Nutzen bringen«, meinte Walther Hermann Ryff, der gerade mit seiner Frau den Hinterhof betrat.

Margarethe begrüßte die beiden lächelnd. »Ach ja, steht das nicht in dem *Traumbuch* Artemidors, das Ihr übersetzt und wir gedruckt haben?« Es war ein Werk, das ihnen gutes Geld einbrachte, da es durch ein kaiserliches Privileg geschützt war, wie überhaupt alle Werke Ryffs. Bei der letzten Straßburger Messe hatten Ryffs verschiedene Handbücher derart reißenden Absatz gefunden, dass sie gescherzt hatten, dass bald wohl jeder so ein nützliches Nachschlagewerk besitzen wolle. Und das Schöne war: Die nächsten Bücher waren schon im Satz oder wurden gerade übersetzt. Ryff war ein unermüdlicher Arbeiter, das trieb sie als Drucker an, kam ihnen aber auch zugute. Durch ihn konnten sie es sich sogar leisten, auf die Zusammenarbeit mit Doktor Hedio zu verzichten.

Ihr Bruder Hans Prüß betrat mit seiner Familie den Hinterhof, gefolgt von Barbara und Wolfgang und dem frischgetrauten Paar. Sebastian Franck, der bei ihrem letzten Zusammentreffen vom Kummer gezeichnet gewesen war, strahlte heute mit seiner Frau um die Wette. Es hatte eine Weile gedauert, bis sie einen Pfarrer gefunden hatten, dem sie vertrauten. Sebastian Franck hatte die Stadt im Geheimen betreten müssen, noch immer galt er in Straßburg als unerwünschte Person. Am liebsten hätte er wohl ganz auf eine kirchliche Einsegnung verzichtet, aber schließlich war er nun ein Bürger der Stadt Basel und Mitglied der angesehenen Safranzunft, da musste alles seinen gesetzmäßigen Gang gehen. Auch für ihn schienen bessere Zeiten anzubrechen. Er hatte seine *Sprichwörter* veröffentlicht, und seine *Paradoxa* erreichten wegen der großen Nachfrage eine weitere Auflage. Sein erster Basler Druck war das Neue Testament in lateinischer und griechischer Sprache. Da konnte er sich mit ihrem Sohn Renatus die Hand reichen, der gerade für den angesehenen Basler Drucker und Gelehrten Thomas

Platter den Druck des Neuen Testaments auf Griechisch vorbereitete.

Sie führte ihren neuen Schwiegersohn und Grete, die heute besonders schön aussah, zu den Plätzen am Kopfende der Tafel. Als alle Gäste Platz genommen hatten, hielt Balthasar eine kurze Rede, dann sprach Sebastian Franck ein Gebet und las einen Abschnitt aus der Bibel vor. Schließlich wurde das Mahl aufgetragen, es war einfach, aber reichlich. Anschließend wurde gesungen und getanzt. Als schon die Sterne am Himmel blitzten und nur noch die Fackeln und Kerzen die fröhlichen Gesichter erleuchteten, als ihr Bruder Lieder vortrug und Sebastian Franck Geschichten erzählte, zog sich Margarethe zurück. Sie nahm einen Schemel und setzte sich in den Schatten des Rosenbusches. Sie beobachtete ihre Söhne Renatus und Bastian, beide gestandene Drucker, ihre wohlgeratenen Töchter Grete und Elisabeth, und dachte an diejenigen, die heute nicht bei ihnen sein konnten. Ihre ersten beiden Ehemänner und ihre Kinder Juliane und Johann waren, jeder auf seine Art, zu Gott gegangen. Juliane hatte ihren Platz als Äbtissin im Kloster gefunden und Johann – wer wusste das schon?

Balthasar trat zu ihr, setzte sich vor ihr auf den Boden und legte den Kopf in ihren Schoß. »Bist du glücklich?«, fragte er leise.

»Wer wäre an diesem Tag nicht glücklich?«, gab sie zurück.

Er kniete sich neben sie und zog aus seinem Wams ein kleines Päckchen heraus. »Ich habe etwas für dich«, sagte er, und sein Gesicht begann vor Vorfreude zu strahlen.

»Für mich? Ich bin doch gar nicht die Braut.« Sie betastete das Päckchen, es war etwas Hartes, in eine zierliche Tasche aus Samt verpackt. Als sie erkannte, was es war, breitete sich eine Gänsehaut zwischen ihren Schulterblättern aus. »Ein Druckersignet?«, fragte sie ungläubig. Die Überraschung war ihm gelungen.

Balthasar lächelte. »Wenn jemand ein Signet verdient, dann du. Es soll dein Markenzeichen sein. Du sollst es mit Stolz in die

Werke setzen, die du druckst. Jeder soll sehen, welche Meisterin des Buchdrucks sie hergestellt hat.«

Margarethe strich über die feinen Linien und hielt die Druckermarke so, dass sie das Motiv erkennen konnte.

»Eine Frau, und sie ist schön. In der einen Hand trägt sie ein Buch, in der anderen eine Fackel«, beschrieb sie die mythologische Figur. »Sapientia, die Weisheit. Aber weise bin ich doch wirklich nicht«, sie lächelte beschämt.

Balthasar umschloss zärtlich ihre Hand. »Du sorgst mit deinen Büchern für Licht in der Dunkelheit, für Wissen, wo keines war.« Auf einmal lachte er unbeschwert, und sie sah in ihm wieder den Mann, den sie vor sechzehn Jahren kennengelernt hatte. »Und weise? Vielleicht wirst du es ja noch. Wir sind beide auf dem steinigen Weg zur Weisheit, aber immerhin gehen wir ihn zusammen.«

Margarethe zog ihn hoch, leise schlichen sie sich in ihr Schlafgemach. Was sie jetzt taten, war nicht unbedingt weise, dafür aber ein schöner Abschluss dieses besonderen Tages.

EPILOG

STRASSBURG, 1542

Margarethe sollte keine Gelegenheit mehr haben, ihre Druckermarke in ein würdiges Werk zu setzen. Im Herbst des Jahres 1541 erfasste die Pest Straßburg in einer tödlichen Umarmung. Hunderte fanden jede Woche den Tod. Die Leichen türmten sich auf den Straßen. Im Oktober raffte die Pest den Zensor Jakob Bedrot dahin, er würde sie nicht mehr mit seiner nachtragenden Spitzfindigkeit verfolgen. Im November holte sie sich den Pfarrer Capito, einen Tag später folgte Martin Bucers Frau ihren fünf kurz zuvor verstorbenen Kindern in den Tod. Margarethe hatte trotz des Schreckens einen Funken Hoffnung verspürt, als sie hörte, dass Katharina Zell, die unermüdlich von Haus zu Haus lief, Kranke pflegte und Sterbenden Beistand leistete, Capitos Witwe und Martin Bucer zu einer neuen Ehe zusammenführte; so würden die Familien der beiden wichtigsten Straßburger Prediger vereint werden.

Als die Druckerin wenig später spürte, wie die Krankheit auch von ihr Besitz ergriff, wie sich Fieber und Husten einstellten und sich schmerzhafte Schwellungen und dunkle Blutverfärbungen in ihrer Haut zeigten, schrieb sie Balthasar einen Brief, griff sich ein paar Bücher und schloss sich in dem Schuppen im Hinterhof ein. Balthasar versuchte, zu ihr zu dringen, doch sie wies ihn unter Tränen zurück. Er dürfe nicht zu ihr kommen, auch wenn es ihr das Herz brach. Sie wollte nicht riskieren, ihren Mann und ihre Kinder anzustecken. Wann würde sich endlich herumsprechen, dass manche Krankheiten übertragbar waren? Auch diese Erkenntnis zu verbreiten war Aufgabe des Buchdrucks. Sie hoffte, dass sie die Pest überleben würde. Aber wenn nicht, würde sie zumindest niemanden mit in den Tod reißen. Das Leben würde weitergehen, ihre Männer würden weiterdrucken, auch ohne sie. Ihr Name würde in ihren Druckwerken weiterleben.

Balthasar rief ihr zu, dass er einen Medicus holen wolle, dass sie wieder gesund werden würde, aber sie wusste, dass kein Arzt kommen würde. Sie atmete schwer, ihr war heiß. Sie legte sich hin und zog ein Buch heran, es waren Sebastian Francks *Sprichwörter*.

»Zeit bringt Rosen«, las sie, und dazu seine Erläuterung: *»Man pflanze, man tue, was man wolle, so bringt es doch keine Frucht, denn allein zu der Zeit, zu der es vorgesehen ist. Zeit bringt Sommer, Winter, Alter, Strafe und Belohnung …«* Weiter kam sie nicht. Ein stechender Schmerz in der Brust nahm ihr den Atem, ihr Blick trübte sich ein, sie schmeckte Blut in ihrem Mund. Nun würde der Tod auch sie zu einem letzten Tanz auffordern. Was für ein schönes Sprichwort, dachte sie noch, verständlich für jedermann und voller Poesie und Hoffnung. Zeit bringt Rosen. Zeit bringt den Tod.

ANMERKUNG UND DANK

Ob Margarethe Prüß tatsächlich eine Druckermarke besessen hat? Wer weiß. Ich würde es mir wünschen, muss aber gestehen, dass ich das Signet, wie vieles in diesem Buch, erfunden habe. *Die Buchdruckerin* ist ein Roman, wenn auch viele Figuren, wie Hans Baldung, Sebastian Franck oder Melchior Hoffman, tatsächlich gelebt haben und ich mich bemüht habe, die Lebens- und Arbeitsbedingungen sowie das Zeitgeschehen so genau wie möglich darzustellen.

Margarethe Prüß hat wenige Spuren hinterlassen, ihre drei Eheschließungen sind im Bürgerbuch der Stadt Straßburg nur in dürren Worten festgehalten. Welches Schicksal dahinter stand, kann man lediglich erahnen. Das ausführlichste Dokument ist ein Erbenvertrag aus dem Jahr 1542, der ihren Tod anzeigt und ihre Kinder aufführt. Möglicherweise ist sie an der Pest gestorben, die zu dieser Zeit allein in Straßburg bis zu zweitausend Menschen in den Tod riss. Ihr Ehemann Balthasar heiratete nach ihrem Tod erneut und war bis mindestens 1546 als Drucker tätig. Seine fruchtbare Zusammenarbeit mit Walther Hermann Ryff fand ein abruptes Ende, als bekannt wurde, dass die beiden das kaiserliche Privileg für Ryffs Bücher gefälscht hatten. Beck wurde bestraft, Ryff aber entzog sich der Verhaftung und ging nach Frankfurt am Main, wo er mit dem Drucker Christian Egenolff weiterarbeitete. Heute gilt Ryff als erfolgreichster Wissensvermittler Deutschlands seiner Zeit. Renatus Beck druckte in Basel für Thomas Platter das *Neue Testament* in griechischer Sprache, von den anderen Söhnen verliert sich die Spur. Von Margarethes Tochter Juliane heißt es in dem Erbenvertrag, sie sei seit Jahren Äbtissin. Ihre Tochter Elisabeth heiratete später den Maler Conrad Morant, von dem die wunderschöne Karte Straßburgs aus dem Jahr 1548 erhalten ist. Die gleichnamige Tochter der Druckerin, die ich abgekürzt Grete genannt habe, hatte weniger Glück: Ihr Mann Sebastian Franck starb bereits im Herbst des Jahres 1542 in Basel, so dass er den weitreichenden Einfluss seiner Schriften auf nachfolgende Geistesgrößen, aber auch die unmäßige Schmähung durch Martin Luther, nicht mehr erlebte. Margarethes Bruder Johann Prüß der Jüngere, der in meinem Roman als Hans Prüß bezeichnet wird, kommt das Verdienst zu, die ersten französischsprachigen Drucke in Straßburg hergestellt zu haben; er war bis 1546 in der Stadt tätig und siedelte danach möglicherweise nach Magdeburg über. Auch von ihrer Stieftochter Barbara, die eigentlich den Namen Ursula trug, fehlt jedes weitere Lebenszeichen. Die drei Veränderungen der Vornamen werden mir hoffentlich verziehen, aber Familien, in denen jeder Name mehrfach vergeben wird, sind für Autorin und Leser gleichermaßen unübersichtlich.

Heute werden Margarethe Prüß und Balthasar Beck häufig als wichtigste Drucker der Wiedertäufer in Straßburg bezeichnet, es gibt jedoch keinen Beweis dafür, dass auch sie dieser Glaubensrichtung angehörten. Der Pelzer und Prophet Melchior Hoffman starb wahrscheinlich Ende des Jahres 1543 im Kerker; seine Behandlung gehört zu den weniger rühmlichen Kapiteln der an Toleranz reichen Straßburger Geschichte. Katharina Zell überlebte ihren Mann Meister Matthis um viele Jahre, angeblich hielt sie an seinem Grab die Trauerrede, was unerhört zu jener Zeit war. Sie erlebte noch, wie auch Straßburg 1549 den katholischen Gottesdienst wieder zulassen musste. Bis zu ihrem Tod 1562 blieb Frau Zellin, wie man sie später nannte, streitbar und setzte sich als Kirchenmutter für Arme und Kranke ein.

Die wichtigsten Dokumente aus dem Leben der Margarethe Prüß sind die Bücher, die von ihr und ihren Familienmitgliedern hergestellt wurden. In vielen Bibliotheken auf der ganzen Welt werden diese kostbaren Werke wie Schätze gehütet. Für mich war es ein besonderes Erlebnis, Drucke aus dem Hause Prüß-Beck-Schwan, etwa das Hamburger Messbuch von 1493 von der Hand ihres Vaters oder Sebastian Francks *Chronica* von 1531, einmal selbst in den Händen zu halten. Ich danke Antje Theise vom Referat Seltene und Alte Drucke der Staats- und Universitätsbibliothek Hamburg und den hilfsbereiten Bibliothekaren der Herzog August Bibliothek Wolfenbüttel, die mir unbekannte Aspekte dieser Werke zugänglich machten.

Wie bei *Die Wachsmalerin – Das Leben der Madame Tussaud* und *Das Kabinett der Wachsmalerin* habe ich wieder sehr viel vor Ort recherchiert. Auch wenn es die Häuser »Zum Tiergarten« und am Holzmarkt nicht mehr gibt, vermitteln Straßburger Bauten und Museen ein anschauliches Bild des Lebens in Mittelalter und früher Neuzeit. Meine erste Anlaufadresse für die Nachforschungen war das Straßburger Stadtarchiv Archives de la Ville et de la Communauté urbaine de Strasbourg. Mein Dank gilt den Mitarbeitern dort, die für mich die beeindruckenden kiloschweren, fünfhundert Jahre alten Ratsprotokolle heranschafften. Bei der Recherche in Frankfurt und insbesondere bei der Beschäftigung mit dem Hospital Sankt-Martha und dem Straßburger Hof halfen mir Dr. Michael Matthäus vom Institut für Stadtgeschichte in Frankfurt und die dortigen Bibliothekare freundlich und kompetent weiter. Eine erste Hilfestellung für den Einstieg in das komplizierte Straßburger Rechtswesen verschaffte mir Prof. Dr. Tilman Repgen vom Lehrstuhl für Deutsche Rechtsgeschichte, Privatrechtsgeschichte der Neuzeit und Bürgerliches Recht an der Universität Hamburg. Dr. Hans-Walter Stork, Handschriftenexperte an der Universität Hamburg, hatte ein offenes Ohr für mich, als es um die Entzifferung von Margarethes Erbenvertrag ging. Dr. Volker Rödel vom Generallandesarchiv Karlsruhe ließ mir unkompliziert und schnell einen nicht mehr erhältlichen Artikel über die Pest in Straßburg aus der *Zeitschrift für die Geschichte des Oberrheins* zukommen, dafür vielen Dank.

Schreiben ist eine geheimnisvolle, einsame Angelegenheit,

besonders schön ist es daher immer, bei den Recherchen mit anderen zusammenzuarbeiten. Mein Dank gebührt meiner Lektorin Monika Boese, die sich sofort für die faszinierende Lebensgeschichte der Margarethe Prüß begeisterte und mich in allen Phasen des Romans anregend und vertrauensvoll begleitet hat. Für ihre Begeisterungsfähigkeit und ihren Rat danke ich auch meiner Agentin Petra Hermanns von der Agentur Scripts for Sale.

Ein Glücksfall ist die Unterstützung durch meinen Mann André, der mich an die Schauplätze des Romans begleitete und mit unserem Sohn die Straßburger Spielplätze erkundete, während ich recherchierte; ihm ist zum Dank dieses Buch gewidmet.

Wer einmal die Technik aus der Frühzeit des Buchdruckes erleben möchte, dem kann ich nur den Besuch in einem Museum ans Herz legen, in dem diese Kunst noch gepflegt wird, exemplarisch möchte ich hier das Gutenberg-Museum in Mainz sowie das Museum der Arbeit in Hamburg nennen. Literaturhinweise zu Margarethe Prüß, der Geschichte des Buchdrucks oder der Stadt Straßburg finden Sie auf meiner Homepage www.sabineweiss.com.

Sabine Weiß
Die Wachsmalerin

Das Leben der Madame Tussaud
Historischer Roman. www.list-taschenbuch.de
ISBN 978-3-548-60845-7

Wer war die Frau, die als Madame Tussaud in die Geschichte einging? In ihrem großen Roman erzählt Sabine Weiß ein bewegtes Frauenleben. Als kleines Mädchen kommt Marie, die Tochter eines Scharfrichters, nach Paris. In den Wirren der Französischen Revolution muss sie ums Überleben kämpfen, doch ihr begegnet auch aufrichtige Liebe. Mit ihrem Aufbruch nach England wird sie schließlich zur Legende.

»In ihrem Debütroman schildert Sabine Weiß das Leben der jungen Marie Tussaud so spannend, lebensprall und atmosphärisch, dass es eine Lust ist, ins Paris des 18. Jahrhunderts einzutauchen.« *TV-Spielfilm*

Sabine Weiß

Das Kabinett der Wachsmalerin

Der Madame-Tussaud-Roman
www.list-taschenbuch.de
ISBN 978-3-548-60977-5

England, 1802: Die Zöllner trauen ihren Augen kaum, als sie die Kisten öffnen und darin blutverschmierte Köpfe finden. Sollte von der zarten Französin vor ihnen Gefahr ausgehen? Es ist die Wachsbildnerin Marie Tussaud. Sie will auf den Britischen Inseln die Figuren der hingerichteten französischen Revolutionäre ausstellen. Der Krieg zwingt sie zu bleiben. Nach vielen Abenteuern als reisende Schaustellerin gründet sie in London ihr berühmtes Wachsfigurenkabinett. Eine außergewöhnliche Lebensgeschichte, spannend und lebendig erzählt.

»Die mitreißende Geschichte einer couragierten, bis heute faszinierenden Frau« *TV Today*

ARGENTORATVM